唐建初　何向阳

古耜　冯秋子　王必胜

陈建功
作家，中国作协原副主席，中国文字著作权协会原会长。

冯秋子
作家、编辑家，中国作协散文委员会委员，多届鲁迅文学奖评委。

古耜
编辑家、评论家，中国作协散文委员会委员，辽宁省作协顾问。

何向阳
诗人、评论家，中国作协创研部主任、研究员，鲁迅文学奖得主。

王子君
作家、编剧，中国散文学会理事，中国文字著作权协会副会长兼文学总监。

年度散文50篇（2024）

评审委员会

主　任　陈建功

副主任　古　耜　何向阳

提名小组成员　陈建功　王子君

评　委　何向阳　冯秋子　古　耜
　　　　王子君

（按姓氏首字母排序）

年度散文50篇(2024)

陈建功 主编

阿来 李娟 鲍尔吉·原野 等著

Fifty Essays of 2024

北京时代华文书局

图书在版编目（CIP）数据

年度散文 50 篇 . 2024 / 阿来，李娟，鲍尔吉·原野 著；陈建功主编 . -- 北京：北京时代华文书局，2025.7. -- ISBN 978-7-5699-6128-7

Ⅰ . I267

中国国家版本馆 CIP 数据核字第 2025D1U220 号

Niandu Sanwen 50 Pian 2024

出 版 人：陈　涛
总 策 划：张洪波　陈　涛
特约编辑：胡　家
责任编辑：樊艳清
封面设计：好天气设计工作室
内文设计：程　慧
营销编辑：梁　希
责任印制：刘　银

出版发行：北京时代华文书局 http://www.bjsdsj.com.cn
　　　　　北京市东城区安定门外大街 138 号皇城国际大厦 A 座 8 层
　　　　　邮编：100011　电话：010-64263661　64261528

印　　刷：北京盛通印刷股份有限公司
开　　本：710 mm×1000 mm　1/16　　成品尺寸：153 mm×230 mm
印　　张：39　　　　　　　　　　　　字　　数：488 千字
版　　次：2025 年 7 月第 1 版　　　　印　　次：2025 年 7 月第 1 次印刷
定　　价：128.00 元

版权所有，侵权必究

本书如有印刷、装订等质量问题，本社负责调换，电话：010-64267955。

序

含英咀华 快意年秋

《年度散文 50 篇》是由北京时代华文书局和中国文字著作权协会联合举办的散文年选项目,迄今已延续三年。前两年的选本出版前,皆由我以"答记者问"的方式,就"50 篇"的推举原则、推举程序以及当年度的创作评估和推举过程予以说明。今年的评审会议,于 11 月 25 日在北京时代华文书局会议室举行。两家发起单位的负责人在会前发表了主旨讲话,对选本的成绩予以充分肯定,对 2024 年选本予以更高的期待。随即由评审委员与本书责任编辑一起,进入"闭门"的推选程序。

此会议召开之前各评审委员交换了各自的推举篇目且已充分阅读,故讨论也热烈而坦诚,对 2024 年散文的创作成绩以及艺术倾向的评估,角度不一,总体一致。大家对散文题材的缤纷、创作个性的呈现以及某些作品艺术表现上的独到表示欣喜,对实力雄厚的散文家"宝刀不老"和更为年轻的散文作者"雏凤清于老凤声"倍加关注。与之相呼应,取得共识的遴选原则是:前两年已连续入选"50 篇"的散文家,虽仍有不俗的佳作,因其已具相当的影响力,本年度不再"连中三元"。而对几位年轻的创作者,应予更多的关注。当然,这一关注,也并无具体篇目的指向,任何作品都必须进入表决过程。其结果是,有胜出者,亦有落选者。我们相信,对这几位年轻的散文作者来说,"胜固可喜,败亦欣然",更何况"文无第一",作为选家,谁敢说自己所选,无遗珠之憾?

本年度入选的作品,一如既往,首先关注情感的真挚,关注这真挚中表现出的人类情怀。其中,几位"草根"写作者所呈现的新鲜、独到与丰沛,令人瞩目。这种平实素朴而蕴涵丰赡的表达,或可对未来散文以及各种文体的发展,引发有关文学情感资源的思考。更多的作家在个性展示的同时,呈现了充分的创作准备,这些准备包括哲学、历史、文化乃至自然科学的各个门类。多学科的涉猎使这些散文文气浩然,而博识广闻与创作主体的融汇,又和当下某种引经据典虚张声势的文风划清了界限。

参与评选工作的朋友们表示,每年的评选过程,既启发了不少有关散文的思考,也堪称一次情感的陶冶和艺术的享受。

期待读者也来和我们分享。

陈建功
2024 年 12 月 19 日

沈学 在加加大街——97

陈朗 请君重作醉歌行：缅怀徐晓宏——108

但及 青涩年代——115

乔洪涛 纸与字——131

李娟 夜行车——141

王计兵 如果我低着头——157

詹文格 在风中飘荡——171

目录

鲍尔吉·原野　万物凝视——1

胡竹峰　雪地卷子——15

刘惠春　山外青山——33

龚曙光　一个人的桃花源——50

欧阳国　上岸——60

钱红莉　我所热爱的黄金——75

塞壬　消失的名字——89

刘世芬	我吹过你吹过的风 —— 261
吴佳骏	肉体生长的地方 —— 271
汪渔	为每一棵树命名 —— 283
云德	忆祖母 —— 290
叶耳	悦宝日记 —— 305
汤朔梅	老农的蒲鞋 —— 316
陈彦	我的西安 —— 331

赵瑜 我与黄河的关系 —— 187

丁帆 父亲最后的眼泪 —— 196

简默 蒲公英 —— 205

草白 光线穿过山林 —— 213

昂桦 江左岸右 —— 226

刘云芳 移山记 —— 236

行超 找北京 —— 250

郜元宝 打虎将李忠有些困惑——437

刘大先 我曾经来过——446

李铭 我的卖菜生涯——459

陈世旭 藏地记忆——476

周家望 走读成都——490

朱鸿 樊川犹美——496

刘星元 云少年——507

朱朝敏　生死棉花——336

李达伟　冬天的河流——352

小海　我在流水线上写诗——369

刘汀　我认出风暴而激动如大海——385

侯磊　在北京看舞狮子——401

杜永利　麦子喊了我一声——413

刘汉俊　一起看南海——423

阿来	抚摸蔚蓝面庞——524
刘应平	山后——535
杨晓升	一位令人怀念的读者——539
周荣池	上街——549
陈应松	塞罕坝大雷雨——559
王雪茜	无问去处——567
王月鹏	从大海到人海——583
南帆	张教授家的农业生活——599

目录顺序以作品发表时间为序

鲍尔吉·原野

万物凝视

鲍尔吉·原野

蒙古族。辽宁省作协副主席,中国作家协会散文委员会副主任。已出版散文集《草木山河》等数十部作品。获全国少数民族文学创作骏马奖、人民文学散文奖等。与歌手腾格尔、画家朝戈并称为中国文艺界的"草原三剑客"。

蝴蝶给波斯菊写信：

亲爱的波斯菊，你知道吗？主人阿拉木斯的两只小山羊恋爱了。阿拉木斯有200多只羊，都是绵羊。每天清早，阿拉木斯赶着这些绵羊去扎格斯台河西边的草场吃草，天黑了才回来。它们咩咩叫着往家跑，像一片翻滚的白石头。

这两只小山羊是阿拉木斯的女儿葛根花从新疆买来的宠物。它俩跟绵羊不合群，也不去扎格斯台河边的草场吃草。山羊吃菜叶子，吃主人丢掉的苹果核，站在房顶向远方瞭望。

阿拉木斯拿它俩没办法。训斥它们，打它们，把绳子拴在它们脖子上拽，它俩就是不服从。用小小的犄角顶阿拉木斯。它们可怜的犄角比人的小拇指还小。但它们勇敢，就是不屈服。

这两只小山羊，一只叫莲花，一只叫珊瑚。天知道它们怎么会有这么好听的名字。我是蝴蝶，每天像穿梭梦境一样飞来飞去，至今还没有名字。而你呢，波斯菊？你长得比阿拉木斯家的窗台还高。你有比韭菜叶子还宽的花瓣，有鸡蛋黄那么大的花蕊。但仍然没有名字，这太不公平了吧？

我接着说两只山羊的事。它俩来到阿拉木斯家一年多了。黑山羊莲花的皮毛像水獭一样光亮。它警觉，用粉色的鼻子闻一闻破筐，闻一闻鸡食槽子，看有没有坏人下毒。白山羊珊瑚是公山羊，它性情温和，经常站着回忆往事。睫毛垂下来像两把木梳。

它俩小时候打架，绕着牛车来回追。长大变得有些腼腆，好像在恋爱。你问我懂不懂恋爱？我当然懂。在动物和昆虫里面，我最懂得恋爱。蝴蝶为什么不直直地往前飞？这样飞没品味。我们往东飞两下，往西飞两下,主打缥缈,表示我们正在恋爱,有好多心事无法决断。只可惜,至今还没有哪只蝴蝶爱上我。

有一天,一只绿肚子的大胡蜂领着一群小胡蜂追求我。大胡蜂的六只黄爪像穿了靴子一样。肚子上的黑道不是七道就是八道,我没仔细看。它说,如果我爱上其中一只胡蜂,一辈子吃蜂蜜,管够。我扭过头,告诉它们,我从来没考虑过胡蜂。它们说话声音太大,震耳朵,把别人当成了聋子。我们蝴蝶说话从来都是静悄悄的。我们不靠声音大取悦对方,而是用手势和眼神传递情感。我对胡蜂说,你去跟苍蝇恋爱吧,它才配得上你的嗡嗡嗡。

我还要说山羊的事。早上,黑山羊莲花在阿拉木斯在院子里种的胭粉豆花瓣上蹭蹭脸,表示洗过脸了。白山羊珊瑚模仿它,也和胭粉豆花贴脸。然后,黑山羊领着白山羊来到房后的小河边。莲花用牙咬断一枝白色的野百合花,放在白山羊面前。白山羊用牙咬断一朵红色的野草莓花放在黑山羊面前。它们互相赠送订婚礼物。当时我在它们身后的天空跟踪,可能我翅膀扇动的风太大,莲花发现了我。它向珊瑚使了一个眼色,后退一步,气势汹汹地用犄角顶我。当然它的犄角顶到了空气上。我有些羞愧,偷窥别人恋爱不是一件体面的事。我假装往高处飞,飞到花楸树顶上,躲在白花后面,让花瓣挡着我,继续观看它们恋爱。

两只山羊来到河边。珊瑚的蹄子踩到一点点水就不敢动了。山羊不喜欢水。但是它们发现这是一个照镜子的好地方。莲花走过来,对着水面向左转转头,往右转转头,欣赏自己的仪态。一只山羊,如果不恋爱不会这样自作多情。动物到河边,从来都是喝水。喝完水就急匆匆走了,不在河边停留。它们可好,拿河水当镜子照,照一会儿,抬起头互相看看,低头继续照镜子。然后呢,它们伸出脖子,把下颌放在对方后背上,像拥抱。

　　还有呢，白山羊珊瑚往前跑，跑到醋栗灌木边上吃红醋栗。黑山羊莲花也跑过去吃醋栗。它们的嘴唇被醋栗染得比口红还鲜艳。傍晚时分，它俩跳上羊圈边的土墙，朝西瞭望。启明星升起来了，天黑了一多半，阿拉木斯赶着羊群回到家。它俩高兴地在墙上跑，好像这是它们的羊群。

　　莲花和珊瑚还有好多故事，我讲给你听。它俩在一个盆子里喝水，就是阿拉木斯放在窗户下接雨水的搪瓷盆。它俩一起追赶草丛里的青蛙，一直把青蛙撵到河里。它俩研究村里垃圾堆上的一块碎玻璃碴，以为那是宝石。它俩偷看母鸡下蛋，被公鸡撵跑了。

　　我把它们恋爱的秘密告诉了啄木鸟。啄木鸟好古板，说这不算恋爱。它说两只小山羊不过是一对好朋友。啄木鸟的话让我很生气，我好不容易发现了恋爱的动物。为了盯梢它们，我花费了多少气力。啄木鸟真无情。难怪它每天孤零零地敲树干，不管它怎么敲，也不会有另一只啄木鸟爱上它。

　　我想来想去，觉得你是最懂浪漫的花，于是给你写信。亲爱的波斯菊，你说两只小山羊是在恋爱吗？我真希望它俩恋爱，如果它俩仅仅是好朋友，不是情侣，会让我非常伤心。呵呵，偌大的万度苏草原，竟然找不到恋爱的动物，多无趣。牛不恋爱，马不恋爱，刺五加灌木不恋爱，唐松草不恋爱，连天上的云彩都不恋爱，让人窒息。如果这里没有恋爱者，我选择离开，去有爱情的地方。爱你的蝴蝶。

波斯菊的复信：

　　亲爱的蝴蝶，谢谢你给我写信。你知道我为什么在风中摇晃吗？我在等待有人给我写信。今天终于等来了你的来信。我读了两遍，读到两只小山羊把下颌放到对方背上那一段,我几乎要落泪。我相信这就是恋爱。你千万不能离开万度苏草原,要继续给我写信。

亲爱的蝴蝶,我也喜欢恋爱,虽然我不懂恋爱是怎么回事。我先让自己的花朵鲜艳起来,然后在风中摇摆,像跳水兵舞。我小口喝花瓣上的露水,假装这是醇香的美酒。乌鸦说谈恋爱要在月夜窃窃私语。所以在夜里我用叶子蹭墙壁的砖头,发出沙沙的声音,让人们知道我也在恋爱。你知道,恋爱很累。我在风中舞蹈,不知不觉就睡着了。

可是,如果有毛虫爬到我的花蕊上,我不顾及恋爱所需要的矜持,愤怒摇摆,把毛虫抖到地下。天气转凉,我看到燕子往南飞,没有一只掉头往北飞。我知道寒冷的冬天要来了,没有恋爱的必要了。我不再摇摆,也不用蹭叶子发出窃窃私语。

亲爱的蝴蝶,我觉得如果你不是蝴蝶,一定是一朵花。我的意思是说,你是一朵会飞的花,你的翅膀像花瓣。虽然你闻上去没什么香味,但不影响你在我眼中是一朵花。要知道,花是世上最美丽的称谓。我从来不会说牛是一朵花,马是一朵花。但你配得上一朵花。

亲爱的蝴蝶,我还要向你请教一些问题。你为什么飞得那么慢?是显示优雅,还是显示你有很多心事?那些平庸的鸟,我在说麻雀,飞起来像一个贼,突然冲到房顶,再突然冲到野山楂树枝上。让它们慢点飞,它们恐怕会掉下来。你是怎么做到慢飞的呢?希望你在回信中告诉我。还有,你的翅膀那么大,像用手拽着床单飞翔。落在花上,你的翅膀不像鸟儿那样收拢,而是立在背上。这是为了方便人用手捏住你吗?你说你静悄悄地说话。我想了想,你确实是这样。我从来没听到过你发出喧哗声。你被野蔷薇刺痛也不会叫喊吗?或者,你的喊声像蜘蛛网的丝一样细,我们听不到。

蝴蝶君，你的手看上去很小，能抓住要吃的东西吗？我对你有好多疑问，但我们今天在讨论恋爱的话题，就不说其他了。

亲爱的蝴蝶，刚才你说一只大胡蜂领着一群小胡蜂来追求你。我太吃惊了，它们是打群架吗？大胡蜂为什么领着那么多小胡蜂追求你？这个胡蜂如果喜欢你，应该先到河边洗洗手，再洗洗脸，去吃醋栗，把嘴唇染得红一些，飞到你面前说甜言蜜语。对了，它应该给你带礼物，带一个蚂蚁蛋，一片花瓣也可以。它不懂恋爱礼仪，所以你拒绝它是对的。我也不喜欢胡蜂的嗡嗡声，像电视机找不到节目。挑剔地说，胡蜂的嗡嗡声算不上语言。它只说出一个词——嗡，然后呢，还是嗡。连续不断地嗡之后它想说什么？没了，只有嗡。这是它恋爱失败的原因。但我不会提醒它，让它自己醒悟吧。

牧民道贵龙家种了很多花，有木槿花、万寿菊、马鞭草、二月堇，都很漂亮。你偏偏给我写信，证明我最美丽，也证明你有高尚的审美趣味。有人说波斯菊是山野的草花，色彩太鲜艳。他们完全不懂审美。我如果像米粒一样开放，你能指望别人弯着腰观赏你吗？不踩死你就不错了。有人抱怨我们个头太高，他们哪里懂得，长得高才能在风中显示腰肢。都说湖里的睡莲好看，莫奈画过它。但睡莲没有腰，像一个紫盘子漂在水上。我看不出睡莲哪里好看。花的美丽一半在花瓣，另一半在腰肢，这是万古不易的警句。昨天，有一只甲虫爬到窗台上质问我为什么叫波斯菊，它说波斯早不存在了，现在叫伊朗。甲虫太可笑了，努鲁儿虎山的名字也很古老，你能因为它古老就改变它的名字吗？况且我还有其他名字。我又叫格桑花，还叫扫帚梅。扫帚梅有点土，我一般不用，平时喜欢叫波斯菊。至于波斯改成了伊朗，我根本不关心。

亲爱的蝴蝶，我希望你也有好多名字，就像有好几个化身。盼望继续看到你的来信。即使不说恋爱的事，说别的事情也很开心。爱你的波斯菊。

野蜜蜂给月牙的信：

亲爱的月牙，有人给你写信吗？是不是他们觉得你所在的位置太高，信投不过去就不给你写呢？我不管，我一定要给你写信，请你帮我办一件事。所以当你读这封信的时候，请不要转开脸，我就在你翘起来的尖下颌的正下方，我是野蜜蜂。

你听说了吧？我丢了一件东西，那是我的法宝。我们野蜜蜂的工作范围漫山遍野，常常迷失方向，离不开定位器。我的定位器是一个死去的蚂蚁王的头，头上有两根短触须，为我定位。我本来把它夹在胳肢窝。你知道我们蜜蜂有两对膜质翅，前翅大，后翅小。飞翔时我用左侧的后翅夹住定位器，累了换到右后翅。可是，这只蚂蚁王的头不见了，我迷失了方向。

我们野蜜蜂说的方向和人说的东西南北不一样，他们说得太简陋。我们说的方向是指我们与太阳之间的夹角。蚂蚁头丢了，我觉得所有的方向都是南。南南南南南，这给我带来精神困扰。我不断转身，用我的脸朝向北方，但北方也成了南。我再转过身，前面还是南。我趴在地上祈祷，觉得我面对的大地也是南。天哪，你体会到我的痛苦了吧。月牙请你告诉我，这只蚂蚁头落在了哪里？你用你那尖尖的月牙的下颌指哪个方向，我就知道了它在哪里，好吗？这件事对你来说不费什么事，你站得那么高，一定看得很远，很清晰。而且月光这么亮，世上所有的东西，你都能尽收眼底。别说蚂蚁王的头，就是蚂蚁走过的脚印，你也能看得清清楚楚。

第二个问题是：这封信，你多长时间才能收到？在你收到我的信之前，我去做什么？南南南南南，我几乎什么也做不了。亲爱的月牙，也许我还有一个选择，就是飞到月牙上，躺在你那个上翘的下颌上睡觉，睡醒了再到你背面睡觉。你那里不会到处都是南吧？

在我这里仰望月亮，你很光滑，有点像死鱼的肚子。你每夜白白地洒下月光，不浪费吗？你不能找点别的事做？我跟你说一个恐怕让你沮丧的消息，有时候我们头顶阴云密布，看不到你，你白白地出现在夜空。那些云彩出于嫉妒，挡住了你的光芒。我们以为你那天晚上没出来，以为你在家里睡觉或者去河里洗澡。所以你出门的时候要看外面有没有云彩。如果有云彩，你就待在家里好了。这些云彩在夜空中飘舞，感觉自己就是月亮。我最了解这些云彩，它们最虚荣。不管你在做什么，它们缠缠绵绵地飞过来飞过去，自己都不知道往哪儿飞。它们不整洁，我说的是所有的云彩边缘都不整齐，它们应该像马车一样方正，像一个四方形的屋顶一样飞过来。但它们没有这个实力。实话跟你说，云彩里边什么都没有，只有水蒸气，有的云还带着沼泽地蒸发的难闻的雾气。它们是一帮乌合之众，徒有其表。亲爱的月牙，你看见我了吗？我站在蒙古椴树下边，它的叶子为革质，反射月光，开白花，干花能泡茶。树杈上站着一只黑琴鸡，红冠子，屁股有三根向上挑起的白羽毛。我的肚子黄绿色，有五条黑道。你看，我举起了左手，然后是右手，你看到了吗？如果看到了，你就晃一晃你的下颌。

亲爱的月牙，写到这里我不知道怎么往下写了，因为有一片云彩遮住了你的光亮。我是说，你读到我这封信的时候，云彩故意挡住你，不让你看到我的身影，不让我找回定位器，就是那个蚂蚁头，继续南南南。那该怎么办呢？我应该变得很大，像老虎那么大。如果是那样，我就飞不起来了。所以还是保持现在的体重好。

亲爱的月牙，如果你帮我找回定位器，我会把我收藏的宝物都送给你。一对屎壳郎头上黑色的探须，你可以拿它当筷子夹菜。我还有一片银莲花白色的花瓣，原来准备用它做结婚的吊床，我还不知道跟谁结婚，所以送给你。第三个好东西是蜻蜓的一只眼睛，我发誓它的眼睛不是我挖下来的，是从一只死蜻蜓头上滚下来的，落在我身旁。这只蜻蜓眼绿色带荧光，像一粒宝石。我举起蜻蜓的这只眼睛向外瞭望，看它是不是像望远镜一样让我看得更远。对不起，什么也看不到。作为工艺品，这只眼还是蛮好的。你对这些礼物满意吗？你想要哪些东西在信中告诉我，我去寻找。如果你喜欢这些礼物，就请快一点告诉我蚂蚁头在哪里，我去找到它。爱你的野蜜蜂。

月牙给野蜜蜂回信：

亲爱的野蜜蜂，你的信我收到了。你这么信任我，让我感动。我作为月亮不忍心欺骗你，不能为了让你满意，就随便用月牙的下颌向东指一指，向西指一指，好像在帮你，实际是骗你。你的定位器落在了哪里，我这个位置看不到，你如果相信我，我对你说实话，我连你所在的那座山都看不清楚，它连灰尘都算不上。因为我们相距实在太远了。你所在的那个星球可能叫地球，它在我眼里像一粒沙子。你见过沙子吗？它很小，像蚂蚁眼睛那么小。我怎么能分得清地球上哪里是高山，哪里是大河？更看不到你的左手和右手了。

亲爱的野蜜蜂，你不要着急，我来告诉你怎样获得定位。所有的昆虫都通过个体与星辰之间的夹角来确定自己的位置。你胳肢窝夹的蚂蚁王脑袋已经落后了。我说一下新方法：你去寻找一棵鞑靼山茱萸树，它的叶子是卵形，开青灰色的花。找到它，你用后脑勺在这棵树上蹭。要知道这种树有磁性，经过摩擦，磁性导入你的身体，然后你就获得了定位能力，可以飞遍天涯海角，清晰你前进的方向是南是北是东还是西，以及东南、西南、西北、东北等等。我知道，没有定位就没法飞行，而且头颅撞到树木上是很痛的。

你说你要飞到月亮上，这不算是一个好主意。先不说你要经过多少年，或多少万年，也许多少亿年才能飞到月亮上。月亮上的气温不适合你呀，白天月球表面温度是127℃，夜晚是-184℃，你觉得你能适应吗？我想你够呛。所以对你来说，月亮也就是看看而已，不一定到上面来探查究竟。当然，如果你能飞到月亮上，我说的是"如果"，你会看到无与伦比的美丽景象。那时候，你看到的并非小小的山脉河流，而是浩瀚的宇宙。你听过宇宙这个词吗？世界上所有形容广阔的词汇加到一起也形容不了宇宙的广阔。所以人们说宇宙浩瀚。浩瀚是什么样子？我说来给你听。宇宙没有开始，也没有结束。想一下，人们所说的"从东边到西边，从南边到北边"，说的都是开始。有开始就有结束。但宇宙并没有方位，没法用空间的坐标来衡量它，也没有时间的概念计量它。眼睛在这里看到了什么？看到无尽的蓝色波浪。波浪里旋转着无数金色的小星星，你现在置身一颗星星上。尽管你没体察到它的旋转与运行。星星们在运行，但并非向上，也并非向下，并非向前，也并非向后，它们按着自己的轨迹运行。你所感受到的飞行来自周围参照物的移动，这里没有参照物，时间空间在这里都结束了。宇宙无比浩大，无始无终。蓝色波浪之下，白色的光晕像潮水般涌动。不时，深蓝的潮汐融化了白色光晕。眼前这些耀眼的金星与其说在旋转，不如说在翻涌。它们由一个漩涡翻出，如花朵一般，俄而变成更大的漩涡。如果可以比拟的话，眼前的浩瀚如同地球上的沙丘，只是这些沙丘的沙子全都飞了起来，化成蓝色，在天空飞舞。而你所在的地球，亲爱的野蜜蜂，不过是这些沙粒中的一粒。而你是地球上无数种生物的一种，尽管你肚子上有五条黑道。如果把你放在宇宙中，谁能看见它是一道、两道还是三道呢？你会问：宇宙里有野蜜蜂吗？我不确定有还是没有，但我能感到这里有我们想不到的各种生物。而且，宇宙里生物不一定会动，不一定有翅膀或者爪牙。生物可能是一种思想，藏身在一片羽毛里；也可能是一个能量块，存在一粒沙中。宇宙的一切物体都在运动，没有开始，没有结束。每一种物体都精妙地运行在自己的轨道上。

亲爱的野蜜蜂，你听懂了吗？我希望你尽快找到鞑靼山茱萸树，把后脑勺靠在树上蹭，这样你就恢复了定位的能力。爱你的月牙。

土拨鼠给闪电写信：

亲爱的闪电，自从你去年在天空闪了一次，我再也没有看到你，很想念你。我差不多用一年的时间想念你，反正没其他事情好做。

你去年来到万度苏草原是在六月份，风铃草开放钟形的淡紫色花。羌木伦的河水涨到岸上，把枯死的接骨木冲到草甸子上。然后你来了，在夜间。你是不是像猫头鹰一样只在夜间出来活动？你出来的时候太有排场了，广阔的夜空变成你的舞台，咔——你出现，随即消失，前后只有一秒钟。当时我脸吓白了，四只爪子连带边上绣线菊的叶子一起发抖。你好像是一棵刺楸树的根须——长在天上的大刺楸树——突然暴露。你这样做是为了什么呢？狐狸说你是上帝的胡须。

我请你在天空停留的时间长一些，让我们看清你。我记得你从夜空最靠北的仙女座冲下来，冲到芒列巴特山消失了。你在山边的河谷埋了什么东西吗？实不相瞒，我到那个地方去过了。我跑过羽状叶子的花葱丛，挂着雾松萝的冷杉林和一人多高、有闪亮革质叶子的杜鹃花丛寻找你的痕迹，想着或许能找到烧焦的东西。但什么都没有发生，大地上的青草没有变红或变白。你为什么要把树根似金箭射向大地呢？假如大地上当时有妖怪，你射中它们了吗？

我判断夜空长着无边无际的白檀树的森林，谁也看不清它们的枝叶。你也是一棵白檀树，而我们这里是一面湖。你被其他树推进了水里，被我们看到了，这样说对吗？我想知道：你掉进水里那一瞬间看清我们了吗？

在万度苏草原的森林里，有开黄花的毛茛草，有灰褐色树皮的水曲柳，还有蓝莓、黄百合、小叶杜鹃、刺五加和伏地生长的偃松。鸟类有黄脊、白脊、吃蜘蛛的戴菊莺，还有长着弯曲的喙的杓鹬鸟。你"咔"一下照亮大地，它们都现形了，跑也无处跑。你甚至照亮了藏在小溪里的红鳍鱼身上的白色鳞片。你很性急，对吗？你照亮了我们后，穿上黑羊毛大衣去了锡林郭勒。

亲爱的闪电，我只是一只土拨鼠，想象力有限，我能描述的就是这些。下面我要对你说一件可怕的事情。

从去年夏天开始，万度苏村来了外地人。他们在草原上骑马、杀羊、喝酒、唱歌。晚上应该睡觉的时候，他们继续喝酒、唱歌。最可怕的是他们发现了我们。那天早上，太阳从博格达山顶升上来，像一个黄金的巨大车轮，但放射红光。从东边流过来的羌木伦河被太阳光染红了。我们土拨鼠认为这是一个好日子，把藏在洞穴里面的橡实搬出来，站在草地上吃。你知道我们站着吃饭，就像马站着睡觉。我们面向东方，用前爪捧着橡实咀嚼，样子像朝拜。

看啊，一个外地人指着我们喊：快看土拨鼠在祈祷，快去抓它们。这个人疯狂地喊叫，招来了其他外地人。他们很胖，身穿冲锋衣，头戴软檐遮阳帽，朝我们跑过来。我们藏进洞里。他们蹲着把抄网扣在洞口，找到了洞的另外出口，点燃蒿草，用帽子往洞里扇。大团浓烟灌进洞里，我们没法呼吸，只好向外逃，落进了他们的抄网。我以为他们把我们带回家当宠物。不！我要悲愤地再说一遍，不！这帮人当着土拨鼠的面，用刀把一只土拨鼠的肛门划成十字，手伸进去，把内脏掏出来扔掉，扔在草地上，沾满尘土。然后，他用手一抖，这只死去的土拨鼠被甩成一个皮筒子，毛在里面，血肉在外面。他们用刀把这只土拨鼠皮上黄色的脂肪刮下来，放进瓶子里。他们说这是治烧伤最好的油。我实在写不下去了……

这太可怕了，闪电。他们杀死了十多只土拨鼠，刮掉了它们身上的脂肪，装进瓶子里。你可能问被杀害的土拨鼠包括我吗？我侥幸逃掉了，藏在山顶的毛榛灌木里看到他们的暴行。关于这件事我不再说了。动物界有一首歌在传唱——"可怜的土拨鼠，你死于自己的脂肪"。我死也不承认我的脂肪能治疗烧伤，我根本不知道什么是烧伤。

万度苏草原原来有二百多只土拨鼠，现在只剩十几只。剩下的土拨鼠东躲西藏，想摆脱外地人的捕杀。我们盼望冬季早点儿到来，外地人离开这里。时间过得太慢了，每天还有旅游者来到万度苏草原，我不知道怎么办。

万度苏村的牧民从来没这样对待过我们。每当我们用前爪捧起食物，他们就说"霍日嗨，霍日嗨"，好可爱啊。土拨鼠像婴儿一样吃东西。可是，外地人怎么忍心去杀害双手捧着食物的土拨鼠呢？

我们对牛说这件事，牛甚至不认真倾听，照样吃草，好像我们的倾诉不值得一听。我们跟燕子说这件事，燕子说快飞走吧，去埃及，去北加里曼丹。可是我们的家在这里，而且没有翅膀，怎么才能到达埃及？我们建造房子耗费了我们一生的精力。每只土拨鼠的家都有三个卧室、两个储藏室、一个客厅和一个卫生间。是的，我们从来不在外边大小便，粪便的气味会招来天敌。

  我们现在改掉了用前爪捧着食物的习惯，因为我们根本不敢吃东西，也不敢回家，藏在二尺高的卫矛丛里等待天黑。那些外地人在草地上喝酒、歌唱。如此残暴的旅游者，杀死土拨鼠，怎么还能唱歌呢？

  亲爱的闪电，我给你写信并不是说他们唱歌的事。我想让你做一件事——直接劈死他们！以前我以为闪电是艺术品，像驴皮影一样。绵羊纳木罕对我说，真正的闪电可以劈死人，劈死树，劈开石头。我问它：闪电的边缘是刀剑吗？纳木罕说闪电比刀剑还锋利。既然这样，快去劈吧！

  我等待黑夜的到来，盼望你出现在黑黑的天幕上。等这些旅游者点起篝火，唱歌跳舞的时候，"咔"一下劈死他们。你如果从宝日罕山的方向贴地皮把闪电劈过来，能一下劈死三个坏蛋，还能省一些电。快来吧，闪电！万度苏草原的土拨鼠只剩下12只了，我是其中的一只。

  至于怎么感谢你，我现在脑子乱，还没想出什么主意。我们送给你浆果，送给你橡实，我们在羌木伦河谷捡到的金沙也可以送给你。这些事都好商量。你到我们洞穴来，喜欢什么就拿走什么。最重要的是快来劈死那些坏蛋。你今晚能来吗？爱你的土拨鼠。

节选自《十月》2024年第1期

胡竹峰

雪地卷子

胡竹峰

安徽省作家协会副主席。出版有五卷本"胡竹峰作品"、《民国的腔调》、《南游记》等作品三十余种。曾获紫金·人民文学之星散文奖、林语堂散文奖、丰子恺散文奖、孙犁散文奖双年奖等多种奖项。部分作品被译介为多种文字。

雪色下的大地，比云层更白。百十种白，万千种白，万万种白，凝为一白。各种颜色的白，是陈白，是纯白，是粹白，是大白，是霜白，是冷白，是葱白，是竹白，是面白，是皎白，是洁白，是皓白，是柔白，是惨白，是荒白，是亮白，是素白，是粉白，是赤白，是纤白，是斑白，是暂白，是肥白，是干白……还有无邪的白，天真的白，世故的白，灿烂的白，光亮的白，老到的白，华丽的白，凄冷的白，空白的白，枯萎的白，鲜美的白……

虽然隔着很远距离，却能感觉那白里冒着冷气，莫名想起鲁迅《热风》里的随感——希望中国青年摆脱冷气，向上走，不必听自暴自弃的话。做事的做事，发声的发声，有一分热发一分光，哪怕是萤火，也可以在黑暗里发点光，不必等候炬火。大先生感慨，如果没有炬火：

我便是唯一的光。倘若有了炬火，出了太阳，我们自然心悦诚服的消失。不但毫无不平，而且还要随喜赞美这炬火或太阳；因为他照了人类，连我都在内。

我又愿中国青年都只是向上走，不必理会这冷笑和暗箭。

先是远望，然后俯瞰。目光渐渐下移，看见了云层，或厚或薄，形态不同，颜色也不同。恍惚里，觉得云头上似乎站有神仙，所谓腾云驾雾。想起书事，刘君锡《来生债》第一折："看见下方烟焰，直冲九霄，拨开云头，乃是襄阳有一庞居士，他将那远年近岁借与人钱的文书，尽行烧毁了。"《封神演义》上南极仙翁来到瑶池，于是落下云头；赤精子、广成子无事闲乐三山，兴游五岳，脚踏云光，往朝歌经过，两道红光将两位大仙足下云光阻住，拨开云头一看，却是纣王令人行刑。

《西游记》中唐僧师徒四众奔西,正遇严冬之景,林光漠漠烟中淡,山骨棱棱水外清。玄奘和尚又饥又寒,前方山坳里有楼台房舍,断乎是庄户人家,庵观寺院,想去化些斋饭,吃了再走。行者才起云头,寻庄化斋,一直南行,忽见那古树参天,乃一村庄舍。按下云头,仔细观看,但只见:

雪欺衰柳,冰结方塘。疏疏修竹摇青,郁郁乔松凝翠。几间茅屋半装银,一座小桥斜砌粉。篱边微吐水仙花,檐下长垂冰冻箸。飒飒寒风送异香,雪漫不见梅开处。

雪漫不见梅开处,只因梅花耐不住东北大地这番严寒,过不得山海关。柳树是有的,顺治初年,为保护皇室重地,所谓祖宗肇迹兴王之所、本朝龙兴之地、国家根本之地,是以修建了长长的柳条墙。志书记载,清起东北,蒙古内附,修边示限,设门有专人值守,以做震慑,使畜牧游猎的士民,知道有所止禁。

柳条墙说是墙,实则是三尺宽高的土堤,堤上每隔五尺插柳条三株,树之间用绳子牵连起来。土堤外侧挖掘深八尺、宽五尺、口宽八尺的边壕,严防行人越渡。柳条墙以内称边里,以外则视为边外。柳条边沿线设有边门,近乎城门,供出入之用。康熙时人杨宾《柳边纪略》上说,古来边塞种榆,故曰榆塞。今日辽东插柳为边,高者三四尺,低者一二尺,像竹做的篱笆,挖掘壕沟于其外,呼为柳条边,又称条子边。如今柳林虽已不复存在,但田间堤壕痕迹随处清晰可见。

万里长城今犹在,不见当年秦始皇。

千里柳边依稀在,不见当年植树郎。

柳条边内外干旱少雨多风,我疑心当年那些柳树可能有些水土不服,生得孱弱瘦小，怕是没有万条垂下绿丝绦的柔美，更难见碧玉妆成一树高的身姿吧。长城，柳墙，兵戈，铁马。一寸国土一寸金，寸土寸金，金光闪闪下，多少面容在历史车轮下黯淡了湮没了。

车行疾速，移步换景，长春的风景，眼花缭乱，处处是雪景，顿觉眼前银光闪闪，也有晶光闪闪。

第一次来长春。一个人有一个人的性格，一座城有一座城的风味。姑妄言之，长春风味者：一锅炖菜，两碗羊汤，三盘牛肉，四根酱骨，五串烤筋，六两白酒，七个大馍，八仙桌上有九衢三市之繁华。

烧烤的香味弥漫屋子，是牛肋、羊排、脆骨的荤香，也有菌类和白菜、茄子的清香。啤酒气息与白酒气息混合着，有些晕眩，有些醉意，杯子碰一起，清脆爽利，如屋檐悬冰坠地。积雪在街灯的映照下，泛着淡淡的象牙黄，想起民国往事，是萧红的文字：

> 大地一到了这严寒的季节，一切都变了样，天空是灰色的，好像刮了大风之后，呈着一种混沌沌的气象，而且整天飞着清雪。人们走起路来是快的，嘴里边的呼吸，一遇到了严寒好像冒着烟似的。七匹马拉着一辆大车，在旷野上成串的一辆挨着一辆地跑，打着灯笼，甩着大鞭子，天空挂着三星。跑了两里路之后，马就冒汗了。再跑下去，这一批人马在冰天雪地里边竟热气腾腾的了。一直到太阳出来，进了栈房，那些马才停止了出汗。但是一停止了出汗，马毛立刻就上了霜。

虽不是长春的往昔，吃着烤肉，嚼着薄薄的藕片，一时觉得就是脚下这片土地的陈年旧事。长春离呼兰河两百多公里,此时,离《呼兰河传》问世的一九四〇年已经过去八十多个春秋。此时的我,比萧红大了快十岁,她永远是那个三十一岁的民国女子,模样凝在那些黑白照中:定格在母亲旁边;定格在一九三四年夏天青岛的樱花公园,定格在离开哈尔滨前夕;定格在一九三六年的东京,定格在那年春夏之交,上海北四川路底的大陆新村九号鲁迅家门前;定格在一九三七年的上海,定格在鲁迅的墓前;定格在一九三八年的西安公园;定格在一九三九年的重庆……

很多年前,二十出头的我,在寒冷的北方冬日第一次阅读萧红,是《马伯乐》,薄薄的书,跃然众生相,说不出来的酸甜苦辣。那天下着大雪,午后,窗外雪花滚滚,带着愤懑一般,怒气冲冲扑向地面。那时候还不知道手里捧着的,是作书人绝笔未完之作。一个临死的女人竟然能写得如此从容如此冷峭,沾染血泪的笑谑中含着隐痛。距离读那本书二十多年了,二十多年,我见过很多马伯乐。

一个三十一岁的生命,如此洞察,如此练达,写出《生死场》《小城三月》《后花园》《马伯乐》《呼兰河传》。不需要细读,那些笨拙的、孩童的、浅白的、莽撞的笔法,为真实的人生作传。一年四季,吃饭睡觉,生死轮回不息。同样是属于一个女子的城南旧事,只是少了温情,多了近乎凄厉的风声和薄凉的寒雨,也多了受伤人的哀号和呻吟。"满天星光,满屋月亮,人生何如,为什么这么悲凉。"只有在茫茫白雪掩盖的大地上,一个年轻生命才能如此透彻凄冷地追问和喃喃自语地怀疑吧。

我站在街上,不是看什么热闹,不是看那街上的行人、车马,而是心里边想:是不是将来我一个人也可以走得很远?

出了大门,此刻,我也站在街上,马早就走远了。暗夜如水,暖和的身体被风吹过,猛然掉进了冰窖,冷得干净通透,不像南方的潮湿的阴冷。从来没想过,将来是不是可以走得很远,无关紧要吧。再远的他乡,无论多么诗情画意,也有人视其为疲倦之地、乏味之地、无聊之地、庸俗之地、逃亡之地。

凌晨时分的长春街头,热闹自是不多了,一切似乎被冰封住,僵在那里,动也不动,像张卡片。街上行人与车流走过,方才觉出鲜活。紧紧衣服,深吸一口气,深夜空气格外凛冽,有钢刀意味和铁石气息。

明日车发舒兰。

完颜希尹曾追随完颜阿骨打建立金朝,舒兰是其家族归葬地。

少时读书,小说家演绎完颜阿骨打事,极畅快——双臂使力,将猛虎牢牢钉在雪地之中。但听得喀喇喇一声响,他上身兽皮衣服背上裂开一条大缝,露出光秃秃的背脊,肌肉虬结,甚是雄伟。书中人看了,暗赞一声好汉子!书外人看了,也赞得一声好汉子!

完颜阿骨打是好汉子,完颜希尹也是好汉子。前人笔记说,完颜希尹身长七尺有余,声如巨钟,面长貌黄,少须髯,常闭目坐,怒睁如环,动循礼法,军旅之事暗合孙吴,自谓不在张良、陈平之下。时人称其萨满,以为他是通神人的智者。完颜希尹文武双全,依仿汉人楷字,沿袭契丹字制度,合本国语,制出女真文字。见过女真文碑刻,以汉语审美,总感觉有符印之相。可惜他如此俊彦,只因和同僚言语相忤,遭构遇害,居然以奸状已萌、心在无君之名被诛杀,祸及儿孙。后世有人感慨其人大功于国,无罪而死。

车一路走,窗外都是白雪,厚墩墩的雪。这样白的雪,多少鲜红的血曾经喷涌其上,从殷红变成褐色酱色。舟车劳顿和闲情逸致,风餐露宿与风花雪月,鸡零狗碎或盛大庄严,覆盖在一场场大雪下。完颜希尹创立的女真文字早已沉寂,所谓三不朽,立功立德立言,耐不住一天天风吹一天天日晒一天天雨打,耐不住历史车轮一年年碾压旋转研磨。只有这人物山川河流,一代代鲜活性灵,只有这天地不朽,日月星辰不朽。

古人来这关外的寒冷之地,常常是流放是发配,是穷途末路。驾车骑马,一串串马蹄印一步步脚印,印在雪地上,前面或古木森森或湍流急急,风呼啸着,伴随着大片雪花。也或许风停雪驻,相伴着夕阳冷风,今夜落歇何处?明日又在哪里?哪怕再英雄的人物,也会悲从中来,叹息伤怀。我辈今日来此,多是闲情。天上行云流水,天青而蓝,地上翠绿交错,水汽蒸腾。何处无天?何处无地?但少此天地之闲情耳。闲人簇拥,闲情寂寥。

舒兰,天德,三梁,辖地越来越小,小到所处的村落院子,小到脚下不足一尺的脚印,小到可以看见饭碗茶盅菜碟竹筷稻谷玉米的日常,看见杯酒往来的日常。村馆摆满农人自制的佳酿。并非酒徒,不知优劣好坏。忍不住喝下半杯,入口是辣的,然后一嘴高粱酿就的香。又喝下半杯,冰凉的酒水顺着喉咙潜入腹中,甘醇清冽,是火是冰,冰与火在身体里重逢交汇,将魂灵激荡出九天之外。耳畔好像听见雪地卷子翻动的声响,又觉出一股从村口外大山上吹来的风。

风雨如晦或者日色清明,多少人钻进酒坛,香甜了一生辛辣了一生,不知老之将至,不管老之将至。有人从历史大堂离开,转进小巷村落山野,任由身影摇曳成风雨中孤独的一叶扁舟,一阕竹枝词,一声《渔歌子》,一段《将进酒》:

一曲新词酒一杯,去年天气旧亭台。

酒酣胸胆尚开张,鬓微霜,又何妨!

三杯两盏淡酒,怎敌他、晚来风急!

村落人家的玉米，丰收，饱满，堆在院子里，像一座小山丘，脑子里想起天下粮仓、五谷丰登、丰衣足食的字样。伸手抚摸着玉米，掌心与指尖触起一粒粒一颗颗的粗糙与细腻。大地粮食令人震撼折服，更令人心安，正所谓家中有粮，不慌不忙。阴谋和诡计、坚守与逃亡，零碎以及完整，风雨飘摇乃至江山一统，达官贵人也罢，贩夫走卒亦好，谁都逃不开一口饮食。只是有人锦衣玉食，有人粗茶淡饭。锦衣玉食战战兢兢，远不如粗茶淡饭悠远朴素，人生平白就好，平安、洁白。

去长白山。

汽车如兽，巨铁兽，怕是狮子、老虎、豹、狼见了也要避之不及吧。巨铁兽一路喘气奔走，望将出去，前后左右尽是皑皑白雪，不见行人足印，连兽迹也无。四顾茫然，好像身处无边无际的大海。风声尖锐，在车窗外呼啸来去。偶尔路过村庄，人间烟火格外可亲。

皑皑白雪里，要刀光剑影的故事才来得浩荡。在脑际盘旋的那本书，在长白山雪夜盏茶之间，通过众人之口，只言片语，让人走进百十年的恩怨情仇。正所谓，古今多少事，当时刀光剑影，最后不过付之一笑作罢。《新唐书》记载，李密听闻包恺在缑山，即往从之，以蒲席当鞍鞯乘牛徐行，挂《汉书》一卷在牛角上，边行边读。越国公杨素在路上与他相逢，提按马辔，轻轻跟随其后，忍不住上前问道：哪家书生勤读如此？李密识得人家，下牛背作拜致礼。

所读何物？

《项羽传》。

彼此交谈数语，杨素奇之。后世不少人以诗为记——

杨万里言语神往："却思归跨春山犊，茧栗仍将挂《汉书》。"

唐伯虎语调轻巧："骑犊归来绕蒜田，角端轻挂汉编年。"

顾炎武气魄大些，说道："常把《汉书》挂牛角，独出郊原更谁与。"

大儒、游侠、朝臣、公侯、帝王，罢黜伴随荣耀，万里黄沙或者莺歌燕舞，狼烟四起和海晏河清，煌煌历史，化作冰冷的文字，悠悠闲闲摇摇摆摆晃晃荡荡在牛角上。几百年大业，不过一本史书。时过境迁，不知道当日李密的坐下是黄牛还是水牛。水牛更有古意些吧，想象一头水牛走在野径村口荒野田埂，一只角上挂有几卷《汉书》，暮春上午或者盛夏傍晚，深秋黄昏或者残冬午后。牛行缓慢，正可徐徐读见往事。来此冰雪世界，日行千里，读不得《汉书》，最好带本剑侠小说。关于长白山，都是文字里的印象。

旧年读过的小说，起笔就是长白山。时序轮转，春临大地，披着银衣的崇山峻岭，开始恢复本来面目，融化的雪水如蛇行鼠窜，蜿蜒往山下奔驰。这种情形，对于长白山来说，是表示一年中最活跃的季节来临了。猎人、采参人以及收割乌拉草的人，开始成群结队进入山中……貂皮、人参、乌拉草是长白山三宝，三样名产中，尤以貂皮最为珍贵。民间故事里，居住在长白山中的人，多是猎户，只有老幼去收割乌拉草或挖煤过活。

一日日，在长白山中行进，不知何地，不知何时，所见只有单一的红松和白雪，任凭车走着，穿山越岭，穿林过原。我走，书中人也走，我来只为看山看人看景，书中人来却是寻找人参：渐行渐寒，终于来到长白山中。虽说长白山中多产人参，若非熟知地势和采参法门的老年参客，便寻上一年半载，也未必能寻到一支。如此不断向北，路上行人渐稀，到得后来，满眼是森林长草，高坡堆雪，连行数日，一个人见不到。不由暗暗叫苦："糟了，糟了！遍地积雪，却如何挖参？还是回到参的集散之地,有钱便买,无钱便抢。"于是又走了回来。其时天寒地冻,地下积雪数尺,难行至极,若不是他武功卓绝,这般抱着一人行走,就算不冻死,也陷在大雪中,脱身不得。知道已迷路,数次跃上大树张望,四下里尽是白雪覆盖的森林,哪里分得出东西南北?他生怕那人受寒,解开长袍将她裹在怀里。他向来天不怕、地不怕,但这时茫茫宇宙之间,似乎便剩下他孤零零一人,也不禁颇有惧意。

参,是大地精魂,所以才称其为人参。人参,人神,参补养人的元神。神为人身至宝,其气禀受于先天。有医家说,神者,有元神有识神。元神者,乃先天来的灵光也;识神者,后人所染气禀之性也。元神者,无思无虑,自然虚灵也;识神者,有思有虑,灵而不虚也。忘不了皖北亳州华祖庵那一牌匾,四个大字,说的是:得神者昌。

山民遇见野参,不说抠不说挖不说拔不说扯不说拉不说拽,而是恭敬用抬,抬参。旧时,大人出行坐轿子,轿夫多少依轿的品类而定,有二人四人小轿,也有八抬大轿,乃至十六人轿、三十二人轿。山民视参为大人也。

挖参要选黄道吉日,先得祭拜山神。帮队人数为单,去单回双,人参人参,参视为人。遇见了参,要系上红绳,说能锁住它的灵气,不能挖断根茎。抬大留小,挖走人参后要将其种子埋起来,也是留得青山在的意思。

这山脉《山海经》称为不咸山,北魏称徒太山,唐称太白山,到辽金时,因为主峰多白色浮石与积雪而得名长白山。南宋洪皓《松漠纪闻》和《契丹国志》的记载有巫气,不像史家手笔,近乎传奇近乎志怪,说长白山不独山白,禽兽皆白,人不敢入。这样的笔墨不过书斋幻象罢了,但长白山白雪地里有人见过白熊、白貂、白狐、白鹿、白鹤、白鹳、白雕……据说还有白虎、白豹。

白兽白禽没能见到,眼前只有白雪,还有白首。一捧雪掉落,瞬息白头。白居易说少亦苦,老亦苦,少苦老苦两如何?君不见昔时吕向《美人赋》,又不见今日《上阳白发歌》。《美人赋》一字未成,山脚已经隐隐传来白发歌的曲调,悠扬而苍茫,带着三分暮色的凄冷。当真是"高堂明镜悲白发,朝如青丝暮成雪"啊。

《魏书》《北史》记述,在汉魏、南北朝时期,山民十分敬畏长白山神,轻易不敢在山上便溺,偶一为之,也用器物盛起来带走,不能留在此地。还说长白山上多熊罴豹狼,却从不害人,人也不敢猎杀它们,彼此相敬相安。

冰雪中,少有兽迹,天空倒是经常有鸟,远远高飞着。

那人撑伞,经过一棵树下,同行者顽劣,一个快步抱起树梢使劲摇晃,积雪像开闸泄洪一般滔滔落下,打在伞面上,竟然有些气喘吁吁。

山脚还有密林,渐渐上行得高了,雪盛而草木稀,最后只剩下山石。那些山石独坐洪荒,桀骜、孤单、硕大,入眼,恍惚如处广寒宫。天池早就冻住了,一汪绿水凝为冰心。天池有太多拍案惊奇,有当地人说,池水平日不见涨落,每至七日一潮,说与海水相呼吸,又名海眼。有猎人看见池中有物出水,金黄色,首大如盎,方顶有角,长项多须,低头摇动如吸水状。轰隆一声,忽然又不见了,人以为龙,故天池又名为龙潭。

天池所在地,地势高峻,遍地冰雪,道路滑溜,寒风彻骨,风似乎带着尖锋利刃,能剥开棉衣一般。待不多时,浑身冰冷彻骨,只好逃也似的仓皇而退。

在长白山,我待了好几个夜晚。或许是三夜,或许是四夜,记忆如此漫长,漫长得像盘桓了几个月,或许是大雪封山的缘故。

小小的一弯月亮升起来了,月色黯淡,山色更黯淡,黯淡中越发巍然越发怆然。树很高，楼比树高，山比楼高，云比山高，星月比云高。我喜欢长白山的云，浅浅敷在山头，风一吹，又像雾，一半缠绕山顶一半勾连苍天。天地之间得此一脉相通，有藕断丝连之美。天象变化无穷，大地千里冰封。所以天机凛然，天机不可泄露。

暮春初夏，雪水汇集成溪河，不断流向山外，山林积雪一天比一天低了薄了。在那时，长白山中走一走，看看寂寞的雪水轻轻流出谷去，孤零零又叮叮咚咚作响。我喜欢那样的水，不载物，却有万物，义无反顾经过山河，走向大海。

民间传说，努尔哈赤年轻时为躲避战乱曾隐身长白山。有一次回途中休憩，将装有先祖骨骸的包袱藏在一榆树洞。是夜，明朝术士大惊，只见东北天空星辰闪烁，王气蒸腾。后来努尔哈赤以十三副盔甲起兵，作为满族兴发之所在，长白山成了圣地。

康熙当朝后，家国不宁，却也派人踏勘长白山，有上谕称长白山乃发祥圣地，奇迹甚多，如此灵山应该永享祀典。经礼部审议，加封山灵为长白山之神，祀典如五岳。由于山距市集遥远，祭礼先派大臣诣山，于适当之处设立帐帷，立牌致祭。春秋二季由宁古塔官员于乌拉城举行望祭。康熙还撰文称泰山之龙脉发起于长白，把长白山推到与泰山相埒的地位。从此封山育林，以保国运长存。年轻的皇帝首次北巡，到吉林松花江岸，望祭长白山，三跪九叩。写出五律《望祀长白山》：

　　名山钟灵秀，二水发真源。
　　翠霭笼天窟，红云拥地根。
　　千秋佳兆启，一代典仪尊。

翘首瞻晴昊，岂峣逼帝阊。

诗并不见佳，但有对祖宗根基之情。第二次北巡，暮春时节，来到了长白山西麓的乌拉城，又在那里亲自举行望祭仪式。两年后，康熙再次派人勘察长白山地形。雍正时，更建望祭殿于温德亨山，也就是小白山，岁时致祭。望祭殿共有五间，宽九尺，进深两丈，柱高八尺九寸，周围有长廊。小白山望祭殿建成，每年春分和秋分备好三牲，山鹿、青牛、肥猪各二十，吉林将军率领众官员代皇帝进行望祭长白山之神大典。初一、十五，还由吉林将军和副都统轮流到望祭殿焚香祭祀。

清朝勃兴，入主中原，他们始终崇敬长白山，保护龙脉的同时，生怕数典忘祖，同时也是一个君主为自己和王朝留下一条退路。康熙、乾隆、嘉庆都写过祭告长白山神的文章。那些皇帝，或许也需要为自己的王朝注入一股力量吧。

史书提到满洲肇兴之地，必从长白山始。乾隆令人编订《满洲源流考》，记录着满族先民从长白山中一路走来的创业历程，只是语多无稽。说有仙女沐浴天湖，树林里飞出一群神鹊，叼来朱果，仙女误食得孕，产下一男孩，生来会行走讲话，相貌非凡，是满族先人最初的创世神话。

很多年后，乾隆沿着他祖父走过的路线，再次举行望祭长白山大典。乾隆皇帝好大喜功，排场极大，此次巡视，长达四个半月，极力铺张、极力豪华，向随行的王公大臣赐食、摆舟渡松花江、巡幸龙潭山，沿途一路围猎。声声钟鼓里，正当盛年的皇帝登上温德亨山巅神殿，以三献三祝之仪，面向长白山神牌位，行三跪九叩大礼，然后宣读祭文。祭礼告成，又赋诗《望祭长白山作》。这一幕，却是长白山望祭之典的绝响了。

很多年后，嘉庆皇帝东巡至盛京，想效先帝望祭长白山神又怕山高水远，只好派官员前去念了他的《长白山告祭祝文》，总算遵照祖制。道光、咸丰、同治、光绪诸位，也有朝廷大吏望祭长白山神，只是越发草草了事。那几任帝王，自顾无暇，哪里想得到长白山，更遗忘了长白山往事。数典忘祖意味着萧条，数典忘祖意味着没落。他们在圆明园在颐和园里纵情，与避暑山庄对抗，与长白山对抗。长白山的雄风与吉祥早已吹散，一个王朝从此血雨腥风，从此阴霾密布，好像一艘飘摇在飓风中的破船……

面对着风雪，面对着长白山的云，面对着长白山的树……眼前黑黝黝的又白了头的大山神秘而悠远。祖先就在这样一个静静的、纯纯的、悄悄的、簇簇的雪地里，避开了中原王气，孕育出一个王朝。那些来过这里的几个帝王，走在这山野之间，会想些什么呢？得意、惶恐、欣然、恐惧、平和……或许各类情绪都有一些。

在长白山，总是忍不住想起那个王朝的面容和身影。那个风云激荡将近三百年的时代，亦仿佛眼前裸露的山崖，褐色的肌理粲然如墨韵，笔墨劲利而苍厚潮润，层层皴染。时间走远了，一个通天帝国不过几页旧纸一声叹息。

白雪如宣纸如素绢，长白山像古画，是梁楷是董源是巨然是龚贤。我辈来晚了，赶不上北宋南宋笔墨，赶不上明清挂轴，幸运的时候，山水之间瞥见一眼前人的心意也是好的。

步履山河，错过了人物，错不过风景，山河供养，寻常风景里多一些山河底色，尘世的年轮越发厚重。无论生不逢时，还是擦肩而过，前不见古人，后不见来者，天地悠悠之间，此岸与彼岸，一同化进了陶渊明的那句诗："托体同山阿。"我也愿与山水同在，愿与书香同在，愿与文章同在。陆游老来不无惆怅地说："勋业文章意已阑，暮年不足是看山。"

冰雪大地最后一夜，天明回程，莫名有些不舍，不舍得早睡，于是饮茶、怀古、读书。旧小说插画，那些人在冰天雪地中烤炉闲读书，入神入味，让我向往，一时觉得香艳。五代人笔记，宿酒初醒，唐明皇凭妃子肩同看木芍药，亲折一枝递嗅其艳，说是花香能醒酒。月光易缺，花气难长，不如书香绵延几代，老书香越发古艳。友人存得木雕老对联，书文俱佳，看了舒服：

一榻清风书叶舞，半窗明月墨花香。

好书有庄严相，心惶惶焉，心痒痒噫，心念念兮，心切切也，乃至心慕心怡。近年收存了一些线装书，有康乾古籍，有民国旧本，也有后人影印。字大如钱，不损目力，更好在张合自如，白色的宣纸也像雪，锦函里一卷卷冰雪文章啊，其中五彩缤纷，芳草鲜美。

那日在长白山中的小河里，和友人乘舟漂荡，水声清幽，偶尔有雪团自岸边树上落下，一头跌进水里，须臾消失，清凌凌的河水真干净。船随水而行，人随船而往，我知道尽头就在前方，但尽头是归途吗？归途焉在，乡关何处？

很多年前的一个黄昏，久远得让人忘了年月时序，长江边的黄鹤楼下，冷冷清清，凄凄惨惨切切。一个诗人在黯淡的暮色中登上楼头，极目远望，孤零零一个人，古人飘然走远，空留白云千载，眼下虽有晴川沙洲、茂树芳草，却不知自己家乡在哪里。江上雾霭一片迷蒙，诗人眼底也流过迷雾，浓得化不开、挥不去，正所谓：日暮乡关何处是？烟波江上使人愁。

窗外下雨了，灯光下看见斜斜的雨点又细密又连绵。

风雨交加的夜晚，应该有一座灯塔吧，无端地，觉得那座塔应该取名为：宁古塔。虽然宁古塔其实没有塔，虽然这里离宁古塔七百多里，离我的故乡四千多里。只因想起那些苦难中的苦难，那些高贵中的高贵；那些苦难中的高贵，那些高贵中的苦难。

人生在世，难免苦难，生而为人，理应高贵。高贵的人生，又得历经多少苦难，蛇的毒液，蝎的尾针，阴狠的暗箭，绕开成群的猪猡，穿过罗刹海，踏过修罗场，一袭华美的豹皮下，千疮百孔，伤痕累累。

小时候喜欢雨天，只要雨势不大，走在路上并不去避它。鸡鸭鹅猫狗也如此，只有雨下得大了，它们才去树下草丛屋檐避雨。如今不要说淋雨了，雪也要用伞挡住。据说豹子自重，珍爱一身皮毛，避开雨天烈日。幼豹丑陋，成年后矫健且美。古人说，君子豹变。做不了君子，做只豹子也好。人要有玉性，也要有豹性。

早晨起来，天气阴沉沉，庭院的树洗得翠绿，入目一新。想起往事，也是雨天，一个懵懂少年窝在屋角读书。檐雨如断线珠，一直掉着，雨被风偶尔吹散，淡淡的雨意弥漫纸页间，那本书叫《避雨的豹》。

一只避雨的豹子，躺在树下，柔软的身子紧靠树干，似睡又醒，仿佛一段华丽的豹隐南山。春秋时，南山有玄豹，雨雾不退，为护皮毛七日不觅食。几百年后的谢朓听说此事，满心向往，说自己虽无玄豹姿，终隐南山雾。两千多年后的胡竹峰听说了此事，作诗自况：

二十年来字墨栖，文章纸上画心迷。
笔牵虎豹龙狮马，不与狸猫矮脚鸡。

孔子说，见贤明者学其长，见无德之人，则要多反省自身。圣人尚且一日三省，何况我辈？

南方的雨，向来婉约一些，几乎没有过苍茫境雄浑境。皖地的雪，和关外相比，也略显美艳了一些。可惜要离开眼前的冰天世界，我终究是雪地卷子的过客。

天地恒久，过客匆匆。

返程的午后，天空又飘起雪花。雪一朵朵自天而落，将人淹没。熙熙攘攘，忽而喧哗，忽而安静，忽而有我，忽而无我。抬头，雪繁密如星河浩渺无边，不见尽头，顿生凉意，自脑际而生，胸次而生，脚底而生。

再次想起鲁迅的书，这回是《野草》，薄薄的，小小的，和作书人样子仿佛。翻开书，凄清的月色升起，凉意像露水一样从纸页滴下来，弓拉满，握紧匕首，投枪快要掷出去了。那些爱与恨、友与仇、梦与醒、生与死、过去与未来、光明与黑暗、爱者与不爱者、沉默与开口、希望与绝望、爱抚与复仇、眷念与决绝……

时间真快，当年读《狂人日记》《孔乙己》《药》《故乡》的十来岁少年如今比那个作书人年纪还要大了，可惜那样的文字我作不出也作不来。但是那个作书人似乎离我更近了，近在咫尺，他常在我对面吃红枣、柿霜糖、豆沙糖、桂花糕、玫瑰糕……

很喜欢《野草》初版封面，图画是孙伏园胞弟孙福熙所作。黑灰色基调，构图简洁，几条白色的弧线是云，几缕断续的斜线是雨。云和雨的下面似乎有条河，河岸是深碧色的野草，寥寥数笔，茂盛之状可见。刚过不惑之年的鲁迅写血，刺刀，杀戮，旷野，碎骨，痛楚，虚妄，霜降的夜，孤寂的秋……颇为隐晦的笔法将那血肉填充进自己文章骨架，回忆与现实夹缠在一起，像是雨夹雪天气，含糊不清又娓娓道来，让人分不清是梦幻还是真实。好在我大抵懂得了那些意思，譬如"当我沉默着的时候，我觉得充实；我将开口，同时感到空虚"。

生命的泥委弃在地面上，不生乔木，只生野草。如此也好，野草生机勃勃，野火烧不尽。《野草》中有一篇《雪》，当日背诵过。二十年过去，那些句子依旧无比清晰无比璀璨。看一眼窗外，车子越过连绵的雪地，《野草》中的句子像清泉一样流过肺腑。当年在大樟树下初读文章，哪里会料到，很多年后，有这样一个时刻念及那篇久远的文章：

> 朔方的雪花在纷飞之后，却永远如粉，如沙，他们决不粘连，撒在屋上，地上，枯草上，就是这样。屋上的雪是早已就有消化了的，因为屋里居人的火的温热。别的，在晴天之下，旋风忽来，便蓬勃地奋飞，在日光中灿灿地生光，如包藏火焰的大雾，旋转而且升腾，弥漫太空，使太空旋转而且升腾地闪烁。
>
> 在无边的旷野上，在凛冽的天宇下，闪闪地旋转升腾着的是雨的精魂……
>
> 是的，那是孤独的雪，是死掉的雨，是雨的精魂。

有人安安稳稳坐着，有人身姿前倾，有人头颅后仰，有人早已酣睡，有人四处张望。脚底像一轴长长的雪地卷子，一只白色大鸟从中飞出，渐渐离开地面，腾上天空，扑向前方，穿过云层……

选自《当代》2024年第1期，有删节

刘惠春

山外青山

刘惠春

中国作家协会会员，出版散文集《我们像风一样活着》《他乡亦故乡》，有文章入选《2020中国年度精短散文》《21世纪年度散文选：2023散文》《中国2023生态文学年选》等选本。获内蒙古自治区文学创作索龙嘎奖。

一

"过了集宁，就隐隐望见了一条从东北向西南伸展的山脉，这就是古代的阴山，现在的大青山……"

1961年，历史学家翦伯赞在内蒙古考察之后，在《内蒙访古》中写到了这座"群鹰搏击，万马奔腾"的塞外名山。

如翦伯赞所言，大青山为狭义上的阴山，文化意义上的阴山。

"敕勒川，阴山下，天似穹庐，笼盖四野。天苍苍，野茫茫，风吹草低见牛羊。"

北朝民歌《敕勒歌》中的阴山，即指大青山。

从地理学概念上来讲，广义的阴山山脉要广阔得多，横贯漠南中部，从东段坝上高原的大马群山，一路向西，绵延一千多公里，由灰腾梁山、大青山、乌拉山、色尔腾山、狼山等古老的断块山组成。

翦伯赞称大青山"是一条并不很高但很宽阔的山脉"。

就是这样一座海拔只有两千多米，南北宽约20～50公里，并不很高的山，却用它宽阔的胸膛"阻挡住了来自蒙古高原的凛冽寒潮，挽留住来自太平洋的温暖气流"。因此，有学者指出："没有大青山，东北地区将成为西伯利亚一样的苦寒之地，而华北会变得干旱，黄河的流向也将有所不同。"

大青山独特的地理位置，让南北两边显现出迥然不同的景象。山南坡"势甚陡峻，攀登不易"，山下沃野千里，麦草青青，河流穿行其中，繁盛丰饶。北坡则"倾斜迂缓，渐入戈壁沙漠"，是北上亚欧大陆桥的重要通道。山后的草原真是辽阔啊，天高地远，毫无遮挡，无边牧草呼啦啦向着天边而去，只想骑在马背上，飞驰，飞驰，一直到草原的尽头。

作为一个内蒙古西部人，在内蒙古中西部之间行走，一路都是在沿着阴山山脉穿行。穿过山下绵延不断的平原、湖泊、河流、工厂、沙漠、戈壁……穿过阴山早晨的雾霭和黄昏的日落，穿过阴山的孤独与寂寞。

然而，事实上，我对这座山一无所知。

又有多少人真正了解这座山呢，这座山像是一直伫立在历史中，而不是现实中。

长期置身于中国几千年宏大历史叙事之中的大青山，更像是一个边塞美学意象，无处不在的繁杂历史固化着人们对这座山的感受，让它一出现就总是与历史一起被描述，被认知，被记忆。

我的感知中，大青山仿佛就不是一座地理的山，自然的山，现实的山，存在的山。提起它，我的脑海中出现的不是一座真实的山的本体形貌，而是一个个的人名，一个个的历史片段，一个个的传说故事，那些历史典籍中的时刻，那些诗词文学中的时刻，不论是暴力、伤痛，还是崇高、唯美，它们一同在这座山中聚合：胡马，白草，羌笛，冒顿单于的苑囿，满川的阴山马，月下闪着光的白道，戍边将士唱起的悲歌，冯唐，李广，逃遁大青山腹地的耶律延禧，黄昏青冢路……

山与历史紧密的共生关系，遮蔽了作为自然的山的本来面目，大青山仿佛不是活在空间中，而是活在时间中。

重重叠叠的历史之下，如何才能看见一座山的自然形貌，捕捉山的自然表情，体会山自身的呼吸、心跳、生机和情感呢？

七月，我跟随几个朋友，穿过大青山，从南麓到北麓，从后山的武川深入到山中，探访了一个叫榆树店的古老村庄。一路上，不仅仅是山本身，更多的是人与山古老深刻的依存关系让我感受颇深。

许多年来，大青山不断被人类争夺、砍斫、损毁，但它却一直没有失去对人类的信心，它依旧护佑着他们，滋养着他们。也许在大青山眼里，人类的雄心和壮志总归是渺小而脆弱的，自然世界的力量才是无穷的。

无论过去，还是未来，大青山都岿然立于天地自然之中，以沉静的姿态回应着人类历史风起云涌的动荡气息。

霜鹰自去，青雀空飞。

二

文化地理学家提姆·克雷斯维尔指出，当人们以命名的方式赋予空间以意义之时，空间就变成了地方。人们通过身体在日常空间中的流动来确认地方，并与之建立情感联系。

大青山南麓的呼和浩特，就是这样一片在不同历史时期被赋予了不同根源意义的空间。

北魏时的敕勒川，隋唐时的白道川，辽金时期的丰州滩，明清时的土默川，人们为各个时间片段中的这片土地命名。

最早的时期，要从公元前306年赵武灵王建的云中郡说起。

《虞氏记》记载："赵武侯自五原、河曲筑长城，东至阴山。又于河西造大城，一箱崩不就，乃改卜阴山河曲而祷焉。昼见群鹄游于云中，徘徊经日，见大光在其下，武侯曰：'此为我乎！'乃即于其处筑城，今云中城是也。"

一座城的兴建之地，竟然源于一群天鹅的指引。

古老的人们懂得如何在自然之中，与万物应和。他们相信自然，也依赖自然。

明万历三年（1575），富有远见卓识的蒙古土默特部领主阿拉坦汗在土默川上建起了"库库和屯"。

"库库和屯"是蒙古语，慢慢演化为"呼和浩特"，意思是"青色的城"。

用颜色来命名一座城，只有生长在天地之间的民族才有这样天然的诗意，长在身体里的诗意。

轻轻念着这个名字，磅礴的草原文化意象和流动的自然气息瞬间被激活，大地和天空直接进入一个人的心。城之上，蓝色的诗意升起，有着生命，有着温度，有着时间，有着宇宙。

城里的建筑在岁月中会发生诸多变化，但名字中那些诗意的东西却会保存并延续下去。这座充满了现代气息的城里，依旧能感到天地的宽阔，青草的气息，人世的久远。那些存在过的人，彪炳千古的，寂寂无闻的，他们共同汇成了城的颜色、质感、气息、味道、声音，混杂其间的，是城在不同年代不同时期的回忆、想象和变化，或者热闹或者寂寞。

《敕勒歌》仅仅用了二十七个字，就几乎成了整个草原美学的至境，敕勒川也因此被人们赋予了文化之上的意义和价值。

许多的人来这座城寻找敕勒川，他们寻找的就是提姆·克雷斯维尔所说的一种文学地理坐标，一种诗学意象和文学想象：青色的草原，青色的天空，青色的高山，还有青草一般生长的牛羊和人们。

人会离去，时代会结束，但美不朽，美造就的语言不朽，美让这座城被标签化、被元素化、被景观化。

大青山下，有一座"敕勒川国家草原自然公园"，一个微缩的敕勒川草原。那是用现代化技术在一片荒地之上重塑出来的草原，是用大数据和乡土植物搭配下人工干预修复的草原，是呼和浩特城对人们想象和向往敕勒川的一种回应。

自然的自我修复能力是惊人的，公园里的植物从播种时期的二十种现在已经自我恢复到了五十多种。有彬草、羊草、皮垫草、蓝亚麻、蒙古百合、红豆草等，间以淡紫色的鼠尾草、橙红的虎皮菊、紫色的柳叶马鞭草等大多数公园里都会见到的景观花朵。这些花朵让自然公园多了一些人间的明亮和生动，却少了草原的辽远与壮阔，少了荡气回肠的忧伤与苍凉。

时间在这片草地上折叠起来，一个与山与川共时共在的空间。

我们已经无法再写出那样美的诗，但敕勒川的美会一直在，那些青草，那些牛羊，那些月光……

三

山中的众多沟谷，如同一道道细密的血管，蜿蜒穿行在大青山之间，这些沟谷也是大青山历史不可忽视的一部分，统称为"阴山道"。大青山最险要的隘口称作"白道"，守住白道，可南可北，进退自如。北魏时期还专门设置白道守将一职。

我们沿着旧日的白道，今天的呼武公路向山后的武川行去。

站在山口，可以清晰地看到山下的敕勒川，一片开阔之野，川尽头的天际，一列长长的云横在深蓝的天空，顿觉天地宽广，豪气顿生。

没有壁立万仞的险峰，没有幽深苍翠的深壑，大青山如同一个泰然自若的伟男子，顶天立地站在那里，把北方的天高云淡和凛冽豁达向远处无限扩展开去。

从山南麓远看，这是一列冷静的山脉，青黑一色，植被稀疏，不生乔木。进到山里，尤其站在山顶，才发现和山外的感觉完全不一样。越往山深处行去，山的颜色越发深重，随处可以看到青色的岩石，严肃的青，沉默的青。松柏和灌木逐渐多了起来，成林，成片，枝枝向上，得了山的硬度一般。

打开车窗，山里的空气顿时扑了进来，那是集合了青草与枯草、绿叶与落叶的气味，其间也有岩石冷冽的气息。

在一些山坡处，树林渐次密集了起来，时而会看到山坡上出现一片树木，它们在不同的地段出现，颜色明暗不一。

一些地方，还可以看到连成一大片的树林，树林边上高低错落的低矮灌木丛，被大风刮得偏向一方，但却长得极其繁盛绵密，越往深处就长得越旺盛。在一些山坳里，灌木丛长得差不多有一个人那么高，这些灌木丛为山里的草本植物提供了遮风的屏障，一些旺盛的草就沿着山坡向下，向下。

在明亮的光线之下，到处是深的绿，浅的绿，在山坡投下高高低低的影子，油画一般的质感，竟觉得不是行走在大青山中。树木多长在大青山的阴坡之上，山的阳坡，却是半秃半旱的，仅有一些低矮的草，长势也不是很好。

古时大青山，阳坡阴坡都是树。《魏书》记载："元年，葬昭成皇帝于金陵。营梓宫，木杮尽生成林。"拓跋珪在营建什翼犍的陵园时，伐取了大量木材，砍削下来的枝叶和碎木片竟然成活并生长成林。

到了清代，大青山依旧是塞外佳胜之地，钱良择在《出塞纪略》中描绘了一段大青山的景物："道旁红花布地，黄花间之，灿若披锦。……山上下皆桦木、山杨，其大盈抱。山苍树翠，掩映相属十余里。……权憩山尽处、水边树下，草特肥茂，纵马饱食。有垂钓者，水急不能得鱼。"

这样的景象,现在已经很难看到了,漫长岁月里,阴山地域绝大部分的森林已毁灭殆尽。但是大青山的野生植物依然有很多,它们多生长在山深处,无缘得见,便以为不存在。比如大桦背的芍药花,花开季节,坚硬的山石处尽是大团大团或红或粉的花朵,自开自落。

资料显示,大青山在不同地段,不同海拔,阳坡,阴坡,分布着不同的植物,共有七八百种。山里还有众多的知母、玉竹、党参、麻黄、狼毒、柴胡、黄芩、防风、赤芍、郁李仁、龙胆等野生药材。

山间,偶尔在一小片开阔地带,会出现一个小村子,一间间房子,聚在一片平缓的坡地上,人烟在山深处缓慢升起。

村落,人家,牛羊,葳蕤草木,眼前平常安定的一切终于把大青山从复杂的历史中抽取出来,分离出来。大青山不再是历史的背景,它们是它们自身,是人类之外的存在。那些文学意象,那些历史遗迹,都是大青山的附属物,大青山归根结底还是一座自然的山。在历史汹涌激烈的更替中,是天地自然守护住了这座山的精气。在人间烟火之中,大青山庞大的灵魂终于平定下来,安息下来。

这些年的大青山,生态保护得越来越好了。

从 2000 年开始,内蒙古统筹建立了大青山自然保护区,2008 年,经国务院批准晋升为国家级自然保护区。保护区东西长约 217 公里,南北平均宽 18 公里,涉及呼和浩特、乌兰察布、包头 3 个市的 11 个旗县区,是中国北方最大的森林生态系统类自然保护区。

站在山顶,看到的天空都变得不一样了,清澈透明的蓝,广阔无垠的蓝。视野所及,一切都被镀上了一层明亮的光辉,远处青色的山峦,山坡上黄褐色的草,青绿的灌木,墨绿色的松林中夹杂的一棵棵白桦,像一道道银亮的丝线,在天空下闪着锃亮的光。

明朗的阳光照耀天际。

大青山古老,却又年轻,每天,每个时辰,每个局部都是不一样的。

四

半个小时之后,我们到达了武川,立刻感觉温度低了下来。

山前后的温度相差 6 ~ 12 度。

古时候武川的气候条件更为糟糕,"胡天八月即飞雪"。一年里,大多数时间冰雪不化,寒冷异常。特殊的地理位置和严酷的自然环境,导致这里人烟稀少。即使到 20 世纪初,武川仍然"山窑星散,无大聚落"。

环境这样严酷的武川,却有着一千七百多年的官吏记录。史载,武川曾经是北魏的龙兴之地,公元 5—7 世纪,高欢、宇文泰、杨忠、李渊等豪强就出自这里,先后开创了北齐、北周、隋、唐等数个王朝,主宰和影响了中国历史数百年。

我们到达的是武川的可可以力更镇,汉语意为"蓝色的山弯"。这里并不是北魏时期的武川镇原址,时光漫漫,北魏六镇均已散失于历史的烟尘中。

看着这座处在山地与丘陵中的小镇,突然想起许多年前看过的一句诗:"风吹着高原小镇的心。"

心里竟然涌上微微的怅惘和激动。

可可以力更,一个凉爽安静的小镇,街道很干净,走动的人并不多,与我见过的许多塞外小镇有着相似的面目。与众不同的是,街面上到处是莜面馆子,大到装潢华丽的两层楼,小到一个简单的铺面,不用走进去,就感觉武川莜面的味道满街流淌。

那些味道,等同于幸福。

这倒让我记起了武川是著名的莜面之乡,是世界燕麦的发源地之一,被誉为中国的"燕麦故乡",有着两千多年的种植史。武川还是荞面之乡、马铃薯之乡、药材黄芪之乡。武川黄芪极负盛名,清末民初就有"正北芪之乡"的美誉。

燕麦多为野生,《本草纲目》记载:"燕雀所食,故名。"一般在山区冷凉旱地的川地、坪地、梁地、缓坡地播种种植。

在这样的高寒干旱地带,大风吹着,大雪落着,如果没有燕麦,那些燕雀,那些燕雀一样的人,如何存活下去呢?

燕麦、荞麦都属于高寒农作物,不怕冷,不怕旱,也不挑剔土质的贫瘠和盐碱。它们是武川地貌与气候的一部分,带着坚不可摧的力量,带着血肉温度,在空寂无人的荒凉空间里呼吸,蓄力,生长,与武川的人们相依为命。

农作物是被驯化的自然,被干预的自然,也是完成的自然,它们的美,是天地大美,是农民们自己作的一幅巨大抽象画。这些美,让这荒凉的苦寒之地,有了颜色,有了温暖,有了生命的依恋。

农作物开花的时候,整个武川都是热闹的,鲜艳的。

金黄色的菜籽花铺展成一张金色的大地毯;胡麻籽开着活泼的小蓝花,像是天空的影子、蓝色的湖泊;还有白色或淡红色的荞麦花在风里摇动着身姿,大片大片的白,细雪一样。

远远望去,田野里大块的黄色和大块的蓝色相间,抑或一大片淡淡的白、嫩嫩的红。荒寒与鲜艳,在其他地方无法共存的特质,在武川,完美地结合在一起。

农作物的花朵与贫瘠的日子有关，与人们的心情有关，它们开得盛，人的心里就多了期待，多了盼望。

武川种植有七十万亩土豆。

土豆是温暖的食物，总给我以暖老温贫的感觉。就是这饱满圆润的食物，陪伴着我长大。在秋天，一袋子一袋子的土豆被小心翼翼地放进菜窖，陪贫寒人家度过一整个漫长寒冷的冬天。

每年，都会从外地来很多"起土豆"的雇工，他们和武川人一起在地里收获土豆。那么多圆滚滚的土豆，像一群群淘气的孩子，在人们的脚边快乐地滚动着。满地撒欢的土豆，满袋子的土豆，武川大地给予了人们如此热烈又如此喜悦的场景。

武川还有一种特产黄花菜，夏天时，漫山遍野都是金黄色的花朵，有些人家还会挖回去种在自己的庭院里。采摘回来的黄花菜，晾干，就是武川人家必备的一道菜。

车行在武川，公路宽阔，草木青青，四野的土地散发着浓烈的草木味道，一座温暖的、平和的、生机勃勃的县城。

时光洗去了武川声名的负累，这座以武功命名的铁血之地如今一片丰饶。古老的杀伐兵气早已消逝，充满寒意的鼓角不再响起，争战与厮杀变成了人世的温暖和热烈，变成了稼穑香气和草根绿意。

土豆收回去了，荞麦收回去了，莜麦收回去了……冷风从远处吹来，大雪一片一片，落在武川的山头。

五

榆树店村属于武川县，位于大青山腹地，因一座北魏时期的古城而著名。

据《魏书》和《水经注》记载，北魏在阴山之中建有皇帝行宫两座——广德殿、阿计头殿，分别为现在的榆树店古城和土城梁古城。

据考证，汉朝时期，榆树店村还是军队过往的驻扎地。

从武川向西南行百余公里到庙沟村，经过一段狭窄的水泥路，便进入了前往榆树店村的河谷。

眼前的河谷，荒凉干涸，到处是乱石和细砂。一如边塞诗人岑参所言："一川碎石大如斗，随风满地石乱走。"越野车无法安稳地行走，众人只能下车，沿着河谷向山里走去。

大山是空旷的，天空是空旷的，时间亦是空旷的，大山深处，就走动着我们几个人。

河谷边有一座废弃的村子。

说是村子，其实只是几座颓败的房屋，残墙根边一丛丛巨大的杂草，快要把房子遮住了。房子前面有一口水井，井绳还在，还能绞动，井深处依然还有水。井旁草丛中有石头琢制的饮马槽，边上立有一块刻石，上书"清嘉庆七年"。

空荡荡的饮马槽中，竟然长着一株绿油油的草，绿得让人惊心。不知什么时候落下来的一点点雨水，让一粒草种顽强地生长起来，槽底早已干涸，但它还活着。这株渺小的生命，低微的存在，就像曾经从水井中打水的人，在大青山漫长庞大的叙事里面，根本不会被关注被记得，留下的这一点点痕迹最终也会消失得干干净净。但我还是往石槽里加了一些水，这努力的绿里面，有着生的尊严。

步行了一个小时之后，中午时分，我们终于到达了榆树店村。

在四面青山包围之中，小小的村落出现了，红色的屋顶，淡黄色的墙面,葱茏的绿树,几个老太太坐在屋檐下晒太阳,神情安详,闲散地聊天。

相传大清康熙年间,从山西平朔府迁来两户人家,一家姓阎,一家姓王。他们看到这片河谷边长着一棵巨大的古榆树,像是某种神谕,于是两户人家便留在了这里。之后,人烟渐多,遂成村子。

大青山南北往来的人,多从这条河谷过,到达这里时,常常天色将晚,就停下打尖住宿,所以村子以"店"命名。

午饭是在村里人老吴家里吃的,老吴老两口早早就准备好了。

老吴家的院落里一片绿意,种着一棵果树,种着黄瓜、辣椒、西红柿,青色的蔓秧沿着支架攀缘而上。满院子就种了一株花,长得一人来高,红红的几大朵,是山丹花。老吴是陕西人,山丹丹花开红艳艳。

饭后,老吴端上茶水,是武川本地土茶,叫山茶。

山茶是用黄芩炮制的。黄芩是药材,是北方特有的一种多年生草本植物。

武川漫山遍野都生着黄芩,家家户户都会炮制山茶。

黄芩味苦,晾晒或翻炒好了以后,要和红糖放在一起细细搓揉,让红糖的甜慢慢浸入黄芩的苦中。

冲泡好的山茶色泽十分好看,金黄色的,晶莹剔透。喝一口,苦味有些冲,之后会泛上一丝甘甜。老吴说,这茶最是祛火,山里人天天喝,祛百病呢。

老吴家的房子建在半坡上,几个人坐在院子里,能够清楚地看到对面的大青山。山上林子繁密,白桦、油松、山榆等天然混交林。云朵从山后面翻越过来,不断在天边堆积,偶尔有一朵越过山顶,慢慢在天上走着。

老吴的儿子也在,他每星期都会从呼市回来看望父母,给他们买一些吃的和用的。老吴的儿子一直要接父母去呼市养老，也省得他来回奔波。

老吴不愿意离开，他说他习惯了早上一睁眼，就看到太阳从山坡露出脸来，晚上山里安静，没那么多嘈杂声音。

老吴每天都会上山看看那座古城，别让羊群给踩坏了，别让山水给冲塌了。还有那棵老榆树，看它的枝子被风吹掉了没，看它又长出了新的叶子没。老吴说他每天不去看看老榆树，心里面不踏实。老榆树是榆树店村民们的神灵，守了村子几百年。从前，村子里的人每年还要给老榆树过生日，四月十八，那是很盛大的日子，像庙会一样。村里人在老榆树跟前搭建戏台唱大戏，给老榆树摆供上香，披红挂彩。四面八方很多地方的人都会来，唱戏的，看戏的，买东西的，卖东西的，浩浩荡荡几百号人呢。有时候会热闹上一个月。

"多少年，世代这么相传下来的习俗，那些好光景都过去了。"老吴神情落寞地说。

现在的榆树店村，年轻人都走光了，只剩下四十来个老人，庙会早些年就不再举办了。有很多外地的人来榆树店村看古城，看老榆树，他们都会来找老吴，老吴像个向导，他喜欢这样的日子。只要有一个人还住在村子里，村子就不会消失。

老吴说，这几年，山里的鸟啊，青羊啊，狍子啊，倒多起来了。有时候早上起来，听到山里狍子叫的声音，就知道雨要来了。

六

我站在榆树店村的老榆树跟前。

老榆树的正面，有一张内蒙古自治区人民政府特制的身份证，上书：840年，国家一级古树，编号：15012500007。

没有人知道，八百年前，是谁在宽阔的沟谷里栽下了这棵榆树，又或者源于鸟兽带来的一粒种子。

关于老榆树的由来，村子里一代代人演绎出众多的神话故事，有王母娘娘，有观音菩萨，有玉皇大帝……各路神仙和老榆树一起，滋养着榆树店村孩子们的童年。

比起一座两百多公里长度、几十公里宽度的大青山，一棵深山缝隙中的树太微小了，简直可以忽略不计。

但是，这棵老榆树不一样。

这是一棵被火焚烧过的树。

树的主干基本被烧毁了，空洞一样的身体里，浇灌着满满的水泥，焦黑的身体，触碰一下，似乎就会立刻碎裂。如果不是用水泥这样坚硬的东西来固定，也许仅仅是一阵风，老榆树的身体就会化为齑粉。老榆树四处延伸的枝干现在都用一根根长而结实的钢架支撑着，外围也用围墙围了起来。

这样一棵被损毁得不成样子的老榆树，它居然还能生出那么多的枝干，生出那么多的绿叶，在空中张开那样庞大的一片绿色树冠。让人无法想象这些生机勃勃的绿，竟然来自那焦黑空荡的树干。有一截长长的枝干，已经完全干枯，低低地探向大地，像是它已经没有力气再支撑起自己的身体。但向着天空的一面，依然长出那么多细嫩的枝子，绿色的树叶，一片一片，在风中欢快地拍着小手。

我小心翼翼地伸出手去，轻轻地摸着那些绿色的枝叶，我不敢碰触它身体中的空洞，它干枯坏死的侧干。再轻的触摸，我害怕树也会痛。

树会痛吗，它怎么面对它的痛？

这是一棵经历了太多磨难的树。

老吴说，抗日战争期间，老榆树曾经被日军焚烧过两回都没有死，后来又被某个无知的村民用斧子砍过，尽管树的底部缺损了一大块，但它还是活了下来。老榆树顽强的生命力让村民们对它充满了敬畏，在人们眼里，老榆树已不再是单纯的一棵树，它变成了神灵一样的存在。人们在老榆树的枝叶间绑上祈求护佑的红布条，但凡遇到难事、烦心事或者重要节日，人们都要来向老榆树祈祷，祭拜。

太多的祈祷也会变成灾难。

一年除夕夜，人们祭拜的香火，引燃了树干，火苗顺着树洞向上蹿去，愈燃愈烈。深夜里，整棵树变成了一根巨大的蜡烛，在大青山深处熊熊燃烧。

那场火燃烧了三个小时，才被扑灭。

我看了那场火的视频，火从老榆树空空的树心里开始燃烧，主干里面完全是空的，只看见熊熊火焰向上而去。四根侧枝有三根也在燃烧，火焰就沿着中空的树干内部、树枝向上蔓延，树的内部火焰明亮，像是树在自焚。

即使是视频，看着也令人如此难过，无法久视。

也许，老榆树听到的人间的苦太多了，它不忍心再听，因为它无能为力。它就把自己烧着了，那火直冲着天，像是对老天的愤怒，也像是对树自己的。

一棵树受难，人也受难。

村子里的人四处奔走，想要救活老榆树。武川的园艺专家们采用了技术手段，对老榆树内部的烧伤部位进行了填充和修补。老榆树再一次枝繁叶茂起来。

一棵烧焦了又存活下来的树，蓬蓬勃勃地立在那里，就是庙宇，就是殿堂。

我慢慢绕着老榆树转，它高昂着头，向天空伸展而去，它的生命意志超越了人类的想象，像有一个魂灵支撑其上。我仿佛听见，老榆树身体里，铁马冰河的声音，烈焰焚心的声音。也许，一种更大的力量，更大的爱，让老榆树变成了不可战胜的事物。

我抬头看向远处，无数云朵，一次又一次，从山后涌起，消失，那是千万年前的云朵，它们让人看到未来会如何消失。

这世间总还是有一些永恒的事物。

这让我拥有了某种信心，老榆树的存在，足以安稳和维护住一些古老的秩序、古老的人心。

就像我跨越了那么远的距离，从大青山扇面一样张开的一侧到达另一侧，然后沿扇柄而下，进入青山腹地，站在一棵树面前。

就是这样一棵树，这大青山里最微小的事物，却如此牢固，仿佛深海的锚，支撑起我对整个扇面甚至整个人世的感觉。

一棵忍住疼痛的树。

注：本文写作时参考了赵子阳的《大青山文脉——中华文化中的古阴山足迹探究》《阴山敕勒川——农牧文化交辉交融的历史长廊》。

选自《草原》2024 年第 1 期

龚曙光

一个人的桃花源

龚曙光

湖南澧县人。作家、评论家、出版家、媒体人、企业家。中南传媒股份公司首任董事长。曾获"中国出版政府奖""韬奋奖"等多种荣誉，享受国务院政府特殊津贴专家。首部大型地方史诗剧《天宠湖南》总策划、总编剧。

老汤是个怪人。当年朋友介绍,就这么说。交往七八年,回头想想,还真是。

说他怪,起初老汤也不回撑,但憋屈。一双圆鼓鼓的眼睛,定定望着你,满是孤傲与无奈。时间一久,似乎也不在乎了,任你说,他只是笑。其实,老汤平时爱笑,笑起来哈哈哈哈,坦荡、爽朗,很能感染人。我喜欢看老汤笑,他会将你带得轻松畅快,让你心无挂碍。

头回见老汤,他就是这样一脸笑,如春风,如秋阳,温煦敞亮。那是2017年,桃花源里的一个仲夏夜,月好,雾也好。月笼薄雾,水一般荡漾。远处的山,近边的谷,沉浸在这月中雾中,一同荡漾。就着静穆蕴藉的夜色,当地的一位朋友陪我喝茶聊天。不知怎么,便聊到了老汤,说他是一个怪人。她说就在桃花源的一条山沟里,老汤投了五六个亿,建了五六十栋木房子,折腾了七八年时间,就是不肯开业。当地官员、农民嘲笑他:花了五六个亿,折腾了一个民宿,人家一年半载能搞定,他却十年收不了摊!老汤颇不屑,一副鸡鸭不同讲、燕雀焉知鸿鹄之志的轻蔑,说自己建造的是中国最有文化情怀的度假村落,目标就是超安缦。当地人哪里知道安缦,只晓得安利或者安妮……

我一听,便笑了。心想,这桃花源就是桃花源!什么事,听上去都像童话。因为管酒店,国内国外的安缦我真到过几家。超越安缦,想的人或许有,真金白银砸钱干的,没见过。我问朋友:真正的投资人是谁?朋友答:老汤呵,汤春保!我又问:老汤是谁?朋友再答:一个本地农民!我觉得不是朋友在说童话,就是老汤原本是个童话。朋友见我不信,便给老汤打电话,说是介绍个做文化产业的大佬,让他赶紧来。

约莫半小时,便有人推门。门开,见一矮矮墩墩的男子,圆脸、光头,笑得像尊弥勒佛,披了一身白晃晃的月光进来。一件对襟衫,一条阔裆裤，仿佛念完经刚下课。怀里抱了一沓图纸，差不多顶到了下巴。朋友介绍：老汤，汤老板！老汤放下抱着的图纸，抹了抹额上的汗珠，也像是抹额上的月光，灿烂一笑：什么老板，我就是个农民！似乎怕我不信，指着门外月下的一道山脊，说他家的老屋就在那座山下的沟里。他对农民身份的强调，或是自谦，或是自信，或许还是对一个所谓大佬的挑衅，但他那坦诚爽朗的一笑，便将一切都消融了，你只觉得，他就是实话实说。

朋友问：搬这么多图纸干吗？老汤说：来了行家，没有图纸怎么请教？我想，老汤应该是猜透了我的心思，搬图纸，只是为了证明，他追求的目标并非笑话。翻开图纸，我一看便知绝非大事务所的作品，其中好些手绘图，亦非专业手笔，有的像儿童画，有的像木工泥工的示意图。不过，将这三类图纸叠加起来，我能想象出这个项目的确颇似法云安缦，但更村落化，山体、溪流与建筑的布局，感觉更谐和妥帖。我问概念设计是谁，老汤说是他；问建筑设计是谁，老汤说是他；再问环境设计是谁，老汤说还是他。朋友说连木工、泥工活，他都自己领头干，何况是规划和设计！老汤说，为了考察湘西北民居，他花了近两年时间，把常德、湘西、怀化的古村落差不多跑遍，还跑去江西、安徽和福建，考察了各种风格的老村落。建筑这些房子的木材、石料，全是在老村寨里搬来的，一木一石，都有岁月的包浆⋯⋯

我有意将话题扯开，说到安缦和虹夕诺雅，看看他对奢华酒店究竟知道多少。老汤说：法云安缦最大的失误，是用了非本土设计师。这些人擅长的，是文化表现，而非传承和保护。一个外国人，无法真正体会中国村落的奇妙，传达不出东方精神的精髓。而虹夕诺雅，虽充分利用了自然山水，但仅仅是利用，其建筑，缺乏真正源自山水的"生长感"。

老汤这番见解，显然不是来自书本。因为他高中未毕业便辍学去跑长途货车了，其后再未进过学门，也未拜师读书。早年，他迷恋的是赌博，一上桌，可以七天七晚坐庄不下场。后来金盆洗手，接手了爷爷积攒的一点家业，卖建材、做地产、办学校、开酒店，虽说风生水起，但都在常德那个小生意圈里滚，并未沉下心来读多少书。他对自然、文化与建筑关系的理解，应该来自审美天赋，更来自他对传统村落生活的迷恋。我是信奉山水启悟、习俗熏染的，因而他的审美观、文化观，应该与其长期生活在桃花源有关。老汤的怪，大抵是因为其商业逻辑、审美禀赋和文化情结，与其身份和生平相悖太远，以寻常眼光，怎么看他都像个谜。

次日一早，老汤领着我们到了山沟里。同行的，还有梁建国。老梁是"新中式"装饰风的首倡者，也是行业里公认的设计大咖。老梁说，这个项目他来看过多次，能做成"新中式"的代表性作品。老梁的参与，给了老汤启发和参考，但老汤心里要的，终究不是提炼某些传统要素的"新中式"，而是湘西北民居的原味陈设，一种乡村的传统手工与审美，一种纯粹民间生活的沉浸感。到头老汤放弃了老梁，自己画图、选型、配搭，他将那些地道的传统手工和场景，将一种正在消逝的文化符号，还原、激活为一种村落生活方式，回溯、升华为一种桃花源式的生命体验。老梁与项目失之交臂，心中颇为不舍，但他很明白，这个项目已经不是一个产品、一个商品，而是一个呕心沥血的作品，其作者，永远只有一个，那就是老汤自己。

沿秦溪行，左拐入两山间。一道溪水，依山谷蜿蜒而至，时溪时塘，时窄时宽。水至清，倒映满谷苍翠，如漱玉涵碧。有水声、风声，与空山虫唱鸟鸣交响，不宏大，缥缥缈缈，更显山谷的清寂幽远。阳光与空气一样新鲜，从树木竹篁照入，射出一道道晃动的光柱，照耀林间苔藓、蕨类和星星点点的野花，有一种人迹罕至的原始感。远望是看不清建筑的，间或风曳树梢，会现出一角青檐，旋即又被绿树淹没。看久了，若隐若现的，像一场孩童游戏。走近，山谷里有一个一个的小院落，一栋一栋的木房子，枞菌似的，一丛丛一窝窝长在林子里，看上去自生自灭，与天地山川浑然。院子的围墙都矮，从竹林或树丛中逶迤过来，如一根根沧桑的巨藤。墙体或为土筑，或为石垒，或为砖砌，上面或长满绿苔，或爬满青藤，或垂满野花，各个不一。其样貌与风姿，兀自天然，并不格外攀比招摇。院子的地坪，皆为糯米、石灰、黏土加桐油夯筑，洁净硬实，看上去却一如泥地，与农家旧时的晒坪无异。

木屋多为一层，是湘西北民居的形制。或三间，或四间，偶尔也有多一间耳房的。深褐色的立柱、板壁、已经长满瓦菲的屋顶，透着饱经风霜的苍老，让你辨不出坐落在这里已经多久，你只能想象已历经山外多少番风起云涌的改朝换代。入门即堂屋，右厢卧室，左厢洗漱间，各室宽敞而不空落。房顶高，青瓦与木梁椽条匹配，有一种与户外呼吸相通的舒畅感。堂屋后墙，是整块大玻璃，将屋后的山坡、竹木直接映入，一年四季风物更替，每日都是新鲜的景致。若是下雪天，则如栖卧于皑皑雪野之上。室内的木器，极考究，为金丝楠老料制作，故宫专家的手艺。布草为纯麻细纺，原白色，朴素里透着舒适。洁具顶奢，所有五金件皆由意大利捷仕定制，为中式老铜形款。

我想，设施用具一例专属定制，花五六亿，倒也正常。只是面客的院子，只有几十个，平均的造价依旧高得离谱。老汤说，花钱多的不是这些地方，费钱的是老木料、老石料，还有用这些老料建房子，几倍甚至十几倍的工时。工人是快绝迹的老匠人，且都是手上的活，一快就入不了法眼。譬如每间房子的窗户，都是上百年的雕花，大小花型不一，每栋房子的结构，要根据窗花来设计和建筑。还有园林景观，你看到的都是自然林、自然植被，其实整条山谷都是移植的，一共移栽了近两万棵树。这地上、墙上、屋顶上的青苔，也是种植的，前面一片三四十平方米的青苔，种植和养护已经花了两百万元。老汤这一说，我便发现这里的每一公共区域，选址造景都堪称绝佳：餐厅是一栋两层楼的四合院，靠山临水。院中的一株朱砂梅，树冠如伞，覆盖了整个中心庭院，春夏绿叶如纱，及至花季，满院朱梅如霞，暗香浮动一沟月色。泳池则设在山顶，一池碧水映月，星光与萤火互辉，晚风弄波，其趣如溪间野浴。其茶室，均设在幽深的竹林里，一壶自产明前茶，就着四面的竹影松风，不是魏晋，胜似魏晋。还有稻田、池塘、茶园、果林和溪畔草地，其间鸡鸣犬吠，炊烟袅袅。水牛在坡上啃草，鸭群在田里觅食，白鹤在水边濯足浴羽。满坡满谷的树花草花，开得又疯又野，如村姑似的泼辣嬉闹。这里的寂静与喧哗，存乎天地间，钻进灵魂里……

我不明白，酒店似乎已经万事俱备，老汤为何不肯开业面客？开了虽不一定赚钱，至少能省去每年近千万的维护费。老汤的回答，又一次令我刮目相看。老汤说，他要的不是一家酒店，而是一个村落，一个再现桃花源生态与境界的村落。如果只是一家酒店，再好，不就是多一家安缦？作为一个村落，这里功能尚未齐备，更重要的是他还没有呈现桃花源的灵魂！

假如永远呈现不了呢？我问他。他说，那就永远不开，只当赌博输了。说着他一笑，笑得像个拧巴倔强的男孩。他说还有一件大事要做，估计需要两三年时间。即使是要完善村落，我也想象不出还有什么大工程需要这么长时间。原来是他在竹林中发现了一种神奇的植物，学名翠云草。这草一年四季蓬勃葱茏。同季之中，同一天中，不时变幻颜色，红如玛瑙，绿如碧玉，黄如纯金，甚至同时同地，每株草叶的颜色都不同，长在一起五彩斑斓。老汤要铲掉山谷里现有的地被，全部种上翠云草。老汤带我去看翠云草，那草叶形椭圆，细小可人，边沿呈锯齿状，藤蔓细长，铺在地上，像一条条精致的蕾丝。我脱口而出：上帝的蕾丝！老汤大喜，觉得这名字不仅传神，而且美，美得摄魂。他要用两三年时间，让整条山谷，种满上帝的蕾丝！

老汤似乎完全不在意地被重植的巨大成本，以及推迟两三年开业对项目的影响。我有些质疑：他究竟是投资人，还是一个率性而为的设计师？其实，他的自有资金已经所剩不多，因而正在四处张罗银行贷款。照说这么大的投资，贷款十分正常，但无限度追加投资和延期开业，突破了风险管理的底线。虽是新交的朋友，但我还是忍不住提醒：你现在紧要的，是尽快完成这个产品，成功将其转化为商品！老汤却不以为然：我做的就是一个作品！在我心中，它从来就不是一个商品。老汤所言不假，他的行动已经佐证了他所说的话。

老汤喜欢说些很有情怀的话，比如要拯救湘西北民居，要再现桃花源，要复活东方村落文明，等等。平心而论，我很不习惯。这些宏大主题挂在嘴上，尤其是挂在一个发了财的农民嘴上，总让我感觉有种荒诞感，但老汤所做的一切，似乎又只能如此解释。于是我常常套用一句谚语调侃：不怕飞机拉，就怕农民爱文化！老汤听了，并不生气，照例笑得像一尊弥勒佛。慢慢地，我再说，其敬佩与赞扬的意味，已远远多于调侃。

我俩似乎都觉得投缘。他想请我担任文化顾问，我没有应承。但他隔三岔五找我讨论，我会全情投入，时常争得面红耳赤，不明就里的人，以为是两个股东在扯皮。

老汤真的将翠云草种遍了山谷，无论哪个季节去，溪畔田边，院前院后，甚至檐口墙头，都是五彩斑斓的色彩。你无法想象，纵是相邻的几丛，何以各是各的颜色，而且配搭得如此奇妙，如此和谐。老汤应该可以开业了！我没来得及向他道贺，一场大旱来袭，遍地的翠云草死去了三分之二。我以为欲哭无泪的老汤一定就此罢手，可他照旧一脸笑容，领着园丁，手足并用趴在山坡上种翠云草。他给所有草地装上喷灌，笑眯眯地对我说：再旱也不会死了。这一折腾，又是两三年。其间，他又建了戏楼、手工艺馆、禅修房，配齐了村落的功能和场景。然后将云舍酒店，改为了云舍村。他让我为村子想一句广告语，我说了四个字："坐听心跳"。起初他觉得很好，后来又觉得没有突出村落文化。之后我又想了两句话："梦中桃花源，世间云舍村"！他看了心花怒放，微信里连连致谢。我以为这算是定了，可他推出的公众号，从头到尾找不见，最终他用的是"东方村落文明"。不用猜，这句话是他自己的。他这十多年，夜以继日就为这六个字，他没法不直抒胸臆喊出来！

老汤终于决定开业了！我有些不信，这回他说得斩钉截铁："十一"开业！他和我讨论起开业的准备，说院子里的艺术品还缺着，不知怎么办。我说老的书画收不起，新的名家又不知请谁，不如收些桃源刺绣和桃源木雕，真正的本地民间手工，审美上高级，文化上有在地性，能突显和提升云舍村民间文化与工艺的品位。老汤连拍脑门，说这么好的资源怎么就没想到，差点坐在饭甑里饿死了！

过了两个月，老汤一次次邀我，说是找到了极好的桃源绣与桃源雕，令人震撼，一定让我去云舍村先睹为快。我一到，老汤便领我去看十来幅装好的桃源绣，竟是清一色的青花刺绣，拙朴鲜活，抽象简洁，有青花瓷的脱俗清雅，却又多一份真纯泼辣的山野气。我没想到，桃源绣还有这样一个朴雅兼具的品种，审美上的确比"四大名绣"更有民间生趣与活力。老汤又带我去看桃源木雕，其所雕人物形态生动，表情传神，故事则具有浓厚的民间意趣。我觉得，这两种当地的民间工艺品，为云舍村找到了文化与审美上的灵魂，可以为其画龙点睛。老汤要倾其所有，将这些刺绣和木雕精品从藏家手中收过来，在村里做两个展陈馆，同时请刺绣和木雕的老艺人现场做定制……

"十一"大假过后，我去云舍村，村里依旧幽静空寂，除了身着麻质工装打理草木的园丁，便是阳光与流水。行走其间，竟如我头回进谷，一样的静寂与苍茫。老汤还是没开业，说是营业证没办下来，但我知道，这是托词。真正的原因，应该是资金的困难，他看中的桃源刺绣和桃源木雕，尚未全部收过来，手工艺人亦尚未找齐，展陈馆还不能开放。老汤就像一个关在闺房里对镜梳妆的少女，总觉得"头未梳成不许看"，装扮越久，越是不敢见人。别人做文旅，是拿钱做项目，老汤则是拿生命做作品。这十四五年，他为这个作品，不仅把自己由一个有钱人变成了一个负债者，而且把自己由一个青葱后生熬成了一脸沧桑的中年人。他困在山沟里，种花种草，垒石筑屋，种了毁，建了拆，反反复复自我折腾，其实不是在做项目，而是自我修行。我看他，待人处世，越来越像个出家人，当年腰缠万贯，还时常为生意焦虑心慌，如今负债上亿，反倒不焦不躁，一副气定神闲的样子。白天在水边，他能坐在那里，静观一只蜻蜓飞来飞去，夜晚在竹林里，打坐听自己的心跳，直到月沉星稀。有一天，聊到开业造势，我说有一个点子，就是开业那天，你剃度出家，保证立马刷屏！一个富人，十多年躲在山沟里修行，把自己弄成了一个穷人，也把自己修成了一个出世之人，这故事，保证能不胫而走。老汤笑一笑，觉得我是调侃，其实我说的是心里话。人家说桃花源，只是一种向往，而老汤，却是身体力行的修炼。说到底，他比谁都明白，所谓的桃花源，只在人们归返自然、归返自我的修炼中。而他念兹在兹的云舍村，只是他借以修行的一个道场！

是夜，我俩坐在山坡上的院子里，喝茶听风，看天上的残月和间或一闪的流星。好一阵，谁都不说话，静坐在那里听自己的心跳，听彼此的心跳。临别起身，老汤说：也不要搞开业仪式，不搞宣传推广了，有缘人来了接待，无缘人吆喝他也不会来，反正也不可能靠这村子赚钱回本。再说人一多，这里就不是云舍村，不是桃花源了……

老汤提了个灯笼，沿着山道走下去，他住的院子，在谷底的溪流边。夜很浓，不一会儿便淹没了老汤的背影，还有那一摇一晃的灯笼。一灯照隅呵！老汤的云舍村，究竟能成为多少有缘人心中的桃花源呢？

选自《万松浦》2024年第1期

欧阳国

上岸

欧阳国

1987年生,江西兴国人。中国作协会员。作品见于《天涯》《清明》《青年文学》《散文》《散文选刊》等刊,出版散文集《身体里的石头》,获丰子恺散文奖。

一

时隔十五年，三十二岁的妻子再次挤入浩浩荡荡的招聘考试队伍。她拾起布满灰尘的复习资料，奋力奔跑在赶考路上，但迎接她的是一次又一次失败。

在千军万马的考生中，妻子显然是一匹背负沉重的老马。那些刚从象牙塔走出来的大学生，个个朝气蓬勃，像一道道光一般无比耀眼。他们的双眼充满光芒，肌肤细腻得宛若剥了壳的熟鸡蛋。而经过岁月的洗涤，黄褐斑已悄然在妻子脸颊登场，它们就像胎记一般变得越来越明显。这些变化让我觉得妻子愈加美丽动人，但不得不承认，她的脸庞有了些许沧桑，疲倦时犹如一张粗糙的白纸。妻子的记忆力没有过去好，理解能力也明显下降了。她把英文单词和数学公式忘得一干二净，统统都还给了老师。都说一孕傻三年，她是两个孩子的母亲。小的还没有断奶，大的才上二年级，他们姐弟俩整天吵吵闹闹，把家里搞得一团糟。妻子每天要带娃、洗衣、做饭、拖地……似乎永远有干不完的家务活等着她。

她是妻子，是母亲，还是一名人民教师。她每天除了照顾家里，还要上班。她是四十五名学生的语文老师兼班主任，这些孩子的背后是一个庞大而复杂的家长群。她总是有应接不暇的琐事：回不完的信息，填不完的表格，学不完的视频，各种各样的突击迎检，五花八门的微信接龙……

三十五周岁，是招聘考试的一道分水岭。除了高层次人才引进外，单位往往将招考年龄条件设置在三十五周岁以下。还有三年，妻子就三十五岁了。这无形中给了我们巨大的压力。

当我怀揣着一张轻盈的调令来到南昌，无疑将所有的沉重都交给了妻子。她变成了一名孤独的泳者，背负着沉重的包袱，在宽阔的江面艰难地前行。我站在岸上，焦急得犹如热锅上的蚂蚁，束手无策。

二

十五年前的冬天，明媚的晨曦洒满学校的湖心亭，碧绿的湖面宛如一面纯洁的镜子，闪闪发亮。每天清晨，她都在湖岸晨读，有时候站立于亭内，有时候行走在湖畔，有时候坐在湖边椅子上。她的声音无比柔和，像十里春风一般让人舒坦。阳光透过树叶落在她身上，一片绯红笼罩了她嫩白的脸庞。这个温柔的女孩后来成了我的妻子。那年冬天，我们正在备战各种考试。第二年夏天，我们将离开象牙塔，各奔东西。我来自赣南，她来自赣北，两地相距五百多公里。经过商量，毕业后我们都留在大学所在的赣中小城。

我和妻子学的是中文专业。她的第一份工作是广播电台的文字编辑。这是一份没有编制的合同制工作，没有多少薪水，毕竟不是长远之计。在我的说服下，她报名参加了教师资格证考试，并以高分获得教师资格证书。2009年夏天，妻子参加了教师招聘考试，我为她报考的是乡村小学。全县招聘三十名小学语文老师，妻子以第二名的成绩被录取，成为我们家第一个进入体制的人。

开学前，我和妻子拎着沉甸甸的行李走进县教育局。一楼会议室黑压压一片，都是前来选岗的新老师和陪同的家属。妻子成绩靠前，很快就选到了交通便利的禾市中心小学。禾市不是市，只是一个乡镇，距离县城三十余公里，到市区五十多公里。我陪妻子拿着行政介绍信，坐上班车，兴奋地直奔禾市镇。校长对我们说，中心小学不缺老师，你们只能去村小。我们好像被泼了盆凉水，不得不背着行李往村小赶。我们抵达村小时，天色已晚。

妻子任教的村小叫两江小学，是一所完小，因流经村庄的两江河取名。两江河从村庄穿流而过，那是一条平静而矜持的河流，河水清澈见底，河边每天清晨都有前来浣洗的妇女。河的上游距学校五公里有后唐周矩父子修建的"江南都江堰"槎滩陂，河的源头是处于五百里罗霄山脉中段的井冈山。两江小学就在319省道旁，从学校到市区大概一个半小时车程。学校门口就有通往市区的班车，交通还算方便。不过，妻子每周来回奔波，路途的艰辛可想而知。现在，每个周末我奔跑赶火车，才真正体味到妻子当年奔波的滋味。

妻子是当年两江小学唯一一个外地来的大学生，其他老师都是一些快要退休的本地人。妻子人生地不熟，听不懂当地方言，连一个说话的人都没有。除了上课，村小老师还要轮流买菜做饭，打理校园后面的一片菜地，喂养猪圈里的两头猪。周末，妻子偶尔从村小带回一些蔬菜，年底还会分到一堆猪肉。

每个星期天的黄昏，我都会骑电动车送妻子到城南车站。我们坐在车站附近的公园等长途客车，望着一辆辆班车进进出出。公园里播放着伤感的音乐，天色渐渐暗淡，我们也被忧伤笼罩着。我们都不知道，这样两地分居的日子还要过多久。公园旁边是一所城区小学。我对妻子说，要是你在这所学校当老师就好了。没想到第三年，妻子果然顺利考回了城区，分配的学校恰好是我说的城南车站旁边的小学。

看上去一切如此顺利，其实背后是妻子回城的决心，还有当时毫无牵绊的准备时间和空间。妻子选调回城的竞争比例达到了1：20。和妻子同年考取教师编制的，大多数还坚守在乡村教育一线，很多后来都当上了乡镇中小学校长。我去井冈山出差，偶尔会走319省道，禾市是必经之路。汽车经过两江小学时，我会情不自禁告诉同行的人，这是我妻子曾经任教的村小。

妻子从两江小学回城已经十年了。她当年带的六年级学生，现在都差不多大学毕业了。我对妻子说，你现在参加教师招聘考试，是和你的学生在抢饭碗。

三

2009年的春天，明媚而温馨，空气里弥散着一股甘甜的味道。人文学院五栋教学楼朱红色的外墙在阳光的照耀下，变成了一面闪闪发亮的镜子，将我的心境照射得无比明亮。

有一天，学校党委宣传部的老师找到我，说有一家媒体需要招聘记者，学校推荐了我，过两天他们就会过来面试。新闻记者是我梦寐以求的职业，是我的专业，也是我的特长。我站在学生宿舍阳台听到这个消息，往窗外望去，校园阳光明媚，哗哗作响的树叶兴奋地翻着身体，声音如潮水一般在我心底跌宕起伏。对面篮球场的运动健儿正在激烈角逐，突然一个三分球打在篮板上，一眨眼工夫就掉入了球筐，它就像一件庞然大物掉进我的心田，激起一阵又一阵涟漪。

没过几天，市电视台一行三人找到我，他们认真地看了我的简历，个个脸上都露出了满意的笑容。他们的笑容，犹如太阳一般让人无比温暖，完全驱赶了我内心的紧张不安。他们问了我一些问题，我都一一对答。就这样，我拥有了第一份心仪的工作。没过几天，电视台人事部门通知我报到上班。当我走进电视台大楼时，看着北门街19号的门牌异常光亮，它深蓝的底色显得无比柔和，白色的文字和阿拉伯数字烙印在我内心深处，它们是如此洁净而清晰。上班后我才知道，三名面试考官分别是电视台台长、副台长和新闻中心主任。

那些年是电视媒体发展的黄金期，属于"无冕之王"的高光时刻。每天，我提着巨大而沉重的摄像机，从北门街19号进进出出，感觉全身像打了鸡血一样，走路像是一阵风。我的愉悦感似乎也蔓延到了遥远的故乡，感染了我的父亲，他每天傍晚都准时打开电视机，守着看新闻。每当看到电视屏幕记者一栏打着我的名字，父亲心里就像吃了蜂蜜一样甜。我也成为父老乡亲茶余饭后的谈资，他们遇到困难和麻烦了，比如修路建桥、申请低保、上学就业、看病就医……总是第一个想到在媒体工作的我，感觉我在外当了多大的官，没有什么事情办不成，没有什么麻烦摆不平。不过，我往往让乡亲们失望。

我是一名时政记者，每天跟在领导身边，身体里时不时冒出一种飘飘然的感觉。除了自豪，更多的是高度紧张，我小心翼翼用镜头记录领导的一言一行，将他们冗长的讲话浓缩为简短的新闻稿。新闻前辈常常教导我："记者是离领导最近的人，也是离领导最远的人。"我凡事小心翼翼，每天如履薄冰，如临深渊。晚上我总是做噩梦，梦里总是出现自己溺水的场景。

四

看似无比光鲜的职业，无法掩盖我台聘的尴尬身份。当时电视台实行"同工同酬"制度，台聘和编制内职工福利待遇一致，也同样缴纳"五险一金"。不过，台聘的标签就像一件暂时隐形的外衣，时不时突然现身，提醒我只是一个临时工。

我的人事档案还存放在市人才交流中心，每年需要缴纳一笔管理费用。这是一笔数额不大的费用，但我必须每年按时缴纳，就像嫁出去的女儿，大年初二雷打不动要回娘家一样。不一样的是，每次走进市人才交流中心的大门，我的心情就变得无比沉重，焦虑和不安在我身体里加速堆积。我站在人头攒动的人才交流中心，像漂荡在池塘的浮萍一般，内心没有丝毫安全感。

一次考编的机会改变了我的命运。电视台面向社会公开招聘事业编制人员，明确要求有媒体工作经验，这无形之中缩小了报考者范围。经过笔试，我顺利进入面试。早晨，我西装革履，欢快地走在大街上，天空蓝得仿若辽阔的海洋，红彤彤的太阳从东边升起，晨曦将城市照耀得温馨而喜庆。

我信心十足地走向考场，像一个即将迎来胜利的战士，和东边冉冉升起的太阳一样蓬勃，脸上洋溢着灿烂的光芒。我坐在候考区，时间一分一秒过去，望着旁边一个又一个考生走向考场，内心不禁紧张起来，四肢不停地颤抖，胸中像有一只小鹿上蹿下跳。我望着窗外，已经看不见阳光了。我觉得自己就像热锅上的一只蚂蚁，在停滞的时光中煎熬。我最后一个走进考场，只见一排考官疲惫不堪的样子，他们的脸色黑黑的。我一边滔滔不绝地答题，一边面带微笑看着考官。他们看上去有些不耐烦，一副随时准备离场的模样。

从考场走出，我看见城市一片暗淡。街道笼罩着一股热气，来来往往的车辆在奔跑，它们的灯光如潮水一般将我淹没。我经过十字路口，就像一个霜打的茄子，脚步无比沉重。我站在赣江之滨，望着隔岸闪烁的灯光，内心愈加孤寂。浓郁的黑色就像河流一般将我淹没，我似乎深陷宽阔的江面，双手不停地滑动，拼命朝岸边游去。

　　我最终以 0.2 分之差与成功失之交臂。电视台领导安慰我：你没考上是运气不好，以后考编的机会还多。不过，我感觉在电视台一刻也待不下去了，就像变成了一只无头苍蝇，不停地参加各种招聘考试。最终，我被一家市级公立医院录取。我不知道自己一个学中文的，去医院干吗，但一听是事业编制，我就毫不犹豫答应入职医院。我提交了辞职信，离开了熟悉的电视台，奔向陌生的医院。

　　我拿着医院开的调档函，从市人才交流中心将人事档案转移到了医院，感觉人生终于上了保险。我终于可以安心了。我从嘈杂而昏暗的人才市场走出，就像从无底的深渊中爬起，世界刹那间变得阳光明媚。

五

　　每天，都有无数的人奔跑在求职的路上，又有无数的人被炒鱿鱼。三百六十行，行行出状元。不过，体制内仍是多数求职者的理想之地。它就像一座高高的围城，外面的人挤破脑袋想进去，里面的人却很少出来。新闻报道说，2022 年国家公务员考试最热门岗位是两万里挑一，平均录取比例为 68∶1。浩浩荡荡的考生奔跑在公考的道路上，涌向一座座独木桥。这些独木桥甚至比高考和考研还要狭窄，还要拥挤。

　　我的弟弟民，上的是一所司法警官专科学校。司法系统每年都会定额面向警官学校招聘一批监狱警察。民大学一毕业就成功考取了狱警，成为我们家第一个公务员。

　　民成功上岸并非轻而易举。他在念大三时找到我，说需要一笔钱，报名参加公务员考试培训班。我把积攒的几千元稿费给了他。我从邮局走出，街道寒风凛冽，地上的树叶不停地在翻卷。我把一沓人民币紧紧地揣在口袋里，感觉抓住了民未来的命运。

民购买了一堆五花八门的学习资料，报了一个昂贵的培训班，没日没夜进行魔鬼般的背诵和刷题。他笔试发挥得很好，成功进入面试。他看到了胜利的曙光，但也变得忐忑不安。他又花钱报名参加了一个面试培训班，每天都在模拟训练，练入场，练胆量，练发音，练答题的思路和技巧……他还花几百块钱购买了一套笔挺的西装，一双亮泽的皮鞋，将自己打扮得英姿飒爽。为了顺利通过体检，他还前往眼科医院做了近视眼激光手术，恢复了视力，摘掉了眼镜。过五关斩六将，民第一年就成功上岸。民欣喜若狂，高兴得如范进中举一般。

我的堂弟文就没有民幸运。他梦想当一名人民警察，读了一所公安专科学校。他毕业十年，考公务员也考了十年，现在还是一名辅警，每月领着微薄的工资，干着比在编人员更苦更累的活。他结婚买房欠了一屁股债，还需养家糊口，买柴米油盐，还房贷车贷，交孩子兴趣班学费，偶尔还要出份子钱。日子，就像一座大山，死死地压着文。他常常喘不过气来。幸运的是，弟媳是一家三甲医院肿瘤血液科护士，收入还可以。弟媳收入比文高，缓解了家里开支的压力，但也无形之中给了文压力。为了赚钱，也为了男人的面子，文下班休息的时候，当起了代驾。

夜幕中，文骑着一辆微型自行车，穿着一件黄色马甲穿梭在城市，像一只萤火虫一样，在黑暗中发着光。凝重的夜色将文吞噬，即便是自身散发着光芒，可是他依然感觉前途一片迷茫。漫长的公考之路即将结束，因为再过几年，他就三十五岁了。

和文一样，每年高校有一千多万名毕业生希望寻找到一份稳定而体面的工作。人头攒动的招聘会就像一条条洪流，无数泳者在激荡的洪水中浮沉……

六

一条通往魔都上海的路，一条抵达梦想彼岸的路。三十五岁的我，走到了人生十字路口。有一天，我有了去省城南昌从事文学工作的机会。为了挽留我，医院决定将我们夫妻俩调往上海本部工作。两条截然不同的道路，一条似乎走向沙漠中的海市蜃楼，另外一条似乎通往汪洋中的灯塔。我毫不犹豫选择了上海。

妻子开始收拾行李，为前往上海做准备。她满脸欢喜，就像一个孩子等待了许久的春节就要来临。她把一些旧衣服扔向小区回收站，心想大上海也用不上。她下载了乘坐上海地铁的 APP，了解上海每一条地铁的走向，摸清了上下班和孩子上学的路线。她在网上查遍了上海各地的房价，盘算工作多少年可以凑到首付。一向处事低调的她，甚至开始与同事道别，交接班级工作……她一边收拾行李，一边忧心忡忡说怕自己适应不了上海的快节奏，胜任不了上海的新工作。她忧愁的背后分明是按捺不住的喜悦，还有如滔滔江水般的憧憬。她除了去广东珠海探望过因工作定居在那里的哥哥时途经过广州，几乎就没有出过远门，没有去过大城市。现在，我们一家将移居上海，我们俩将在寸土寸金的陆家嘴拥有一份体面而稳定的工作，有现在三四倍的薪水。这家位于陆家嘴的三甲公立医院，是多少人梦寐以求的单位，是多少海归医学博士挤破脑袋都进不去的医院。我做梦也没有想到，天上的馅饼竟然砸在了自己头上。

在即将前往上海的日子里，我每晚都到小区外的后河散步。夜色无比温柔，凉爽的微风就像一双无形的手抚摸着我的脸庞，仿佛为将要远行的我道别。我绕河一圈又一圈行走,夜色安静得犹如停滞一般。在寂静的世界,河中央一串荷花形状的灯光将漆黑的夜色点亮。我站在岸上,静静地聆听火焰燃烧的声音,它们旺盛的火苗似乎盛开在我的心间。水中的火焰就像汪洋中的灯塔正在召唤我,那闪耀而深邃的光将我的身体照亮。

我犹如汪洋大海间一叶孤寂的扁舟,驶向远处的灯塔。我在离开医院前接待了一名上了福布斯全球亿万富豪榜的企业家。当他得知我要离开医院,去从事文学事业时,他表示难以理解。他说,你从一个朝阳产业,跳到了一个夕阳产业。他还对我说,世界上除了金钱和健康,其他都是浮云。

我就像一头倔强的驴,自己认定的路,十头牛也拉不回来。上海医院的领导和同事隔三差五催促我和妻子赶快入职,他们把我们的工作安排好了,居住的房子准备好了,孩子上学的学校也找好了……他们轮番打电话给我,苦口婆心地劝我。他们说,过了这个村,可能就没有这个店了。他们说,你要为孩子着想,他们以后就是上海人了。他们还说,哪里不能写作,到上海来说不定写得更好……可是,腿长在我自己身上。我辜负了千里之外那些关心我的人。

我朝遥远的灯塔驶去,这注定是一条孤寂的漫漫长路。一个雪花飘零的日子,我独自来到省城南昌。我的心境和皑皑白雪一般光明。

七

我完全误判了现实。我以为,妻子能够和十五年前一样一次上岸,和她选调进城一样顺利上岸。她可以轻而易举考到南昌,我们一家很快就可以团聚。可是,现实给了我们重重一击。

妻子从书架最顶层取下《教育学》和《教育心理学》，两本厚厚的书布满灰尘，变得陈旧泛黄。她又从网上购买了最新修订的教师考试招聘大纲和一堆真题、模拟题。她雄心勃勃，开始备考。夜深人静，学校的事情忙完了，孩子睡着了，家务活也干完了，妻子终于可以静下心来，好好看书。她盯着密密麻麻的文字，它们就像蚯蚓一般在纸上爬行，字迹越来越模糊，她的上眼皮和下眼皮不停地打架。妻子看着看着就睡着了，她实在是太疲倦了。她睡得迷迷糊糊，孩子的哭声将她吵醒。她一边给孩子喂奶，一边看书复习。

假期回到家里，我看到妻子完全变了一个人。她变得消瘦，变得皮肤干燥，变得满眼忧伤。温柔的她，还变得脾气暴躁。她时不时对孩子发脾气，甚至偶尔还会歇斯底里。她还说，自己可能得了抑郁症，老是失眠，例假也不正常了。我知道，她是压力太大了。她对我说，要是我们去上海就好了，我也不用考试找工作。她并不是责怪我，只是心太累了，说说而已。我望着憔悴的妻子，心里说不出的滋味。

考试的日子越来越近，妻子变得越来越焦虑。考试前几天，妻子迎来了三十二岁生日。我从南昌赶回去，为她准备生日蛋糕。黑暗中，生日蛋糕上"成功上岸"四个字在烛光间摇曳，它们就像生长在我身体里的四根刺，成为我每天都要直面的问题，让我寝食难安。妻子双手合并，闭上眼睛，许下心愿。她的模样是多么虔诚。可想而知，她许的心愿是什么。清明回乡，我还在我母亲墓前许愿：希望妻子成功上岸，我们一家早日团聚。母亲在天之灵，一定会保佑我们。

时隔十五年，妻子再次走进考场。她的背影无比沉重，就像有千斤担子压着她瘦小的身体。我望着她的背影慢慢汇入鱼贯而入的人群中，内心不禁五味杂陈。考场入口处，不同培训机构的工作人员正在忙碌。

他们穿着印有培训机构LOGO和"上岸"等字样的服装，穿梭在人群中发放资料，借机宣传。

我在考场外等妻子。周边的人大部分是考生的父母，也有与我年龄类似的人，可能是考生的另一半，也可能是考生的恋人。大家一头栽进手机，不停地刷视频，好像考场内的一切和自己毫无瓜葛。大家偶尔抬头，朝考场出口望望。

妻子从考场走出，就像一个溃败的战士朝我而来，脚步毫无力气，满脸挂着失望。她说，哪有时间做完试卷，才做到一半，考官就提醒只剩半个小时。她对我说，哪一道题开始选对了，后面又改错了；哪一道题本来是复习到了，可还是做错了。我听着，心凉了大半截。结果可想而知，妻子首战失败。

她不得不准备下一次教师招聘考试。这又是一年，她年龄越来越大了。她马上就要三十五岁了。她就像在拔河比赛，眼睁睁看着绳子朝对方而去。她唯有使出浑身力气，最后一搏。

我说，要不我们也报一个培训班吧！在单位吃过中饭后，我乘坐地铁前往青山湖大道上的一家教师招聘考试培训机构。走出地铁，我看到街上处处都是培训机构。它们如雨后春笋般，在城市每一个角落生长。

培训机构大厅就像菜市场一样嘈杂，挤满了前来报名的考生。按照缴纳费用的多少，报名分不同班级等次。比如，有八万八的状元班，有六万六的上岸班，有两万八的协议班，还有一万八的暑假班。我给妻子报了一个暑假班，因为她只有假期才能来南昌培训。我开心地把钱交了，感觉自己吃了一颗定心丸。我行走在大街上，内心雀跃。

妻子培训不到十五天，就迎来了考试。考试结束，我问她：考得怎么样？她说：差不多吧！我想，那不就十拿九稳了。我开始张罗举家搬迁南昌，到处看房子，为孩子办理转学……

终于等到出成绩的日子。因为查成绩的人太多了，网页总是打不开。我不停地刷新网页，网站终于打开了。我的手指不停地颤抖，以至于几次把妻子的身份证号码和准考证号都输错了。我打开网页，没有看到妻子的名字。我上下移动鼠标，不停地盯着网页，还是没有找到妻子的名字。

妻子竟然只差了 0.5 分。她说：我改错了一道选择题，要不然就录取了。妻子说得特别平静。她倒来安慰我：来年再战吧！

八

黄昏，我送妻子和孩子去南昌西站。妻子一次次满怀信心来省城应考，又一次次垂头丧气回去。我们一家人走在路上，这样离别的场景又一次出现了。我们穿过马路，经过一片树林就是地铁站。两个孩子在前面奔跑，我和妻子走在后面。树林旁边是一片沼泽地，开满了荷花，一对夫妻正划着简易的小船在湖中采摘莲蓬。一个女孩正在岸上卖莲蓬，她看上去和我女儿年龄相仿。妻子指着女孩旁边的一根长竹竿说：你知道它用来干吗吗？我说：可能是怕父母落水，她用来救人的吧！

我们行走在树林里，头顶是潮水一般的鸟叫声，仿如有一条河流在树梢上流淌。走出树林，我们站在地铁口抬头仰望，只见天空中成千上万只小鸟从四面八方飞来。它们密密麻麻雨点一般落在树林里，和树木融为一体。妻子和孩子站上扶手电梯，随着电梯往下移动，他们仨的背影越来越远……我抬头仰望树林，只见天空飞来一群又一群回家的鸟，它们的欢笑就像潮水一般将我淹没，又像子弹一般穿透我的身体。

天色已晚，我回到小区。这是政府建设的一个人才公寓，居住的大多数是像我一样刚到南昌工作的人。我在小区遇见了龙，他是我大学同学，也是原来电视台的同事。他爱人参加全省公务员遴选，调入省直单位工作。他也一次成功上岸，考取了省城电视台的编制。我们都惊叹命运和缘分的奇妙，没想到多年以后，我们又在南昌相遇，并居住在同一个小区。我们谈论往昔岁月，也说到现在的生活。我不禁黯然神伤。我感叹：还是小城市过日子舒坦，为什么要来省城呢？龙说：每一个人心中都有一个理想的彼岸，追求上岸，可能就是我们活着的意义吧！

我在小区还遇见了高。三年前，他从县城来到省城。他告诉我，自己准备调回去了。他说，自己就像一个孤魂野鬼游荡在他乡，每天过着流浪狗一般的生活。他说，自己身上的黄土都差不多埋到一半了，这辈子也就这个样子了，现在只想好好躺平。他还说，忍受了一个人的孤独，才知道一家人在一起平平淡淡过日子，才是世界上最幸福的事情。可我们心里都明白，回得去吗？世界上哪有回头路可走。

我居住的小区离赣江不远，每天晚上我习惯从小区走向滨江公园。我常常独自站立在赣江沿岸，夜色笼罩江面，上游是五颜六色的跨江大桥，对岸是灯光闪烁的高楼大厦。我眺望宽阔的江面，感觉自己无比渺小。朝上游望去，我想到自己家就在两百公里远的赣江之畔，想起我们一家人漫步沿江路温馨的日子。

夜色中，我看见赣江有一个夜泳者。他宛如一条鱼，自由地在水中往前游，缓慢地朝岸边游来。我看着江上的泳者，仿佛看到了自己的影子。我们每一个人都是一个泳者，在生活这条河流中不断前行，游向内心的彼岸。

选自《星火》2024年第1期

钱红莉

我所热爱的
黄金

钱红莉

又名钱红丽,安徽枞阳人,出版有散文集《低眉》《读画记》《一辈子历历在》《四季书》《植物记》《等信来》《以爱之名》《河山册页》《小食谭记》等二十余部,曾获百花文学奖、刘勰散文奖等,现居合肥。

秋声

二十四节气充满着神性。立秋仿佛一个休止符,让人在难言的溽热里,到底松了一口气,仿佛卸下千斤担。

秋天到底意味着什么?一年年,它总让我想起德彪西的《月光》,是里赫特弹奏的,绝无仅有的虚静——倏忽间,一座森林伫立眼前,弥漫着幽深之气,我带着走了亿万年的疲惫和苍老,终于抵达。里赫特那双抚过琴键的手,叶落翩翩……幼鹿在森林尽头的溪畔啜饮,眼神安详无争,足下青草渐黄……大地上的所有生灵,在此刻,均被这千万年的静谧笼罩着。

我对于秋天的所有触觉,均是被德彪西的《月光》所唤醒,里赫特弹奏的音符,有着沉思的深度——这样温柔的月色,宛如一颗心的质地,纯洁而忧伤。里赫特是一次次跻身于古典乐领域的哲学家,没有人可以到达他的高度,仅凭《月光》,足以不朽。这个仿佛于中国古诗词里沉浸过的人,稳重得恰好被欧阳修的《秋声赋》所滋养,点点滴滴,有了如此模样。

每年秋天,均有离家居山的愿望,一日强烈似一日。

去一座遥远山中,听听松涛望望明月而已。可惜我不习画,秋溪,秋山,最是养人,大片留白如滔滔月光,一直流泻至画外,像王维那样失传已久,像倪云林那么古拙清简。

我去的山间,有古寺,残破萧瑟,年久失修,寺前薄田几亩,蚂蚱于稻叶间跳舞,秋瓜在木栅栏的罅隙禅定。山坳背阴处青麻几爿。黄昏,我把它们砍了,浸入溪水之中沤几日,丝丝缕缕,一匹匹剥下,晾干。僧人行脚,都着布鞋。青麻搓成细绳,一针一针纳入鞋底——千里路,依靠的均是永无疲倦的脚力。偶尔，我读万卷书之余，去田间菜园拔草松土，顺便挖一篮蒲公英，放在寺前台阶上晒干。谁秋燥嗓子痛，煮点水喝下去。

午饭后，高天流云，睡不着，举一长竿，去林深处打野栗……晚餐，就着腌黄瓜喝一碗栗子粥。收拾好碗筷，夕阳正好——我盘坐于高处，看夕阳余晖将一整座山镀了一个金身。转眼，银河高悬，虫声唧唧……踏着秋露回到石屋，或可打开电脑写点儿什么。

写点儿什么，都比不过听听德彪西的《月光》，它似冰肌，一点点把秋天的玉骨渗透。

每当我沉浸于山居白日梦中，耳畔仿佛溪声潺潺，水流中巨石横陈，石上菖蒲一株株栩栩如生，这跳动着的绿意直抵肺腑，像一个人的心永远苍翠。

当你在秋天路过我的家乡皖南横埠镇上空，必定看见高高山冈上，一株株高粱在摇曳着绛红的穗子，颀长的叶片披披拂拂地绿着，豆角藤沿着高粱秆扶摇直上了，在高粱叶的掩映下，披挂了一身的浅粉豆角。近旁的芝麻地也不闲着，纵然顶端白花不绝，也早已黄叶遍地。单季晚糯稻田，铺在不远的圩里闪着金光。更多的晚稻田，正如火如荼翻涌着绿浪，三两白鹭，翩翩于飞……

没有什么季节比乡下的秋天更绚烂的，田畴野畈的庄稼，山冈洼地的蔬菜，争奇斗艳地呈现出多重色彩，比晚霞还要绮丽多姿。每每想起家乡的秋天，眼前总有茸茸金光——空气中飘荡着的谷物成熟的香气，睽违三十余年，也能真切闻嗅到，分毫不差。

真正的秋天，是跟着中秋节一起来到的。糯稻一夜间幻身金黄，肥白的糯米，无须上交公粮，是专门用来犒赏我们味蕾的。不多，仅仅几分田，一上午的时间收割完毕，连着稻禾挑至稻床上脱粒，曝晒几日，挑去碾米房脱壳。这样七搞八搞，中秋便到了，户户打起糍粑。

当芝麻秆于秋风中抖落最后一片黄叶，将其砍回，三两株捆在一块儿，斜靠于墙根晒太阳……几日后的黄昏，拿一只簸箕垫在地上，将芝麻秆倒悬，轻轻拍打，无数黑色的精灵窸窸窣窣而下，仿佛一场细雨。簸箕端起，轻轻扬掉芝麻中的杂质，再晒几个日头，抓几把，大铁锅中焙熟，备用。

我妈妈伺候芝麻的那种小心谨慎，以及她对于平凡食物倍加呵护的至柔至软，一直深刻地镌刻在我的记忆中，无法抹去，以至于当下的我在商超一见这种食品，条件反射般投以无比怜爱的目光。

身处丘陵地带的吾乡，旱地少极，收获到的那一点珍贵的芝麻，无非用在即将到来的中秋节、元宵节的美食上。芝麻焙熟，置于碗中，趁热以锅铲柄捣碎，用来裹在糍粑上。剩下的，放在白铁罐中密封，留待正月十五包点汤圆。

穷乏年月里成长起来的一代，看什么都珍贵，逐渐地带着一颗惜物之心。至今，我去居所附近的荒坡散步，每见那一大片苍翠的青草，总要不由自主暗自嗟叹——这要是用来放牛该有多好哇。幼年里放过的那头老水牛早已化成魂魄如烟散去，何尝知晓我一直都在怀念着它呢？是无处不在的青草，将不同物种之间深深连接着，直至我死去方休。

秋天到底不同以往了。一个个清晨，当我牵着牛走向青草葳蕤的田畈，草叶上的夜露，将赤脚着凉鞋的我的裤管濡湿，微微的凉意像蚂蚁一样爬来爬去……遍野秋草，枯意尽显，香气尤甚。

自农耕文明走出的我，尤爱在微博上观看有关农业、畜牧业的视频。比如内蒙古呼伦贝尔的牧民开始收割牧草，他们驾驶着大型割草机轰隆隆开过广袤无垠的草原，吐出源源不绝的青草，另一台压草机默默将这些青草规整于一起，卷起一个个巨大无比的圆形草堆……我看得津津有味，隔着千里万里，我也能闻到那汹涌澎湃的草香气。这种沁人心脾的香气，早已化成血液一起流淌在基因里，无论走到哪儿，我都带着，且无比珍惜。

我还喜欢看日本人收割稻谷的视频，他们用的是那种迷你型收割机，用手推着缓慢前行，金黄的稻株持续不断地扑倒于田里，头顶的天空蓝得纯粹，河水涣涣，四野无人，世界唯剩万古如斯的寂静……秋天原初的样子，本来如此虚静。

一个在乡下度过童年的人的秋天，永远与别人两样，是多元叠加的，也是书本里不曾有过的。我至今的梦境里，依然遍布晚稻两头尖尖的芒刺，以及稻草迷人的清香……它们一日日周而复始接受秋阳的洗礼。每临黄昏，成千上万只蜻蜓舞蹈于稻床上空，当孩子们举起肥硕的竹扫帚扑打着这些精灵，夕阳在不远处的小河里投下一轮轮金光，遥远的北地青山隐隐，蟋蟀们的鸣叫在田野路途此起彼伏着……入夜，宽广的银河亮堂起来，瞬间点起千万亿盏灯。

秋天的风低低吹拂，凉意深了几分。

大人们举起镰刀踮着脚尖攀住高粱秆，将高粱穗逐一割下，挑回家倒悬于屋檐下阴干，脱粒。高粱粉口感微涩，需要掺进小麦粉，炕出的粑粑紫红一片，并非小孩子的最爱。但，在审美的眼光下，高粱当真是美丽的庄稼：秆青，叶绿，绛红的穗子沉沉低垂，瘦而修长，有清正倜傥之风。

高粱是其学名。在吾乡，它还有一个诗性的名字：芦西。

秋意

人在深秋，像琴声始终走在沉思的慢板，一颗心格外安宁。这样的年龄，觉也少了。早早起床，习惯性去到居所附近的荒坡踏秋……沿着步道自西向东，再折向北，围着几十公顷野地绕一圈，大约一小时余。走走停停，一双鞋被露水浸透。

晨风带着一股寒凉的甜香，将人肉身的沉重席卷一空，愈走愈轻盈，灵魂里迅速长出翅膀，可以飞。潮湿的空气清新如蜜，加重呼吸吐故纳新。芒草叶上露珠披拂，犹如夜间飘了一场薄雪，阳光乍出，一如珍珠璎珞，殊为灵动。高耸入云的钻天杨深处，鸟语喧喧。忽地，沟渠里惊起一只白鹭，洁白展翼波浪一样耸动，一霎时不见了，有惊鸿一瞥的仙气。喜鹊们于枯草丛中觅食草籽，偶被惊动，又翩翩飞向柳树丛……霞光万丈啊，打在垂柳林里，折射出无数橘色直线……木芙蓉星星点点的花，开得寂寥。

走累了，蹲一会儿，咫尺处，遍布野艾，掐一枝嫩头，放鼻前闻嗅，药香气直钻肺腑。野牵牛也多，开花开得痴过去了，紫色系宛如沁了一层烟霞，小而斑斓又辽阔。水杉针叶，浅黄深绿相间，散发着杉科乔木特有的香气……野气无时不在，淡淡浅浅，薄雾沌沌，使人沉迷。

我走了另一条线路。自斜坡下到湿地，沿着沟渠逶迤而行，除了芦苇、千屈菜、香蒲，还见识到千万朵浮萍、无数蓼。

这个星球上，随便挖一条沟渠，便有了浮萍和蓼。

小时候放牛，牛最不爱的植物便是蓼了，因为它的辛辣。无数个深秋的清晨，当牛兢兢业业啃噬于河畔，混沌未开的我并未觉出蓼的美丽，非得等到多年以后欣赏到宋徽宗《白鹅秋蓼图》，到底明白过来，蓼这种植物确乎具有一份凄艳寥落之美。这世界上,任何一门艺术,均可感染人陶冶人重塑人,浸染久了,慢慢地,审美上了一个台阶。比如柿子,原本稀松平常,但,牧溪的《六柿图》何以如此荡涤心胸?不过是他画出了这平凡秋果的寂气。

湖泊、湿地、滩涂,凡氤氲着水汽之地,一定有蓼。平时不曾有什么存在感,唯有等到深秋开花,才算热烈活过一次。

太阳越发高了,气温渐升,越走越热,把头发扎起,让后脖颈完全裸露于秋阳下。我单腿跪在沟边,拍下许多浮萍与蓼花的剪影。蓼这种植物像性情散淡之人,花朵并不繁密,一棵植株至多四五穗的样子,安分随时地开,花下几片绯红叶子,同样性情恬淡,不与秋风争高低。眼界里的,都是美的存在,有什么可争的呢。

秋深了,天越发空起来,自然界中的一切都是那么恬淡的,衬得人不再焦躁。柳树下枯坐,很久很久,并非思接千载,仅仅单纯享受着这阳光这草地这无边无际的秋风。

整日焦灼难安东奔西突,究竟为了什么呢?还不如在草坡上慢慢走一走,阳光打在后背暖意融融——原来,最不花钱的,也是最珍贵的。

黄昏,我更喜欢去到这里。伫立荒坡东面一棵高大的椿树旁,观瞻晚霞落日,毗邻处的315国道上车声轰鸣,反衬得这一块荒坡尤为沉寂。什么也不用思考,静看远处落日一点点没入城市地平线,虽无"野旷天低树"的广袤纵深感,但,这方寸之地,何尝不是我眺望宇宙的一个小小窗口?夜愈发深了,头顶的星河亮起,北斗七星隐身而去了,天狼星格外亮些,偶有白云伴月,城市灯火次第闪烁,这无声的日日夜夜,宁静又平凡。

这几日,连着一串朗晴,动念买些白萝卜,就坐在这深秋的草坡上,切切萝卜丝，随便晾晒在巴根草上，留待大雪寒冬烧肉来吃。

年年如此，当我走在城市边缘的荒坡，总要惦念起距此一个半小时车程的故乡——农历九月霜降前后，开始起萝卜挖山芋点油菜了。

是三十多年前，我将田里三四畦萝卜拔了，连同萝卜缨子一起抱到圩埂。我妈妈坐在地上切萝卜，她身旁簸箕里铺满雪一样白的萝卜丝，特有的辣辛气如烟如雾。深秋的阳光倾泻而下——那一刻，天地之间仿佛没有了人，除了我和妈妈。

黄叶已先霜降落，白云长在雨余生。这两句诗真好，黄叶已落，白云长在。叫人懂得了抱紧生命里的许多东西而备感珍惜。

张衡《定情歌》里有：繁霜降兮草木零，秋为期兮时已征。写出了秋到深处的惆怅，也是古往今来人与自然的共情吧。

霜意

菜市有卖我故乡品种的小萝卜，白皙滚圆，小巧可爱，买些回家，坐在阳光里切萝卜丝，摊开于竹筛曝晒。夜来，不收回，原地放在露台星空下，让它们承接霜气。

小时候，我妈自杂屋扛出木梯，靠在屋檐，攀缘而上，切好的几十斤萝卜丝均匀扬在青瓦上，白天晒着它，夜里星星看着它，如是七八日，萝卜丝卷缩至一线，吾乡称之为"萝卜菇子"。久经阳光曝晒与夜霜沉浸的萝卜菇子，清香扑鼻，气味复调，一层蓬勃的阳光味裹挟着一层冷冷霜气，夹心的那一点点甜，是点睛的一笔。这些珍贵的萝卜菇子，是要留到凛冬大雪封门时才拿它来吃，纵然不曾放一点肉同烹，却也滋味殊绝。一直难忘。

城里很少见霜了。清晨五六点的光景，去居所附近荒坡散步，枯草上偶见霜迹，晨曦橘黄中，有着钻石一样的光芒，凛凛冽冽，直叫人背几句庾信的《枯树赋》。

霜的气质里，有古气，也有坎坷气，似不太近人，城市如此扰攘喧嚣，它怎么肯来关顾？

还是小时候，我家一畦雪里蕻早已郁郁葱葱了，宽大的叶片青里透紫——当别家纷纷采收，我妈总是不急，说是不慌，等它们再多打几天霜，更好吃些。

早晨，蹲在街头的我买一位老人腌好的萝卜缨子，捻一点品尝，微苦。老人见我眉头微皱，轻声说，再等一星期，等多打些霜，再腌就甜了。为了不让她失望，我还是称了半斤。嗯，我们在悄悄谈论霜，犹如交流一种古老密语。

天下蔬菜，无论块根类，抑或绿叶类，何以一经了霜，口感骤然鲜甜了呢？

也不过是涅槃。

还是故乡，也是这样的季节，总是睡不够，一日日凌晨，一梦惊坐起，脸也不及洗，晨曦微茫中狼狈地往学校奔——白日里掉在地上的一根枯瘦的稻草，被隔夜的寒霜一把抱在怀里痛惜，胖胖壮壮的，俨然裹了一层棉絮，步子迈得急迫，不小心踏上去，刺溜一声滑老远……如今忆及，分明有月映青川的寒凉，如在昨日。

田畈里寒霜一片——收割后的稻桩，披霜伫立久之，毛茸茸的如若刚出壳的鸡雏。田埂上大片芒花，在霜的包裹下，有一份菩萨低眉的含蓄慈悲。荞麦束子堆在不远处的菜地旁，红秆黄叶在霜的洗礼下，愈发傲骨铮铮起来了。巴根草渐萎渐枯，浸了几夜寒霜，直追雁来红的气质。

世间的一切，微微茫茫的，除了青山隐隐，余外均是梦境一般虚无。只是，当时正着急赶路的少年，觉知不到。

母校坐落于山巅，为无穷无尽的松树所包围。你可曾听过清霜粼粼的松涛之声？幽幽咽咽，浩浩汤汤，大河一样流啊流，永远到不了尽头，比一个世纪漫长，比箫声还要苍凉。多年以后，当听柴可夫斯基的《悲怆》，母校山上的松涛声重来，生命里许多珍贵的一去不回的，一齐涌上心头，几欲哭一场。

每听肖斯塔科维奇的第一交响曲、第二交响曲，也能真切感知到清霜之味，比凛冬大雪更要寒凉直抵内心……听着听着，一颗心慢慢升华，化悲痛为力量嘛。故，悲痛确乎可以洗礼一个人的灵魂。

同事不久前去了一趟东北，拍回一张大兴安岭秋色，充满无言的霜味。我将这张相片作了电脑屏保，每日开机工作前，均静静欣赏几分钟。浩瀚无垠的蓝天下，一排赭黄色落叶松静静伫立山间，木屋上空青烟袅袅，慵懒歪斜地飞啊，飘啊，如若歌声顿消的余音，也像唐诗押了韵。

可见炊烟之地，人间有了活气，亘古不语的大自然一霎时活泛起来了。连近在咫尺的河流，似也受到感召，慷慨地将高远的青天、茂密的松林、稀疏的木屋一起倒映于怀中……此情此景，永远在时间的流动中，夺人心魄，令人心碎。

大兴安岭的深秋何以如此之美？不仅仅在于它高寒凛冽的气候，更多的是，山川草木在这种气候下涅槃而成的萧飒之气。

这种气，即霜气，《古诗十九首》那么寂寥，深含不尽的远意。

大兴安岭的白桦林，在深秋里，一样美得奇崛。霜一样白的树干上，逐渐地生出裂隙，宛如一双双黑色的眼，骨碌碌望向你。

不能说话的白桦树，身上的眼睛更加灵动起来了。俄罗斯画家列维坦长于绘画白桦林——他的画永远充满霜气,白桦林下不时站着一头孤独的小毛驴,它的眼里,除了初涉世的孤单,更多的是一派经霜的沧桑。驴这种悲苦的动物,初生便苍老。纵然冬天欣赏着它,也有一星微火烛照。

霜气再往前一步,便是雾凇了吧,弥漫着高寒地区稀世的美:潺潺流水,寒气清冽,天地上下一白,人行林中,两鬓一夜飞白,灵魂上变得深厚起来了。

孔子言:四十不惑,五十知天命,到底活到霜意的年龄。虽说人生实苦,慢慢地,倒也能体味生命中一二鲜甜。小小人类可不就像我家菜园的雪里蕻么,但凡多经些苦寒,慢慢地,便也多得了一分回甘。

所谓吃七分苦,得三分甜,何尝不算圆满呢?

冬叶帖

清晨,漫步于居所附近的荒坡,渐渐找到内心的秩序。

经霜后的芒草,茎叶直立,紫霭霭一片。芒花耸立,宛如乍出的冰激凌冷气袅袅。沟渠里无数野芹,丛丛簇簇,拥在一起取暖。掐一秆嫩茎闻嗅,药香沁人,殊为醒神……

水杉换了新衣,满身针叶,由翠绿转为褐红,仿佛一夜间的事情。故,岁尾隆冬之际,不免有急景凋年的仓促。

钻天杨繁复的叶子落尽万千,徒留一身筋骨,如若王羲之书法,直愣愣斜插天际,倘饱蘸墨汁继续铁画银钩,何尝不可以写一幅《奉橘帖》?带着东晋的古气寂气。

毗邻荒坡的甬道两侧,遍植法国梧桐,千亿众叶片黄翠相容,风来,车马喧喧，动一叶而发千声的雍容华贵，衬着蓝茵茵的天极目而望，分明有巴洛克教堂的高耸与壮阔。

走着走着，天地间，只我一人。

决定踏访相邻小区，那里有我喜欢的若干树种：鹅掌楸、杜英、广玉兰、银杏。

到底是来迟了。鹅掌楸早已过了一年中最绚烂的年华，叶子落得差不多了。冬青丛中遍布黄色马褂——明清大臣们的朝服啊。挑最漂亮的，捡起。一会儿，手里攥了一大把。无一不美，一片也不能舍弃。

鹅掌楸高大直立，雌性树冠上，徒留千百枚指针状果托，形似大叶栀子的花托，黑压压如鸦。一阵风来，枝头个别黄马褂，飘飘逸逸徐徐而下了，孤独的黄叶于空中打着旋儿，犹如卡门咏叹调拐着弯儿自天上来，更似圣－桑的《天鹅之死》——水波粼粼中，大提琴的哀婉低回。

没有人比我更爱鹅掌楸了，马褂般的黄叶，犹如凤凰尾羽飘零，美同一场悲剧，近似大提琴在低音区徘徊。过路的一位老人，见我在冬青丛中专心寻着什么，便也好奇，凑过来观瞻，一看拾树叶，他背着手瞄我一眼，失望离开。我见他藐视的眼神里，分明滑过一丝当我痴呆的鄙夷之色。吾乡称呼孬子之类的人，一律为"脑子不好"。一个大人捡树叶，不就是脑子不好吗？

我攥了一大把漂亮的马褂木叶子，来到高耸的白玉兰树下。它们的叶子也落得差不多了，仰头向天，忽被一片沉重而巨大的叶子砸中额头，挺痛的。

忽而一阵大风，近旁几株高壮的杜英树喧哗如滔。这种杜英树，异常奇特，愈到隆冬，叶子愈绿，是兑了墨汁的绿，绿得厚重、内敛、自持，遍布绿光，像心里有喜悦之事一直亮堂堂的。站在树冠下，那密不透风的叶子将天光悉数收尽，又是另一层阴翳之美了。暮春初夏，是杜英一年中的璀璨时节，一株株大树，叶子半红半绿，参差有序，那种红并非浅红粉红，而是殷红，是将一颗心捧给你的真挚的红，始终不改梦里也要闪烁的美，真是无以形容啊。

收获一把殷黄的马褂木，心满意足回到自己小区。隔老远，陌生人好奇探问：你拿这么多树叶做什么呀？旋即植物学家附体的我，耐心普及：因为它漂亮啊。你看，它是鹅掌楸的叶子，像不像鹅掌？陌生人点点头。我继续唠叨：它也叫马褂木。我抽出一片，捻着叶柄倒立给陌生人看：它像不像清朝官员穿的服装？陌生人笑得合不拢嘴：是的吔，是漂亮。我复补充一句：我们小区没有，隔壁小区有很多这种树。

双方都好开心——我为普及了植物知识而高兴，她为看见了一把美丽的树叶而喜悦。

我门前的一片竹林，到了隆冬，也迎来了一年中的好时节。竹叶两两相对，横生于竹枝上。霜降以后，竹枝梢部初黄，顶部依旧翠绿。寒风习习，叶片黄绿相间，堪可入画的美——半是枯萎半是新生，把钴蓝的天洇染着……每次站在露台面对这一片竹林，总不免想起远在绍兴的徐渭，无论他笔下的竹，抑或兰，总是遍布挣扎的寸骨与疯癫，以及纵横捭阖的自由。

再落一场薄雪，我门前的竹林更美了。雪匿竹叶窝处，静谧无声，像一个人走了很远很远的辛苦路，掉头去，风吹黑发，回首来，雪满白头。每一根竹枝，浅浅地坠下来，坠下来，有谦卑虚己之美。

每日黄昏下班，沿一片湖骑行，自东岸而南岸。

东岸遍植垂柳，透过柳枝，橘红的阳光在宝石蓝的水面跳跃。波光潋滟中，柳叶一日黄似一日了。

少数几株白玉兰，叶子们一夜落尽，北风萧萧，送来瑟瑟寒意。道旁的蜡梅正在育苞，若有暗香浮动。

沿南岸，向西骑行，晚霞漫天中豁然开朗，宛如梦境，更是一幅宋元的山水长卷——地处北纬35度的这座城市，自霜降以来，乌桕华叶满身，披披伏伏，到得大雪前后，方才涅槃，殷红、深红、浅黄、深黄，为主打色系，更美的，则是果实累累，如珠翠满头。

甬道边的晚樱，同样红黄相间，于湖畔低低起伏。隔一条砖石小径，便是一排排乌桕，齐齐唱着辽远之歌，好比瑞士琉森露天音乐节，风声如小号，于湖面低低升起，乌桕如隆隆鼓声，飞速过渡至快板的昂扬，轰轰烈烈一如贝多芬的《第五交响曲》。那些苍翠的樟树肃穆如黑管，一路沉潜着，吹出隆冬的沉郁之歌。

每一黄昏，在这自然之声中穿行，它一日日洗礼我，不必为俗世规范所羁绊。虽困于不可测的命运，却也自成宇宙，不以物喜，不以己悲，内心的星辰次第亮起……

自然的涛声澎湃中，又是一日呢。

有一个清晨，去菜市，拎上满满一兜菜。骑上小电驴，不经意抬头，天空澄澈，蓝得真挚，白云一块块，富于秩序感，像极徽州毛豆腐发酵后生出长长的絮状绒毛，想去舔一舔。

望着望着，天地间，独我一人。

选自《山西文学》2024年第2期

塞壬

消失的名字

塞壬

原名黄红艳，散文家，现居东莞。已出版散文集七部。曾获人民文学散文奖，华语文学传媒大奖新人奖、百花文学奖、华语青年作家奖、冰心散文奖、三毛散文奖、琦君散文奖、川观文学奖、广东省鲁迅文学艺术奖等。

2004年，我从广州带了四个人去深圳开拓广告市场，当时公司刚办了一本珠宝杂志，这本杂志想要生存下去就必须抢占深圳的市场份额。（深圳的珠宝制造产量占全国的70%）我跟公司签约，从广告费提成35%，不拿底薪，为期一年，如果没有赚到钱，老板会及时止损，叫停项目，抽走资金，我会再次失业。条款非常残酷。

29岁的我，一脸阴郁，职业经理人，已在广东漂泊了四年。这四年里，我的人生一直是飘摇的。那是一种随时都会身无分文衣食无着无处栖身的可怕境地。有两千元进账，我就捂着胸口对自己说，半个月的命续上了。

公司在罗湖水贝租了间套房，我带着四个年轻人开始了凶险的揾食生涯。老板勉强给我配了两台旧电脑，又从仓库搬来几张桌椅，叫了辆车一并送到深圳。彼时的深圳纸媒广告竞争已趋白热化，而且它们已扎根多年，一本新杂志想分一杯羹谈何容易。市场调查，媒体分析，采访策划，巨大的生存压力，我开始失眠。

网络。文学论坛。天涯社区。它们在夜晚稳稳地接住了我。这是一种全新的文学生态，把文章发上去不需要任何门槛，点进去就能读到，我读到很多国内名家的作品，很是纳闷，名家也不过如此啊，写成这个程度我也是能做到的吧。电脑的那头，跟我聊天的是喜欢的作者，素未谋面，彻夜长谈。渐渐地，我陷进去了。我的生命仿佛被拉进了另一个世界，它把我吸走了。

我是什么呢？我是一个紧绷且蓄足了愤怒，呐喊憋屈，不甘爱与哀愁、孤独与深情、理想与梦幻、独立与创造，极度自卑、极度自恋的巨大容器。一口气说完这句话仿佛身体的结节都打通了。是的，我蓄足了黑暗的暴力，我都快要炸了。在此之前，我从来都没有想过去做一个作家。

　　起先，我对工作还是踌躇满志的。先铺半年市场，之后每月的广告额至少要完成三十万，填平前期的亏损。即使没有资源，没有优秀的团队，但我的主题策划——人物专访是很亮眼的。方案递给客户后，约到的采访还排着一个小长队。不到两个月的工夫，我听说《中国黄金报》的那帮人开始注意到我了。跟那些赤裸拉硬广的媒体不同，我紧跟当下珠宝的相关话题，让专家们在我的杂志上唇枪舌剑。给足版面，制造出有争议性的观点。一本新杂志，在短期内表现出了它的锐气、时尚，和一种消费时代所独有的忘恩负义——给钱为大。

　　可是，就在这个时候，我整个人被另一种力量吸走了。我身体里有一种未知的创造力正在被唤醒。我感觉到有一种陌生的热情在慢慢将我吞噬。我经常自言自语，用双手比画着什么，还时常陷入一种甜蜜的慌乱中，我想那应该是找到了一种合适的语言抵达了想要的表达。一个唯一的，不可替代的词，我找到了。身边的年轻人疑惑地、审慎地问道：红姐，你是恋爱了吗？

　　类似于遭遇一场猝不及防的爱情，类似于像患了流感那样发烧。我彻夜不眠。

　　那些个夜晚，遥远的故乡如同画轴般在我面前一寸一寸打开。我的钢铁厂，弥漫着铁腥味的江边料厂，手臂伸向天空的吊车，我的工友，我的亲人，他们的面孔在记忆中一一复活。文字涌向指尖的闸口，我在电脑上轻轻摸爬，迟疑，试探，进而密集地敲击，咚咚咚，咚咚咚，我用力地敲打着回车键，我看见那些字，一个个蹦进屏幕，定格在那唯一的位置。我时常泪水涟涟竟不自知，文字呈现出一个如此真实如此让人心碎的我，彼时我只有84斤，大大的头颅，小小的身子，而目光精亮，灵魂滚烫。如果不是因为与文字的对视与打量，我如何能辨认出自我？我如何成为我？这一切的一切，皆因我无视自我竟那么多年，我，都没来得及好好看看深藏的内心。生活的难，让我无暇顾及伤口与痛。每一天，疲于奔命只为一口饭食，像牲畜那样活着。写作是什么呢？写作是一种精神与肉身合体的自我觉醒，是将蒙尘已久的灵魂擦亮。

文字编织出一种迷人的氛围，它是有香气的，从我的血肉中长出来，带着我的性格在黑夜中奔跑。它们每一个，都是从无到有的过程。我觉得写作是纯粹的创造，每一个字都像夜空的星星，各自站在命定的位置上。我用了"塞壬"作笔名，缘于文字对我有难以抗拒的诱惑，我想，唯有塞壬才能与之相匹。如果把我的写作喻成歌唱，我希望我的文字能牢牢吸住阅读它的人，正如江上歌声曾吸引所有过往的船只。

我就这样写着。我感受到一种前所未有的宁静。文字抚慰着我，它让我双脚着地，我感受到大地的平稳、坚实，脚下不再颠簸与飘摇，我甚至觉得我的后背有一股强大的力量把我给稳稳地托住了。我惊讶地发现，写作是一种最牢靠的陪伴。你只要需要它，它就不会背叛你。是你的，就永远属于你。

可我陷入了两难中，既要维持日常工作的强度又要深入写作的绝对纯粹中，我无法两者兼顾。不，我从来就做不好能左右逢源的任何事，工作，我慢慢懈怠了。或者说，我已经丧失了对它的热情。

我当然清楚工作意味着什么。奇怪的是，长期紧绷的神经在写作中竟得以松弛下来。写作本就是一种释放。我尝试着把一篇一篇的文字往论坛上贴，然后躲在暗处悄悄地看读者的回应。

结果没有人相信我是一个新手。评论里有人说，这绝对是某名家用"塞壬"作为网名在网上冲浪。天涯论坛的散文版把《爱着你的苦难》这篇置顶了。

　　这篇写我弟弟的文章缘于一次意外。

　　每个月我都要去广州把杂志送进印刷厂。有一天，办公室的门被撞开，有一个年轻人喘着气站在门口叫了一声：黄总监。那年轻人满脸通红，背着一个大挎包，他瘦弱的身体佝偻着，双手扶着门框正喘着气，他说新一期的杂志刚送到，已经搬进仓库里了。他看着我，吞吞吐吐地说，杂志的印刷费已经压了两期，三个月了，没有收到一分钱。财务的小姐每次都说钱还没有批下来，所以我过来问问您。

　　可是印刷费每一期都是如期拨下去的，我签的字。我给他倒了杯水，让他先坐一会，我径直去往公司财务问清缘由。

　　得到的答案让我瞬间血压飙升：一点规矩都不懂，要钱哪有这么顺畅的，不买礼物又不请吃饭，哪能白白把钱打给他？财务是老板的小姨子，我强行压下想要扇她耳光的冲动，然后拨通了老板的电话。

　　可是我眼前出现的是我弟弟的脸。那是一张备受欺凌却对这世间的苦难毫不知情的脸。我的弟弟是货车司机，去安徽送几次货都没有收到运费，去要了一次，却被人推倒在地上，那些人用脚踢他的肚子。我的弟弟从小体弱，面色苍白，经常流鼻血。我可以想象他佝偻着身子捂着肚子痛得在地上翻滚。母亲在电话里跟我说这件事，母女俩，她在那头哭，我在这头哭。

　　母亲说，你弟弟第二天就出车。我想着，他总是默默地承受这一切。我的弟弟，他哪里懂得那些吃人的规矩。

　　我就把这个文章写出来贴到天涯论坛，有个叫谢宗玉的作家跟帖说让我尝试着投纸刊，说按杂志地址把打印稿邮寄过去就可以了。我在路边的报刊亭买了两本期刊，一本《天涯》，一本《散文》，很多年没有阅读文学期刊了。我记得很清楚，那期《散文》杂志的头条是盛慧的《哈利路亚》，我一路读完，写得真好。我想：我什么时候能在《散文》杂志上发表作品呢？

第一次投稿，我将《爱着你的苦难》打印好装进牛皮纸信封，分别寄给了这两家期刊。我连不准一稿多投这种常识都不懂。一周后，我接到《天涯》主编李少君老师的电话，是一个上午，一个外省的座机打来的，他说话很简短，就两句话：你是塞壬吗？我们通知你，散文《爱着你的苦难》已留用。我只噢噢地回应了两声，还没有恍过神来，电话就挂了。一个人坐在椅子上发呆，确认了这个事实，我又打开电脑看了一遍论坛上的文章，一万多的点击量，长长的跟帖盖了几层楼，然而，那些赞美，那些感动，那些关于散文方面的讨论引申出的种种思考，所有这些，跟在纸刊上发表完全不同，给我最直接的感受是，这个作品仅仅是在接到电话的那个瞬间才真正被认可。类似于钢印，稳稳地钉在"它是好作品"的标签上。

又过了一周后，《散文》杂志的鲍伯霞老师也打来了电话，她的声音我永远也忘不了。那声音可以用"优雅"来形容，非常温柔，不紧不慢地，传递过来的是一种让人舒服的暖意。她说：塞壬，《爱着你的苦难》特别好，我们准备留用了。我一下子蒙了，慌忙解释，可是我语无伦次，就结巴上了，越着急越是词不达意。可是电话那头却听明白了，鲍老师说：不要紧的，塞壬，等你下回写了新的，再发我吧。不要紧的。正是因为这个声音，它抚慰了我的愧疚，它让我没有陷入更深的自责中。

2005年第一期的《天涯》发了我的首作散文《爱着你的苦难》，值得一提的是，那一期也发了郑小琼的诗歌。那诗，我只读了一遍就牢牢记住了她的名字。

我突然意识到余下的人生应该干什么。我确信找到了真正想要做的事。可是，如果靠写作来养活自己无疑是一场豪赌。可我分明已经感觉到双脚已触地，我不再有飘摇感，仿佛一个人找到了属于他的正确位置，稳稳地卡定在那里。写作就是我的大地。

我无法在现有的工作上再去耗费太多精力，只得辞去工作离开了深圳。后来在东莞找了一份轻松且低收入的工作，很稳定，公司还提供宿舍。我要靠打工人黄红艳养活作家塞壬。这就是之前我一直瞧不起的打工人，拿着微薄的薪水，困在一家公司，打卡，坐班，像机器一样地活着。可是现在不同了，我要成为作家塞壬。写作给我的人生照进了光亮。

2007年，东莞第一届荷花文学奖揭晓了，《爱着你的苦难》获得了散文奖。郑小琼获得了诗歌奖。我们站在一起，接受人生中的第一个文学奖。这篇散文后来入选了多个选本，还出现在高中语文考试的阅读题中。

很快，塞壬这个名字彻底地覆盖了黄红艳。我渐渐脱离了需要叫我"黄红艳"的那种环境。我的世界都是文学、文学、文学，身边的人，都是作家、作家、作家。大家都叫我塞壬，我的本名几乎无人知晓。如果有人叫我"黄红艳"，那一定是我在某窗口办理业务，如果有人叫我"红"，那么这个人一定来自我的出生地，我的故乡。

几年之后，当年在深圳一起打拼的那四个年轻人约我吃饭，他们找到了新的投资人，在深圳重新做了一本珠宝杂志。对于我的离开，他们一直认为是我跟老板之间起了矛盾，虽然当时的确有矛盾。他们依然叫我"红姐"，他们不知道我成了作家，他们真心邀请我入伙新的杂志业务，做杂志的市场总监，并坚称，只要我来做，杂志肯定能赚钱。我突然意识到，如果不是因为《爱着你的苦难》的发表，也许我已经在深圳站稳脚跟了。就连当初我最看不上眼的《宝玉石周刊》，几年工夫，他们已经租下了水贝国际珠宝交易中心大楼的一整层作为办公区。然而奇怪的是，这些对我已经没有丝毫诱惑力了，我对有可能赚到大钱的业务没有一点兴趣。黄红艳这个人赚再多钱，在我看来，只不过是一具为皮囊奔忙而失去灵魂的空心人而已。我不会再做回去的。我还是会选择作家塞壬。

然而人生不可假设。如今，我也任职于一本文学杂志。我的手捏着别人首作发表的第一道门槛的准入证。一路走来，我知道这意味着什么。任何一个作家都不会忘记发表他首作的那个人。那是他写作生涯中被反复提及的一个人。

选自《满族文学》2024年第2期

沈学

在加加大街

沈学

95后，中国散文学会会员，湖南省作协会员，鲁迅文学院湖南中青年作家高研班学员。在《四川文学》《时代文学》《黄河文学》《骏马》等刊发表作品十余万字。有作品在《散文选刊·选刊版》《散文海外版》转载。

一

我所熟知的现实，从未将我带到过比加加大街还远的地方。

还是三十层的高楼，还是意料之中的傍晚。通往外界唯一的门被我二十四小时关着，从窗台涌进客厅的风被迫断去猖狂之心。春天是万物开始活跃的季节，连腐臭味也大胆了起来。房间里的三个垃圾桶，垃圾堆成山丘。被我啃光的玉米棒，前天吃剩的菜渣，没喝完的酸奶盒，都有可能是嫌疑之身。这季节，容易发霉的东西实在太多，如同速食的感情过不得夜。

"嘟——嘟"，门外又响起尖锐而清脆的口哨声，住对门的老爷子吃完饭出来溜达了。他穿着运动短裤，脖子上挂着口哨，在一米半宽的过道上来回踱步，边走边吹口哨。我提着三袋垃圾向他借道，错身那一瞬间，老爷子斜了我一眼，想必是受到了我邋遢样子的刺激，但他的所思所想跟我没半点关系。

这幢楼里，每层十六户业主，好几百人全凭四部电梯上下。精明的物业趁检修之机停了其中一部，使得剩余三部运行起来捉襟见肘。上行或下行的人摁亮按键后得等，轿厢很难恰好停在理想的楼层。总归是要等等的，等待也没带来多少坏处。这样，还能从手机上匀出一线目光，留给同样等电梯或者追电梯的人。所谓的睦邻情谊，就是从狭小的电梯里建立的。

我注意到楼下墨绿色的衣物回收箱，就在丰巢箱边上不起眼的角落。仅仅过了一年，我的衣裤已经不再合身。尽管衣物上染有我的汗味，甚至还曾忠心地替我御过严寒，散过暑热，可把好不容易增长的斤两再减回去令我犯难。没错，我大可出于念旧发一回慈悲之心，将不合尺寸的衣服留在府邸。日子会像马车一样奔跑，保不齐哪天又可以穿。但人到不同的山头，就该有所选择。我在心底挥手作别往日后，便抱着一团衣物走下楼去，喂回收箱吃下了今年最饱的一顿饭。

现在，我坐在门卫亭侧前方的石墩上，就这样遥遥地和保安对视着。岗亭上方的空调外机显得格格不入，但在这五六立方米的小小疆土中，纵使千般神勇也禁不住酷暑煎熬。我的身体被点了穴似的原地不动，观察着一切如何在社会秩序里运转。因为没有等待所特有的焦灼，过往的人不免心生疑窦，偶尔将不解的目光投向我。正赶上下班的高峰时段，车流涌过五米外的主路，快得只留下一截残影。我近视，也不戴眼镜，比起视力完好的人，我们眼里的世界差别不大。

下班的人开始稀稀拉拉地回来，外卖员也一溜烟地骑车飞过，他们穿过狭窄的斜坡，偶尔跟电动车和行人抢道。有个女人骑共享电动车忽然停下，她的手机"吧唧"一声摔在了地上，有两辆电动车在她后边堵着。我的目光碰到她的焦灼，发生了化学反应，她变得更加慌张了，于是连忙左手捏住右刹车，俯下身子捡手机。她把油门拧到底，想迅速摆脱尴尬的局面，不承想车子原地不动，无奈只好下来推车。并没有人中途催促或者责怪她，在这座不大的二线文明城市里，宽容是最关键的美德之一。

此时，保安坐在简陋的值班岗亭里，嘴里嚼着槟榔，手里夹着香烟，试图借此来打发时间。他不时在车辆过卡时伸出头望，履行着一月三千薪水的职责。因为闲得无事可做，于是便望向不远处的我。我不知道他会在脑海里怎么打量我。总之，我凝固时间和空间，已经凭空立起一面镜子。

小区出口设有电动道闸，屏幕上显示着剩余车位、车牌号以及停车时长，有所差异的是临时车辆需要缴费，业主车辆进出会显示有效期。钱的确能买下时间。一根金属质地的长杆穿过三座石墩，挡在收费口的机动车道边沿，原本出入的一条道被改成双向的两条，目的除了收钱，还要告诉业主或访客，这里进出设有规矩。

我留了心，特意数了数，一刻钟内，有三位母亲推着婴儿车路过。三孩政策已经放开，大家一面发泄情绪，嚷嚷着不生育，一面又在爹妈催促下相亲。他们见面，订婚，结婚，生了一胎，是女儿，再生二胎，还是女儿，又生下三胎，坐实了板板正正的人生。我的表姐就是这样，以一个贤妻良母的身份，陷进了婚姻的驳杂。为给男方"延续香火"，日后也好抬头，她让三个孩子降生于世，两个女儿扔在娘家，儿子留在婆婆家。我不知道她辞掉北京军医院的工作，回家奔赴爱情得了什么善果。可能她有她认为的幸福吧。从婚礼的当天，我就初见端倪，公公致辞一句不提儿媳，注定了她生儿育女的不愉。

二

天空飘着一层浓稠的乌云，城市在黄昏降临前暗淡下来。马路被一排葱郁的灌木丛隔开，越过马路，是一片房屋错落的老式住宅区，窗沿下洇染着顽固的灰渍。尽管又是一次大雨将袭，但雨水洗不掉这些脏污，它们经历了久远的不管不顾。

中心医院是亮灯最早的，里面有无数病患者在渴求希望。LED灯照出了住院部的轮廓，在充满暧昧的傍晚，显得格外惹眼。抵达医院最近的方式是穿过地下通道，下一个路口并不像故事中那般美好。我几次路过医院门口，都见到了那个中年妇女，塌着个苦瓜脸，双手垂着跪在地上,面前竖着一块求助牌,上面贴了一张付款码,小音箱里乐音悠扬。路过的人很多,但没有人停下,包括我。

地下通道里面有三四个商贩摆摊,卖些常见的日用品和水果,其中卖草莓的大叔明显耳背。我出于怜心买过几盒草莓,十五块一盒,这在当令的季节算不得便宜。

还是在某天坐电梯时,撞见大叔收摊回来,我才恍然知觉他住我隔壁。第二次的相遇令我有些惊诧和羞惭,回想在摊位前的那番臆想,属实天真。原本我对左邻右舍一无所知,这下确认了右边的邻居,也意味着那些突兀的声音有了源头。后来出门照面的次数越来越多,我大致摸清了大叔的动静。早上八点半,那辆小板车准时出门,轮子在地面滚动,摩擦得咚咚作响。鲜红的草莓按份称好,用一个个小果篮盛着。收摊时,板车上的草莓一颗不剩。即便在糟糕的雨水天,他的草莓也能销售一空。

住所与医院一路之隔,两地分属不同行政区。前两天眼窝胀痛,畏光,几乎只能闭眼休调。双眼的阵发性阵痛,持续了数年之久,每次都被我强忍拖延。总觉得夜晚是最好的疗药,睡一觉就好。这回心血来潮,决心做个了断,于是隔天便去了眼科门诊,医生检查完眼睑和眼球,用仪器量了眼压。说是眼疲劳,没啥大碍,叮嘱我少看电子产品。整个过程才十分钟左右,凳子都没坐热,我一再向医生描述病情的久远和反复,可医生不断宽慰我,轻松而坚定地说没事,万一不行开两盒眼药,如果无效再来复查。

作为眼科医生,他们见过太多张喋喋不休的嘴巴,知道自己用再专业的临床术语解释,也不如两盒眼药水的安抚来得神效。我像一个没有安全感的人,每每身上有了不适,就喜欢去网上对号入座。网上充斥着各种虚假信息,问诊经验更是眼花缭乱,看到第十页也看不完,随便一段话都让我瑟缩，造成重症在身的错觉。

成天待在房间闭门不出像坐监，时间一长连密码锁的密码都忘记了。每个年纪都有该做的事，一天中的每个时段也有该做的事。总之人不能太闲。不想做饭了就出门溜达，围着小区漫无目的地转。紫色泡桐花开了，一簇簇地挂在枝头上，枝杈悄悄探出了墙外。他们都说街上石楠花的味道难闻，我也该留意下这与众不同的芳香。

树筋骨并不粗壮的时候，示弱是最好的生长姿势。这段绵软的日子里，主人会提着水壶悉心浇灌，甘霖雨露也会争着抢着滋润。大树成材成器是迟早的事，但僭越本分可能有致命的风险。它们应该与街道保持边界，年年都有大树被雷电劈断，被冒火的变压器烧着。时不时见绿化工人给大树修枝，他们站上伸缩梯，挥舞着硕大的剪刀，越出篱墙的部分统统被剪掉，就像剪一个人蓬乱的头发。

我对自己的毛发很有信心，每一根都是顽强的野草。基本上两天刮一次胡子，一个月不到剪一回头。发型师从来不为我的发型费脑，额头两侧一推，头顶直接碎剪，最简单的剪法。在我眼里，绿化工和理发师同样伟大。

加加大街挨着一片老旧社区，我偶尔开车去找充电桩。小区的岁数比我还大，走在甬道上一阵阴凉。但这里遍地绿植，龟背竹、虎皮兰、绿萝、吊兰、棕竹，即便身在花盆，照样生机无限。小区里大多是些孤独老人，身体衰微，精神不济，他们比年轻人更需要生机与活力，于是他们频繁亲近花草，亲近猫狗，亲近孩童。

楼道里经常传来两个小男孩的争吵声，宠物犬经常应和外面野狗的挑衅吠叫。没有哪位老人反抗这些看似喧嚣的表达，更不会像粗鄙的妇人那样当街大骂。他们亲眼见过广场上的健身器材锈迹斑斑，也知道自己的耳朵和眼睛不再活泛。只有这些生命的电光石火才能照亮此地的死气沉沉。

小区虽小，但也五脏俱全。最早嗅到商机的一群人，已经在此安稳开店了数年。理发店、水果店、文印店、便利店、早餐店，没有一家重复，后来者也看出了市场的饱和。既然人有限，空间有限，就该有止损的远见。小区里道路很窄，只够并排停下三辆车，开车一不小心就会发生剐蹭。车比人大得多，也比人更讲排场，这里用地十分紧凑，找到车位很不容易。车主和车日夜磨合感情，甚至热情过对自己的另一半。

一眼望去，小区楼栋中没装防盗窗的部分，定是楼道之类的公共空间。我一直羡慕古人的家居设计，木质窗棂不仅寓意考究，还别致精美。而现在，木窗被不锈钢防护窗取代，主打防盗功能。每个词语都有它的出处和寿命。夜不闭户和路不拾遗，不再适合急遽变化的当下。窗檐下的几盆藤蔓植物，趁着雨后混沌大肆生长，已经攀缘到了二楼三楼。那些防盗窗是助它们青云直上的恩人。

三

周一早上八点，楼下附属小学的操场准时奏乐，孩子们穿着整齐的校服，肃立在国旗下唱国歌。他们除了要咀嚼桌上的书本，更要记住那片血染的鲜艳。每每音乐响起，我便在当下和十八年前反复穿梭，如出一辙的浩大场面，分蘖在不同时空。混凝土地板艰难地将我举过头顶，像极了我当年举起鲜红的国旗。那种荣耀和热血，已经许久不曾充斥胸膛。

在加加大街的长巷里，一天里最重要的时刻不是吃喝拉撒，而是这帮孩子上学放学的时段。所有经过校门的车都会在这时停下，无论接下来要去哪儿。天色还没擦黑，家长们就蹲在门口混作一团，焦急的眼神在人群中不断搜寻。放学铃声响后，安全员事先出门辟开一条道，由老师领头，拉出一支雄赳赳的队伍。

附属小学的正门，对着一所高等院校的侧门。拐个弯，就能进到加加大街的后巷，墙面上红底白字的招牌清晰可见，这里是行旅之人的暂居地。假日公寓底下晒着泛黄的白色床单，"浪漫小屋"四个字写得格外浪漫。每值深夜，街边便冒出一些青年男女，男的阳光帅气，女的光鲜亮丽。他们之中，有几对情侣脱开人群，径直撞进后巷旅社，把门一关，以成年人的成熟行云雨之欢，急切地表达起自己的欲望滔天。

从惺忪的晨光开始，工作日的街道会陷入一场短暂的瘫痪。校门口的两家夫妻早餐店生意很好，有不少学生每早光顾。招牌上虽只写着卖饼和包点豆浆，实际摊面上却花样繁多，煮茶叶蛋、焖玉米、煎蒸饺，卖烙饼也卖千层饼，卖现磨豆浆也卖早餐奶。老板娘收钱取物手脚麻利，主打外围，男人则系着围裙，在里屋揉面备料。饺子下进热锅的噗噗炸响，蒸笼掀开时的热气腾腾，预示出又一天阳光明媚。

店面的利润想必可观，但两家人从不攀谈来往，毕竟同街开店一墙之隔，免不了利益之争。卷闸门开闭一次，腹中嫌隙便多增一分，都对隔壁店看不顺眼。当然也仅限于吐槽，或者发发牢骚，再顶多借着越轨的铁桶发泄一通。情绪退了，该擀的面继续擀，该进的货继续进。我买早餐也是先入为主，尝过一家千层饼不错，便三天两头在同一家买，后来也不好意思再去另一家。俗话说得好，鱼与熊掌不可兼得，雨露不可均沾。

我在农贸市场撞见阿伟，他买菜回去做饭。我来市场买些活的鱼虾，打算改善下伙食,也不看斤两模样,全凭摊主自己挑选,上秤付款一气呵成。我习惯性地光顾同一家鱼摊,只因摊主会先砸鱼头让鱼晕死,然后再刮去鱼鳞挖出内脏,让鱼的死去不会过于痛苦。

买菜要比买鱼头疼。嫩绿的菜叶上水光四溅,常常迷糊我的心神。但凡眼神慢点,女摊主就张口招徕。小伙子来看看要点什么,这话像是对我说,又像是对每个人说。心想选了一家势必得罪另一家,我总想活得周正,活得不偏不倚,可惜做不到。我问其中一个女摊主:西红柿多少钱一斤?她边上秤边答,转眼就囫囵装袋了。我还想学那些精明的中年妇女砍价,可开了个头却没等到结尾。这些女摊贩守着摊前飞逝的时光,早就见过形形色色的人。俘虏我这样的粗笨顾客,实在是大鱼吃虾米般轻松。

娘说要我给她地址,寄腊肉和土鸡蛋。本来嫌路途迢遥,让她别费心力。但想到城里吃的很多,到嘴里又全不对味,娘的坚持又使我动摇。街道下走两百米处,有家活杀土鸡的门店,每天笼子里关着十只鸡,店里全是鸡的零碎,鸡腥味十足。想着娘来治病时炖鸡吃,便趁着天晴去问价。老板娘说七十五元一斤,不接受还价,一副爱买不买的样子。我一惊,默默退回了店外。这年头,乡下的土物在城里紧俏得很,根本不愁销售。我没单独买过鸡,不知行情如何,更没杀过鸡,不知熬煮出来味道如何。

过了六点,肚子已经腾空,是时候吃晚饭了。每日在家下厨寡淡腻了,偶尔想去外面沾沾油水。餐饮店不像夜市那么集中,味道那么相似。川菜、粤菜、湘菜、徽菜,吃什么都是一种冒险,搭钱不说还可能吃得不悦。想着保险和省钱,还是吃油泼面,只是那家店有些远,大概四公里,骑车往返得个把小时。正思忖着,脸上落下几滴雨水,云层看上去还不是很厚，速去速回未尝不可。

　　加加大街的住户中少有人养狗，即便养，也是柯基和泰迪之类的小型犬。可能因为这里是一条美食街。狗的感情太炽烈，太直接，会惊吓到前来就餐的人。相比之下，猫温和很多，而且猫白日退居暗处，晚上利爪又能捕鼠。对商家住户来说，猫是最招人喜欢的动物。经常有野猫在美食街一带出没，它们和家养的猫脾性完全不同，尾巴是耷拉着的，翻找食物时，一边爪子划破盒袋翻找残渣，一边锐眼警惕周边的风吹草动。脚步轻便而神色慌张，被人惊扰后会迅疾逃跑，一绺烟似的消失在野草深处。

　　街头的老奶奶养了一只狸猫，性格温驯，花色青白相间，脖子上挂着金色铃铛，毛茸茸的长尾天线般竖起，大大方方地游走在街道上，任人伸手去抱也不畏惧。有时朝它轻轻一唤，便从脚后跟了上来，与我同行数米。如果不是在半途见到主人，恢复一丝清醒，最后兴许就跟我回家了。

　　在大家低头不见抬头见的加加大街，我拢共就和两家店混得面熟。准确讲，得剔除其中一家药店。这家药店是某个社区团购平台的自提点，每回提货都会打照面。我下一次单，店主就抽取一部分佣金，我以为成天的照面和客套足够稳固友情。直到后来的一天晚上，我只是想借手机打个电话，谁知店主听后立马回绝。这年头谁还用借手机打电话，就像这年头谁还用钵盂行乞一样。

　　主流的确变了，手机取代了座机，电子支付取代了现金支付。可在真正的困厄降临之前，谁也不知现实会荒唐到何种地步。或许是出于对电信诈骗的担忧，女店主的眼神霎那间阴暗了起来。即便我们谋面数日之久，也无法消除这层利己的隔膜。

我又辗转跑到理发店，冒昧吐露了自己的急迫。阿姨正给人修剪刘海，侧过头瞟了我一眼，说手机就在台上自己拿，转身打开密码后交给了我。我打完电话后连连感激，阿姨转脸笑说没事儿，又修剪起客人的头发去了。我只在她店里剪过一回头，第一次在她手下剪头，就暖心地和我拉家常。她说她给大学教授剪过发，也给毛头小伙剪过发，见过上流人士的随和和狂傲，也见过年轻毛孩的浮躁和沉稳。时钟已经拨到十点半，外面的店基本关门了。但在这个十平方米左右的店面外，仍然还有人排队。我想他们不仅是冲着玻璃门上贴着的"快剪十元"的标签而来，更是冲着理发阿姨不俗的技艺、柔和温暖的性格而来。

如果在加加大街随便找三个人，分别向他们发出请求和帮助，一个会选择应允，一个会犹犹豫豫，还有一个会断然拒绝。当然，在一些无足轻重的小事上，比如进电梯时帮忙摁下楼层键，比如回答外卖员关于地址的询问，三个人没有多大区别。我该不该记药店主人的仇，感不感理发阿姨的恩，不是值得我进一步思考的念头，但世上没有一把人造天平不发生倾斜。

选自《骏马》2024 年第 2 期

陈朗

请君重作醉歌行:
缅怀徐晓宏

陈朗

耶鲁大学宗教研究系博士,哈佛大学神学院神学研究硕士。2019年辞去香港理工大学的教职随徐晓宏赴密歇根,2021年秋立志改行做心理咨询师。2022年春收到密歇根大学临床社工硕士项目录取通知,同时收到晓宏的癌症诊断书。

如果有灵魂存在，晓宏一定会惊讶于朋友们对他的厚爱和高度评价。我也很惊讶，同时为他骄傲。我发朋友圈、感谢作者、转发给我的父母，希望他们终于彻彻底底地知道他们女儿二十年前的任性并没有用错地方。直觉告诉我，他会喜欢看到我这么做，他想让更多的人、让全世界知道他是怎样的人，怎样努力地成为一个完美的人，证明传说中的"凤凰男"不都是他们想的样子。这种"证明自己"的努力是不是贯穿他的一生呢？这真让人心疼。

然而我也知道我内心深处的"不明觉厉"。朋友们和他的灵魂交流让我嫉妒。我曾经也是多么地热爱哲学和理论。如果我们不结婚，我是否能更好地欣赏他的思想和行动？我想起小孩因为疫情停学在家的时候，我在家里疲惫不堪，他在网上挥斥方遒。国家、革命、现代性，和我又有什么关系呢？他和他的朋友们聊女性主义的时候，我心中冷笑。

我曾经跟我的心理医生说，嫁一个情投意合的人怎么可能幸福。你们想要的是同一个东西，但是总得有人管孩子、报税、理财、做饭，于是这就成了一个零和博弈。他越成功你越痛苦。我说现在我明白了，人如果要结婚的话，就应该跟自己爱好不同的人结婚，比如如果你爱虚无缥缈、形而上的东西，就最好嫁／娶一个发自内心热爱管孩子、报税、理财、做饭的人。在资本主义社会混下去需要效率，而效率需要劳动分工。

我不知道有多少女人在她们杰出的伴侣最春风得意的时候，内心痛苦地尖叫着；又有多少女人最终用"爱情"说服了自己，抵消了、忘却了心中的尖叫，保持沉默。

但晓宏不希望也不期待这种沉默。当他听到我内心的尖叫的时候，他绝对不会认为那可以被忽略或和他的成就相抵消。这是一个在男权的结构内，却要做一个女性主义者的男人——真是一个尴尬的位置。这个位置对他的要求太高了，高得不切实际。男权的结构要他——恐怕也要我在潜意识中想让他——事业成功、养家糊口、挥斥方遒、广交豪杰、关心国事天下事，它甚至告诉他身体疼痛的时候忍着不去看医生。但同时，他也感受着、承担着我的痛苦，却无能为力。他可能没有好好想过，历史上的多数学术大师背后恐怕不是殷实的家底，就是甘心情愿伺候他们、为他们奉献一生的女人。可能在他心里，他以为自己永远是那个从浙江山村蹦跶到北大、又蹦跶到耶鲁的孩子，以为自己是自由的，以为凭着一颗聪明的大脑、刻苦努力，还有善良，一切皆有可能。

晓宏在去世前不到一个月的时候，受洗礼成为基督徒。在他做这个决定的时候，多次提到 guilt（罪咎），而且对我的 guilt 似乎是其中重要的一部分。我不是很能理解，问他：如果这个问题是人和人之间的问题，为什么不通过人和人的方式解决呢？当然患癌这个事本身足以让你皈依，但我们之间的事情与上帝有什么关系呢？他没有给我答案。现在想来，或许他已经累了，抑或"我们之间的事情"的确超出了人和人的层面，本质上是个人和父权结构、资本主义学术生产方式的对抗和矛盾。

写到这里，我好像看到他对着我笑，说：有道理呀，你好像比我更了解社会学，然后抛出几个理论家的名字供我参考。

为什么你生前没有想到呢？你们社会学家不是最喜欢凡事归咎于"结构"吗？难道在这件事上你被"情"迷糊了头脑？

我不知道是从什么时候开始，他觉得重要的东西，我不再觉得重要。我敬佩他对大问题的执着，但我也暗暗希望他能发一些水一点的文章，赶快把书出版，赶快评上终身教授，让生活变得从容、安定一点。2022年10月，他需要动一个被称作"手术之母"的十几个小时的大手术，简单说来就是把肚子打开,把能找到的肿瘤切掉,然后在腹腔里喷化疗药水,静置几小时,再清理、缝合。手术前三四天,他最呕心沥血的文章被期刊拒绝了,而且是在他按照评审者的意见修改之后被同一个评审者拒绝的。他认定那个拒绝他的评审者知道他患癌的事情。我陪他去附近的一个公园走走,天气阴霾寒冷,周围几乎没有人。晓宏在山坡上大哭起来。那是野兽一般的嚎叫。他说:为什么为什么,为什么我在任何会议发表这个研究,所有人都觉得特别有意思,但是他们就是不给我通过?我手足无措,心里只有一个声音:我恨学术"体制"。还有一次文章被拒,发生在他做完化疗的当天身体最虚弱的时候。

我们这一代学术工作者一直都被告知要tough(坚毅):"不用比谁发的文章多,先比比谁收的拒信多。"但有的时候,那疼痛过于残忍,残忍到让人怀疑是否必要。

在他去世前几周,他破天荒地表达了对学术的厌倦,说剩下的时间,他要为女儿写点东西。但我们谁也没有料到,"剩下的时间"比我们任何人估计得都要少。至今我没有找到任何他留给女儿的文字或影音。

2023年12月9日,他的同行好友们从美国各地来看望他,还说列了个问题的单子。那天早晨我问他我是谁,他说他不知道。我报出我的名字,他才明白了。朋友们到来之前,护士嘱咐我不要让他太累。我问他:你学术上的事是不是和罗毅(他系里的同事)交代得差不多了,这一队人的问题是不是都已经解答了,就不用再说了吧?他摇摇头说,这些是不同的问题。我只好心想,求仁得仁吧。当然,朋友们看到他的状态,并没有忍心拿出问题清单。他几天来目光渐渐涣散,眼神中有一种老人的天真。他看着围绕身边的朋友们,说你是张杨,你是龙彦,你是毓坤……然后看着我说:你,我不认识了。接着他狡黠而天真地笑了,大家都笑了。他可能是在自嘲早晨的事吧。

9日晚上，当房间里只剩我们俩的时候，晓宏越来越频繁地自言自语，内容不是自己讲课，就是主持别的学者的演讲。他躺在床上跷着二郎腿，全程说英文，自信、潇洒，几天前开始变得含糊的口齿又一次清晰起来。我坐在一边泪如雨下。我知道有一个强大而不可知的力量正在把他从这个世界夺去。我多么想和他说说话，哪怕是在他最后的想象里。他躺在床上，清晰而冷静地说：我们可以想一想如何从女性主义的视角解读韦伯。

后来晓宏甚至多次试图坐起来，甚至站起来。护士告诉我这是terminal restlessness（临终不安）。他恐怕是想起来和那要将他带走的力量搏斗。

第二天早晨，他终于安静了，睡着了，但从此不再能说整句话。护士给他输液的时候，他把我的手拉向他，轻轻咬我的指尖，我说：你干吗？他就继而亲吻我的手背。护士说，he is so sweet。我才从悲伤和几乎一夜无眠的疲惫中回过味来：也许他还知道我是谁，他可能真的在试图告诉我什么。

8月底常规化疗失效后，他曾经问我：你害怕吗？这个问题让我不知如何回答，因为什么答案似乎都不合适。11月他受了洗礼后，我们在得州被告知没有任何临床试验可用时，轮到我问他：你害怕吗？他坚定地说：不怕。从住院到过世的十天里，晓宏几乎没有流过眼泪，即使他蜷缩在床上对我讲"我恐怕扛不过这几天"的时候。他过世那天的前夜，每当他似乎有一些意识，我就拉着他的手说尽好话。当我说到我会把孩子好好抚养成人，两滴泪水从他眼角滑落。这是他最后的日子里流的唯一的眼泪。

12日上午,几日来持续阴沉的天空放晴了短短的一阵子。晓宏面朝窗子的方向。我想他一定感到了光明和温暖,决定向那个方向去了。

过去两年患癌的时光,他固执地自立着。我说我可以放下一切,脱产照顾他,他断然拒绝了。我说我来帮你研究临床试验,他说这个学习曲线很长的,他自己来就好了。除非万不得已,他拒绝让我陪他去外州看医生。在机场都用轮椅服务了,还执意要自己从机场开车回安娜堡,理由是坐着的时候是不疼的。那天我正好要做一个小报告,我说那个不重要,我不是非要去,我去机场接你。然而他不同意。即使在他面临大幅度减薪的时候,他也不想动用一分我父母的退休存款,就想着自己怎么能接着工作而保持一些收入。

我想,这两年来,他是希望让我的新事业和他的癌症赛跑。我以前常常幻想我的毕业典礼,打定主意要觍着脸提名自己去做毕业演讲。我要用这种特别美国的、从前的他可能会嘲笑的方式,当着所有人感谢他,让他为我骄傲,让他的病痛不是枉然。他去世大概一周多以后,我决定重新开始跑步,因为自己"积极的生活态度"而心情不错。跑着跑着忽然想到,他看不到我毕业了。我这个拿过不少貌似高大上文凭、对毕业典礼鲜有兴趣的人,竟然因为这样一个书呆子气的理由在操场上痛哭了起来。

在安娜堡,我和朋友们一起为晓宏选了墓地。墓碑将是朝东的——呼应他的名字,面向他最爱的公园,俯瞰那里苍翠的小峡谷。我们曾经在那里玩飞盘、遛狗、放风筝。以后也总会有密歇根大学的年轻人做同样的事情,年复一年。走在墓园里,我第一次注意到西人的墓碑——特别是那些古旧的——是多么谦卑:只有名字和生卒年月。一些晚近的墓碑上会写:父亲、祖父、丈夫等等。只有区区几个提到逝者的职业。也许在上帝或生死面前，所有这些只是虚妄。而肤浅如我，恨不得在碑上刻一个二维码，让所有好奇的路人都可以读到他的论文。

不少墓碑上都刻了两个名字，有的还缺一个年份等待填上去。有个墓碑上嵌了夫妇俩年轻时的黑白合影，真是一对璧人。想想一起在黑暗中安眠，多么诱人。诱人得如同婚姻一般。

家父的一位朋友知道晓宏过世，发微信慰问。父亲回复时，按着传统的修辞，落款是他本人"率陈朗和外孙女敬谢"。我看到后想了想，告诉父亲：你以后谢就好了，不需要"率"我们。我好像看到晓宏又对我笑了，似乎充满骄傲。他曾经的春风得意和曾经的病苦困顿，他的无能为力和爱的凝视，让我成了一个 badass。他和我都知道，再没有人可以"率"我了。

是不是我在未来最好还是归于大海、山川？也许那样，我可以更好地爱你。

选自《北京文学》2024 年第 3 期

青涩年代

但及

浙江桐乡人,嘉兴市作家协会副主席。在《人民文学》《当代》《中国作家》《上海文学》《花城》《作家》等数十家刊物发表小说、散文三百余万字。曾获浙江省优秀文学作品奖、飞天十年文学奖等奖项。

我们越往时间迈进，过去将离我们越近。
——（法）米歇尔·图尼埃

    照片是黑白的，泛着黄，轮流在同学的手中传递，最后通过阿坤之手递到我面前。他让我猜，我是哪一位。

    哎，这世上居然有这样的问题。

    三排人员，或站或坐或蹲。照片上方有一行印出来的字："五泾完小第七届全体师生合影，1976年。"脑海在飞快地搜捕，记忆也在全力回溯，我似乎从没见过此照。许梅芳老师坐一旁，他说："是的，毕业了，走散了，没印给你们，但这就是你们当年的小学毕业照。"照片里，孩子们目光清澈，表情木讷。一张张脸似曾相识，又有说不出的陌生。

    2017年12月3日，小学同学聚会，我们来崇福镇探望老师。四十多年未见老师，他头发全白，八十多岁，坐轮椅，精神尚佳，音色洪亮。他的家不大，八九位同学一来，沙发、凳子全占了，显拥挤了。

    照片上黑压压的一群孩子，个个相似，稚气未脱。哪一个是我呢？时光便是如此无情，恍惚如同梦幻，确认，否认，再确认，再否认，记忆之门时开时闭，再把零碎的、如烟花般的人与事从时光的隧道里奋力拉出来。

    我认出了我自己。最前排右侧第三个，蹲着，最小的个子。脸是尖的。布鞋，布衣，红领巾。

    我们是坐挂机船去新市的，毛猪一样装满船舱，一群人还不时在打闹。照相馆橱窗里贴着放大的照片，热闹的马路就在身后。拍照背景是紫红色的丝绸幕布。披了布的照相机，是我第一次见到，静立在眼前。

啪地一闪,强光掠过,眼睛好似吸进一团黑……记忆是模糊的,似不真实,又仿佛能记起些许细节来。

大家哄笑开来。"没错,没错,那个小不点就是你。"阿坤说。

完小本部只有两排房,一排在北,一排在南。教室共有六间,北边三间,南边三间,教师办公室夹在教室中间。

没有校门,没有校牌,更没有围墙。

白墙,黑瓦,中央是个小操场,旁边插着光秃秃的旗杆。风从南排房的窗口一直吹到北排房的窗口,从这个教室能看得见另一个教室里一群高低不一的头颅。学校像馅饼里的馅,被村庄包围。猪舍、羊舍就在边上,有时羊会长长地叫出声来,声音柔柔的,像是没睡醒。村民热爱每一寸土地,学校的空地也是,那里成了晒场。稻谷、黄豆、油菜梗,有时是清一色的稻草。稻草的气味浓烈,下过雨,有股酸酸的霉味在四周弥漫开来。

我家在五泾集镇上,从家里出发,走十几分钟,就能到学校。校舍掩在片片桑树丛后面。

那是一条泥路。河道刚开挖,淤泥从河底露出来,被抬上岸,见到从未见过的太阳,变成灰黑色。淤泥就铺在路上,路面细腻极了,又软,又柔,有弹性。我喜欢这条弯曲、变化的路。桑树是绿的,占领路的两侧,长长的枝条有时会伸过来,撩我的面孔。中途,会路过我小奶奶家,她家的门是敞开的,衣服横七竖八地躺在一根铁丝上。有时她会生煤炉,青烟蹿起,盘绕开来,越过她的头顶。我的叔叔会在里面敲敲打打,他学木匠,刚做了条凳子,不过质量堪忧,我们一坐,凳子就歪了。我斜背着深蓝色的书包,踩着松软,蹦蹦跳跳,毫无心事去上学。

教室呈长方形,采光好,大窗子透亮,能坐四十多人。墙上有长长的黑板，做在墙里，光滑，暗亮，彩色粉笔可以在黑板上写出漂亮的字。可惜这样的教室轮不到我。我们班不在这里，还在村子里，要一直往东走，在村子里的最里层。确切地说，在一户农民的家里。

沿小河浜向前，水草丛生，北侧都是农家。中间拦了个小坝，细水顺流出来。穿过小竹林，便是一个面粉加工厂。工厂平时门窗关闭，闲着，偶尔有机器声咣当，面条便从机器里一缕缕吐出来。工厂边有个小坡，淤泥堆成土，像山坡，我们班就藏在小山坡后面。

房子上年岁了，旧，暗，破。我们班三十多人，成了房子的新主人。东侧，连绵着农家，西边则是堵大泥墙。泥墙底部用土制的泥砖砌成，上部则用芦苇篱笆封住。泥地潮湿，光线从正面的侧门和窗子里透出来，有时也从芦苇篱笆缝里钻出，斑斑驳驳，像花絮一样散在课桌上。一个笨重的木架子，架起木黑板。黑板比我年龄都大，摇摇晃晃，不光洁，有条条细碎的裂纹，木节处还像伤口般开裂。黑板旁支了张小桌，叠着的书、红色墨水瓶和我们厚厚的作业本，桌面旧，泛着陈年的光泽。那是许老师的专用讲桌。

许老师坐着，在一条高凳上，远比我们高。他俯视我们。上课了，会站起来，累了，会退回去。有时，他坐着也能讲课。

课桌是长条的，一排就是一张，一张坐五个人。桌子高低不平，坑坑洼洼，脚还会摇动。写字的时候，写着写着纸突然破了，那是笔尖不留神钻进了缝隙里。那些缝啊不能称缝，可以叫洞。洞，张着小嘴，在我们眼皮底下，眼睛一样看着我们，做鬼脸。那些洞就成了指头的伙伴，我们的小手指伸进伸出，桌下伸进去，桌上冒出来。三角尺能从长缝里提上来，橡皮也能钻过圆洞，我们变魔术给自己看。

我们的魔术法，以为许老师不知道，其实他都知道。他眼睛毒辣，且隐蔽。他的武器是粉笔头。有时，低头做小动作，只听到嘣的一声。糟了，脑袋痛了，粉笔头穿越丛林般的头顶，准确地降临到某个头颅上。粉笔识人头，飞扬跋扈，已飞了若干年，有一定的准头，它攻击的都是男生，女生被豁免。他最有名的是"毛栗子"，把中指折起来，呈三角状，凸出来，再用那尖顶敲打我们的头。我们一旦过分，越了界，"毛栗子"就会无预兆地降临过来。许老师圆脸，戴顶无檐的大呢帽，冬天会反手焐进两个袖口里。他话不多，说着说着就会严厉，刮风下雨，我们的心就跟着一顿乱跳。

班里有一个十五瓦的电灯，吊在黑板前，难得一亮。太阳猛烈时，里面光线还算柔和；遇上下雨，幽深就铺开了，覆盖整个教室。

狗会来凑热闹，在门口晃悠，有时直接把头探进来，嗅一嗅，一脸好奇。更多的时候是知了叫声的入侵，那些不知疲倦的知了大声喧哗，吵着，闹着，和我们争夺地盘。

别人看我们总是孤零零的，与总部隔了几十米，像弃儿一般。

许老师是班主任兼语文老师，他坐前面，沉默，瞪眼，看守那般神态。那条高凳子傍在窗口，他监视我们，也爱护我们。其他任课老师则像候鸟，轰地来了，又轰地飞走了。课程表贴在木板上，轮到纸上写着的老师时，那些老师就会自动现身，平时则根本见不到人影。我们与本部藕断丝连，早上九点，喇叭声从西侧隐隐响起，那是运动员进行曲，远远地透过村庄的树丛和屋顶一波波传来。我们跑着，走着，奔向本部，凌乱的身影出现在那只架在屋顶的大喇叭下面。在操场上，我们伸胳膊，伸腿，与本部的孩子一起做广播操。

这是我们与本部唯一的联系。本部遥远得很，与我们没关系，我们活在自己一方小小的天地里。

当西北风贴着地面呼啸而来时，村庄寂静，小河结冰，地里的蔬菜蔫着头，被霜欺侮得不成样子。狗也缩紧身子，躲在墙角的稻草堆里。

上课时，我们笔挺地坐着，做筋骨，下课后就像断了线的风筝，追逐，打斗，撒野。孩子们的头颅围满工厂门口。那里门窗紧闭，铁栅生锈，我们霸占住门口，开始"轧猪油"。

青砖墙成了背景，我们贴着墙，分成两列，每列分别使力，把对方拱出去。又厚又肥的棉袄包裹我们，在呼出的团团热气中，我们挤啊轧啊，连墙上的灰也脱落了。最欢腾的是轧翻那一刻，对方轰然倒地，己方也顺势卧地。大家滚在地上，乱成一团，棉袄上全是泥灰，灰头土脸，但热情却在四溢。我们奔跑，跳跃，喜悦萦绕，脸与阳光一样灿烂，在寒冬里制造出一团团欢乐来。

村民也来围观，双手捂在袖子里，叼着烟，一派逍遥相。更多的时候，他们在墙角晒太阳，劈柴木，酿冬酒。我们互不交织。

我有一件小棉袄，我妈缝的，上面斑斑点点，有碎花图案。平时，棉袄是藏着的，包在罩衫里层，看不出来，但轧猪油翻倒时，花棉袄就露了马脚。"哇，花衣服，花衣服。"同学们围住我，拉扯着嘲笑我。从那以后，我再也不要穿那花棉袄了。我妈说这算什么花，这根本不是花，但我就是不肯穿了。

待我们上课，奔回教室，村庄便瞬间宁静。冬日里的太阳缩着头，光有气无力，连那个静似乎也走了样，很不真实，只有雪块从树枝上滑落的声响，抑或哪家的公鸡突然打起鸣来。偶尔，我们也会弄出声音来，从房檐屋角间奋力钻出。那是我们歪歪扭扭的朗读声，有时还伴有阵阵歌声，我们唱《学习雷锋好榜样》《三大纪律八项注意》。读书声、歌声穿越村庄的连绵瓦片、猪羊棚和枯萎的草地，穿越冰冻着的土地。歌声荡漾开来那一刻，勃勃生机又好似苏醒了。

春天姗姗来迟，油菜花最早占领河岸，黄黄的，映在水面上，也明晃晃地映在我们的眼帘前。

我们会沿着下沉的土台阶，越过坝，上坡，来到对岸。那是个陡坡，又狭又险，我们手脚并用。雨后的坡是湿的，鞋会黏底。那里有一片高高的菜地，还有一两个茅棚散落。高地被油菜花染香，蜜蜂萦绕，时不时掠过，骚扰我们。我们在菜地里躲藏或高喊，那里有多个坟堆，骷髅的头和白骨藏在半沉的瓦罐里。瓦罐顶盖累经年月，不知去了哪里，我们会屏住呼吸，探上一眼；伸一下舌头，怪叫一声，然后逃跑。害怕有，又似乎不厉害，吸引我们的常常是好奇。

课余，我们还要排队面对一口缸。

这口缸，中号，深褐色，边上做了块小挡板。缸就放在教室前面，十来米远，临河，面朝着我们。

这是一口小便的缸，靠着一棵老楝树，有时果子会落到黄黄的尿液里。下课了，我们冲出教室，排起长列，一起对着那口缸。一个个，把小鸡鸡掏出来，对着广阔的天空和痒痒的微风，奋力一挤，尿水便朝着那个缸口奋力地抛洒过去。缸时浅时深，接纳我们的声音也不相同，有时沉沉的，有时则显得轻快。我们拉着、摇着，转动身子撒出各式花样来，有的是直的，有的带个抛物线，有的则呈扭转起伏。缸是教室房子主人的，他出租房子，也收纳废料。我们青春、骚动的身体里淌出来的液体被装进粪桶，运进菜地，重新滋养大地。

这是一幕天真剧，没有一点的羞涩与犹豫，连许老师也用这口缸。我们天经地义，义无反顾，觉得这像吃饭、睡觉和读书一样正常。

时光过去了四十多年，回忆就会带点不可思议。这样的场景是否意味着粗鲁呢？应该不是，这是一种单纯。仿佛童年时代穿的开裆裤，我们没有任何的羞耻感。我们生活在童真里。

中午聚餐。

许老师举着酒杯说，想不到啊，这么简陋的教室，居然诞生了那么多的人才。他既感慨，又激动。

这回来的同学都是20世纪80年代考上大学的，有的在海关，有的在商检，有的在税务，有的在搞科研，更有来自遥远大洋彼岸美国的。时势造人，这也是我们自己没料到的，那摇晃的桌椅、歪扭的黑板和潮湿的地皮，竟然也成了哺化剂，培养出了那么多有专长的人。

餐桌临窗，我的旁边还坐着师母。她瘦小，温文尔雅，说话轻柔又细绵，我有时叫她师母，有时则叫她宋医师。

她原先是医生，我爷爷也是医生，同在五泾卫生院上班。她总是穿着白大褂，轻手轻脚，给人打针、换药膏或输液。与许老师成家后，他们就住在卫生院宿舍，二楼，靠东北第一间。清晨，许老师从这里出发，傍晚又回到这里。正因为此，反而拉开了我与许老师间的距离。这是一种很微妙的心理。我怕许老师把学校里我的情况告诉宋医师，宋医师再告知我爷爷。每次，到卫生院我都忐忑不安，缩手缩脚，躲躲闪闪。我怕遇上宋医师。

宋医师肯定掌握了我许多秘密。每回遇到她，我就紧张，想：完了，她在笑话我。她什么都清楚，就看她说还是不说了。

宋医师腼腆，说话少，更多的是给我们呈上一张笑脸，是那种含蓄的笑，温柔又典雅。她不会出卖我，她是好人，肯定不会在我爷爷面前搬弄是非。有时我又在这样自我嘀咕。

与宋医师不同，许老师胖，体积比宋医师大上一倍。我对他的畏惧是天生的，就像老鼠见了猫。他严肃、认真、呆板，笑容难得搁在脸上。有卫生院和宋医师这一层，我更怕他了。他叫我站起，朗读课文，或者拉到黑板前默写词汇。这个时候，我常常脑子失灵，空白会持续好一会儿。我想完了，如果出洋相，家里人都知道了。

酒过几巡后，我站起来，面对诸同学。我说了我当年的心情，我怕许老师，但我更怕另一个人。然后，手一点，指向了亲爱的师母。

读小学那几年很不容易，就好像安了个监控探头。我如是说时，大家乐不可支，哄堂大笑。宋医师拍拍我的肩，露出浅浅一笑。

我说，大家不要笑，我说的全是真话啊。

我们养起了一笼笼兔子。那是许老师的主意，他总是别出心裁。

兔棚建在教室后，一间斜坡间里。斜坡与教室间有一个天井，养着两只龟，下雨时龟会出来，抬起头，淋雨，或者假装一动不动。那屋子低，潮气盛，电灯可怜的亮光影影绰绰，朦胧地把我们的影子印在地上。雨后，潮气厉害，地皮都泛起了水，鞋子会有声音，会黏脚。我们搬来砖和泥，垒起一个个兔棚。

兔棚是连着的，一间又一间，共有六七间。砖块外面抹了层烂泥，棚算搭成了。棚底装了铁栅，兔子的便便会一颗颗跌落，漏到底下。兔屎是颗粒的，黑色，一粒粒，像药丸。养兔后，我们的课余生活又丰富了。兔子雪白雪白，干净、安静，像圣人一样眼光清澈。吃，也有大家闺秀的样子，啃菜叶，轻轻地嚼，从容不迫。我们会伸出手来摸它们，柔柔的，光光的，有时干脆一把抱起，一股温暖便塞进了怀里。

兔子可爱极了，我却开心不起来，原因是多了个任务——割草。许老师在高凳上发出最高指示：上学必须拎一篮青草。我家有羊，但平时我从不割草，割草是我妈的事。现在我提着割草刀和竹篮子，晃荡着去野地。大自然空旷，草木幽深，风儿穿过竹篮，篮里一片死寂与空荡。走在田埂上，我牢骚满腹。我割一会，看一会，叹一会，篮子怎么还没满呢？怎么要那么多青草呢？上学时，当竹篮摆到同学群里时，我有些傻眼，别的同学的都比我的满，鼓鼓囊囊，连篮子边都鼓了，铺到了外沿。我要少上一半呢，我不敢直视，连脸都红了。这以后，我告诫自己努力，再努力，加把劲多割些，但一到田野，又宽慰自己：够了，够了，不差我这一份的。

养了一阵，兔棚有动静，兔子不安分了。雌雄兔子放到一起，会纠缠。我们面红耳赤，胆战心惊，目光也拉直了，既好奇，又不安。正在上演什么？谁都不说，谁也不明白，但个个好奇。兔子们拥在一起，追着，趴着，似乎在亲昵，又似乎在发怒，还发出古怪的叫声。这一刻，其他声音都没了，天地静止，世界掉入了混沌。

噗的一声，又噗的一声。这是兔子交配时发出的声音。

大家都模仿这叫声。声音就在班级里流传开来，常常会听到那恶作剧的噗的一声。

再后来，有了小兔，小兔又变成大兔。兔毛长长后，我们就抬着课桌横七竖八来到室外，兔子们被一只只捉了出来。我们死死地摁住，手下是一团滚圆的热，这团热正在变成剧烈的暴动。撩开毛，粉色的肚皮上能见到细小的血管与青筋。剪子一动，白花花的毛就一团团地落下，如絮，如云。剪刀声四起，兔毛飘落在纸板箱内。小手们粗糙又专制，兔子们睁着恐惧的眼。一不留神，剪刀就碰破了兔皮，血汩汩地出来了。白毛啊，瞬间成了红毛，我们手忙脚乱，用手去捂，用红药水止血。毛茸茸的兔肚上斑斑红点，伤痕累累。

剪了毛的兔子，失去了英俊与妩媚，异常丑陋。顶着剩下的绒毛，它们缩成一团。华美的公主顷刻变成了乞丐,它们经历了有生以来第一次人为的浩劫。

兔毛可以换钱,拎到收购站一称,班委费就有了,于是我们又买来剃子和剪子。

这回,不是给兔子剪毛,而是给同学理发。许老师手握剃子,站在场地中央,一改平时的严肃与威严。他面前摆了把椅子,椅子上傻傻地罩了块白布,白布里露出一个学生的头。头长长地伸在外,像鸭脖一样裸露着。许老师摇身数变,从教师变成剪毛师,又从剪毛师变成理发师。课余成了欢乐场,这时候的许老师与平时不一样了,居然也开起了玩笑,被我们里三层外三层围住。理发剪咔嚓作响,一团团头发沿着白布滚落,翻在地上,成了一个个发堆。但上课铃声不领情,从本部穿过村庄而来,头剃了一半,顶着个半成品,只能尴尬地逃回教室。

头发剪了,精神了,有模有样了,我们班里的武术队也成立了。

小树抬起头,老牛瞪大眼,锣鼓声回荡在小河两岸,一群孩子着了魔,一下子腾飞了起来。

辅导者也是老师,家住学校西南的一个村庄:陆家角。一下子,从同村庄的学生开始,班级有了大刀、红缨枪和三节棍。那些叮当作响的东西舞动起来,一道道斑斓的光在班里闪烁,威风凛凛,又神秘兮兮。陆家角的学生一下子高人一等,神气满满,连走路的姿势也变了。他们骄傲,成了一个帮派,一起上学,一起训练,一起回村庄。金光飞舞,耍大刀,棍棒对打,挥三节棍,吆喝声、击打声此起彼落。武术队员身手矫健,轻如轻燕,狠如猛虎。刀光舞动剑影,剑影搅动村庄,即使隆冬,面对西北风的扫荡,空气里也有了丝丝暖意。

汇报表演在一片空旷的平地上举行,几棵大树围在一旁。村里人搬来凳子，议论纷纷，连小孩的瞳孔里也长满了好奇。长枪、短枪、棍棒就在场地上变幻，队员们成了轻盈、灵活与威武的使者。长凳上架起了大铁圈，大铁圈外缠了一层布，布上洒了油。火一点，铁圈顿时变成火圈。武术队员表演钻火圈，从几米外的地方奔跑而来，腾起，俯冲，像飞鸟般钻过火圈。那天，也有失误，一名队员的头发烧着了，幸好无大碍。

我不是武术队员，我瘦小，怯弱，轮不上。我只是一名观众，当同学把大地和天空弄得颠来倒去时，我兴奋，心里还带着无限羡慕。

武术队声名大噪，牛气冲天，偶尔还会到县里去做巡回表演。他们个个成了小明星。若干年后，电影《少林寺》掀起热浪，我却从中看到了完小的影子，那帮小子就是我同学，他们直接跑到了电影里。

年级高一些时，我们搬家了。这回搬到了五泾大队的村部。孤孤单单一个教室，夹在一大片房屋的中间。

那地方，远看就像个"门"字。中间有一方水泥地。北边，是豆腐作坊和米粉加工厂。大缸里永远浸着酸溜溜的黄豆，石磨就在一旁守候，水汽与烟有时候分不清，朦胧的，一团团飘出来。加工厂霸道，机器非同寻常，震耳欲聋，扬起的尘埃冲出重围，弄脏四周，也把自己搞得灰头土脸。桌子、地面、屋顶，连长满杂草的阴沟都积了厚厚的灰。庄稼地也遭殃，菜叶上、葱蒜上也像披了雪。村民挑着沉重的稻谷，一摇一摆地进来，出来时竹筐摇身装满了白米。

机器喧嚣，常年不停，我们与它比赛，谁更响亮。我们的声音从机器声里冲出来，朗读产出共振，浮在最上层。我们时不时会反扑成功。

跟班级贴在一起的有一长排房子，第一间是兽医站，给鸡鸭猪羊牛看病。兽医当着我们的面阉鸡,鸡毛一拔,露出毛孔粗糙的肉,接着就是一刀。一个弓样的东西撑大鸡腹,两瓣肉分开,内脏从那个孔洞呈现。肠子缠绕,在微微地动,还有热气冒出。兽医用一把长长的金属勺子伸进小洞,他动作迅猛,手势娴熟。就这样,掏啊掏,他长着眼,又好像没有眼,最后掏出一样血淋淋的东西来。那团缠着血的肉块来到我们面前,那叫什么,我们不清楚,只知道这只雄鸡从此变成了太监鸡。鸡冠萎缩了,模样古怪,雄风不再,仅有的那点傲气被一扫而光,从此过上一种低三下四的生活。

再往前,就是医务室了。我爸就在那,赤脚医生,常常背个人造牛皮药箱,走在长长的田埂或河道纵横的村庄里。医务室总有那么多的人,被火一熏,竹罐子就一个个耸立在皮肤上。还有针灸,密密麻麻地插在头上或臂膀上,看得我头皮发麻,好像被拉到了另一个时空。艾叶混合着酒精,是这里独有的味道。房后有个小间,里面有条高凳。病人把裤子拉下半格,露出白晃晃一片,我爸手一扬,一根细针就戳进了他屁股的上部。

再向前,就是大队部了,管理底下几个生产队。几张灰不拉几的办公桌,被香烟熏黑的墙,锦旗和掉了角的标语占满了墙面上半部。

班级紧邻大队办公室,门双面,对开,被桐油抹过的门面乌黑发亮。隔壁是养猪场,两个猪栏。其中一个猪栏里养了一头巨大无比的猪,大家都叫它乌克兰猪。乌克兰猪肥大,是土猪的两倍。下课时,我们去看它,更会去惊扰它。泥巴扔到它背上,它发出怒吼,夹着尾巴团团转。有时,它会跃起,爬在围栏一侧,用血红、愤怒的双眼瞪着我们。

空旷的水泥地边,还有个礼堂。礼堂又高又大,青砖墙,墙上用石灰水写满大字:农业学大寨,敢教日月换新天。正门朝西,中央有颗五角星，水泥浇作而成，覆了一层红颜料。礼堂离班级只有几米远，平时大门紧闭，死气沉沉；难得有会议时，便会滋生出几分热闹。学校偶尔有联欢，逢年过节的我们也就有了进礼堂登台的机会，红胭脂上脸，一个个涂得像猴子的屁股。我们演样板戏，还敲起小锣，自编三句半。压轴当然是武术表演，刀光剑影，楼板噔噔响，都腾起了灰。零乱的踩踏声中是台下一张张好奇的脸。

有一阵子礼堂换了用途。一张张破旧的乒乓桌搭成一个大拼桌，一台台显微镜架在那。空荡荡的礼堂里伴有阵阵的怪味。自那以后，我们的生活也有了些改变。回家后，我们在糙纸上拉便便。拉完后，再像裹粽子一样用稻草扎紧。最后，塞进白纸，写上自己的名字。我们蹦蹦跳跳去上学，纸包和书包一起晃荡，有时还会跟同学打趣，用那沉沉的纸包在人前甩来甩去。

到礼堂后，报名字，登记。地上全是一堆堆这样的东西。工作人员坐在显微镜前，闭一只眼，又睁一只眼，他们要查找出一枚枚小小的虫卵。

原来是血吸虫横行。礼堂成了大便存放处，成了化验场。

我们这个小小的班级就挟裹在社会人群中，被各种声音、气味和行动包围，就像在一个孤岛上。但我们从不觉得孤独，水泥场及周边桑树地是游戏与打架的地方，乌克兰猪与化验场的阵阵臭味似乎飘不到我们鼻孔里。我们甚至忘了还有一枚枚的钉螺存在，放学以后就直奔河里，嬉水，游水，再爬上高高的南双桥，纵身跃下。巨大的溅水声里，水波变成一层层的圈，我们则享受着变成鱼的那份自在。

聚会后，告别老师，我和阿坤等同学各自散去。

我回五泾，父母还生活在五泾，我要去探望他们。金祥也搭我的车。

他就是当年的武术队队长，现在在美国，拿了绿卡，在华尔街从事金融。他用高德来导航，车子穿行在乡间小路上。导航给出的是最近的路，我们一直盘旋在从崇福回五泾的狭小公路上。

我与金祥聊美国。时值特朗普上任，金祥说，美国不是以前的美国了。我说，是啊，风水总是在轮流转。

快到五泾时，恰好路过当年完小的位置。车停下后，我们一起下车。

走在不熟悉的村道上，一种飘忽感陡然升起。完小的两间教室早已烟消云散，村庄里零星散落着楼房，河浜消失了，一条水泥路一直通往村庄的深处。我仿佛能摸到些许当年的影子，但又仿佛根本不是这么回事。眼前既真实，又遥远，似真亦幻，似幻亦真。记忆断断续续，当年的景象不时掠过。

"记得吗，当年武术队多神气啊，我都羡慕死了。"我对金祥这样说，仿佛又看到了刀光剑影从时间的缝隙里走来。

他站在那，木然不动，似在沉思。他说，当年没有留下一张训练和比赛的照片，只留在脑子里了。

几十年不练，所有的功夫都归零了。不过，回想当年还是异常亲切。他又说。

我的老乡丰子恺曾经说过："儿童生活富有趣味，可以救济大人们生活的枯燥与苦闷。"现在当我逐渐打开童年的回忆之门时，看到的满是无忧无虑、无法无天、无掩无遮。是啊，当年的我们那么穷酸，过得却是那样开心。我们与忧愁不沾边。我们初生牛犊，快乐、懵懂、大胆，无知又热情。我们像打游击一样读着书，但我们身上充满了阳光与激情。

想起了诗人一笑的一首诗《把灵魂挂靠在时间的翅膀上》，有这么几句触碰到了我的心灵。

我把自己卖给了时间
既不谈价,也不谈情
点点,圈圈,圈圈,点点
每一个日子的数字都是活的。
六月下旬的夜晚,我截下了七月
——不可看的七月啊
仅有那么三天的"时间"
很自由,很白,类似风

选自《野草》2024年第3期

乔洪涛

纸与字

乔洪涛

1980年生于山东梁山,中国作协会员、山东省作协全委会委员,山东省作协签约作家。发表作品近二百万字。出版小说集《赛火车》,著有散文集《大地笔记》《湖边书》。获得齐鲁散文奖、第八届万松浦文学新人奖、银雀文学奖等。

1

敬惜字纸。

从扬州东关街一处老宅嵌在半墙上的焚纸炉上看到这四个字,我禁不住一颤。多少年来,我这个以纸笔为生的人,日日与字纸厮磨的人,有多久没有听到这声"棒喝"了?我的头皮过电般发麻,置身这座广陵老城的老街巷,那偈语仿佛神示,头顶响起的"春风十里扬州路""清角吹寒,都在空城"的袅袅回音,都变成了这四个字——

"敬惜字纸。"

在人间行走44年,我抚摩过多少纸张,书写过多少汉字?20多年来,我发表出去的200多万个汉字,瞬间像利箭向我射来,我慢慢蜷缩起来,像一只刺猬。那些字写在多少纸上?我的那些汉字配得上那些纸吗?

20世纪80年代的鲁西南乡村,纸张还算奢侈品。那时候可不像现在这样,到处都是各种各样的纸张,纸张上写满各种字、各种故事或命运。那时候的故事,还在绝大多数的乡亲的心里长着,他们不会写,顶多只认得"斗大几个汉字"。纸和字,似乎只是属于个别人的事。

比如我们村上的赤脚医生,他在草纸上开药方,望闻问切之后,用蘸蓝墨水的钢笔在草纸上画符,那字像一条一条的蚯蚓,可谓天书;比如我们村上的民办教师,他用粉笔在黑板上写,用红笔在作业本上打叉或者打钩、写评语或者"阅"字,那红色的字体写在白色的纸张上,真是醒目又神圣。

一般人家,除非上学的孩子,都没有纸笔。种菜卖粮,生意往来,常常是用石块画在墙上,记在门板上。有纸笔的,也不舍得在白纸上写写画画,顶多用孩子写过一面扔掉了的演草本来记事,其实也没那么多事可记,主要是记账——某年某月某日,买了多少肥料;某年某月某日,赊了几只鸡苗；某年某月某日，欠了谁家几块钱。

哪有一张白纸可以随手使用？此时此刻，我坐在书桌前，电脑屏幕像一张洁白的纸张，仿宋方块字不断被我打捞出来，跳将上去；而右手边的打印机里，正堆叠着一堆洁白、整齐的A4纸，它们躺在那里，等待每天写作结束，我一摁按钮，那些电脑上的字就会跟随着纸张从机器里钻出来。多么神奇！

可这些纸墨的便捷，都不足以让我写出力透纸背的文字。我在打印稿纸上涂涂改改，长篇、中篇、短篇……虚构与非虚构的故事，源源不断地制造出来……废纸篓里，团成一团的残纸断字到处都是。啊，我忍不住大汗淋漓起来，这么多年来，我真的从心里"敬惜字纸"了吗？为什么我的文字水淋淋湿漉漉总是那样词不达意？为什么200万字几万张的字纸，立不起一块醒目的碑子？

2

我忘记了第一次见到纸张是几岁年纪，什么心情，但我仍然记得我小时候刚刚认字时面对一张纸的虔诚和贪婪。

那时候乡村物资匮乏，村镇、街道都没有书店，更没有专门卖纸笔的文具店，我所有的作业本（算术本、田字格本、作文本、演草本）都来自学校老师的发放——记得算术本带着横线，绿色的线条仿佛无限延伸的铁轨；田字格本的实线和虚线格子让人犹犹豫豫不敢下笔；作文本上的小格子最奇妙，简直像一块一块的小菜畦，可又让人忍不住犯愁——这可什么时候才能填得满呢？演草本我最喜欢了，因为那就是一张一张的白纸，想怎么写就怎么写，想怎么画就怎么画。我舍不得拿它来演草列算式，心想那多糟蹋纸啊，我用它来写字，抄课文，真好啊。

但这些纸见多了未免乏味，直到有一年我见到了更多的各种颜色各种质地的纸张，才真让我欣喜若狂。那是我第一次跟着父亲进县城去卖西瓜，卖完后他带我到新华书店去。推门一看，那些书啊，一排一排，一架一架，多得让我目瞪口呆；那些纸啊，一摞一摞，一沓一沓，多得让我心生畏惧——那得写几辈子才能把它们填满写完？

就是那一次，我见到并爱上了一种纸，后来这种纸几乎伴随了我整个中小学时代——白色水联纸。那是整张全开的大白纸，两角钱一张。它在我的眼前铺展开，像一块刚收割干净的麦田，像一片幽静的池塘，像9月高远的天空。它太美了！没有横线，没有竖线，没有方格，一片白茫茫无拘无束，自由自在，可以让笔像骏马一样自由奔跑。它的一面很光滑，洁白柔滑像鸡蛋清一样，这是正面；一面稍微粗糙，细看似乎可以看到麦秸丝的纹路，这是反面。那一次，我们买回来10张大纸。可惜我的课桌没有那么大，我只好把它折叠起来，折一次，折两次，折三次……一位有经验的学兄告诉我这是"一开"整纸，每对折一次就会"变小开"一次。"开"是什么，这真是一个生僻的知识，我记得在课本、作业本扉页见过这样的说法，找来一看，果然课本上有这样的标志，作业本上也有，都写着36开。哦，我明白了那就是一张全开白纸分成36份的样子，真是奇妙。

一张白纸，我就那样折来折去，正面用了反面用。有时候为了方便，我折好后用小刀把它割开，然后用线缝起来或者找老师借订书机订起来，那就是一个本子的样子了。但我更喜欢用整张，密密麻麻地把字写满后，把它打开，哇！一大张带着我的字迹的白纸就变成了一张"字纸"。那时候写字全都用钢笔或圆珠笔，还没有中性笔，钢笔墨水用蓝色的"英雄"牌。我的钢笔要么不出水，要么漏水，常常一节课下来，满手满纸都是蓝墨水。但是，我那时候是多么稀罕一张白水联纸啊，我舍不得给它留下空白，无论是默写、演算还是练字，我就那样写啊写，一直写到满满的为止。我有一本《庞中华钢笔字帖》，每天拿来模仿，有时候还把白纸贴在字帖上"描红"，那种纸透光性好，很薄，可以描字。

祖父也很爱这种纸，不让我扔掉用完的废纸，拿来卷烟吸。我每次写完一张就带给他。这种纸薄，且容易燃烧。祖父很有耐心，他把纸一次一次对折起来，一直对折得很窄很窄，然后用手顺着折痕撕开或者用镰刀割开，那带着字的纸就变成了一条一条的"卷烟纸"。祖父吸了很多这种旱烟，他说，带字的纸得敬惜，老辈人从不敢乱扔废纸，带字的纸最后都得烧掉，烧成灰才好。他说这样的纸拿来卷烟叶，正合适。

记得有一年，我得了一沓蓝色的厚包装纸。那是在县城棉纺厂上班的表姐带给我的，那是她们工厂的包装纸。那一沓蓝莹莹的厚纸，我着实喜欢，她知道我爱写字，好写文章，就把那些纸送给我，让我装订成本子用，鼓励我好好写字。30多年过去了，我仍清晰记得，当时我把那些纸折叠、裁开、缝合，做了一个厚厚的稿纸本，然后，在那个炎热的暑假，写下了我今生第一篇中篇小说《梧桐夜雨》。我一笔一画地写上去，像一个要写世界名著的大作家一样小心翼翼又文思泉涌。那个故事像初夏的雨打梧桐一样潮湿、漫长，我大概写了一个暑假的时间，每天做完当天的《暑假生活》我就开始写，大约写了5万字，这应该算是我的首作吧，只可惜后来数次搬家，现在已经找不到了。

包装纸是让人喜欢的。有一次城里的亲戚来家里，带来了一箱苹果，奇怪的是那箱苹果都用包装纸包着。我好奇而惊喜，虽然我爱吃苹果，但是我更喜欢那些软软的、厚厚的包装纸，类似牛皮纸的样子。我把它们都拆下来，展平，摞在一起，压在枕头底下，那些纸从我的枕头底下发出阵阵苹果的幽香,让我忍不住每天睡觉前都要把它们一张一张放在鼻子下嗅它们,抚摩它们。真香啊!纸香夹杂着苹果的香气,馥郁而散淡,直到今天,我闭上眼睛似乎还可以嗅得到那种味道。还有烟盒纸,也是我喜欢的。带着淡淡的烟草味,铺开、展平,在上面写诗,一张纸可以写一首诗,我那时候觉得烟盒纸简直就是为了写诗生产的。

还有两种纸,特别好用,尤其是用粗的练字笔写,写出来的字迹特别好看,遒劲有力又清新洒脱,就是报纸和信封纸。那时候我父亲在村里任支书,村里订着《人民日报》《大众日报》《农村大众》,那些报纸是乡村的奢侈物,密密麻麻的黑字(有时候有红色的字)印在柔软、米白色的纸张上,报纸还带着边牙儿,很好看。纸上的信息也多,一篇又一篇,一段又一段,我们本家的大爷识字,常来取一两份报纸,翻来覆去地读,一遍一遍地看,看了就给我们村里的老人讲国家大事,让大家敬佩不已。但邮递员并不是每天都来,常常一周来一次,每次都能送来一摞报纸和刊物。如果我正好在家,赶上邮递员到来,我就会迫不及待地坐下来翻看那些报纸。那些报纸是我少年时期阅读最多的"启蒙读物",我尤其爱看副刊,《大众日报》的"丰收"副刊、《农村大众》的"沃土"副刊、《齐鲁晚报》的"青未了"副刊……那一篇篇散文,一首首诗歌,带着泥土的芳香,扑面而来,常常让我爱不释手。翻看报纸,有时候就会掉出几封信来——有做广告的,有寄杂志的,有发通知的……我最喜欢那些用牛皮纸制成的大信封,它们散发着柔和的光芒,坚韧而朴素,带着一股说不上来的好闻的味道,让我如获至宝。我把信封撕开,铺展成一张半个桌面大小的牛皮纸,拿来练字。那时候,我痴迷于练字,牛皮纸写钢笔字,报纸看完后练毛笔字正好。看我常用报纸练字,父亲说,有一个大书法家就是用报纸写毛笔字练成的,他叫舒同,在山东当过省委书记,《大众日报》报头四个大字就是他题写的,还有我们家乡梁山山门口摩崖石刻上的"水泊梁山"四个大字也是他题写的。这让我顿感亲近,拿着毛笔在报纸上写字的劲头更大了。

但每到春节来临,农村写春联,我就不用报纸了。村里人从集市上买回来大张全开的红纸,对折,裁开,在红纸上写春联,这真是练字的好机会。我们村有两个民办教师,每到年底写春联都忙不迭。农村人识字的少,会写毛笔字的更少,到了春节贴春联,家家户户带了红纸去求字,那场面很是壮观。求字的人又是递烟,又是恭维,还给磨墨、倒茶、扯纸、递纸,写字的人心里美滋滋的。写完一家又写一家,很快,堂屋地上、桌子上、凳子上、院子里,就会晾满红彤彤的春联。那些饱蘸墨汁的大黑字,一个个精神抖擞,像有了神通,颇为壮观。后来,我也加入了写字的行列,虽说写得不好,但一旦开始写起来,我们家族的春联就都交给我了。那时候,我心里得意扬扬,很是觉得荣耀。那些婶子大娘大爷,这个夸我字写得好,那个夸我学习好,简直有点众星捧月了。因为会写字,我简直成了村里孩子的榜样,他们心中的完人。

我因纸和字受到了尊敬,获得了无比的满足感和荣耀感。我也越发认真,每次写春联前,都要沐手点香,这也让那些乡亲们越发敬惜字纸,哪怕写坏了的一个小"福"纸片,也舍不得揉掉扔掉,而是捡起来揣在怀里,装在兜里,说是"有福了,有福了"!

敬惜字纸。纸和字仿佛是农村生活的更高一格,平时一般用不到,逢年过节、红白喜事,他们就把请来的字挂到墙上、贴到门上,红红火火或者苍白庄严,仿佛有了辟邪、哀悼、祈福的神通。

大红双喜是乡亲们在喜事上的隆重表达。好事成双,两个喜字吉祥,有创意,也漂亮,谁看见了都会笑得灿烂,"恭喜!恭喜!喜事连连!"

生孩子坐月子，送喜面，要贴上红纸；过寿祝寿，也要用大红纸写"寿"字，高高悬挂在中堂上。

不仅喜事，白事也同样用纸和字来表达哀痛和悼念，只要看见谁家门口用柳棍挂上一串草纸，那必定是有了丧事了。这些纸张，是醒目的经幡，是人间宣告。灰黄色的草纸，在风中像一张布告，承载着悲痛与无奈。面对亡人，这些纸呀，有了沟通冥界的神通。山地或旷野的坟墓前，一刀一刀的草纸烧下去，化作灰黑的烟灰，扶摇而上，成为冥界的硬通货。那些受苦受累一辈子的穷苦人，通过纸张的燃烧，终于有了花不完用不尽的钱财，这是多么浓情的告慰，又是多么悲痛的缅怀与祝祷。

3

纸张，是草木植物化身而来。

想想都觉得不可思议，那些大地上生长的植物——蒲草，稻草，麦秸，竹子，树木……时间的年轮让植物直立起来，让茎秆挺拔而富有弹性。智慧的人，把它们变成平面的纸张，用它们记载生命的喜怒哀乐，记载历史的足迹。一株植物从形而下到形而上，从蔡伦造纸到北宋的印刷术，从丹青绘画、翰墨飞舞到如今的机器打印，琳琅满目的图书、报刊，每一页纸都成了人类记事、表达的载体。

当然，也未必是只有纸张才可以写字。我中学时期一个心思浪漫的"诗人"同学，在他白色的T恤衫上，用蓝色的钢笔密密麻麻写了他创作的新诗《蓝色的海》，他把T恤穿在身上，在初夏的校园里独行，穿过惊讶的人群，消失在通往操场的小路的尽头，那是青春的表白、勇敢的歌者。那件白T恤衫，20多年来一直在我眼前晃动，像一张闪耀着力量和梦想的纯洁的白纸，像一面旗帜。

有一年，我们在校门口的商店里发现了一种"纯美"的纸——彩色信笺。20世纪90年代流行的这种信纸，今天看来花里胡哨，但那时候却符合青春的喧嚣年纪。那些信笺太美了——彩色的，五颜六色的，清新的或热烈的，带着横线或竖线或格子的信笺纸。那个年代，流行写信，交笔友。可像我这样的农村孩子，基本没有超出本县居住范围的亲戚和朋友，那这样的信笺写给谁呢？

——写给远方的陌生的朋友，交笔友。

许多青春杂志页脚或者报纸中缝，都有交笔友的信息，清楚地写着交友人的邮编、地址、姓名、性别，甚至爱好。少年的心在远方，我们热衷于给远方的朋友写信。随着通信的快捷，微信、陌陌等交友平台的发展，那种"云中谁寄锦书来""欲寄彩笺兼尺素"的感觉恐怕以后再难有了，但那时候却成为我们一代人生活中几乎是最牵挂的希冀和美好的等待。把那些属于青春的热烈的句子写到彩笺上，郑重地装进信封，投进镇上的绿色邮筒里，就放飞了热切的希望和浓浓的心思。信件寄出去，剩下的，就是等待了。等啊，等啊，期盼邮递员从远方捎来哪怕只言片语的信函。就那样一封回信，足以让一个少年激动得夜不成寐。我收到过笔友寄来的信件，有的是普通信纸，有的是彩笺，有的洋洋洒洒下笔千言，有的羞涩腼腆只言片语，但无论哪一种回信，通过纸张和笔墨就可以交到一个朋友，无论如何都是让人快乐幸福的事。

"啊，朋友，友谊地久天长。"

信纸当然也有很多折法，不同的折法代表不同的关系，比如爱恋，比如敬重，比如亲情。18岁那年，当我坐上火车去远方读书，一封封家书来往，那写在信纸上的牵挂和祝福，沉甸甸、化不开。古今中外，书信纸张承载的情感格外动人、格外有分量。《报任安书》《答司马谏议书》《陈情表》《写给燕妮的信》《傅雷家书》《与山巨源绝交书》……带着或喜悦或伤感或激愤的泪痕的书信,是人与人传情达意的最方便的纽带,好的书信字字千钧,真挚动人。

  如此看来,作为一个读书人,一个写作者,几十年来,我几乎没有一日不与纸张为伴、不与汉字为伴,桌上、床头、厕上……总会放着几本书、几本杂志,以备随手翻来,让我能随时摩挲那些纸张,体味那些文字的温度。那些设计各异、越来越精美的书,常常让我赞叹不已。软装,精装,腰封,轻型纸,烫金纸……我在阁楼装修了一间超大书房,用以盛放这些经典的书,可这浩如烟海的书啊,哪里盛放得下?我发表过的200万字,化作一篇一篇的文章,隐藏在每一本杂志或书里,或扉页,或内文,勾勒出我20多年的心路历程。

  其实,说到底,我们每个人都是一个创作者,不管识字不识字,终其一生,只不过用不同的笔,在不同的纸张上,书写自己的故事。我们都是劳动者,都是生命存在世间的体验者和见证者,只不过有的人在有形的纸张上写字,有的人在大地上书写,有的人在时间里讲述,有的人在看不见的"纸张"上烙下印痕。

  但无论如何,面对一张"纸",面对那个可以创作的空间,面对洁白的"空",我们都要精心构思、慎重落笔。生命的纸张上难免有涂涂抹抹,但最好不要擦擦改改,生命的故事,有的可以回头,有的却不可以重写。

  面对物,我们终究要怀有一颗对它的初心,尤其是纸墨。

  敬惜字纸。

  这四个字,永远值得敬畏,不容轻慢。

选自《福建文学》2024年第3期

李娟

夜行车

李娟

1979年出生于新疆生产建设兵团农七师一二三团。出版有《冬牧场》《遥远的向日葵地》《我的阿勒泰》等十一部作品。曾获鲁迅文学奖。

10

更早一些时候，没有区间测速，客运站只能用记录下客运班车出发和到达的时间，来判断其有没有超速行驶。

怎么可能不超速？——广阔无碍的大地，空旷的公路，单调的视野，激动的车载音乐，满车熟睡的乘客。不知不觉间，油门就越踩越紧。

于是，到了中途换班的路边小店，一停就是两个钟头。

还有很多时候，就算在吃饭的地方耗了两小时，仍耗不完规定的时间。于是，离城市还有百十公里时，司机便下了公路路基，停在荒野之中等待。

于是那样的时候，总会有人突然被安静所惊醒。他起身，看到窗外漆黑，愕然道："怎么熄火了？这是哪里了？"没人理他。

而我整夜未睡，我感觉到他的醒来令车厢里的安静越发坚硬。很久后我回答了一句："不知道。"

又过了一会儿，有呼噜声响起，并且越来越大。

安静惊醒了一部分人，剩下一部分人就是被呼噜声吵醒的。车厢里陆续响起各种鼾声和咳嗽声，但一切显得更安静了。我又躺了一会儿，再次望向窗外，看到地平线开始发白。

我们的车辆绝对静止，仿佛正在此地生根。

而乘客们正在发芽。我感觉到"清醒"这种状态在车厢里快速蔓延。有人起身穿衣，有人互相商量白天的行动安排，还有人抱怨旅途的艰辛。

东方地平线渐渐转红。我期待着日出。

但我没有等到。我以为随着天光渐亮，车厢里会越来越热闹。但恰恰相反，越来越安静。

一扭头,我看到所有人又重新躺倒睡去。

我在曙光中,在绝对不可动摇的安静之中,也渐渐睡去了。

就在所有人都睡着的时候,太阳出升了。我在梦境中看到阳光横扫过旷野,把夜班车照耀得闪闪发光,仿佛盛开。

11

更早些时候,二十多年前,限速要求还不太严格,夜班车司机玩命似的轰油门,往往半夜就到目的地了,便早早地就驶入黑暗中的客运站停车场。一部分旅客家在本地,他们摸黑爬到车顶,吵吵嚷嚷地翻找行李,归心似箭。而剩下的人在车体震动和喧哗声中翻个身继续睡。陌生城市的凌晨时分,最早一班公交车都没发车,这会儿下了车能去哪儿呢?在车上好歹还有个落脚的地方。

而那时的我无论如何也睡不着的。

我惯常投宿的小店就在客运站附近,几百米就到了。但是那段黑暗无人的路让我畏惧。我多次在那里被偷盗甚至抢劫。好在白天还算安全,人多了会更安全。于是我耐心等待。

那是真正意义上的等待。没有手机和杂志消磨时间,没人聊天,也再没什么可胡思乱想的了。我长久凝视车窗玻璃上的裂痕,回想之前的夜行时分。一万遍想起天地漆黑,公路笔直,世界一分为二,想起夜行车坚定地行驶在世界正中央,想起车灯射程中出现的一块块里程碑,想起那时,我心里的多米诺骨牌一枚一枚缓缓倒落……无边无际,没完没了。然而如此有催眠意义的遐想也无法带来丝毫睡意。

直到清洁工开始打扫卫生,外面传来"唰唰"声;直到客运站附近早点铺开始支摊,卷帘门哗啦啦升起。我沸腾一夜的思绪终于在人间的喧嚣中沉静下来。我终于筋疲力尽,朦朦胧胧快要入睡……这时,车厢突然剧烈晃动,司机跳到车顶行李架上,大力拆拽遮盖行李的棚布。一边厉声催促:"下车了下车了!各拿各的行李,不要拿错了!"

无论睡得再香的人,这会儿也得挣扎着起身,边扣外套扣子,边跌撞着冲下车,抬头望向车顶,生怕自己的行李被偷走。还有人大喊:"别扔别扔!怕摔的怕摔的!"

我也穿好衣服,尾随所有人下车,等待自己的行李。

那是二十多年前的客运站的最最普通的清晨,那一天的各种到达和各种出发刚刚拉开序幕。客运站旁的早点铺里人头攒动,等不到位置的人直接端着碗蹲在马路牙子边吃了起来。乞丐们也出摊了,有弹着民族乐器庄重高歌的,有戴着民族小帽衣衫整洁垂目静坐的,汉族乞丐干脆浑身是血满地打滚。三轮车车主挤在停车场出口处骂架一般吆喝着接客。小偷双手插兜,坐在路边花池上观察每一个手持大件行李的路人。

仿佛清晨的客运站是长年漂泊的人们的家乡,而正午的客运站不是,晚上的客运站也不是。唯有早上,当历经漫漫长夜的人们走下班车,一脚踩在坚实的停车场地坪上,踩进光明之中,他就回到了故乡。这是一个全世界他最熟悉、最渴望抵达的地方。从此,他需要忍耐的东西只剩下生活。

12

为什么那么多人都怀念20世纪90年代?我一点儿也不喜欢。作为一个普通人,关于20世纪90年代的记忆总是充满了恐惧与伤心。

比如说坐车这件事。在很长一段时间里，尤其在四川我生活过的那个小县城里，我几乎没有一次坐班车出门不遭遇偷盗和抢劫的。甚至有一次，短短一小时的车程，就经历了四拨人拦车，上来明目张胆搜刮乘客行李。

那时，每到坐车出门时，大人总会叮嘱我，多准备点零钱放在外面的口袋，大头的钱要藏在贴身衣物里。要是遇到坏人，就把零钱掏出来，说就这么多了。坏人看你小，可能就放过你了。

那时候还有带暗袋的内裤出售。和杯子牙刷毛巾一样，是人们出远门的标配。

那时，满大街都贴着"打击车匪路霸"的标语。

除了车匪路霸，那时的普通乘客面临的危险还有一种是来自司机。

当时对运营车的管理极不规范。旅客出了火车站或汽车站，路边直接就有长途大巴司机举着牌子招客，见人就拉。嘶声大喊："差一个！还差一个就走！"直到车都超载了，还在那儿喊："差一个！最后一个！"

等车上挤都挤不动了，才总算出发了。可那仍不是真正的出发。等车出了城，开了几十公里，停到一个叫天天不应叫地地不灵的地方。所有乘客被驱逐下车，强行塞进已经在那里等待很久的另一辆车——更破，更小，并且里面已经坐满人了。两个司机像人口贩子一样一手交钱，一手交货——哦不，交人。

这种事，当时有个行业暗语，叫作"打批发"。

总之，后面那辆不知超载了多少倍的破车总算是批发够本了，摇晃着出发。而批发一空的车掉头回车站，继续拉客抢客。

无人反抗。遇到这种事，所有人也只是叹息一句："又被'打批发'了……"只是自认倒霉而已。

我记得有一次,在乌鲁木齐火车站被"打批发"。是一辆夜班的卧铺车,我交了一个床位的钱,但是最后,却被迫和五个人挤在一张床的上铺……

那时车已经行至荒野深处。有人抱怨了几句,司机调头大骂:"爱坐坐,不坐滚!"

他一脚刹车,将车门大开,敞向空无一物的旷野。

车里一片寂静。再无人敢抗议。

那一夜我根本没法躺下。我们这一排的所有人悬空坐在高处的床沿,全程躬着腰,头都抬不起来。如同上了一夜酷刑。

床位和床位之间的狭窄过道的地板上也坐满了人。

旁边的人指着上方,告诉我,还有几个民工躺在车顶行李架上。

那会儿是冬天,温度在零下,又是高速行驶的车辆,又是敞着的车顶……我震惊:"那不冻死了?!不怕摔下来?"

那人说:"没事,司机给盖了几床被子,还给蒙了一块棚布。"又说,"谁叫他们穷呢,他们给的钱太少了……"

周围乘客们便一起唏嘘。大家一个个继续塌着脖子,佝偻着腰,双脚悬空,脑袋紧紧抵着车顶。但有了对比,都好像就不觉得自己正在遭什么大罪了。

如果人们惯常被当成物品对待,惯常被肆意蔑视,渐渐地,就不需要尊严这个东西了吧?

总之我庆幸 20 世纪 90 年代的消失,庆幸到了今天,最普通的人的最微渺的命运,也能被纳入文明的秩序之中。

13

在客运高峰期，实在买不到夜班车票的人，还有一种选择，就是搭卡车司机的便车。费用不高，再管司机一顿饭就可以了。

在北疆大地，在交通越来越便利、物流渐渐开始繁荣的时候，别说县和市这样行政级别较高的地区，就连荒野腹心的阿克哈拉小村，都有好几个头脑灵活的村民买了二手的农用小货车，频繁来回乌鲁木齐，倒腾物资。

从此，村民们盖新房，都能买到既便宜又看起来很时髦的门窗和家具，以及各种电器了。虽然都是二手的，是大城市的人们拆迁或翻新旧居淘汰下来的。

村庄的这些货车司机们，无论去多少次乌鲁木齐都未必熟悉那个城市，但他们无比熟悉那里所有的旧货市场。

我坐过这样的车。在车辆踏上归途之前，我也跟着司机奔波在乌鲁木齐的各个旧货市场，陪他们在成山成海的破旧物品中认真筛选。直到后车厢装得满满的再也堆不下为止。

临行时，刚把车发动起来，司机突然想起来："智别克说要一个漂亮的洗手池，差点给忘了！"于是重新熄火。我们又下车，重新投入那堆城市的垃圾，一顿翻找。

仍然是为了节省一天的住宿费用，这些乡村司机总是选择连夜往返。

车离开乌鲁木齐城区，离开无数红绿灯和斑马线后，司机显得越来越快乐了。后来他干脆欢呼了一声，猛然把车载音乐音量调至最大。像是终于卸下一身重荷；像是离开乌鲁木齐这件事，比回到家乡更令他开心。

那时候,即使是普通公路也会收取费用。还是为了省钱,这些司机很少走国道线,整夜穿行在乡村公路上。这些路的路面总是曲折狭窄,破破烂烂,没法提速。但是没关系,司机的二手破车正好也跑不了太快。

二手车拉着满满的二手物品,穿行在无边黑夜中,穿过一个一个黑暗的村庄、没有尽头的林荫道。震天响的音乐像是抛洒向黑夜的礼花。司机像是世上最幸福的人那样大声歌唱。他所有的财富紧随在他身后。满满一车厢旧物因为他被重新赋予了价值,智别克因为他被满足了期待已久的一个愿望。他像是一个世界上最了不起的人。他骄傲地踩着油门,飞翔一般冲向夜的最深处。

14

我还曾在深夜坐过完全陌生的人的顺风车。

那一次实在是急着回家,又实在是买不到车票了。台阶票都买不到。只好在客运站四处打听黑车。但黑车的价格令我迟疑。这时,有人看出了我的窘迫。他给了我一个电话,说,正好这两个小伙子的车要去富蕴县,你去找他们吧。他们的车便宜。

我不认识那个人,更没法了解他所说的那两个小伙子。但还是打出了电话。对方是维吾尔族,汉话说得不太清楚,我们好容易才完成沟通。他让我某时去某处等他。我答应了。

但挂了电话又后悔了。

实在不敢。那时我还年轻,单独一个人,女性,又是深夜的出行,几百公里的路程,怀揣现金。这种情况下无论谁都没法相信陌生的人吧。

但是到了约定的时间,对方打来了电话,问我为什么还没到。又说他等不了我太久，那个地方不让停大车了。

不知为什么，这通电话让我选择了信任。我赶了过去。

真的是完全的陌生——陌生人介绍的陌生人，走的路也完全是陌生的，在我印象里从来没走过。

天色越来越暗，道路越来越偏僻。荒郊野岭的，我越来越不安。无数次想问旁边两个人："为什么要走这条路？为什么不走大路？"但都拼命忍住了。因为我知道他的问答。他必然会说，这条路不收费。

我不能让他们看出我的怀疑和不安。如果什么事也不会发生，这种怀疑就是对别人的伤害。如果真发生了什么事，这种怀疑屁用也没有。

——把一切捅开了闹大了之后我还能怎样呢？难不成跳车吗？

此外还有一个原因让我选择继续信任——他俩和所有年轻的少数民族货车司机一样，也拧开最大音量播放着本民族流行音乐。这让我有了一种奇异的安心，觉得他俩真的就只是普通的年轻人。

我也不知道自己为什么是这样的性情……明明难以信任别人，又总是在替别人的合理性寻找依据。遇到可能存在的危险时，往往不是逃避，而是不断说服自己不用逃避。感到害怕时，又努力伪装成不害怕。

我心怀惧意，高度清醒，异常疲惫。我不知道那两人是否感受到了我的情绪。他们始终在激烈的音乐声中平静地交谈，似乎从来不在意我的存在和我的感受。

虽然是深夜，我也明显感觉到了车辆的行驶方向不对。确实不对。我们应该笔直往北走，可他们一直往东开。开了好几个小时也没拐弯。

终于，在凌晨两点，我忍不住了，装作刚睡醒的样子，问出自己的疑惑："我们现在去哪里？"

司机说："先去另一个地方办点事。"却再没有别的解释了。口吻依然那么平静，神态看上去好像也没觉得我这个问题有什么突兀的。

我接着问："哪个地方？"

他说出一个我从来没听说过的名字。

我一路以来的怀疑和恐惧终于达到了顶点。

但是，在这辆奔驰的夜行车上，在无尽的黑夜中，无边的荒野上，面对两个年轻的男人……如果真有什么事情发生，我丝毫无从抵抗，无法自保。

于是我还是咬牙选择相信，强迫自己继续相信。

总不能跳车吧？

果然，半小时后车辆驶入了一个黑乎乎的村庄。没有路灯也没有月亮，车在村子里七拐八拐，最后在一家人的院门前停下来，熄火。

两人招呼我一起下车，然后大力拍打院门，呼喊主人。

我毫无办法，别无选择，和他们一起站在黑暗中。逃都没处逃，这个陌生的地方，哪边有墙哪边有路都搞不清楚。恐惧感和坚决要求信任这一切的意念在身体里激烈对撞。我想要更理智一些，但最终发现，什么也不说，什么也不做，可能是最理智的。

不久男主人过来开了门。他手持手电筒，披着外套，看得出刚刚从床上爬起。三个男人在门口寒暄了几句，然后招呼我一起走进去。

这是一个再普通不过的农民家庭。女主人一边系外套扣子一边从内室走出。她向两人烦琐地问好，用了全套的问候的礼仪。最后又看向我，多问了几句。

我不懂维吾尔语，但是关于我的这几句话恰好都听懂了。因为和哈萨克语很像。

女主人问："她是谁？"

司机说:"搭车的。"

"她去哪里?"

"哦丹。"

"哦丹"就是富蕴县。

至此,像是终于得到了最大的保证,我终于松了一口气。

虽然已是深夜,但女主人还是架锅烧水揉面,给我们准备起食物来。三个男人坐在旁边的床榻上商议事情。我如同梦游一般,帮着女主人添柴烧火。在这个不知何时的深夜里,不知何处的小村庄深处,毫不相识的一个家庭,毫无关系的四个人——想想都觉得神奇。

直到那会儿我才终于感到疲惫。并且终于感到了平静。

大家在昏暗的光线里吃完一顿简单的餐食。男人们又往车上装了些大件的东西后和主人告别。

这回车辆调头笔直向北。仍然是音乐声震天,仍然是长夜漫漫。我靠着座位,终于渐渐有了睡意。

15

对了,还有火车。

所有长途夜行的记忆里,火车是最具安全感的。可能因为火车最庞大,最有力量吧。火车的同行者最多,火车的车厢秩序管理最规范。而且火车之行,几乎不会有任何变数。轨道是固定的,发车时间是准确的。甚至一百年前的火车和一百年后的火车都区别不大。

在我长年生活的地方,火车是后来才有的事物。其实也就仅仅是几年前的事。但记忆中却像是十几年前二十多年前的事。关于火车的记忆,竟无比陈旧。

想来想去，可能是因为，在那条崭新的线路上，运营的却全是最最陈旧的绿皮火车。

旧得车窗玻璃都没法密封。在隆冬时节，几乎所有窗户边缘都凝结着一指厚的冰霜。车门更是开出一百公里后就给冻得结结实实。

在火车上，我总是喜欢买上铺，那是最最清静的角落。可无论再清静，仍然总是一夜无眠。

有时候我坐火车也会晕车。好在我有一个本事，要呕吐的时候，我能强忍着从床上爬起来，穿好衣服，忍着从上铺爬到中铺，从中铺爬到下铺，忍着在下铺找到鞋子穿上，再冲向卫生间，还不忘反锁卫生间门。然后再吐。

不只是不想恶心到身边的人，更不想恶心到自己。更更不想，让陌生人看到我呕吐时的狼狈样儿。

吐完，当我摇晃着从卫生间回来，已经没有力量再往上爬了。靠着走廊休息时，旁边的人怜悯地看着我，他们不约而同停止了之前的交谈。

后来一个下铺的人对我说："姑娘，我和你换下床位吧。"

我非常感激，却拒绝了。他又笑着说："那你可别半夜吐我头上啊。"

所有人大笑。我也笑了。痛苦轻易地结束了。

偶尔也会买到下铺。众所周知，下铺等同于公用位置。我不太乐意和人挤在一起。于是每到那时，我一上车就早早躺到铺位上，尽量往床沿边上靠，还把身子拉得长长的，尽量把床全占满。

尽管我的用意已经很明显了，到最后，我的床上总是会坐满人。

他们一边坐下，还一边用屁股拱我，说："往里靠靠，我要坐这。"

没有一个会看人脸色的。

于是，几乎我每次躺在下铺，都会被一大排屁股怼着。屁股还有大有小，把我怼成"S"形，贴在墙壁上一动不能动。

奇怪的是，明明对面的下铺空很多，却没人往那边坐。

可能对面下铺的乘客总是不如我看起来好说话吧。

上铺清静，但上铺有时也会被骚扰。有一次睡到半夜，对面床上的哥们儿把手伸过来给我掖被子……

"掖被子"——这是他的解释。

可他没想到凌晨两点我还没睡。我躲开他的手，迅速坐了起来，反而把他吓了一跳。

那会儿的我已经不是易于惊慌的小姑娘了。我浑身的抗拒和谴责，一声不吭地看着他。他一边讪讪解释，一边把手缩回去。

可能又觉得挺没面子的，很快那只手重新伸过来，还真帮我掖了一下被子——把我垂落一角的被子拎起来往床上塞了塞……

我一时不知该气还是该笑。

16

相比夜班车，我还是更喜欢夜行火车。火车上明明人更多，铁轮撞击轨道的噪声更喧嚣，但火车带给旅人的感觉却是最为平静的。

北疆隆冬的深夜，每当火车停靠一个小站，到站的旅客手持行李，已经在车厢相连处等待良久。乘务员手持大号的斧头，沉默着穿过车厢，分开人群。所有人沉默着看他挥起利斧，用力砍砸被冰雪封冻的车门。整节车厢哐哐震动。终于，冰层碎裂，车门被砸开了，白茫茫的寒气猛地席卷进来。寒气中旅客们沉默着上下车。

我坐在靠窗的走廊边，长时间凝望窗外的黑暗。前端是终点，后面是起点。轨道笔直地连接着两者。在火车上，除了等待，我什么都不用做。一次又一次地，我从渐渐天黑一直等到渐渐天亮。我所有的心平气和，所有的耐心基本上都给了火车。

而童年时代不是这样的。童年的自己更脆弱，更容易被漫长的旅途所伤害。当然也更富希望与热情，无论遭遇怎样的伤害都能轻易愈合。

小时候，在新疆和四川之间，在三天四夜的火车硬座车厢里，小小的植物，无数次脱水枯萎，又无数次自个儿悄悄缓了过来。但大人一无所知。深夜，大人兀自趴在小桌板上熟睡，四面八方也全是熟睡的身体，过道上也有人席地而卧。小小的植物四面张望，不停呼救，哭了又哭，但没人听见。

小有小的好处。小人免票，不用花钱也能蹭火车。但免票的话就没座位了。好在还是小有小的好处，火车上再拥挤，随便往哪儿一塞都能塞得下。

很小的时候，晚上我总是被塞在座位底下睡觉。再长大一点，我就被塞在行李架上睡觉。

躺行李架上的时候，每当列车员经过，周围的人都很有默契地绝不抬头往上看，免得上方的我被发现。

无论座位底下还是行李架上，这棵小小的植物，我都很满意。

要么很低很低，好像根系被埋在土中。我躺在座椅下，头顶是过道，不时有人走来走去。餐车经过时，大人在上方无比遥远的地方抱怨价格，挑挑拣拣，我在下面伸出手去抠餐车的车轮。旁边是大人们垂落的双脚。我长时间观察他们的鞋子。当有人脱了鞋子用脚后跟蹭另一只脚的脚背，我就忍不住笑出声来。然后听到我妈的声音从高处传来："这孩子就这样,整天一个人傻乐。"

要么很高很高,整个车厢,没人比我更高,好像藤蔓缠绕半空,没人看得比我更远。还看到了之前从没看到过的东西:大人们脑袋上的旋儿。我趴在行李架上数旋儿,偶尔弄出一点动静,我妈就抬头厉声警告:"不许动!掉下来我揍你!"我才不理她呢。我高高在上,自由自在。

很多年后,我才知道,这种满足心态对应的概念其实就是——"独立空间"。那几乎是我大半生的缺失。

17

不管是汽车还是火车,所有彻夜赶路的行程,大致都是分三步完成的。

最后一步是抵达。车辆停稳,司机拉起手刹,打开车门——短短几秒钟内完成的事情,却是整个行程中最具分量的部分。每次抵达的一瞬间,每位旅客秤砣落地。每个手持行李走出车厢的人,天秤指针居中回正。抵达同时也是抵消吧?是对之前所有痛苦的否定。抵达同时也是抵挡吧?是在为旅行的意义强行定性。

第二步是忍耐。这是整个行程最漫长的部分。尤其它对应的还是整个长夜……我不想再说了。

第一步则是离别。

所有夜行车发车之前,所有登车而去的人,之前都会先经历一场离别:恋人长久地相拥;父母对孩子万千叮嘱;晚辈为长辈寻找座位,安置行李……

而独自上路的人,目睹着这一切。她看上去孤零零的,其实她心中也有一场盛大的离别。她怀念着某个人，憧憬着下次再会。

可能每个旅人都意识不到吧，被离别所影响的心情，悄悄贯穿了之后的整个旅途以及往下的全部人生。

我无数次地认真履行这三个步骤，看似完整地历经了一个又一个颠簸的长夜。其实在我这里，除了这三步之外，还有一步。那就是回想。那些旅途中的煎熬，分明当时已经一分一秒硬生生挨完了，可它们还是不愿结束，过后还要蛮横地占据记忆，迫使人回想了一遍又一遍。似乎只有不断地回想，发生在过去的痛苦才会消解，过去的怨恨才能平息。于是记忆里的夜行车就变得越来越沉重了。它历经我的重重回想，渐入迷途。它经过了火星，经过了月球，终于抵达地球。满车的旅客和往事无处卸载，它越走越慢，终于抛锚，在月光下停了下来。

节选自《花城》2024年第4期

王计兵

如果我低着头

王计兵

快递员,现居江苏昆山。主要著作有《赶时间的人》《我笨拙地爱着这个世界》《低处飞行》等。

如果我低着头,一定不是因为过失,而是因为背负着恩情。

过去一年,我的生活有了天翻地覆的变化,我出版了自己的两本诗集,《赶时间的人》一年内再版九次。我被央视新闻报道,做客很多档节目,获得了第五届徐州诗人节年度诗人奖、第八届紫金山文学奖诗歌奖、最美骑手奖等奖项,成为中国作家协会的一员,跟随代表团出访美国。这些于我而言都是十分新鲜又神奇的体验。

"您好,您的快递到了。"2月10日上午,尽管我早有预知,五天前,编辑曾经通知过我,可五天还是太久了,电话打来,我还是愣了一会儿,才反应过来,当时我正在送餐路上,看了看手机上的订单时间,就毫不犹豫地返回我家小店(我老婆经营)。后来我老婆说,拆包装时,我的手是抖的,说话的声音也是抖的,对于一个五十五岁的男人来说,我还是表现出了不成熟。可是,又怎么能责怪自己呢?梦想实现了,我终于出版了自己的诗集。《赶时间的人》天蓝色的封面,两根指针镶嵌其中,闪电一样醒目、摄心。没错,这是我的诗集,一个外卖员的诗,一个五十五岁的外卖员,一个从业五年,行驶了十五万公里,如同绕行地球近四圈的人,一个从1988年开始写作,从2009年开始写诗的人,终于有了属于自己的书!"您的订单还有10分钟,即将超时。"送餐软件的提示音将我从短暂的失神中拉了回来,赶紧放下手里的书,急匆匆跨上电瓶车,行驶在送餐路上。2023年2月10日,就这样打开了我的人生魔盒。

2023年4月,首届新兴国家影像传媒文化论坛在四川德阳举行,我接到邀请,参加这次论坛。同时收到重庆卫视的邀请,我和爱人一起去参加一期节目。这也是我和爱人结婚三十年来,第一次某种意义上的不是为了生活、生存远行,或者说这是旅行,带着某些特殊的意义。这种感觉让我的思维特别活跃，一路上都处于一种亢奋之中，火车一路开，我一路不停地写，不停地写。从昆山到德阳，一路上，我居然创作了十多首诗歌。这是一种前所未有的感觉，一种前所未有的创作速度。新鲜的生活给我提供了源源不断的创作灵感。我的爱人，同样也处于亢奋之中，她坐在靠近车窗的座位，一路上，几乎一直盯着窗外，盯着一闪而过的树木、建筑以及群山。时而喋喋不休和我描述看见了什么，尽管她知道，我也看到了，可她仍然愿意向我复述一遍。这一刻，我能感觉到她来自心底的幸福。一个生于20世纪70年代的乡村女人，跟随着一个一直都在拼搏，一直都没有什么建树的男人，这一刻，她得到了前所未有的满足。到了我们入住的酒店，当我用酒店的磁卡打开房门，插上磁卡取电，房间里的电灯点亮起的一瞬，我爱人呀了一声，这一声带着惊奇，她不知道这张卡片为什么会控制着整个房间的电灯，也不知道开门为什么不用钥匙，而是一张卡片。她让我把卡拿出来，我们退出房间，重新演示着，开门取电，一声嘀的声响，接着嘀的一声。她用手机记录着房间里的一切，干净整洁的双人床、床头柜、书桌、台灯，包括卫生间的玻璃。特别是卫生间的感应马桶，她一会儿靠近，一会儿退出，看着马桶盖的感应，自动打开，再自动关闭。她拨通了岳母的电话，用原本就洪亮的嗓门及更加洪亮的嗓音告诉我的岳母，这里发生了什么，她看见了什么，把她的惊喜、幸福和满足演绎得淋漓尽致。尽管超大的声音，引来了服务员善意的提醒，但是，我没有打断她。那一刻，我的心里特别复杂，这种复杂，包含着一种微微的幸福，更多的是一种巨大的亏欠。这是一个为了我耗尽所有青春的女人，此刻的满足，让我也陷入一种激动之中，我拉着她的手，轻轻捋了捋她额头新生的几缕白发。她以为我要说什么，其实我什么也没有说。我怕那一刻，我一旦开了口，会有泪水夺眶而出。

　　活动中，我们得到了额外的善待，主办方邀请的嘉宾特别热情地对待我们，当他们众星捧月一样把我们围在中心，拍照合影，对我们不吝溢美之词。我知道这些赞誉是带着善意而来，也带着夸张的成分，但是那一刻，我的确感到了幸福。这种幸福不仅仅是来源于内心的虚荣感，更多来源于这份被善待的情意。还有就是我身边陪伴着我的这个女人，仿佛我正在交给她什么，这种给予已经远远超出了我的能力范围，更多的是来自人间的善念。

　　参加完德阳的活动，我们辗转到了重庆，参加了重庆卫视一档节目的录制。节目录制之前，尽管我们在酒店经过了连续反复预演。但是对于这个从未经历过任何场合、任何活动的女人来说，仍然有着无法抑制的紧张，整个录制全程她的声音和身体都一直在抖。我几次努力握她的手，试图控制她的情绪，但是没用，她此刻像在大海上漂浮的小舟，哪怕我给她一座山，也只会带给她更大的撞击。这一刻的激动是独属于她的，没有任何人可以替代。

　　在回来的飞机上，她开始发烧。因为过于激动和紧张，那时候天气还很冷，但是当天晚上，她一直在出汗，一直掀掉我一次次给她盖上的被子，就这样，她感冒了。那是她第一次乘坐飞机，是我特意向节目组提出的请求，让她感受一下。尽管发着烧，但她仍然用手机不停地拍着蓝天、白云以及身边的我。

　　接下来，我的行程开始越来越密集，同时接触到的事物越来越多，世界充满了新鲜感，这种新鲜感给我提供了大量的创作灵感，2023 年是我创作的一个高峰期，每个月最低创作 60 首诗，最多的一个月写下了 126 首诗。

当我们来到海边,见到那些汹涌的海浪一次次扑向沙滩,我被震撼了,这种震撼不是从文学字行里,不是从影视直觉里感觉到的,而是来自内心深处的一种震颤。没有一层海浪是相同的,当它们一次一次扑向沙滩,看似乱糟糟的海浪,退却之后却留下了无比平整的沙滩。那一刻,我居然感觉到了顺从的力量,这种顺从仿佛带着一种对生命的尊重。我在想,如果我的血管里面奔流的也是汹涌的海浪,我日渐衰老的身体,能不能经得住这一次次的冲刷?能不能留下像海浪退却后的让人无比安宁的顺从?当我赤脚走在沙滩上,回看身后的脚印一次次被海浪擦去,我似乎想到了什么,可又说不出,那种感受是无力表达内心的。那一刻,我陷进了一种感动,就像被海浪抚摸后的沙滩。那一刻,我愿意,被恣意的脚丫踩出一道道脚印,然后再被海浪抚平。

因为我是吃着外卖红利走出来的写作者。准确地说,我的写作起源于1988年,2009年之后转向写诗歌,2019年才开始送外卖。我不否认是外卖的标签,给我增加了意想不到的光环,得到了更多的善待,也不否认如果没有这份光环,即使可以出成绩,成绩也不会这么大,至少也会延迟很多年。我从来不觉得自己是一个写作天才,如果非要找出和其他写作者的不同点,可能是我更加勤奋一点点,更执着一点点。所以,当这些荣誉突然附加过来之后,我有过一些慌张,有过一些不适应,有过一些反思。我特别想做一些回馈生活、回馈这份人间厚爱的事。所以从四月份开始,第二本诗集《我笨拙地爱着这个世界》发行之后,我就着手准备第三本诗集的创作。我想把外卖员这个群体更多的形象展现给读者,我想记录他们的喜怒哀乐。为此,我做了调查表发给外卖员们,让他们填写心中的所思所想、喜怒哀乐。我也融入他们之中,做了大量的采访,为他们创作一首首诗歌。我想用这种方式写一本诗集,用这种方式拉近读者（顾客）和外卖员之间的距离。如果这件事可以让我们的外卖员在日常工作中，多一些好评，少一些委屈，应该算是一件特别美好的事情吧。目前，这本书已经出版发行。

特别值得一提的是美国之行。2023年10月，我收到清华大学战略与安全研究中心的邀请，共同出访美国纽约，参加中美民间对话，与美国大卡车司机、畅销书作者芬·墨菲对谈。出发之前，我们设想过很多种可能，但是仍然没有设想到，整个行程需要27个小时，也就是说，我和家人之间失去了27个小时的联系。这出乎我们所有人的意料，而当手机终于恢复了信号，登录微信后，首先看到的是我爱人发来的，多达几十条的语音留言，语气一条比一条急迫，后来竟然哭泣起来。她一遍遍地追问，你不懂英文，我又联系不上你，你该怎么办？你在美国怎么生活？她似乎忘了，我只是来参加一次文化交流活动；她似乎忘了，我有国内的清华大学的同行老师们的帮助。当时我在美国大使馆办签证时，签证官追问我一句话："你不懂英文，到美国怎么生活？"也许是当我把这句话当笑话讲给她听的时候，就在她心里潜伏了下来，所以此刻她才会哭着一句一句追问，你在美国不懂英文应该怎么办？那一刻，她的哭声，真的像一只手伸进了我的心脏，用力地抓着，仿佛想把我的心脏揪出来。这就是普通人最朴素的情感，亲人和亲人之间最朴素的牵挂。也许是长期以来的历史原因，在一些人的心目中，美国仿佛是一个两极分化的地方，要么是天堂，要么是地狱。毫无疑问，在我爱人的心目中，不懂英文的我抵达了美国，仿佛就是在地狱的边缘走着危险的钢丝。我笑着用语音给她回复，尽管我那一刻真的有泪水夺眶而出。我努力地平复着自己的心跳，这种心跳在恋爱的时候曾经有过。我告诉她，放心吧，还有清华的老师们呢。放好了手机，一个念头突然在我的心里跳出来：

"距离，让人产生恶意。"此次行程，注定是一场打破距离的行程。我想了解一个对于我来说，对于我的家庭来说，一个全新的认知，尽管和我们的生活并不密切相关。甚至说，这一生，我可能只有这一次机会涉足这一片土地。但是人总是有一种探险的欲望，这种欲望迫使我有一种微微的冲动。我想了很多，想到历史，想到了几十年的岁月，想到了风风雨雨，甚至想到了我已经过世的父亲母亲。

出机场的时候，在出口处，青青老师误将手里的行李放进了重新安检的输送带，一个小小的失误迫使我们必须在出口处的行李分拣处，再次逗留下来。这一逗留就是两个小时，其间不停地有工作人员经过我们。有华人，有黑人，也有白人。他们偶尔也会停下来询问我们，青青老师把情况反馈给了他们。一个多小时之后，一个华人工作人员告诉我们，我们的行李重新安检通过，已经在行李出口处。重新取了行李，终于走出了航站楼。一瞬间，空气突然清冷了下来，仿佛这种感觉暗暗契合了我心中的某种意识，对呀，这就是美国。由于我们等待的时间过长，接机的司机短暂之间和我们失去了联系。我和青青老师在出租车的等待区，等待着工作人员的电话，不断有出租车司机向我们做出各种手势，有的直接走向我们，用英语和我们交谈。青青老师真的是非常好的一个人，她每一次都特别礼貌地回应了出租车司机的揽客话题。这一刻让我想到了国内的一些车站。机场或码头这些客流集中的地方，这些现象和国内基本相当，也许天下司机是一家吧，都是养家糊口的人，大家都在努力地赚钱，努力地想过上富足一些的生活。在等待期间，我观察到马路的边缘有很多行人随手丢弃的垃圾，有纸屑，有塑料袋，最多的是烟头。仰头看天桥上挂着的一些塑料袋，让我更加地诧异，这些塑料袋应该是施工的时候遗留下来了，从地面到天桥目测有十多米，不可能是行人丢上去的。它们挂在那里，在风中摇摇晃晃，时刻都会掉落下来。这再一次让我对美国、对纽约这个地方，产生一种更加莫名的感觉。这感觉很奇怪，你说不清它是喜是悲。接我们的司机终于出现了，尽管有些姗姗来迟，但是当他出现的那一刻，在这异国他乡，我心中竟然生出了一丝温暖，这一丝温暖来自内心焦灼的一种释放，的确，一个完全不懂英文的人，站在美国街头，有一种微微的错乱感。

接站的司机也是华人，他说已在美国工作生活了二十余年，感觉还好，也经常回国。只是近年来由于中美关系的变化，高昂的飞机票，让他减少了回国的次数，他说最后一次回国还是在八个月之前，和我们一样，也是在香港转机，然后飞北京。出租车拐过一个弯道的时候，我赫然发现在道路的右侧有一片广袤的墓场，里面的墓碑密密麻麻，尽管形状各异，但密麻的程度仍然让人心里闪过一阵巨大的悲伤。我在想，这么大的一片墓场，一眼望不到头，说不定这里面就有曾经帮助过中国的人，比如飞虎队队员；说不定也有为了美国做出卓越贡献的中国人；说不定还有我们意想不到的血脉相连的亲人。这么大一片墓场，如果要从里面找出其中的一座墓碑是不容易的。如果要找出一个灵魂，就更不容易了。这种想法，随着出租车的逐渐远去，随着路边美国民居的不断出现，渐渐淡化了下来。沿途的民居大多数是具有很强的欧洲风格的两层小楼式的别墅。车辆抵达了我们下榻的酒店，办理了相关的入住手续，房间在49楼。

我放好了行装，坐在了宽阔的阳台上面，看着窗外的一条河，河在阳光下晃动着光芒。河道上面来来回回穿梭的，最多的是高速的警用船只，偶尔也会出现一艘稍大一些的，应该是货运船只吧，因为还有着一段距离，所以判断不清。直升机在水面上方不停地来回飞行，我不知道那里发生了什么，或者是有什么重要的需要频繁检查的地方，但给我的感觉倒像是那里有一家直升机驾校，所以才会有直升机频繁地从一处视角的盲区出现，又返回到那个视角盲区。这就是纽约？我在自己的心里打了一个问号和一个感叹号。天空是晴朗的，一些稀稀疏疏的白色浮云，并没有什么特别。这时美国的月亮，已经斜斜地挂在了天上，我看了一下手机，现在是纽约时间下午四点钟，也就是北京时间的凌晨四点，两地时差刚好 12 个小时，这里是纽约时间 2023 年 10 月 22 日，而北京的时间是 2023 年 10 月 23 日。我还生出了一种奇妙的感觉，仿佛昨天经历的那个太阳与我在这里再次重逢，仿佛这些阳光依然带着家乡的温暖。这样想时，我在心里又把自己吓了一跳，我怎么可以把纽约比作故乡？但是这种感觉仍然让我对这个陌生的城市，隐隐生出了一丝好感。昨天我经历过的光线，此刻又重新经历了一遍。老婆打来微信电话说，你在那边不要一个人出去走动，千万记住，不要一个人出去走动。她担心这里会像一些视频、电影镜头或电视剧里的那样，出现不安全事件。青青老师也发来信息说，今天下午没有什么活动，活动明天开始，今天下午有时间我们出去走走吧，去看看外面街道上的风光。

青青老师住在同一家酒店的 32 层，我们在电话里约好了，下午四点半出发，打算用一个晚上空闲的时间，去纽约的街头走一走、转一转。我定了闹铃，可是时间过了，青青老师仍然没有发来消息，我猜测一路的舟车劳顿，青青老师必定是累了，况且她一路要照顾我这个不懂英文的人。我还可以倒头呼呼大睡，她却不行，她要时刻应对旅程中出现的所有问题，特别是我们在香港等待转机的几个小时里，我美美地睡过了一觉，青青老师却这样两眼不眨地在那里盯着，一方面是我爱人嘱托的压力，一方面也是她的工作职责。青青老师是一个好人，是一个认真负责的年轻人。果然如我所料,直到晚上九点的时候,青青老师才发来致歉的短信,说睡着了。外面早已灯火璀璨。我们是提前抵达纽约的,同行的二十余人也陆陆续续抵达了酒店。我是在群里看到了这些消息,但是我是一个性格内向的人,从来不善于主动和陌生人交流。尽管群中有我们特别喜爱的姚明老师,当然他现在是中国篮球协会的主席,我还不太适应说他是主席,因为我是一个喜欢写作的人,由于长期的习惯,我喜欢把每个人叫作老师,这样想着,躺在床上也就睡着了。接下来的两天,我才真正明白,美国有关方面和中国清华大学,促成了这次中美民间交流对话。

作为一个普通的中国人,能为国家做一点事情,发出一点声音,我感到无比骄傲。在发言时,每一次掌声的响起都让我无比激动。想到两国之间的历史,看着眼前一张张和善的面孔,我心里突然生出了许多的感慨。想到走出纽约的机场时,在大街上,我第一次看见有一种草绿色的公交车,上下客时,整个车身都会下降20厘米,这是一种人为的关怀。为了人连车都可以降低20厘米,而我们彼此的民众,彼此的民族,彼此的国家,为什么不可以呢?这样想着,又让我对未来充满了美好的想象。

第二天下午,会议结束。天色尚早,距离美方的招待晚宴还有几个小时的时间,清华大学的达老师和人民日报社的李老师邀请我和他们一起去纽约的大街走一会儿。因为我不懂外语,所以老师们对我都格外关心,这就是我们,在国内时,我们可能有着这样或那样不同的身份,而到了国外,我们都是中国人,我们都是一家人。纽约的街头没有出现超出我的想象之中的繁华,反而显得有些破败。达老师说,因为纽约发展比较早,基建不像国内发展那么迅速,他们保持着原有的迟缓。在纽约的大街上，到处都是林立的脚手架，却并没有出现多少的工人，这些脚手架显得有些冷清而落寞。纽约街道的交通还算可以接受，没有出现过度拥挤的状况，车速不快也没有停顿，所有的车辆缓慢行驶在拥挤的街道上。我们在人行道上走走停停，达老师因为曾经有过在美国工作的经历，对纽约比较熟悉，每一条街道他都能讲出很多的历史故事。

我们去看了自由女神像，因为隔着一大片水域，自由女神像看上去没有那么高大。它立在水面的远处，在夕光的照耀下，只显示出一个暗淡的影子。在过来的途中，因为我们用的都是临时手机卡，所以导航只提供给我们一些固定的画面，没有国内导航那种详细标注房屋并语音指引，导致我们在街头几次迷失了方向。不知为什么，近来出门我总是转向，总是分不清东西南北，我和达老师开玩笑说："你看，我和这个世界存在着误解。"达老师笑了笑。我们多次询问路上的行人，他们也很有礼貌，每一次询问都会得到热情的回复和详细的指路。

在世贸大厦遗址，低于地平面的四壁，被设计出了日夜川流不息的水流瀑布。四周的石板上密密麻麻刻满了罹难者的名字。在这些名字的凹槽处，时不时就有前来祭拜的人插上各色的鲜花。人类的情感是共通的，而每一场战争都是残酷的，每一场战争都会有无数无辜的百姓失去生命。这些无故冤死的灵魂是重的，因此在世贸大厦遗址才会留下两个巨大的深坑。而这些喧嚣的水流就像是这些灵魂日夜不停地咆哮，不停地追问着人间。不知为什么，前来打卡的游客都站在世贸大厦遗址的一面，而另一面却冷冷清清，我却喜欢，和达老师、李老师一起伫立于此，因为孤单而和对面的游客形成了对立。这种对立让我微微有一些激动，心中充斥着一种莫名的情绪。四周的树林安静，一只松鼠在草丛里忙忙碌碌，捡拾着地上的落果，捡起一颗就快速啃掉落果坚硬的外壳，露出白白的果仁。松鼠抱着白白的果仁，迅速把头埋进草丛，把这些果仁藏起来。这些树木的落果足够松鼠丰衣足食，可松鼠仍然一刻不息地忙碌着，这种忙碌突然让我感觉到了一种普通的幸福。也许，这就是生命的意义吧。有鸽子时不时飞过来，落在我们身边，落在我们脚下的不远处。这些鸽子应该是习惯了熙熙攘攘的人群，因为没有伤害，所以它们并不惧怕。当我们伸出手来，这些鸽子甚至会靠近我们的手掌，歪着脑袋在我们的掌心里寻找食物。这些鸽子，在上空盘旋时，也只有翅膀划动天空的声音，和电影里的呼啸大为不同，真正的鸽群白得并不纯粹，有灰色的、黑色的翅膀，因为不用担任和平角色，来回穿梭更加自由。真正的鸽子，没有鸽哨。真正的和平，无须示警。

晚上我们参加了美方举办的招待会，见到了美国前国务卿百岁老人基辛格。

重点描述美国之行，是因为美国之行给我的感觉，让我想起了一则寓言——《小马过河》。河水没有那么深，也没有那么浅。一种真真切切的感受，也在某种程度上满足了我的家国情怀，作为一个最普通的中国公民，发表了自己对于两国之间发展交流的看法，它含着对和平的渴望、对美好生活的构想，仿佛为国家出了自己的绵薄之力。

美国之行结束之后，作为2023年新加入中国作家协会会员的代表，我在北京参加了中国作家协会举办的"作家朋友，欢迎回家——作家活动周"，这是作为一个写作者能够获得的最大的认同感。那几天，我们使用最多的词是"我们"。我们去了鲁迅文学院，我们走过中轴线，我们登上了奥体馆的顶楼，我们仰望又俯视着北京。我们和老一代的作家交谈、交流、聆听、学习。老中青的作家济济一堂，让中国作家协会的平台形成了一片水面。谁是谁的倒影？谁是谁的实景？一切让我们激动，让我们忘忌,让我们又对生活充满了渴望。其实我是一个脸盲的人。那几天,我向每一张面孔微笑,对每个人都尊称为老师。我看每一个人都特别地亲切。一个傍晚,当我落在后面,和几个老师共同走进酒店,一个老师突然望着我说:"你是我们的人吧?"这让我瞬间感到一股从脚掌到头顶的暖流。我微笑着回答,是。我是我们中的一员。

我的第一本诗集《赶时间的人》获得了紫金山文学奖诗歌奖。也许恰恰是因为我是"新人",仿佛是文学界突然出现了一匹黑马,所以组委会让我作为诗歌获奖者的代表发言。我也想把这些发言分享给朋友们,也算是我的一些感悟。

生命是有限的,从起点到终点。所有的生命都是一种过程,都是一条各自的线段,也就是说,生而为人是没办法的事,生命是个线段也是没办法的事情,因此生命的意义,就在于不断地增加人生的宽度,增加宽度的方式、方法有很多种,读书写作无疑是非常好的一种。这是一种感觉。就像我们曾经喜欢过雨雪,也讨厌过雨雪一样。这不是雨雪的问题,是取决于我们自己内心的感觉。当树叶落下来,有人看到了秋的悲凉,有人看到了大地的慈祥。

再比如飞行是一种状态,鲲鹏是一种,麻雀、蜻蜓、蜜蜂是各自的另一种,每一种生命都有属于自己的活法,只要努力就好。"高高在上"的翅膀是有限的,既然生而为人,那就好好地做人,努力活出自己的精彩。在低处,谁又能说飞行不是飞行?这一生,生而为人,我已经很抱歉了,如果有来世,我还来,还在低处飞行,穿行于人间,做一个最努力的自己。谢谢大家。

这就是我的 2023 年，奇妙经历的一部分。2023 年，我说得最多的一句话是：如果我低着头，一定不是因为果实，而是因为背负着恩情。2024 年已经过半，我计划全年创作两本诗集，年初一本（已出版发行），年末一本。2025 年、2026 年、2027 年……我对未来充满了期待。我想对自己说，加油。我想对朋友们说，岁月长流，我会做一条平静流淌的河流，安静执着于流淌。若干年后，如果大家发现，当年那个王计兵依然是王计兵，我将会感到莫大的欣慰。

选自《天涯》2024 年第 4 期

詹文格

在风中飘荡

詹文格

中国作家协会会员,作品散见全国各级报刊,已出版长篇纪实、小说集、散文集共八部。曾获"恒光杯"全国公安文学奖、第四届广东省九江龙散文奖、第三届广东省有为文学奖"有为杯"报告文学奖、江西省谷雨文学奖等。

1

初夏，午后，大雨倾城，我毫无选择地走进了西子湖畔玉皇山下的中国丝绸博物馆。

专业展馆，业余眼光。从雨中莽撞而入的我，衣衫半湿，头发凌乱，局促不安。

历史传递着纵深的距离，在这里每一件展品都是时光的物证，可惜我对庞大的课题一无所知，对高贵的物件无法分辨。入馆前我并不清楚，绫罗绸缎是一个重大的知识点，我以一种无知者无畏的姿态，闯入暗夜般的盲区。跋涉在凡尘俗世，我掂量不出锦衣霓裳的分量，绸缎借用轻纱薄幔的身形，遮蔽了游客的视野。

丝绸作为上等面料，在很长一段时期都享有尊贵的地位，被官宦贵族视为软体黄金。雍容华贵，鹤立鸡群，在衣食住行的排列组合中，丝绸用超尘脱俗的气质，奠定了它的至尊地位。

丝路馆、非遗馆、修复展示馆、时装馆，如四足鼎立的大厦，展示出丝绸之路、中国蚕桑、印染刺绣、出土文物、纺织考古、修复保护，以及具有历史价值的中外报刊书籍、音像资料等不同板块。

在声光电全方位渲染中，我沿万里锦绣的丝路，开始领略华夏历史的灿烂辉煌。这条起于西汉的长路，留下了诸多鲜活的细节。看完沿途出土的精品文物、汉唐织物时，我突然想到了"鲜衣怒马"这个词语，在华服的背后必定有繁荣的经济和强盛的国力。

凝视木制的织布机，场景还原得异常逼真，每一根丝线都散发着蚕丝的光泽，飘荡着绸缎的气息。时光收纳了尘埃和汗水，经掌心摩挲的扶手，覆盖着锃亮的包浆。这些连接古今的器物，在对应遥远的记忆，在回放缓慢的时光。中国作为丝绸发源地，无论是官方，还是民间，丝绸的故事在人世间流传。

我们的祖先发明了植桑养蚕、缫丝织绸等技术，让"丝国"的美誉在万里商路上熠熠生辉，中国因丝绸而扬名于世。

踏上造型与丝绸一样飘逸的楼梯，仰望浑圆的屋顶，上至二楼。墙壁像时光隧道，有序地展示了史前的"源起东方"、战国秦汉的"周律汉韵"、魏晋南北朝的"丝路大转折"、隋唐五代的"兼容并蓄"、宋元辽金的"南北异风"。从这些简史般的图文中，可领略到与中华文明相生相伴的丝绸之路在各个时期的经济贸易和文化交流。

继续上行，到达三楼，此处展示明清时期的丝绸样貌：漳绒、妆花缎等高档织物，反映封建礼制的清代龙袍、蟒袍、袍料、补子，明清官服、明清男女织绣服饰及晚清外销绸。

在官服前我缓缓停下了脚步，抬头望去，发现前面的参观者与我一样，全都一脸错愕。原来明清两朝把飞禽走兽抬升到了极高的地位，用禽与兽来区分文武百官的等级。

2

在馆内匆匆转完一圈，面对精彩的篇章，需要咀嚼、回味、消化。我走进晓风书店，浏览着各种书籍和工艺品，店内有休息区域，决定在此稍作停驻。

我坐下来喝了杯咖啡，一边品着微苦的咖啡，一边转头望向窗外。发现一墙之隔的地方，有一拱桥，跨越水面，通向对岸。水中穿梭的锦鲤，水上浮游的大鹅，此刻和谐相处，悠闲自在。

歇息虽已完毕，但咖啡仍在嘴中回味。我重回大厅，站在宽敞的出入口，我的思绪起伏翻腾，与刚进来时的心态相比，已判若两人。

回望展馆，一片光柱，居高而下，亮如珠玉。白色的光柱，如临水照花，固定在中央。跳荡的影子，像无风亦起浪的丝绸，长袖伸展，徐徐张开。

周围众多旋转的图案像一只扇巨大屏的孔雀，呈现斑斓绚丽的色彩，突然，有一团刺目的白光赫然闪现。面对白光，我赶紧闭上眼睛，好一会才敢睁开。再次睁开眼睛，那团白光竟迎面扑来，我下意识地偏移脑袋，缩紧身子，风快地往后一躲，感觉一股阴凉的冷风从脖颈处飘然而过……

后来我终于看清，那是两个刀刃般的大字，尽管那是两个不易辨识的篆刻，飞越的字团如丛林响箭，在我瞳孔中瞬间定格。那一刻，我忍不住喊魂般地叫了一声：白绫！

喊声坠入悬崖，在深渊中久久回荡。

遥想漫长的丝绸之路，曾走过多少矫健的骆驼，变换过多少面目各异的商队。形形色色的旅人、游牧者、传教士、士兵和外交家，在路上留下了深深浅浅的脚印。他们除了交换异国的特色商品，传递古代文明、科学技术、医药和宗教之外，最重要的是物资贸易。在众多的物资中，有八类商品成为典型代表。居于首位的无疑是丝绸，因为它重量轻、价值高、用途广，一路西行，备受青睐。然后依次是马匹、纸张、香料、玉器、玻璃器皿、皮草和奴隶。

对于畅行的八大商品，我深感疑惑，首先因为瓷器缺席。作为中国的典型代表，它竟然没有进入八大商品行列。还有另一个更让人意外和惊奇的是奴隶。一些活生生的人，竟像商品器物，可以随意买卖。

丝路长旅，无奇不有。有些侵略军队在突袭一个部落后，会将俘虏卖给商人，这些商人再从欧洲城堡和中国宫廷里找到买家。奴隶转卖给宫廷贵族后，将成为仆人、艺人或太监。为此，奴隶是丝绸之路上最悲惨的"贸易商品"。

在中国，纸张是丝绸之外的另一种辉煌，它尽管没有丝绸的柔韧，但具有丝绸的力度。公元2世纪，中国发明了造纸术。公元751年，当阿拉伯军队在怛罗斯之战中与唐朝安西都护府军队发生冲突时，纸张引入伊斯兰世界。接着造纸术进入埃及和北非，最终在12世纪和13世纪传到了欧洲。

在丝绸之路上，人们携带纸质文件，作为沿途各个国家的通关"护照"，并将纸张装订成书籍，在丝绸之路上传播思想，尤其是对宗教的传播。比如佛教传到中国，几乎与纸质书籍在丝绸之路上流行开来的时间惊人一致。如果说丝绸之路是传播不同思想文化的纽带，那么纸质书籍便是沟通世界的桥梁。行万里路，读万卷书，是永恒的真理，是不灭的明灯。

3

绫是祖先的古老发明，它纹理细腻、质地轻薄、舒适柔软，令人亲近。作为高档面料，绫罗装饰着奢华的生活，除了缝制高档衣服，装裱字画，绫还有一项重要功能，那就是书写圣旨，传递皇帝命令。

由专供皇宫颁发圣旨的机构"江宁织造"定制的提花织锦，必定选用上等蚕丝织成。圣旨作为皇帝所专有的特发宫廷文牍，其范围包括重大事件的公布，重要思想传输，官员奖谕、擢升、任免和处罚，爵位册位，皇位传禅，军队征召，赋税征蠲等。举凡帝王意欲告知臣民的一切意愿，都可化为圣旨的内容。

在很长一段时间，白绫都行走在正确的轨道上。作为中国传统丝织物，最早的绫表面呈现叠山状斜形纹路，因"望之如冰凌之理"而得名。绫有花素之分，《正字通·系部》："织素为文者曰绮，光如镜面有花卉状者曰绫。"常见的绫类品种有花素绫、广绫、交织绫、尼绵绫等。

绫初现于战国时期，《六韬》载：桀纣之时，妇女坐以文绮之席，衣以绫纨之衣。由此推论，绫织物的起源与生产在当时便已出现，至汉魏时期，绫织物于文献中多有详述，《汉官典职仪》曰：尚书郎直供青缣白绫被。《魏略》曰：大秦国有金缕绣杂色绫，其国利得中国丝素，解以为胡绫。《西京杂记》载：霍光妻遗淳于衍蒲桃锦二十四匹，散花绫二十五匹。绫巨鹿陈宝光家，陈宝光妻传其法。霍显召入其第，使作之。机用一百二十镊，六十日成一匹，匹值万钱。可见绫织物在当时多用于官宦贵族服饰和赏赐物，且价值不菲。

唐宋时期，绫织物和丝织机械技术已有突破，商人和手工艺者开始大量贩卖和纺制绫织物，白居易《杭州春望》"红袖织绫夸柿蒂，青旗沽酒趁梨花"中前半句则应了"绫盛于唐"的由来。尔后在绫织物的种类样式与地区分布上，《中国工艺沿革史略》有述："至唐时则豫州之鹨鶒双丝绫、兖州之镜花绫、青州之仙文绫、荆州之方縠绫、阆州之重莲绫、润州之方棋水波绫、漳州之龟子绫、遂州之樗蒲绫、仙滑二州之方纹绫，出品之众，名类之多，盖不可更仆数也。"章孝标所作《织绫词》："去年蚕恶绫帛贵，官急无丝织红泪。残经脆纬不通梭，鹊凤阑珊失头尾。今年蚕好缲白丝，鸟鲜花活人不知。瑶台雪里鹤张翅，禁苑风前梅折枝。不学邻家妇慵懒，蜡揩粉拭谩官眼。"从中可了解到当地贡的梭绫、纹绫，有喜鹊、凤鸟、仙鹤、梅花等多种花鸟纹饰。而不同于唐代以及之前历代的服饰运用，宋代书画艺术的兴起，让绫织物多了艺术含量，有了装裱书画的功能。

4

柔软光鲜的白绫，终于带着魔性，飘进了历史的暗夜。绫的变异从刑罚开始，它与"赐死"一同萌生。

在古代，皇帝作为至高无上的统治者，以赐死的名义命令罪臣自杀。赐死制度是中国古代君主专制社会对身份特殊阶层（贵族、大臣、妃嫔、奴婢）等采用的刑罚方式，与凌迟、斩首相比，赐死被视为最轻的极刑，被视为一种恩赐，它至少可以让人死得体面。例如赐毒酒、赐剑、赐白绫等物，让其自毙。

对于仅有一次的生命，无人不珍爱，哪个人都不想死。但是一旦皇上赐死，不管是谁，不得不死。汉哀帝时期的王嘉，毒药送到嘴边就是不吃，最后汉哀帝恼怒："系狱二十余日，不食呕血而死。"

《资治通鉴·卷十四》："将军薄昭杀汉使者。帝不忍加诛，使公卿从之饮酒。欲令自引分，昭不肯；使群臣丧服往哭之，乃自杀。"

汉文帝他舅，被赐死不想死，然后，文帝就派大臣们去他家门口哭丧，宣告他社会性死亡。天天看着人家奉旨而来，在家门口给你哭丧，如此恶毒的手段，谁还逃得了死亡？

风越大，绫越飘。在风的惯性作用下，悬空的绫越飘越凶，直至飘到了疯狂的境地。

公元前88年，已经六十八岁的汉武帝，躺在云阳宫钩弋夫人床上，看着正在服侍自己的钩弋夫人，内心暗自盘算。风烛之时，知道自己时日不多，而眼前的钩弋夫人才二十出头，然后又想到才七岁多的小儿子刘弗陵，实在不想让钩弋夫人去干涉朝政，于是做出了一个残忍的决定，赐死钩弋夫人，以绝后患。

汉武帝爱怜地抚摸着钩弋夫人漂亮的脸蛋，这是一张青春靓丽的脸，突然间他怒上心头。前一秒还在欣赏夫人的漂亮，后一秒却脸色大变，目露凶光。杀机突起的汉武帝，一把将钩弋夫人推倒在地，向外面大喝一声：拉出去，赐白绫……

在白绫面前，最悲凄的要数辽国皇后萧观音，仅仅是因为写了几句诗，就被辽道宗耶律洪基揍个半死，然后以白绫缢杀处死，时年三十五岁，死后尸骨还任人践踏。

公元756年，白绫飘荡着骇人的死讯，马嵬坡之变，三尺白绫赐一死，马嵬坡上殒香魂。

当时唐玄宗本想保住贵妃，无奈禁军士兵皆认为贵妃是祸国红颜，安史之乱乃因贵妃而起，不诛难慰军心、难振士气，继续包围皇帝。唐玄宗接受高力士的劝言，为求自保，不得已赐死了杨贵妃。最终杨贵妃被赐三尺白绫，缢死在佛堂梨树下，时年三十八岁。这就是白居易在《长恨歌》中"六军不发无奈何，宛转蛾眉马前死。花钿委地无人收，翠翘金雀玉搔头"之场景。

变异的白绫有时也懂得隐藏，它在暗处窥伺时机。1626年，努尔哈赤刚刚过世，一条白绫就套住了大妃阿巴亥的脖子。她双手扯着白绫，拼命挣扎，皇太极见状，在她耳边低语："如果你还想多尔衮活着，你就知道该怎么做。"

沉默不语的白绫，在极端时刻会发出悲烈的惨叫。公元1644年3月

19 日，一个名叫朱由检的帝王，面对李自成几十万农民军兵临城下的险境，他长叹一声，流下了眼泪。刹那间，金国虐待宋朝宗室女眷的场景，直逼他眼前。于是朱由检不由加紧了脚步，他刻不容缓地回到了后宫。为了不让耻辱再次重演，他召集所有女眷，下令让她们赶在反贼破城入京之前，为国殉葬。

危亡关头，生死只在瞬间。一时间，刀剑飞舞，哭声一片。当自缢的指令传达时，飘逸的白绫如挥动的刀光，在脖子上扫过，人们听到了房梁之上白绫的惨叫。

做完这一切，朱由检百般无奈地走上了煤山。他摘下皇冠，长发遮面，在一棵歪脖子老槐树下，自缢而亡。作为皇帝，他使用了七尺白绫，这个优于三尺的长度，在死亡面前，让一个末路皇帝享用了最后一次特权。

5

朝代更迭，皇帝走马灯似的替换，而诡异莫测的白绫却阴魂不散，在无法察看的身后一路追踪。

白绫如浮云飘忽，飘到了一名明朝老臣的额前。他是明熹宗朱由校的老师，一个忠君爱国文武双全的军事家。曾同时兼任大学士与兵部尚书，组织训练了十一万人的军队，培养了一批像袁崇焕一样的英勇善战的将士。

公元 1638 年，清军大举进攻高阳，已告老还乡七年的明朝老臣，面对清军的步步紧逼，时年七十六岁的他，带领一家老少以及全城百姓，全力抗击清军。他的五个儿子、六个孙子、两个侄子、八个侄孙全部战死。由于兵力和武器的匮乏，仅靠一点可怜的力量，无异于以卵击石，清军很快突破防线，整座城池被攻陷，老臣也被俘获。

多尔衮听说抓到了明朝老臣，十分激动，他亲自跑来劝降，要老臣归顺清军。硬骨铮铮的老臣哪会屈服！可如果赦免，又怕他东山再起，无奈之下，只能处死。出于对老臣的尊重，清军准许他自缢而亡。

老臣坚决赴死，谁知他三次上吊，三次都被好心的清兵给救下。明朝不存，想要殉国都不能如愿。几经抗争，最后他用白绫绕住了自己的脖子，要求两个清兵一人拉一头，将他活活勒死。

这个人就是孙承宗，他以一种决绝的方式结束了自己的生命，用悲壮的死法保全了一个明朝老臣最后的尊严。

柔软的白绫，消解了强权和暴力。桑蚕吐丝，千丝万缕，世界在丝线面前织成了一张大网，注定谁都在这张网中挣扎。

白雪般耀眼的绫，不管是皇权易主，还是朝代更迭，它一直在风中不停飘荡。时光奔涌，转眼到了清朝。

嘉庆四年（1799年）正月，太上皇乾隆驾崩，嘉庆帝令和珅总理丧事；正月十三日，嘉庆帝宣布和珅的二十大罪状，下旨抄家。

和珅的贪腐虽然尽人皆知，但却不知道他的胃口如此之大，真是不抄不知道，一抄吓一跳。在和珅府上一共抄出白银八亿两，而乾隆年间朝廷每年税收不过七千万两。和珅所藏匿的财产相等于当时清政府十多年的收入。

嘉庆四年正月十八日，嘉庆帝派大臣前往和珅囚禁处所，赐白绫一条，令其自尽。和珅看到白绫，两眼发直，他知道死期已到，绝望中提笔写了一首绝命诗。他写完诗，把笔一扔，拿起白绫，套住自己的脖子，悬梁自尽，终年五十岁。

如果说，白绫也有正反之分，那和珅被白绫缢死是罪有应得，它让贪婪的灵魂走向了终结。而清朝另一条白绫却成为冤屈的阴魂，戊戌变法失败后，以"招引奸邪"之罪名，湖南巡抚陈宝箴受到"革职，永不叙用"的处罚。不久被罢免的陈宝箴、陈三立父子携家眷离开了湖南巡抚任所，踏上了回迁江西的归途。

当时陈宝箴夫人已经去世，他们全家老幼，扶柩而行，一同回迁。当时陈寅恪只有九岁，由于突发的变故，家里经济极度拮据，经过反复考虑，陈宝箴一家并没有回到江西义宁竹塅老家，而是在南昌磨子巷赁屋暂居。第二年开始筑庐南昌西山，陈宝箴将西山之庐命名为"靖庐"，并书"天恩与松菊，人境托蓬瀛"对联挂于大门，显示他对朝廷的心灰意冷和彻底绝望。

失望至极的陈宝箴，他不允许子孙学习儒家经典等入仕经世之学，不再允许子孙博取功名。他希望后人远离政治，一心治学。自己在靖庐默默终老。然而从天而降的白绫，像一道无法驱散的阴影，始终笼罩在陈宝箴头顶。他在湖南巡抚任上革职之后，慈禧依然放心不下，担心陈宝箴东山再起，举旗反扑。

光绪二十六年（1900年）春夏之间，慈禧派人专程送达密旨，赐陈宝箴白绫三尺，逼其自尽。陈宝箴北面匍匐，受诏而自缢。看着他死了，为向主子复命，江西巡抚令人取下喉骨，奏报太后。

白绫之恶，痛入骨髓，可怜清末历史上的一代英才，最终未能逃脱那拉氏的魔掌。

6

作为生活的必需品，亮丽的绫罗，柔软的绸缎，也许包含了太多的历史信息，以致让后来的研究者肃然默立，为之动容。

1982年2月4日上午，对于中国考古界来说，那是一个激动人心的时刻。湖北江陵马山一号墓内的棺木，为了避免受外界环境对文物的影响，已经运到了荆州博物馆的大会议室，在这里，大家将一起见证揭开这座楚墓神秘面纱的历史时刻。

9时许，正式开始"揭棺"，当棺盖被完全揭开的那一刻，大家不约而同地发出了惊呼！满满一棺都是亮丽夺目的古代丝绸制品，让人眼花缭乱，十分壮观。

经统计，马山一号墓出土的丝制品衣物共有三十五件之多，品种丰富，为研究中国古代服饰史提供了极其珍贵的实物。

已年过八旬的沈从文先生，风尘仆仆地赶到了湖北荆州博物馆，当看到眼前那一堆金光闪闪的先秦丝绸时，他竟然扑通一声，跪倒在地，让在场工作人员大吃一惊。沈先生眼含泪花，嘴里喃喃地说道："太精美了，实在是太精美了！"

中国作为最早用桑蚕纺织的国家，早在新石器时代，就发明了丝织技术。但因丝织品在墓葬中很难保存，极易腐烂，人们极少见到古代的丝绸工艺品。当时，长沙马王堆一号汉墓中，出土的素纱襌衣，薄如蝉翼，惊艳世界。湖北江陵马山一号墓的情况让考古人员看到了不一样的形态。春秋战国时期的棺木外面，多有一层厚厚的荒帷，一般是素锦类织物。眼前那些看似完整的荒帷，实际上已经完全腐朽，稍微一碰，就有可能化为碎片齑粉。更重要的是，一幅质地细腻的帛画也与荒帷粘连在一起。如何解决这一难题，是成败关键。因此，每次发掘出来的都是一些丝绸残片，令考古人员痛心和失望。

这个时候有一位参与过长沙马王堆一号汉墓考古的丝绸专家提出了发掘保护方案。他提出的合理性建议非常有效，让人顺着棺木各个边将荒帷切割成几大块，然后逐一进行编号，再卷起来放好。

当荒帷完全揭取之后，一副完好无损的棺木呈现在大家面前。棺木外漆光亮，色泽如新，保存得相当完好。

大家开始研究，如何完整地将棺盖打开。已是凌晨4点多，沉浸在兴奋中的人们，谁也没有感觉到疲惫，所有人都期待着打开棺木的那一刻。

棺盖被轻轻掀开，现场人员屏住呼吸，紧张得大气都不敢出。这时，专家大喊一声："丝绸保存得很好，快盖上棺盖，运回室内清理。"

有人不解，为何要运回室内？对考古工作稍有了解的人都知道，许多古墓挖掘出来的文物都有"见光死"的毛病。在墓里还是金光闪闪的，一旦接触外界阳光和空气，顿时失掉光鲜，褪去颜色。

马山一号墓发掘之后，我以为发明丝绸的历史已经静止下来，谁知它飘逸的身影远没有结束。2019年12月，考古研究人员在河南荥阳市汪沟遗址出土瓮棺里的头盖骨附着物和瓮底土样中，检测到桑蚕丝残留物，表明当时包裹瓮棺中亡童的织物是丝绸。

这个考古结论正好吻合了中国最早的丝绸不是用于缝制衣服，而是作为一种通达天地的神圣物品，体现一种原始崇拜。

无论从宗教信仰还是日常生活来看，无疑丝绸文明是中华文明的重要符号，就丝绸的发展走向来看，研究者从专业的角度给出了定义：亚麻源自古埃及，羊毛源自古巴比伦，棉花源自印度，丝绸源自中国。

河南荥阳市汪沟遗址丝绸文物发掘结束，专家在中国丝绸博物馆与郑州市文物考古研究院共同举行的仰韶时代丝绸发布会上，宣布这是目前世界范围内发现时代最早的丝制品，距今5300至5500年，刷新了此前良渚文化钱山漾遗址出土的丝织品距今4200至4400年的历史。

2022年，备受关注的三星堆考古又有新发现，时隔多年，神秘的三星堆遗址发布最新考古挖掘成果，除了大量青铜器、玉器、金器、象牙之外，在三星堆"祭祀坑"中找到了丝绸，填补了西南地区夏商时期无丝绸实物的空白。

三星堆的丝绸经过数千年的埋藏，已经不复当年的"颜值"，但在多个"祭祀坑"中发现了丝绸，有的附着于青铜器等出土文物上，有的隐藏在灰烬中。

考古团队在三星堆的青铜蛇、青铜眼形器等四十多件器物上均发现了丝绸，品种有绢、绮、编织物。然后在青铜器明显被焚烧过的包块上找到了丝。专家说这是非常明显的丝绸，看得非常清楚，平纹致密的丝绸，颜色鲜亮，非常厚实。

丝绸的发现，是多学科交叉研究和出土文物微痕信息提取保护的结果。对于考古工作者来说，复原当时的社会，丝绸是不可忽视的物质存在。丝绸的发现为人们提供了更多的历史信息，理解先民如何表达宗教，如何思考宇宙。

7

目光从深远的空间收回，再次投射到柔软的白绫之上，此时感觉白绫又有了新的面目。白绫作为人类日常物料的发明创造，当它被人类塑造的同时，它也在塑造着人类。每当人与白绫产生双向作用的时候，两者之间似乎就会出现一个异己，这个强大的异己，看上去无影无踪，可又无处不在。人与白绫在异己者面前，却显得可怜弱小，根本无法与它对抗。

那些隐藏血泪的白绫，在苍茫的历史中已化为灰烬，但残余的灰烬依然散发着寒凉。皇帝、贵妃、权臣，每一个都含恨而终，谁也不知道白绫绞杀过多少性命。

白绫挣脱房梁，飘上了云端，落入人间成为真正的艺术品。那五枚三飞缎纹组织，经纬线皆白色无捻，经线为地，纬线显花织横向排列的牡丹纹，上下两行花蕊相对，枝叶以环形围绕花头，形成缠枝效果。此绫花纹飘逸洒脱，蕴含浪漫色彩，与这一时期织物纹饰庄重、淡雅、规整的风格大相径庭。这就是藏于故宫博物院的康熙时期白色缠枝牡丹花绫。

绫成为吟花弄月的指代，如诗如画的寄寓。

"金缕通秦国，为裘指魏君。落花遥写雾，飞鹤近图云。马眼冰凌影，竹根雪霰文。何当画秦女，烟际坐氤氲。"这是李峤所作的《绫》。而白居易的《缭绫》："汗沾粉污不再着，曳土踏泥无惜心。缭绫织成费功绩，莫比寻常缯与帛。丝细缲多女手疼，扎扎千声不盈尺。昭阳殿里歌舞人，若见织时应也惜。"从这些艺术化的字句中，透露出诗人对宫廷奢靡的讽刺。

绫之画，想象那是一种极致的高雅和精美，《洛神赋图》《千里江山图》《清明上河图》《唐宫仕女图》《韩熙载夜宴图》《汉宫春晓图》，那无不是从白绫绢本上开出的奇异花朵，这种伟大的绘画，精致的长卷，是华夏艺术的传世瑰宝。

宋代常用花绫装裱书画，明代开始出现绫本书画，如李因、董其昌、郎世宁之作。最有特色的便是绫本圣旨，清代绫织物应用开始广泛流行，并且在宫中旧藏的唐卡画幅背面，均有白绫签书之时间及位置。素绫性软，着墨渗化，书画前需先涂浆液，托上背纸，方可下笔。

清宫旧藏，以白色素绫为底衬，以黄、蓝、绿、白、黑为主色调，用十一色绒线绣《罗汉诵经图》。罗汉头顶经书，身着长袍，双手持念珠诵经，脚踏如意，行于滔滔海水之上。头上方显现端坐在祥云中的阿弥陀佛。前方为白云掩映的山峰。用色淡雅，构图简练。此册页是顾绣珍品，运用二至三晕色法，以滚针、平金、齐针、钉线、散套针等针法绣制而成，绣工细腻。顾绣即明代上海顾氏之刺绣，亦称"露香园顾绣"。从明嘉靖三十八年（1559年）进士顾名世时始著称于世。清时期，顾绣风靡长江中下游地区，尤以名世孙媳韩希孟的"韩媛绣"最著名。

卷首题字：滦阳行围山庄行围图，海西臣郎世宁恭写，刑部左侍郎臣秦惠田恭题，编修臣孙星衍恭题，侍郎臣裘日修恭题赋敬书。

艺术化的绫罗绸缎，让我们的生活多了一种神韵和风雅。翻看与丝有关的织物，无论采用何种工艺，都带着人世的象征，命运的寄寓。在光阴流水中，最终回到桑蚕的原点，以作茧自缚的形式，终结千丝万缕的生命。

白绫，如风飘过，它用无声的方式，书写了深沉的历史，以柔软的手段，勒住了命运的咽喉！

选自《四川文学》2024年第4期

我与黄河的关系

赵瑜

中国作家协会会员,河南省文学院专业作家。在《人民文学》《十月》《花城》等刊物发表散文、小说多篇,出版长篇小说《六十七个词》等,散文随笔集《小忧伤》《一碗面里的乡愁》等多部。曾获杜甫文学奖、华语青年作家奖等奖项。

春天时，我告诉了母亲——我要走黄河。

我母亲和我家乡的任何一株植物一样，普通，固执，热爱泥土。母亲前半生几乎没有离开过我出生的村庄，最近数年，母亲随着到县城工作的哥哥住到了小县城。母亲有能力把县城住成村庄。在县城居住的母亲活动范围也只在她居住的小区附近，她不喜欢陌生的区域。偶尔去省城，母亲便会十分抗拒，她觉得人满为患的街道是对她人生的侵略。母亲不喜欢人多，她的描述是"看着那人来车往的马路头就晕"。对母亲来说，最舒服的活着的方式就是在家里，和熟悉的人说话。母亲活在一个封闭而幸福的生活半径里，她不能理解我为什么要不停地在各个地方跑来跑去。她曾认真地问我："你在一个地方长时间待着能怎么样？屁股会疼吗？"我试图解释，我需要听到不同的口音，我喜欢打开视野。母亲并没有准备听我解释。可以说母亲关心的事物面非常狭窄，她固守着有限的空间，仿佛只有这样她的世界才会完整，才不会被这个变化的时代击溃。

母亲和河流的关系十分陌生，几乎没有在池塘和河流里洗过澡。她们那一代的乡村女性仍然活在束缚她们的观念里，外人无法介入。

这么多年来，我外出读书、工作，一度有十年的时间在中国南端的岛屿上，远离我的村庄和大地，也远离故土的河流和鸟鸣。我成为一个被城市文明收容的人。这些年来，我和母亲能够言说的内容不多。私下里，我总是觉得母亲所有封闭的观念都和她吃过的食物有关，和她生活的平原有关。母亲不理解我多年。在她眼里我不是一个踏实的人。母亲多次说过我的小荒唐——在念小学的时候，我给家里的羊割草，会将竹篮的下面用木棍撑起来，然后将割好的草都放在篮子的上半部分，这样看起来那一篮草是满的。还有我不喜欢干农活儿，不喜欢收玉米，不喜欢割小麦，不喜欢种棉花，不喜欢刨红薯。我喜欢什么呢？喜欢躺在草地上看天上的云彩，喜欢听收音机里的《三国故事》，喜欢捉鱼，喜欢捉知了，喜欢在河里游泳，喜欢一整个夏天都泡在河里。

在旧年月里，河流和大地相比较，我更喜欢河流。大地生长庄稼，养育了我，而河流却给我带来了远方的信息，比如一条我从未见过的鱼。大地、庄稼、草木，不论多么抒情，在我看来，那都是劳作的场景。而河流才是生活中有意趣的部分。我们村庄的河流，早上属于女人，她们洗涤衣物，并利用洗涤的时间，交流对万事万物的看法。而河流的中午和晚上则属于男人，他们在那儿洗澡，讨论谁家的玉米个头很大，盘算着等秋收的时候到那户人家里去换一点儿玉米作种子。

大地上的事情都是生存的内容，而河流给人带来远大于劳作的收获。我父亲在河里洗澡时想通了一些事情，便决定外出务工。在20世纪80年代，父亲的外出让他有了更为宽阔的视野。每年秋收过后，父亲从湖南或安徽等地回来，院子里便会聚集了村子里的人，听父亲讲述在外面的见闻。

我在父亲的身上有了新发现，大地如果不再成为一个人的束缚，那么他便会有了见识。父亲的见识来自他不停的外出。20世纪80年代，父亲是村庄里为数不多外出做买卖的人，他先后到了湖南、四川、宁夏、甘肃、新疆，以及更为广阔的南方。父亲外出会带回一些有着地方特色的食物，这间接地提升了我在乡村孩子中的地位。那种细微到根本不易被察觉的乡村政治学，我在很小的时候便体会到了。

我生活在河南省东部平原上的村庄。平原意味着一种没有落差的生活，庄稼更替，时光流转，村庄里的人安静而缺少变化，每一个人的命运都一目了然。平原不只是我的故乡，还是我的出发点。而河流意味着丰富的远方，群山之间的河流，村庄与村庄之间的河流，流过高原和城市的河流。在乡村世界里，所有关于外部世界的联想，都和村庄里的一条小河有关。河流在村庄的南边，大多数时候都是干涸的。唯有在黄河的丰水期，村庄的河流才会突然涨满。即使是夏天，我们村庄的池塘里的水全都被晒得热乎乎的，而村南端的河水依然是凉的，这佐证了黄河的水是冰雪融化的水。这个观点，其实来自我父亲，是他在河里洗澡的时候说的。于是村子里的人便都以此为结论。

河流，远方，幻象，成长史，书信，食物，船只，旧诗句……这些远大于村庄的事物是成年以后的我才梳理清楚的。而在我的少年时代，我被村庄里的人包围，他们是面孔模糊的邻居……他们是谁？他们是面目模糊的一个群体，他们有时候也包括"我的哥哥"。他们认为，小孩子想要学会游泳，就必须被扔到河的中间，然后让自己呛着水往岸边扑腾，便学会了"打嘭嘭"。"打嘭嘭"是我们村庄对刚学会游泳的姿势的概称。我在盛夏的时候，喝了一肚子河里的浊水，学会了游泳。很快我就和那些大孩子一样开始欺负比我还要小的赵四儿他们。在村庄里活着，必须找到一个可以欺负的人，人生才算圆满。

村庄里关于黄河的说法，几乎是一个又一个被讹传了的消息。因为信息闭塞，所以村庄里的人，并不关心真相，相反，他们喜欢那些与河流相关的神鬼故事。仅我家所在的董堂村，我便听到几个关于河流的神鬼故事。第一个故事是早年间的故事，说是村东头庙里住着一只野猫，隔几天便会在夜里偷农民家的鱼。过年的时候村民便防着这只野猫，可是无论村民如何防，只要谁家里捕了鱼，夜晚的时候一定会被偷走。村民们开始奇怪了，那个庙并不大，猫偷了这么多的鱼，究竟放去哪里了？于是村子里丢鱼的人家联合起来，在晚上跟着那只野猫，他们要看清楚这只猫究竟把偷到的鱼藏在哪里。结果这只野猫逃到庙里以后竟然凭空消失了。庙是一间不大的屋子，除了一尊泥塑的观音像和一张榆木供桌，并无其他东西。他们仔细检查每一个墙缝、角落，终于在挂着的灶王爷图画中发现了猫的踪迹。原来大家没注意到灶王爷的版画上竟然有几只动物，而其中一只竟然是母猫。村子里的人明白了，原来过年时大家都只顾着自己吃好的，忘记了灶王爷的这一份。于是全村人都杀鸡宰牛，并在自己家的灶屋厨房张贴灶王爷的挂像，摆上供品。从那以后，村子里再也没有丢过鱼了。尤其是夏天黄河水灌满了村庄里的每一条小河小溪，家家户户都在用窗纱网和丝网捉鱼。只需要在吃鱼之前，往自己家厨房的灶王爷画像那里供上一碗，家里便平安了。

第二个与河有关的故事，是我们小时候喜欢到村南的河里游泳。每年深水区都会淹死一些会游泳的孩子，所以父母亲为了避免我和哥哥在无人看管的时候去河里游泳，有时候会在我们的身上用锅底灰画一条线，到晚上父母就检查那条线，来判断我们是否下河戏水了。我们有办法对付大人，比如游完泳回来，用锅底灰在身上再相互补画一条线。于是大人又会想出另外的方法，比如说河里有蛇。这不是最吓人的。因为过不久，便会有其他孩子跑到河里玩水，打破了这样的故事。最吓人的故事是大人们说，黄河上游的水放下来的时候，水混浊，扔进水里的铜钱都会漂起来，河里会有水鬼。水鬼就是上一年淹死的孩子。这些死去的孩子有我们认识的人，所以每年黄河水抵达我们村庄的时候，大人们都反复说水混浊就不能下水，水里有水鬼。水混浊时我们下水，水鬼就会拉住我们，不让我们上来。大人的叙述太过逼真，吓人极了。几乎在河水混浊的最初几天，我们所有的孩子都相互提醒着，不敢到河里玩水，哪怕是胆子极大的孩子也害怕水鬼抓住他的脚不放，害怕被淹死。

我是如何有了最初的判断呢？大概是上了初中，我从地理课本上获取了更多的知识，发现村庄里的人关于黄河的描述，几乎都是借着古代的事物来阐述他们对世界的理解。他们的理解是错误的。尽管我知道他们是在胡说，然而我却没有能力说服他们。因为他们是我的叔叔、伯伯，甚至是爷爷辈的人，他们不喜欢知识、真理，以及宇宙的奥秘，只喜欢用自己的一套来解释一切。

河流、风和植物，组成了我生活的空间，它们丰富而又封闭。我所有的欢喜，都和泥土上生长的万物有关。然而侍弄这些庄稼并不容易。劳作对我的影响极大，我要逃离乡村，去向远方。这是我还小的时候，便生出的念头。关于远方，刚念初中时，我曾替父亲给他在远方的生意伙伴写过一封信。如今想来，那应该是我创作的第一部"小说"。在这封信里，我以父亲的语气与对方商议物品的价格，并使用远超出我当时年龄的认知的词语。那种陌生感如同我在村庄的河流里想象远方的河流，丰富、令人兴奋，又让我惶恐。

我在日常生活中捕捉到了我父亲的语气，那封信一定有语病和错别字。我父亲讲故事的时候也是如此。我多么忠实于他的讲述啊。我甚至在信里吹了牛。因为父亲每次从外地回来，也在吹牛。我甚至觉得村庄里的其他叔叔、伯伯也能察觉到父亲叙事的夸张，但是他们并不说破，任由父亲将自我的经历添油加醋。而对自我的生活添油加醋的过程，不正是文学创作吗？现在想来，父亲才是我文学创作的启蒙老师。

后来，大地上的事情基本上只属于父母亲，村庄也是。我定居在城市，只在每年春节的时候才回到乡村一次。如果哪年春节回到家下了大雪，我的记忆便全部被激活。冬天的豫东平原，枯瘦、萧瑟，像极了杜甫的诗句。我不喜欢故乡的冬天，这是我反复确认的事实。多年后，我到了中国南端的岛屿工作，冥冥之中，我的选择和少年时代的那一场又一场大雪有关。大地上的雪充满了美感，然而我的童年被大雪无数次冻得痛哭。因为乡村世界没有取暖设施，寒冷、大雪，以及冬夜的月光，都不再美好，我被困在20世纪80年代的乡村。我的手被冻裂，母亲用千层底做的棉鞋敌不过大雪融化后乡村泥泞的道路，每一次放学回到家，我的袜子全都湿透了。在那样的冬天里日复一日地活着，我几乎是时间的囚徒，每时每刻都想着要逃离那种寒冷和无助。

雪融化后的水都去了哪里，我少年时几乎没有注意过。大雪融化时，整个村庄布满了泥泞。充满泥泞的生活，便是我的乡村记忆。泥泞也是那个时代的隐喻，我和我的小伙伴们都逃不出生活的包围。大地在大雪之后，开始酝酿春天的绿意，一切都充满了生机。长辈会说"这场大雪会让麦子在春天里长势喜人"，于是寒冷便有了意义。乡村永远是这样，生活的苦难充满了道理，无法反驳。

相比种植与收获，河流是祖先的选择，祖先们一定会选择在一条小河两岸搭建住处以获得生存空间，村庄也由此而生。豫东平原上的河流几乎都是黄河细小的支流，黄河决口的时候，河水冲向下游的村庄，会将村庄里的沟壑冲出更为宽阔的河道，河流便诞生了。

在乡村世界里，河流也好，月光也好，一头牛的叫声也好，都只是我们生活的一部分，另外的人生需要我独自面对，孤独，饥饿，寒冷。在乡村世界里，河流几乎每天都参与我们的日常生活，而在城市里，水有了价格，河流消失不见了，人与河流的关系疏远了。我所生活的省城北边便是黄河，最为著名的花园口曾是灾难多发地。时间是灰尘，会覆盖历史的眼泪。如今黄河岸边正在修筑景观公路。

我是何时开始关注河流的呢？有一年我去凤凰古城，那年夏天，我沿着沈从文先生一九三四年的路线，从常德出发，重走湘西。我先后到了桃源、沅陵、泸溪、花垣等地，而后抵达凤凰古城。我在临着沱江的一家客栈住了七天，每天听沱江的流水声，都会觉得沈从文先生的文字便是这样的声音。走完湘西不久，我便到了海南工作。岛屿将我之前的生活经验全部否定，那些叫不出名字的贝壳、鱼类，以及比外语还难学的海南话，都让我有漂浮感。大海、岛屿、漂浮感，我又一次想到河流，想到家乡，想到少年时的夏天我在村庄的河里戏水的场景。有时候我会沿着南渡江走到入海口，观察江水与海水交融的部分。入海口江水的颜色在晴朗的天气里，变得灰暗，江水的绿遇到海水的蓝，像是母亲遇到城市的高速公路，像是一种慢节奏的生活方式被突然加速。因此，我想黄河流入大海也是如此，是两种观点的相遇，是两首诗的消失，是月亮遇到晨曦时的淡远而缓慢的影像。

在海南生活多年后，我突然明白了河流的意义。河流是大地上所有意见的收集者，每一条河流都会接纳山上的溪水，也会接纳大雨过后村庄里的雨水，更会接受千家万户使用过的生活污水；河流是水与水的对抗，也是水与水的交融，河流是水的共和国，是声音的共和国，也是储存了我的童年生活的共和国。抵达城市后，河流才在我的生活记忆里消失。城市的河流大多筑在地下，那些排污管道，那些叫不出名字的暗渠和地铁通道，它们都有可能是一条河流，将这些水带到大海里。大海是什么呢？在海南生活多年后，我几乎读懂了大海。大海是生活的本质，是用来吞食人类的时间的。

很难用简单的比喻来说明河流和大海的关系——容纳，无穷的容纳；接受，超然的接受。大海让河流有了归宿，有了出口，有了人生的方向。而我的少年时代，就泊在村庄的那一条小河里，我在河里撒过的尿，都流向了大海，都成为时间的容器，成为深夜里的涛声，成为永远也无法抵达的远方。

离我出生的那个村庄越来越远。在深夜的某个时刻，会突然想起村庄里的夜色、老井、瓜园、少年时的同伴、村子南头河里的凉意。与年轻时的怀旧不同，中年以后对故土的思念，更多的是对自我成长的梳理，甚至是对自我的否认。

和大海一样，河流也是一个无穷的容纳空间。一个长时间生活在黄河下游的人，一旦开始怀念旧时光，那条河流便在耳边汩汩流动。村庄的河流没有名字，我家后面的湖泊，村子里的长辈叫大坑，而村南边的河流，村子里的人叫沟。更遥远的地方的河流，村子里的人称作黄河。

那条没有名字的小河流，是我与黄河最初的联系。而我为什么要将整条黄河行走一遍，可能与我少年时代与小伙伴们戏水时说过的一句玩笑话有关。我不想考证黄河的每一次改道，我也不愿意查阅更多的治河名篇。我只想沿着黄河的上游，慢慢地驾驶汽车下来，路过我的村庄，路过一条又一条细小的支流，路过我幼小时的一场大雪，路过平原上的麦田。我要坐在这样的一条长河岸边，对着旧年月里的我，说一声："你还好吗？"

选自《红豆》2024年第4期

父亲最后的眼泪

丁帆

1952年生于苏州,南京大学人文社科资深教授,江苏省作家协会副主席。著有散文随笔集《先生素描》等十余种。

从小顽劣，不事功课，六岁时，识得几十个繁体汉字，便懵懵懂懂上了小学。那个岁月爱上看小人书，整天抱着连环画，看图识字速度快，强于班上同学，三年级便开始读小说了，先是读中短篇，后来竟也迷上了长篇小说。

那个时代，小学功课简单，偏科倒也无妨，成绩都还说得过去，挨父亲的打，都是因为我往往在外惹祸，比如打架，比如用弹弓射大院里的路灯、门灯，一伙玩伴外出与街上的孩子斗殴。

父亲揍我的方式与大院里其他工农干部不一样，他一声不吭，猛地上来，对着我的屁股就是狠踹一脚，轻声一句儿时的家乡话：我卷死你。我忍着剧烈的疼痛，一声不吭，眼里充满着怒火与愤恨。祸起后，家属楼里，上下左右邻居的窗口，除了传出了各家父亲高声的叱骂训斥声，皮带的抽打声都能听得清清楚楚，玩伴们凄凄惨惨戚戚的鬼哭狼嚎，汇成了一曲高亢的悲怆交响乐。

这种挨揍的事件一周半月就要发生一次，于是便更加重了我对父亲的仇视和怨恨，尤其让我百思不得其解的是，他在机关学校里，看到所有的人，都是笑脸相迎，甚至连我的同学来我家，他都是嘘寒问暖，关爱有加，被人称为好好先生。我渐渐猜度出，这种发泄愤怒的方式，是他维护一个知识分子尊严的特殊变态心理，我的一声不吭，是出于一个倔强顽童的本能反抗，却也无形中配合了维护他尊严的行为。

到了中学里，我读小说，他并不反对，有时还同意我去大院里的图书馆去借小说，后来，每到寒暑假，我借来的小说铺满在垫被和席子下，夜晚，打着电筒在被窝里看；满月，借着月光看，那本《苦菜花》就是在月光下，一夜之间读完的。生生地把一个2.0的眼睛，迅速读成了四百度的近视眼。这些偷读闲书，不务功课的事情难道父亲不知道吗？

其实，我深知父亲也与我有同好，因为他的床头时不时也放着一本小说传记之类的读物，白天他上班时，我就抢读为快了。记得那本刚刚出版的《三家巷》放在他的枕下，临上班时，他警告我，这个书不是小孩子看的，你不能看。他越是这样说，我就越好奇，便废寝忘食地加紧阅读起来，连父亲回家都不知晓，直到那黑色的皮靴重重踹在我的屁股上时，我才从那个革命加恋爱的故事中惊醒。同样，那三本《红楼梦》，他发出了更强烈的严重警告，我就只好放弃了偷读的欲念，直到下乡插队时，才通读了何其芳作序的那三册《红楼梦》。而溥仪的那本《我的前半生》，他却没有对我发出警告。原来父亲也是一个爱读枕边书的人，下乡后读到李清照的诗句："枕上诗书闲处好，门前风景雨来佳。"让我感动的是，在我愤恨父亲的时代里，这份枕上的喜好，便成了我儿童少年时代的一道雨中的风景，剪不断，理还乱。

中学时代，我沉湎于大量中国现当代长篇小说的阅读，包括开始阅读苏联小说和其他外国小说，像《钢铁是怎样炼成的》《牛虻》《巴黎圣母院》，虽然一知半解，故事情节却是吸引人的，甚至在课堂上，将书放在抽屉里阅读，老师的讲课全然不入耳。于是，我的数学成绩和外语成绩急剧下滑，初二期中考试时，数学成绩竟然58分，挂了红灯笼，好在作文得了全班并列第一。

我摸着红肿的屁股，一种耻辱感油然而生，想起了《青春之歌》中林道静徘徊在海边欲投海的情形，渴望走出家庭，不也是我的愿望吗？这种潜意识深藏在我的心底里。

1964年父亲参加了省委组织的"四清"工作队，去了南通掘港，母亲由省供销社下放到南京三岔河的肉联厂，带着大哥住在下关，一个星期回来一次，祖父去了北京叔父家，我一个人带着弟弟留守在家，虽然辛苦地挑起了家务重担，却也获得了充分的自由，那是我脱离父母管束的幸福高光时刻。

好景不长，不到一年，父母亲都回家了，一切如旧，但是，我发现父亲的情绪更加低沉了。有几天夜里，他伏案写作，香烟一支接一支地抽，满屋的烟气从东屋穿过厕所厨房，传到了西屋，让我感到蹊跷。次日，趁他上班之际，我偷偷去东屋，轻车熟路地从他枕下藏闲书之处，找到了一叠材料，封面上那一行醒目的大字《向无产阶级投降书》，顿时让我五雷轰顶，从这份材料中，我才知道，他填写的家庭成分是大资本家兼大地主，本人成分是大学生，至今我还清晰地记得那些上面的许多令人震惊的文字，特别是详细地记录了自己1946年辅仁大学经济系毕业后，在上海善后管理所工作的那段情况，那是一所国共合作的单位，也就是做"接受大员"的去处，中共方面，它是属于中共华东局一分局一地委管辖，上级直属单位就是江苏省委。

谜底似乎揭开了，怪不得从1949年后，父亲定级为正科级，身边的干部都一个个加官晋爵了，父亲却整整三十年都纹丝不动，没有升过一级，他和我们都以为是家庭出身的原因，所以，每到填写家庭成分时，我们只能战战兢兢填上"革命干部"，在祖父那一栏里填上"商人"。其实真正的谜底是在父亲去世后才真相大白的。

读了这份材料后，我才开始真的懂事了，也开始关心国家大事了，因为它关系到我们家庭和我本人未来的命运。经常有父亲的同事和好友来家里聊天，起初，父亲让我出去，不要听大人谈话，我便躲在门口偷听，或趁着续茶时，多滞留在屋里一会儿。再后来，我成了"旁听生"，父亲一再叮嘱我，大人们说的话可不能外传。

革命时代的到来，让我们获得了空前的自由，在人人自危的时刻，家长们都放低了身段，即便是工农成分的高干家庭，也都没了动武的声息，因为他们都成了"走资派"，闹革命让我们这些顽劣少年也成了革命分子，家属楼里的打骂声消失了，取而代之的是全家人"早请示、晚汇报"朗读最高指示的诵读声。

某一天，父亲拿回家一叠四尺整张的大白纸，要我照着他们单位革命组织起草的一份草稿，用毛笔抄成大字报。我满腹狐疑，他们其中许多人都是大学毕业生，为什么让我这个十四岁的毛头少年抄写呢，我怀疑是他们中间谁也不想被人看出是自己的笔迹，就让我这个曾经临过半个月书帖的人去抄写，父命难违，且是父亲有生以来第一次和蔼地和我说话，让我受宠若惊。抄毕，父亲眼中露出了难掩的满意之情。第二天，大院里的人都在围观这张大字报，他们在猜测是谁的笔迹，众说纷纭，最后得出的结论竟然是：肯定是一位老家伙写的，因为其中多为繁体字，书法也还不错。父亲回到家中，脸上明显挂着一丝得意的微笑，这是我少年时代得到的最高精神奖赏了。

终于，我在革命时代里等来了脱离家庭的"上山下乡"运动，在最高指示尚未发表时，我就像五四青年那样走出了家庭，主动投奔到广阔天地里去了。天真浪漫与争取自由的诱惑，让我们万万没有想到的是，一段苦难的历程让我在这个人生的社会大学里，经受了炼狱般的考验，方知在这样的革命大熔炉里，正如鲁迅所言，那里并没有面包和奶油，更多的是污秽和血。

无巧不巧的是，插队一年后的1969年，中央发布了一号命令，为了防止修正主义的苏联发动战争，把所有的干部分散到各地，于是，父亲从镇江句容的桥头镇的省五七干校，投奔插队子女，和一批"下放干部"，来到了我们插队的水乡。是我又回到了父亲的怀抱，还是父亲回到了我的怀抱呢?

两年的"散阵投巢"生活,我们无话不谈,在寒气逼人的冬季,凛冽的寒风从泥坯的墙缝里钻进来,却挡不住我们彻夜的长谈,终于,多年的父子成兄弟的谚语,在真实场景中再现于我们共患难的日子里了,谈人生,谈政治,谈前途。在煤油灯下,我们还各自看我从其他知青那里借来的世界名著,交流读书心得,我们在草房子里夜读枕边书,成为每日的精神大餐,而让我最后悔的是,我没有让这个教会学校毕业生帮我补习英语。

就在一个"能饮一杯无"的寒冷冬雪夜晚,我们喝了一点小酒,躺在各自的床上,听他讲述了我们三兄弟起名的秘密含义:1950年,父亲和许许多多知识分子一样,对党和国家满怀崇敬,期望新中国建成一个强大和平的国家,所以就给哥哥取了一个寓意和平的名字;而1952年在我出生之际,正值"三反五反"运动之时,在苏州阊门的苏南公署供销合作总社,他和处长一同被作为"大老虎"隔离审查,当他们被作为冤假错案对象放出来的时候,便给我取了一个谐音的名字,让自己汲取这个沉重的历史教训,从此他性格大变,成为一个沉默寡言的人。因此在1956年"大鸣大放"的时代里,他一句话都不说,成功地躲过了一劫,以志纪念,给我弟弟直接起了一个禁言的"鸣"字。

1973年,邓小平复出,第一次恢复高考时,父亲为我找来了许多复习材料,并辅导我的数学,很快,我就完成了一元二次方程公式的解法,一扫初中时对数学不感兴趣的萎靡,然而,那一年张铁生事件爆发,加之我祖父的成分问题,我成了弃子,连考试的机会都没有。这一年,父亲去了扬州的省商校。次年,在生产队全体社员按手印的推荐下,我终于有了一次考试的机会,恰恰在当年的考试题中,就有一道最难的一元二次方程的题目，我迅速地用公式代入法顺利地解了题；作文更不在话下了，因为当时我已经是公社的通讯员了，就像如今县创作组的下属成员一样，从拿到试卷的那一刻我就不紧张了，哪怕坐在我邻座的上海女知青看到试卷后昏厥过去，被担架抬出考场，我都丝毫没有分散考试的注意力。考试分数最后并没有公布，但是那位监考的公社语文老教师，传出了我是最高分的信息，尤其是作文为满分。我写信告诉父亲，父亲鼓励我报文科学校。当年分配给本公社的文科名额只有一名复旦新闻系，我毫不犹豫地选择了这个志愿，孰料，公社团委书记兼知青办主任来找我协商，他说：论条件，你是最符合这个专业条件的，但是公社书记的侄儿也选择了这个专业，只能委屈你去扬州师院化学系了。我说，我对化学一窍不通。他说，你不是在供销社搞过菌种肥料的培育吗。无奈之下，我打电话给父亲，他只斩钉截铁说了一句话：三十六计走为上。拿到录取通知后，我第一时间就给扬州师院递交了转系的报告，真是天无绝人之路，我如愿地进了中文系，学号是全班最后一名，第 37 号。

去了扬州，又和父亲团聚了，从扬州师院步行到省商校，也就半个小时，在这几年中，我们谈及的问题已经不只是生活、政治、社会和人事的问题了，而论及的是我的发展前途的问题了，我在学校申请入党，却屡次推荐都没有批准，党支部书记就是我同寝室的兄弟，不用多问，我自知是家庭出身的问题，和父亲当年多次申请入党一样的命运。

在留校无望的结果后，感谢扬州教育学院的那位中文系的女主任，从人事众多档案中选中了我这个成分有瑕疵的毕业生，"革命干部"的父亲不是共产党员的梗，是阻挡他 1949 年以后申请入党的障碍，也成为那个时代我们兄弟申请入党的屏障。可父亲和我们始终解不开的谜，则是家庭成分并没有阻挡我的亲叔叔 1949 年就加入了共产党，并作为北洋大学水利系的高才生，顺利地进入了水电部的领导高层。

1977年，父亲调回了省里，1978至1979年，我去南大师从叶子铭和董健做进修教师，这一年中我在《文学评论》上发表了第一篇论文，我打电话给父亲，他正欲出差，等他回到家中，从手提包里拿出了五六本《文学评论》杂志，他说，我把那个城市里邮电局里所有的这期杂志都买下来了，我满含泪水接过杂志，竟然说不出一句话来。

1982年，我和父亲商量好了，去老家烟台二马路，去看看他儿时居住的那十几间老屋，孰料，次年的一月下旬他便查出了癌症，那天，在肿瘤医院的病房走廊里我痛哭流涕，我和在南京的弟弟，整整83天轮流陪护着他，每天都是趴在床边睡觉，父亲不忍，总是闹着要回家，其时，也正是妻子怀孕临产之际，父亲在弥留之际的3月17号，还在断断续续地问，孩子生下来了吗，我告诉他，今天就要进产房了。

那天晚上，我奔到八一医院，妻子已经在产房里了，护士说可能下半夜才能生，让我起个名字，我在这些天的焦虑中，早就想好了名字，因为这个孩子姗姗来迟，男的就取"迟"字，女的就模仿父亲当年用谐音来表达一种纪念。我立马又回到肿瘤医院，彻夜无眠，盼望着孩子早点出生。

早晨，母亲和弟弟来换班，我连早饭都没来得及吃，就奔向八一医院产房，看着抱出来的女儿，我无语凝视了半天，心中既欣慰又遗憾，如果能把女儿抱到父亲的床前，让他看一眼多好啊！后来与妻子同病房的产妇们都在议论，你丈夫的脸色不好看，是不是重男轻女啊，她们哪里懂得我此时此刻的心情呢。殊不知，我要急着奔向肿瘤医院，趁父亲还有意识的时刻报信给他，因为父亲说过，我们家三代都是男丁，女儿好啊。当我趴在父亲的耳边，告诉他这一消息的时候，他已经不能说出连贯的词语了，只吐出一个好字，两行眼泪便流在面颊上。

三天以后，他与我们永别了，那是1983年3月21日夜间10时许。

1984年，中央做出一项重要的决定，在全国清理个人档案中的一些不必要的材料，一个管理我父亲档案的兄弟告诉我，在我父亲的档案里有这样的一段记录：1946年在上海善后管理所工作时，国民党和共产党都拉他入党，他说，君子不党！这四个字被当时的党组织某个领导人定了性，批下了六个字：此人不可重用！这个谜底彻底揭开了！这是父亲再也没有想到的，那时他再努力，我们也再努力，也都不能加入共产党，滥觞在此，历史在这里沉思。

而更有戏剧性的结局则是，这一年的12月9号，其时我还在人民文学出版社随叶子铭先生编撰《茅盾全集》，学校党委在我多年没有向党组织写过思想汇报的情况下，通过了我的预备党员的身份。荣哉，喜哉，悲哉？在父亲的墓前，我无话可说。

父亲生于1922年2月12日，不到61岁早殁，今天是他百年诞辰日，反思他的一生，他生的不伟大，死的也不光荣，甚至有些憋屈，但他留给我的精神财富却是宝贵的。

选自《美文》2024年4期

简默

蒲公英

简默

本名王忠,20世纪70年代生于贵州省都匀市,文学创作一级。现为山东省枣庄市作家协会主席,中国作家协会会员。出版有散文集、长篇小说十余部。曾获全国煤矿文学乌金奖、冰心散文奖、孙犁散文奖、山东省文艺精品工程奖等多种奖项。

30多年前的一个盛夏中午，父亲被查出患了癌症。

医生可能因为职业书写习惯，也或许是出于善意，怕父亲有思想压力，而在诊断书上选择了原本互不相干的两个字母组合到一起，用以指代那个仿佛是晴天霹雳的病症，但身为同行的父亲一眼便看穿了这种伪装，父亲难以置信，却又不得不信，他濒临崩溃，茶饭不思。

母亲和我陪着父亲到济南接受治疗。让我困惑的是，父亲放着那些大医院不去，第一站却带我们去了济南第二机床厂职工医院。多年后，随着回溯和了解父亲的经历，我才理解他这样做，只是因为他清楚自己的病情，以及今后的走向和埋设的伏笔，这促使他首先要来到这儿，他的身体和心灵最初自这儿出发，这儿也有他当初的许多同事。他们与他年龄基本相当，不见也差不多快30年了。父亲离开这儿时26岁，待到归来时52岁，已经步入老年。他们听说他来了，纷纷从各自的工作岗位聚集到这间摆放着设备的检查室，男男女女，挤了一屋。他们叫着他的名字，拉着他的手，瞧上去既亲热又兴奋，屋子里到处迸溅着热烈的火花，仿佛他此趟来不是接受治疗，而是重访故地走亲戚的。只有我发现，母亲躲在一个角落，悄悄地抹着眼泪……

那一年，父亲与其他人乘火车离开济南，经郑州，过武汉，进株洲和衡阳，入柳州，三天四夜后，到黔南都匀市，火车最后停在了清泰坡车站。这儿东边黔桂铁路蜿蜒不见首尾，西边的剑江日夜奔流不息，由济南第二机床厂一分为二迁入的都匀机床厂（后更名为东方机床厂），拉开了建设的序幕。

时间是1966年9月，恰逢中秋节，单身的父亲与他那些拖家带口的同事，一起坐在绿皮火车的车轮上，在哐当哐当的节奏中，度过了这个中秋。

父亲在世时，从未跟我说起过他乍到都匀机床厂的生活，我也没问过,但我想象一定简陋而艰苦。机床厂选定了仓促上马又匆忙下马的都匀钢铁厂旧址当厂址,厂区到处破破烂烂,满眼荒凉。不少职工居住在原来的棚屋中,早晨到剑江边掬一捧河水洗洗脸,然后步行去镇上的小饭店吃饭,后来才建了一个小食堂。

在东方机床厂的日子,我家经常有来自山东的花生米吃,因为老乡伯伯。他姓任,是我们山东老乡,也是从济南第二机床厂支援三线建设来到都匀的,长我父亲几岁,人生得又矮又胖,望上去像一粒饱满结实的花生米,我们孩子都叫他"花生米伯伯"。他和我父亲都喜欢穿着蓝色帆布工作服,仿佛是将帆布质地的机床厂穿在了身上,不同的是,他的头顶上多了一顶深蓝色布帽子,这顶帽子他一年四季都戴着,我曾暗暗地怀疑他是一个秃子。记得"花生米伯伯"须臾不离手的是一件黑色人造革提包,每回见了我们这群子弟,总是变戏法似的从包里掏出一把花生米,撒到我们摊开的手掌心,我们顾不上弄清朝三还是暮四,贪婪地悉数填进嘴里,生怕被别人抢走了似的,夸张的嚼咽释放出有些腥但新鲜湿润的气息,像早春被犁铧劈开过的泥土的气息。花生米是生的,未食人间烟火,就被我们吞进俗不可耐的胃里,为我们困乏的童年提供了某些美好的细节。

那时我着迷地认为花生米是从那件黑色人造革提包里长出来的,这情景有些像阿里巴巴站在某扇门前喊着"芝麻开门",财富瞬间就金光耀眼地降临了。但"花生米伯伯"不用念念有词,他粗糙的手掌探进包里,花生米就源源不断地长了出来,又争先恐后地经他手到了我们手里。当时有部电影叫《宝葫芦的秘密》,讲的是一只神奇的宝葫芦的故事,我们看了都想寻到那么一只葫芦。"花生米伯伯"那件混迹于千千万万同类中的黑色人造革提包就像生活中触手可及的宝葫芦,老是在我眼前晃来晃去,带给我无尽的遐想,使我确信它能长出花生米也就能够长出任何我想要的东西。我曾无数次想摸摸那个包瞧个究竟，也盼着偷偷地打开包亲眼盯着花生米是怎样长出来的。有一次，"花生米伯伯"和他的提包来我家吃饭，他拈一粒恰到火候的油炸花生米，害羞似的轻抿一小口老乡自酿的苞谷酒，很快脸红了，话也稠了，好像在说自己的母亲，说着说着就肩头耸动，掉泪了，父母在旁边不住地劝他。他终于平静了，吃完起身摇摇晃晃地回去，将那包忘在了一边。趁着父母出门送他的茬口，我慌乱地打开包，和父亲同样的提包没什么两样，细密条纹的里子脏得已经辨不出颜色，包底躺着十几粒数得清的花生米，我瞧了一会儿，却怎么也弄不明白它是如何长出花生米的。这时父亲回来替"花生米伯伯"取包，一把从我手里夺过包，狠狠地剜了我一眼。我的好奇换来了父亲的责骂，父亲看不惯我乱翻"花生米伯伯"的包，却不知晓我深埋心底的秘密，我也从没对别人提起过。

听父亲说，"花生米伯伯"有个母亲在山东农村，他每年总要回去一两趟探望母亲，微薄的汗水都换作了一张窄窄的车票。回来时没啥好带的，就背上一布口袋花生米上路了，风尘仆仆的火车肮脏拥挤，慢腾腾地哐啷哐啷，一连几天几夜，他下了一趟车又倒上另一趟车。那些花生米亲密无间，它们每一粒都是母亲亲手剥的，散发着她的体温和气息，它们在扎紧口的袋子里一路沉默，像一群背井离乡的孩子，瑟缩着红皮肤的身子，跟随他从平原来到高原。辛苦背来了，他自己却舍不得吃，分送给老乡一些，剩下的就装进提包里，随身带着逗逗我们，赚得一提包甜甜的"花生米伯伯"和脆脆的笑声。他独身一人，太孤单了，这叫声和笑声似乎对他太重要了，至少让他在漫长无尽的黑夜不再孤单，有了满满一屋温暖的念想，就像此刻在柔和的台灯下，我用笔画下"花生米伯伯"，哗哗扯开记忆的拉链，涌出一条可以上溯和漂泊的河流。

我想象得到，"花生米伯伯"穿着小脚母亲纳的千层底，抬脚尘土踢踏，一趟趟地往来穿梭在铁路线上，从贵州到山东又从山东到贵州，像母亲捻一根单薄的线穿过岁月的针鼻儿，鞋底沾着两地的泥土，一路走过许多人的记忆。他是一粒从母亲的根系失散的花生米，被乡愁和思念追撵得无处藏身，必须隔上些日子上路才能保持内心的安静。来到都匀七年后，他终于走累了，索性在那个中秋节留在了母亲身边，就像一粒花生米在千万只壳中寻寻觅觅到了自己那一只，他也彻底回到了生他养他的故土，可以朝夕守候在搭起凉棚望他成一条线的母亲身边了。

我们真替他高兴。但我们却好长一段时间没有花生米吃了，"花生米伯伯"和一粒粒饱满结实的花生米逐渐被我们窖进往事，那件黑色提包也像会跑的宝葫芦盛着我的秘密和困惑跑远了。为欢送他，父亲叫上七八位老乡，到都匀市里的照相馆照了张合影留念。照片中每一个人都穿得利利落落，精神面貌清清爽爽，他们无论男女，一律头发乌黑，眼睛明亮，闪烁着憧憬的光芒，仅凭这些我就断定他们内心纯净，是一群幸福的人，对未来生活充满了梦想和盼头。

照片后排左手第一个人是许伯伯，他是父亲在东方机床厂职工医院的同事，也是山东人，与父亲同一批由济南第二机床厂去的都匀机床厂。许伯伯有三个儿子，老大我不熟悉，老二宁子长我几岁，老是玩得与我们不同，我们都爱追在他屁股后面看他玩；老三勇子在子弟学校是我同级不同班的同学，我总是将他记作我的另一位同学，他俩有着同样比较明显的面部特征。许伯伯一直在东方机床厂职工医院干到退休，这时老大一家和老三已经想方设法调回我邻近的城市，这儿离许伯伯的老家近在咫尺，他便与老伴投奔老大一家，由于买不起房子，就和老大一家住在一块儿。过了几年，老伴一下子病倒了，猝然不省人事，成了植物人；他突发脑出血，幸好抢救及时，意识和说话都没受影响，却从此坐上了轮椅。老大和老三都上着班，只好将因为东方机床厂破产一次性买断工龄而奔波打工的宁子叫来照顾他俩。三年前，我专程到邻近城市看望许伯伯和阿姨，我觉得我是在替我父母去看望他俩。他俩都比我父母年长，他们从同样的地方来到这座陌生的山城，自此有了相同的经历，也成为三线建设国家记忆中一个个鲜活的个人记忆。人这一生，在时代的感召下，激情燃烧地投入和参与到一个规模宏大、影响深远的历史大事件中，拥有一段共同的难忘岁月，至少在当时是一件值得骄傲的事情。因为这经历和记忆，宁子的父母和我的父母之间，超越了乡情、友情与同事情，成了相亲相爱的兄弟姐妹。老一辈的感情也潜移默化着我们这些子弟，比如说，宁子和我，我和散落在各地的其他人，都有着与生俱来的亲和力，我们也是兄弟姐妹，在我们身后，站着我们当年风华正茂的父母，他们是我们的强大背景。

宁子在车来车往的马路边等我，上车领我去家里。穿过客厅，进入卧室，许伯伯正坐在轮椅上等我。我已经快40年没见过他了，我的记忆仍旧停留在他30多岁时，他个儿不高，浓眉大眼，蓄着小胡子，白衬衣的第一颗扣子直到最后一颗扣子，都被扣得严严实实；此刻，年过八旬的他明显衰老了，嘴巴也瘪了，一颗头刮得干干净净，套着一件汗浸水洗得变了色的白色老头衫。我一下子想起比他小的父亲，不在人世快30年了，泪水禁不住涌了出来。而阿姨躺在床上，闭着眼睛，一动不动，面无表情，她一天到晚都是这个样子，依靠鼻饲维持着生命。不知为什么，我总觉得她知道我的到来，她或许在心里默默地反复念叨：是惠泉家的老大来了，接着她胸中掀起汹涌波澜，百感交集，又无比安静地沉沉睡了。她是东方机床厂托儿所的保育员，名副其实的阿姨。在托儿所，不少时候，我都是最后一个被接走的孩子，我不清楚父母都在忙些啥，也许他们将我忘了。不大的屋子内，仅剩下我一个孩子，坐在墙角的小板凳上，边吮吸着手指，边焦急不安地张望着门口。有孩子没被接走，托儿所就得留阿姨，这当中就有宁子的母亲。她一趟趟地站在走廊上望向大门，又一趟趟地来到我身边，摸摸我的头。渐渐地，我放下手指，平静了下来……

许伯伯坐在右边，我挨着他，坐在他左边，听他讲过去那些事儿，它们都与我父亲有关。从走近他开始，我便闻到了他身上散发的浓烈气息，这也是属于我父亲的气息。我记事儿起就熟悉这气息，它深深地烙在我童年的肌体上，曾经漫漶和簇拥在我周围，伴随着我像脱缰烈马似的，在职工医院长长的静静的走廊里跑来跑去。许伯伯精神头不错，说起话来不紧不慢，很有条理。他说起父亲临离开东方机床厂前跟他的对话，让我吃了一惊，我真的没法将它与父亲懦弱、平淡、呆板、固执的日常形象联系到一起，我甚至怀疑那不是我的父亲，或者他是否说过那些话，但我立刻否定了自己。

我去看望许伯伯和阿姨后，先是阿姨走了，许伯伯也在2023年1月1日走了。当宁子告诉我此噩耗时，我正走在回家的路上。当时我就想，许伯伯和父亲他们那一代人带着他们的个体记忆，像一片片树叶陆续凋零了，许伯伯也有意无意地选择在新年的第一天告别这个世界，这当中也许蕴含着某些难以言清的隐喻与象征。他们青年时怀揣着理想，被一列绿皮火车从济南第二机床厂拉到都匀机床厂，火车的色彩仿佛是他们青春的肤色和旗语，老了又追赶着乡愁被一列火车拉回了山东，却再也不是那列曾经的绿皮火车。他们是一朵朵蒲公英，时代的风将他们吹到了贵州，在高原扎下根来，一天天地学会将他乡变作故乡，一个个青春就像一粒粒种子，同样被时代的风裹挟着，落在群山的褶皱间，追随河流的脚步四下飘零，用尽气力也开不出一朵谦卑的花。只是许伯伯比我父亲幸福，他比我父亲在人世间多享受了 30 年亲情，也让宁子弟兄仨可以随时随地面对面地叫一声爸爸。

　　近十几年，我回过都匀三次，东方机床厂彻底破产了，偌大的厂区以三线博物馆的名义被开发成了商业综合体；曾经擦着厂子身边呼啸而过的黔桂铁路被废弃了，铁轨被撬走了，丢下笨鸡蛋大小的灰白色石子，一路铺向看不见的远方……三线工厂有自己的内部代号和代码邮箱，这在当时代表着它们的特殊地位，如今仅留下一个个空洞如弹孔的数字。反倒是我们这些当初散养长大的三线子弟，每逢聚会总习惯和喜欢以居住的楼号来认领对方，这些从个位到十位的数字仍然清晰地活在我们的记忆中，仿佛是一个个接头暗号，一经说出便能重启我们共同的记忆。

　　从前楼到后楼，我穿行在这些式样单一、面目晦暗的居民楼间，外墙裸露的红砖愈来愈黯淡，终有一天会辨不出色彩，也终有一天会归于一片废墟，冬日的太阳慈悲地照在上面，摸上去温暖如红砖刚出窑时，我仍然相信父辈的热血在里面燃烧和沸腾。路上，我遇见一个个人，他们有的与我父母熟悉，看着我从出生到成长；也有的仅仅看见我，凭着我的长相，脱口就问："你是王大夫的儿子吧？你家父亲还好吗？"我觉得好神奇啊，隔了 30 年，他们竟然还能通过站在面前的我，一下子想到我的父亲，同时我心底也席卷起悲伤的飓风。我知道，厂子没了，留下这片家属区和这些人，熟悉或认识父亲的人也会越来越少，直到有一天，我再来这儿，卸掉其他身份，仅仅是一个陌生而粗暴的闯入者。

　　自 1966 年 9 月开始，到 1984 年 6 月，父亲一个人来了，又领着一家四口走了，整整度过了一个人从出生走向成人的时间。

选自《长城》2024 年第 4 期

光线穿过山林

草白

1981年生,浙江三门人,现居嘉兴。著有短篇小说集《照见》,散文集《童年不会消失》《少女与永生》,艺术随笔集《静默与生机》等。曾获第25届联合文学小说新人奖短篇小说首奖、《上海文学》奖、《作家》金短篇小说奖等奖项。

一

十三岁之前,我对这个世界唯一的反抗方式便是逃跑。

三岁半那年,第一次实行逃跑计划,从家里逃到一百米开外的兔子房。我走在惊慌失措的逃离路上,而世界安静如斯,无人知晓。伤心之余,我不得不灰溜溜地返回原点。后面还有几次情急之下的愤然逃遁,也因能力所限,离家不远,无疾而终。

当我学会一个人过马路,所能逃跑的区域也相应扩大。比如,我可以跑到山上去,站在大山的肩膀上,被树的浓荫所庇护。

山林在房屋后面,中间隔一条带状的喧嚣的柏油路,我只需在汽车喇叭声响起之前,快速穿过马路,抵达山脚下。但那条路上到处都是陷阱,除了吞噬人的汽车,夏天最热的辰光,晒化的路面还会将脚下凉鞋死死咬住。好不容易将鞋跟从路面拔出,一路狂奔,沿陡峭的上坡路继续前行,迎来一段松针和落叶覆盖的松软小径,至此才抬脚迈进山林内部。

沿着落叶与尘泥铺就的路,我走到一棵小树、一丛野果、一座荒坟前,蹲下身子,侧耳倾听,直到山下世界的声响消散无踪,好似退至记忆深处,我才彻底放下心来。

山上似乎什么都有。每一处角落都有微小生命蛰伏的迹象,松鼠甩着尾巴在树杈上跳来跳去,甲虫和蚂蚁从土壤内部探头探脑地钻出,林间有无数生灵在叫嚷、发声,在我的左耳和右耳频繁出没,但我无法分辨其中任何一种。

山脉既是地壳运动及变化之结果,也是一个不断扩张、具有无穷维度的空间,好似平行宇宙。在那里,我认出一张张恍惚的人脸,甚至有人形动物的脸,很像人类或动物的分身,他们将自己完好无损地藏匿于此。

长大后,我知道某些罪犯在走投无路时也会把自己投入山林。可能,他们的童年也在山脚下度过,从小便知道有这么一个绝佳去处。警察抓他们时必须"封山",可群山绵延,山那边还是山,怎么才能将一个山上游荡之人抓捕归案呢,实在是个大难题。

一个老人从山路那头颤巍巍地走来,身上垂挂着破布条似的衣衫。我们狭路相逢,他对我的大惊小怪表示茫然,而我也无法从他晦涩难懂的话音中提取到任何有用信息。我们既然无法以村庄里通行的语言交流,便只好手势纷乱,手脚并用。我猜他可能是传说中的守林人,在我们同学中,有人的爷爷就做了这样的工作,一年到头都待在山上,死后很久才被人发现。这个面容呆滞、行动迟缓的守林人下山做什么?——转眼间,他居然与鸟儿对上话,一声呼哨便能让一只黑白相间的小鸟离开树丛中的庇护所,对着他衰败的身体绕行三匝。鸟儿发出金属般的啁啾声,引来密集如雨点的群鸟的啼鸣,它们彼此唱和,直将山林当作舞台。老人的表演让我目瞪口呆,我目送他消失在那条长满猫儿刺的小路尽头,好似演员谢幕进入剧终时刻,不知下次相见会在几世几劫后。

不知这山上还藏着多少这样的人,好像他们随时会从树身后面走出来,好像那些树是人的分身,随时可能变身为人。我警觉地环顾四周,除了风带来的涌动的绿意,什么也没看见。

起风了,我听见风从树梢上落下,落在树干上,传到树下草丛里。风带来万物的移动、奔走,很像水在山体表面的流淌,也让人想起海面上微微起伏的波浪。

我看到蒲公英顶上的白色毛球,被风吹动着,扬起一片白色絮状物。

我也加入风的行列，开始漫山遍野的"吹拂"动作，就像临睡前吹灭一支小小的蜡烛。那些像小伞或小帽的毛球，被我噘嘴轻轻一吹，转瞬散了形，总有来不及被吹散的，由风履行了职责，带去更远的地方安家。

我几乎被风推着下山。身后，一扇扇山之门砰然关闭。山在清场，让人间的归人间，山林的归山林。

当我安然返回家中时，像是经历一段域外旅程，疲惫不堪，又兴致勃勃。我没有告诉任何人山上发生的一切，我根本无法说清自己为何上山，又为何迫不及待地回来。我很害怕烂柯山上樵夫身上发生的故事再次降临在自己头上，短短数小时内，尘世的时间如珠玉般碎裂，家中之人纷纷老去，旧宅基地上已垒起新楼房。

二

八岁那年，属于我人生的第一场灾难降临。我的语文书被人扔进阴沟里，泥浆沾染在某张纸页上，即使干透也没能变成粉末从纸页上掉下，白纸黑字的后面是灰色重叠的暗影，就像被魔鬼的影子附身。那些污垢早已渗入文字内部，好像它们原本就是其中的一部分。

我无法接受这样一本书，哪怕被污染的只是其中几页；那页纸上印着一篇课文，题目叫《钓鱼竿里的秘密》，而我的秘密是如何扔掉已成污染状态的书，或一声不吭地置换掉它。后者根本没有可能，我无法从任何地方获得一模一样的替代品。

随着那篇课文被讲述的日子临近，我隐隐的担忧被巨大的恐惧取代。那天早上，当教室里的人马上就要翻到那一页时，我神色慌张地逃跑了。我的借口是肚子疼。但我没有回家，而是轻车熟路地穿过清晨的柏油路，飞也似的逃到后山上,似乎那里才是我的避难所,比冬天的被窝还要安全。我在山路上跌跌撞撞地走,失魂落魄地走,山下教室里发出的声响却矢志不移地追着我,我听见齐声诵读、轻声议论、大声喧哗,任何轻微的声音都逃不过我的耳朵。

那是五月的一天,阳光清亮、洁净,肆无忌惮地投射在林间空地上。为了避开一览无余的光芒,我走到林子里面,走到光影交织的地方。我喜欢光,也喜欢树影,它们在我身上交替出现。我走在没有路的地方,挤到树与树之间狭窄的空隙里,那里既没有阳光,也没有树影,只有一种叫苍耳的小刺像钉子一样往我的衣服裤子上扎,好像要将我拽入植物的世界。山成了一条可以不断穿越的隧道,隧道前方有东西在等着我。

很多年后,我来到西安城郊的终南山。酷热的夏天,从清晨到午后,我汗流浃背地奔走在去往山顶的路上。途中,不断遇见蛇、蜜蜂、野兔、松鼠等山林的原住民,我的到来使得它们从各自的掩体中奔跑而出,短暂的"劈面相逢"后,彼此落荒而逃。

一对从山顶下来的中年夫妇告诉我,顶上有大平原,野花盛开,美如星辰。而另一位独行的年轻女人则说,林子里有废弃寺庙,石佛身上罩一块鲜红色绸布,山上风大,丝绸像旗帜一样迎风招展。于是,我脑海里一会儿出现野花,一会儿出现佛像,好奇于最终出现在眼前的会是什么。

八岁那年,我在上山途中被一间林中石屋所吸引。从破洞似的窗外望进去,里面俨然一座小型森林,不断伸展的树枝试图顶开屋顶的石头,但没能成功,只能弯曲着从另一侧垂挂下来。草木被困在黑乎乎、湿漉漉的屋子里,长成荒凉而混乱的一团,就像一个成年男子被缚在单身牢房里,四肢尽管一再蜷缩着,却总也无法找到足够的容身之处。

我在山上石屋前徘徊，而他们在教室里上《钓鱼竿里的秘密》，又在随后的图画课里画下一只单门冰箱。有人给它填上红色、绿色或粉色，并附注说明——因为冰箱内所藏蔬菜水果的颜色不同，而使得冰箱门悄然变色。八岁的我还没见过真正的冰箱，大感意外的同时居然对此深信不疑。

那年，在终南山的山顶上，我既看见成片的野花，也听闻石墙里蜜蜂的嗡嗡声，自然还见到隐藏在林子深处的石佛。我好像看见人在变成石头后的脸，庄严静谧，处之泰然。苔痕印上它的眼帘，绿植缠绕在它颈肩，无数微小生物聚集于此，那一刻它的身体已由自然尘封，并化身为深远浩荡的寂静。

我想起八岁那年，瞅着上山之前手腕上画下的手表——蓝色圆珠笔留下的线条已然模糊，我焦灼不安，大哭一场，很怕山下的村庄和学堂，在我缺席时，已被人挪至远方。我再也找不到它们了。

三

深秋或初冬时刻，我和伙伴相约前往后山薅松针，今年取走一层，明年还会降下一层，厚实而尖细的棕褐色针叶堆叠在草叶、山石和别的落叶之上，就像时间不断脱落的外衣。

好些年里，我们成群结队上山捡拾松针，就像捡拾土地里遗留的麦穗或谷粒，兴致勃勃，充满丰收的欢喜。松针体内释放的火焰，白亮、炽热，是世上烧柴人的最爱。焚烧松针，最好是雪后初霁，或雨季天地万物重返潮润之时。松烟起，炊烟也随之袅袅，各种气味弥漫聚拢在一处。

覆盖了松针的小径，滑溜，陡峭，随时可让人摔倒在地。摔跤时，我们大概会邂逅青苔、松果、草籽、经年的落叶、洁白的草根，邂逅丝丝缕缕久违的香气。那是春兰气味之残留，也有可能只是鼻子的幻觉，毕竟山林的生态最容易制造幻觉。

世上所有气味中，唯兰之香气最让人迷惑，我几乎不能使用任何词语描述它；好像那是所有气味的入口，一旦被吸引住，人的理智系统便告失效，只有缴械投降的份。顺着风和花香，挖兰的人成群结队上山来了，兰却玩起捉迷藏游戏来：淡绿色花瓣好似会使隐身术，眨眼消失在草叶与树木的浓荫里。

林子里的气味实在丰富极了。除了幽兰，还有落叶、尘泥、腐烂的野果，以及阳光下干草与树枝发酵而成的气味。层层叠叠时间的气味。兰之外，我还想到栀子花，那是童年的花神。纯白色，带丝绒质感的花瓣，清澈而坦荡的甜香，开在高处的山岩之上。向阳坡地，排水良好，偏酸性土壤，它们一向喜欢待在那种地方。我曾在五月花开季节爬上后山，经过一片松树林、一簇红艳的悬钩子属野果以及守林人的石屋——径直来到栀子花身边。

香气一路俯冲而下，浓郁而盛大的花香，顺利吸引了蜜蜂和蚂蚁的瞩目，也让我欲罢不能。后来，尽管有人工培育的栀子花品种——世人称之为白蟾——香气更为热烈、缠绵、馥郁，但我更爱闻山中花香。大概因为它的坐标系是山谷，而不是狭窄的室内空间或庭院，芳香类物质飘飘洒洒，一路不断被风和阳光稀释，一路吸收山野灵气，晃晃悠悠，不知所终。

薄荷叶片在摘下的瞬间气味最为强烈。松树枝干被截断时，有黄色或黄棕色的黏稠汁液渐渐流出，随之流出淡淡的松香味。有些植物只在雨天散发出特殊气味。植物与人一样，也只闪耀于瞬间，正是无数个这样的"瞬间"，发酵而成山林的气味。很多年后，当我离开山林，行走在城市宽阔、单调的街衢上，我的鼻子常处于无所事事的状态，嗅觉细胞日益退化，在感受幽微事物的能力上也面临衰朽的挑战。

在城市里，允许种植的草木品种是早已规划好的，泥土被塑胶、石子和混凝土所取代。而真正的山林成了另一维度的景观，不在5A级景区、游乐场和野地公园里。某个下雨天，我在城市边缘忽然邂逅遗忘已久的气味，是什么东西散发出那种味儿呢？目之所及，路两旁的行道树几乎是唯一的气味来源，一年四季，它们都散发出稳定的、具有鲜明辨识度的气味，哪怕春暖花开时也不会逾矩和造次。脑海里顿时浮现众多纷乱而恍惚的场景，就像一个人回忆出生时的房间。我相信，一个女性心灵的丰富程度，与她在自然中所获得的体验息息相关。

某一年，我们去天目山上避暑，从停车场到民宿的那一段路，被持续不断的鸟鸣声包围，好像整座山林的鸟都飞来此地列队迎候了。但只闻其声不见其形，它们躲藏着，绝不暴露踪迹。一只一味高声尖叫的鸟不像一只真实存在的鸟，更不必说整座山林的鸟都在欢呼、叫嚷，优雅并非鸟类本性，野性和活力才是它们急于示人的。

我们原本是去山上躲避市声喧嚣的，未想鸟叫声全面取代了市声，但那样的声音无论是清晨还是黄昏潜入耳中，都让人感到由衷的喜悦。山林里藏匿着时间的起点和终点，而人生最美妙的旅程大概便是故地重游。

四

如今，我寄居的平原城市没有山。地平线在高楼后面，被完美遮挡。落日也落向那里。人们要登高，只能登到建筑高楼之上。多么荒凉，一个人居然无法站在自然的肩头看风景。即使有公园、湿地、绿道、河流，都没法与山比。在山上，人们或许可以遇见李时珍、孙思邈、王维、玄奘、鸠摩罗什，遇见过去或未来世界里的人，直到遇见那个观棋的樵夫。

至今，我仍无法向人描述那种感觉。一天中的某个时候，心情最为低落之时，如果有一条山路可以带我通往落日余晖照耀的地方，如果有人一同进山，最好是沉默的同行者，无须刻意言语，彼此将所有心思都凝注在山林景物之上，在黑夜降临之前，返回山脚下的出发地，那是何等美妙之事。

成年后，有过那样的时刻，与朋友漫步在冬日黄昏的山林里。落日给山林镶上金边，满山无边的草木随风摇曳，万物沉浸在粼粼波光之中。就像行走在幻想中的灯火辉煌的岁月里，除了行走本身再没有什么值得赘述。山林所能提供的恰恰是这样的生命体验，时间绵延，空间不断洞开，进入其中的人感到自由、宁静、开阔。沿途出现裸露的山石、觅食的松鼠以及大片盛开的山茶花，风景在行走中不断丰富和变化，好像是由行走本身带来的。

那座山上埋葬着在飞翔中死去的诗人，快一百年过去了，诗人的埋骨处仍鲜花不断。当络绎而来的献花者，陆续走上那条蜿蜒的进山的小径，我好似看到某段被沉埋许久的时光，正在被重新发现和看见。

山上常有这样的奇遇，常有沉默而辉煌的时刻，好像人们并不仅仅生活在此时此刻。在那里，时间以不同维度出现，让置身其中的人感到难忘和不可思议。

童年的山坡上住着一户人家，贫穷而多子，平地上生存不下去，便搬到高处居住，离开人群，去与草木鸟兽为邻。他们家房子前面有枇杷树、柿子树、杨梅树以及呈波浪式断面的梯田。从山脚下远望，好似并非住在山上，而是住在白云下面。好几次，我爬到山上，去摘野生的枇杷和柿子，看见屋子里的人坐在杂草丛生的院门口，手里端着饭碗，眼神呆滞，凝视前方。我从不敢靠近那房屋，生怕里面养着巨兽，会将房屋以及屋里住着的人，一起驮向远方。

有一次，我梦见山坡上的房屋不见了，里面的人也跟着不翼而飞，就好像从来没有那些房子，没有房子里住着的人。山林成了厚重时间的一部分，具有了吞噬功能。有一天，那些山林之子，沉默不语者，背负大山神恩的人，真的从山上搬到平地上。但他们身上还遗留着离群索居者的痕迹，比如不爱扎堆儿，路上遇见什么人总爱将头高高扬起，要不便面无表情地走过，当作什么也没看见。后来，这家人中的大儿子离开工厂，再次回到山上——他种杨梅树、养鸡，为了看住那些鸡，不得不住到临时搭建的铁皮房子里去，比从前的家还简陋。

童年时，我们曾在山坡上野炊，像祖先那样用最原始的方式烹煮食物，柴火是树林里捡来的，水是山涧泉水，灶台由几块简陋的石头搭建而成。

天地之间，席地而坐，而食。眼睛所见的一切都为原始风物。没有楼房、电线杆、水塔，没有人类改造自然留下的痕迹。这些场景在经历的当初并没有额外感觉，当时间流逝，当它们与回忆渗透在一起，一切都变得不同。

在很多地方，只有死者才被允许永远留在山上。大概，山上世界的无常与丰富，只有离开时间旋涡的人才能掌控。向往或模仿隐士生活的人也会搬到山上去住，终南山上就有很多这样的人。在那里，我看见一辆锈迹斑斑的汽车停在山顶平原上，四轮干瘪，挡风玻璃碎裂，驾驶室成了鸟儿和野生动物的乐园。真不知道它为何会出现在那里。

山上之人与山下之人不断交会，再各自出发，就像两条泾渭分明的河流，尽管有短暂相聚的时刻，最终仍是分道扬镳。

五

小时候，每到正月初一，人们必要登高祈福。

尚未通车之前，从家里到仙照庵这一段路，枝柯横斜，荆棘丛生，一度被当作虔诚的信仰之路。自从他们把白花花的水泥路铺到庵堂门口，祈福便成了一脚油门的事。男女老少，从车上移步下来，笑语嫣然，快步进入僧侣、菩萨的驻锡地。

仙照庵以上，依旧是深山密林，人烟绝迹。据说站在山顶最高处能看见海。或许，很多人看到的只是云海，云蒸霞蔚，变化莫测。

有一次，我们兴冲冲地登顶看海。那条日益荒疏的林间窄路早被丛生的荆条和杂草占据，但大致路径还在，似乎一个人只要一直往山林深处走去，总能找到一条合适的路。

但树林的错综复杂超出我的想象，我无法一一指出眼前所见的蓬勃生命的名称，哪怕有"形色"App，哪怕有百度百科。那并非认识事物的最佳方式。我希望离开山林后，还能在回忆中触及它的面目，触及事物繁复、多样的存在方式，只有它们才能帮助我更好地认识这个世界。

在以后的日子里，我努力回忆林子里存在的景物。那里相依生长的一切，焕发出原始而蓬勃的生命活力。卷边的叶子，纵横交错的纹理，嫩芽在树梢顶端闪耀。它们越长越绿，越长越干净。树影在头顶上空轻轻晃动，起伏的光影勾勒出人体肌肉般不断延展而出的能量。而山林之外，这个世界充满如此多的不确定因素。

那一次，我们终究没能成功登顶。山顶上看海这种事，无论发生在何时何地都近乎传奇，就像迷宫深处忽然出现一座斑斓的花园。在此之前，还有人把山与山之间的空隙处看成是海，甚至把天空的一角认作海。大海并不是我最感兴趣的，而站在山顶上到底能看见什么才是最重要的。

下山后，我才想起那片密林里曾走失过一个年轻人，他的姐姐嫁在山下村庄里，可连村庄里的话都不会讲，只能讲山里的话，黏黏糊糊的话，根本没人能懂的话。年轻人的情况比他姐姐还糟糕，他只会砍柴、放羊、烧饭，只在家附近的山林里转悠。有一天，他不得不下山，去寻找嫁人的姐姐和改嫁的母亲。好几年里，谁也不知道这个年轻人到底去了哪里，他既没有找到母亲，也没有被自己的姐姐找到。他们都说这个年轻人被山林吞噬了。

一个脸庞通红、沉默寡言的年轻人徒手拨开纠缠的藤蔓，不断有作为拦路虎的芒草和荆棘挡住去路，更有黏附的苍耳让他焦虑窒息，即使如此，他仍以一己之力持续解开身上环绕的命运之锁，哪怕锁钥被解开的刹那，又自动合拢。这个类似西绪福斯推石头上山的场景，在我脑海里占据多年。

不久前，我忽然想起这个困于山林的年轻人，返乡之时，拐弯抹角地查问此事，他们一脸惊诧，并没有发生这样的事啊。事实是，那个人早已平安走出山林，在另一个镇上安家落户了。从没有被困之事，没有命运之锁和藤蔓之围，那都是我的主观臆测。我不知道故事在传播过程中出了何种纰漏，以至于我要将它硬生生地改装成自己认定的版本。

一年前的冬日，我住进一座深山。孤零零的村落里只有少数几户人家亮着灯。黑蓝的天空，清澈的弯月，伸手不见五指。手机信号就像白日天上薄纱似的云彩，随时可能飘散无踪。躺在一个被清空了旧物的房间里，虚掩的房门，室内与室外一样昏暗无光。房子位于村落东面的坡地上，而村庄外面是树林，是蜿蜒起伏的山脉，群山绵延，通向最东面的海。此刻，海上船舱里大概也有一位失眠者，于茫茫海面上漂浮，对着遥远的陆地和山林陷入沉思默想中。深度冥想时，一束来自天外的光，穿越大海和山林，来到我的窗前。

不知何时，我已昏然入睡，暂时离开这个世界，直到被清晨的鸟鸣声召回。

选自《野草》2024 年第 5 期

昂桦

江左岸右

昂桦

江西南昌人。近年来有散文发表于《星火》《散文海外版》《百花洲》《江西日报》等报刊。散文入选《中国 2023 生态文学年选》《2023 年中国散文名家选编年度作品》等多个年度选本。

老家的橘园荒废多年，父亲干不动了，转手让人承包经营。我想到几十年前在那里埋下的东西，心头忐忑不安。总是想起那些信件，那些东西其实对我已不重要。只是当年看《红楼梦》，黛玉怜花，觉得花埋在土里最干净，我也东施效颦，拿起锄头，把那些信埋在一棵橘树下。自某个下午起，它们陪着一棵树日渐长大，被落叶覆盖了一年又一年，与土严丝合缝已经浑然一体。我也一次又一次走远，索性忘记它们的存在，以至于它们在土里越陷越深，我以为已人信两忘。不料个人的时空扭转交错，有些东西还是让人难以释怀。我这次抽空去了一趟橘园，橘园的变化很大。果树以前很小，径口只有二三公分，现在却比碗口粗。树冠连树冠，密不透风，我竟然不知信件埋在哪一棵树下。

我十二岁那年，跟随当老师的父亲到县城读书，住在旧教室改成的宿舍。一间教室从中用砖砌成两家，每扇门里又隔成客厅和居室。隔壁是周老师一家。她时常深夜回家，高一声低一声地叫着开门，时常扰醒我。父亲大概也听到了，翻身又睡去。小妮的耳朵是灵敏的，立马起床开门。她家的老式木门，开门时嘎吱嘎吱作响。

小妮是周老师的女儿，肤色白皙，长得跟我差不多高，与她四目相视，常让我心跳加快。她家有一套积木，我们常常一起玩，我没耐心，搭到一半，它就塌了。她搭积木时非常认真，非要把最后一块放在顶端才算完成。我被她少女的、认真的气质迷住了。她对我也还不错，或许是她哥哥正跟随她父亲在另一所中学读书，我这个年龄正好替补了她哥哥的位置。空闲时，她随我去学校旁边的田野，摘野果，捉小鱼，沿着一条溪流玩到天黑。她对乡村事物的好奇，时常在我这里找到答案。"时人不识农家苦，将谓田中谷自生"，可能就是说她吧。春时耕耘，夏秋收获，什么时候种什么庄稼，她一概摇头。譬如油菜，三月花开灿烂，五月结籽成熟,我能脱口而出,她却结结巴巴,说不出来。

好奇心让我们结伴而行。我俩经常去附近气象局设的观察台玩。在一座山丘顶上,简单地围了护栏,我们坐在护栏的台阶上,可以看见学校的屋顶,抬头又能看见测风仪在高高的塔上转动。天那么蓝,那么纯净,白色的云朵悠然自得,无拘无束。时间在我们身上变慢了。鸟儿从头顶飞过,它们的翅膀也变得舒缓柔软。

护栏里面的仪器让人眼花缭乱。地上插着各式温度计、湿度计、传感器。我们在地里读温度,读湿度,认真的样子像个专业的气象员。我们把温度计拔出来,生一堆小火放火上烤,让温度升高。水银柱一下蹿上来,快要爆表时我才把温度计快速移开。这是个技术活。水银柱的灵敏让我俩异常兴奋,我们对这个实验乐此不疲。第一次感受到温度变化的惊心动魄,她既高兴,又有点害怕。她担心温度计被我一不小心烧爆,不时提醒我水银有毒,让我停下来。她手足无措惶恐的样子更让我得意忘形。她的担心不无道理。温度计没有烧爆,却被兴头上的我不小心碰断,一米长的温度计碎成两段,水银的珠子滚了一地。第二天下午,气象局的人来到学校,说温度计全部被人偷了。学校开大会追查气象台遭破坏的事,我俩吓得不敢吱声。我很纳闷,我只是打断了一根,怎么全部被偷呢。不知怎么,我父亲怀疑是我干的,逼问我,一顿鞭子抽得我钻心地痛。我没有承认。父亲训我时,班主任在一旁帮腔要我实话实说,说是致力于把我培养成优秀的、出色的年轻人。我挨打挨训时,她在窗外听得一清二楚。她后来反复解释不是她说的,我也相信她不会出卖我。

我们的身影从学校附近的气象台转到石钟山。我完全像个高年级的学生,带着女孩子爬山。山上的地形地貌,楼台亭阁,我熟悉得闭着眼睛都能走。几条走廊,几座小桥,几棵大树,哪个地方可以坐,可以靠,可以躲雨，全刻在我的脑海。尤其是船的汽笛声穿越山体，久久震荡，不绝于耳时，心头的闲雅更是平添了几分摇曳。我们数着江中的船只，因为数量众多，常常半途而废。

我俩无话不谈。她已经知道有个叔叔对她妈妈好，是乡镇干部，经常来她家。

中考后，我回到湖边的村庄。六七月份，正是农忙季节，繁重的体力劳动压得人喘不过气来。不过我不能有丝毫松懈，繁重的劳动几乎快要把母亲压垮，我看在眼里，急在心里，放假时就专心干活，为的是减轻母亲的一点负担。每年抢收抢种，必须连续作战，种完秧苗，又要给农田车水。水车是木质的，车水没日没夜，一块田车够了，又要车下一块田，经常天黑才回家。种完水稻不久，又要给棉田除草，打药。炙热的阳光下，劳动没完没了，人被晒得牛犊子一般黑。我埋头于田地间，也快撑不住了，只想快点结束这个假期。

有一天，姐姐回家带回一封信，我迫不及待地打开，里面有一支钢笔，一张照片，一页信纸。是小妮给我的。

我迫不及待地端详起照片，齐眉的刘海下黑色的眼睛盯着我看。

我展开信读起来："你看到我的信时，我已离开。我爸爸工作调动，我妈妈事先没有告诉我，家里来了一辆卡车，我才知道要搬家了。由于急于找你，我问了你爸爸，他告诉我你在家里帮你妈妈干活。我很想去你家，但我妈妈不允许，只有写信向你告别。等我到了南昌，我告诉你地址，你写信给我。"

信末是她的签名。我跑到远远的地方，泪流满面，泪水流进嘴角，蘸着我与同龄人之间的别离，一点一滴流进我的心里。我第一次品尝到苦涩的咸味。这种分别根植在一个少年的心里，从此之后心里多了几分离愁别绪与牵挂。

　　似乎要给一块烧红的铁降降温，我跑进湖滩朝水里走去，渺渺茫茫，走了很深也不觉得可怕，仿佛要走到对岸去。如果你在湖区生活过，你就会知道湖滩缓缓延伸，走在上面，难以觉察地漫长，但是一直往前走，还是非常危险的。好在身后有人大声提醒我，让我从读信后的迷茫中回过神来。可能她永远不知道，我此后的人生中，自那一刻开始就有了感知世界的敏感，常常落泪，不忍动念，不忍伤情，不忍别离。分别是常态，每个人一生中都会遇到，只是我在青涩的年龄与之不期而遇。有一段时间，我沉浸在思维的假象里，沉迷于文字，喜欢上了杜甫、陆游，也喜欢李煜、李清照，与他们国破家亡、流离失所时的忧愤一样，我忧心忡忡。

　　后来，我知道了小妮的大概情况。到南昌后，周老师离婚了，她及妹妹跟了周老师，日子非常艰苦。我把每次积攒的零钱附信寄给她。装钱后，信封鼓鼓囊囊的，我担心邮局不给寄，又把纸币倒出来，用一摞书把纸币压平再寄。好在金额小，没有被邮局退回过。这件事不知谁透露给我父亲，我没少挨骂。

　　离婚的家庭，像一件剪碎的长衫，里里外外都无法遮身。巨大的变故让小妮不再自信，甚至抑郁起来。我每周都会接到小妮的来信，她的状态通过一封封信传递过来，像个万花筒，让我应接不暇。她盼望有人能支持她，让她有信心走下去，但除了从我这里，她听不到鼓励的话。她经常感到自己快撑不下去。在父母身上得不到关爱，她只有给我写信。她说周围也有离婚的家庭，但他们许多人都比她强，他们早就学会了自立，有的成了学霸，有的能言善辩，有的学会了左右逢源。这些发现，进一步刺激了她，以至于当她试着与别人打交道，试着想把学业搞好，依靠自己的努力走好未来的路，摆脱家庭的依赖时，那些负面情绪却时时阻碍着她。

她诉的苦越来越多，一种情绪感染另外一种情绪，常常令我也情绪低落。这年秋天，我患肺门淋巴结结核，病情非常严重，不得不接受治疗。整整两年，我都在治疗的路上，因此还休学了一年。每治疗两个来月就要去县医院复查。我记得把身体贴在老式CT胸片机冰凉的夹板上时，能听到咔嚓咔嚓的拍摄声，特别悦耳。我只能听天由命。治疗后，医生说病灶钙化点越来越小，看着医生轻松的样子，我也放下心来。

不断接到小妮的来信，分散了我的注意力。低矮的堤坝是无法抵御夏季河流的高涨的。我不知道我俩是不是恋爱了，但又不是那么简单的早恋。她陷入洪水浸漫的境地，我也在一筹莫展无能为力的焦虑中。夜里常常梦到信件犹如一艘求救的船只，船上失火，急坏岸上人。我置身拯救他人于水火的外围，却没能替她把火扑灭，自己在夜半的梦中被烧得体无完肤。我踉跄着从床上爬起来，趴在屋后二楼的栏杆上，喘着气，对着后山喊叫。

有一段时间，没有人对我特别关心，甚至没有人看出我的心思。我埋头写信、发呆、自顾自地读书的时间越来越多。枯坐陋室，读课文里归有光的《项脊轩志》："然余居于此，多可喜，亦多可悲……庭有枇杷树，吾妻死之年所手植也，今已亭亭如盖矣。"读着读着，竟然有了成年人的伤悲，眼眶忍不住湿了。我似乎适应了人生低谷时的风雨，在心底暗暗较劲，发誓要出人头地。我与黑塞《彷徨少年时》中的辛克莱一样，他要借贝雅特丽齐建筑起一个"光明的世界"，我要借小妮走出小城。对贝雅特丽齐的崇拜完全改变了辛克莱的命运，与小妮的通信也加大了我对世界的了解。昨天辛克莱还是一个玩世不恭的人，可是今天他变了，变得像个悟道者。我也是,过去的困难、忧郁,被时间的涂改液修改得不见踪影。对生活充满信心的人,不一定要拍着胸脯,一副雄赳赳气昂昂的样子。我渐渐学会了态度谦和,真诚而自信。

左江右岸,好似一道防洪线,稳稳地守住泛滥的江水。不同的人,有不同的际遇。1998年家乡的那场大水后,我亲戚家一个女孩爱上了一位抗洪的兵哥哥。兵哥哥救了她一家,女孩考上南昌某个大学之后,还一直念念不忘找他。大学毕业后,她考进省城的公安队伍。那年夏天,天气炎热,像个蒸笼,女孩来找我,让我陪她一起见个人。她来我家接我,然后奔向一家酒店。她急匆匆赶来,是因为那位兵哥哥在酒店等候她多时。两人之间,六年没有见面。沧海桑田,白驹过隙,对方当时只留下一张写有部队番号及名字的便笺。她一直保存着这张纸条。等了六年,终于在户籍警的位置上,排查了几千个同名同姓的人之后,锁定了一个叫赵海军的人。

在酒店,丝丝的冷气没有降低两人见面的热情。献花,拥抱。赵海军退役后继续读书,考取军校,是一名军官,没有结婚。也许是老天安排好的,六年之后,他们重逢,紧紧抱在一起,泪流满面。我的鼻子酸酸的,也着实感动了一回。只能说他们比我幸运。

江上的船只络绎不绝,从容不迫的川流最容易把人拉近。每回我来到岸边,向远处眺望,还是忍不住想起小妮。我曾带着她下到江堤的水边上,一边捧水洒向江心,一边对着江上的行船大声叫喊,为的是让船上的舵手回报以船笛,船上的人寂寞了,不会对不相干的热情视而不见。江水波涛汹涌,在这里与湖水汇合,常常让人看得出神,好像大江大湖的欢畅自带治愈的密码,一心朝壮阔的场景奔去。对面的江岸线似乎牵着一个人的手,也要奔赴新的地方。许多人,就这样情投意合地走到一起；许多事，就这样演绎成喜剧。江面的船只移动，像一种暗示，一种启发，竟让人有一种飘飘然的快感。

每个人都有自己的河流，小妮后来走出了自己的困境，考上了大学，和我走上不同的道路。大学期间，受同学鼓动我去看望过小妮。那时她在复读，见面之后，我送她回学校上晚自习。后来我自谋职业，做起外贸业务，跟着大货车发货路过南昌时，又去看过她一次。她在一家银行的乡镇储蓄所做柜员。我让货车司机把大车停在储蓄所旁边，大车像一头庞然怪兽，看着我与她见面。我们站在路边互致问候，交谈中并没有多少惊喜，寒暄之后就挥手告别，也没有准备一件像样的物品相送。

岸的边界，时而窄，时而宽。我一路去深圳，辗转到上海，在外创业五年，兜兜转转，没想到竟然在自己曾经朝思暮想的省城扎了根。小妮却一路北上，考取了四川大学的研究生，毕业后去了北京一所中专学校任教。我记得刚刚在省城创业时，公司就在北京西路，离她母亲的住宅很近。我有时漫无目的地在校园里徜徉，好似与她的相遇慢了一个节拍，她前脚已走，我后脚才进来。没有她的电话，也没有其他联系方式。我知道，人一旦不爱，分开了，每一样沉在心里的东西，每一封信，每一声问候，每一次充满喜悦重逢的梦想，都会像水流在某个暗礁上溅起浪花四散开去，或随心底的某个暗流放逐。许多事，不一定有喜剧性的结局。

最后一次与她见面是十几年前，那注定是一次告别之旅。我在北京出差，去她工作的学校找她，竟然一找就找到了。我们坐车去六里桥的夜市吃饭，逛街。到了晚上十一点，她回不了学校，我俩找个旅店和衣睡下，各睡一床，相安无事。我们仿佛都在刻意回避各自的情感，没有谈及过去。我想起两个人小时候互相追逐，在一条犹如绸带一样的溪流上左跳右跑。现在,那条绸带静静地躺在另一张床上,想象的激动在见面之后消失殆尽。

有人说,克制是一种最高级的自律。知人者智,自知者明,我对她的印象越来越模糊,她回首时的身影,她工作的学校现在竟然都回忆不起来。不确定的思绪乱作一团。后来家里整理旧物,发现了她写给我的一摞信,里头掉下一张照片,上面的女孩,明眸善睐,眼睛似乎仍在眨动,想与我说话。想到曾扶着她瘦弱的肩膀走过的路,我不由得心潮澎湃,呼吸收紧,难以平复。我自我安慰,这些年不都走过来了吗?丝丝缕缕不都清清楚楚吗?彼此之间不都活得明明白白吗?她上大学的时候,不是爱上了一个关心她的学长吗?毕业后在那家银行上班,与我吞吞吐吐诉说行长的好色,是不是受了行长的潜规则?这些影像在心头偶尔浮现一下。美国作家辛格在他的《傻瓜吉姆佩尔》里说:"这世界完完全全是个幻想的世界,但与真实的世界只有咫尺之遥。"我有同感。她已定格在那个年代,定格在给我写的诗中:"昨夜悲风,今宵苦雨,聚散难预期。我俩相知,情深不渝,永结金兰契。"如今确切知道这些诗句来自某位作家。金兰之交,不能算空有一场。北京最后一别,我突然发现,她并不是我要找的人。她永远停留在这张照片上。

父亲说烧掉吧,留下让小熊看见不好。小熊是我的妻子,这些人和事我大略地告诉过她,她像听故事一般不以为意。我不愿意一段感情化为灰烬,也不愿意撕成碎片扬在空中。我假装答应父亲,却把一封封信收拢起来,装在一个塑料袋里,操起一把长锹,把它们埋到橘园里,算是给这些旧物一个安身之所。

从大水边的小城到小水边的大城,民俗相近依然是山水相连。有时在城市的小餐店吃一盘炒粉,会想到这应该也是小妮尝过的,她在这里生活过。一个离家久远的人,有时听见说话口音相似的人,也想攀谈几句。陌路相逢,人和人之间,一点相通的语言就足以让两人走近一步。恍惚中,我已是乡音未改的陌生人。走过千山万水,消弭了脚下的沟壑,隔岸的灯火,近在眼前。人在他乡即故乡,吃上熟悉的食粮,想着故乡的人和事,想着梦中人,瞬间的慰藉,依然让人热泪盈眶。

选自《星火》2024年第5期

刘云芳

移山记

刘云芳

一级作家，中国作家协会会员，河北文学院签约作家。曾两次获得香港青年文学奖，获得孙犁散文奖双年奖、孙犁文学奖、河北文艺贡献奖。已出版散文集《木头的信仰》《给树把脉的人》等多部书籍。

> 机动三轮车"咚咚"狂响,眼看着那座大山愈来愈近,巨大的石块和翠绿的灌木仿佛正迎面而来。我的大儿子一再催问,什么时候才能到姥姥家。我逗他,要是没有眼前这座山,马上就到了。儿子反问我,你们为什么不把这座山移走。
>
> ——题记

想起奶奶,我首先想到的是她那终生无法治愈的咳嗽,而"城市"这个词汇便是她咳嗽的源头。她幼年时,跟着一位长辈去城里,天微微亮出发,天黑了才回来,步行了一整天,回来就发了高烧,一病不起。等烧退了,这咳嗽却成了她生命里永远的标记。

奶奶总说我们是幸运的。我们小的时候,已经有了机动三轮车,每逢山下有集市,一群人像插萝卜一样,挤满车斗。等十几岁的时候,母亲才带着我一起去。车里完全没有我的位置,他们便把我打发到驾驶者的身后,坐在车斗最前边高出来的横梁上。我双手紧紧握着那道横梁,全身用力,生怕一不小心,闪了出去。来回的路上,风迎面吹着,把我的马尾一直吹向后面。山里的风是清凉的,直往发丝里钻,往鼻子尖上拍。山下的风略带暖意,但空气里有附近钢厂的呛人气味。坐在那个位置上,车前的风景一览无余,道路两侧的人用惊异的目光看着我,而他们瞬间便与两侧的树木一道被甩在身后。这让我感觉到了一种近似流浪般的诗意。

我们因为出门太早,总是穿得很厚。到了集上,太阳已经升出去老高,好像跟山下的人总是差着一个季节。这种时差不只是衣着,包括我们的言语、眼神里闪出的光泽好像都有着某种时间差似的。我们中的很多孩子都是第一次下山,目光在各种东西上来回扫着,看啥都新鲜。集市上热闹得很,卖货的小贩一眼就能解读出我们的出身,高兴时,会问,从山里来的吧？若发生了争执，嘴一撇，就丢一句：山毛！这是一个带有鄙夷的词汇。她提醒了我们与地理位置有关的出身。

电视盛行时，全村人挤在一起看，对山外世界的向往大约是那时候开始的。我们像蜗牛一样，一方面不得不委身于大山的厚壳里，一方面，我们又嫌弃它的笨重。一群小伙伴在一起闲聊，其中几个总是在说自家山外的亲戚，他们会骑自行车，会从城里带来各种我们不曾见过的水果。他们说话的时候是轻声细语的，有些字词的发音简直跟电视里一模一样。我当时并没有在城市里的亲戚，不知是争执了多少次之后，我才忽然脱口而出，我们家其实并不是这大山里的。他们看着我，一脸怀疑的神情。回家分别问自家大人，连他们都不信。但这是真的。

每年的清明节，大爷爷总会重复说，我祖上很多代都是木匠。我们家族原本住在黄河岸边，那是运城市永济市的一个村庄，正是鹳雀楼附近。我们其实原本不姓刘，姓吴。我祖上的那位爷爷，他的父亲有一位刘姓朋友，一生潦倒，最后也没娶妻，更别提什么后代了。我们的吴姓祖爷爷便大手一挥，从自己的儿子里派出一位，过继给对方。这位祖爷爷过继时应该已经成年，他首先继承了对方的潦倒，幸而，他有一身的木匠手艺，便与一个兄弟开始沿村走巷，做起了木工活儿。几年之后，他来到我们这座深山，出现在我们的村庄里。那时，村里人少，眼见我这祖爷爷人厚道，便一心想留他住下。他们许诺给他挖窑洞，也许诺帮他娶妻。可是他本不想留下。那一家人原本是想做个木柜，当天夜里已经完工，第二天，便能如期交货，辞别。没想到，到了凌晨，屋子里却着了火。他们逃了出来，那木柜已被烧毁。对方提出，你若留在这村里便一笔勾销，若要走，就得照价赔偿。那时，我老实的祖爷爷经过一阵思忖，做了人生中最重要的一个决定。留下！在这大山里扎下根来。现在，到我这一辈应是第八代了。

这位祖爷爷大概也没想过，他的一次妥协，造就了后辈子孙的命运。使大山成为我们生命里独有的密码。每一年清明节，我们都要走很远，在那一丛坟头前，大爷爷命我们整个家族老少三代全部跪下。我们在敬自己的源头，而每一次我都在想，这坟地里掩埋的人，他在哪里，他的骨骼是否还有黄河的涛声。在这干旱之地，他的梦是否常常漫过一道水痕。

小时候学《登鹳雀楼》，我逐字逐句念，竟多情地以为，这首诗是不是揭开我们与故乡之间暗藏的密码。而"欲穷千里目，更上一层楼"诉说的是不是我们世代在黄河岸边的祖先对这一流往山间的支流的眺望。这里的"目"到底是谁？一条宽阔的河流在我心里流淌着。书本里说黄河是母亲河。我也多情地以为，那是对我们这个家族的提醒。可是大人们关注于眼前事，他们觉得这故事是悬乎的，而且是无用的。每次清明节，大爷爷的讲述在我心里播下种子，他看我听得认真，跪得虔诚，归来的路上，一再夸赞，甚至从包里拿出按照风俗滚过好几个坟头的豆子馒头送我。那个沾着坟头土的馒头，剥去上边的一层皮，送往嘴里，豆沙的甜和白面的香气似乎挟裹了祖先的某种祝福似的。每一次，我都要故意问母亲，大爷爷为什么给我。母亲每一次都会告诉我，吃了它，你会长得很高，会跑得很远。

即便在这样的小山村里，我们的祖母们，近的来自邻村，远的来自山东、河南。许多个遥远的陌生之地来的女人，与家族里男性的血脉相融，蔓延而来的是后代与山里的生活……这一切都在消磨我们与故乡之间的联系。

我看见过，在我们村生活了一两代的外乡人，自降两辈，称同龄人为爷爷，也是在长大之后，我才体会到人在异乡，是如何渴望融入，如何渴望消除故乡给予的记忆。我想，我的族人们是否有意忘了故乡。

经过这么多代，这个家族的人终于与我们生活的大山融为一体，而此刻，我们的心里生出无数个触角，一遍遍想，假若能将这大山从生命中移除多好。我们自然不是愚公，也没有愚公的耐性。所以，我们只能将自己移向远方。

我们中的大部分也早忘了黄河与我们之间的联系，年轻一代在城里打工，归来时匆匆忙忙，也已不再去远处的祖坟了。那阵子，大爷爷老了，他连裤子都拎不利索，活得也不那么体面了。但我一回家，他还是会拉住我，讲那些大约只有他知道的家族的故事。他迫切地要把这些事情倾倒给我。

几个月后，听到大爷爷去世的消息，那些故事在千里之外的我的心底，猛然间发芽了。

大雪之后，大爷爷的土窑洞就像一只趴着猫冬的老兽，天还不很黑，昏黄的灯光便已经亮起，成了这只老兽的眼睛。窑洞里隐约传出一阵二胡声，吱吱呀呀，传到村里的小路上，被风吹散，像是大山骨头里发出的声响。有时候会是笛子的声音，宁静，悠扬，让村里那些在炉火旁闲谈或者眯眼打盹的人，忽然侧起耳朵倾听。那些安静的时刻，大爷爷可能是在画画。他把原本用来糊墙的白报纸裁剪成 8K 大小，用麻绳装订了，当本子用。大爷爷推动毛笔，在上边勾画十二生肖，也勾画蔬菜。仿佛大半生走过的路、看过的风景最后都化成这些简单的事物。

有时，我们都看着窗外，在树与树的间隙里，远处的山脉起伏出漂亮的弧度。

大爷爷，你什么都会，怎么没进城？我问。

我们那时候不兴进城,他说。

有这场对话的时候,村子里已经没有多少人了,多是些老弱病残。接着,他开始讲他的爷爷是进过城的,那是新中国成立之前,临汾战役爆发,解放军好几次攻城失败,需要大量的炸药,他的父亲就用驴子架了平车往临汾城边送草木灰,具体是什么草木灰,我已无法求证。父亲说可能是烧的玉米秆,也有可能是木炭,这些东西都可做炸药。后来在资料上看到"第八纵队第23旅把两条长110米的坑道塞满了炸药"时,我便想,那里边或许就有太爷爷运去的草木灰在发挥威力。在那个最为壮烈的年代里,我的祖上也是维护一方安宁的参与者。他们并没有因为地处偏远而装聋作哑。他们冒着危险,往返于城乡,听到战争胜利的消息,在山窝里欢欣,接着,继续过起隐居般的生活。

多少年里,人们都不曾想过去远方,这大山是安稳之地。他们自给自足,种植五谷与蔬菜,丰收与否全看老天爷的心情。饥饿是常有的事儿,幸而家家都如此,也并不觉得有多苦。

只有那些在村里活不下去的人才会选择走出大山。比如我那位叔叔。家里连续给几个儿子娶了媳妇,已经到处是债。眼看他二十大几岁,还一个人单着。我知道,叔叔的处境应该极度艰难。那时,在村里,一个人没能正常结婚,不管因为什么状况,在人们眼里都是怪物一般的存在。叔叔想了很久,才背起自己那卷铺盖,走出大山,音信全无。大爷爷知道,爬上对面那道高大的山梁,在每天都会有佛音流淌的石头庙顶上,就能看到山下的村庄和远方的城市。但是他很少去。两年后,叔叔归来,同时带回来一个衣着时髦的女人。是的,他在城里娶了妻子,开了一家小店。他回来的时候,西装革履,皮鞋擦得很亮,乡村里的尘土一遍遍往上落,他一遍遍用力擦拭。那些年里,因为他,我们家族上方的烟火是最亮最密集的，它足以吸引山梁两侧好几个村庄的目光。这束光不仅是从我们家族大院里升起来的光芒，它更像外边世界在村庄里凿开的一扇天窗。让那些羡慕的眼神挂上去，与星辰一道在天空闪烁良久。

羡慕的目光不久就随着炮屑落回地上。人们不再执着于庄稼，从地里转移到山里，开始忙于挖矿。这期间，一户姓田的人家走了，去城里卖油条，女儿在旁边的学校里读书。每日天不亮便在街角点起炉火，他们渴望这炉火照亮他们的生活，但几年之后，女儿因为早恋退了学，一家人的进城梦就此塌陷。

在山沟里，那些挖矿的人与在城市凌晨点燃火炉的田姓人家没有区别，他们都是在挖掉生活的大山，期望看到未来的坦途。他们辛劳而执着，要把生活的大山瓦解，再建立起一座属于自己的希望之山。

田姓一家灰头土脸地回来了。这场出行是失败的。我看见他们把大锅小灶搬进村子，锅底和炉内已经被城市的夜色染得漆黑，桌椅板凳也堆砌在厕所旁的角落里，便加入了挖矿的队伍。

第二户去城市讨生活的是林家。在别人的传言里，总是把他们说得异常幸运。有人说他们遇到了高人指点，甚至说可能是因为他媳妇长得漂亮……总之，他们刚到城市的那部分艰难境遇在人们的讲述里自动抹去，换上去的是一个具有传奇色彩的故事。

初中时，我总流鼻血，母亲带我去城里看完病，说要去医院附近的林家叔叔那里看看，便带我来到他们的店里。现在想来，这探望乡亲的去处也有点奇怪。玻璃门上贴着"花圈""寿衣"的大字。里边摆放着各种汽车、楼房、纸线……有纸做的俊男靓女，还有各种金银首饰，我大开眼界，感叹：简直就是一个纸质的人间。那时，林家已经把儿女们都接到了城里居住，我原本一起玩耍的小伙伴早已经长成了陌生面孔。他们是热情的，跟我们说话时很亲切，但店里一来客人，就换了腔调。我隐约察觉到他们身上有了我们乡村人不具备的某种精明。

林家叔叔一直忙着扎花圈，那简直是细致得不得了的手工。旁边散落着纸屑和钳子、竹签等工具，他穿着巨大的灰布围裙。林家婶婶在里间的小屋忙着准备饭食，这里逼仄、局促。待了一会儿，我便催着母亲想走。

林家叔叔的店开得红火。他们都说死人的钱比活人的钱好赚。他们和我的本家叔叔变成了村里的体面人。村庄里的种种集体的窘迫，他们都没有赶上过。村里修建小学，他们的名字排在功德碑的最前边。在好多年里，他们是小孩子们渴望活成的蓝本。

多年之后，我已经参加工作，在火车上忽然看到林家叔叔和他的大儿子，他们正在分食一个大橘子。看到我的时候，林家叔叔从塑料袋里掏出两个递给我。他们此行要去南方进货。每隔几个月他们就要外出一趟。我们在石家庄车站分别，当时正是傍晚，我看着林家叔叔的黑色呢子大衣走在烈焰般的晚霞里。他的儿子紧追其后。他们要去赶着换乘另一趟南下的火车。多年以后，我想到村庄里那些远走他乡的人，总会想到身着黑色呢子大衣的林家叔叔，他的背影在晚霞里故意挺得很直，而他身后那个努力追赶父亲脚步的青年丝毫不敢放松。

那年，我从另一个城市归来，在洪洞站下车。母亲提前联系好，让本家叔叔接我，在他那里暂时歇脚。那正好是新年之后，街上行人少得可怜，到处是倒着张贴的福字。叔叔在前边哈着气走，先把我带到了他的鞋店，那是商业一条街的一个小门脸。一开门，便是大大小小各色、各号的皮鞋。很快，一个戴了帽子、捂了口罩的人推门而入，但转了一圈便走了。叔叔似乎习惯了这样的顾客，只顾忙着自己的事情。不一会儿，他托旁边店里的人看店，说要带我回家。

我坐在那辆大自行车后座上,感觉像鱼一般穿过诸多小巷。我抬头看到许多粗壮的树木,在蓝色的天幕之下伸展着墨色的线条。路过一个园区,那里边有几棵苍老的大槐树。叔叔也把这棵树介绍给我,说这里是许多人的故乡,每年有诸多鸟类来集会,也有很多人从世界各地赶来祭祖。那一刻,我大脑里忽然翻涌起黄河的波涛。这些年,提到祖先的时候,我很想跟某位族人一起聊一下我们的过去,那些我们出生之前的故事或踪迹。但大爷爷已经逝去,当年他讲述的故事未落进别人耳朵里。每当我讲起某个细节,他们都表示出惊讶,令我怀疑,这是否源自我个人的杜撰。并且故乡究竟是哪里已然不重要,在忙碌者的眼里,父母住在哪里,哪里便是故乡。除此之外,其他的追寻多是无意义的。

很快,我们就到了一片平房区。进了大门,叔叔把自行车停好。我看到院子里狭窄的天空。屋子里也黑压压的,里边的摆设显出一种凌乱来,这凌乱将我逼了出来。叔叔再次请我,我才进去。他把沙发上的东西往一旁推了推,让我坐在那儿。叔叔家的女儿伸着懒腰,背着书包走了。叔叔跟婶婶交代半天之后,便起身赶着回鞋店了。

我忽然想起小时候大人们的劝诫:你们好好学习,以后没准就像你叔叔一样能进城,你们的后辈也能变成城里人。我当时并不知道他们这话只是说给男孩子听的,暗暗将它当成督促自己的动力。等我真的去往他乡的时候,他们站起来阻拦我,我才知道,这完全是一场误会。在异乡的大平原上,我不费吹灰之力,就把自己的方言抛在一旁。那些曾经看过的电视剧都在此时派上了用场,我模仿着电视剧里那些人物的语言。故乡这座大山在生命的舞台上暂时退后。我需要拆除更多山脉,才能重建自己的生活。

在洪洞县城的那个早晨,当我旁观了本家叔叔与我想象之中完全不一样的忙碌状态之后，心想，假若很多年前，我看到这个与电视剧里完全不一样的早晨，是否还会对城市怀有那样浓烈的向往之心？

几年之前，本家叔叔的亲哥哥、我的一位伯伯投奔他来，也在这商业街上开了家鞋店。我记得有一年除夕，村里人不断往返于村口与家门之间，盼着我伯伯一家从城里归来，直到大雪纷飞。大家踩着厚雪，看见他们被一辆驴车拉上来。周围全都是箱子。到了家里，人们并不急于去试鞋，而是坐下来，听他们讲城里的事情。大妈之前没怎么出过门。各种事情在她看来，都是有趣的，我至今还记得她绘声绘色描述一个人在街上挑满了蝈蝈笼子卖，她说，那蝈蝈叫个不停，要不是睁着眼，我都以为回到咱们村了。猫狗用来卖钱也就算了，连个蝈蝈也卖钱。逗得大家哈哈大笑。伯伯忙给大家拆箱子拿鞋。当时，流行一种叫"巡洋舰"的皮鞋。人们又说又笑，脸上洋溢着幸福。那个春节，大人都穿着伯伯从城里带回来的皮鞋，他们也像我那位叔叔一样，时不时擦拭留在上边的尘土。后来，我拎了拎父亲的鞋子，一只足有好几斤重，真看不出哪里舒服。

本家伯伯在几年之后，打道回府了。在生意不好做的时候，他见好就收。用赚的钱给堂哥娶了媳妇，然后回到村子里放羊。他们就此解脱了，在村里，空气里都弥漫着自由之光。他们并不羡慕城里人的生活，也不想留在那里。这一点与我的本家叔叔完全不一样。

我忘不了刚参加工作的那几年，每次回乡，家里都围满了人。他们问我外省城市的天气、人们的生活。他们渴望我能用语言描绘出城市的种种景象，例如高楼，例如无人收费的公交车……那几天里，我会一直被围观。这样的情形持续了好几年。

那股打工浪潮最终还是来了。先是红柳一家子出去了，他们回来的时候，衣着变了，发型变了，说话的神态也变了，手里拿着爬上山梁才能打得通电话的手机。之前，人们对归来者的变化都会表现出一种戒备心理，甚至是鄙夷，但现在，新世界的招引反而令人兴奋。男人们三三两两地下山，女人们有的去当了保姆，有的当了服务员。男人们要么当保安，要么去当工人。年轻的打工者都带走了孩子，最终，学校也空了。一切都是为了孩子——没有比这更有力量的进城理由了。直到假期回来，孩子们语言在普通话与家乡话之间快速地、自由地转换着。

人们像候鸟一般，在城乡之间辗转。平时在各地打工，一开始村里有红白喜事也都回来，等到农忙的时候，赶着来种地、收庄稼。城里的工作和山村里的生活都不敢丢下。渐渐地，他们归来的次数越来越少，就像我们第一位在这山里定居的祖爷爷一样，在他乡为后世子孙打造着新的故乡。

有人说，我那位本家叔叔在城里盖了一套二层楼的房子，终于翻身了。也有人说，他的房子不只花光了所有的积蓄，还欠了巨债。后来，我在别的亲戚那里，也听到过他欠债的消息。听说他去上海看到一款能充电的鞋，觉得新鲜，当即就签了协议、付了货款。等回来以后，才发现这款鞋子价格高昂，在小县城根本就无人问津。

大爷爷去世之后，在城里的本家叔叔回来得少了，有一次，他骑着摩托车从门前路过，向我们招招手，便赶紧走了。他的孩子们基本没回来过，在他们的成长里，尽可能地斩断了与山村的瓜葛。大家都说，叔叔生养了几个城里人。在人们的目光里，他将故乡的大山从后辈子孙那里成功地移除了。在那片被移除的空地上，新的希望与新的失望交织着、重叠着，是漫长时光里的另一种风景。

弟弟早早就辍了学，在同龄人还拿着玩具枪、嘴里喊着"突突突"的年纪，他便去工地干活了，父母将这视为一种惩罚，希望那些身体上的疲乏能把他赶回课堂。弟弟向高空抛砖、在地上和泥，推送沙子，哪一样干得都不比大人差。他在工地寻找到了课本上没有的乐趣。那一年，他十五岁，已经能开着三轮车满世界跑，在工地上也算是老人了。每天晚上，穿着满身泥点子的衣服回家。我站在院子边上看向远方，邻居满是白发的奶奶正坐在树下摘花椒，她忽然抬起头，与我闲聊。后来又说，带你弟弟走吧，让他去城里。在这山里，终究还是没啥出息。

那个初秋，我带着弟弟去往石家庄。他第一次坐火车，一切都是新鲜的。火车不时钻入一截又一截隧道，在巨大山体的腹内，我们从玻璃上看着自己的倒影。那时，我也还是个学生，我不知道，我能将弟弟引领到哪里。

像他这么大的孩子只能算是童工，最终去了一家烧饼店当学徒工。白天，他们在门口的火炉里看火候，收拾桌椅、碗筷，晚上，桌子并到一起，变成一张床，铺上一层报纸，再把铺盖放上去。老板走的时候，把卷闸门落下，他们像两个藏身于洞穴的小鼠，叽叽喳喳讲述故乡的事情。老板总是凌晨三点多就来了。他们也急忙从桌子上爬起来。餐桌上的油腻味已经深入被子里的每一团棉花。他们生火，也帮着和面，老板和面的调料总是会背着他们，说是有什么神秘配方。他们也听话，每到这个时候，便主动背过身去。

弟弟在那里干了整整一年，没睡过一个囫囵觉。每个月350块钱的工资，老板总是不及时给他们，到发工资的那天，老板娘总是拿着4张钱在他们面前晃一晃，说，这是你们的工资，我帮你们存着，等你们回家时再朝我要。弟弟在那儿待了一年多，后来终于无法忍受，要求换工作。他又去当过保安、配菜工、凉菜厨师。收入很少，平时什么都不敢买。那时我已经参加工作。他不想住在环境嘈杂的集体宿舍，跟我住在外边的出租屋。每天晚上，我困得受不了了，他还没有回来。第二天早上，我看见一双黑色的布鞋放在门口，这是一双十块钱的鞋子，看上去是千层底，穿几次便露出原形，鞋底都是纸做的。通常，只有在周末，我不需要上班的早晨，才能看见他猫在沙发上睡觉，鼾声在屋子里回荡着。电视屏幕上唯一能收到的一个频道闪现着层层的雪花。有一刻，我感觉我们像寄居于悬崖上的两株小草。

弟弟到了婚嫁年龄时，母亲已经患了重病。他在城乡之间挣扎着，甚至想辞掉工作回家照顾母亲。这状况令母亲万分自责。为了能娶妻成家，弟弟必须留在城市。有一次，有个女孩相中了他，看到我们那座令人望而生畏的大山上的盘山道，便又退缩了。哪怕弟弟说明以后在城市居住，对方还是把彩礼一加再加。最后只得分手了。

弟弟最终落脚在一座小城里，在饭店当厨师。村里有人会眼羡我们，认为我们成功把大山移到了生活之外，都在城里扎下了根。可是，弟妹和侄女们回娘家的日子，他会沿着马路开车，一路向东，开上高速，下高速，从盘山道上去，灯光环着那弯弯曲曲的路一直向上，像一只夜游的爬行兽。它开进村子，径直停在家门口。他叩门，在父母的惊讶里，披了一身夜光进来，身上还有城市后厨的油烟气。父母眯着眼睛看时间，已经过了子时，询问他是否有事儿，几次之后，才明白，他不过是回来睡个觉，第二天一早就又走了。有两次，我正好在家。他归来时，我已经熟睡。第二天清晨，走进父母的房间，看他蜷缩着身子，躺在炕头，感觉自己一下子回到了二十年前。

弟弟说，假如不是孩子要上学，他大约是不会待在城里的。他想跟着父亲去砍柴，高兴了，再往山里喊上一嗓子，听那声音在崖壁间东撞西撞，不断回响。

我想起，归乡的路总是像远行的路一样都是很艰难的。一般情况下，通往城里的一趟公共汽车路过山下，另一趟停在山的那一边。每次回家都是父亲开着机动三轮车去山下接我。有一年归来时天降大雨，三轮车无法行驶，我只好在山下的亲戚家避雨，同行的还有一个原本打算搭车的邻居。我看到父亲从大雨里走来。从包里拿了一把伞，一双雨靴。我们沿着裕里河的河岸，一路北上，河谷里的水奔腾着、鸣咽着，那巨大的声响令人恐惧。父亲一再提醒我走山道的里侧，提醒我尽可能抓住那些粗壮些的灌木的根部。邻居的半个后背已经湿透。他开着玩笑说，下辈子，说啥也不能投胎到这山里。而这样的场景，在我在外村上学的那五年里，再平常不过。后来参加工作，有一年春节下大雪，山路全部封死，我爬上山梁才向单位领导请了假，但她依旧无法理解大雪封山是一个什么样的概念。

　　现在，路况好了很多，归乡不再那么艰难。我确定，我们从生活里移除掉的那一座大山，已经根植在了每个人的生命里。我开始认知大山里孕育的草木和人，以及我本身。许多事物在我心底交错着，它们的剪影渐渐凝结成我说话、思考和呼吸的一部分。大山，再也不会像儿时那样，成为我自卑的一个原因。

　　那些在城市待久的人，像弟弟一样，只要走得不是很远，都会经常回乡。当我们真的将这座大山从生活里几乎移除的时候，却在通过各种形式重建它的形态。我看见那些原本在田间地头劳作的人，企图用语言和图片勾勒出这座遮挡了他们祖辈目光的大山的时候，所谓乡愁就有了另外一番意义。

行超

找北京

行超

1988年生于山西太原。北京师范大学文学博士,《文艺报》评论部副编审。出版有文学评论集、文学访谈录三部。曾获中国作家出版集团奖、《长江文艺》双年奖、《北京文学》年度优秀作品奖等,入选首届"中国当代文学研究会年榜(2023)·新锐榜"。

我们这代的北方孩子,小时候大概多少都被灌输过"长大以后上北京"的人生理想。不是"去",不是"来",而是"上"——一个"上"字,既是对地理位置的客观描述,又隐约暗含着对首都的憧憬和崇拜。我四岁左右第一次"上"北京,后来父亲在京求学,我也随之有了不少"上"北京的经验。回想起来,儿时关于北京的记忆,竟殊途同归地指向某种奇妙的空间感。比如四岁那年,我和奶奶在毛主席纪念堂门口与父亲走散,眼前的天安门广场简直就是庞然大物,我们不知绕了多少圈,日落时分的相遇仿佛一场艰难的久别重逢;又比如后来某个夜晚,在人大门口的公交车站,我们挤在比肩接踵的人潮中,眼看着一辆辆出租车在眼前驶过,却不知为何始终不搭。后来我才明白,与一般城市不同,北京太大了,在这里打一次车,恐怕不是当时工薪阶层所能消费的。还有一次,因为在长安街附近等人,司机说此处禁止停车,于是只好围着天安门广场一圈圈地绕行。那时候多数城市的停车管理还比较宽松,唯有长安街、唯有北京,那样严厉而无可缓颊……很多年后,我读到一篇李洁非评述王朔小说的文章,其中将北京文化概括为"大马路"和"小胡同"——小时候的我,记忆中的北京全是望不到头的、令人迷失的"大马路"。

"大马路"般的北京像一个身着坚硬铠甲的将军,神情庄重、不容亵渎。快20年了,我在北京读书、安家,无数灰心的时刻,我总是气急败坏地怨恨它,为何永远那样正大、严肃,让人一刻不敢懈怠,更要将所有儿女私情抛诸脑后。我不知这里有多少人像我一样,在晚高峰的地铁上、在一动不动的东三环路上,有那么一瞬间恨不得逃离北京。但是,只要有一次,如果你恰巧看到了黄昏时分故宫角楼的落日,或是加入过隆冬季节什刹海溜冰的人群,你定会重新爱上北京。在这里,只要你足够耐心，意想不到的发现总是不期而至，那是将军铠甲之下柔软而温暖的肉身，是城市生活匆匆略过的动情时刻。

一

在城南的菜市口一带，我已经住了十年。小区最初建成时，旁边几乎都是低矮的平房，不知不觉间，这些平房逐渐消失，一栋栋现代建筑飞速地拔地而起。一次出门打车，司机师傅感慨地说到，自己原来就住在这附近的大杂院中。后来因为菜市口大街通车，一起生活了几十年的大杂院邻居陆续搬离，如今分散地住在四五环之间。我这才知道，家门口这条宽阔的南北向大街并不是一直都在。那位老北京司机告诉我，菜市口大街1999年才建成通车，东西向的南横街随之被隔断成为两条，即我们所在的"南横东街"和马路对面的"南横西街"。南横街曾经是北京南城最长的老街，元明清时期，这里一度是"宣南士乡"文化的中心，也是北京最主要的大杂院聚集区，一条条胡同、一座座老宅在此纵横交错，唇齿相依。

我家往西，穿过南横西街的一片胡同就到了牛街。冬天，我们常常步行经过这里，心无旁骛地奔着牛街那热腾腾的涮羊肉而去。途经的这片区域，以菜市口大街为界，路东是标准的现代商业住宅，住在这里的基本都是上班族，是朝辞暮归的"新北京人"。如同城市中心的多数地方一样，这里林立着各种写字楼、酒店、高层建筑，它们气派、巍峨，以"大马路"的气势代表着"新北京"的基本样貌。路西则是一片"小胡同"，从东往西依次是南半截胡同、烂缦胡同、永庆胡同、七井胡同、西砖胡同、教子胡同以及包藏在胡同深处的法源寺。老北京东西城的胡同，多见方正规矩的四合院，历代达官贵人出入其中；而南城的胡同则以大杂院为主，许多素不相识的人们挤在一个院子里，东拼西凑却也热闹温馨地过日子。如今，菜市口大街以东的大部分胡同都在城市建设过程中消失了，而路西的胡同基本得以留存，并且一直在整修重建之中。

一次偶然的机会，我读到肖复兴的散文集《蓝调城南》，里面写到不少南横街附近名人故居的故事，比如绍兴会馆的鲁迅故居、浏阳会馆的谭嗣同故居、新会会馆的梁启超故居等等。书中有一节专门写康有为故居所在的南海会馆，位置是米市胡同43号。米市，这名字听起来耳熟，地图上却完全找不到踪影。直到疫情期间，社区浮出水面，我忽然发现，我们小区所在地就叫作"米市社区"。一次社区工作人员上门登记，我顺口问起，这附近是不是有一条米市胡同？门外面，那位看起来上了些年纪的大姐噗嗤一笑，说你现在脚下，就是原来的米市胡同。大姐告诉我，米市胡同与菜市口大街平行，北起骡马市大街，南至南横东街，明朝这里因为有米粮集市而得名。2005年，米市胡同开始拆迁，直到2013年才拆除完毕，今天的米市东胡同就是以当年米市胡同的位置平行东移所建的。

如今，米市胡同荡然无存，更难以确证43号的南海会馆究竟位于何处。《蓝调城南》一书初版于2006年，想来，肖复兴老师见证了米市胡同与南海会馆最后的样子。若再晚点，康有为故居这一节的文字恐怕不会出现，更不会有之后的我机缘巧合，与自己脚下的土地相认。像是钻入了历史的密道，我四处翻找资料，查看网友曾拍摄的照片、视频，在想象中一点点建构着这座消失的建筑：南海会馆建于道光年间，曾是工部尚书董邦达的宅第，共有四进13个院子，房屋190余间。光绪三年（1877年），广东南海籍京官共同捐资购置，成为南海会馆。从1882年进京赶考到1898年戊戌变法,南海人康有为几次居住在南海会馆的"七树堂"中。然而,正如《蓝调城南》中描述的,南海会馆曾经辉煌的过去,早已随着百年时光的流逝逐渐掩埋。这座曾经气势恢宏的大宅后来成了大杂院,一代代南城老百姓在此安家落户。再后来,由于城市路面不断抬高,这里常年未经修葺的院落显得低矮、塌陷,"像是一位壮汉蓦地跪倒在地一样,忽地矮了半截身子"。

依据曾经到访这里的网友标注,南海会馆应该在今天菜市口大街十字路口的东南侧,我印象中的这片区域一直处于施工状态,早先或许还能进去,但就是这两年,层层铁皮、围墙,已经将这里包裹得严严实实。我忽然意识到,康有为故居,连同这一片被遮蔽的风景,就是我身边真真切切地消失的"附近"。如同社会学家项飙提出的,现代社会中,人们普遍具有一种所谓"超越感",我们更愿意超越自己所处的现实,对远方的生活、对宏大的问题产生兴趣。但这种超越感也让我们对自己的"附近"越来越陌生,父母、亲人、合租伙伴,甚至身边的快递员、外卖员,看似时刻与之发生交往,但实际上,我们对于作为个体的他们一无所知。南海会馆,以及自己身边擦肩而过了十年的风景提醒我,在日常生活的附近,有太多未被觉察就消逝了的记忆,太多朝夕相处却依旧陌生的朋友。那一刻开始,北京于我不再只是身着铠甲的将军,它所携带的肃穆的历史、庄严的意义,正化作个体生命"附近"的所有细节纷至沓来。

二

十年来,我与路东的大多数人一样,对路西的人们,以及他们所代表的另一种的生活一无所知,似乎也并无多少好奇。我们生活在"大马路"的一边,他们则生活在"小胡同"的一边,我们会在北京的另一些地点相遇,但全然不能辨认彼此,如同永远在各自轨道上运行的星球。直到前两年,这片毗邻而居了十年的胡同,忽然成了北京"city walk"的网红区域。现代科技魔术师般的社交媒体告诉我,自己家附近新开了很多咖啡馆、餐厅和手工艺品小店。身边的风景,顿时变得诱人而神秘起来。我成为无数游客中的一员,重新走进了自己所置身的现实。

许多年前第一次经过烂缦胡同,我就被它的名字吸引了。仔细走过才知道,这个"烂缦"与想象中的浪漫主义毫无关系,它的原名,有说是"懒眠",也有说是"烂面",总之都是生存层面的基本需求,与今天被营造出的小资情怀相去甚远。这也符合胡同在当时的功能——居住此处的大多是南城贫民,"眠"或者"面",才是他们生命中最重要的问题。

今天的烂缦胡同是北京南城社区改造最早、最完善的胡同之一。我猜想,应该与这一带林立的会馆等历史遗迹有关。所谓"会馆",指的是由同乡或同业者组成的团体所建的馆舍,有点类似于今天的驻京办,但没有官方背景。明清时期的北京,多数会馆主要是供来京赶考的学子们居住,因此也叫"试馆"。到了清光绪年间,随着科举制的废除,"试馆"逐渐成为集会、宴请等照顾乡民、联络乡谊的场所,接近于"同乡会"和"行业工会"的性质。南横街的地理位置在宣武门以南,属于紧靠皇城根的外城,是市民阶级集中居住的地方。这里商铺云集、人口稠密,久而久之,外地商贾等纷纷在此设立会馆。在今天总长三百来米的烂缦胡同中,仍可见有常熟会馆、东莞会馆、湖南会馆、宁羌会馆、江宁郡馆、黟县会馆、济南十六邑馆等七座会馆。不少会馆内部都有院落、戏台,还有的雕梁画栋、飞檐斗拱,"似庙非庙,似衙非衙,似宅非宅"。然而,时移世易,大多数会馆在新中国成立后成为老百姓居住的大杂院,许多人家世世代代住在这里，原本的一间房隔成两间，两间又搭出三间，曾经宽敞的前厅、院子挤满了歪歪斜斜的小屋，还有的房屋年久失修以至坍塌，于是直接推倒重建……久而久之，这些会馆内部变得拥挤而杂乱，除了门牌上留下的"XX会馆旧址"，实在难觅当日风采。

烂缦胡同中最著名，也是现在保存状态最完好的是湖南会馆。湖南会馆创建于光绪十三年（1887年），1919年12月18日，毛泽东率领湖南代表团进京在此居住，并召开湖南旅京各界驱逐军阀张敬尧大会。在会馆南侧的戏台上，毛泽东曾面对上千名湘籍人士发表重要讲演，湖南会馆的历史地位由此奠定。今天，除了原本的戏楼、文昌阁拆除之外，湖南会馆内部主体建筑保存完整，被用作北京宣武回民幼儿园分园。日暮时分，孩子们喧闹着蜂拥而出，那一刻，所有历史的艰难、沉重、复杂，都化作他们脸上无忧无虑的笑容，仿佛这就是过往的一切意义。

周末的时候，尤其是春日，烂缦胡同的紫藤花开，这里便会聚集不少游客。咖啡馆常常满座，聪明的老板就在胡同两侧摆出折叠椅和可用作桌子的收纳筐，打造出一种城市中产热爱的户外露营的仪式感。但只要多走两步，转向旁边几条未经改造的老胡同，便又是迥然不同的另一种景象。胡同两侧狭窄的道路旁堆放着杂物，拥挤的院落令人只得侧身进入，里面隐约可见盘根错节的电线，挂满了衣服的晾衣杆，见缝插针的自行车、橱柜等，还有的甚至瓦片脱落、房体塌陷，一半以上的院子门口贴着"火灾隐患院"的告示……如果说老北京的胡同是"小胡同"，那么今天经过修缮和商业化改造的胡同则是"大胡同"。"小胡同"满足的是基本的居住与生存需要，而今天的"大胡同"更多是一种老北京的文化符号，是承载了历史意义而必要延续的城市景观。"小胡同"的时代日渐结束，"大胡同"以及生活在这里的人们，正日渐成为新生活的背景布。不必惊讶于胡同居民穿着睡衣、拖鞋出门,也不必感慨他们为何要将私人物品公之于众,因为对他们而言,胡同也是自己"家"的一部分。走在今天的东四、西四,以及南城的胡同聚集区,我们看到的往往不仅是住户,还有来自四面八方的游客。一张标准的胡同照片,一定不仅有狭窄的街巷和错落的矮房,还要有一位扇着蒲扇的老人、道路两侧聊天的原住民,或是夏日打着赤膊吃西瓜的老大爷——在游客眼中,住在胡同里的居民,以及他们不得不"展示"出的个体生活,已经成为今日城市风景的重要组成。

三

从烂缦胡同往东一转,不足百米的距离,平行延伸着的是南半截胡同。南半截胡同里最著名的,是鲁迅曾居住了七年的绍兴会馆。作为当时教育部的公职人员,鲁迅1912年迁居北京,先是住在绍兴会馆的"藤花别馆",后来又迁入里面的"补树书屋",直到1919年才搬离——这个时间,恰恰与后来居住在一街之隔的湖南会馆的青年毛泽东擦肩而过。《呐喊》自序中,鲁迅反复提及的"S会馆"即绍兴会馆:"S会馆里有三间屋,相传是往昔曾在院子里的槐树上缢死过一个女人的,现在槐树已经高不可攀了,而这屋还没有人住;许多年,我便寓在这屋里钞古碑。"住绍兴会馆的七年,鲁迅专心做古籍整理、校勘金石碑文,在此辑录了《嵇康集》,出版了《金石粹编校文》。对照这一阶段的鲁迅日记,可以发现不少相关记载:1912年11月23日,"院中南向二小舍,旧为闽客所居者,已虚,拟移居之,因令工糊壁,一日而竣,予工资三元五角";11月28日,"下午移入院中南向小舍";1916年5月6日,"以避喧移入补树书屋"……在绍兴会馆，周树人成了鲁迅，他结识了《新青年》的同人，并在密切的交往和相互启发中，创作出《狂人日记》《孔乙己》《药》等作品，成为新文化运动的一面旗帜。

读大学的时候，我曾在阜成门的北京鲁迅博物馆做过一年志愿讲解员。一些解说词我至今记得：鲁迅在北京的第一个住所是北京宣武门外南半截胡同的绍兴会馆，这也是他在北京居住最久的地方，一共七年。后知后觉的我，也是很多年之后路过这里，才唤醒了记忆深处的这些句子。今日鲁博所在，是鲁迅在北京的最后一处居所，著名的书房"老虎尾巴"，就在这座宅子的深处。以博物馆为依托，阜成门内大街宫门口二条19号的这处旧居保存完好，之后持续投入建设，成为新文化运动重要的展览和研究机构。然而绍兴会馆，从我发现它的那一刻起，始终是大门紧闭的状态。如同这附近的大多数会馆一样，绍兴会馆一度也是大杂院，2018年前后，伴随着胡同改造工程，绍兴会馆开始腾退，老住户们陆续搬离。几次路过这里，我都想要进去看看，却始终只见那扇逐渐生锈的红色铁门，透过门缝，隐约看到里面七零八落的小屋，灰白的墙体已经大面积脱落，还有散落一地的砖头、瓦片，以及随着季节更替兀自荣枯的杂草。今天的绍兴会馆门庭冷落，难以想象，就在不到六年之前，这里面还居住着38户居民，仅鲁迅后来为寻清净而住的补树书屋一处，就挤进了4户人家。

与绍兴会馆所在的南半截胡同相对应，往北走，原本还有一条北半截胡同。今天地图上已经找不到北半截胡同了，但若输入"北半截胡同"几个字，仍有一条显示，那就是位于41号的谭嗣同故居。1998年修菜市口大街、2002年危房改造，两次重大工程，几乎将北半截胡同夷为平地，原本藏在胡同深处的谭嗣同故居因恰好与菜市口大街的线路擦身而过,最终幸免于难。如今,菜市口大街的西侧,与绍兴会馆几乎平齐的路边立着一块石碑,上书:"浏阳会馆"。原本小胡同深处的老房子如今赤裸裸地挺立在大马路上,有些突兀,更有些劫后余生的庆幸。抬头看上去,北面两间就是谭嗣同故居。与胡同深处的那些会馆不同,浏阳会馆因为靠近菜市口大街,总是人潮涌动。它的隔壁有一家麻辣烫,据说是全北京排名前几位,拥挤破败的两进院如同一条深不见底的密道,食客们出出进进,好不热闹。夏夜经过这里,空气中总是弥漫着浓烈的辣椒油味道。有了它的映衬,旁边的谭嗣同故居就显得愈发落寞。

北京城南菜市口,对于谭嗣同来说,像是一道宿命的魔咒。他1865年出生在烂缦胡同,9岁时父亲与同乡一同购得不远处的浏阳会馆,在此居住了四年,直到父亲调任,举家离京。再回到浏阳会馆已是1898年,光绪帝颁布《定国是诏》,决定变法,并召谭嗣同等人进京。回京后的谭嗣同再次入住浏阳会馆,然而这一次,33岁的他在这里仅居住了36天。变法失败后,谭嗣同婉拒了康有为、梁启超的邀请,没有同他们一起逃离北京,而是将浏阳会馆的大门打开,静静等待自己的命运。浏阳会馆承载着谭嗣同的童年和少年,也是他与维新派人士共同施展抱负却最终壮志未酬的地方,更见证了他是如何悲壮地走向自己生命的终点——4天之后,就在家门口的菜市口大街,谭嗣同英勇就义。他生前坚信:自古以来各个国家成功变法的背后,没有一个不伴随着流血和牺牲,我们这次变法还没听过有一个人为之流血,正因如此才没有成功。在这个意义上,谭嗣同将自己的死视为变法成功的开始,行刑前高喊着:"有心杀贼,无力回天。死得其所,快哉快哉!"所谓"死得其所",除了为理想献身的壮烈和决绝,或许多少还有在此处生、在此处死的无奈与慨叹。

谭嗣同与他被埋葬的救国理想一起,最终回到了自己人生的原点。

在他曾经的"附近",康有为、梁启超、戊戌六君子,以及此后的鲁迅、毛泽东,一代代仁人志士来了又去,城市空间串联着他们的命运,如同草蛇灰线,伏脉千里。"大马路"的北京恢宏壮阔,而铸就其形貌的人们,无不安静地深藏于"小胡同"的隐秘角落。在这里,在此刻、在脚下,我仿佛重新发现了北京,我不再畏惧它的庄严和坚硬,那不是铠甲,而是肉身。如同所有的生命一样,这座城市时刻经历着离别和老去,而时间会不断赐予它新的血肉。在这个意义上,找北京也是找自己,今天大杂院里的居民、新生活中的我们,又何尝不是这座城市古老身体的新生?

选自《十月》2024 年第 3 期

刘世芬

我吹过
你吹过的风

刘世芬

笔名水云媒,中国作家协会会员,石家庄市文艺评论家协会副主席。散文、随笔、文学评论、报告文学散见于各类报刊,著有随笔集《看不够的红楼梦,品不完的众人生》等。曾获第十届河北省文艺评论奖、首届贾大山文学奖。

一阵熟悉的铃声,穿越了黑白老电影的荧屏,从岁月深处响起,纷纷扬扬着,落在维多利亚火车站上空……从这里出发,步行五六分钟,已置身文森特广场古意森森的建筑群;沿着指示牌,脚下的一条路直通泰晤士河。果然,路的尽头,豁然开朗,一泓横卧,直到消失在冬日长空下。四处张望着,我已站在了一座桥的这一端——Lambeth Bridge,呵,兰贝斯桥!左前方的国会大厦、威斯敏斯特大教堂、大本钟……像哈利·波特城堡一样魔幻着。而与它们隔河相望的,那不正是圣托马斯医院吗!

在这群地名的簇拥下,总该想起一个人了——对啦,毛姆。

"那时我住在维多利亚车站附近,我记得常常乘坐很久的公共汽车,去拜访那些热爱文学又殷勤好客的家庭。我总是畏首畏尾地在街道上徘徊,半天才能鼓起勇气按响门铃,然后怀着极其紧张的心情跟着迎宾走进空气沉闷、高朋满座的客厅。"(毛姆《月亮与六便士》)

龙年春节,我在伦敦,特意住在"维多利亚车站附近"。几步之遥处是文森特广场,毛姆正是从这里起步,丈量他的文学和人生。

从坎特伯雷国王学校毕业时,18岁的毛姆一心要逃离与牧师叔叔一起生活了8年的白马厩镇。他父亲当年的合伙人安排他进入伦敦法院巷一家会计师事务所。谁知,一个月不到,毛姆就厌烦了所里无聊透顶的工作。他只好再回白马厩,幸得一位医生点拨,他用功备考,终于在1892年10月考入圣托马斯医学院。

医学院的秘书交给他一张纸条,告诉他,打上面的电话号码可以租到理想的房子——赫德森太太的这所房子,就在文森特广场11号。

"文森特广场面积很大,建于乔治王时期,有一点破败,一侧面向遍布典当行、电车叮当响的繁华街道沃克斯豪尔桥路,紧邻西敏寺的泰晤士大堤,离国会大厦也不远",《毛姆传》(赛丽娜·黑斯廷斯著,安徽文艺出版社 2015 年版)中记录的一百年前的这个区域,如今繁华依旧。可以想见的是,与国会大厦、泰晤士河、威斯敏斯特大教堂为邻,岂能沉寂呢!

逃出沉闷的牧师府邸,毛姆终于实现了个人空间的自由,每个细胞都在飞翔。他的房间在一楼,有一张"窄窄的铁床"、"洗脸台和衣柜",赫德森太太照顾每个房客。毛姆在这里形成十分规律的生活:"整个白天,我在医院,下午六点左右步行回到文森特广场。路过兰贝斯桥的时候我买一份《明星报》,带回去在晚饭前看。"(《寻欢作乐》)

毛姆很是享受他的这间卧室,晚餐后就在扶手椅上阅读,在餐桌上温习医学教材、写作。拿到行医执照,他只想给人生留一条后路,而爱好的驱使让他一入学就决定了以笔为生。他在此间积累了惊人的阅读量,能大段背诵大部头原著,日记本上写满小说大纲、剧本梗概、对话片段、观察随想,他的写作是"因为忍不住"。于是一个奇景出现了:医学院学生毛姆,像一只自由的小鸟,放飞的却是文学。多年后,已经成名的毛姆故地重游,"一种伤感的情绪不觉油然而生。我在这张桌子上吃过多少顿丰盛的早餐和节俭的晚餐,我也正是在这张桌子上攻读过医科书籍,写出了我的第一部小说"。

哪怕时至今日,我依然不能对那个执着的背影无动于衷。

当我 2024 年来到文森特广场时,时光已越过了 132 年。兰贝斯桥五孔设计,外观呈粉灰色。从北岸走上桥身,除了不见了《明星报》,毛姆当初路过时的布局结构依然如故。他曾把文森特广场写入多部作品,也在这里结识了形形色色的人,最典型的莫过于《寻欢作乐》中的罗西——"那时候我对威斯敏斯特地区很熟悉,它还没有变成议会人士或是文化人士集中的时髦地区，而是一个破旧的穷人区；我和罗西走出公园后，穿过维多利亚大街，带她到了豪斯费里路的一家炸鱼店。"当他们路过他在文森特广场的家时，阿申登（即毛姆本人）问罗西："进来坐一会儿吗？你还从未看过我的房间。"从此他们在这个房间度过了激情又温情的一个个夜晚。《人生的枷锁》的结尾也落在了这一区域："他们起身走出美术馆，在门口的栏杆前站了一会儿，看着人潮汹涌的特拉法加广场。马车和公交车匆匆驶过，人群来来往往，各向一方。夜幕未降，天色依然明亮。"

多年后，伦敦遭受大轰炸，毛姆与弗吉尼亚·伍尔夫在威斯敏斯特参加文学聚会，晚宴结束后他们沿着白厅行走，突然两架轰炸机飞到头顶。他向伍尔夫大喊，让她去找掩护，巨大的轰鸣淹没了他的喊声，伍尔夫却站在马路中央，双臂伸向天空，"似乎在敬拜那闪着光的夜空"……毛姆惊奇地看着她不时被炮火照亮。日后，毛姆经常忆起这诡异的场面。

一百多年后的特拉法加广场，人潮依旧汹涌。

当我跟随潮水般的人流穿过圣詹姆斯公园，看过白金汉宫的皇家卫队换岗仪式，在海德公园的尽头，经导航指引走进一片安静的街区。这里不再喧沸，笼罩着一种贵族气息中的静谧。拐过几个弯，一座联排别墅，五层，红砖，墙身显现一个圆形的蓝色标牌，上写"威廉·萨默塞特·毛姆（1874—1965），小说家、剧作家，1911—1919住在这里"。这就是切斯菲尔德街6号。

1910年，戏剧大王毛姆实现了财富自由。他以8000英镑租下了位于梅费尔中心的切斯菲尔德街6号。这是一座建于乔治王时期的别致住宅，第二年初装修完毕，他和好友沃尔特·佩恩欢天喜地搬进了这所豪华的房子。两人精心挑选了家具，购进了40多幅画，雇用了厨师、女佣和兼任周末外出随从的管家……毛姆心满意足："我一辈子从未这样舒适过。"小说家休·沃波尔做客之后，将之描述为"一座占地面积不大、不起眼的房子，对我们许多人来说，它是伦敦最欢乐、最惬意、最有趣的场所之一"。

毛姆在这所房子里创作了长篇小说《人生的枷锁》，但谁让他频繁旅行呢，而且经常在外半年多。特别是几年后一战爆发，毛姆奔赴法国前线，开救护车，抢救伤员，在炮火间隙修订《人生的枷锁》书稿，所以他真正住在这个家里的时间并不多。他的女儿丽莎生于战争期间的1915年，这个寓所倘若只住毛姆和佩恩两个单身汉绰绰有余，而容纳有一个婴儿的四口之家就显得局促了。毛姆只好把通风良好的顶层书房让给女儿，自己屈居一楼小阳台写作。阳台临街，写作屡被打断，佩恩只好另寻住处。即使只剩了他们全家，这所房子也已完成历史使命。1919年，毛姆动身前往中国前夕，不得不换到马里博恩区的温德海姆2号——一所更大的房子。

正是从这所大房子开始，毛姆的婚姻亮起红灯。这个房子彻底激发出妻子西莉的家装潜能。家里常年成为装修工地。西莉擅自变卖了毛姆用了20多年的书桌，乱动毛姆的书稿，随意打扰毛姆的写作……当然，最终让毛姆痛下决心的，还是西莉以好心的名义"为丈夫换一张更为豪华的书桌"，这让毛姆再面对西莉时更加厌弃，面目狰狞，日后通过《月亮与六便士》《寻欢作乐》等小说以及未出版的《回顾》，刻薄地发泄了出来。

对于伦敦，毛姆做过淋漓的表达："这里是我最自在的地方，全世界也没有几个地方能像伦敦这样让我悠游逍遥。"

与北岸的热闹相反的，是南岸冷清淡然的兰贝斯。

我从威斯敏斯特桥码头上船，行至伦敦塔桥，下船后沿南岸步行，一路经过碎片大厦、环球剧院、伦敦眼等著名建筑，来到圣托马斯医院后身。倘若从对岸望过来，医院呈现魔块般的正方体，而在医院后身望向对岸，国会大厦和大本钟等建筑物仿佛框进油画，成为这一侧游人的最佳拍摄地。长长的医院后墙外立面上，密集地贴满红色心形纸条，小标牌上注明"新冠肺炎国家纪念墙"。这一墙体从威斯敏斯特桥一直延伸到兰贝斯桥，游客大多右转进入兰贝斯桥到北岸去了，而我则左转，沿着毛姆当年读书时走过的兰贝斯公路，一直走到医学院和医院门口。

这里已是兰贝斯区，当年伦敦最贫困、最拥挤的地方之一，贫民全都仰赖圣托马斯医院提供的免费医疗，毛姆几乎每天都听说老人和失业者活活饿死的消息。长着一双传神的黑眼睛的毛姆医生，虽年轻，却极富同情心，举止温和，让患者产生了极大的依赖和感激。而百年之后我所见到的医院附近区域，少有北岸的摩天大楼，恬静，安然，一河之隔，仿佛两个世界。当年毛姆实习时深入兰贝斯为产妇接生，才催生了《兰贝斯的丽莎》。

在这个地球转了无数大大的圈子，毛姆最后将肉身安放在了坎特伯雷。

从维多利亚火车站到坎特伯雷不到一小时。出站过隧道，坎特伯雷大教堂的尖顶隐现在高高低低的树梢间。沿途虽多处遗迹，教堂仍为这座小城的地标，而毛姆就在教堂巨大"阴影"下的坎特伯雷国王学校，度过了小学和中学。

大教堂虽与学校一墙之隔，若到学校，必须出教堂大门，绕过一条类似中国网红街的街道。街里有不少中国元素，在一家工艺品商店，店主是一个年轻的中国女孩，店名中的英文china同时代表着"中国"和

"瓷器"——细看,原来那些瓷器来自中国景德镇。

这所古老的学校建于我国的隋唐时期,"国王"即亨利八世(他在1514年重建了这所学校),因与大教堂毗邻、同样古老,在全球享有盛誉。学校正门呈褚红色,位于这条街的"之"字拐角处。正是下午上学时间,学生进进出出,门卫是一个60岁左右的英国男子。我们向他说明来意,他四处张望着,看到一位教师模样的男子匆匆走来,立即喊住,交代几句,那位男子微笑着带领我们走进学校。

原来这是国王学校的一位教师。他带我们穿过几重门,来到两座楼房之间的一处小院前。远远地,我已看到院门上那个熟悉的摩尔人避邪标志,那是毛姆的父亲旅游时带回的,从此毛姆把它当作自己的书标、门标,如今看来也用作了他的"墓标"。

推开低矮的小门,冬日的花草伏于地表,三面皆是古老的墙体,那位教师向墙根一指,没有墓碑,也没有丘冢,红砖墙根下的一小块空地,青草上方,贴着一块银灰色小标牌,上写"威廉·萨默塞特·毛姆,1885—1889年在坎特伯雷国王学校"。

毛姆11岁进入这所学校,那些阴郁的日子,生疏的英语招来的嘲笑让他更加紧张,形成终生的口吃。但口吃又成全了他的写作。毛姆进入80岁之前,回到母校。此前,那一任校长雪利没少对他"哭穷",当时学校要建一个船坞,毛姆当场捐了3000英镑,还捐出所有藏书建起毛姆图书馆。雪利得知他想把骨灰埋葬在学校某处,推荐了一座诺尔曼人的祭祖教堂,但这必须征得坎特伯雷教堂当局的同意。由于毛姆一贯的宗教主张,即使身负盛名,却并不被当局接纳。在漫长的等待中,他给雪利写信时颇为颓丧:"……假如不方便,我的骨灰可以放在圣琼公墓那些乡民的骨头中间。"当局批准了雪利的方案,谁能说与那3000英镑无关呢。

想必毛姆无数次走过伦敦的诗人角吧,他怎能不知这一角落的含义!狄更斯、哈代都葬在了那里,是毛姆的自知让他不敢对这神圣之角生出半点"非分之想",还是他想让人生画一个圆?因为出生地巴黎不是祖国,才选了承载他整个少年的坎特伯雷。这也算不甚规则的圆吧。

离开坎特伯雷国王学校,我特意乘坐一辆乡间公交,约20分钟,来到白马厩镇。这是孤儿毛姆与亨利叔叔生活了8年的地方。这座曾经的古老渔村,冬日的阳光打在公交站旁边的墙壁上,把一幅巨大的老年毛姆画像映得闪闪发光:深深的皱纹,睿智的眼神,静静注视着呼啸闪过的人间……整整140年,人们还记得他,画像上用英文写着他那句名言"写作是至高安慰"。

穿过长长的中心街道,来到少年毛姆经常游荡的港口。一百多年后,这里已经没有彼时的船帆林立,海面平静,行人稀少。就是在这条海边公路上,"阿申登"遇到《寻欢作乐》中的德里菲尔德和罗西,并与他们一起骑自行车郊游;40多年后,已是著名作家的毛姆重回故地,遇到抱着孙子、推着单车的中学同学,他看着同学苍老的背影,感慨:他的一生已经过去了,而我不禁想到自己还有那么多计划,写书、写剧本,我对未来充满着希望,我觉得我今后的生涯中,还有那么多有趣的活动和乐事……

我收藏了一张毛姆刚到白马厩时的黑白照片:10岁的小毛姆牵着叔叔的手,在牧师官邸的后花园散步。从那小小的身形,再到今天小镇墙壁上苍老的毛姆画像,人生岂止须臾……

本来,从伦敦到巴黎,应首选"欧洲之星"。可是火车穿越英吉利海底隧道岂不浪费了旅游资源?而从伦敦到多佛,乘坐渡轮到法国加莱港,一路乡村风情抵达巴黎,带给我最佳的旅游获得感。

高速巴士穿越兰贝斯区,出伦敦郊区,一直抵达多佛港。眼前浮出一幅发黄的画面：孤儿毛姆跟随法国保姆回英国投奔牧师叔叔，他牵着保姆的手，兴奋又恐惧，当汽船横渡海峡在多佛港停靠，拥挤的人群中，小毛姆出于习惯用法语大叫："Porteur！ Cabriolet！"（车！敞篷的！）这时他看见了亨利叔叔，一袭黑衣，面色凝重……

而这个港口，狄更斯让大卫·科波菲尔从伦敦步行至此，找到姨婆，开始了新生活……多佛，一个文学之港。

140年后，我与当初毛姆回英国的路线逆行，从多佛驶往加莱，大风，急浪，多佛在阳光下泰然自若，渐渐远去。海风依旧，海港依然，海天一色，惊涛拍岸中，仿佛接住了10岁小毛姆的气息。

2024年1月，毛姆诞辰150周年，我来到这个特殊所在：巴黎，加布里埃尔大道，英国驻法国大使馆。

拥挤的马路，黑色紧闭的大门，挺直的卫兵……毛姆出生前，由于战争造成的兵员紧张，法国政府宣布：外国父母在法国生下的男孩必须加入法国籍，以便日后征召。英国驻法使馆想出一个对策：在使馆二层设立产房。1874年1月25日，毛姆降生到这间属于英国领土的产房里。这里也承载了毛姆10岁之前的幸福童年。妈妈是个社交达人，客厅里云集了包括法国总理在内的达官贵人。妈妈带他与保姆一起喝茶，再到客厅展示才艺。除了给客人背诵拉封丹寓言，保姆还带他到香榭丽舍大道，走向协和广场旁边的花园，骑上旋转木马。那时的毛姆，肤色白皙，金色的鬈发和棕色的大眼睛，系着一条黑腰带，穿着短裤和系带靴，看上去就是一个普通的法国小男孩儿。并且，这时的小毛姆开朗自信，有胆色，也很有想象力，他讲的故事让小伙伴陶醉，哪有口吃的影子！

20世纪初，毛姆虽然写作成功，却未达到理想预期，他渐渐厌倦了伦敦，于1904年移居巴黎。他先是住在做律师的大哥家，后来租房写作,"我在巴黎定居下来,开始写一个剧本。我的生活很有规律:早上工作,下午在卢森堡公园或者在大街上漫步。我把很多时间消磨在卢浮宫里,这是巴黎所有画廊中我感到最亲切的一个,也是最适于我冥想的地方。再不然我就在塞纳河边悠闲地打发时间,翻弄一些我从来不想买的旧书"。他在大哥家结识了画家杰拉德·凯利,而凯利又带他在白猫餐厅遇见画家奥康纳,此人是高更的密友,曾与高更合用画室。这一切都被他纳入《月亮与六便士》的素材库。

莫雷斯克,法国地中海沿岸里维埃拉最有价值的地标。1927年,毛姆与绯闻密友小哈一起搬进这所豪华别墅。除了第二次世界大战中的6年,他在离世前一直住在这里。1965年12月,毛姆在尼斯的英美医院度过了生命中的最后一周。

2024年农历春节当日,我从巴黎到尼斯。淅沥小雨中,从天使湾出发,沿蜿蜒的海岸线20分钟抵达费拉角小镇。戴高乐大道52号,别墅大门仍是我此前在无数攻略中所见的式样。毛姆离世后,别墅赠予女儿丽莎。60年间几经易手,此时的别墅据说属于一位乌克兰富商。这位富商在他国另有别苑,偶尔居住于此也深居简出,出则由保镖封路,车窗紧闭,从不与路人闲聊,与一百年前这个院落里宾客如云的盛景形成强烈反差。

别墅门前的一条马路伸向海边,转弯处的标牌上,写有"圣让·费拉角,萨默塞特·毛姆大街"。从大门口望去,高大的树木和绿意葱葱的植物几乎将整个院落覆盖,当初作为二楼书房的奶白色墙壁,几面正对地中海的长窗,但毛姆写作时从不站在窗前眺望,而是让书桌面对书架;休息时,才转身,面对那一望无际的浩瀚。

选自《文学自由谈》2024年第5期

吴佳骏

肉体生长的
地方

吴佳骏

1982年生,重庆大足区人。中国作家协会会员,《红岩》文学杂志社编辑部主任,重庆文学院签约作家。发表作品逾两百万字。出版散文集《小魂灵》等十余部。曾获人民文学之星文学奖、冰心散文奖、丝路散文奖、丰子恺散文奖、刘勰散文奖等。

生活实在是太沉寂了。

我得回去，我们都得回去。在无根的城市里待太久，唯有踏上返乡之路，我的心才是踏实的，肉体和灵魂也才能获得些许慰藉。虽然每年返乡，我的内心都在刮风、下雨和飘雪。

今天是二〇二四年农历正月初一，连日的阴沉天气出现回暖迹象。山村公路两侧的土崖上，黄色和粉色的野花探出头，在东张西望。它们是在望春吗？我坐在车内默默地猜想。父母则坐在车的后排座上，不说话，但我知道他们在想什么。只有我那两个不谙世事的孩子，在你一句我一句地斗嘴，把归乡当成了郊游。这不怪他们，毕竟他俩都没有在这块土地上出生和成长。年龄又那么小，尚不知道生活之水的深浅。

按往年惯例，我们是会选择回乡过除夕的。只因腊月三十那天，我父亲的师娘去世了，我们得赶去吊唁。父亲在十多岁的时候，就拜在一位老中医门下学习岐黄之术。在那个艰苦岁月，他师父和师娘都待他不薄，有再造之恩。前几年，父亲的师父去世，他在其灵堂前长跪不起，悲痛欲绝。现在师娘也归西了，他不能不去吊唁。尽管，父亲已罹患阿尔茨海默病，记忆力严重衰退，还走丢过多次。可当他闻听师娘离世的消息，还是埋头哭了起来。有些刻骨铭心的记忆，是会跟随人一辈子的。

我知道父亲心情不好，却不知该如何安慰他。前年十月份，我的奶奶去世，他同样遭受重击，彷徨无所依傍，常常躲到无人的地方落泪。我看着他孤单的背影，心里十分难受。奶奶无疑是父亲精神上的一棵大树，现在这棵大树的根被斩断了，那种无助和空虚引发的阵痛，没有经历过失亲的人，无论如何是不能理解的。这之后没多久，父亲就因患病记不住事了。是上天垂怜他，替他在抹去痛苦的记忆吗？谁知道呢，人世间的许多事，都是没有答案的。

老实说，我们这次回乡最重要的事情，就是去给奶奶上坟。我想在父亲还没有完全失忆的时候，多领他去看看奶奶。哪怕他只消去奶奶的坟前站上一会儿，也是好的。父亲需要这个仪式。身为他的儿子，我了解他。要是哪天他连我也不认识了，我再领他去祭拜奶奶，我担心奶奶会在那边责骂我，怪我没有照顾好她的儿子。即使我给奶奶烧再多的纸钱，磕再多的响头，估计她也不会原谅我。

好一阵颠簸过后，车就要抵达老家。在经过一条废弃的水渠时，沉默着的母亲开口了。她招呼我停车，说："既然路过你奶奶的坟地，不如先去给她把纸钱烧了再回家。"我们都点头应允。奶奶的坟就在水渠的背面。下了车，我们手提香烛、鞭炮和供果，朝奶奶的坟地走去。两个孩子仍在嘻嘻哈哈，折断路边的巴茅穗子，相互打闹。那一瞬间，我不由得想起了自己的童年。我也曾跟他们一样，充满了童真和天趣。我也曾折断过树枝或野花，拿在手里挥舞着，在朝霞或晚霞中奔跑。那时候，我缺吃少穿，没有梦想，不懂得人生需要扬帆起航。也不会有人谆谆告诫我，不要输在起跑线上。任我是下河摸鱼虾，还是上树掏鸟窝，只要我每天在太阳落坡前回家，父母都是放心的。这种野蛮生长，极大地培养了我的独特个性和孤勇品质。以至于我踏上社会后，不管走到哪里，骨子里都难掩那股子野性。可见一个人的不合时宜，都是有原因的。你从小生活的环境，将影响你日后成为一个什么样的人。只可惜，从前那无忧无虑的日子，我再也回不去了，就像曾经带给我欢乐和愁苦的故乡，我再也回不去了。

奶奶的坟堆上长了不少高粱，这让母亲大为惊讶。她清楚地记得，安葬奶奶时，我们是没有点种高粱的，只种了蚕豆和豌豆。母亲说，这属吉祥之兆，奶奶是想借此告诉她的后人，自己在那边过得很好。听母亲如此说，我们都备感欣慰，虔诚地蹲下身子，替奶奶撕纸钱、摆供果、点香烛。唯独父亲傻傻地站在旁边，目光凝视着奶奶的坟头，好像在跟奶奶说心里话。斯情斯景，瞬间让我想起安葬奶奶的那天清晨。毛毛细雨在空中飘洒，喧天的锣鼓震彻山谷。帮忙抬棺和掩坟的人，以及老老少少的送葬人群，站满了坟前的草坪。父亲拿着"引路幡"，木木地伫立着，看上去不悲也不喜。而我的几个姑姑，一直在流泪，眼睛都哭肿了。直到抬棺人将奶奶的遗体送进棺木的那刻，父亲才如梦初醒般冲上去，试图抓住奶奶。旁侧的人赶紧制止他，他才没有猛扑。见父亲那样，我原本悲痛的心越加悲痛了。

母亲边烧纸嘴里边默念着什么，也可能是在祈祷。她和父亲一样，都是对奶奶有话说的人。我不想让他们沉浸在对奶奶的思念中，赶快叫两个孩子过来给他们的曾祖母作揖、磕头，还故意说些宽心的话，以分散父母的注意力。其实，不只是我的父母还没有从失去奶奶的悲痛中走出来，我的姑姑们依然如此。自奶奶亡故后，我经常在抖音上刷到我的三姑和四姑对奶奶表达哀悼的视频。特别是四姑，发了许多奶奶生前的照片，还配上悲情的歌曲，见之令人垂泪。大家心里都明白，不管是谁家，只要老人还健在，姊妹或兄弟们就会邀约，在逢年过节时去看望老人，聚一聚，聊聊天，共同维护着血缘亲情。<u>一旦老人离世，彼此间的情分自然也就生疏了。</u>有些相隔数年，都不会碰头打个照面。每个人都有一大堆不见面的理由，时间长了，也就跟陌生人无异。这便是中国家庭的普遍现状。当然也有例外，只是占的比例很小。就拿我的几个姑姑来说，奶奶活着时，她们每年春节都必定会来我们家拜年。可奶奶走后的当年春节，她们就没有一个人来我们家了。我知道她们都忙，既要照看孙子，又要干活养家。身为底层人，求生不易。但这些都不是主要的原因,真正的原因还是在于我的奶奶已不在人世了,有点"树倒猢狲散"的意味儿。有什么办法呢,人与人之间,不论是亲人还是朋友,没有哪种关系是稳固的、持久的。谁也别指望能与谁肝胆相照,不离不弃。亲情关系还好一点,你看现实生活中那些朋友关系,同事也罢,闺蜜也罢,哥们儿也罢,倘若脱离了利益这根绳索的捆绑,没有多少人能够相扶相携走到最后。

扯远了,还是说回上坟的事。就在我们烧完纸,要转身离开时,身后突然有人说话:"你婆婆的坟风水好啊!"听声音,我就知道是根子大爷。他的家就挨着我奶奶的坟。我见他笑眯眯地走过来,赶紧迎上去,掏出烟来散。像他这样的人,我是得罪不起的。我奶奶的坟占用了他的宅基地。其实也不是他的宅基地,他原来的房屋在山脚下,公路修通后,为图出行方便,他便在公路附近的山丘旁修建了新房。这样一来,他就强行说新房周围的山地都是自己的宅基地。也没人对他的蛮横表示抗议,都是本村人,抬头不见低头见。除非万不得已,谁也不愿结仇。我奶奶离世时,阴阳先生择了几处地,都不合适,唯独在他新房旁侧选中了坟穴。母亲深知,若不是自家的田地,要想在那里安葬老人是件麻烦的事情。那些天,根子大爷主动跑来担任"香灯师"。所谓"香灯师",即是帮助道士做些烧纸、点香和放鞭炮等活计的人。千万别小看了这个差事,孝家是要按照每天两百元的标准开工钱的。如今,在乡村生活的人越来越少,若遇到某家操办丧事,几乎找不到帮忙的人。根子大爷是干这种事的老手,凡我们村有老人去世,都是他出任的"香灯师"。他自己乐意,孝家也乐意。根子大爷有个小儿子,刚过弱冠之年,成天游手好闲,性格又古怪,动不动就要抡刀伤人,以致村里人都不敢招惹他。根子大爷每次去做"香灯师",都要将儿子带上,目的是想让孝家将"扎灵房子"的事交给他儿子做。这样,他们父子俩又可以多挣几百块钱。当时,根子大爷也向我母亲提出过请求,让我们将奶奶的"灵房子"交由他儿子扎。母亲当即去跟道士商量,谁知道士也想独揽此活儿,肥水不流外人田嘛。这可让我母亲为难了,搞不好自己就会成为猪八戒照镜子——两面不是人。但我们心里都清楚,办丧事肯定是以道士的意见为主。要是得罪了道士,必定没有好果子吃。无须思忖,母亲只能委婉地将情况告知了根子大爷。根子大爷表面上装得很大度,心中却怏怏不乐。故当我们提出将奶奶的坟穴挖在他的"宅基地"上时,任凭我们是给他下跪,还是谦卑地说好话,他都态度坚决,死活不同意。结果还是母亲经验丰富,偷偷地塞给他一沓钞票,他才和颜悦色地答应了。

我历来对某些乡村风俗深恶痛绝,但我置身在这样的生存环境中,根本无法挣脱。假如我们不按风俗替奶奶操办丧事,今后我父母就没法回村了。他们会被乡邻骂为不孝,会被人戳背脊骨和吐唾沫。随着时代的发展,现在的乡村也在随之发生变化,可许多根深蒂固的观念却依旧没变。不管你进城多少年,只要你的长辈还在乡下生活,或最终要送长辈叶落归根,你都得按照风俗行事。反之,你收获的必将是羞辱而非荣耀。纵使你再有权势,再有名望和地位,一旦违背了老祖宗留下来的规矩,村民们就不会认可你。他们会从心里将你除名,视为忤逆之子。这不是愚昧与文明之间的博弈,也不是落后与进步之间的较量,而是对乡土社会结构和人伦秩序的维护,更是对传统文化和礼法制度的恪守。

近年来,经常有城里人将自己亡故的老人拉来村中安葬。要是以前,若死者不是本村人,是休想来村里入土的。村民都很团结,尤其是村中的长辈,严守着决不让外人来村入葬的规矩。可不知从何时起,这个规矩变了。只要死者的家属给钱,即使死者不是本村人,也可以拉来村中安葬。过去那些严守着规矩的老人们的后人都已进城谋生,不再关心村子里的事,也不大关心自己的父母。他们顶多在逢年过节时回家吃顿饭,就匆匆地跑了。老人们知道时代不同了,更知道钱的重要性。只要能挣钱,谁还愿意守着规矩呢?

据我所知,城里人来村中安葬一个老人,收费都在万元以上。有个别经济条件优渥的家庭,只要能为亡亲觅得一块风水宝地,他们甘愿多拿一到两万块钱给村民。这与城里的公墓相比,已经算便宜了。位置稍微好点的公墓,一个墓坑差不多要卖十万元。故村民们只要听说有人要来村里入葬,他们都会流露出欣喜。尽管按户头平分下来,到他们手中的钱也没多少。但对于农民来说,小钱也是钱,有总比没有好。他们宁可得罪族人,也不愿得罪钱。在一个重利轻义的社会,没有人傻到会跟钱过不去。

这让我想起发生在几年前的一件事。村中修子大爷的大儿子病逝,跑去帮忙的人,个个都要求开工钱。若不开工钱,他们就袖手旁观。挑水要钱,切菜要钱,劈柴要钱,挖坟穴要钱,抬棺要钱……,这让本就不富裕的修子大爷苦不堪言。但为让儿子顺利下葬,他也只能沮丧着脸答应。

修子大爷有三个子女,两男一女。死去的大儿子是个单身汉,生前在县城附近的一个手工作坊看管库房。他因强奸作坊老板的闺女,入狱八年。出狱后,落下满身疾病。他时常吐血,每次吐血,都会晕厥。没多久,便归西了。他的二儿子,在十多年前入赘到另一个镇落户后,就跟他疏远了,几乎不见回来。他的女儿,比她两个哥哥的命运稍微好点,嫁给了一个理发师。夫妻俩在县城买了个门面,靠开理发店维持生计。修子大爷操办完大儿子的丧事后,不到一年时间,他的老伴不知是悲伤过度，还是绝望透顶，也病逝了。跟他大儿子去世时的情形一样，跑来帮忙的人，同样向其索要工钱。若不给，大伙都事不关己高高挂起，把修子大爷气得周身发抖。

这就是如今的乡土社会。在我的童年记忆中，过去无论谁家办红白喜事，全村男女都会跑来义务帮忙。没有人会开口要钱，即使主人开钱，也没有人会收。大家都说，乡里乡亲的，谈钱就见外了。那时候的人多淳朴啊，哪像如今，遍地都是势利之人。

最刺痛我心的事，是在给我奶奶办丧事时，华子大爷的举动。在我心里，华子大爷是村里最本分、最厚道、最仁义的人。他素来乐于助人，不图回报。从我记事起，他就没少帮我们家的忙。无论是插秧割麦、栽苕收豆；还是耕田翻地、修房造屋，华子大爷的身影都会出现在我们家。这让我一直对其心存感激。华子大爷只有一个儿子，是个江湖牙医。每逢赶集日，他便游走于各个乡镇，摆摊设点，替人安装假牙度日。华子大爷的儿媳妇是贵州人，在县城一家家政公司上班。

我还在读初中时，他的儿子就将这个贵州女人领回了家。那些年，华子大爷的儿子儿媳经常吵架，闹得鸡犬不宁。他儿媳妇骂他儿子欺骗了她，将她哄到这个穷山恶水之地。女人每次破口大骂，华子大爷和他儿子都默不作声。等女人骂够了，怨气也就消了。后来，当他们有了孩子，女人似乎也认命了，不再大吵大骂，整天只顾埋头干活。遗憾的是，他们生的小儿子，先天小脑发育不全，走路歪歪倒倒，说话言辞不清。如今都成年了，行为举止却依然似幼儿。起初，华子大爷的儿子儿媳将其接到县城的出租屋，让他每天专门负责照顾自己的小孙子。一年之后，大概是他们觉得生活成本太高，索性让华子大爷将小孙子带回乡下生活。我每次回村，都能看到华子大爷推着坐在轮椅上的小孙子，在乡村公路上散步。目睹他们爷孙俩相依为命的身影，我的心非常难受。

可就是这个诚实、善良的老人，那天在帮忙捆扎抬我奶奶尸体的竹架时，竟然也毫不客气地问我要工钱，这让我的心比平常看到他们爷孙俩散步的身影时还要难受。我理解华子大爷的生存处境，即使他不开口要工钱，我也不会亏待他。但他就是主动开口要钱了，他此举让我五味杂陈。我心里明白，在华子大爷向我开口要钱的那一瞬间，这个村庄留给我的最后一丝美好已荡然无存。

我该说什么好呢？我能指责华子大爷不对吗？能指责我的父老乡亲不义吗？永远不能。我在想，要是我跟他们一样生活在乡下，从来不曾离开过故土，说不定，我比他们还要变化得厉害呢。罢了罢了，任何对他人的道德指责，本身就是不道德的。一个人，要是没有生活在特定的环境，是不可能设身处地进行换位思考的。

我相信，我的乡邻们也不情愿自己变成这样。但若是不这样，他们又该怎么活呢？身为底层人，选择求生的空间原本就很狭窄。在严酷的生存面前，他们也只能随大流，不然就没法活。

生活才是最好的老师。我们不会的，生活教我们会。这不，当我给奶奶上完坟，去往另一处祖坟祭祀时，恰好碰到修子大爷的女儿在给她母亲上坟。她母亲的坟旁，添了一座新坟。她不但在母亲坟前烧纸，同时还在新坟前烧纸，这让我纳闷。我试探着问："这新坟里埋的是谁？"修子大爷的女儿回答："我父亲。"我一下子蒙了。继而问道："你父亲什么时候走的，咋没听村里人说？"修子大爷的女儿沉默半晌，才告诉我实情。她说自她母亲去世后，她就将父亲接去县城生活了。进城后的修子大爷，成天神思恍惚，老念叨着回乡下。但她不放心父亲独自在乡下过日子，没同意他的请求。三个月前的一天早晨，她不见父亲起床，推门一看，修子大爷已经死在床上。因有前面哥哥和母亲的遭遇，她料到若将父亲的遗体拉回老家办丧事，必定又没有帮忙的人。为省事，她直接将修子大爷拖去火化后，悄悄地将其骨灰抱回老家入土了。她说，自己是嫁出去的女子，平常跟村中人没什么交道，也没人愿意帮她安葬父亲，她如此选择无疑是最明智的。她还说，照她的想法，根本不想将父亲抱回老家安葬，只因父亲生前多次向她表示，希望自己死后能挨着老伴儿的坟下葬。为满足父亲遗愿，她才将其送回故土的。

我听她如此说，心中更是无比凄凉。晚上，我一宿没睡着觉。躺在老家的木床上，望着窗外的月光，我好想痛哭一场。最近五年，我熟识的村中长辈，一个个先后离世，这带给我巨大的伤感。故乡让我越来越陌生，曾经熟悉的一切都烟消云散了。我不敢想象，倘若再过十年八年，我的故乡会是什么样子——一片废墟，或一片荒山？虽然现在国家正在实施乡村振兴战略，农村的基础设施建设越来越好。房屋修漂亮了，公路通了，天然气通了，自来水通了……，可仍旧不见有多少进城的农民返乡重建家园。我不是三农专家，无法从理论上分析造成此种现状的根源，我只能说事实。唯有事实是骗不了人的。还不只是我们村，这些年因工作关系，我深入全国不少省市的乡村进行过走访和考察，所看到的情形与我的村庄没啥区别。但愿这种现状只是暂时的，毕竟已有有识之士参与到乡村建设的事业中来。

第二天起床后，我趁母亲做早饭的时间在附近走了走，发现在我家旁边，被挖掘机刨出来一条机耕道。我顺着机耕道朝山坡上爬，想看看此道通往哪里。待我爬上坡后，看见整个坡顶都被翻耕成了田地。田地上种满了蚕豆，绿油油的嫩苗在阳光下生机盎然。我猜这成片的蚕豆肯定不是农民种的。后经打听，果不其然，是有人承包了坡地，试图发展经济作物。也许，这便是新农村焕发出的新气象吧。

吃罢早饭，我又沿着乡村公路漫步。当我走到村头池塘的拐弯处时，一座气派的小洋楼赫然矗立在我面前。小洋楼周围，还建有游泳池、观景台和休闲凉亭。我出于好奇，走近细瞧。铁栅门之内，鲜花成行，几只鸟雀在花丛间跳跃，别有意趣。可以说，这简直就是一个康养胜地。我万万没想到，这个闭塞的村庄，竟会藏着一处花园式景观。

它是何人所建呢？是有人衣锦还乡，建造这个"小园林"供自己养老吗？我正这样想时，村民广子大爷背着手、叼着烟向我走来。他一见我就热情地打招呼："小吴回来啦。"我微笑着连连说是。一阵寒暄过后，我问他这处景观是谁发财后建造的。哪承想，广子大爷的回答让我感到意外。他说："咱们村，谁有实力建造这么奢侈的房子，是区里一个什么部门投资修建的。"紧接着，他又给我说了一大通内幕，越说越使我像丈二和尚摸不着头脑。但广子大爷到底是此事的见证者，连某些细节他都说得一清二楚，这充分说明群众的眼睛是雪亮的。据他透露，这个部门为修造此处景观，占用了四户民宅。他们与村民签订合约，租用其住房进行改造，每户人家一次性支付租金六万元。租房的使用期限为二十年，租期满后，即将房屋归还给房主使用，但不拆除和破坏所有改造设施。这四户被改造房屋的主人是亲弟兄，其中一人本事很大，在社会上挺吃得开。

广子大爷说完，朝我叹口气，摆摆手，转身走了。我不知道他所说的是否属实，我只知道这处"世外桃源"就在我眼前真实地存在着。我也不想去对这处"小园林"做任何的猜测和妄评，但我只想说一个事实——在一个闭塞之村建造如此奢华的一个处所，会有人来消费和度假吗？如果有，他们会是谁？

午后的阳光有些稀薄，我的两个孩子嚷嚷着要返城了。昨天晚上，他俩都没睡好。一会儿嫌床铺太硬，一会儿嫌被子有霉味。直吵嚷到后半夜，他俩才安静入睡。今天刚起床，他们就在向我母亲抱怨，催促着要离开这个"鬼地方"。

我理解孩子们，这个村庄不是他们的"血地"。这块土地既没有哺育他们成长，也没有承载他们的苦乐，更没有安放他们的心灵。他们只是这个村庄的过客。可我不一样，无论这个村庄是贫穷还是富饶，是荒芜还是繁盛，我都会念兹在兹。哪怕我躺在城市里的空调房中做梦，我梦见的也依旧是村庄里的场景和人事。

换句话说，这个被我称为故乡的小村庄，是我的"精神之母"，它塑造了我的性格和心性。故我无论走多远，都割舍不了对它的思念和感恩。我深深地懂得，它不仅是我肉体生长的地方，也是我灵魂诞生的地方。

选自《广西文学》2024年第5期

汪渔

为每一棵树命名

汪渔

本名汪应钦,研究员,中国作家协会会员、重庆市作协全委会委员。作品多次进入试卷,入选《中国报纸副刊优秀作品集萃》等。获中国报纸副刊年度精品(一等)、中国人口文化奖文学奖、重庆新闻奖(报纸副刊)一等奖等。

山连着山,树连着树,人连着人。

从人潮涌动的剑门关转场到浓荫匝地的翠云廊,心底陡地升起几分凛然。林荫的清凉叠着岁月的苍凉瞬时从趾间袭上眉间。

天地寥廓,思绪无际,容易让人滋生前不见古人后不见来者的孤寂之感。

这是四川广元的地界。山是四川的,河是四川的,树是四川的,然而风从四面八方来,云从四面八方来,人从四面八方来。脚下的石板路,名叫"金牛道",弯弯环环通向远方,连通的不仅仅是西安与成都,还是秦国与蜀国。

这是大有来头的两行行道树。冠盖亭亭,交织缠绕,形成的不仅仅是林荫大道,而是时空隧道。手指轻抚道上的任何一株古树,都会接收到古人传递的信息:你触摸了秦代,你触摸了三国,你触摸了明清……

一

山野的映山红红了。山野的映山红谢了。枝上筑巢的鹭鸟飞来了。枝上筑巢的鹭鸟飞走了。

年年岁岁,岁岁年年,山里的主人换了一茬又一茬,山里的客人换了一茬又一茬,然而,它们始终站在这里,有的站了几十年,有的站了上百年,有的站了两千年,硬凭实力把自己站成了大地的主人。

"树老会成精。"

小时候看《天仙配》,看到槐荫树开口讲话,"叫声董永你听知,你与大姐成婚配,槐荫与你做红媒!"大为讶异。当我看到这些树的时候,我相信,原来树是真可以讲话的。

这是一群有名字的树。

"皇柏"是它们的共同身份。但它们还各有各的姓名。

这一棵叫剑阁柏，2300多岁，树高二三十米，干粗须数人合围，树冠庇护之下，是比房屋还大的一片阴凉。

正如上了年纪的老人一样，性别已经模糊，所以有人说它是松，有人说它是柏。正如上了年纪的老人一样，皮肤松弛而至堆叠，所以它的老年斑垒了一层又一层。正如上了年纪的老人一样，对世间需求甚少然而活得顽强，所以它依然苍劲挺拔，郁郁葱葱。

它的面前，行过秦国的兵跑过蜀国的马，如果它要开口说话，我想它最想讲的，应该是"石牛粪金，五丁开道"。从那以后，包括"金牛道"在内的古蜀道不但贯通了中原入蜀的通道，还将黄河文明、长江文明联系到一起，进而成为古丝绸之路、南亚廊道的重要桥梁纽带。

这一棵叫阿斗柏，它的树干，半边干枯，半边活着。半死半生，向死而生，死而复生，本身就是很好的话题，它歪着脖子，似不甘心，似有委屈，似很倔强，似仍不服。

如果它要说话，恐怕能代言蜀国历史。杜宇开国，称帝于蜀，号望帝，杜宇死了，但杜鹃啼血的传说还在，而今让人"一叫一回肠一断，三春三月忆三巴"；秦王伐蜀，巴蜀灭亡，但为灭楚和统一六国创造了条件；时间如箭一般穿过，转眼来到三国，姜维还在剑门关为蜀汉政权披肝沥胆的时候，蜀汉集团的总负责人刘禅（阿斗）却已在成都宣布降魏。相传阿斗被押解到洛阳时曾在此树下避雨，此后他在洛阳半生半死苟活，口出金句"此间乐不思蜀"，百姓怨愤于此，刀砍火烤此树，致使它半生半死。

后人常常猜测历史后面的那一帘幽梦，几多慷慨，几多悲壮，几多叹惋，几多悲凉。融会贯通也好，穿凿附会也罢，其实都是后人以心度心、以情度情、以类度类的一种盲测。

饮食男女，有俗世的情感，也需要有所象征寄托。他们给树取名，内涵全都渗透在字面之上，直接又直白。

比如，这棵鸳鸯柏，交颈而立，形如鸳鸯，方便有情人来此打卡。比如，这棵夫妻柏，携手并肩，亲如夫妇，能让夫妻同游者对号入座。比如，这棵天桥柏，枝丫横伸，犹如天桥，满足了凡夫俗子对牛郎织女鹊桥相会的所有想象。

一路观赏，一路阳光。

细碎的光线从枝丫间柔柔软软地洒落下来，恰到好处地照亮了路边那些梦幻通透的树名：寿星树、仙女树、结义柏、石牛柏、罗汉树、观音树……

二

一彪人马打着唿哨跑进时间深处去了。

一路旌旗遮天蔽日，最终也消失在路的尽头。

那些兵那些马，那些粮草那些茶，以奔跑不息的方式掠过翠云廊，留下的都是夕阳下的一道剪影。而那些慢慢悠悠低吟浅唱走过翠云廊的人，都留下了自己的姓名。

那位吵嚷"蜀道之难，难于上青天"的叫李白。那位入蜀上任不忘吟着"此身合是诗人未？细雨骑驴入剑门"的叫陆游。那位写下"翠云廊，苍烟护，苔花阴雨湿衣裳，回柯垂叶凉风度"的，是此地清代知州乔钵。

朝代的初始似乎都是以武起势，继之以文为治，而后以文脉传承彰显盛世的文治武功。

翠云廊上的文治武功，全部雕刻于一部植树史中。

那时，在此植树可能为了彰显天子的威仪，整齐划一的树木带着凛然杀气和磅礴之势。那时，在此植树可能为了设置路标，因为以堆土标识害怕水冲，距离稍远还不能望见。那时，在此植树可能是宗教原因，石碑上的《种松记》表明种下的是风水树。那时，在此植树可能因为贵妃喜欢荔枝，沿途植树遮阳有助于保持水果鲜味……

树种下了，关键在于不准砍伐。

秦代，那是王柏或是皇柏，无人敢砍。汉唐，有人专司管树之职。宋代，颁布管树条例。明代，发布禁伐政令。清代，对树挂牌编号……

传承至今，翠云廊"衔空三百里，一色郁青苍"。

这里的每一棵古树都是幸福的。

活了数朝数代，春天白牡丹的花、夏天白荷花的花、秋天白芙蓉的花、冬天白梅的花，全都见过。同年雨水节令的雨、白露节令的露、霜降节令的霜、小雪节令的雪，全都饮过。

这里的每一棵古树都是慈祥的。

尽管沉默无语，但它们在静观云散云起，在对着巢穴里的小生命轻轻吹气，在伴着游人的步履默默移动地上的阴凉。一阵山风吹过，窸窸窣窣，窸窸窣窣，那是它们的鼾声，均匀，柔和，顺畅，坦荡。

这里的每一棵古树都是疏朗的。

万水千山只是它的伏笔，大秦的余味，大唐的风情，人世岁月里的一往情深，是谁的脚板踏光了石板上的棱角，岁月任性敷在它身上的青苔，它照单全收，全都偷偷藏进了树皮的皱褶，只有有情之人才能解锁。

三

我们是 2023 年国庆假期自驾到达广元的。

明月峡、皇泽寺、昭化古城、剑门关……一路下来,眼里心里全是古关、古城、古街、古院、古树、古栈道,耳中听的口中念的,全是秦王、蜀王、诸葛亮、张飞、唐玄宗、武则天……

直到翠云廊,直到遇上龙大哥,一把把我们拉回到现实。

他满身阳光,佩戴着工作人员标识,一眼能够判断是本地人士,所以远远向他打招呼。

"老哥贵姓?"

"龙。"

"老哥贵庚?"

"属龙。"

他的回答引得我哈哈大笑:"木怕火,火怕水,老哥姓龙又属龙,擅长行云布雨,合该你做看林人!"

玩笑拉近了彼此距离,他如数家珍讲起了护林故事。

他说,翠云廊古柏是目前存世时间最长、面积最大、数量最多的人工行道古树群,堪称自然与人文共生的珍贵标本。

他说,翠云廊每棵古树都是宝贝,所以每棵树都有五个保姆:一名党员干部、一名群众、一名专家、一名护林员、一名监督员。

他说,作为重要仪式,此地县长离任,必须向新任县长移交翠云廊古树目录。

"老哥护林几十年,天天待在此地,有没有啥子愿望?"

"有。我的愿望,就是想为每一棵树命名。我们翠云廊 7803 棵树,还有许多树没有名字。"

他的回答，让我暗暗吃惊。

"给每一条河每一座山取一个温暖的名字。"这，可是诗人溢出眼里溢出心里的幸福啊！

龙大哥能够随口说出这样的句子，一定是这片树林已走进他的内心，而他也走进了树林的内心。那一瞬间，我仿佛看到，他身上发出一道亮光，把我的眼睛晃得春花绽放。

我定定神，再望了一眼翠云廊。

这一眼，我看到站立道旁的，不再是树，而是时间，是历史，是画，是诗……

选自《重庆日报》2024 年 5 月 31 日

云德

忆祖母

云德

文学博士，二级研究员。中国文联原副主席，中国作协会员，享受国务院政府特殊津贴。曾出版《期待的视野》《文化的视点》《云德评论文选》（6卷）等著作，获得十多个国家级文化与新闻奖项。

我的祖母与我们家所有人没有任何血缘关系，却是我们家宗姓存续的功勋人物，是子孙心目中最可信赖与尊崇的精神支柱，一家三代情感融洽与亲近的程度超越任何嫡系血亲。

尽管祖母去世已有 30 个年头，但是，每逢老人忌日或者清明节，我们兄妹几个无论身在何处，都会相互叮嘱甭忘了给奶奶扫墓，这已经成为全家人雷打不动的生活议程。

一

祖母是父亲的继母。祖母填房嫁给丧偶的祖父时，年龄虽不满二十，却即刻成了两个幼子的母亲。为防止同父异母子女共处可能给家庭生活造成潜在的摩擦，祖母一直没要自己的孩子。然而，这个重新组建的家庭虽清贫却也和睦安宁的日子过了不到十年，祖父就在侵华日寇攻城的炮火中被击成重伤，生命垂危之际，招呼两个孩子跪在继母面前，依依不舍地拉着祖母的手放在孩子头上，在泣不成声的哽咽中把一个陷入绝境的家庭托付给了年轻妻子。一个不足二十九岁的文弱女子，从此倾其一生，恪守一个尽力保持家庭完整的承诺，终身没再改嫁，独立承担起抚养十四岁的父亲和十一岁叔叔的艰巨使命。

毫不夸张地说，祖母是世上罕见的意志极为坚毅的女性。在那兵荒马乱的年月，孤儿寡母三人，靠着老家仅有的两亩收成极不稳定的湖田和一个粥铺生活，其艰辛程度可想而知。但从我记事起，这段沉痛的生活经历，从来没从祖母口中听到过半句。成年后，我也曾有意识地向祖母打探过，老人家总是抿嘴一笑，闭口不谈。她常说的一句话是：人不是牛羊，不能靠倒沫（反刍）活着。只要你经常把苦啊、累啊、愁啊、恨啊的怨尤挂在嘴上，这些东西就会在心里扎根儿，一辈子也别指望抬起头来。后来，我在生活中受到委屈时也曾尝试着去效仿，结果发现，这看似轻松的隐忍若能心平气和地做到真的很难、很难，一般人一般情况下几乎没有可能。

母亲与祖母共同生活了半个多世纪，有关祖母及家庭过往生活的片断，大多是从母亲那里听来的。母亲说：奶奶之所以不改嫁，除了信守诺言之外，还与她自身的经历有关。祖母十几岁时，其父因赌博欠债，就把自己的亲生女儿抵押给别人做使女。小小年纪，曾因侍候顾主抽大烟时打了个瞌睡，胳膊就被那个狠毒的家伙用烟钎子刺了个血洞，清晰的伤疤终生可见。祖母之所以初嫁就找了个拖家带口的鳏夫，一种可能是契约的耽误，更大的可能就是急于摆脱悲惨生活境遇的一种无奈选择。或许因为亲身领教过寄人篱下的切肤之痛，所以，她绝不忍心看着自己的惨剧在继子们身上重演。

孤儿寡母以劳作为生的日子委实艰难。老家的那点薄田紧靠鲁南连片的湖泊，当年没啥防洪设施，基本靠天吃饭，故而湖地歉年多于丰年。正常年景，有夏秋两季的收成，大致可保家人衣食无忧；但碰上水患，歉收甚至失收是经常的，届时，基本口粮也就没了着落。祖父过世不到两年，老家遭遇特大水灾，庄稼颗粒无收，为数不多的存粮很快耗尽，一家老小只能靠粥铺过滤豆浆剩下的废渣、再掺上些杂面、菜叶之类做成的窝头糊口。于是，粥铺再也雇不起帮工，小哥俩只好辍学回粥铺打杂。

卖粥是小本生意，挣的是辛苦钱。每天凌晨三四点钟就要起床，全家上阵推磨轧豆浆，石磨很重，裹着小脚的祖母和两个未成年的孩子推起来十分吃力。豆子成浆的过程，需要经过三次以上的反复研磨和过滤，豆浆滤出后再配上少量的小米面上锅熬煮。因为粥里全是淀粉和蛋白质，开锅后特别容易鬻锅，所以，熬粥的全程须文火慢熬，其间还要不停顿地用铁勺搅拌，防止糊锅。熬粥的过程很长，小哥俩儿尚可轮流睡个回笼觉，祖母却必须坚持始终。黎明时分，粥锅停火，再到对门早点铺赊些油条、烧饼之类，粥铺才算正式开张。吃早点的客人时多时少、陆续进出，直到九十点钟甚至更晚，才能告一段落。客走店静，一家老小方可得空坐下来吃口早饭。

饭后，祖母立马就要清洗粥锅和碗筷，浸泡上第二天磨浆的黄豆，再分派两个孩子外出采购各种备料或干些其他杂活。待一切安排妥当，未等片刻喘息，祖母又会拿出为人家成衣作坊代工缝制的衣料，开始以女红挣钱贴补家用的第二份工作。祖母有一手极好的女红手艺，老人在世的岁月，我们家人一年四季的各式穿戴，基本出自她的手下，穿着这些衣服出门总会不时受人赞许。祖母的这份精巧手工，虽收入微薄，却也为飘摇不定的贫寒家庭解决过不少燃眉之急。

即便如此，一家老小的温饱仍然难以为继。特别是庄稼绝收的饥荒年月，熬锅稀饭，或者用最便宜的地瓜干配上青菜加盐煮一锅菜粥，就是一天的伙食。这时节，祖母总会把粥里成型的食物，捞给两个正在发育期的孩子，自己只喝稀汤。老人为此一度得了十分严重的浮肿病，胳膊上一按一个坑，脚肿得连鞋都提不上。

穷人的孩子早当家。未成年的父亲从那时开始，就不断到运河码头上给人家打些零工，挣点小钱聊补无米之炊。有一天，活计较多，一直干到深夜。沿河堤回家的路上，微风吹拂下的河水不时打在岸边，有节律的呢喃肆意刺激着饥肠辘辘的神经，劳累和饥饿叠加的双重心慌感顿时袭来。此时，借着朦胧的月光，看到码头上堆有无人看管的散装地瓜，于是啥也没想就脱下上衣，包了一兜地瓜回去。连夜用黄泥包住，塞进粥锅的火塘里。烤熟后，自己还没舍得下口，就兴冲冲地送给正在忙碌的母亲。不承想这下惹怒了老人，厉声追问食物何来？父亲开始回答是捡的，老人不信；再三追问，仍含糊其词。祖母一气之下拿起鞋底猛抽父亲的后背，父亲一声不吭，脊背和屁股上隆起片片鞋痕，叔叔连忙跑过来趴到哥哥背上并高声替哥求饶，祖母见状一愣，立马将鞋子扔掉，双手揽过两个孩子，娘仨顿时哭作一团。据叔叔后来回忆，这是他们记忆中，祖母平生唯一的一次打孩子，也是自爷爷去世后最撕心裂肺的一次痛哭。

悲怆的哭声惊醒了对门店铺的大爷，过来问清原委后，老人在替父亲说情的同时，也非常郑重地规劝祖母，说：大嫂不能这样苦自己，如果您有个三长两短，等于彻底毁了这个家，两个没娘的孩子会更加可怜。祖母谢过邻居的关心，却也明确表示：宁可穷饿而死，也不能惯着孩子拿别人的东西、占人家的便宜。若是孩子学坏了，要这个家有什么用处？我这寡岂不也是白守了？！

第二天一早，祖母就带着父亲找到卖地瓜的货主，原物归还，磕头赔罪。这事让货主十分感动，在打听清楚来龙去脉之后，亲自带上一担小米登门看望，还主动招收父亲进货运站当学徒。祖母叩谢老板招工的美意，但小米坚决不收。货栈老板只好说粮食算是借贷，帮一家老小暂渡饥荒。祖母这才找人立了字据收下。

这次风波因祸得福，不仅为父亲找了个稳定营生，也稍稍缓解了家中断炊的窘境。第二年夏收后，祖母拿出两担小麦去还账，货栈老板开始不要，见祖母态度坚决，好说歹说只收下一担零一斗。货栈老板的这一善举，一般不提往事的奶奶倒是念叨了无数次。

这唯一的一次挨打的教训，让兄弟俩切身领略了做人的道理。不占别人小便宜，从此成了他们的人生准则。后来，父亲曾做过近20年的仓库保管员，无数物品进出库房，所有进出账目从没出现过任何差错。这从一个侧面表明，祖母的教诲影响了父亲一生。父亲一辈子为人正派、做事踏实，在亲朋、邻里和同事中一直享有上佳口碑。

二

人们时常会对某些惊天地、泣鬼神的社会现象由衷感叹，因为这些神奇的事情尽管真实发生，但按常理推断，却往往让人难以置信。联想到一个身单力薄、裹着小脚、无依无靠的文弱女人，在风雨飘摇的动荡年月，靠着自己的勤劳与智慧，把一对孤苦伶仃的非嫡生儿童拉扯成人，且最终扩展为一个子孙满堂大家庭的艰辛过程，其中肯定有不少惊心动魄的故事，但到底发生过怎样的痛苦磨难，非亲身经历者的确难以想象！我们少不更事时，老人缄默不言；待知其艰辛想深入探究时，当事人大多作古，大量悲怆的生活细节或许就这样永远湮灭于历史烟云之中，但这段历史给后辈留下的神奇与感叹，却丝毫没有随时间的流逝而减弱。

尽管过往的一切皆不见踪影，但回望岁月刻在奶奶脸上的独特印痕，却在追忆与想象的相互佐证下愈发清晰起来。经反复回想与琢磨后准确断定，与我们曾经朝夕相处的祖母，脸上从来没有流露过许多历经苦难的人所普遍存在的沧桑与焦虑的表情，她平和、从容、干练与自信的神态同她坎坷的经历构成了巨大反差。凡是见过祖母的人，无不为老人坚毅、和善、慈祥且颇具尊严的面容所惊讶，为老人接人待物时所表现出来的热诚、谦和、豁达且极有自控力的谈吐所折服。不少来过我家的同学和朋友，初次见到奶奶都会留下深刻印象，并发出类似的感慨。我的妻子只在我们结婚前后与奶奶有过两次为数不满一周的短暂接触，在夫妻共同生活了三十多年之后，每每谈及家人，给她印象最深的依然是祖母。对宗教一窍不通的她，总是觉得老人身上带有隐约可感的佛性。她说老太太的眼珠比一般人亮堂，身上有某种难以用言语表达清楚的气场与亲和力。

我家的粥铺发生过这样一段故事。

七十年前，邹城山区大旱，灾民四处逃荒。一天，有个熟客领着几个陌生人进店，谈的却是一桩与吃饭无关的转让女儿的生意。在即将签字画押的当口，女孩边哭边跑向一旁拾掇餐桌的祖母，大声呼喊：大娘救我！陌生人厉声呵斥并过来拉拽，女孩抱住奶奶死活不松手。僵持了很长时间，见生意无望，人贩子极不耐烦地转身离开。女孩父亲含泪向大家解释：不是为了给没娘的孩子寻条活路，哪能出此骨肉分离的下策？今天契约不成，孩子早晚也会饿死。仔细询问过事情原委，祖母眼含泪水，毅然决然地做出一个让她自己也感到震惊的决定。她对女孩的父亲说：看来这位大兄弟的确遇到了难处，但出让孩子的招数实在使不得，万一碰上恶人岂不毁了孩子一生？如果大兄弟不嫌弃，不妨先把孩子暂时寄养在我们家。今年湖地收成不错，我家虽贫寒却能勉强糊口。我没有女儿，就当女儿养着，名姓都不用改，等你们生活有了转机，孩子可以随时领回去；即使不领回，孩子还是归你家，大家权当亲戚走动。人命关天的天大难题瞬间得以化解。从此，祖母身边多了一个女儿。

后来的若干年，祖母对女孩视同己出，疼爱有加，吃穿样样先于父亲，即便极其普通的衣服，祖母也会额外给女孩绣上花草或蝴蝶，让她在成群玩耍的孩子中显出不同。一个自幼失恃的女孩，从此找到了母爱的感觉。再后来，女孩与父亲形影不离，相互争着在店里干活，当初领养的证人看在眼里，于是心生一计。在他积极张罗下，并征得女孩父亲同意，祖母正式摆下聘礼，两家就此结为亲家。最终，这女孩也就成了我们兄妹的生身母亲。

再后若干年，舅舅谈起此事曾讲：恐惧和绝望的姐姐走进粥铺，看到慈眉善目的老板娘，冥冥中就觉得这人像个活菩萨，肯定能救她一命。

人们常说，世间最难相处的莫过婆媳关系，我们家这既是养母又是婆婆的双重亲情，估计无人能与之相比。一个成年人婚后初建的婆媳关系，与患难中相依为命的母女完全是两个不同概念。母亲和奶奶之间没有一丝一毫的拘谨、客套与防备，有的倒是一种水到渠成的天然默契，连称婆婆为"娘"的那股亲切劲，似乎都能听得出发自内心的真情流露。记忆中，父亲每次拿钱回家，都是先交给奶奶，可是奶奶从来都说现在是媳妇当家，看也不看就随手把钱交给母亲。母亲转手把钱锁进柜子，却总会把钥匙悄悄地放到祖母的枕头底下。类似的细节数不胜数，而最能说明她们关系的一个细节是，祖母去世火化的当天，母亲抱住祖母的遗体放声大哭，长时间不让殡仪馆的师傅把灵车推走，最后直至晕厥。另一家给亲属送葬的人群在一旁观望，见状赞叹：看人家女儿，生前这得多么孝顺！父亲的好友忍不住，转头相告：哪里是女儿呦，是儿媳！发出感慨的女士瞬间愣神，转身拨开围在母亲身边的亲朋说：大家让开，我是医生！这时，母亲已经苏醒，虽没用医生救护，亲友们还是纷纷过来向她致谢。女大夫回应道，这类情况一般没啥危险，其实我更想见识一下什么样婆媳关系能让人这么悲伤！

桃李不言，下自成蹊。任何人的历史，无一不是自己的行为所写就的。奶奶，这个为毫无血缘关系的家庭守寡一生，且带出良好家风，这个从五十岁左右就要拄着拐棍走路的毫不起眼的小脚老太太,在周边亲朋和邻里间一直享有极高威望,谁家夫妻吵架,各种邻里纠纷,她都会被视为最有公信力的调停人;每年春节初一早晨,周边的晚辈都会上门给老人磕头拜年;平日里,熟悉的大人孩子见到她,都会主动下车或停下脚步打招呼,向这个有传奇经历的老人行注目礼。

仔细想来,奶奶的传奇其实一点也不神秘。说到底,她不过是传统礼教熏陶的普通家庭妇女中的一分子。她一生中似乎没有什么宏大的抱负,在被生活推向绝境之后,出于无奈的选择中,最大的心愿无非就是把一个破败的家庭维持住、过下去、尽可能过得好一点。当残酷的命运、兵荒马乱的生存际遇,接二连三地朝她倾泻下来的时候,她没有任何退路,甚至压根没想过撤退的事。她用单薄且孱弱的身躯勇敢地顶了上去,向命运展开了不屈不挠的抗争。尽管历经千辛万苦,尽管不断遭遇到局面几乎支撑不下去的危机,但只要没有最后绝望,她都永远不会失望,都能找到为一线生机坚守下去的理由。最终,她没有被命运压垮,她成了生活的强者。她之所以不愿意向别人诉说她的苦难,或许因为不幸对她来说早已司空见惯,无论成功还是失败,她都有足够的心理准备,没什么东西值得大呼小叫。她风轻云淡般的坦然与平和,或许就是曾经沧海后的开朗,是艰难跋涉接近终点的憩息,是生命极致体验后的淡泊,是一种人生悟透的释然。

三

事实上,能否详尽记述奶奶究竟想过些什么、做了些什么,并不那么重要,但她为家庭付出的巨大牺牲,只要闭上眼睛一想,就能给人带来强烈的心灵震撼。即使我们不去设想祖母在各种灾难突降时如何应对，不去设想在饥荒年月怎样艰难维系一家老小的生存，仅从后来我们孙辈们亲眼所见、亲身经历的事实中，去感受祖母的所作所为，那个坚韧、勤劳、聪慧、干练、慈祥且富有大爱的形象，足以令人高山仰止！

好像从自己有记忆的那天开始，老人手里的针线活从来就没有停下过。在缝纫机尚未普及的年代，我们一家老小由内而外、由单到棉、从头顶到脚底的所有穿戴，全是奶奶一手缝制。任何一种新衣款式，只要奶奶看过，隔天就能缝制出来。亲戚邻居谁家要做新衣、画鞋样，都会请奶奶帮忙剪裁。凡是经过她手做出的衣服，总是合身得体。在布票限量，普遍缺少替换衣服的年月，奶奶会操起棉花、纺线织布，给全家每人添置一件粗布衬衣。当年毛线衣十分时髦，在我读小学的时候，就穿上了奶奶用拆掉劳保手套编织的线衣，以及用散碎羊毛纺制而成的毛衣。我们兄妹几个有什么生活要求，遇到什么生活难题，一般都不会去找父母，而是去找奶奶。在大家心目中，奶奶几乎是无所不能的神一般存在。

奶奶晚年的主要精力大都用在照顾孙辈身上。父母出外劳作，我们兄妹几个全是奶奶一手带大，连乳名皆是奶奶所赐。她老人家在孙辈身上倾注的巨大心血，特别是她那无微不至的关心、慈爱和教诲，不仅让人终生受益，更令人终身难忘。

第三代的问世给老人带来的喜悦是空前的，它不仅意味着对过往艰辛生活的实际报偿，更是热切昭示着未来岁月的无限希望。故而，作为长子长孙，我的出生更让奶奶格外上心。未曾想，老人千准备万准备，却不可能预料到有些困难的来临，在人们饿着肚皮加班加点的时光，母亲几乎没有奶水喂养。当时不仅没有购买婴儿食品的钞票，就连家里不足以裹腹的口粮也多是无法喂养婴儿的粗粮。一个嗷嗷待哺的婴儿摆在老人面前，这下难坏了祖母。短暂的喜悦很快被忧愁所取代。于是，奶奶动用各种资源，不仅把自家和亲属家中所有大米与小米收罗起来，而且还拿勉强度日的口粮，用以多换少的方式与邻里交换大米，因为米汤是那时唯一可以养活婴儿的食品。待一切就绪，感觉稍微可以喘息一下的时候，另一个意想不到的事情接踵而来：家家户户要把存粮交出用于集体就餐，为此奶奶把分装大米小米的布袋放入砂缸，埋到院子里。岂料当晚就被老鼠盗走一半。看到好不容易收集来的救命粮遭损，祖母不由得失声痛哭。母亲说，这可能是爷爷死后奶奶的第二次大哭。一辈子不信鬼神的祖母，从此开始烧香磕头，乞求上苍给她家留下延续香火的独苗。或许是奶奶的虔诚感动了上帝，抑或是本人的小命也足够硬，奶奶在锅里煮、在灰烬余热里用瓦罐泡出来的米汤，竟然把一个骨瘦如柴、奄奄待毙的赢婴喂成了一个胖乎乎的健康婴儿。

从我记事起，几乎一天24小时跟着奶奶。在奶奶的怀抱里牙牙学语，在奶奶调教中开始了最初的幼教发蒙。我对色彩的辨别是奶奶手把手指认，对汉字的感觉从家里的门对起步，对数字训练是睡觉前求奶奶挠痒、以数数多少挠痒多少的奖励方式展开的。奶奶教育我见人要懂礼貌，尊重别人才能受到别人尊重；教育我不能浪费一粒粮食，无端的浪费会遭天上的雷劈；教育我必须认真读书，人没有学问将来就没有出息，这无疑给幼小的心灵打下深刻的印记。比如，类似节俭的习惯我保持了大半生。如今虽年近古稀，仍不忍倒掉剩饭，尽管这经常受到学医的老婆批评，但自己永远是虚心接受，坚决不改。依然故我地坚守着：一粥一饭、当思来处不易，半丝半缕、恒念物力维艰。即便这种生活方式有可能对日渐衰弱的身体带来损伤，但相对于心灵的安宁和精神的满足，这些尽可忽略不计。

因老家祖屋居运河沿岸，出门见水，且运河经常发水，每年都有儿童因水丧命。尽管不要到河边玩水的教育天天有，但水火无情，毁人一瞬，这事最让奶奶头痛。为了防患于未然，六岁那年我就被奶奶送进了学校。当时，入校年龄基本都在八岁左右，招生的老师断然拒绝。奶奶只好直接找到校长，再三恳求。鉴于奶奶受人尊敬的名望，校长十分为难，只好婉转地劝说：学校接收学龄前儿童没有先例，既然老人家这般坚持，我们可否先考考孩子，真不能过关请予谅解，只能明年再说。没想到这个附加测试，令在场老师大吃一惊，除了数字和20以内的加减法能张口即来，还能轻松读出一年级课本上的许多汉字。这个小插曲不仅助我顺利入学，而且还意外地成了老师们关注的对象。

奶奶没进过学堂，当然不晓得如何教孩子读书，但她却深知学习须下苦功的奥妙。从小学开始，每天放学回家，无论学校有没有作业，奶奶都有硬性规定，必须先读书、写字然后才能出去玩耍。其实她并不知道要你读什么，只要求你读给她听，读多长时间；写字也不管是语文还是算术，老人只提出页码要求。比如说，本来想让你写3页纸，会说今天要写5张，为了偷懒我会经常缠着奶奶少写一张，结果老人立马高兴应允，偶尔还会来个冰棍或糖块之类的小奖赏。在奶奶的严格管教下，自己占足了笨鸟先飞的便宜，虽是班里年龄最小且永远坐在头排的学生，学习成绩却一直在全年级名列前茅。

就这样，前后用了九年半时间，我轻松地完成了从小学到高中的全部课程。高中毕业前夕，恰巧是白卷英雄张铁生风靡全国的辰光，学校曾拿来当时那个试卷进行毕业班测试，本人几乎得到满分，旋即也就滋长出考大学没啥了不起的高傲感觉。想不到，这个错觉差点毁了我的一生。在下乡劳动了四年之后，赶上新时期大学公开招考，我根本没做任何复习准备，就信心百倍地去报考且填报了最好的志愿。在家人、老师和同学们热情鼓励并抱有极大希望的情况下，本人出乎意料地第一场就考砸了，最后落榜的结局当然可想而知。

高考的失利让我灰心丧气，顿时抬不起头来，一气之下把所有课本全部扔掉，心想平生再也不踏进考场半步。奶奶开始只是默默地看着我发疯，什么话也没说。等高考成绩公布后，有天晚上，奶奶把我叫到床前，口气极其平静地对我说：真的永远不想上学了？是不是应该再冷静地想想，十年的辛苦就这样白费了？你真的能够甘心？如果你下定决心不再报考，我不为难你，会尽快给你找个媳妇，奶奶也渴望能抱上重孙。但是，你必须想清楚再做决定，做了决定一生都不许后悔！人，这辈子会碰到很多坎，如果一个坎过不去就认输，你还能指望自己有多大出息？我们还敢盼着你做个顶天立地的男子汉撑起这个家庭？学习的事情奶奶不懂，但我知道无论录取的名额多低，总会有人抽到上上签。既然人家能有这等志向，我们为什么就轻而易举地认输？大男人不到万不得已哪有轻易认输的道理！你扔的书我给你捡回来了，学不学你自己做主。今天好好睡一觉，再认真想想，不用做任何答复，奶奶会尊重你最后的选择。说完，奶奶转身熄灯睡了。

这一夜，我经历了青年时代的第一次失眠。第二天一早，我从奶奶床头上悄悄把书搬走。奶奶会意一笑，从此再不提一句有关高考的话题。这一年，我花气力从最基础的高中课程开始复习，还参加了一个师范学校开办的补习班，最终以区县总分第一的高考成绩考进山东大学。接到录取通知的那天，正逢大雨，老人高兴地把盖着学校印章的通知书擦拭干净，反正面看了好几遍，双手放到神龛前，点了一炷香，然后走进厨房，给我下了一碗鸡蛋面条。

奶奶是我生命旅程中对我影响最大的人。似乎从我降生起，就从未离开过奶奶。在无奶水可吃的哺乳期，夜里饿哭，奶奶起来喂我，我是在奶奶怀抱里慢慢长大的。直到读中学之前，我一直睡在奶奶床上，听奶奶唱儿歌、讲故事，跟奶奶学习各种生活常识。后来我长高了，奶奶也要带妹妹，父亲就给我买了一张小床横在奶奶床头一侧，我依然睡在奶奶的房间。再后来，我离开家乡去外地求学、工作并定居，但每次探亲回家，无论谁占着那张小床，奶奶都会为我腾出来，我依旧睡在奶奶身边。直到奶奶过世之后，这个习惯一直保持不变。自离乡远足、出外谋生那年开始，每个月我都会给奶奶写信并寄些钱去，老人口述、妹妹代笔的回函也会如期而至。老人信中无非都是些家长里短，比如：在家千般好、出门一时难，天热不贪凉、天寒早添衣，做人要大气、交友须坦荡，工作别偷懒、见钱莫眼开，共事讲诚信、夫妻当谦让之类的叮嘱，前后有九个年头，祖母似乎一直以如此这般的方式守在我的身边，不时给一个涉世未深的孺子以善意的提醒与导引。祖母去世多年后，这些声音似乎仍旧依稀萦绕在耳。

"眷眷往昔时，忆此断人肠"。作为我生命中感情最深的人，每每念及祖母，总会触及心中至痛！仔细想来，犹有两件事最让我一生无法释怀。一是奶奶一直渴望抱上重孙，但婚后我们生下个女孩。孩子出生后发电报告诉老人，这个结果与她守寡半生企盼香火延续的心愿大相径庭。老人沉默了半晌，嘱咐父亲专门到电报大楼给我打长途电话，告诉我，家里人丁不旺，生个女孩也很好，建议我认真考虑把孩子抱回老家哺养，这样可以再要个男孩。老人的想法虽情有可原，但与国家政策、与我们这代人所受的现代教育不尽相符，当然没法接受。过后，虽然奶奶想通了，也高兴地接受了维持现状，但有关传宗接代的话题，从此再也没敢与老人沟通过。二是窘困的生活使奶奶患有严重的肺痨，每年冬天都会连续发作。老家冬季没有暖气，生炉取暖难免咳嗽加重。每到冬天，我都会请奶奶来京过冬，但老人总拿我们家房子太小且生活不便为由加以拒绝。所以直到老人去世，也没来我家待过一天。每当想到若能坚持请老人来京，奶奶或许有多活几年的可能，心中不免产生一种深深的罪孽感。这个本不该发生的过错，始终是我懊悔不已的终生遗憾。

  作为一个无神论者，理智上我根本不相信人有来生；但作为一个世俗的血肉之躯，感情上我更渴望人有来生。有了来生，我就能更加尽心尽力地报答祖母山高海深的养育之恩，最起码也要先把自己终生愧疚的这两笔情感债还上。

选自《人民文学》2024 年第 6 期

叶耳

悦宝日记

叶耳

湖南洞口人。中国作协会员。作品散见于《人民文学》《大家》等刊,入选《21世纪中国文学大系》等选本。著有散文集《深圳的我们》。曾获第五届深圳青年文学奖、第二届全国青年产业工人文学大奖、广东省有为文学奖短篇小说奖等。

家里飞来一只燕子。

是悦宝首先发现的。她在我耳边悄声说:"爸爸,你看。"她轻轻指给我,我顺着她手指的方向,果然看到一只燕子站在我们房间的横梁上,正聚精会神地看着我在电脑上打字。夏天来了,燕子一定是想来我家筑巢。它先来我们房间踩点,看看有没有合适的地方。后来,它来来回回在堂屋飞了几圈,像是考察。过几日便可知它是否在此处安家了。

我把燕子为何要来我家考察和筑巢故事化,而且用了夸张手法,让这只燕子充满传奇与神秘的色彩。我强调了一点:"说不定这是一只被你妈妈派来打探消息和考察你平时写作业是否拖拉的燕子。"悦宝听后,立马搬来自己的书包,拿出作业本认真写起来,一边写一边回头看房间横梁上停留的燕子。

我说如果燕子把你认真做作业的消息告诉了妈妈,估计妈妈很有可能会因为你的优秀,后悔离开我们。她或许会考虑回来。

悦宝突然咯咯笑起来,激动得鼻涕都笑出来了。她说:"燕子要在我家筑巢,不要飞走,留在我家,妈妈就会回来。"

听完我的话,悦宝好像对燕子是否来家里筑巢很上心,时不时就去看一下,大概过了十几分钟,这只燕子飞走了,没再飞回来。悦宝失落又伤感地问我:"爸爸,燕子还会回来吗?"我说:"这谁知道啊。"她听我这么一说,突然哇的一声大哭起来。我说:"放心好了,燕子是回去把看到的消息告诉你妈妈呢。"悦宝问:"那燕子还会回来吗?"我说:"要看你的表现了,尤其是写作业不能拖拖拉拉,否则燕子如果发现你这么爱磨洋工,肯定就不会再有兴趣来我们家筑巢。"这下她心情又好了一些,说:"我会认真写作业的,希望明天燕子能够飞回我们家。"

××年×月×日，星期×，天气×

今天，我家来了一位客人，他叫什么名字我不清楚。我只清楚我背着书包回到家，累得气喘吁吁。我说："奶奶，我放学回来了。"刚说完就听见奶奶说："叫叔叔。"我叫完后，爸爸又说："叫伯伯。"我叫完后，那位客人说："好，不错啊！"然后，奶奶又帮我打了饭，我本来是准备自己去打饭的。奶奶从厨房拿出用一只碗盛的四个鸡腿给我吃。这时，那位客人和爸爸的说话声音一下子大起来。我认真啃我的鸡腿，并不在意他们说了什么。直到那个客人走后，我还纳闷："这个客人究竟是从哪儿来的呢？"

我每天都在等悦宝妈妈的消息。也不知道她究竟看到我给她在QQ上的留言没有，一直未见她的动静。

每天等悦宝放学回来，听她喊一声："老爸，我回来了！"所有的忧愁都烟消云散。如果她忘了，我就会问她："为何今天回来不打招呼呢？"她说："可能刚才在想别的事情，给忘记了。"看着精灵般活泼的悦宝，仿佛整个屋子都生动起来。

我告诉悦宝晚上有好东西吃，她问是什么好东西，我说："等到了晚上就知道了。你赶紧写作业，等下跟爸爸一块儿去山里放羊。"她一听可以跟我去放羊，似乎整个身体都被激活了，眼里也有了光。

去屋后山上放羊，悦宝牵着羊走在前头，我跟在后面。到了山上，悦宝就跑去扯小山笋。她说羊最爱吃小山笋，要扯来给羊吃。我在山里放羊时碰到邻居香梅嫂，她也牵着三只羊在放，一只母羊，一只公羊，还有一只是刚生出来二十多天的小羊崽儿。喊她"嫂"，是按村里的辈分叫的，其实香梅嫂已经快八十岁了。她生了五个女儿，没有儿子。有一个女儿嫁出去之后，得了一场重病，死了。其他女儿都已嫁到他乡，外孙和外孙女都快长大成人了。小时候我最爱找香梅嫂玩，也不知道为什么，反正就爱往她家跑。那时，她最爱看戏，我也跟着看。她还记得我小时候的很多趣事，每次见到我总爱跟我提起。人很奇怪，不管你多么老，只要你愿意记起的小事情，几乎都能想起来。我也真羡慕香梅嫂，还能记得小时候的我，以及我那些鸡毛蒜皮的事情。看得出来，我小时候还是蛮讨她喜欢的。她说："你忘记了吗，你老是没事就爱来我家听我说戏呢。"她笑起来我才发现她几乎没有牙齿了。难以想象有一天我也会像她这么老，不过她好像蛮乐观，总是面带笑容，让我也忍不住微笑。

我和香梅嫂聊了好一阵儿，悦宝一直在那儿逗自家的羊玩。天很快就暗下来，我提醒悦宝差不多可以把羊赶回去了。过了一会儿，天真的暗下来，我们就一块儿把羊赶了回来。

晚上吃的是糯米做的米粑粑，和上白砂糖在锅里煎熟，很香也非常甜。悦宝说原来你说的好吃的就是这个呀。因为今天立夏，我们老家的风俗是要吃粑粑的，也称立夏粑。俗话说："立夏吃个蛋，岩头都踩烂。立夏吃个粑，岩头踩开花。"

立夏粑不仅是家乡独特的风俗文化，更是一种美食。立夏意味着乡村真正的热闹和忙碌即将拉开序幕。辛苦的农民也就开始他们真正意义上的劳作了。

我对悦宝说："以后你也要开始帮着奶奶干活咯。"悦宝表示不服，她说："我为什么要干活，我还要上学读书。"

傍晚时分，她终于打来电话。

我把悦宝身份证号码的事情跟她说了，她说等周一上班时去派出所问问看再答复我。她还跟我讲了她离开我们后发生的一些事情，悦宝在旁边一直听。原来，她并没有活得很好，反而更苦了。听说那个男的骗了她们一家人，不仅是她的感情，还骗了她和她二姐的钱，她在电话那头快要哭了。我听后很难过，在门口坐了很久。悦宝跑过来问我："爸爸你在想什么？"悦宝是个非常聪明懂事的孩子，她自然是懂一点儿的。我在与她通话时，悦宝还在本子上帮我写字，让我怎么回她。她在电话里说的一些话悦宝是隐约能听到的。

　　悦宝今天带回一张奖状，是在杨林乡镇中小学的"少年向上，真善美伴我行"征文比赛中获得一等奖。如果悦宝的数学能像作文这样好，也这样充满兴趣，我不崇拜她都不行。我把悦宝抱起来，高高举起又放下，还想再亲她，她把脸别过去，很不情愿地喊道："爸爸你的胡子扎人哪！"

　　悦宝也是个非常怕痒的孩子。我的手只要一触碰到她的肚子，她就痒得双脚使劲踢，发疯般地甩腿脚。人说怕痒的儿女最爱父母。从她对妈妈的念念不忘和竭力维护看得出来，她是很爱妈妈的。对于我呢，暂时还看不出来，她究竟是不是也像爱妈妈那样爱爸爸，这个还真不好说。最近两天吃午饭时，她都主动给我盛饭，并来房间里喊我："爸爸吃饭了啊。"看得出来，自打妈妈主动联系了我们，并关心她的生活和学习，她开心极了，喊爸爸的频率也比平时多起来。

　　悦宝下午很积极地写完作业，跟我去山里放羊。

　　悦宝写作业时，我练了一会儿字，悦宝做完作业也跑过来看我练字。我对悦宝说："你要是改变做作业拖泥带水的坏习惯，不再磨洋工，好好表现，我下次去县城时一定也给你买一支毛笔，也教你练字可好？"她说："好。我跟爸爸一起练习写字。"

　　悦宝现在名堂越来越多，做作业老爱搞小动作，从不集中精力，也不珍惜时间，写写玩玩，感觉每天都在作业中度过，这很让我恼火。院子里的孩子们没有一个人像她这样。我跟她说了很多次，说你抓紧时间先把作业完成，完成作业专门去玩不好吗？她把我的话当成耳边风，根本没放在心上。没办法了，我才对她采取时间控制法，严厉告知她几点几分完成，完不成就停止写作业，也不需要再写，没完成自己去学校跟老师说。即使这样，她有时还是心猿意马。真是拿她没办法。

今天阳光非常好，我让悦宝洗个头，帮着家里扫地。下午奶奶让她去山里看羊，我和母亲到地里去打油菜。她也跑来看我们打油菜，也学着我的样子拿一根棍子在油菜秆上打。大概打了三分之二的地，太阳落山了，我们只得收工，明天再去。很久没有挑东西，扁担压在肩上觉得还蛮沉的，这一担至少有三四十斤。我让悦宝拿了一把锄头，母亲背了篮篓，牵着羊。

××年×月×日，星期×，天气×

今天吹笛子的人和做笛子的同时出现。其实，她们是同一个人，名字叫曾阳。曾阳是在曾璐瑶的家里遇到我。哇！好像一个笛子啊！我看见曾阳手里拿着的东西，问曾阳是不是她做的，她说是她做的。她能轻快地吹出声音，而我怎么都吹不出声，真是神了。我问她，你是怎么做到的呢？不愧是吹笛子和做笛子的高手哇！厉害啊！

有个朋友对我说："你还爱写日记呀。"我说："当然，跟着悦宝一起写。"我是故意说给悦宝听的，她听后当然很开心。所以，现在每每放学回来写作业，都是先写日记，而且都是一气呵成，写的必是她生活学习的真实感受。因为没有约束和要求，只需要写出来，基本上难不倒她。写了一段时间后，她也很乐意记录每天的日常。老师看完她的日记后好多次都给予A+，有时还会在后面点评几句。这次回来，主要是想每天记录一点儿女儿的生活点滴。也许没什么意义，但对我来说，记录她是快乐的。

早上八点多，悦宝的班主任李玉老师打来电话，说悦宝的身份证号码和别人重号，学校要登记到网上学籍册里，现在登不上去。我马上在官网上输入悦宝的身份证号码查询，没有发现重号。我想了一下又打电话给她的班主任，让她们再弄明白点儿，告知我。若还不行的话，只有去她入户的当地派出所查看。

头痛的是，她的户口最先是落在她妈妈的家乡，后来才转入我所在的城市。她妈妈和我已经不在一起，联系方式也换了，与我两年多没有联系。只在去年过完年后，她妈妈用一个新注册的QQ号加我，偶尔聊几句。让她跟女儿说说话，她说条件不成熟，还不到该说的时候。我不知道她怎么想的，有点儿神神秘秘。今天这个事儿我是着急的。如果真的是重号，不处理好了，关乎悦宝读书，这是个大问题。我立马给她留言，又特地留了我的电话号码，让她无论如何一定要给我打电话沟通。

她始终没有回复我。

悦宝今天下午写作业打了两次瞌睡，都被我叫醒。我担心悦宝的身体出了问题。但愿我的担心是多余的。我问悦宝："是不是写作业写累了？要不我们去山里散步吧。"悦宝说："好。我们去走走再回来写。"于是我带着悦宝去了门前不远的山上散步。

山上的空气就是清爽。悦宝说："这里的空气就是让人舒服啊！"

刚走不远，曾阳看到悦宝，喊她。悦宝也跟她挥手打招呼。曾阳正在马路旁边的草丛里放羊。在这里读书的孩子们大都是爸爸妈妈外出打工，爷爷和奶奶带他们。曾阳也是爷爷奶奶带她。曾阳是我发小儿和邻居生兵的大女儿，也在山下小学读书，好像比悦宝高两级。像我这样身强力壮的青年，选择留下来，是很少见的事。要知道，出去打工更容易赚到钱，也可以给孩子们提供更好的生活。其实很大程度上，我是对写作寄予厚望，正因为存在这种奇妙的情感，才有了说服自己的理由，决心留在孩子身边，陪着她，跟她一起读书和生活。

××年×月×日，星期×，天气×

今天，爸爸叫我去喊奶奶回来。奶奶到地里干活了，我不知道爸爸让我去喊奶奶回来干什么，我也没有问他为什么。我跑到奶奶种花生的地方，喊："奶奶。"奶奶听见是我在叫她。那时候，我的鞋子已经沾满泥巴，而且我穿的还是拖鞋，我的脚上也沾了泥巴，脏了。

奶奶弓着身子在种花生。过了一会儿，爸爸来了，我本来说不动奶奶让她回去。可是爸爸一来，说我的小姨爷爷要去深圳，奶奶听后立马停下手里的活儿，和爸爸一起回家。

路上，我走得特别特别不舒服，因为鞋里沾满了泥巴，我的脚总是扭来扭去，怪难受的。

跟悦宝在一起，我会从她身上感受到一种生活的美好质感。我也会反思自己。悦宝的胆小与她内心渴望的温暖呵护是连接在一起的，她表面假装很胆大，无惧事物，但等遇到问题时，她会吓得瑟瑟发抖。哪怕是黑夜里突然蹿出的一只老鼠或者飞虫。她都会尖着声音，夸张地呼喊我:"老爸老爸,我害怕。"

这时,我会结实地拥抱她,并拍拍她的背,告诉她不要怕,有爸爸在,什么都不用害怕。只有这时,她才会把我抱得紧紧的。

要是去柜子里拿碗筷,发现有一只虫子在爬,她会吓得不敢出声也不敢动,就站在那里。等虫子爬远,她才想起喊我:"老爸,你快过来。"在乡下,在山里,风可以随时吹进我们的房间,所以,出现飞虫再正常不过。

悦宝刚来到这样的环境,适应自然需要一个过程,而且对孩子来说,害怕与胆小是天性,就像天真与美好也是她的天性。我有时会想,最近是不是对悦宝过于严肃了,于她,我批评她时有时很上火,情绪也蛮激动,无意中可能会伤到她。毕竟孩子的内心是脆弱而敏感的,可悦宝这个孩子也是个不省心的孩子,用奶奶的话说,是盏不省油的灯,总是起起伏伏,弄得我很烦躁也很恼火。但不得不承认,她也让我学会了克制与忍耐。在我异常落寞的一段时期,她这盏不省油的灯,这个可爱、诚实、天真的女儿,是治愈我的生活良药。

奶奶喊她吃饭,她明明听到奶奶在喊,喊了好几声她也不吭声,也不走过去。奶奶很生气。我有时喊她,也是一连好几声,不见她回应。我就批评她,跟她说:"别人喊你,你一定要回应。你不应,别人不知道你听到没有,这是对别人的不尊重。何况是奶奶在喊你,爸爸在喊你。一个不尊重别人的人,她以后又怎么能够得到别人的尊重呢?"我跟她说:"无论是谁,只要跟你打招呼,你都要回应一下别人,别人才能感受到你的听见。这首先是一种礼貌,也是一种品质。爸爸建议你,如果你在院子里走动时碰到了熟人,可以主动跟别人打招呼。你养成这样的习惯,别人就会在见到你时,感受到你的亲近。只有做到对别人亲切,别人才会慢慢对你表现出友好的热情。以后奶奶喊你，爸爸叫你，只要听到，要第一时间回应，知道吗？知道吗？怎么又不是马上回话呢？"等我说完，她可能才意识过来，马上补充一句："知道了"。

看得出来，自从我和悦宝回来后，母亲在家里就更忙活了，我让她不用忙个不停，她说忙起来感到舒服。也许我们的陪伴于母亲本身也是快乐的。

我蹲在屋门前吃饭，悦宝也学我的样子端着碗蹲下来，挨在我旁边吃饭。我们打小儿就爱蹲在一个地方吃饭，不爱老老实实地坐在饭桌边，有点儿拘谨。只有随地蹲起来，才会感觉到扒饭的姿势是那么的天马行空与妙不可言。

起床，吃完早饭后，悦宝在桌子上做了一会儿作业。我跟她说，带她去地里玩儿。她当然乐意，放下笔就跑过来说："走。"我就带着她去地里帮母亲打油菜。在没有她之前，我带她的妈妈去地里帮母亲打过油菜。那时，恰值五月打油菜的时候。她妈妈走在前面，我在后面跟着。她妈妈的身影在这一刻突然来到我的眼前，熟悉而又遥远。可是近在眼前的那个她，小小的长得如同她的她，不是她，是悦宝。

劳动就是一种时间的运动。在时间里，劳动是持续地输出，是一种重复的力量。时间一下子就辨认出我的劳动是一种伪装，是暂时的一种打发。地里的油菜可不认我，直接累得我腰酸背疼。太久没有在家里这么劳动过，加上本来腰就一直有点儿隐隐约约的酸痛。打完油菜，挑起担子走在山路上，累出了一身汗。

悦宝基本上是跟着去玩儿的。让她到油菜籽里捡出一些不小心打进去的小土粒，她总是三心二意，就当在玩泥巴一样。有时她也凑热闹，拿根棍子来帮着打油菜。这里打打，那里敲敲，还学着奶奶的神气，把打了还没有半分钟的油菜秆又火急火燎地翻过来打，嘴里还发出呼哧呼哧的"打打打"。奶奶看她太淘气，就叫她去山下面看我们家的羊。我们的羊被奶奶用绳子系在山下的树下。小羊们正在树下面安静地吃草。悦宝觉得奶奶这个提议不错，本身她也蛮喜欢小羊，奶奶的话音刚落，她立马弹跳起身要去落实这件事情，马上跑下山看羊去了。一边小跑，一边在嘴里喊出"咩咩咩"的羊叫声。

山下所有在吃草的羊都朝向她奔跑而来的方向。

等打完油菜回家，已近午饭时分。母亲回到家，马不停蹄地开始做午饭给我们吃。母亲还在做饭时，我的肚子已经在咕咕直叫了。菜还没完全做好，我就迫不及待地拿碗去添饭吃。悦宝看到我拿碗去添饭，也跟着屁颠屁颠地去橱柜里取了一个碗，还看着我笑个不停。也许是干了活儿的原因，今天午饭我竟然吃了三大碗。悦宝还是那么挑剔，只添了一次饭，而且漫不经心地吃着她的饭，还没有吃完。我说，你要多吃点儿饭，你也要多干点儿活儿。你看老爸今天干活多了，饭量就大了很多。

下午四点多钟，我感到有点儿疲惫，就在屋门前的竹椅上躺了一会儿，悦宝在我旁边写作业。没承想，竟然睡着了。我醒来已是傍晚时分，阳光很温柔地洒落在我的身上。我看到悦宝从山里把几只小羊正往家门口牵。母亲挑着一担在地里打好的油菜秆正从山里回来。

阳光也正从山里的路上一路跟随她们，温柔而动人。

选自《胶东文学》2024 年第 6 期

汤朔梅

老农的蒲鞋

汤朔梅

上海市作家协会理事,奉贤区作家协会主席。出版有诗集《湿地上的太阳》,散文集《青桑叶,紫桑葚》《一棵会走动的树》等。散文《相呼之情》获第11届"上海文学奖"。

还有谁会记得它呢？每当打仓库场经过，瞥见挂在屋檐下的那只蒲鞋，总会这样想。但那时集体已解散，仓库也不再囤粮育种。只有在收割季节，个体农户将水泥场地分割成井田，晒场脱粒。大多的时候那里空着，场地的坏损处、缝隙间，开着不同季节的野花，只有狗尾巴草却近乎常年摇曳着。

只有当春夏间，麻雀在蒲鞋里做窝，黄口小雀伸出脖子嗷嗷待哺时，经过的路人，或许朝檐下瞟一眼。那也只是在意鸟雀，并不注意那只作为鸟窝的蒲鞋。

乡下农舍，屋檐下挂一双草鞋或蒲鞋，是寻常事。农闲时挂起，等用得着时，随手取下。而唯独这只蒲鞋一直挂在那里，未见取下，甚至没换过地方。

蒲鞋的主人老农，是我发小阿懿的爸爸。

这个老农，大半年总穿着蒲鞋。村里人说，他没脚指头，稍着凉，没脚趾的关节处就钻心痛，穿蒲鞋保暖。其实还有个原因，没了脚趾，行动不稳。蒲鞋虽然蠢重，倒使老农的底盘稳固了许多。

那年长津湖一役，不少人永远留在了那里。老农命大，在丢下十个脚趾后复员回家了。

叫他老农是因为他名字里有个"农"字——"志农"。其实我们记事起，他还并不老，才三十来岁。只是常年趿拉着蒲鞋，束着作裙，显得老相。叫他"老农"，还在于他田里的技术活什么都拿得起，犁地、耙地、罱泥、窝稻种，还会推草鞋、蒲鞋、绞担绳、粪桶索、编米囤、小娃的草窠。复员后，村民选他当队长，可他知道那必须是压扁担带头的主，没了脚趾，挑重担不能，谁服？选他做仓库保管员，答应了。仓库系存放粮食、饲料的所在，由老农看着，村里人放心。

自那以后，他裤腰带上，除了水烟筒，多出了一串钥匙。农药间、化肥间、农具间、饲料间、种子间、粮仓，杂七杂八有七八把大小不等的钥匙。其中好些钥匙，队长阿囡哥都没有。村民开玩笑说，老农比阿囡哥权还大。可阿囡哥一点不吃醋，反而"咯咯"笑着，接食管抽动得像鱼鹰。阿囡哥也是抗美援朝回来的，比老农小几岁，对老农言听计从，常常将难处理的事，叫老农干。譬如，检查农活质量，这是很得罪人的营生。每到插秧季节，为了赶进度，社员有偷懒的，往往行距过宽。那多半是在田中央。老农当然知道其中的窍门，常常戳着两个没脚趾的脚，艰难地涉入。一旦被他查到，必毫不留情地拔除。插秧的都是女人，见拔，就像麻雀打翻蛋般吱喳，骂街。老农也不示弱，接口就开骂，而且挑最难听的骂。女人们到阿囡哥那里告状，阿囡哥信老农，只是呵呵着，从未准过。于是返工重插，还要扣工分。这是得罪人的差事。不过老农不管谁，即便是自己老婆，碰着了，照骂不误，而且也一样的难听。连自己的女人都骂？社员们也没话说了，只是在背后给他起了个绰号——"军阀"。

每到年底清仓核产，我们生产队的粮棉产量总是全大队最高。队长阿囡哥每年上台领奖，捧着奖状回来，一路上逢人便笑，粗大的接食管像鱼鹰般上下抽动个不停。明眼人说，别忘了，这里面有老农的一半功劳呢。不过那也离不开阿囡哥会识人用人。

多数时间，老农一直待在仓库里。不是翻晒种子，就是修犁耙，修理放种子的谷囤，或者替人家绞担绳什么的。特别是稻麦登场后，他就吃睏在仓库里，饭由儿子阿戆送去。

老农话少，人们都有些怕他。阿戆也怕，尽管没见老农收拾，可阿戆见父亲就像老鼠见猫，能躲则躲，送饭没办法。但我们不怕他，看得出他话不多，其实喜欢小孩。

农闲时，特别是冬天，仓库场堆满了柴垛，我们捉迷藏，或者在乱柴堆里翻筋斗。老农坐在铺稻草的阶沿上，边孵太阳边扎草窠，哼着不成调的什么曲子，不时朝我们看一眼。后来知道，他哼的是志愿军军歌。除非我们玩得太野，爬上去掀开柴垛顶，或者玩火柴，他才大声呵斥，拿着鸡脚扫帚追上来。我们故作鸟兽散，其实知道他追不上。那脚，那蒲鞋，行动太慢了。

大多的时候，我们围着他，坐在他铺的稻草上，缠着他玩儿。他完全忘了我们的顽皮捣蛋，教我们用稻草芯做稻鸡，用瓦片在水泥地上画动物。他画的兔子最好看。如果是麦收时节，他给我们用麦秸编麦田篮、麦田螺。那是可以放焙酥蚕豆的。

向阳的阶沿四周是稻草，很暖和。他脱下蒲鞋，裸着没有脚趾的脚搁在稻草上。那脚很难看，像下渔网赶鱼的木榔头，创口处尽是皱瘢。

见了没脚趾的脚，我们想起他打过仗，那是个崇尚英雄的年代，就缠着他讲战斗故事。可老农尽管骂人不打格楞，却一点不会讲故事。我们想起有人埋汰他没打过仗，只是在养马，就问他打过敌人吗。他也不说，被我们缠得烦了，就低下光头给我们看。那其实也不算光头，头发有半寸长。那头皮上面有一道笔直的疤痕，他说那是子弹留下的。他说那子弹再低一点，或者往下钻，自己的吃饭家伙就没了。他头上还有两个旋，那疤痕正好从两个旋中间穿过。听老人说过，头上两个旋的人，脾气坏，可命硬。从老农看来，确实不假。这子弹正好从中间穿过，像三八线。

老农肯定有故事，只是像夜壶里的石头，倒不出来。即便我们再替他吸水烟时点煤子，再替他吹烟筒上的灰烬也白搭。村里人说，老农根本没上过战场，脚趾冻没了就下来了。那都是些遭过他骂的人，背后埋汰。我们相信，老农打过仗，那穿过两个旋的疤痕就是证明。

见他坐在阶沿上吸烟，我们老缠着他，甚至于骑到他肩上，揉乱他的头发，摸那道疤痕。那两个旋很执拗，我们揉乱了，可一松手又成了回转的螺旋。即便我们这样，他从不恼。喉咙里咕噜咕噜的，吐出一口浓痰，射出三四步远，在泥尘里滚成一个圆球。有一次，我们正打闹着，忽然闻到焦炭味，不知谁惊叫一声"着火了！"等大家转头，发现一只蒲鞋的头已烧穿。那蒲鞋是蒲花、荻花夹着蒲草编的，易着火。那一定是我们中的谁，将没燃尽的烟末，吹到了蒲鞋内所致。真应了俗话：讨好讨好，碰疼燎泡。

老农没骂我们，站起来，把水烟筒插在腰间，然后提起那落单的蒲鞋的绳子，掂了掂，一副惋惜的样子。

他看了看大门旁的墙壁，发现一人多高的壁上有一枚铁钉，就走过去把那落单的蒲鞋挂了上去。老农赤脚走起路来样子很怪，屁股频繁地扭动着，像个小脚女人。怪不得他要穿蒲鞋。他叫阿憨回家取了双草鞋，可没脚趾穿草鞋显然不适，那需要脚指头夹住的。没法，只好将就。

后来，他又给自己编了一双新的。可新蒲鞋硌脚，脚踝处蹭得血殷殷。阿憨的妈在鞋口沿了一圈布条。

那蒲鞋挂在墙壁上，可它也没闲着，还能派用场。事实上，不管是什么，到了老农手里都是宝，没一件废物。在出工的白天，他把钥匙放在那只蒲鞋内。傍晚收工时，他再别在腰间。倒不是嫌它们累赘，而是走起路来钥匙会响。只要听到声音，人们就知道老农来了。即便在磨洋工的社员，听到钥匙声，就故作卖力地干活。其实，这一切都逃不过老农的眼睛，只是他没见着，就不好骂。现在好了，有了蒲鞋正好。反正大白天的，不会有人来偷东西、占小便宜。除非是收割季节，仓库里才堆满稻谷、麦子、油菜籽，其余的时候，只有种子农具什么的。那些个东西，我们屁孩不感兴趣。

忽然有一天，我们在仓库场上翻三角片，正耍得起劲，夜壶鬼头鬼脑地说，你们知道吗？仓库里进了一批豆饼和糠饼。

那是饥饿年代，我们小屁孩除了玩耍，就是到处找吃的。即便不怎么饿，嘴巴老馋。夜壶说的时候，虽是春天，可树上没结果子，野葡萄、毛桃什么的才开花，蚕豆刚结荚，田野上没什么东西充饥解馋。

听夜壶一说，屁屁跟阿荣使劲地吸溜着鼻涕，好像有些激动。大家不约而同地看看阿戆，意思是如果去偷，被老农抓住咋办？

我们都知道钥匙就在那蒲鞋里，可不敢。其实，钥匙在蒲鞋里的秘密，过了好久才被大人们知道，但即便是手脚不怎么干净，或者贪小便宜的人，也不敢。不仅怕军阀骂，还知道这军阀很细心，他在不经意间做了记印，稍有经动，他都知道。有人才说，老农当年是侦察兵，他的脚趾就是在埋伏时冻掉的。

这要瞅准机会，等他去镇上什么的再下手。

机会终于来了。一天阿戆说，他爸今天要去镇上买农药。那天我们故意不在仓库场玩，而是选择隔一条河的屁屁家场上玩，但看得到仓库。

果然，在太阳高过树梢的时候，见老农开了仓库门，出来时将一个麻袋甩在肩上，然后将钥匙放进了蒲鞋。

看着机会在向我们招手，大家高兴得在柴垛间翻筋斗，往空中甩帽子扔鞋子。觑着老农鼓捣着没脚趾的脚折过去，被阿囡哥家的竹园挡住，我们就朝仓库场飞奔。到了门口，夜壶骑在阿戆的肩上，熟门熟路地从蒲鞋内掏出钥匙，打开仓库门，鱼贯着闪了进去后，把门拽上。

豆饼和糠饼像饭篮盖一般叠着，足有我们人高。赭黑色的是豆饼，暗黄的是糠饼。仓库里满是豆饼、糠饼散发的香味。

怎么下手？那都是整张的饼，老农一定点了数，再说也太大，不方便掖藏。那边不是有零碎的吗？夜壶说。

我们就在麻袋、草篮里寻找。结果是阿懿在蒲包里找到，一个是豆饼，一个是糠饼。糠饼的零碎是巴掌大或者更小的一片片，豆饼则碎成蚕豆般的颗粒。我们不敢恋战，怕被发现，就胡乱地往口袋里装。末了，将散落在地上的一一拾尽，将蒲包恢复原样。

得手后，我们躲进蚕豆田的垄沟里。豆饼很硬，甚至比炒蚕豆还硬，嚼起来嘎嘣嘎嘣的，磕牙肉；糠饼很松，入嘴即散开，但两口下去，嘴里的唾沫被吸尽，以至于舌头都撩不转。但这无妨我们解馋、充饥。我们伸着脖子吞咽，像吃着糠的鸡鸭，脖子伸得长长的，还不停打嗝。

几天里，老农没动静。可我们心里有些虚，阿懿把他吃剩的那份放在我处，生怕被他老爸发现。我们本来一有空就汇在仓库场打菱角、翻三角片，可自那后就不敢再去。即使看到老农一个人坐在阶沿上，吸水烟，逮虱子，也不敢上前。谁吃得准老农发现没有？

然而问题还是来了，那倒不是老农，而是连续几天吃了那些东西后，拉不出。

老农从场地上经过，看到蹲在篱笆旁的我们痛苦的样子，习惯性地吐了一口痰。我们哭笑不得，有些尴尬。

"老农伯伯饭吃了吗？"夜壶挤出微笑与老农打招呼，我们那儿见面时常这么打问。

老农没应，转过了头往前走。我们心里还是嘀咕着：老农是不是已经发现我们的勾当，只是没戳穿呢？

十来天过去了，看来老农没发觉，否则按他的军阀脾气，一定饶不了我们。于是又去那里玩，与他套近乎。夜壶一口一个"老农伯伯"，阿荣帮他在水烟筒上装水烟。老农脱了新蒲鞋,让没有脚趾的脚轱辘晒太阳。阿懿在一旁不敢亲近他爸。我看到挂着的那只蒲鞋,想到那天偷钥匙作案的事,偷偷看了老农一眼。

老农平和惬意地吐出长长的烟,眯缝着眼,一副享受的样子。

正是百鸟下蛋孵小鸟的时候。几只麻雀相中了那只蒲鞋,落在钉子上吱喳。一只麻雀落到蒲鞋口,然后飞入,如此再三。它们想在里面做窝。是不是看见里面有一串硬邦邦的东西,还是看到老农常将手探入,所以最终没做成窝呢?

我们早已忘记在篱笆旁蹲着的痛苦,所以又想到里面的豆饼、糠饼了。主要是没被老农发现壮了胆。

可还得候机会。俗话说,功夫不负有心人,这话不虚。

一天刚过午,老农与阿囡哥俩人正坐在仓库门槛上嘀咕着什么。这时高音喇叭响了,在喊:喂呀,大队有个通知,各生产队队长、仓库保管员听到通知后,马上到大队部开会。

通知连播了三遍。

我们窃喜,但不能像上次那样狂欢,怕老农看出苗头,于是故作若无其事地照玩不误。夜壶朝我做了个鬼脸。阿荣狠狠吸溜一下鼻涕。阿荣就这样,一高兴鼻涕就不招自来。

临走,老农还转过头关照儿子阿懿:勿要心野,早点回去帮阿奶割兔子草。

说完,就和队长阿囡哥一前一后走了。

等不见了人影,我们一个箭步奔到门首。墙根正好有一架梯子,阿荣布好梯子,夜壶猴一样上去取下钥匙。

熟门熟路的我们直奔蒲包。

知道老农去开会，一时半会回不来，于是我们放肆了起来。除了在口袋里装满豆饼糠饼，翻找还有什么可以淘的。有粪桶上掉下来的铁箍，那是可以玩滚铁环的，粗铅丝也有一大扎，只是没有钳子，拗不断。在老农修理农具、铁器的工具箱里，有许多华丝片，这可以当铜板，也可以做铁陀螺……

正抢夺得起劲，阿荣压低声音说：不好！老农回来了。

快！趁现在跑还来得及。我提醒说。

等老农走到门口，一切都明白了：梯子布着，门虚掩着，一串钥匙扔在梯子下。

我们早已逃得无踪无影，还不敢逃回家待着，而是拿了镰刀篮子去割草，争取比平日割得多一点。即使老农告状，家长看在草割得多的面子上，板子打得轻一点。

那晚我们到擦黑才进家门，草自然割了很多。大人搞不懂，这几个屁孩怎么一下懂事了？

第二天我们知道，阿懋那晚遭了老农收拾，脚踝上都是细竹梢抽的痕。那是家长收拾孩子的惯用招数，好像是一个师傅教出来的。那竹梢剔除了竹叶，很细劲而有弹性，只要手腕一抖，就着道。打在脚上、屁股上很疼，却又不伤筋骨。

近水楼台先得月，阿懋先遭打，谁叫他是老农的儿子？我们算计着，这一顿收拾是免不了的，只是时间问题。所以，往后的几天，我们都特别乖，不再一不留神就跑得不见踪影。除了割草喂兔子，常围在爸妈的身边，帮这帮那，一副讨好的样子。搞得爸妈摸不着头脑：这个囡近来怎么啦？一下子乖了许多。

我们自然不敢再去仓库上混，路上看见老农，看看躲不过去，就尴尬地叫一声"老农伯伯",然后赶紧离开,唯恐他问起那天的事。老农常"嗯"一声算是回应,一副爱理不理的样子。

时间这东西真是能淡化一切的。阿戆被打了一顿后,老农并没有告我们的状。过了些时候,有一天,我们经过仓库场,场地上晒着稻种,老农坐在阶沿上吸水烟。我们齐声叫一声"老农伯伯",声音有些虚,也有些假,怎么可能叫得那么整齐呢?

老农吐出一个烟圈,朝我们招了招手。我们几个相互对看一下,做了个鬼脸。阿荣习惯性地抽了一下鼻子,像是壮胆。

我们只好过去。心里在嘀咕:老农该怎么收拾我们呢?

若是平时,我们肯定围上去,坐着给他装水烟,靠在他背上看他头上的疤痕。老农也不说话,自管自地吸烟。站着的我们都有些无措。

夜壶和我对看一眼,伸了一下舌头,开口说:老农伯伯,我来替你装。

老农吹出烟末子后,将水烟筒头给夜壶。僵局打开了,我们也放松了。于是又像以前那样围坐在老农身旁。

我们习惯了老农话少,可今天却有一种威压的感觉。

麻雀其实一直觊觎着那只蒲鞋,这一段时间,没见老农的手在鞋口进进出出,于是常飞到沿口探视。

麻雀在叽喳,老农瞟了蒲鞋一眼。然后说,你们以为我没发觉,其实我早发现了。

我们嘿嘿讪笑,一副尴尬相。我知道你们饿,嘴馋。可那是集体的东西,以后不可以这样。老农说。我们不是"嗯嗯"就是点头,悬着的心放了下来。看来他不会再告状了。心里生出一丝感激。

过了一会儿,老农走进仓库,从里面拿出一个三角麻袋。我们知道,里面是陈年蚕豆。那天也想偷的，只是那蚕豆必须得炒了吃，这样会被家长发现。发现了知道是偷来的，也一定遭打。我们要的是现成的，所以那两次都没下手。

老农解开麻袋口，给每人抓了满满一口袋。边抓边说，以后可别再偷东西哟！

那些蚕豆是隔年的种子余下来的。有些已变黑。蚕豆上都有一两个洞，那是一种叫"赤狗"的昆虫，比蚱子大，像小的瓢虫，只是通体黑黑的。它们在蚕豆里掏一个洞，在里面过冬，待初夏再出来。

那些蚕豆已没什么用，除非浸泡了喂猪。老农分给我们，也算是徇了一回私。

因为是老农给的，我们敢叫母亲炒了吃。那陈年的炒蚕豆很硬，而我们馋嘴的牙齿更锋利。那些赤狗连同蚕豆被一起炒，吃起来咸咸的松脆，有一股特别的香味。赤狗夹杂在里面，甚至比蚕豆更好吃，就像吃其中的肉馅。

自那以后，老农的钥匙从不离身，人们只要听到"当啷，当啷"的声音，就知道老农来了，干活就越发起劲、认真。

那只蒲鞋，因为没人去动，孵出的一窝窝黄口小雀，从鞋口伸出呆萌的脑袋，张开大大的嘴，嗷嗷个不停。其中有几窝已羽毛丰满的小雀，被我们掏得，放在笼子内饲养。可那些雀儿，你别看它们小，黄口依旧，可已有心性，就是不肯吃喂食的麦粒、菜籽，只一个劲地鸣叫，想飞出笼去。夜壶说，还是挂在蒲鞋边的钩子上，让老麻雀喂养。

夜壶这招真灵。麻雀们见了，都围着笼子啾鸣，扑到上面用喙啄笼子，以至于啄得喙上鲜血殷殷。看着没法营救，于是衔来麦粒、虫子喂养。那是小雀的父母，几乎一整个夏天，它们不离不弃。要不是这些小雀,那对老麻雀,早已再孵蛋了。即便不再生养,最起码可以自由自在地飞翔、觅食,可如今却是异常辛苦与煎熬。

整个夏天,收获了两季粮食,一熟麦,一熟早稻。仓库场上往来的人不断,即便夜晚,也灯火通明。那对雀儿,也不避生人。那些被收割季煎熬着的上了年纪的人,在劳作的间隙,看到这样的情形,不免感叹:可怜天下父母心,鸟雀尚且如此,更何况是人呢!

我们自把那笼子在那里一挂后,早不再玩儿了。至多经过时用一根稻草逗逗。猫是觊觎过它们的,可在半空中荡着,够不着,喵喵了几回也就泄气了。只有老农,异常忙,白天忙乎一整天,晚上还要住在仓库里看护堆得如山的麦子、稻谷。即便队长阿囡哥要安排人值班也不依。他说不累,看着堆成山的稻麦,闻着粮食醇厚的香味,睡得香甜、安稳。其实,那时社会风气好,门户人家都夜不闭户,尽管都不宽裕,勒紧裤腰带过日子,可有谁会偷?

终于有一天我们经过时,发现那笼子空空的。老农说是他放走的,看着这一对老麻雀实在太辛苦、可怜了。不过开始时,那些已成年的小雀们,在玩耍一阵后,还会飞回来,特别是晚上,还会来歇息、过夜。后来,这样的次数渐渐减少,再也不来了。麻雀的团队太庞大了,融入其间,谁也认不出。再说天地是那样的广阔,它们的未来更是那样的长远。不过老农说,他还认得出那个麻雀家族,特别是小雀们,那声音不一样。

老农还说,那年除"四害",麻雀也是其中一害,人们到田野里用网捕捉,用竹竿驱赶,还用锣鼓、脸盆敲击惊吓,以至于麻雀无处藏身。有一回,几只落单的麻雀从空中飞过,他打了个喷嚏,一只麻雀就从半空中跌落下来,在地上痉挛,不知是饿的还是惊吓的。

我们不相信,老农一定是在编故事。许多年过后,再想起当年老农说的,却越来越相信了。相信了他能辨认那几只小麻雀,也相信打个喷嚏麻雀就掉地上。而要懂得这些,那得经过多少岁月的历练?

那个鸟笼是阿荣拿来的,空着后阿荣又拿了回去。我们约好等下次,捕到什么鸟雀时,再派用场。

也许是之前那里挂过鸟笼的缘故,从此后,再也没有麻雀在蒲鞋里做窝,鸟雀也有记性。蒲鞋挂在那里日晒雨淋,谁也不再留意。渐渐地,蒲鞋里长出了麦子、稗草,黄梅雨季还会长出稻子。那是在仓库场脱粒时,被脱粒机弹射上去的,只要温湿有雨水,它们就生长了,更何况那些小雀们留下的粪便,在提供养料。有趣的是,上面还会按季节开出各色花朵。比如荠菜花、毛茛,还有我们叫不上名的野花,黄红白紫。那都是季节分明的花,一茬茬,很短暂。只有狗尾巴草时间最长,除非冬天,它们一直摇曳着,不多,也就三五茎。它们是哪里来的呢?一定是被一阵风刮来的,或者是鸟雀在上面过夜,从羽毛里抖落的。

到了冬天,雨水稀少,天气转冷。上面的花草都枯萎了,留下干枯的茎蔓,耷拉在蒲鞋的沿口。那样子像《荒岛余生》中,陪伴孤独的联邦快递员查克的那只排球威尔森,邋遢而潦倒。

年复一年,蒲鞋上的花草岁岁枯荣。忙碌的人们谁会留意?我们这一窝屁孩也在长大。老农本想做一辈子仓库保管员,可那一年集体解散,分田到户了,也不需要他再监管生产劳动的质量了。粮食、种子都进了每家每户,仓库再也用不着了。他没有失业,因为是农民,农民还有三亩田。他虽然老了不能干重活,但阿戆已长大,虽读书没出息,可有一股子蛮力,是个当农民的料。老农就指导着阿戆干技术活。几个哥哥都成家了,他也要为阿戆起梁造房娶亲。阿戆小时候没少遭老农收拾,可棍棒底下出孝子,与几个哥哥相比,阿戆最孝顺。

只是在无聊的时候，老农心里空荡荡的，镇上原先的茶馆没了，能去哪儿呢？只有去仓库场坐坐。那只蒲鞋还挂在那个地方，只是里面不再长出各种花草了。和他同龄的人，都已改抽卷烟，而老农还习惯吸水烟。水烟甘肃产的最好，他讲究。水烟上烙着"甘"字或"肃"字，以"甘"字最好。这个阿戆也知道，耳濡目染嘛。如今水烟难买，阿戆就网购。看着没了，一买就是一封，一封十板水烟。

他还是坐在仓库场的阶沿上，一副颟顸样，像那只排球威尔森，不，更像那只蒲鞋。天气晴好，一坐就坐老半天，边吸着烟，边像在想事。仓库场上的水泥地，坏损处长满了草，他会下意识地去拔除。风化的砖墙，渗出白花花的芒硝，几只鸽子在啄食。麻雀似乎更多了，老农是不是还记得那窝小麻雀及它们的家族呢？

我几次回老家经过，看到他坐在那里，跟他招呼，叫"老农伯伯"，他咧嘴一笑。

那年，纪念抗美援朝七十周年，我负责收集、整理志愿军的纪念资料和遗物，就自然想到老农。阿戆找出了老农的退伍军人证书，还有一枚二等功的勋章，连同那个水烟筒。老农早去世了，没赶上新世纪，其实，到我们收集资料时，当年我们村三十来位志愿军，仅存四位，而且都是九十开外的人了。

老农不仅冻掉了十个脚趾，而且是立了功的。可他生前没提过，也没讲他的战斗故事。我怪阿戆，说你之前怎么不将这些东西拿出来呢？阿戆憨厚地笑笑说，他爸从未提起过，这是他去世后，在那锁着的抽屉里找到的。

我忽然想起我们儿时与老农有关的那些旧事。他一定有许多故事，可他已不在了。

去年，村里新农村建设，老旧的仓库场在拆除之列。

那天，负责拆迁的大学生村官看到墙上那只蒲鞋，几乎看不出它的原貌，像一个干瘪的蜂窝，他好奇但不知是何物，于是垫着矮凳想把它摘下来。在他手触碰到蒲鞋的当儿，那蒲鞋襻断了，蒲鞋"噗"一声砸在地上，立马碎成粉末、残屑。我不禁想到《巴黎圣母院》结尾，卡西莫多和爱斯美拉达的两具尸骨，当人们想移开时化作粉末一般。

在蒲鞋砸向地面的瞬间，正好有一阵风吹过。那些末屑便形成漏斗状的羊角，随风而去，消失在原野上。

选自《上海文学》2024 年第 6 期

陈彦

我的西安

陈彦

陕西镇安人。中国作家协会副主席。创作电视剧、戏剧、散文集、长篇小说数十部及《陈彦文集》20卷。获曹禺戏剧文学奖、飞天奖,第十届"茅盾文学奖"等多种奖项。多部作品在海外多语种发行。

西安人说"西安",叫"额西安","额"是"我"的意思,但比"我"更丰富,似乎有自豪与夸耀的成分。我第一次来西安是四十多年前的事了,是瞒过家人偷着来的。听说西安好,从西安来的人,穿戴谈吐都不一样,洋气得很。身边凡去一趟西安回来的人,看人都是眼皮向下耷拉的。我便也想去膜拜一下。那时去一次西安可是太艰难了。早上五点多就朝车站赶,下午五六点才到西安城墙西门外的停车场落停。人已被摇散架了,可要摸进城中心去看钟鼓楼,还需走一个多时辰。难怪说我家乡镇安县的县长,在解放初进省城开会,骑一匹瘦马,腰上挎一个防土匪的"盒子炮",来回要走半个多月。

在我的第一部长篇小说《西京故事》中,罗甲成进西安上大学,当汽车从"仰脸只见一线天"的秦岭深处,一下"跌"进八百里秦川时,他不由自主地张大了嘴巴:世上还有这么宽阔的所在,真正的一马平川、一望无际啊!那正是我第一次从秦岭七十二峪之一的沣峪沟口钻出来,初识西安时的惊奇与惶恐。大地阔绰得有些不真实。也许与阳光有关,我甚至有一种被暴晒后的神经错乱之感。整个关中都是金黄色的,远处还有隐隐约约闪烁着的芒刺。我在向一座金色的城市靠近。而后来,我也成了这个城市的一部分。

西安人说"额西安"时,眉梢是要上挑一下的,下意识地还想捕捉你肃然起敬的眼神。这块土地的历史比周秦汉唐还要早几千年,自然就留下了不少文化层。哪个工地说挖出了什么宝贝,也就是文物部门惊喜一下,对于市民,那不过是好比突然有一天,某个人翻出了他爷、他老爷、他老老爷用过的什么物件——但凡翻,准有。我的书法案几上有个用了好几年的镇尺,有一天一个行家来,无意间看了看,说这是唐代一个厨子用过的菜刀把。这个厨子肯定是个名厨。上边刻了一段蚊子腿般细密的文字，拿放大镜一看，说是给外国使节做过菜的记录。我还说赶紧藏起来呢，却突然不翼而飞。飞就飞了，过几天，又有人拿来一个晚唐的剑柄，烟熏火燎的，残破还带着包浆，刻着"杜牧之剑"四个字。我乐坏了，又找行家来看，行家噗嗤一笑，说是假的，制成时间不超过三个月。

我是因做专业编剧而调到西安的。编剧是个好职业，不用坐班。我从秦岭深山中带来一辆飞鸽自行车，每天除了读书写作外，就骑着车满城乱飙。那时还真能"飙车"，不像后来，人多得没了自行车的路。我想把西安的旮旯拐角尽量转遍，后来发现不是那么回事，你上个月转过的地方，下个月再来，要么成了马路，要么有新的楼盘正拔地而起。我把自行车由新骑到旧，由铃声清脆骑到笨如木铎，终于还是没把西安转完。不坐班的好日子很快就结束了。那辆自行车是我认识西安的"宝马""奔驰"。很多年后，我从废弃的自行车棚里把它翻出来，前边的铁丝框里，还放着一张磨损成鱼鳞状的西安老地图。

我喜欢这个城市的文化地标，更喜欢蓬勃在皱褶里的市井喧闹。我去大雁塔、小雁塔和上钟鼓楼、古城墙的次数，还赶不上去早先的竹笆市、德福巷以及现在仍烟火漫卷的回民坊次数的零头。"额西安"人，不能提长安二字，一提都能给你叨咕一长串有关文明与文化的古往今来，叨咕得不知人家有多烦。我爱跑步、走路，那就从跑步、走路说起。有一年，几个朋友突发奇想，计划一礼拜走一回全长十几公里的古城墙。几个人整好装备，女同胞还买了遮阳帽，捂得跟放蜂人似的，可互相等来等去，最后只上去走了一回。由此，我想到长安的几个老"走家"，那可真是说走就走，直走到青丝白发、地老天荒。

首先是汉代的张骞。他"凿空"西域，从而让中原与西域的商贾、有司、文人、僧众、情侣、旅行家、探险家纷纷走起来，走出了一条平等交易、和合共生的丝绸之路。世界由此走出了阔大而开放的格局，以及现代文明的万千气象。

再就是玄奘。他舍身求法，一走十七年，被誉为"佛门千里驹"。一个生命在当时的境况下的心绪浩茫，精神孤独，常人难以想象。最终所冶炼出的，是信念，是借鉴，是融合，是开创，是度人度己。玄奘在盛唐的这一走，是"额西安"人一说起来就要去大雁塔走一圈的高古情牵。

还有司马迁。他从青年时期便壮游四方，从而收获了洞穿历史与现实的锐利目光，也得到了来自民间的丰富滋养。在他的笔下，除帝王将相外，还有大量"不入流"者的开阔"生死场"。他对普通人的价值肯定，对失败者的同情宽容，都展现了一个作家和历史学家对中国人精神世界的多角度书写。

历史上这三位伟大的"行走者"，在广袤的天地与深邃的内心世界中不懈求索，为中华文明留下了不可磨灭的精神刻度。

前人的足迹，形塑了无数后来者的步履。今日西安，随处可见虎虎生风的行者。有些人每天绕着老城墙根走一个来回。有些人走得更远，几乎在世界的每个角落都有来自这个城市的奔走者。有人出去就有人进来。钟鼓楼、大雁塔、古城墙等景点，游人摩肩接踵。人们走过周秦汉唐，也丈量着被深厚传统所哺育的现代西安。我春节回西安，晚上想到曲江走一圈，竟然易进去难出来，那不是走，是挪，两条腿稍岔开身体才能平衡。朋友问我都看见了啥，我说好像是无尽的后脑勺。我们朝世界上任何一个繁华热闹的地方凑，看见的不都是后脑勺吗？那叫"人气"，人气也是资源。

大多数西安人终归还是在这块土地上深深扎下了根，并在这里匆匆行走着。比如一个叫"朱东生"的人,大家都叫他"生生",我的长篇小说《装台》里有他的一些影子,那个人物叫"刁顺子"。小说与电视剧创作出来后,生生找过我,感谢我写了他,我也感谢他,同时告诉他,刁顺子是"额西安"千千万万个生生的缩影。刁顺子身上的许多优秀品质,生生身上都有。我从认识生生那天起,就多次见他穿行在大街小巷。一辆三轮车上,到处包着防护布和塑料膜,用来保护要拉的货物。有一次我见他拉了满满一车玻璃,他不是骑车,而是弓着身子拼命朝前推。那玻璃随时都会倒向一侧,他就用脑袋和肩膀紧紧防固着。六十好几的人了,见天还在装台、拉货、行走。有一次,我见他在文艺路等活儿,身子仰躺在三轮车里晒太阳,我说:"还拉,啥年纪了?"他一笑,说:"不动弹,就早早死劈了!"

五年前,我调离西安。每每飞机掠过上空,俯瞰舷窗下的这片土地,总感觉很多古人仍在场:张骞还在西行的路上跋涉,而玄奘已带着经书回到了长安。那纵横交错的西安街区,比汉长安城、唐长安城不知大了多少倍,人间烟火与夜长安浩大的金色轮廓,已然升腾起万丈光芒。想想朱东生们的三轮车,也正在如织的人流中避让、钻穿、寻觅,那铃声虽然单薄,却依然声声入耳。

选自《光明日报》2024 年 6 月 18 日

朱朝敏

生死棉花

朱朝敏

20世纪70年代出生，湖北宜昌人。出版《水未央》《百里洲纪事》等多部作品。部分作品被译介到国外。作品获得第三届华语青年作家奖、三毛散文奖、《作家》"金短篇"小说奖。现为湖北省作协副主席，湖北省作协小说创作委员会主任。

我梦见了棉花。

一望无垠的棉田，秋阳硕硕，炸开口子的棉果上，棉花水流般漫出，又霜冻似的遮蔽了尖锐的棉壳。一朵、再一朵、一片、无垠……柔软和洁白盛大无比，它们蔓延梦境，遮天蔽地。接着，它们举起了我的身体。我坐在那片柔软洁白的云团上，抱着双膝，却瞌睡连天。

这是失眠状况下做的一个梦。梦短暂却稳妥，以至于醒来后，我长时间都陷在其间无法自拔。但是，我多少被安慰，长期失眠的人终于碰上了眠梦，有棉花铺呈的云团为证。

中年人的通病就是失眠吧，大都无解。而偶然的梦境里，棉花出现了，它为失眠人的精神带来短暂的放松。它是偶然出现的，还是……生长于棉乡被誉为棉农后裔的人，自然不会将此归结为巧合。

这背后一定有什么深意。或许，棉花唤醒我的记忆，我该说说它与我之间无法撇清的关系了。

1. 忙碌的棉花

当我说起棉花时，我必须说起我的故土孤岛。大浪淘沙，孤岛终于屹立江水中心，棉花便出现了。千年泥沙是棉花生长最好不过的土壤，而毫无遮蔽的阳光又为棉花的繁盛加持。棉花与江水四围的孤岛是绝配。它们同为隐遁下的闭塞，同为桃源似的逍遥。

看，棉花，浩荡无边啊。

惊诧的声音里饱含喜悦，不仅是因为棉花本身，而是卓尔不群的地域孤岛。平坦如砥的四野，跃入眼帘的是孤岛及其之上的棉花。我是说，棉花等同于故土。棉花等同于童年，棉花是定局的人生。

从一粒棉籽开始，它占据了春天，然后是夏秋冬，接着是一年又一年的岁月，包括其间的隙缝。孤岛人被称为棉农，我是小棉农……而后，走出孤岛，就是棉农的后人。

很长时间以来，我并不喜欢棉花。这种厌恶从我认识棉花开始。那种沉实笨拙背后的忙碌压榨了不少乐趣，而它带来的穷酸味更是令我厌恶。我很小时，就希望自己不是小棉农，不是棉农的后人。这种假设在强悍的现实下不过是肥皂泡，冒出时就破灭。等到读书后，我心中埋下一个近乎理想的希冀，有一天我要考学出去，远离孤岛，与棉花不再有丝毫关联。

这"理想"萌发于我的幼年——孩童乐趣被棉花压榨。

刚过完年，母亲带我打营养钵。我不过三四岁，真正的手无缚鸡之力，能做什么呢？但母亲说多少可以搭一把手的，说着她朝我递来满怀笑意的目光。我拒绝不了，跟在母亲身后，去做她的小帮手。母亲打好了营养钵，要我在每个营养钵上面的凹处放上一粒棉籽。

我捏一把棉籽在左手，右手捏一颗棉籽放在营养钵的凹处。那灰色的棉籽，比鸟屎还丑陋，却硬邦邦地磕着我的手心。我放了一颗又一颗。终于蹲坐在地上，捏起了泥巴。天知道，注了水的泥巴要比棉籽冷许多，可是，它们就比棉籽听话。捏着捏着，就捏暖了我的手。母亲呵斥我偷懒。我只好重新捏棉籽。但是……二月底吧，时令是春天了，但气温还是凛冬样子。寒冷像铁片刮着我裸露在外的双手和脸庞。鼻涕得势，欢畅地朝下滴淌，双手红肿麻木。我丢了棉籽在荷包里，又抓起一把棉籽丢进水桶里，再……终于，我被勒令回屋。

我没栽种过营养钵，母亲也没做这方面的要求——兴许就是上次捣蛋的功劳。但是，我为棉花苗薅过草。开始，是用手拔草，拔累了，可以休息，反正母亲早丢下我，手脚并用到田地中间忙去了。至于用锄头薅草，那是母亲的事情,她理解,一个三四岁的孩子与锄头毫不相容的关系。

六七岁时,个头高了些,某种程度可以驾驭农具了。拿一把锄头,跟在母亲身后,装模作样地去锄棉苗根部的野草。那是细致活,要使力于锄头边角,否则,就会锄掉棉苗。沙地上的草,总是那么多,生命力超强,总是断不了根。一场雨水,没断根的草又冒出脑袋。锄草就要反复,从四月份到六月份。尤其是六月份,气温升高,野草也优胜劣汰,多是倔强的结根草,若不除掉,马上会盘成一团,盘掉棉苗的营养,棉苗就难得结出果实。好歹,那段时间不冷不热,人再累,也受得了。

难的是大热天,棉花长高,枝叶茂盛了,也挂出了花蕾,花蕾后就是棉果。但是蚊蝇害虫拢来,盘结在棉花嫩叶花蕾幼果上蚕食。怎么办?打农药,毒死这些害虫。农药药性越强越好,毒性最大为首选。

打农药……简直是惨痛的记忆。

父亲是医生,多半时间守在单位。家里的六亩田全靠母亲。母亲知晓打药水给人带来的毒害,再忙不过来,也不允许我们小孩子家去掺和。我似乎得闲了,但一颗心却始终揪着。就在七岁那年的七月中旬,母亲突然晕倒在棉田里。邻居慌忙把母亲抬回家,摘掉了母亲嘴巴上的纱巾,母亲醒过来,大口呕吐。邻居又把母亲送到父亲所在的医院。所幸抢救及时,母亲输完液,就回家了。隔了三五天,母亲又背起农药桶,行走在棉田里喷打药水。母亲有了教训,全身上下都裹得严实,喷一会儿,到田埂上休息一会儿,再钻进棉花田继续喷药水。打了几天,身体倒正常。

幸运是相对的。八月三伏天,母亲又背起农药桶去田里喷打。这次,天气太热,母亲挽起长袖,药水毒性从手臂汗腺钻进去,母亲又中了毒。人并没倒在田地里,而是她觉得异常胸闷,便马上结束喷打,骑自行车回家。刚到家,就倒在地上,呕吐不止。我刚放学回家,遇到口吐白沫的母亲，吓得大哭。马上转身去找舅舅，两个舅舅一个骑自行车，一个抱着母亲朝医院飞奔。中毒的母亲这次在医院住了半个月之久。

母亲康复回家后，我们要求母亲别再去打农药了。母亲笑着满口应诺。她怎能不答应？出院的她，不停地唠叨，时间快啊，可以不打农药了。她的意思我们懂，酷热的八月份快要结束了，马上就是秋水长天了。而秋天是棉花炸开丰收的季节，只要采摘它回家，再就是卖出去了。打农药是来年的事情了，而来年还远着。

忙碌一年，到大雪纷飞的季节，母亲该休息几天了吧。不，母亲更忙了，她还有门手艺，就是缝衣服，她是我们村里有名的女裁缝。年底丰收的棉花，家家户户卖出绝大部分，却会留下一点，缝被褥和衣服。遇到家里过红白喜事的，更是少不了。年底的母亲便夙兴夜寐，背着一个大挎包在家户人家里奔走，有时还要打夜工赶做。

父亲跟母亲开玩笑，母亲就是把棉花绑在她身上的，哪怕有心撇下也撇不开。母亲爽快地答道，对头，我跟棉花是一年到头也离不得。

彼时的我年幼无知，不懂其意。但是……

2. 母亲生在棉花地里

母亲来到世上全靠棉花。这怎么说？

不得不述说当时的时代背景。

1941年，日本军队占领江汉平原，为继续西进三峡攻打石牌做准备。他们不断西进，驻军主要集中在长江宜枝一段。日军准备得并不顺利，屡次遭受来自长江水域的抗日队伍的袭击。日军不久发现，隐藏在长江中心的孤岛，最令他们头疼，它四围环水的地理位置，成为中国人南北周旋进行抗日的有利据点。1943 年初夏，一支抗日队伍通过孤岛成功转移从日军手中劫持来的军用物资，大大挫败了日军嚣张气焰。日军恼羞成怒，决定拿下孤岛这个地盘。

8 月 4 日的上午，日军开着军舰过江，准备对孤岛进行扫荡。

八月初的孤岛，棉花遍地，绿油油的，枝叶相连地拥挤在一块儿，坦陈在一望无垠的原野上。那时的棉花是十岁小孩的个头，枝干粗壮坚韧，棉叶肥硕，毛茸茸的，枝丫间的棉果拳头大，青绿色，饱含汁液，沉甸甸地填满空隙。密箭似的枝枝叶叶却始终挂在弦上发射不出去，便垒砌起一座座密不透风的墙。墙里到处是贪吃的蚊蝇害虫，而气流积压，空气闷热。钻进棉田，似乎被那些枝叶棉果淹没，呼吸不由得急促，小孩子家呢，遭受这样的气氛挤压，胆小了，担心被不知名的怪物吞没，会伸长双臂，高声呼喊："我在这里啊，我在这里啊。"

那样令人晕眩的地方，谁会去呢？

你能想到，八月初的棉田是极好的隐蔽场所。

我外婆却去了，和我外公跑进田地深处，拔了几棵大棉秆，挪出一个能够躺下的地方，便藏起来。那里热，脏，还不舒服。但是安全啊，不得不去。因为就在日本军队过江进攻孤岛的那天上午，我外婆肚子疼痛发作，即将临盆。我母亲每次讲到她的诞生，就会流泪说，早不来迟不来，偏偏等到那天，日本人进攻咱们孤岛，还是搞突然袭击，唉，可苦了你外婆。

就是这么巧。而一个"巧"字包含多少难言之隐？还有……

母亲说，外婆他们得到消息，日军开着军舰正在渡江进攻孤岛，岛上百姓都在准备转移，可快要分娩的外婆能躲到哪里去？孤岛就是一个耸立在江心的沙洲，没有山地，也无丘陵，可谓一马平川。如此坦荡如砥的地形，如何躲得过？说到这里，母亲喉咙哽咽，眼神停留在空中某处，整个人陷入沉思或者回忆中，或者还在后怕。

我们都屏着呼吸盯着母亲，隔着遥远的岁月祈祷——有奇迹发生。

真就发生了奇迹。

日本军舰是在早上过江的，嘟嘟作响的军舰耀武扬威，军舰上的太阳旗猎猎招展。可人算不如天算啊，小日本怎么也想不到，过江时，他们遇到了从江水中冒出的江猪。一群江猪呼啸着顺江而下，在浩渺的江水中浮沉，黑脑袋时而隐伏，时而冒出水面。真是快啊，一股股浪花涌动，江面颠簸动荡，弹指一挥间，从上游来的江猪浮沉在眼前。长江翻腾起几米高的浪柱，犹如遭遇台风袭击。日本军舰顿时被浪柱掀翻。而那些从未看见过江猪的日军目瞪口呆，不知浮沉江水中的黑色动物为何方神圣，竟然有如此威力。不等他们反应过来，出行的军舰全部被江猪群掀起的巨浪而掀翻沉落。此际，北边岸上碉楼里的日本哨兵收到紧急呼救，端起枪炮准备反击，可是从哪里下手？他们根本无法瞄准时隐时现的江猪啊，也只能任其为所欲为。

江猪群过后，长江大半天才风平浪静。整个上午就过去了，日军被迫停止过江。而孤岛上的百姓也得到了消息，在上午，纷纷从岛南那边过江避难去了。我外婆挺个大肚子，已到临产时分，疼痛得无法挪动一步，想随大部队逃到南边去就是天方夜谭了。总不能等在家里给日本人当靶子，躲还是要躲的。孤岛就是江水中心的一个沙洲，树林倒是有，也不大，更不集中，还容易被烧到。只有那广阔的一望无垠的田野，田野上密匝茂盛的棉花，不仅可以与日本人打马虎眼，还能很好地遮蔽。

于是，我外公抱着外婆往田野里跑，一头钻进茂密的棉花田中。可能受到惊吓，还可能是天佑我母。外婆刚刚安静下来，羊水破了，不久分娩下我母亲。母亲哇哇啼哭，娇弱的哭声被密集的棉花田挡住。随即，幼小的母亲在我外婆的奶头下安然睡去。

当天下午，日军再次渡江，来到孤岛，首先来到靠近江边的李家坑村，就是我外婆他们所在的村庄。而村庄空落落的，连牲畜都被消音不见动静。显然，村庄有了准备，村民基本逃走了。扫荡来的日军满腹仇恨，将村庄付之一炬。熊熊的火光冲天而起，噼啪着烧倒了房屋。浓黑的烟雾和通红的火光夹杂一起，一座又一座的房屋倾圮，成为废墟。

毕竟只是房屋毁了，人还在啊，外婆一家全靠了棉花。母亲的唏嘘声中满含庆幸。

我们却满脸泪水。

棉花是母亲的避难所，更是我们生命得以延续的产房。

3. 棉的花

棉花当然不是花。

但它在初夏时会开花。它的花不亚于任何一种鲜花的模样，洁白、淡黄或者粉红，挂在枝丫间。花瓣上经脉张着粗疏的纹理，铆足了劲头怒放。大朵的花和翠绿肥厚的叶子相得益彰，漫天漫地地铺张开来，在无垠的田野绵延。

初夏，棉柴枝丫间绽放出花朵，到了夏末秋初结出棉果。开始的棉果是椭圆形，油绿，泛出隐隐的光泽。它们太需要阳光，而炎夏来了，棉果一天一个样地长大，逐渐坚硬。经受一个夏季的充足阳光的暴晒后，棉果会炸开外面的壳，炸出洁白的棉絮。

花的称呼，终究小了。庄稼，才是它的质地。那么，就该具体说说这个庄稼的内核"棉花"。

一望无际的平原，在连日的太阳暴晒后，茎秆开始萎顿，叶子也逐渐枯残，犹如走到暮年的老妪，形容枯槁。可挂在枝丫上的棉果饱满硕大，水分充盈，它们充满了耐心，吸纳阳光壮实自己。慢慢地，绿得呈褐色的棉壳砰的一声，炸开了壳，犹如大肚子的孕妇分娩了，洁白如云的棉絮便伸出了头。

那些充分接受阳光照射的花絮绽放得一塌糊涂，豁开了眉眼，就像被幸福击中的人，满是喜悦。那些与阳光失之交臂的瓣籽却明显地营养不良，紧皱着脸庞，黑斑沉沉，困顿在黑铁般的棉壳中，犹如无法振作的悲伤人。

孤岛屹立于长江中下游的江心中，是千万年的泥沙，在大浪淘沙后尘埃落定，形成了一望无际、坦荡如砥的平原。方圆百里的沙质土壤，细腻绵软，再加上地处温带，四围江水环绕，沙岛上的阳光充沛，气候温和湿润。

棉花生长在沙岛上真是适得其所。而今年十月，我去了博尔塔拉蒙古自治州的托托镇，在那里见到了疆棉。也是一望无际，也是一眼就击中了我的心。就在我放开眼神眺望时，我却忍不住感叹。同为棉花，孤岛棉花和疆棉太不同了。托托镇在天山脚下，阳光充足外，水源也好——天山融化的冰雪和托托镇蕴含的地下水保证了棉花所需的水分。其地生长的棉花朵大蓬松，是长绒棉。但是，棉花的枝干矮小，似乎匍匐在地上，哪里像孤岛上的棉花高大而健硕？同是棉花，却因为地域环境不同，面貌也呈现出极大差异，而质地呢？长绒棉自然是绵软柔和，仿如毫无杂质的温柔乡。可孤岛的棉花绵软里带有丝丝韧劲。这恰如我们孤岛人的性格，尖锐又豁达，极其自尊却又包容。

水土养育的结果吧。

作为庄稼，孤岛棉花到了炎夏季节，长得高峻密集，站在原野上，可以用铜墙铁壁来形容。至少在我童年印象里，就是如此。而铜墙铁壁下，我们在收获的同时也在丧失。

我记得，棉花的铜墙铁壁夺走了一个孩子的声带。

炽热如火的骄阳已烤焦了棉叶的边，那些如手掌般厚大的棉叶投射出金色的光亮。喷洒农药的刺刺声在跳跃的光亮里绵延，嘤嗡不绝，要人头晕眼花。胸口也是作闷作呕。有什么办法？棉花丰收与否，取决于果子的良好孕育和健康生长。喷农药杀害虫，终究是少不了的程序。天气炎热难耐，但挂果并要保证果子的饱实——夏天实在是孤岛最忙碌、最劳累的季节。

在喷雾器此起彼伏的刺刺声中，总有小孩倚在粗壮的棉秆下甜甜地睡去。我隔壁家的小波，跟着他母亲来到棉花田。他母亲背着喷雾器朝棉花田深处走去，玩累了的小波竟然依靠垄头的棉秆呼呼睡去，沉入黑甜的梦乡。茂盛的棉田，圆满密实，一望无际。往往喷洒完农药，天色已经黑透。寂寥的星子挂在天幕，戴着口罩的母亲没有叫醒他，而是着急赶回家煮饭。小波母亲准备好晚餐，转回田间寻找儿子。她穿行在繁盛茂密的棉花田里，大声呼喊："小波，快回家吃饭啊……小波，你在哪里……天都黑了，快回家啊……"

然而，小波母亲找遍他们家的五亩棉花田，却没发现小波的人。

小波不见了。那年小波三岁，他睡醒了，发现棉花田的月色氤氲着一层雾气，田野一片朦胧模糊。懵懂的他忘记回家的路途，在田间哭泣、穿行，却被浩瀚如江河的棉田吞没。丢失了儿子的母亲一个人在偌大的、密集的棉花田间呼喊、寻找。他们母子彼此呼唤，但广袤的田野迷宫一般,路径复杂,母子俩在黑夜展开了错过与寻找的游戏。直至天亮,小波母亲才发现儿子哭哑了嗓子坐在田埂上,傻子一般愣怔。自此,小波不再开口讲话。

我总是记得的——夜晚,田头的路挂着盏盏亮如白银的灯,飞虫奋力扑向光亮却烧得哧啪哧啪地响。黑暗处的田野,天风浩荡,虫鸣蛙叫,拔节挂果的声音一阵接一阵。旺盛的日子,沸腾着生命的律动。声音、颜色、气味,多么热气腾腾的画面。

但这只是表象。

我印象的舞台上,孤岛上的女人遍布在热气腾腾的田野上,她们在棉田里大声歌唱。芬芳的庄稼气息蒸腾在江风里,四处弥漫、弥漫。一转眼,天黑了风来了,她们兴兴头头的火劲安静了,变成了人家屋顶上袅袅的炊烟。鸡鸣狗吠中,响着女人喊孩子回家吃饭尖利的嗓音。

"小——,该回家吃饭了。"

"小"是孤岛孩子的普通称呼。男孩被称为"小",女孩也是,他们就在女人一声比一声严厉的呼喊中飞快地溜回去,趁女人大声叫骂时,撒娇说:"喊什么喊,我早就回来了,再这样破喊,我真的不回来了。"他们知道自己是女人心中永远的小。

偶尔村头传来女人挨打后在地上的哭骂,男人操着经年的棉秆,狠狠地抡向女人身体。女人马上爆出惊天动地的哭叫:"你个遭天杀的,不得好死,你打死了我,我到阎王那里也不会放过你。"女人就势滚在地上,嘴里不停地咒骂着男人去死。左邻右舍的妇女们闻声而动,劝架的脚步止于人家门口。满脸含笑的女人站在院门——哈,大婶得空到我家唠嗑,难得,哟,王婆婆也来了,还有三姐……来来来,都进屋喝口茶。

刚才还在耍威风的男人,配合地哈一声,搬椅子,倒茶水去。女人则嗔怪道:"瞧你小气到家了,迎客也不开灯。"

孤岛乡村生活大抵如此。苦了累了,哭了骂了,临到头还是一个"笑"字收场,爽朗干脆。也有不同的人,始终含蓄斯文,与孤岛大多数女人不同,却将日子过出了耐人寻味的气息。

村头有个漂亮寡妇,名字也好听,叫熊小小。她丈夫在她生下第三个儿子不久,在长江边淘金,和人家发生冲突,被别人砍死了。小小拉扯三个儿子,全靠几亩棉花田的收成。熊小小的漂亮,源于她整洁的打扮和温和的笑语。但她总被几个女人轮流咒骂着——据说,在她们家的棉田里拣到了小小独特的包扣,或者镶嵌了玫瑰的发夹,或者残留着花露水味道的手绢等。骂吧骂吧,小小装作没有听见。难得的是,小小见谁都是笑脸,不卑不亢的。她把袅娜的身子匍匐在棉花田,打农药、捡棉花、拔棉秆等重活上,她干净利索,从不落后任何人家。

我母亲和婆婆拉家常时,总是赞扬小小——真难为了她,看人家三个小子,个个模样干净。

那妮子啊,神着。我祖母往往悠着语调总结。

是神。熊小小抚养的三个儿子,不仅模样干净秀气,还是读书的好苗子,小学初中高中都是优等生,最后均读了大学,老幺竟然考进了北京读大学,后来进了社科院工作。想想吧,20世纪七八十年代的农村,单身母亲抚养的三个儿子能读到大学,该是怎样的神奇?他们一家当然是我们村的榜样。

4. 花与果的轮回

棉花在秋天终于以果的形式炸开了"花",成为名副其实的棉花,也实现了庄稼的功圆德满。

那种极致能到哪里找寻？满眼的白。白。白。摧枯拉朽，不留余地。叶退尽了，秆上挑着千万朵云彩似的白棉，犹如女孩纯净的心事，恰如柔软无期的梦，天涯无归。

女人在腰里系一个大包袱，用双手搓成一个小山，轮流伸向绽开的白棉。泛着银样光泽的棉花被女人的手抬起，塞进包袱里，包袱被无数朵白棉充实而变得沉重。田野里大片棉花被收进屋子，只剩下光秃秃的棉秆——仔细瞧，棉秆上总有未被摘干净的棉花。在联产承包责任制不久，家里的田地似乎不足以养活一大家人。总有女人去摘人家没有摘完的棉花，那是别人捡剩漏掉的棉花，或者说被遗弃的棉花。它们属于田野，谁摘下就归谁，我们称为"远边花"。

可约定俗成里，总有破坏镂刻着卑微记忆。六七岁的我跟着小姑捡"远边花"，即捡别人家剩下不要的棉花。我的小姑站在田野的浩风里真是弱不禁风，她有着瘦弱的身子，黑色光秃秃的棉秆几乎埋没了她。她细弱的腰间挎着已被野棉撑得厚实的包袱。初冬的田野里，棉材还没有收尽，偶尔几朵绽开的白棉点缀着田野的萧索。

小姑被一个胖胖的男人拽住手，小姑的身子似乎马上就要倒下去了，男人大声嚷着："交出来，交出来，统统倒出来。"

小姑赔笑道，都这样的，别人捡剩的棉花……啪的一声脆响，男人一巴掌打在小姑的脸上。小姑用手捂着左脸，眼睛直直地望着胖男人。我一定流泪了，但屈辱和害怕之间，我肯定屈服了害怕。我呆若木鸡般，只是盯着小姑看。侧过脑袋的小姑，脸上有泪水四处纵横。男人用胖手粗鲁地扯着小姑的包袱，小姑的身子左跟右跄。在小姑站稳后，她回过头，又笑道："队长，您要棉花，我马上解下来给您。"

小姑牵着我的手，我分明感到她的手剧烈地战栗。那个人如愿以偿，肩背着满满的棉花包袱，说笑着离去。

小姑放下我的手，大声喊道，看，好多棉花——

好多棉花——大地总是能在人孤寂时给人安慰。小姑不放弃一切晴好的日子，走在大地深处，摘回满满一包袱的远边花。

秋天的田野寂静安详，蔚蓝的天空像一口锅扣住白棉的尽头。这是温暖的尽头，女人把它们抢回，延续到了自家。

趁着秋阳，晒在屋前晒场的竹席上。因为竹席透气。老人说，要趁着秋老虎逼去地心气，才能像云一样飞上天，才能送人入梦。逼去了地心气的棉也才能碎成上好的丝絮，才能变成优质布料和被褥。

冬天时，弹花匠背着弹弓走门串户来了。他们一般不会虚行，一踏上我们孤岛，一到我们村，就是一个冬天。一户人家，盖的垫的新棉被再加上旧的翻新，总要弹上两三床或三四床棉花，起码要花费一个星期。遇到有嫁娶喜事的，那可就是半个多月。

我八岁那年冬天，我母亲请来一个年轻的弹花匠，又高又瘦，眼睛亮亮的，看着你，笑意吟吟。他是我父亲一个同学的儿子，说是高考考上师范学院，他不愿意读，他的理想是当工程师，就跟着别人学习弹花，打算自己挣钱再考。我母亲听说了，敬佩不已，请小伙子来我家弹花。

母亲请他来弹花还有一层深意。我一个堂舅的女儿在村小当民办老师，却爱上一名中年男教师，他可是有妇之夫。这个消息在我们亲戚间秘密传播，我这个小屁孩也偷听到，大人们为此伤透脑筋。我母亲看好那个小伙子，觉得机会来了，有心撮合这个弹花匠和我表姐，还说即使没有姻缘，但是能有心交流下，相互激励，一起努力再参加高考，也是好事。

一个飘着鹅毛大雪的中午,我母亲熬了一大锅羊肉汤,喊来我表姐。说起弹花匠的传奇,要我表姐多跟他走近走近,多学些正经东西。我表姐突然间就不高兴了,又挨不过我母亲好意,到房间看弹花匠弹花,却马上转身出来。她受不了房间里四处飞舞呛鼻的花絮。尽管小伙子已经停止弹花,扯下口罩,对表姐露出满口洁白的牙齿。我表姐还是认为,这个被棉絮沾染的小伙子终究是一名弹花匠,彼时入不了她的眼。

然而,就在两人对望的刹那,小伙子却一眼相中我美丽的表姐。表姐离开我家后,他弹完花,找我详细打听表姐情况。我表姐虽只是民办教师,可也是高中毕业,人长得美丽。是那种薛宝钗似的美丽,鹅蛋脸、五官端庄、肤白、身材匀称,落落大方。还有一个,她很有艺术细胞,会弹琴唱歌,尤其喜欢唱俄罗斯歌曲。我耸起鼻子,悠着声腔学着表姐深情的样子唱《莫斯科郊外的晚上》:深夜花园里,四处静悄悄……我只会这两句,但这两句如此抒情,竟被幼小的我唱得声情并茂。

我的表演带有无法阻止的炫耀色彩。是的,我是以炫耀的口吻介绍表姐的。无论表姐做什么,她的美丽和优秀在当时均无人比拟。

我要追求她,我会成为你表姐夫的。小伙子眼睛里满是光亮。

可是,你不能。我摇头。

怎么不能?我可不是弹棉花的匠人,我明年夏天肯定要考到省城去,再过三四年,我就是在图纸上设计高楼大厦的工程师。小伙子满是信心。

我还是摇头,他摇起我双手,目光炯炯地盯着我,问——你这个小屁孩,竟然不信?

我不是不信,而是我表姐她的心走远了,我们看不见……

小伙子眼中的火焰黯淡下去,须臾又燃烧起光亮。还会回来的,你表姐的心一定会回来的。小伙子自信万分。弹完棉花离开我家时,留下一封信，交给我，说，你表姐的心要是回来了，你把信交给她，我等着。

然而，世事难料，我表姐第二年春天离开了孤岛，出去打工了，或者说以离开的姿势疗伤去了。她的心回来了吗？我不能确定，但是要去远方了，不知何时返回。在她离家前，我把信给她，说是弹花匠留给她的，表姐咕哝一句"给我信有什么用"，又深深叹息。她的脸色沉滞阴郁，双手却灵动有加，接过那封信，也不开封就撕掉。

表姐离开孤岛时，带着两床棉花褥子，想必是一床盖一床垫吧。只是，她会想起那个对她一见钟情的弹花匠吗？

棉花被褥于孤岛女人，是有特殊意义的。

她们最最恳切的愿望也寄托在厚实绵软的棉花被里。家乡有一个天经地义的习惯，年轻女子结婚时的嫁妆什么都可以缺乏，但总少不了几大床崭新的棉被，白白的、厚实的被褥，安放我们疲倦的身体，就像一只飞累的鸟雀归巢一般。棉被是夜晚中身体的窠，是安抚一颗世俗心的小庙宇。我出嫁时，母亲为我准备了六大床棉被。这是每个孤岛母亲的重复内容——母亲抓住女儿的手说，再苦再累，只要挨着它们，就有好梦了。

风停雨住，太阳出来了，又是棉花生长的好日子。我躺在柔软的棉垫上，棉被盖住身体，昏天黑地的睡眠袭来。我陷入了虚实相生的梦境里，一望无垠的田野上，棉叶歌唱，花期灿烂。

选自《安徽文学》2024 年第 6 期

李大伟

冬天的河流

李大伟
———————————
中国作协会员。有逾两百万字作品见于《人民文学》《十月》《花城》《长江文艺》《芙蓉》《天涯》等刊物。出版有散文集《暗世界》《大河》《记忆宫殿》《苍山》《博物馆》等。曾获全国少数民族文学创作骏马奖、三毛散文奖、白马湖散文奖等。

1

  金盏河，苍山西坡的一条河流。金盏河流经金盏村的三厂局，再流经金盏村委会后，汇入暂时浑浊的漾濞江。金盏河的清澈与漾濞江的浑浊，对比强烈。这个冬天在苍山中见到的河流，都清澈见底，河流清洗过的石头上的图案清晰可见，蓝色像堕入河流中一般。当我从铁匠铺的窗子往河流望时，见到的是漾濞江。雨季，我也曾多次出现在漾濞江边。河流滚滚向前，它的浑浊和我此刻见到的很相似。有那么一刻，我竟有种错觉，我面对的不是一条季节性的河流，而是一条以浑浊为真实的河流。当我们离开铁匠铺离开漾濞江沿着金盏河往上时，河流又有了季节性，我们又看到了一条清澈而瘦小的河流。

  我们是临时决定先去那个铁匠铺的。我想看看一个古老职业的现状。同行的几个人中还有记者，他们想用影像记录下一个行将远去的职业。还有摄影者，想拍摄下一些被时间迷惑与篡改的照片。还有一个作家，他想以文字的方式记录下什么。我们各有所求。我们本来打算从三厂局回来，再来铁匠铺，半路友人接到电话，铁匠打铁只打到十一点多，下午他要去往离家不远的镇上守店。一些废弃的钢条被随意堆放在院子里。目光从那个近乎慌乱的现场，转移到另外一个现场，一个正在工作的现场。铁匠本欲停下手中的活计，友人跟他说不用停，也不用表现得那么不自然。他们需要的是一个铁匠工作的现场。在那个镇子里，他就是唯一的铁匠，已经有三代了，到他就结束了。里面夹杂着感伤的东西，又不仅仅是感伤。他曾收了一些徒弟，到半途都接连放弃。他的儿子，也不想学。

  鼓风机嘶嘶地吹着，火炭燃烧着，火炭中有几块烧得赤红的铁。他用铁钳把其中一块夹出来，拿起锤子不断击打，等温度下来，等赤红暗下来，又放回火炭中继续烧着，换一块锤打。锤打之时，火光四溅，一些铁屑脱落下来，许多的铁屑落满地上。要借助一些模具，模具上面覆盖上了厚厚的一层灰。我曾想象过，鸡鸣刚叫一两遍，铁匠就在漆黑中把火点燃，把一些铁块放入火中。要制作的东西，往往都是人们定制的。我们定制了两把菜刀，他拿出来两把刀，我们选择了其中的一把作为样品。就要那样两把，我们都以为铁匠打出了很多还没有卖完的刀。已经没有剩下来的，手中的样品已有主人，并没有我们想象中的那么不堪。如果铁匠不是因为年老体弱停止打铁，而是已经没有人需要而放弃铁匠活的话，里面夹杂的人生与命运就会有不堪的意味。他是需要那些模具的，无论是要制作犁铧、刀，还是要制作其他的东西，模具很重要。模具，只是大致的轮廓，基本成型之后，就开始考验铁匠的经验、眼力和感觉了。这也考验一个铁匠的高明与否。

当剩下唯一的铁匠时，已经没人跟他比较了。我们却能从那些打造出来的成品上，知道这就是一个优秀的铁匠。正烧得赤红的火炭旁，是一个窗子，窗子里摆放着一些东西，其中有一些药，像三七粉，像银翘解毒颗粒，像阿莫西林，还有一些胃药，那是铁匠铺里存着的药，一个也经常要借助药物来缓解一些疼痛的匠人。他大部分的时间是在铁匠铺度过，还有一些时间是在镇上的喧闹中度过。连着铁匠铺的家，被整饬得干净整洁，种植着许多的草木，二楼还种着许多盆兰花。近乎两个极端，在他身上达成了某种不可思议的平衡，柔软的植物与坚硬的铁块，植物需要的是轻触的质地，那些铁块需要的是力量的锤打，打铁发出的声音响彻在铁匠铺里。我们听到了淬火的声音，铁匠把淬过火的东西放到了地上。我们看到了一些基本成型的东西，那是用来做犁铧的部分，需要把好几个部分焊接在一起，犁铧才真正成型。

铁匠的女儿与儿子，已经汇入打工的洪流，他们去的是深圳。过年回来了几天后，又去深圳的那个电子厂上班了。我们只见到铁匠一人在家。我们村也有人去往深圳，无论男女都在工地上班，一个小时15块，一些人不分昼夜在为生活而努力。他们是怎么看一个作为铁匠的父亲的？这个问题，被我们提出后，还是感觉有点唐突。他笑了笑，说他们并无丝毫贬低歧视之意，只是坚定了他们不会成为铁匠的决心。我们能预见到铁匠最终的命运，铁匠早已做好了离开的准备。这只是我们的猜想。我还想到了那些窗子里摆放着的各种药，希望它们上面覆满的灰尘已经在暗示着铁匠身体已无大碍。就好像要与铁匠这个职业达成某种平衡，铁匠家旁就是一个废弃的桥墩。离那个桥墩往上不远，又是一个废弃的桥墩，毁损严重的桥墩上长满杂草，那些丛生的杂草已经干枯。冬日的草木和桥墩，它们是现实之物，也成了关于一种职业在眼前这个世界里的预言。

我从铁匠铺的窗子往河流望时，河流是静止的。那是错觉。我想拨开铁匠正在打铁的声音，听听河流的声音，听不到。铁匠会在雨水季节听到河流在哗哗流淌。铁匠是否也曾端起酒杯，看着涨起或是落下的河流陷入沉思。当他想到再没有人愿意接替自己时，是否会对着河流陷入恍惚？他是否也会因为自己的儿女去往深圳打工，偶尔担忧和焦虑？我们在铁匠铺时，他跟我们不只是说起铁匠铺的种种，还说到了他们几兄弟里就只有他感兴趣，并成了铁匠，说到了自己的子女，说到了镇上自己的店铺，店铺里售卖一些自己打的物件，还售卖其他一些不是纯手工的东西。我印象深刻，有一个雨水季节，友人就在那个铁匠铺给我打电话，我能在电话里捕捉到铁匠在铁砧上锤打铁片的声音，还听到鼓风机发出的哧哧声，还听到了河流哗哗的声音。当听到哗哗声时，我还问了一声，那是下雨了吗。友人说不是，那是河流的声音。

　　当把河流与那些民间艺人和匠人联系在一起后，河流充满了隐喻。铁匠接受了现实，没有多少叹息，铁匠说当人们不再需要他打的东西时，再挣扎也没有多少意义了。有些消亡充满了必然性。友人小江几次三番出现在铁匠铺，记录着一个铁匠（也是过往众多铁匠）的生活日常，同时也记录着铁匠的技艺。只是有些东西是无法记录和展示的，那些已经镌刻于铁匠经验与记忆中的东西。在一些细微处，铁匠借助的是感觉。对于民间工匠，感觉很重要。感觉是一种上天赋予自己的东西，也是在长时间不断练习下形成的。

　　我们羡慕铁匠能拥有那种让细微处变得更精致，能用感觉就可以矫正细微处的能力。我们的感觉都钝化了。我们已经失去了对世界最敏锐的感受力。当离开铁匠铺，来到不是很大的河流边，我们离那些废弃的桥墩很近，一切是残破的，一些砖石坍塌在地，桥墩的现状也具有了隐喻性。有一块石碑，记录的是过往的战事，已然消失的桥是何时建起的，都已成谜。眼前这条河流上还有着一些古老的桥和成为废墟的桥墩，它们以自己的方式在记录着一些东西。一些赤楠在离桥墩不远的地里生长着，低矮却繁茂，与桥墩旁的植物和桥墩上的草木生长的姿态完全不同。冬日里，充斥着各种对比。

2

　　我们告别铁匠，离开了那个叫脉地的地方。一开始，我以为是麦地，想象中种植着大片大片麦子的地方。当"麦"字变成"脉"之时，我们想到的是"脉搏"的脉，大地的脉搏，这也让这个地名指向了另外的维度。我们要沿着河流继续往上，三厂局是我们今天的终点。三厂局，苍山中的一个傈僳族村子，命名会让人产生一些遐想，这个地名里夹杂着现代人类文明的气息，据说那里曾有过一个纸厂。此刻，另外的现代气息融入这个世界，原来的纸厂已经消失不见。一直未消失的是，三厂局有一些织火草布的人。

我们沿着金盏河往上走。河谷中，许多沙石裸露出来，冬日的河流瘦小。路正在修，尘土飞扬。才沿着金盏河往上不远，路便断了，与那些或坐于路边，或站在路边的村人闲聊，知道路一时半会儿不会通。同行的友人中，有人似有畏难退缩之心，他知道到三厂局还要走很远的路。我不知道，我只知道那是曾多次出现在想象中的世界。时间往回退，空间也往回退，那是两年前，在雪山河边，我们说着一定要去金盏村的三厂局去看看。在一些特殊的节日里，那里还举行上刀山下火海的表演。又是一个在我们看来无比依靠感觉的世界与角落。

近处是还未收割的玉米秆，枯黄，残败。对面是老鹰岩，陡峭的悬崖上长着一些植物，我们能一眼看出的是修长的竹子，悬崖下面有一片笔直的白桦。当我们在那里找车时，一些农人拿着镰刀去往玉米地，还有一些人割着人工养殖的草准备喂牛。这里的海拔，应该比我的老家低。在我老家，我们也需要眼前的这种饲料草，与甘蔗相近，只是老家的气候和土壤不适合种植这种饲料草。我们在牧场种植了另外一种饲料草，长得有点低矮，像极了苍山顶的箭竹，为了与刮过山岗的风对抗，都长得低矮。

冬日里，山上最醒目的就是繁密的白桦，叶子落尽，灰白笔直的躯干成了最美的风景。我暂时不去理解老鹰岩的命名，我把所有的注意力都放在了那些白桦树上。近处，还有众多的核桃树，只有唯一的一棵核桃树上已经抽出新芽与叶片，季节和气温正慢慢发生变化，漫长的冬季正临近结束。老鹰岩的命名，可能源自那个悬崖的造型与老鹰很像，暂时没能分辨出老鹰的样子，老鹰在内心早已没有了实体般的存在，当没有一个真实的参照物时，想象便失去了飞升与抵达的力。从悬崖反过来想象老鹰，这又是一种方式，这样的方式最终也宣告失败。当提到老鹰岩时，我想到曾经去过的打鹰山。打鹰山的命名似乎就要更为具体，那里曾是人们打鹰的地方，有着众多的悬崖绝壁，适合老鹰的生存。眼前的世界，同样适合老鹰的存在，是有了一只鹰，在金盏河上空逡巡翱翔，我们想象着它的巢穴应该就在老鹰岩，这也让"老鹰岩"这样的命名指向了实处。与三厂局不同，许多人都觉得那里应该有过三个厂子。那里适合建造什么厂子？人们说起了在不远处，曾有过造纸厂。三厂局适合有个造纸厂，它已经身处苍山的半山腰，有着许多茂密的山林。三厂局如果曾存在一个厂的话，我们都觉得应该是一个织布厂。当我们把这样的想法跟三厂局的人说起之时，他们都觉得织布厂是不可信的，毕竟在流传中并无这样的说法。

在那个世界里，人们更相信说法。也是对说法坚信不疑之后，才有先生（祭师）会在人出生、结婚和葬礼上，从盘古开天辟地处开始自己的吟诵，众多的说法从祭师口中如眼前的金盏河般流淌，祖先的诞生，祖先的搬迁史（从另外一个世界搬迁到了这里），织火草布的历史，死后要借助火草布去往苍山深处。说法，时而虚幻，时而真实，时而遥不可及，时而伸手可及，时而抽象，时而具体。杨记者在好几个葬礼上，听着祭师吟诵着这些说法，有着一种独特的方式和旋律，与人们日常说话不同。

李达伟：冬天的河流

我有种冲动，即便路不通，走路也要去。我们把车子停下，走过那段车子无法通过的路段。杨记者在那个村落里借了一辆微型车。破旧的微型车，车门时而可以打开，时而又无法打开。路上的灰尘往车子里涌，我们的身上都沾满灰尘，鼻子因干燥刺鼻的灰尘很难受。草木的气息，都被呛鼻的灰尘淹没。只有当灰尘浓烈的气息变淡，或者彻底消退，冬日的草木被阳光照晒后释放出来的淡淡气息，才会被我们捕捉到。车子的破旧与颠簸，并没有把内心对三厂局的向往之意冲淡。我们暂时离河流远了。随着很陡的下坡路行将结束，河流的声音开始清晰可见。我们再次离河流近了。

我们真正进入了三厂局。深山中这个村落名，引发了我们的各种猜想，有三个纸厂，或者是除了纸厂外还有其他厂。在三厂局，问村人，命名何意？答：不清楚。许多命名在时间的河流面前，已经失去了清晰的一面，许多的真相被时间的尘埃与铁屑覆盖。我们看到了一些石头垒砌起来的墙体，主体部分已经损毁。在我们看来，那便是抵达和揣摩这个地名的一些墙砖。一片损毁的墙体，那里曾建着很大的一个建筑，可能与那个地名有关。

我们只能看到一个可能的世界，一个依然还需要先生的世界。先生，并不是老师，是傈僳族的祭师。三厂局有着自己的祭师，我们可能与他相遇，也可能不会与他相遇。我们最终没能遇见他。在金盏河边停留的时候，我们看到了有两个人带着用火草和麻织出来的布骑着摩托车，正匆匆赶往某处。当我们对三厂局的傈僳族有了一些了解后，我们知道他们是去参加一个葬礼，先生早已去往那里，我们注定与先生错开。

亲历的杨记者转述道，当有人去世，亲戚朋友在去往死者家中时，要带上一块长长的火草布，还要牵来牛羊。人们把布挂在棺材上面，用来给死者铺路。铺好路，死者的灵魂在被抬往苍山中安葬时，有着路的指引，才不会被路上的孤魂野鬼阻挠。那块布的作用，与以前在苍山中遇见的吹奏过山调过水调的意义相近。人们穿着火草衣围着棺材转圈，人们拿着竹子敲打地面，击打出来的声音很响，为了让死者知道有那么多人在送自己。葬礼上，最孤独的往往是狗。狗是这个民族的图腾。这曾经是一个靠狩猎和放牧为生的民族。在这里，没有人会吃狗肉。任何一个死者都有着与自己感情很好的狗。杨记者说自己每次拍摄葬礼时，总会遇到一些悲伤落寞的狗，它们靠着棺材蹲坐在地，眼睛与身体里充满了感伤。他曾见到有条狗在主人去世被抬往苍山安葬后的那一晚，低鸣哀泣。葬礼上出现了祭师，祭师用傈僳族语讲述着。世界的起源被讲述，从开天辟地开始讲起，漫长的铺垫后，讲述开始变得无比真实和具体，具体到了死者，从出生、成长、衰老到死亡。祭师在以这样的方式，既完成了对一个人一生的追忆，同时也在以这样的方式，给那些跪着的生者一些濡染、启示和警醒。为了一生可以在祭师口中被完整地讲述，人们在那个隐秘的河谷中，努力活着。

葬礼已经结束。杨记者拍摄完成后就下山了。另外一场葬礼又将在三厂局的某处开始举办。葬礼总会时不时就举行。与葬礼不同的是，这个村落里已经有两三年没有举行过婚礼了。他特别希望能见到一场婚礼，婚礼上将会有一些特殊的仪式要举行。

在苍山中，有时我们依靠着想象，有时我们不只是凭依想象。我们深知如此，才会不断实地进入苍山中。在东面，苍山十九峰的连绵一眼就能够看得清楚。与苍山的东面不同，在苍山的西面，苍山开始变得绵延不绝，让我们无法一眼就能把那些山峰和溪谷分辨清楚。苍山的西面，有着众多村落，金盏村的三厂局就是其中之一。在苍山的东面，村落都聚集在苍山脚下一个宽长的坝子里。在苍山的西面，世界变得不再那么规则齐整。

杨记者在县融媒体中心上班，他已经多次进入眼前的这个村落，他与这个村落的人很熟。在很多人看来，即便我们就在三厂局住上一晚，依然只是对世界的表象有着直观的感受而已，许多细节将如那些从眼前的苍山顶倏然而逝的云朵，不会留下特别深刻的印象。

一些深刻的印象还是留了下来。很多时候，我们都在感叹世界正变得越来越相似，真实的情形是在苍山深处，世界还有着它的奇异与复杂。杨记者与我们不同，他时不时就会抽时间出现在那里，在那里与他们同吃同住，还与他们多次一起喝酒。那个村落里，无论男女都喜欢喝酒。我看到了摆放在织布机旁的土罐，里面装着自己酿制的酒。金盏河的水清冽，大麦的麦穗低靠着那些斜坡。还有许多生活的场景里，有着酒的影子。与他们喝酒，他们才会和你交心。大师傅（爬刀杆省级非遗传承人），堵住了金盏河边唯一可以通往外界的公路。那是另外一个友人，已经多次进入这个村寨，与大师傅的年纪相仿，他们成为至交。他们最终怎么走出那个村落的，大家都感到好奇。友人顿了顿说把那个大师傅喝醉了瘫倒在床后，他们才顺利出了这个村落。

杨记者花了两年多的时间，不断来到这个村寨里，他拍下了很多的照片，也录制了许多他们生活的场景。这些被记录下来的东西，在时间的变化面前，变得越发珍贵。他的主要目的，就是把一些可能会消失的东西，记录下来，以记录的方式，让人们重视它们。他不无感伤地跟我们说着，至少希望能减缓它们消失的速度，就多少感到心安了。谈及两年多时间的跟踪，他很激动，他说在三厂局，他在那些人眼中看到了盈满眼眶的纯朴与善良。那是被苍山中的河流清洗过的眼睛与心灵。

3

我们出现在了熊玉兰家。熊玉兰会织火草布,还是火草织布的非遗传承人。杨记者与熊玉兰很熟悉。她暂时还没回到家,杨记者就像回到自己家一样,打开房门,拿了一些米,淘米煮饭,添柴火。熊玉兰回来,边给我们做饭边给我们讲述,那是我们最希望和习惯的方式。你们听我说吧。她并没有以这样的方式开始讲述,反而变得无比羞涩,那是与六十岁的她产生割裂的羞涩。我立马反驳自己,羞涩能与年龄有关吗?这本就是一种悖论。

熊玉兰跟我们说,葬礼和婚礼上才会把这个世界与其他地方不同的东西展现出来。熊玉兰在这里卖了个关子。讲话的艺术,让我不禁发出了笑声。我们也希望这个村落里,会有那么几对新人。一场婚礼对于这个村落的意义很大。一场婚礼背后可能就是一个孩子的出生。一场婚礼还将可能出现那些民间艺术的传承人。火草织布,上刀山下火海,都需要人。一些人已经老去;一些人已经去世;一些人还在继续努力生活着。凌晨四点,熊玉兰就和自己的朋友出发,翻越苍山,到苍山东面。

她们出发了。她们已经在讲述中顺利回来。讲述中还出现了苍山以外的山。她们不只是在苍山中采撷火草。苍山中有一些火草,但那些火草的量还远远不够。那是一群让我们感到不可思议的人。那是六七月份,杨记者跟着她们,他记录下了时间,是凌晨四点,她们只能那么早,翻越苍山的难度,想想就很难。他要拍下整个过程(当我们出现在这个村落时,他已经拍摄得差不多,只差最后一个关于婚礼与火草布联系的内容了)。

他觉得最好的办法,就是跟着她们亲自体验采撷的过程。她们要去采撷火草的叶子。在这之前,我们的想象里,要去采撷的是整棵火草。当我们来到这个村落时,想象才与现实相遇,并被现实矫正。从采一棵火草到采火草叶的认识转变,让火草布的缝织在感知中更显艰难。那种艰难背后,是我们的一些隐忧。杨记者感觉到了里面暗含着的隐忧,他觉得有用影像把它们记录下来的必要,他希望更多人能知道火草布。我竟觉得暂时还没有什么隐忧,火草布依然有着存在的理由,那个村落的人在自己成长的重要时间段,都需要一件火草衣。出生时,需要被火草布做的襁褓包着,婚礼上要穿火草衣,葬礼上更需要火草布。火草布成了人的一生中最重要的符号。

要翻越苍山。她们先是走过木桥,金盏河的声音在凌晨还未散开的曙色中,清晰入耳,从河谷中飘荡着的风,会让人不由一颤。河流在凌晨清洗着耳朵。她们曾经面对的河流,与此刻我面对着的河流不同。去年她们翻越苍山采撷火草时,泥石流还未发生,我能想象还未遭受泥石流时候的河流,同样会有一些粗粝的沙石裸露出来,雨季一来,河流一涨,那些干燥的白色又被河流淹没,成为柔软潮湿的色调。遭遇泥石流的河谷,惨不忍睹,在冬天更是这样。一些从上游冲下来的木头,依然横在那个河谷中。人们经常过来捡拾那些木头,三厂局的人一年四季都在烧柴,这里的冬天尤为严寒冰冷。我们坐在他们的火塘边,我们在火塘里加入了一些栎木柴。我们都觉得要翻越眼前的苍山很艰难,熊玉兰笑了,说什么时候带你们爬山,就爬对面的这座山,你们爬的话至少三个多小时,我爬的话两个多小时。她们已经习惯了,适应了要走两个多小时的山路去往牧场放牧。

熊玉兰,朝对面的山指了指,散落的几家人,自己的女儿是对面那家，自己的儿媳妇又是另外那家，还有自己的小女儿家安在了县城，是个教师，生了对龙凤胎。她跟我们开玩笑说，当年只能嫁给本民族的人，不然她一定会离开这个村落。从那条曲折陡峭的路往上，穿过那些茂密的森林，翻到苍山背面的半山腰，火草喜欢长在那些松林之中。她们在山顶看到了冷杉与箭竹，都长得低矮，海拔已经很高，空气已经稀薄，空气依然冰冷，冷风卷裹着她们，还有未化的雪。六七月还是有未融化的雪，只是斑驳稀少，它们就像是灰色的羊身上的斑点。她们已经习惯了。有些路是重叠的，她们不只是去采撷火草时才走，她们去山上看一直放在高山草甸上的牛羊时，也走那些路。

她们把采撷回来的火草叶，先放入水中浸泡，晾干。然后，她们开始不断揉搓，把火草叶背面的绒搓成绒丝。绒丝，我轻轻一扯就断。当绒丝与麻丝织在一起成布后，布变得很牢。我们眼前就放着一件火草衣，已经穿了很多年，依然如刚缝制出来一般。那件火草衣，本应用火烧给死者。那是一件在现在已经无法缝制出来的火草衣。熊玉兰烧了自己新做的一件火草衣，把这件火草衣留了下来。火草绒丝的含量很高，织布线里面显得粗粝和柔软的丝就是火草绒丝，还有就是麻丝。印象中，我曾见过一些麻田，人们把麻连秆砍下来放入河流中浸泡。熊玉兰她们，要把麻秆放入金盏河中浸泡几天，然后就在河流边把那些丝剥出来，慢慢揉搓成麻线。采撷火草花费的代价越来越大。麻早已被禁止种植。熊玉兰想打听一下，是否可以种植上几棵。印象中，似乎也限制着不让人种植。无论代价多大，她们依然要去采撷火草叶，没有火草的绒丝，那就不是火草衣。熊玉兰把杯子和装着土酒的罐子拿了出来。我们知道，只有跟她喝上一杯，她才会真正把我们当成朋友。杨记者多次出现在这个村落，已经和她们尽情畅饮过。我们相互对视了一下，只能决定待下次再跟她喝酒。杨记者的在场,也注定了我们的交谈并没有因为没喝酒而尴尬。

今年,她们包了一辆车,去到另外一座山里采撷火草叶。她们说的那个地方,已经不属于苍山的范围。老人剪下了火草布的一块,给了出生的婴儿,要给婴儿制作一顶帽子,或者制作其他婴儿用的东西。我们眼前才制作出来的火草衣是完整的。那些过往留下的火草衣,它们已经不是完整的了。如果看到一件经受着时间侵蚀后,依然完好无损的火草衣时,我们就会猜测那件火草衣的主人的人生有可能是不完整的。我们依然只能是猜测的不完整。我们暂时离开了三厂局。破旧的微型车,有扇门又无法打开了。这并没有影响我们的心情。只是感觉内心很复杂。这是我这段时间面对着河流与民间艺术时常有的心情。

4

在这个遥远的村落里,还有着刀杆节。刀杆节那天,会有一些人表演上刀山下火海。那些会爬刀杆和下火海的人,他们变得无比神秘。我们要在刀杆节这天,再次来到这个村落,在金盏河哗哗的流淌中,感受着已经沉寂了三年的节日再次举行时呈现给我们的喧闹,那时的喧闹将把金盏河流淌的声音覆盖。这都只能是猜测。只有出现在现场,我们才不用借助诸多不可信的臆测来理解世界。那天我们去的那些人,都想在节日这天重新回到这里。拍摄火草布的友人,也肯定会在这天回到这里,他很激动,他要在节日里寻觅火草布的影子。

我们再一次来到了三厂局。与之前来时不同,世界开始变得喧闹起来。原来来这个村子时,世界很安静,只有金盏河的水发出哗哗的声音。

这次，我依然在金盏河边花了一些时间，沿着河流走。河流清澈冰凉。金盏河的声音被其他声音盖了过去。他是大师傅，和自己的几个徒弟，要表演上刀杆和下火海。面对着众多的观众，他们是在表演；面对着金盏村和村里的人，他们不是在表演。他手里拿着摇铃，嘴里用傈僳族的语言念着祭词，有人敲着羊皮鼓，还有一些人抬着祭祀用品，他们走向刀杆，广场上铺着一些松针，广场边围着众多的人。人们先是围着竖起的刀杆，跳着舞蹈，跳完真正开始爬刀杆了。

众人因世界再次热闹而激动兴奋不已，人们脸上洋溢着快乐与兴奋。五个人，这是数量。他们跪在刀杆下面。每个人在开始爬刀杆前，大师傅会教爬刀杆的人喝一口水，然后又吐出来，这种动作重复数次后，开始爬刀杆。我们都看到了爬刀杆之人，除了大师傅外，给人的感觉都有点紧张不安。爬刀杆，大家都觉得需要很巧的技术，大家也觉得还有其他。那些无法言说的部分，让世界变得越发神秘。他们每次爬刀杆在火草编织的口袋放的东西都不同，一些经常病的人把自己的帽子和衣物等东西拿给他们，他们帮着爬刀杆，当爬到有两把刀交叉的地方时，他们开始喊着一些东西；当爬刀杆成功了，也即意味着一些关卡行将过去，里面的寓意丰富。第二个爬刀杆的人，我在很久以前就已经和他认识。那次，我们有好几个人去往他们家吃饭，去拜访他的母亲熊玉兰，我们把注意力都放在了他的母亲身上，他的母亲给我们讲解着自己织火草布的种种。我们忽略了她的儿子，今天在广场上见到了他，才知道他跟着自己的师傅学习爬刀杆不久，他斜挎着放得鼓鼓的口袋。当爬上刀杆的最顶端时，他开始给大家一一抛下东西，先是钱，我抢到了一角钱，其他抛下来的还有馒头、饵块、糖果等。众人疯抢，众人欢乐，众人震惊。等到大师傅把火塘里烧得通红的犁铧拿出来，在上面喷了一些水，发出哧哧的声音。大师傅像其他人一样，把草鞋脱下来后，开始表演。没有人帮他摇铃，他要用嘴咬着赤红的犁铧抬上刀杆顶端。我们看到了他咬着犁铧，再借助手和那些锋利的刀，不断把犁铧往上抬。犁铧已经跟着他上去了一半。我听到了有两个人（后面才知道，那是他的两个女儿）大声朝大师傅喊着什么，语气里暗含的急迫和担忧，作为外人，依然能感觉得到。犁铧被他从第二个关卡（两把刀交叉的地方）丢了下来。他是失败的。他又不是失败的。爬刀杆并不是每一次都能成功。我没去注意他的神色，或是失落，或是坦然（毕竟大家都知道里面的危险）。观众并没有感到失落。那些村子里的人，皆是如此。当结束后，与他再次相遇时，我们从他口中知道了为何没能咬着爬上顶端，犁铧烧得不够赤红，越是赤红的犁铧，口里咬着时感觉到的重量越轻。当他们接连踩着这两天才磨得锋利的刀，爬到顶端，那个过程让人看着惊心动魄，亲眼看见和别人讲述完全不同。现场，让感觉变得更加丰富和真实。

当大师傅在给我们讲解着刀杆节的一些东西时，我突然想起了曾见过他。那是几年前，在雪山河边的小城里，他穿着火草衣（除了服饰以外，看着他，丝毫感觉不到他与常人有些什么区别），当友人开始介绍他会爬刀杆，他开始变得完全不同，也让我对他生活的世界充满了想象。他的那些刀，都是才重铸不久的刀。当大家提到重铸之时，我们都想到了漾濞江旁边打铁的人，一问果然如此，那些刀都是他打的。他们之间有了联系。上次，我们先是去了打铁铺一会儿，见了那个铁匠，才来到三厂局。这次在大师傅的言语中，我又再次想到了铁匠。我也再次感慨巧合的魅力。那次，我们进入铁匠铺后，才进山，遇见了火草布，又才见到了大师傅。铁匠铸造了一些还未开锋的刀，三十六把，有着寓意的刀，预示着各种各样难关的刀。一个祭祀仪式，一个多少有了一点点表演性质的仪式，里面暗含着众多的东西。与他提起雪山河，他也想起了那次的见面。在雪山河，在被寥寥数语触及的人生和世界都充满了神秘感。我既是为那些未知的神秘感而来，也是为了另外一种明晰而来。火草布在这个节日里，变得更加普遍，火草布随处可见，火草布以众多的量在暗示着它们在特殊日子里的重要。随着最后一个爬到顶端的人，把被他带到顶端的公鸡朝众人抛下来，公鸡被人抱走后，爬刀杆的仪式结束。众人又开始围到烧得赤红的火塘，这次只有两个人从通红的火炭上踩过，别的几个徒弟跃跃欲试却又从中踩过去。

直到我们行将离开三厂局时，广场上还聚集着很多人，无论男女都在喝酒都在唱歌。这样的情形，我们已经很长时间没有见到了。我们沿着金盏河往上走了一段时间，坐车离开了三厂局。这应该只是暂时的告别。当我们再次出现在金盏河和漾濞江汇合处，原来在那个坡地上的养蜂人，已经离开了，没有留下任何的痕迹，倒伏的草已经重新立了起来。

选自《长江文艺》2024 年第 7 期

我在流水线上写诗

小海

河南民权人。1987年生,一线工人,打工二十年。纪录片《我们四重奏》主角之一。皮村文学小组成员。作品在《北京文学》、单读、澎湃、《今日世界文学》、英国文学杂志《格兰塔》(Granta)等发表。2025年即将出版首部诗集《温榆河上的西西弗斯》。

一

有的人用尽整个青春期，在生活中寻求突围，身体疲倦，精神坍塌，又无处可逃。

我就是如此一员。从十五岁半南下深圳打工，我陆续到过东莞、宁波、苏州、常熟、上海、郑州、杭州、青岛、嘉兴、北京等十多个城市打工。进过电子厂、服装厂、机械厂、快递公司、饭店，干过装配工、缝纫工、车工，做过房产销售员、电话推销员、餐厅服务员、快递员、卸货工、工地小工等十几种工作。转眼间，十几年过去了，我的人生依然像在原地打转，一无所有，两手空空。

如今重操旧业，我进了苏州一家电子厂。穿行在凌晨两点钟的车间里，看着工友们穿上无尘衣，戴着无尘帽和防尘口罩，有种魔幻的感觉。我们就像是活在卡夫卡的小说世界里，每个人都在车间这座"城堡"里忙忙碌碌，却又都不清楚自己在忙些什么。工厂像一张庞大而无形的网，将每一个生存在这里的人轻轻粘住。

二

我们车间是半自动化无尘车间，加工手机显示屏，据说全球年销售量第一。也许你在看的手机显示屏就是我们车间加班加点做出来的。可我们仿佛又找不到任何成就感。因为大家在无尘车间里被裹得严严实实，只露出两只眼睛。没有表情，没有温度，他们只用数据便可以定义工人的优劣。上班蒙着头脸，有时候男女都很难分辨出来，以至于我在这个工厂上班快一个月了，除了同组几个比较熟悉，认识同住一个宿舍的同事，其他人都不认识。

每天上班前，整个车间会集体点名开会，下班之前也需要再点一次名。因为公司太大，行政部怕有下早班不打卡，然后找人代打卡，浑水摸鱼。听车间工友说，有一个员工都不上班半年，居然还在发他的工资。原来是他们的组长作弊，那个员工自动离职后，组长一直在代领工资，然后他们两个三七分。后来被上层领导发现以后，下班前都会点一次名，报到后才能打卡下班。

办公室管理人员规定好的产量，唯产品是图，我们这些人从进了车间的那一刻起，身体就不属于自己了，启动按钮一打开，身体就成了机器的一部分，连上厕所都有严格的时间管控。如果产品没有按原计划做完，加班拖班更是家常便饭。

车间流动性很大，哪里需要人就往哪里调。有的时候是这个工序还没学会，就被调到了下一个工序。进了工厂看似稳定了，不用流浪街头了，可是在车间人也就像产品一样，可以被随意支配随意调动，不服从的话轻则警告罚款，重则开除滚蛋。每个人都在自己人生的困局里寻找着出口，却不是每个人都能有幸走出来的。2010年，打工诗人许立志因受不了车间生活的单调与绝望，在电子厂的车间里咽下一枚铁月亮后（他有一首诗题目是《我咽下一枚铁做的月亮……》），坠楼而亡。

这样的日子，我也已经坚持了十二年。

每时每刻都想逃离出去，可又总是无处可逃。怎么都无法说服自己爱上车间的打工生活。所以灵魂每时每刻都在滴血，备受熬煎。在我最绝望无助的时候，会胡思乱想写一点东西来安慰自己。那些凌乱的断章截句就像是镇静剂一样，将不安的心抚慰，自己和自己的灵魂在对话一样。写生命的悲欢离合，写生活的乏味疲倦，也写青春的踟蹰彷徨。

我也说不清自己到底是怎么开始爱上写作的，但肯定是和工厂与车间有最直接的关系，还有就是摇滚乐对我的启迪与影响。

我在2003年出来打工以后才开始接触到摇滚乐。在老家上初中那会儿，有钱家庭的学生会买盗版磁带的，可从来没见过谁买到摇滚乐磁带，说来甚是可惜。如果当时能听到崔健或张楚的卡带，不知道对于初中生的我会有多大的冲击。

我至今都清楚记得，当我在东莞虎门的服装厂车间第一次听到许巍的《蓝莲花》的时候，灵魂震颤了好久。"穿过幽暗的岁月，也曾感到彷徨。当你低头的瞬间，才发觉脚下的路。"像是先知一般的语言，自己那种漂泊的心情，心里想说的话，都被他给唱出来了。还有那首《故乡》里唱的，"天边夕阳再次映上我的脸庞，再次映着我那不安的心"，瞬间点燃我心中对未来的渴望，抚慰现实的不安情绪。

还记得第一次听到收音机广播里传出汪峰唱的《怒放的生命》，那是2005年冬天，十七岁的我在机器轰鸣的车间里听得热泪盈眶。每个人都在踩着缝纫机各自匆忙做衣服，灰尘在车间里到处飞。一种难以言说的失落感深深地笼罩着我，是那些特别的歌声，在漂泊的心底埋下了一颗向往自由的种子。在机械疲劳的车间，这颗种子悄悄生长，给我带来救赎般的精神安慰。

当我在不同的城市辗转在不同的车间里做工，十年如一日地重复着单调乏味的工作。没有希望也没有方向，只是混迹于时光隧道中一直向前。我真的不得不一次次怀疑自己、怀疑人生。去无方向，逃无可逃，困在生活的泥潭里，没有一点办法。

三

我在车间做了一只不安分的蚂蚁。

青春的激情和梦想是精神，摇滚乐的倔强与不屈是骨血，就这样开启了我在车间机台上的写作生涯。疲惫的时候写，悲伤的时候也写，感慨生活的时候写，怀疑人生的时候也写。写作的习惯一发而不可收，以至于成了我十多年唯一的精神支柱，也几乎成了我生活的全部。

如果一天没写东西，我会六神无主，觉得自己白活了一天似的，甚至还会有负罪感。说实话，我打工就是为了糊口活下去而已，对钱也没什么概念。当别人想着考驾照、攒首付买房子时，我心里想的只有歌词。当别人想着找对象结婚、成家立业时，我心里想的也是歌词。能写出一首像样的歌词给我带来的安慰，完全超过了组长给我分一个好工序，或多发一点工资。除了把情绪记录下来，能给我带来瞬间的心灵慰藉之外，我真不知道如何让疲惫不堪的身体和千疮百孔的灵魂，在令我绝望不已的车间里撑到第二天早上上班前。

在这个夜晚，我们在饭堂吃了凌晨十二点的"夜午餐"，几人结伴往车间里走。七月的苏州热得够呛，虽然刚下了一场雨，T恤衫粘贴在身上，极其不好受。工友宋长铁说："今天肯定要拖班，上半夜听班长说要返工。"杨立说："班长教错了，也让我们义务返工，太扯淡了。"

宋长铁、杨立和我是一块儿进厂的，被分在了同一条生产线上。我们这条生产线是加工手机显示屏。他们在谈上半夜做错了要返工，我对工作的话题没有兴趣，也习惯了逆来顺受，所以默不作声。其中还有一个很重要原因，是我的脚痒得要命，我正为脚气的事发愁呢。

上个星期，我们厂的两个车间搬到了这栋新租的楼里，离宿舍很远，需要坐厂车。前天下午坐厂车来上班时堵车迟到了，加上刚搬过来不熟悉，到换衣室的时候，我发现平常穿的无尘鞋居然不在自己的鞋架上。我抬头一看，好多工友都在找鞋子。那边主管扯着嗓门呵斥："你们都迟到了，还不利索点，随便找双鞋子穿上就好了，哪有那么多的事。"大家慌里慌张地把鞋架上的无尘鞋随便穿上，然后相互用粘尘器在身上粘尘，随后就匆匆忙忙地往鼓风机甬道里跑。甬道里的风很大，是进车间前除尘的最后一关。然后进车间开始了车间夜生活。

不承想，第二天我的脚就开始痒。起初还不知道怎么回事，后来在宿舍一问，他们说可能是脚气，我也没当成一回事，谁知道今天更痒了。这事儿让我心烦不已。宋长铁掏出七块钱一包的红塔山，给杨立和我一人一支。我们在吸烟区猛抽了几口，杨立叹了口气："真不知道这日子，什么时候才会到头啊？"随后将烟头以四十五度角扔向了这片被无数工厂包围着的夜空。

我们走进换衣间，换无尘服、无尘靴子。"操，鞋子又不见了！"宋长铁大叫着。杨立说："你叫有毛用啊，大家都是瞎穿的，看谁没来，随便穿一个拉倒了。"每天上下班都是老一套，生活把人磨得快没有了脾气。

上夜班是很煎熬的，到了凌晨三点困得要命，坐在那里就能睡着。我正眯着眼呢，班长从后边猛地拍了我一下说："你白天没睡觉啊？又快去见周公了。"我被惊醒，睡意全无，连病带困的，突然觉得好沮丧，沮丧到怀疑人生。晚上本来就是睡觉时间，可我们却睡不得。就连上帝创世纪，还要有一天礼拜日，可我们连最基本的休息时间都没有，活得像机器人一样。我既痛苦又愤怒，一次次在无解与质疑中承受着精神和肉体的双重折磨，真的不知道自己在车间里到底是在创造价值，还是在制造垃圾。

心情翻江倒海，可上班不让随便说话。烦得要命，我觉得必须写东西。自从进了这个电子厂，我只在上班的班车上写了两三句，还没有在车间写过。浑浑噩噩地一混又快一个月过去了。并不是我不想写，其实每天有很多话想说，可是机器一开，很多时候忙得连思考时间都没有，更别说拿笔写东西了。今天我不管那么多了，堆积也好，不干也好，都无所谓了。

想想自己十多年来的漂泊日子，青春、爱情、自由、理想都渐渐随风飘散。我还在拼死坚持着什么？自己也答不出来。眼眶红肿着，盯着眼前轰鸣工作的机器，盯着机器吐出来的产品，像是吐出一团团红色血块。这让我继续活下去的东西，也正在悄悄毁灭我。

我一次次寻找，可到头来还是什么都没有找到。对，什么都没有找到，我连自己都没有找到。"我从未将自己找到"几个字一遍一遍地从我疲惫而虚空的脑海里蹦出来，像是在讽刺着我、嘲笑着我，像刺刀一样劈砍击打着我……

我灵魂之音在嘈杂的车间里再也掩藏不了了，如火山喷涌。我快步去后排质检员那里借了一支笔，在她机台下的垃圾桶里随便抓起了一张被她揉烂的纸。铺平在自己的机台前，用几乎自己都看不懂的潦草字体龙飞凤舞写下：

我曾经在刺眼的太阳下奔跑／我曾经在无眠的暗夜里祈祷／我曾经以为我可以找到／我以为我可以找到

我曾经感到理想是多么重要／我曾经无端陷进现实的泥沼／我曾经以为梦想终究会发光／可现在我依然还是从未将自己找到

我曾经被那荆棘中的自由诱惑／我曾经也被灿烂着的青春困扰／我曾经固执地喝下爱情与信仰的毒药／像一颗星辰一样燃烧

我擦着显示屏，停一会儿写一段。工业酒精可以擦干净显示屏上的污点，可我心底的尘灰越积越多，怎么擦都擦不掉。

我想到了在深圳龙岗做复读机电子厂工人的时光，想到在东莞虎门服装厂加班的夜晚，想起曾连续一个月徘徊在宁波北仑人才市场找工作的迷茫日子，想起蹚过上海郊区的水，踏过苏州的桥。想起一直苦苦挣扎的自由，想起那杳无音信的爱情。不禁悲从中来，忧伤如海，澎湃着我日渐干瘪的胸膛。那些真诚与不甘，如火山喷涌，化成这碎裂的句子。

　　我曾经拥有了温暖的怀抱／我曾经拥有过心灵的依靠／我曾经以为真的会有天荒地老／可最后的故事不知怎么就变了
　　我曾经浅尝过生命的美妙／我曾经深挨过灵魂的煎熬／我曾经以为有天我可以活得骄傲／可我从未停止在天涯的风雨中飘摇／像一株野草／像一株野草
　　我曾经越过拥挤的人群无尽地沉默／我曾经穿过繁华的街区呼啸着风暴／我曾经找到了千万种方式活下去／可有谁知道／有谁知道／我找到了隐秘的太阳／找到了孤僻的月亮／可我却从未将真正的自己找到／我从不曾将真实的自己找到

在早晨七点钟下班前，我长舒了一口气，终于写完了，但面前堆了一大堆产品。更不幸的是，班长看到了我写的那张纸。他夺过去看一眼，暴跳如雷："你告诉我，你这是上班呢，还是鬼画符呢？"随手撕了两下狠狠地丢进垃圾桶里,接着说,"你这上班不认真,开小差影响产品产量,等着签罚款单吧。"他扭头去开罚款单。同事听到吵声,朝我投来怪异的目光。我管不了那么多,从垃圾桶里把他刚撕掉的纸捡起来,铺平摆了一下,还好对得上。我匆忙地叠一下,塞进了无尘鞋里。

不一会儿,他拿了一张一百块钱的罚款单给我,我什么都没说,用比写歌词还潦草的字体签下了我的名字。最后一笔重重画下去,把罚款单都戳烂了,像是想戳开这荒诞绝望的工厂生活。可我真的能一笔戳开吗?车间和我的关系让我想到了地坛之于史铁生。史铁生曾说"活着不是为了写作,而写作是为了活着"。是的,在那样的状态和环境下,除了写作还能干些什么呢?

滚石乐队有句歌词大概是这样写的:"像我们这样的穷孩子,除了同一支摇滚乐队歌唱,还能做些什么呢?"我们一无所有,我们两手空空,除了冲天一喊,唱出心底最赤诚热烈的自由与梦想,还能做些什么?

在车间做工身体已经够麻木了,如果精神也一直麻木下去,就如同活死人一样。像我这样不喜欢打游戏,不擅长喝酒又不会泡妞的人,如果再没有点爱好,就会像个废物般地活着,在哪里都是可有可无,被人呼来唤去。可那又不是我的风格,我骨子深处像是带着某种说不出的傲气。越是不被别人看好的事,我偏要去试试。反正生活是无意义,在无意义当中寻求意义,起码还能带来瞬间的慰藉,要不然活得更没劲也更颓废。

四

前几年我在苏州服装厂上班时,有时候周六晚上请假去上海看汪峰演唱会。同事都不理解，说又不是带着女朋友去谈恋爱看演唱会，一个人有什么好看的。可在车间长期生活的状态让我觉得乏味，就是想做一些唤醒精神的事情。一个人坐火车，一个人赶体育场，一个人在陌生的城市看众生狂欢的感觉，是孤独也是震撼，重要的是它能让我感受到灵魂苏醒。

我一个人去南京的时候，黄昏想去看看半江瑟瑟半江红的场景。但到长江大桥一号桥，天已经落黑了，我在冬至夜从江南走到江北，本以为十几分钟的路程，没想到走了半个多小时。寒风刺骨，冰刀子一样刮着脸。走不了几步还会看到一堆纸灰，可能是白天有人给南京大屠杀的冤魂烧的纸钱。除了大桥江边的守卫，整座大桥上很少遇到走路的人。我便迎风昂头大声唱着崔健的《假行僧》，倔强地走在黑夜里。这或许纯属给自己找罪受，但我又会觉得这就像是对自己的灵魂救赎。

想起某个下雨的早上，没赶上厂车，我丢掉雨伞朝着上班路线相反的方向一路狂奔，张开双臂在大雨中喊叫，跑累了停在公路边，望着无处不在轰鸣的厂区，捶胸顿足，仰天呼号。我漫无目地沿路走着，遇到一片正开满油菜花的田地，满目疮痍的灵魂为大自然的美颤动，站在大片油菜地间，流下柔软而悲伤的泪滴。

我还想到了2014年冬天，我渴望一场雪的心情。那时候我在江苏常熟的一家小服装厂上班做羽绒服。在加班的晚上，天很冷，车间没有暖气。再加上手不但露在外边还要操作着铁的机器，鞋子就像一个冰窖一样，脚都冻麻了。但因为整个车间都在赶制一批货，已经做了一个多月了，没有按计划完成。我们也已经连续半个多月都是加班到十一点。尽管流水线上有个别抱怨的，但在主管的怒斥下，最后大家还都是极其不情愿地在加班。加之快要过年了，整个车间都弥漫着一种难以言说的厌倦躁动情绪。组长也一遍一遍地安慰着说:"大家再坚持坚持,很快就放假了。"但大伙儿哪里听得下去,在羽绒满天飞的环境里,人人都干得迷迷糊糊的,心其实早都飞到家里去了。

晚上,车间广播就放一些当下流行的网络歌曲来刺激大家的神经。我没有心情听歌曲,因为有一堆上错了的拉链要返工。上拉链本来就属于多少有点难度的工作,一次性做好还好。如果返工,要加好几道工序。加上本来天天加班那么晚都非常累,所以心情也是郁闷到了极点。

也就是在那段时间,我开始非常喜欢鲍勃·迪伦的歌。

五

可以说,只要是有空,我就疯狂地看鲍勃·迪伦的歌词翻译。哪怕是干着活,也忍不住要拿出手机偷偷地看上几眼。那种痴迷毫不夸张地说,绝不亚于看到一个怦然心动的漂亮妞。然后拼命地听他的歌,再一遍又一遍地看歌词翻译。我觉得非常震惊,他的歌词有我从前接触到的音乐人从未有过的维度。说起经典,比比皆是。尤其《答案在风中飘荡》《暴雨将至》《敲响天堂之门》《每粒沙》《荒凉街区》《没关系妈妈,我不过是在流血》等歌曲里呈现出的瑰丽场景让我大惊失色。用词之准确,思想之深邃,让我仿佛掉进了天堂口或失乐园,反正感到好像自己伸手便可触及上帝温暖而神秘的手掌。

你听《时代正在改变》里唱的:

　　嗨!到处流浪的人们
　　聚在一起吧

> 要承认你周围的水位正在上涨
> 接受它。不久
> 你就会彻骨地湿透

多贴切有力且极富预言性的思想啊。半个世纪后的我们正经历着他年轻的时候曾经历的困惑。

还有《每粒沙》里那彻骨深邃的领悟：

> 于是在前进的旅途中我渐渐明白
> 每一根头发都数得清，像每粒沙

看到这样的歌词我震惊到无以言语。我们日渐生锈的骨骼除了在车间里细数忧郁过往的幽暗日子和绝望的日夜轮回，还能做些什么？

> 当你一无所有时，连可失去的东西都没有
> 现在你成了个透明人，
> 没有一点秘密可隐藏
> 感觉如何
> 孤立无助、无家可归的感觉如何
> 像个完全无人识得的人
> 像一块滚石

我们都像一块滚石一样，在祖国的大地上随处滚落。没有昨天没有明天，迷失在流浪的生存丛林里。再没有谁的歌曲、文学、任何艺术形

式，给我带来如此准确深刻的生活体验、生命体验、超现实超时空的工人情感体验。

成年累月在车间高强度工作，各种压力不言而喻。首先是身体的，一天十三四个小时无论坐着还是站着，都是没那么好熬的。腿痛，腰疼，膝盖浮肿。尤其在丝印部、拿电烙铁或用天那水，刺鼻的化学气味更充满毒性。在深圳电子厂时，一个女工友结婚后怎么都怀不上孩子，最后才知道是因为在丝印部上夜班引起的。在服装厂上班时间长了，腰几乎都是弓着的。在宁波服装厂的时候，一个大姐还不到三十岁就腰椎间盘突出了。而且看不好，为了生活也不得不继续干。

除了身体上的耗损，来自工作或领导同事的压力，同样让人焦头烂额。再加上人生青春的困惑迷茫，精神陷入找不到出口的绝望，成为压垮打工骆驼的最后一根稻草。这种无助感，想必在车间工作过的人都深有感触。活得如同蚂蚁，一只随时被社会生活垃圾碾压致死的蚂蚁。

某种程度来说是鲍勃·迪伦的歌曲拯救了我。在我迷失、彷徨、压抑、崩溃无助的时候，他歌曲里的人道主义情怀慰藉了我。我感到他的歌曲里有一种平等的、挣脱的、超越的力量。正是这样的情怀把我的心紧紧吸引。进入他的思想里，我瞬间仿佛不再是一个孤独无助的、被抛弃在社会边缘生存边缘的流浪儿，不再是一个失败无助的打工仔，我成了一个有血有肉的有志青年、热血男儿。我喜欢那种感觉，那种灵魂和身体都真实有力活着的感觉。

情感浓烈时按着他的歌词句式也模仿着写了几首。记得一个加班的晚上，做得苦闷痛苦的我抬头看向窗外，路灯照着深冬的夜空，好似下雪了一般，给我极大的梦幻与冲击。我按着那首最经典的《敲响天堂之门》大概旋律写了首《请为我点亮星辰》。

后来还在车间按着《嗨，鼓手先生》模仿着写了《嗨，凡·高先生》。还有那首《没关系妈妈，我不过是在流血》，我模仿着写了首也是我写得最长的一首1300字的《这很好，祖国》，以一个中国普通青年工人的角度写出自己的人生观、价值观。

我的种种举动，可能在别人眼中是反常的疯狂的甚至放浪的，但我不在乎。我只在乎自己能否真诚地活，能否遵循自己的灵魂而活。尽管我在车间已苟且偷生了十多年，我不想一直苟延残喘下去，我想让精神纵情燃烧起来，正常地活着，有尊严地活着，像人一样活着。我受够了十年如一日没有尽头的没完没了的车间生活。人不该像机器一样活着。我在车间所写的一切，所想表达的一切诉求背后，都只是作为一个人最基本的生存诉求。

六

我曾经想过离开工厂。我去过上海外滩附近送快递，公司说我丢了一件货，罚了几百元被炒鱿鱼。在苏州做房产销售员的时候，公司说我性格不符。还在2011年参加苏州赛区的中国达人秀，我2008年到2010年在车间踩缝纫机时，蹬着踏板，背诵着唐诗。刚开始同事还挖苦我，后来也习惯了就打趣道："我们的大诗人又开始了。"最后我记住了三四百首唐诗。俗话说"学会唐诗三百首，不会写诗也会诌"。我就胡诌了两三百首打油诗。"明月盈满玉杯酒，暂忘残梦笑高楼。青衫挽入几星汉，挥下红光燃千秋。"当然了，参加达人秀也没取得什么名次，就被刷了下来。

2014年还在苏州赛区参加《中国好声音》。我清晰地记得当时唱的是汪峰的《我爱你中国》。当我唱到"有时我会失去方向,就像天上离群的燕子,可是只要想到你的存在,就不会再感到恐惧。"副歌还没唱,就被其中一个海选评委叫停了。后来才知道那个评委是电视台一个夜间新闻主持人。可我不甘心,跑到一个打印店,打印了自己在车间写的上百首歌词,后来甚至还辞职去了上海好声音总部。那是2015年春节刚过的时候,我换了一个服装厂。在网络上知道了中国好声音总部在上海后,心再也无法平静。终于在干到第十九天的时候,就辞工去了上海。按着地址还真找到了地方,背着一摞歌词,混进总部大楼,又跟着外卖人员进了两道密码门。挺激动的,一个工作人员问我干吗的,我说明了来意。主要应该说的是我们这个时代更需要唱原创歌曲,发出自己的声音。工作人员可不管那么多,让我走网络投递作品或现场海选的渠道,就委婉地把我"请"了出去。一种失落的情绪再也无法抑制。我拖着沉重的脚步,走到楼道口,将上百份歌词全部朝着楼梯撒了下去,大喊一声,呆呆地愣在那里许久。不知过了多久,又走到窗口,看着这繁华轰鸣的城,感觉自己像一只徒劳的蚂蚁。是的,谁又会在乎一只蚂蚁的梦。最后还不死心,又一张一张捡起扔掉的词稿,想着去录音棚录几首歌走网络渠道。折腾半个多月,把仅存的万把块钱花光了,不得已又重新进工厂,成了月光族。好多同事大多同样如此,拿打工许多年的存款做生意,全部亏进去了,又不得不再进厂。

铁打的工厂,流水的工人呵。在车间里,人与人之间都是原子化的,自生自灭,互不相干。

想活出自我,从来都没那么容易。在强硬而凌乱的现实面前,我也只能用自己柔软真诚的心声,去抵抗车间的铁与生活的冷。既然选择踏上这条寻求自由的道路,路漫漫其修远兮,吾将上下而求索……

是的，我是在十多个城市工厂里流浪了二十年的大龄青年，行走的方式是以梦为马。

七

正当我胡思乱想着，杨立从后面拍我肩膀，用几乎喊叫的语调说："嘿，哥们儿，都去集合点名准备下班了。你这是被班长吓傻了吗？"

我回过神来，"嗯"了一声。胡乱整理了一下机台，摸了摸无尘靴子里的废纸稿，然后沉默着向更多的"机器人"走去。

选自《北京文学·精彩阅读》2024 年第 7 期

刘汀

我认出风暴
而激动如大海

刘汀

作家,诗人。出版有长篇小说《布克村信札》,散文集《浮生》《老家》《暖暖》,小说集《夜宴》《白云死在远行的路上》《中国奇谭》《人生最焦虑的就是吃些什么》,诗集《我为这人间操碎了心》等。曾获多种文学奖项。

预感
　　——里尔克

　　我像一面旗帜被空旷包围,
　　我感到阵阵来风,我必须承受;
　　下面的一切还没有动静:
　　门轻关,烟囱无声;
　　窗不动,尘土还很重。
　　我认出风暴而激动如大海。
　　我舒展开来又卷缩回去,
　　我挣脱自身,独自
　　置身于伟大的风暴中。

　　这是北岛翻译的里尔克的一首名作,其中的一句"我认出风暴而激动如大海"更是名句。这句诗,通过一种特殊的方式,重新安置了人、海和风暴的关系;当然,在本质上风暴和海是一个硬币的两面,所以也相当于倒转了人和海的关系。在我们的文化传统和认知中,从来都是人因走近海而激动,把大海当作审美对象进行观看、认识和描述,现在,通过把人和大海同构的方式,里尔克让大海具有了主体性,甚至是比人更高一层的主体性。我认出风暴而激动如大海,这句话是在宣告,我(人)的激动,是对大海的激动的模仿,激动的动因却又在风暴。所以,对于人来说,大海是先在的,是它首先认出了风暴,也是它告诉人风暴的力量何在。

　　这是做一个读者的解读,它无疑是极其个人化的。我更想说的是,我们和大海的关系，常常是借用语言尤其是诗歌来表达。在人类的文明史上，没有诗，也就没有海。

我出生在内蒙古的北部地区，那里多是山岳、原野，再往北一点儿，是无边无际阔大的草原，和海毫无关系。而我最初认识的海这个字，却是和草相关的——草场像绿色的海洋，某篇文章里的句子，展现于少年的我的眼前。所以，在最初的想象中，海不过是蓝色版本的液体的草原。我能想象出来的最大的浪涛，也只是劲风吹拂、青草垂首的姿态。好在，只要风足够恰当，草足够高，草原的确能模仿海上波涛的模样。绿色席卷而来，某些芦花随之跳跃摇动，仿佛是银白的浪花。在这个意义上，海确实比草原更具终极意味，草原有一岁一枯荣，而大海从不止息。

我无法记清自己是否站在草原上想象海的样子，但是我站在海边时，的确回溯了少年时望见的风吹草低的场景。真奇怪，从没有人反过来说海是蓝色的草场。或者，是因为在人类的认知中，海常常被当作是终极象征物——无边无际，神秘莫测，不可捉摸，柔软与坚硬、平静与狂暴并存，百川东到海，海枯石烂，天涯海角。万事万物，哪怕是高耸的山岳，一到了大海的面前，都自动变得渺小和短暂，仿佛只有大海才称得上永恒。因此，海是那个生发一切的本体，余者不过是千变万化的喻体。

几年后，我们在中学的课堂里大声背诵高尔基的《海燕》："在苍茫的大海上，狂风卷集着乌云。在乌云和大海之间，海燕像黑色的闪电，在高傲地飞翔。"在铿锵的语调里，狂暴的大海不管升腾起多么凶猛的浪花，都不过是衬托海燕的背景，甚至它愈是强大，就愈显得海燕的无畏。我们的音高和高亢情绪表明，在所有孩子心里，小小的海燕战胜了大海，人人声调激昂、词语铿锵，仿佛即便那时真的置身海上，也会像海燕那样充满对暴风雨的蔑视。风暴、海、人，都在，但那样的时刻和语境下，它们全部笼罩在一只燕子的羽翼之下。这一点，庄子早就说了："鹏之背，不知其几千里也。"我们看见了风暴，但是并没有认出它，或者说，并没有认出它也是一种意识、一个主体，而只把它作为要战胜的某种力量对待。因此，也无人像大海那样激动，我们的激动只是想象的激动。

再后来，我和无数同龄人飞离草原，在城市的人海中沉浮之时，读到了海明威的《老人与海》。终于，人与海的故事无须再借助一只燕子来讲述，他们短兵相接了。一个老人与一片大海，二者开始了漫长的搏斗。老人一番努力之后一无所剩，大鱼只有森森白骨，但是他那不屈不挠的精神，他绝不服输的倔强，也让大海无法获得真正的胜利。在这时，我蓦然发现，自己并不是海燕，并不能真的超越和战胜大海的风暴，但我们保留着仅有的尊严——至少和它势均力敌，至少和它两败俱伤。

其实，从海燕到老人，也几乎就是我们人类对待自然的态度的衍变。在很长一个历史时段，我们所秉持的理念就是人定胜天，人类不但能战胜自然而且可以利用自然。我们也的确是这样做的——把大地掘开，将里面黑色的煤、白色的银、黄色的金以及其他种种颜色的矿物挖出来，变成火、变成钢铁、变成高楼大厦；轮渡开向大洋深处，打捞出成千上万种鱼虾，让它们的蛋白质和脂肪，化作我们的肌肉和纤维；砍伐原始森林，让那些悬铃木、红杉、松树，经过刀砍斧凿之后化身精美的家具……然后呢，人类突然有一天惊讶地发现，这一切并不是取之不竭的，大自然可能会还以暴雨、海啸、地震。于是，人类不得不向后退了一步，妥协了——我不战胜你，我们势均力敌、握手言和吧。

是的，我们终于开始认出它，因为我们终于开始重新审视最古老的那句箴言：人啊，认识你自己。

二

生命短暂，大海永恒。

曾经的大航海时代，把整个世界连接为一个整体。那些随着洋流在地球上无限涌动的水所走过的路程，终于有了人的足迹。航海者踏浪而行，随之而来的当然是改变——他们和我们，这已有无数部史书去描述。在文学中，在诗歌中，从古代的史诗到现代派作品，大海始终扮演着最重要的角色。几乎没有哪个作家或者诗人，终其一生都没有写到海。海是所有创作者命定的主题之一。

阿贝尔·加缪说："我最喜欢的十个词：世界，痛苦，土地，母亲，人，荒原，荣誉，贫穷，夏天，大海。"大海不是第一个，是最后一个，最后一个常常比第一个更具选择的艰难性，在这一刻，你必须排除世界上的万千词语，而只留下一个。所以，大海就用它庞大的体量和无尽的想象，堵住了这扇门，从此，再没有什么词语能挤进这跋涉的队伍。这是一种拒绝，也是一种孤独，在西西弗斯的苦役中，根据太阳理论（solar theory），他的重复，代表的是太阳每天东升西落，或者是潮起潮落，甚至就是危险大海的人格化——海水永恒地拍打着堤岸，浪花永恒地卷起又落下。但是加缪告诫过人类：你要去想象西西弗斯的快乐。世人总以为他的苦役只是苦，却不晓得他正因如此而感到充实，在现代生活中，充实已是最高的意义和奖赏。因为，我们命定的事物已经不是潮汐涌动的海，而是被掏空的海——空虚。

伟大的提示。我由此更加热爱每天重复的生活，或者说，有规律的生活。我喜欢在固定的时间做固定的事情，像另一种机械化，但我并不反对变化。就像希腊神话和加缪从来没有说过，那块巨石必然按照同一个路线滚落，应该是，每一次它被推上山去或者从山上滚落，都必然有着微小的差异。那么，我热爱的就是这种重复中的微妙差异，浪花都是浪花，但是没有任何两朵浪花是相同的。大海因浪花的不同而千变万化。

日本诗人寺山修司有一首《最短的抒情诗》：

> 眼泪
> 是人类自己做出来的
> 最小的
> 海

看，当人们终于明白，自己终究战胜不了大海之时，他就会动用属灵的物种独有的武器——审美。马克思说，美是人本质力量的对象化，那么，审美也就是把外在的事物用审美的方式，变成我们自身的一部分。所以自古以来，我们都努力要把大海纳入到脑海中来（看，脑海这个词，也是其中的例子）。你如此庞大，如此浩瀚，如此变动不居，那我就真诚地甚至是孩童的恶作剧般地，用最小的液体来代替你——眼泪。怎么样？悬千钧于一发，用一个支点撬动地球，审美确实具有这般威力，又何况，眼泪和大海之间还有另一个真正的相同之处呢？它们都是咸的。咸不是一种味觉，是所有味觉，在人类的历史中，无论东方还是西方，盐都曾经是最重要的物料。没有盐，所有的其他味觉都将失去基础。没有盐，大海就成了普普通通的水。

三

再读一首诗吧,韩东的《你见过大海》。这也是一首名作,它和《大雁塔》一起消解了我们曾认为是无比崇高的两样东西——自然和历史。我们只说前者。

  你见过大海

  你想象过大海

  你想象过

  大海

  然后见到它

  就是这样

  你见过了大海

  并想象过它

  可你不是

  一个水手

  就是这样

  你想象过大海

  你见过大海

  也许你还喜欢大海

  顶多是这样

  你见过大海

  你也想象过大海

  你不情愿

让海水给淹死

就是这样

人人都这样

这首诗写于20世纪80年代早期,那时候,在整个中国尤其是思想界、文学界,正是伤痕、寻根、先锋等思潮一波接一波海浪般侵袭之时。经历过特殊年代的心灵和头脑,不断从所有的事物里寻找价值和意义,我们似乎找到了——传统的,现代的,东方的,西方的,形而下的,形而上的。

但与此同时,敏感的诗人们却感受到了反方向的牵引,那些古老而恒定的意义真的存在吗?那些所谓进化论的价值果然如此吗?那些被无数人认证的事物就是它们本身吗?

比如大海。

"东临碣石,以观沧海。"曹操的眼里,"日月之行,若出其中;星汉灿烂,若出其里"。日月星辰,都像是从海中而生。在"海上生明月"的时代,因为"共此时",天涯就是此地,天涯和此地因为一个"婵娟"而消弭了千里之遥。甚至到了海子生活的20世纪80年代,大海仍然是那个阔大、包容、神秘的抒情客体,是我们"本质力量"最好的审美对象,七月的大海,你面朝它,就会春暖花开。在所有类似的诗句中,大海都置身于崇高的抒情位置,或者被当作是另一些崇高事物的象征物。它代表着时间和空间的结合点,代表着情感的四海皆同,代表着内心的律例,代表着感情的纯粹和浓烈。我们已经在这种表达中生活了几千年。

再亮的光明之下,都会有影子。即便是手术室的无影灯,那些影子也只是被遮蔽,而不是不存在。大海也一定有自己的背面,并且,如果它是有灵的，在负担了几千年的抒情、隐喻、象征，在承载了过多的政治和文化期待之后，它会不会感到疲惫？它会不会早已不堪重负，渴望解脱？

韩东的诗仿佛在唱反调，那些我们所天然认为的崇高之物，一旦你真的去亲近了、认知了，就会发现它们"不过如是"。或者说，所有的价值和意义都是在想象过程中建构出来的。答案就在最后几句里：你不情愿，让海水给淹死。也就是说，当人直面生活的底片之时，你看到的只有黑白二色，再崇高的抒情，也要在不被淹死面前败下阵来。诗中所指，当然是我们人类自身，但也不妨看作是给大海松绑，就让那些水回到水本身吧，也许只有这样，我们才能更多地回到我们的本身。

那么，我们是什么？

我们是人，普普通通的人，在喜怒哀乐、生老病死中挣扎的人。"我见过大海"这句话的核心词语，不是大海，不是见过，是"我"。我重新成为主体，而且是一个光溜溜的、没有任何文化和意义贴片的主体，匮乏、庸常甚至虚无，但这一切都是自生且自有于我的。人类从海里走上岸，大海也获得了解放。

那这一刻，大海还会激动吗？

其实，问题不应该这么问，应该问的是：大海还在乎吗？

它自生且自有它的风暴。

只是在诗歌中，大海亦经历着起伏如此大的变奏。不同的时代，大海发出了不同的声音，每一种声音都是有效的，最终形成有关海洋的合奏。

四

我见过大海。我想象过大海,然后我见到了大海。

就是这样。

第一次是在2002年。我大二,于一个深秋告别同学,孤身一人坐火车到了山海关。傍晚,我乘坐拉客的三轮摩托,抵达老龙头。此处是万里长城的入海口。

我站在老龙头边上的海水里,极目远眺,试图把从书本上读到的大海的信息全都看出来。许多诗句涌现,但是都如海风一般,即吹即过。

我放弃从记忆中寻找对应的努力,把精力集中于真实的景物和切身的感受。

我看见了无尽的海水,它并不是蓝色的;我看见了货轮在水面行驶,没有汽笛响起;我看见海风凉凉地从远处吹过来,没错,是看见海风,因为我的眼睛能感觉到那种凉意;我看见夕光在隐匿,失去了光,大海正一点一点吞掉自己的身体。是的,我没有看到黑色闪电般的海燕,没有明月从远处升起,也没有任何当年背诵课文时的激情澎湃。那一刻的感受,似乎更贴合韩东的诗句:你见过大海,就是这样,人人都这样。

2018年,我带着家人去大连,其中一日流连于老虎滩的海边。女儿挖沙子,父母和妻子光着脚走在海水中,我在旁边看着他们,给他们拍照。那处海滩并不适合游玩,没有细腻的沙粒,遍地鸡蛋大小的鹅卵石,走上去很是硌脚。因此,人们都玩得小心翼翼,但这并不妨碍他们的快乐——也许,这快乐的很大一部分来自表演,一个人到了海边,总得拿出点儿情绪来,孤独的人就演忧伤,幸福的人就表现快乐。而我的感触,只能建立在父母妻儿的感受之上,这是他们第一次看海,第一次被海水清洗脚踝。他们和女儿一样，都是没有被有关大海的文学浸染过的人，因此，对他们而言，海从来就只是水，陌生的水。因为陌生，格外亲近。

后来，我带着家人还去过鼓浪屿，去过北戴河，去过青岛，都是有海的地方。海各不相同，一家人出游的情绪却是相似的。这些时候，大海和一条江、一条小溪，似乎也没有多少差别。所以，与其说是我带着家人去看海，不如说，我要把家人介绍给大海：嗨，这是我爸爸，这是我妈妈，这是我妻子，这是我女儿。

我隐藏的话语是：这是我。我是今天的我，皆得益于亲人的塑造。

还回溯到2017年。秋天，我出了一次公差，去俄罗斯。其中的一站是游访彼得堡的夏宫。我记得夏宫院子的某一处红砖墙，正临着波罗的海。我们去的时候是深秋，风已经吹出了相当的劲头，那天又是整日阴沉沉的，偶尔飘起细雨。站在夏宫的院墙里，波罗的海的海水就在脚下翻腾，远望过去，能看见海面上一波又一波的潮涌，那些浪花打在岸边的礁石上，碎成千万白银的泡沫。这些虚无的泡沫退回海中，重新聚集为水，再次袭来。

有海燕吗？我记不清了。但是我的确想起了《海燕》，波罗的海的波涛很大，每一波都摆出席卷一切的态势。这些波涛积蓄到一定程度，又刚好遇到一股劲风，就会形成风暴。

我认出了风暴。

我认出风暴而激动如大海。

就是在这一刻，我彻底认领了这句诗。

五

终于看见海南的海了。相比于东海、渤海或者黄海，我对南海更熟悉。因为职业，这些年里我编辑了许多写这片海的作品，那些海水，曾在白纸黑字上涌动。他们描述那里的海滩、渔人、村庄，闪闪发光的珊瑚和砗磲，清澈到透明的海水，海风吹过椰林，遥远而孤独的岛屿。

有许多次去见南海的机会阴差阳错地错过，现在，我等到了一个天时地利人和的时机，可以去海南的海边待几天。或者，呆几天。不是错别字，就是这个呆，发呆的呆。是真正的呆，什么都不用做，只是到那里的海边去发呆。发呆其实是人生中最美好的时刻，全身心地沉浸在没有任何事或空无一物的澄明之境，简直可以说无异于高僧的坐忘。人最难的，不就是忘我吗？

去海边发呆——没有比这更吸引人的事了。看看海水和椰林，让脚在沙滩上踩出自己的足迹，然后等海水把它冲刷掉。我不是渔民或水手，毋须关心潮涨潮落；我也不是游客，不在乎风景和门票。我只是个偶然停在这里的过路人，听见了水声，看见鸥影，发那么一阵呆。

所去之处，名为博鳌。

正值暑假，但烈日炎炎，博鳌没有太多的游客，大多数人可能都赶去了三亚。司机把我和另外一位朋友从海口送到博鳌的酒店。太阳高挂，万里无云，碧海蓝天，暑气蒸腾。

我们办理入住。推开房门，迎面是宽敞的露台，先是看见了高高椰树的树冠和阔大的叶子，似乎能接住天上落下的每一滴雨，许多青色的椰果正在积蓄汁液，走向成熟。目光继续投远一点儿，就看到了南海。海面上氤氲着淡淡的潲气，看不见船只，只有模模糊糊的一整片水。

水的边缘就是人类视力的极限，在那之外，地球把脸侧过去了。我抵抗着回到空调房的诱惑，在暑热里站了好一会儿——我试图找到这片海和东海、渤海、波罗的海的区别。除了热，似乎没有差别。

下午，太阳西落了一些，但天气仍然闷热。酒店的露天游泳池里，很多孩子在玩水。我也换上泳衣，去游了一会儿。在北京或其他地方，每当下游泳池的时候，身体都会不自觉地打个冷战，因为它预感到了凉。但是，此地游泳池里的水是热的，甚至有一点微微发烫，让你忍不住把自己想象成一条下锅的鱼。

下午三点，我和同去的朋友一起步行去海滩。那里正午时空无一人，此刻人渐渐多起来，和其他海滩所见的景象大同小异：挖沙子、玩水的孩子和他们的父母，摆各种姿势拍照的年轻人，在浅海处扑腾的发福的中年人。海滩还算干净，除了海草，看不到什么垃圾。我记得别处的海，浪潮一次又一次把矿泉水瓶、塑料袋、破衣服等涌上沙滩。多么有趣，人类吃掉了大海里的鱼虾，大海却吐出人类的垃圾。但是如果是人本身的话，它倒不拒绝，它能果断干脆地把人吞到肚腹之中。

这时，我看到一个和周围环境截然不搭的场景：海滩上，一个人正以跏趺坐的姿势打坐。没错，就是你所想的那种打坐。这个人并不是出家人的打扮，穿着常见的T恤和短裤，头发不长不短，面色平静。他面前是大海，身后是人海，心里呢？是苦海？情海？恨海？想来，一个对着大海打坐的人，必然是一个在俗世中挣扎的人，似乎只有有节奏的海潮才能应对他的呼吸。这里真是又空旷又拥挤，正如我们的凡俗生活，又似乎和凡俗隔着水做的玻璃。

我有模仿他打坐的冲动，但最终让我坐下来的，并不是跟大海沟通的想法，而是盯着忽进忽退的海浪久了，产生的那种轻微的眩晕感。

夜晚的时候，我们再次走到海滩。海风变凉，吹起来十分舒服，那些小烧烤摊、小商品摊都摆起来了。各种酒吧和饭店也亮起灯，大海却闭上了眼睛。如果远远看过去，此处沙滩的灯光，应该特别像大海眼角的一滴泪。

我们坐在露天的桌子上喝啤酒。有人在海滩上放烟花，一个接一个，看来这已经是此处的常规项目。五彩缤纷的烟花升上半空，发出一声呐喊，然后碎作更多的花火——我就是我，是颜色不一样的烟火；天空海阔，要做最坚强的泡沫——酒吧的音响放着一个年轻歌手翻唱的张国荣的歌，应时应景。烟花是一种具有传染性的可燃物，它主要在孩子之间传染。只要看到有人放，没有一个孩子可以不受传染，几乎每一个都会让自己的父母去买一支，然后小心翼翼地点燃，怀着期待和小小恐惧等着它们绽放。在这样的时刻，父母们通常是宽容而大方的，甚至他们也一定程度上被传染了，能假装几分钟孩子。

我没有带女儿来，如果她在，这是不可避免的。所以，我只能做彻底的看客。

做看客的好处是，你可以认为所有的烟花都是为你而放的。每一次绽放都对应一种心事，一晚上的烟花看完，几乎重过了一遍前半生。

烟花闪亮的瞬间，大海重新进入瞳孔。它在黑暗之中，甚至连声音也低沉了，隐匿了，那无所不在的海水被黑暗凝固成完整的一块。这时，人才会理解岛的意义。

六

这一日，我发现海岛上有共享电动车。

扫码启动，骑上一辆，准备随意走走。沿着海边公路，我骑行了差不多十公里，除了大致相似的海滩，公路的另一侧，是大致相似的楼房和社区。这些海景房，几乎全都空置，有很多楼盘甚至只建到一半，烂尾楼夭折的样貌特别像本来就是废墟。它们可能没想过，自己有一天会成为特殊的景观。

误入一条小巷，老远就听见人声。走近，发现是一群当地人在举行宗教仪式。旁边是一栋规模不大的寺庙。庙门前，聚集着一些穿着道士袍的人，围着穿着便装的村民。仪式看不懂，方言也听不懂，我注意观察站在香案后面的一排青年人。他们约十八九岁，面皮是经常被强紫外线照射的样子，神情肃穆。似乎是一种成人礼。

我开始猜想那个执事的人到底在说什么。我想，其中必然有一句和大海相关，比如：我们世代靠海生存，大海就是我们的家园。或者，海神保佑，子孙万福。

七

准备早起看日出。

网上查，那几天博鳌的日出时间大概是五点半。幸运的是，房间的露台正对着东方，且是六楼，视野足够高，无须去到海滩。我当然清楚，日出本身并没有什么可看，太阳每天都是新的，也每天是旧的。之所以要起来看日出，潜意识里大概仍是想从这日复一日的旧里看出点儿新来。

闹钟响起。

我推开露台的玻璃门，走出去。清晨的海风湿润而温凉，这是夏季海边最舒服的时刻。海面已经泛起波光，太阳正从水里升起。我试图用手机拍下这个过程，结果发现，镜头框里的景象和眼睛所见差异巨大。恍惚了一会儿，忽然反应过来自己以前的一个偏见，在很长一段时间里——应该是读了罗兰·巴特和桑塔格有关摄影的书，我固执地认为镜头框赋予了现实全新的意义。大多数时候，也的确如此，摄影术既是时间（瞬间）的艺术，更是空间（镜头框）的艺术，或者说，它捕捉的是时间和空间的交汇点。于是，我总觉得只有被框定的风景，才会产生超越现实的艺术效果。但是现在我知道自己至少错了一半，有些东西是不能被框定的，必须是全景，也必须是全过程。

比如此时南海边的日出，它不能进行任何程度的化约。

我并不觉得这景象多么美或震撼人心，看日出，或者看风景的关键在于某种参与感——我参与到日出的过程里，这一刻我在，太阳在我眼前升起。而已。

只要你的目光足够远，大海就永远是平静的，仿佛它从来都是如此。但是在朝阳不断盛大的光辉中，我觉得自己看见了深海正在涌起的潮水，它们被无形的气旋裹挟着，正向我袭来。

我认出风暴而激动如大海。

选自《草原》2024年第7期

在北京看舞狮子

侯磊

北京人,作家,诗人,北京历史文化学者。毕业于中国人民大学,文学硕士。著有散文集、长篇小说、中短篇小说集多部。部分作品被改编成影视剧、译为外文发表。曾获何建明中国创意写作奖、冰心散文奖、无界文学奖等。2023年北京金牌阅读推广人。

一

设想一个场景，在公元前115年，张骞第二次出使西域回来后的某一天。第一次是他被匈奴扣留一年多后逃回来，这次是在汉武帝时期长安城的未央宫中，有西域的使者前来进贡一种"神兽"。装进笼子里的"神兽"被运到朝堂之上，就在掀开笼子罩布的那一刻，汉武帝一眼认出，这是龙生九子的第五子，能够上山擒虎豹的狻猊。当即下令把它的形象装饰为香炉脚，还用石头雕刻出来镇守在府邸、衙门的大门上。

哪里是什么狻猊？传说中就是狮子。或者说，汉朝人习惯把狮子叫狻猊。

从那时起，狮子、狻猊混用很正常，这种祥瑞与智慧的象征，幻想中的神兽，就此摆放起来，舞动起来，辟邪镇魔。古人学石雕要先学雕狮子，只要学会雕狮子就算是掌握了石匠最基本的手艺，一生便可应对一切活计谋生存了。

二

查阅《汉书》等记载，知狮子不源于中国。汉朝有很少量的狮子，大部分是随着张骞通西域后作为"殊方异物"进贡皇家，仅养在宫苑内。扮演鱼、虾、狮子的艺人叫"象人"，以模仿动物的外形和动作来演社火戏，这就是舞狮子的雏形。白居易的新乐府有一首《西凉伎·刺封疆之臣也》写道："西凉伎，假面胡人假狮子。刻木为头丝作尾，金镀眼睛银帖齿。奋迅毛衣摆双耳，如从流沙来万里……"从而推测舞狮子源于西域，后传遍全国。那时没几个人见过真狮子，偶有见到狮子就像见到神兽，正如古人打了秋千就像坐了飞机。在清人李声振的《百戏竹枝词》中，有描绘狮子滚绣球的诗句："毛羽狻猊碧间金，绣球落处舞嶙峋。方山寄语休心悸，皮相原来不吼人。"

舞狮子到底有什么用？记得故事书中写到古代跟交趾打仗，对方出动了象兵，我方在战场上舞狮子，吓跑了敌人的大象，打了胜仗。这个故事真不知是哪本古籍记载，还查了它的出处也无获。

拳分南北，曲分南北，舞龙舞狮子，鸟笼子蛐蛐儿罐，皆分南北。这些南北不同的划分，是宋金分制所造成。南宋已经是半壁江山，北面是金国，双方各自发展，无法互通，自然不一样了。舞狮子从北传到南，到了南方狮子就舞活了。而今，南派的猴儿戏式微了，北派的舞狮子也式微了。

童年时，电视剧《西游记》正在热映。北京东岳庙正在走香会，原来气派豪情的北派舞狮子不见了，取而代之的是扮演唐僧师徒四人的艺人，整条大街都被围观者堵住。那时我正跟着母亲坐在无轨电车上，靠着车窗看着那师徒四人，围着停滞的车辆边跳边舞。看那孙猴子在耍金箍棒，我都忘了赶路。自那以后，有好多年没看到北派的舞狮，那么这北派的舞狮子——北京本地的狮子在哪儿呢？

在北京，前门大街改造后开街，王府井有商场开业，都有舞狮子表演，那是佛山一带的大头醒狮。小伙子们手举狮头，身裹狮囊，遮掩不住青年的盛气。在两米多高的梅花桩上，他们模仿狮子舐毛、擦脚、搔头、洗耳、朝拜、翻滚等动作，蹿蹦跳跃，庄重凝眸，倒着走，跳起转身，狮尾处之人把狮头抡起来转大圈。狮头两只卡通风格的大眼睛眨巴眨巴的，嘴巴一张一合。这是南派的舞狮，北京本地的北派的舞狮子，没有上梅花桩功夫。曾有朋友在北京办传统婚礼，点名要舞狮子，放到狮子嘴里的红包都准备好了，却请不来本地的北狮。一问才知道，人家要上山进香，不应这路买卖，只好请南狮了。

后来，我到了广东。

在佛山祖庙中，后生们在梅花桩上舞狮子；在揭阳老城，满大街的武校把舞狮子与武术糅在一起教。夏天的广东多热啊，练功间歇，他们仍穿着长毛的狮装上街去买冰水，喝鲜榨的芦柑汁或跟中药一样苦的凉茶。过去学舞狮子是男人的事，而今却看到不少女孩子在学舞狮子，据说这是黄飞鸿开创的。她们的皮肤晒得黝黑，瘦弱的胳膊要举起狮子头，三分力，七分巧。舞狮子最难的不是力量和动作，而是前后两个人的配合，动作是后者抓举前者腰间的带子来完成。狮头是由专门的把式用纸浆糊制的，可分量并不轻。她们要练上梅花桩，上十三层的桌山——按照类金字塔的方式一层层叠起的桌山，像是庙里供奉莲花灯的桌山。

南狮又叫"醒狮"。相传，拿破仑说中国是睡狮。此话尚未有法文出处，可在曾纪泽、梁启超等人的演绎下，在中国一旦传开就炸了庙。敢说我泱泱大国是睡狮，那还得了！晚清的读书人都在写"论醒狮"，丘逢甲、陈天华、高燮、蒋智由、秋瑾等都写过《醒狮歌》。有不少人编写"醒狮"剧本，四处都在创办叫"醒狮"的杂志，封面便是醒来的雄狮腾空飞跃，脚踩地球。一九〇五年十二月，陈天华不惜蹈海殉国，《民报》连载其遗著《狮子吼》，以求中国这头巨狮早日醒来。

舞狮子是舞蹈、武术、杂技的三位一体。这几样本是同一体系，舞狮与武术的发力原理更为近似（杂技稍微特殊一些），就像北京耍大杆（中幡）的与摔跤是同一体系。南方格斗多是发生在舟船街巷之间，人与人离得近，多是靠背肌半身发力，且要下盘稳固，专练硬桥硬马这种稳扎稳打的功夫，少有北方拳种放长击远的观念和用腰部劲儿抡圆了腿横扫的招数。桥是手臂，马是马步，若是上了梅花桩还耍北方拳脚，一踢腿自己就容易掉下去了。

从前，广东的舞狮子者多是出自木行或机纺行。晚清洪门兴起，洪门三合会以学习洪拳为名，弟子人人习拳，也同样舞狮子。这叫"寓武于舞"，练的本是同一套功夫，没有敌人是舞蹈，有敌人了就是武术，只是少有人会把舞蹈当武术用出来。广东的狮子会多叫某某堂，出行时会在舞狮队的队旗上标名挂号。队旗一般共五面，青龙底纹，一面长方形的叫"国号"，写着某某堂和所在地，两边配有对联；四面三角形的叫"七星旗"，也写着队伍的名称。狮子之间，时常大打出手，抡刀械斗，死伤甚多，比舞狮子就是比武，电影里的黄飞鸿并不夸张。不过罕有电影里那样抡起狮头当兵器的，哪里舍得呢？

黄飞鸿于一八五六年生于广东省南海县，出身于武术世家，从十二岁起便跟着父亲上街打把式卖艺。他是街头社会中的人、武林高手、香会会首、跌打损伤医生、地方名流……都数得上他。他以洪拳、少林拳为功底，绝技是虎鹤双形、铁线拳和飞铊。飞铊就是绳镖，又叫甩头，《盗御马》里窦尔敦唱："他那里用甩头——打某的左膀"，讲黄三泰与窦尔敦比武比不过，用绳镖把窦尔敦打败了，窦尔敦不服，认为黄三泰用暗器不光彩。黄飞鸿舞狮擅长"采青"——将一捆青菜（或拿红绸代替）用绳子高高吊起，或绑在某根高桩的半截处，舞狮者或直立或下腰，用狮子嘴将"青"咬住，表示一口吃下，以示吉祥。

"采青"时，他将绳镖从狮口里飞出，缠住悬挂于高处的"青"，快速拉入狮口，引得阵阵喝彩。现在绳镖有人练，舞狮子有人练，舞狮子时用绳镖"采青"，已经是见不到了。

黄飞鸿有位徒孙叫朱愚斋，是位小说家，黄飞鸿的故事多出自他笔下。

没有晚清，何来五四？清末革命党以"醒狮"为口号宣传革命，直至民国时最极端的年月里，左翼文人号召要废中医、废汉字和废戏曲，从没有想过废除旧式的香会社火，可能是他们关心不到舞狮子这么打把式卖艺的玩意儿吧。直至周作人创办《歌谣》周刊，顾颉刚研究妙峰山，新派知识分子们终于想起来向民间取经了。顾颉刚在他的《妙峰山》一文中认为：他们的组织是何等的精密！他们在财政、礼仪、警察、交通、储蓄等各方面都有专员管理，又有领袖人物指挥一切，实在有了国家的雏形了！这里只觉得顾颉刚先生不是北京人，对北京的香会大惊小怪，中国民间社会一贯如此，都这么耍了千百年，一点儿也不新鲜。

三

乾隆爷喜欢狮子，雍正爷喜欢麒麟。北京本地一般是舞狮子不舞龙，龙代表皇上，不能随便舞，只有宫里的太监给皇帝舞龙，所以在古代，北京民间舞狮子同样兴盛。现存的清宫老照片里，逊位的宣统皇帝溥仪大婚之时，照片里拍到，旁边有一对北派狮子，等着一会儿庆典时上去舞。

而今，北京北派的舞狮子，有不少都是在香会里。香会就是走社火，人们踩着高跷扭着秧歌，舞着狮子抬着杠箱走街串巷，跋山涉水地去进香以表虔诚。北京的香会包括十三档，狮子会是十三档中的一档，就叫某某地舞狮盛会，因此很多香会走会时其他的可以没有，但总得有舞狮子。你得追着它看，否则很难看到。

为了看到北方香会中的舞狮子，我上了以走香会著称的妙峰山。

妙峰山庙会始于明代，每年农历四月初一至十五妙峰山开山半月余，香客络绎于途，有的一步一揖，三步一叩首；有的竟以背鞍、滚砖、耳箭、悬灯等方式进香以示虔诚。各香会齐聚妙峰山，开车到碧霞元君祠，边走边演，扭秧歌、踩高跷、舞狮子。

如果没有私家车的话，妙峰山真的不大容易去。公交车站位于妙峰山下的涧沟村，离山顶有十公里之遥。进山有四条古香道，过去多是沿着古香道翻山越岭走上去的，从山顶走到山脚下的公交站，还是要徒步走上十公里的盘山路。有私家车以后，有一次开车到了离山顶还有一段路时，却发现山顶已无处停车，只好把车停在蜿蜒的山路边徒步上山。上至山顶，有不少香会在表演。

打头的是几个盘靓条顺又勾勾又丢丢（北京土话，形容女子长相好、身段好）的大姑娘在耍开路飞叉。各个会在上香路上、到了妙峰山以后，遇到其他香会都要"打知"——由会首带头问候行礼，并在庙宇殿堂焚香炉前举行参驾、请香、上香，再献艺表演。会首们行礼时，词不拱嘴，有些生疏了。再有，是文扇、武扇在院子中扭秧歌，那旱船高跷之类，多在院子外表演。四周都是施粥馒头的，香客可以免费喝楂水。楂水是山楂水的简称，用山楂熬的，酸且解渴。所谓十三档老会，已经很难凑全了。

狮子来了，京锣敲起来了，京鼓、京钹打起来了，看那架势，仿佛有人在喊："让开，让开。"

那是北方的狮子。黄澄澄的大脑壳配上红色的毛发，黑眼珠、翻鼻孔，窝窝眼，血盆大嘴下方是十三枚茶碗大小的紫金铜铃，那是过去专为皇家的庆典、接待外国使臣时表演的，宛如故宫太和殿前的石狮子成精的北方狮子。狮头上没有南狮那根巨大而前弯的、寓意着"独占鳌头"

的尖角,无法给黄飞鸿的武侠片当兵器。

那对"太狮"由两个人扮演,个子小的练狮头,个子大的练狮尾。头上戴红花者为公,戴绿花者为母。"太狮"与"太师"同音,以便讨个口彩。它身上的响声能传得很远。据说,过去舞动"太狮"还分一黄一蓝,黄的叫狮,是公的;蓝的叫狐,是母的。这是一对圣兽,神形兼备,凶猛凌厉。还有一个人扮演的"少狮",这次没有看到。

舞狮子的老少爷儿们是世界上最伟大的演员,不露脸都能让人感到演技和气场,手举狮头,身裹狮囊,照样舞出狮子的喜、怒、忧、思、悲、恐、惊。看舞狮子的表演狮子滚绣球,狮子好奇地看着绣球,先围着绣球绕场一周,狮子用嘴接绣球,两头狮子一起争绣球,每个动作都在解释狮子在干什么。

他们当中有些杂耍功底的人,能演狮子踩大球、踩跷跷板等特技。还要与引狮童(引狮郎)相配合。引狮童真像戏台上武将身边的马童,武将使身段,马童则在翻跟头。引狮童需要会折跟头、打飞脚,专门在狮子身上翻滚跳跃。

就在那喧天的锣鼓声中,耳边灌满了热衷此道的人的讲解。

京郊各村儿都有狮子会,说是明代燕王朱棣从南京来到他的封地时,从安徽芜湖带来的。后来他做了皇帝迁都北京,因此"皇会随龙进京"……

清代舞狮那才叫兴盛,有名的太狮有十三档之多,即掌礼司、白纸坊、东西猪市、会照寺、二闸、东坝、万泉寺、正国寺、万寿寺的太狮、方砖厂的太狮、少狮等,说法不一。

太狮过桥要表演戏水,狮尾站在桥上,狮头探向水面,做戏水状,全靠狮尾抱住狮头的腰,配合不顺就会掉到水里;少狮遇牌楼时,要从牌楼上爬过去，遇到旗杆也要爬上去，做"顺风旗"和"粘糖人"，过去都是擅长攀高的架子工和棚匠来应工的……

东坝北门村耍狮子被乾隆封为金铃祖狮。它出动时，各路狮子都要闭目颔首，伏地为其让路。你问"祖狮"现在在哪儿，早就进博物馆了……

老北京有句话叫"二闸的狮子会凫水"。说是清朝时有艘路过的船上，有一黄一青两头狮子表演。黄狮没有站稳掉到水里了，还接着舞。青狮也跳入水中，狮颈下十三只铜铃顺着水音，声震遐迩，引得百姓前来观看，由此留了这么一句话。估计当时水也不深，否则人不可能一边踩着水，一边舞狮子……

舞狮子在北京的式微令人伤感。有一年，某个狮子会的老督管（会首）归西了，会众们商议，当街好好舞一场，把会的活儿都使全了，最后一起把狮子焚化了，送它和老督管一起位列仙班。现场的气氛很是悲壮，那是京城近年来最为隆重的一次舞狮子。传统的北派舞狮子能表演十三个套路、二十把活儿，能练上高条案——高桌。过去人们舞着狮子走街串巷，沿路的居民就自动搭桌子摆上吃食，舞狮者会围着桌子跳上跳下，还会就地打滚儿。那次最后的演出，人们舞着狮子上了高桌，把能演的都演了。最后要点火烧狮子时，还是被人拦下了。那对狮子已经存进了某文管所，可能后继无人了。

四

南北舞狮子的不同，不在于技艺的高下，而在于舞狮者的生活状态、舞狮的承传方式不一样。

广东等地舞狮子者多是职业的，或是武术学校里的小伙子，习武的同时练舞狮子来应表演。他们不再上学，以此为业，像个戏班一样，由各个机构、村落、宗亲会等请去表演，有基本的工资，一般不会舞到很大的年纪。这是有传统的，20世纪20年代末30年代初，各地推广"国术救国"，相继建立国术馆和国术组织，即武术、舞狮子一起学。

普通的日常舞狮子，一般是七八个人。四个人演两对狮子，剩下的负责鼓锣镲，还有一个带队攒局的（这在北京叫把头儿），都是临时约来的。这种舞狮子要求并不高，能应付下来就行，舞狮头的或加演特技的，都要加钱，而想学某些技术，也是要额外花钱的，没人会白白教给你。出场一次两头狮子，费用起码是几千元，过年过节或赶上大企业开业或庆典，一场会要几万元。舞醒狮有大略的程序：出洞、下山、过桥、饮水、采青、醉睡、醉醒、上山、吐幅、旺场等。一对醒狮本家要包上六个红包，分别为点睛、采青、接财等，一只狮子一个红包，红包从几十元到上百元的都有，为了讨吉利。

在南方，如果把狮子舞出名，或当了攒局的把头儿，是能挣不少钱的。北京舞狮者则大多不同，舞狮者多是五十岁以上的大叔，分散在工厂、社区、郊外的乡村里，有不少是宫廷或八旗营房的承传，供奉文殊菩萨为祖师爷，早先不去应红白喜事和商店开业。前清的八旗制度军民合一，旗兵按月发粮饷，战时为兵，有着"铁杆的庄稼"。北京的狮子会秉承八旗子弟的习俗，舞狮多是自己掏钱，不以此为经营，这叫好财买脸，大爷高乐，善人乐捐。走玩社火，玩的是钱。关键在于，得有人乐于当施主，总不能让舞狮子的自己倒贴钱。

南方靠武术学校承传舞狮子，而在北京一提起武术学校，我的意识还停留在20世纪80年代《少林寺》风行的年代，在想，武校出来后考体育大学考得上吗？当运动员的话退役后怎么办？是跑剧组当武行还是当保镖？……可若真论舞狮比赛，让业余的胡同大爷与武校少年比赛，胡同大爷往往拿不到什么名次。他们是传统的手艺人和民间香会的信徒，并不关心醒狮与其他事情的关系，只知道见面就抓给你大把的茶叶和饽饽（点心），以表达施善之心；只知道这是祖上传下的玩意儿，得像护眼珠子一样护好了，每次舞动狮子，都如祭祀祖先般神圣。

我认识一位当今舞狮子的好手张四哥。四哥可是练家子，从小好玩儿，香会中的诸多玩意儿练过多种，但他只是带着你练，自谦不擅讲述，说老辈人会讲，可能会讲的大多都不在了。他大略讲，之所以喜欢这些，是因为在京郊农村长大，从小当个玩，过去没别的可玩。练舞狮子虽然过瘾，可确实容易受伤，上了岁数也容易体力不支。有一次他练狮尾，练到狮尾站起来，练狮头的要往他肩膀上一坐。就这一坐，他脖子伤了，不能扭头，要想扭头看人，得整个人一点点地"向左转""向右转""向后转"。他养了大半年才好。

北方数百年来持续战乱，北京的宗庙祠堂之风不盛，没有生成职业的舞狮团，本已不多的武术班里见不到教舞狮的，各级学校也没有舞狮社团。北狮的生存也依赖于节庆表演，可每当大型庆典需要集体表演时，用的都是武术学校教的舞狮子，可以制定标准，批量生产。每当谈到此处时，北京几位舞狮的老师傅，总觉得舞狮团体表演会坏了规矩，不伦不类，就像老辈的京剧艺人，最不喜欢穿便装开京剧演唱会一样，要唱就扮演，规规矩矩地唱。可社会需要京剧演唱会，也需要舞狮团体操，借用德国哲学家本雅明的话，那是"发达资本主义时代的抒情诗人，机械复制时代的艺术作品"。

五

生活中很多事物，如果真消失了，人们还会照样活着。但有那么多人的一生围着它在转，为那些千百年传承下来的、有可能消失的事物流血流汗。我们一代代人活着，一代代人死去，舞狮子一直不变，一直有人接过那沉重的狮头，披上看着就觉得热的狮囊，模拟狮子的动作、神态起舞。或许你曾把它当作可有可无的娱乐或健身活动，但随着年龄的增长，总会有心生敬重的一天，毕竟这是中国的传统文化的象征。

舞狮子不是我们生活的花絮，我们才是它们舞动时的花絮。

或许，人都是先观看，再试图解释这个世界。我们在看着舞狮子，舞动的狮子也在看着我们。"有人看"本身就是舞狮子的整体组成部分之一，观看本身就是存在的意义。

选自《红豆》2024 年第 7 期

杜永利

麦子喊了我一声

杜永利

1990年生,河南修武人,中国作家协会会员。在《人民文学》《散文》《西部》《作品》《星火》《青年作家》《福建文学》《鹿鸣》等刊物发表作品四十余万字,多篇散文被《散文选刊》《散文·海外版》转载。

一

无垠的黄河滩慢慢醒来。太阳如新生的植物，从地平线拱出头，潜到麦田深处，只露半张脸。东方铺展开淡青色的幕布，等待朝霞的隆重登场。飞鸟平滑地掠过苍穹，最后了无痕迹。而低处的麦子随风摇曳，像涌动的潮水，一行行杨树则是绿色的堤坝，将这不屈的波涛，围困在四四方方的框内。不远处，蜿蜒的黄河亦被两岸框住，缓缓流往远方。

世界是如此安静，却暗藏紧张的气息。我们将无人机的镜头对准东方，屏住呼吸，只等太阳一跃而起的瞬间。

那一瞬间，风声停顿，万籁俱寂，所有光芒冲破东方的云翳。到处都是光，红的光、黄的光、橙的光交融在一起，跌跌撞撞地砸向黄河和麦田，砸出一片片碎金乱银……我们慌乱地摁下快门，将那短暂的几秒牢牢地框进镜头。过不了多久，在一场关于丰收的摄影展上，将会出现这一幅作品。

为了这一场摄影展，我和几位同事已经追寻六月的热风，在豫北平原穿梭了好一阵子。此前，我们在太行山南麓拍摄过梯田，大山的苍翠与麦田的金黄交相辉映，简单的两种颜料被大自然与人类调配出万种风情。我们和引路的农人一起蹚进麦田，等待抓拍呼啸而过的高铁。动与静，古老的农业与现代的工业，在镜头里相逢，毫无违和之感。我们一路追着收割机，像在大地上捕捉灵感的诗人，用"勤劳""平原""麦都""祖国""天下粮仓"等大词给作品命名。我们还拍摄了乡村新面貌——欧洲风车在中国大山深处扎根；连通晋豫两省的古道边，一座座石头房子拂去岁月尘埃，挂上网红民宿的牌子……我们戴着遮阳帽，打上遮阳伞，借助无人机居高临下的视角，给身处城市的人们，描画出人间六月的壮美画卷，并从他们长久驻足与泪湿双目的反应中，一次次确认我们是美的缔造者。

若不是那棵麦子喊了我一声，我不会从我们的队伍里抽身而出，将镜头从宏大的叙事移开，对准万千麦子中最孤独的那一棵。

那一棵麦子在麦田的最边缘，可能是播种时不小心从农人手中跌落下去的。它无法和麦田中央的伙伴形成共鸣，只好在麦浪涌动的时刻，落寞地"望洋兴叹"。这并不影响它的成长，它同样顶起了一把麦穗，饱满而丰盈。我看见它的时候，一群麻雀踩在上面，肆无忌惮地啄食那些劳动成果。它的脊背不堪重负，弯成了一张弓。麻雀们却把它当成了跷跷板，边吃边晃，玩得不亦乐乎。这时候麦子才发现，它的口袋如此之浅，既没有毒刺可以防身，也没能长成高耸入云凛然不可犯的绝崖孤松……它只能默默地承受着一切，直到认出了我。

它借麻雀的嗓子喊了我一声。就是这一声，让我从无人机的高度跌下来，变回了那个黄泥巴腿子的我。我要贴着大地，再看一看我的麦子亲人。

二

那年秋天开学的时候，麦子也从一粒种子出发，破土成为一棵青翠的麦苗。我把自己锁在教室熬夜苦读的冬天，它也经历着数九寒天冰雪的倾轧。到我参加高考的那几日，它也正好交出了一年的收成。

五月间，麦子的穗头开始发胀，麦株的青翠渐渐消退，向泥土的颜色靠拢。人们给麦子浇最后一次水。这是擂响了冲刺的战鼓，归仓时麦粒饱满还是干瘪，就看这一次能否喝饱。多少年来，我都是跟在父亲身后，在麦地里给流水开沟引路。太阳在头顶散发无尽的热量，嘴唇很快就被烤干了。我趴在麦子的根部，和麦子抢着喝水。我光着膀子，头戴麦秸编织的草帽，我和麦子的皮肤都是泥土的黄色。我确信，那一刻，我也是一棵麦子。

六月初，收割机开进麦地，我们一家人跟在车后面跑动，仔细看着车轮，生怕一季的收成被碾作尘土。收割机所向披靡，不停地对麦子施行腰斩。车屁股后面吐出麦秸和尘烟，好似发出一阵阵叹息。那时候哪有口罩面罩，我们一直笼罩在尘烟草屑中，跑一圈下来，就成了灰头土脸的泥人。村里有个方言词叫"麦草"，用来形容浑身发痒的感觉。我想，这个词应当就是割麦人发明出来的——无孔不入的碎草屑沾满全身，麦芒刺着，麦秸扎着，你的皮肤怎可能不痒？

我们也顾不上挠痒，在脸上胡乱抹了一把，又跳上三轮车，去等待收割机"开仓放粮"。那铁家伙被太阳烤得快要发红了，手一碰就烫得生疼，但也只能忍着。好在忙活了大半天，三轮车被粮食填了个满满当当。

晒麦子那几天，我和弟弟一直守在旁边，隔一会儿就推着铁锨翻一下，好让麦子充分受热。太阳毒辣辣，哪儿哪儿都是热流，地面都快要融化了。我们实在找不到阴凉地，只好把自己也当成麦子，一遍遍地接受烈日的曝晒。多年以后我早已不再做农活了，可是那些晒伤的皮肤仍然无法复原。有次约会，我用电车载着女生去兜风，坐在后座的她突然惊呼道："你的脖子怎么那么黑？"她的语气如此锋利，让我的自信心瞬间崩塌。那些黑色的瘢痕，仿佛与生俱来的胎记，终日箍着我的脖子，就像多年以前的割麦人，紧紧捏住了一棵瘦弱的麦子。

在我们忙着晒麦子时，麦地已变得空空荡荡。万物走向繁盛的时刻，只有麦子走向了死亡。它们留下半截麦茬，伤口遍布大地。

先前被麦浪淹没的坟墓，现在都露出了头。上面高举几棵麦子，麦穗硕大，却没有人碰它们，因为死人的力气移到了麦子身上。大人们说，人活一辈子，就是吃几十次新麦，啥时候吃不下了，也就去地底下报到了。那时候我已经见过了几次葬礼，看见过棺木被埋进土里，但是尚不知道死亡的具体含义。我想起去年还在拾麦穗的聋伯伯，后来吃不下饭，瘦成了皮包骨，今年就再也看不见他的身影了。我盯着坟墓上那几棵麦子一直看，越想越害怕——原来，死就是钻进土里变成一棵麦子，不再说话，不能吸气，只能让镰刀来割。

那时候我尚不知道，变成麦子，是一个人的归宿。命运如风，在空中呼啸，晃动麦浪的同时，也清点着人世的光阴流转——麦子熟了，人们去收割；吃够了几十次新麦，人也必然会被大地收割。大地沉默不语，却托举着、吞吐着所有的枯荣，在它眼里，我们和麦子真就是一样的。

三

麦子并不仅仅是粮食，它喂养嘴巴和胃的同时，还兼具了货币属性。在缺吃少穿的早些年，它可以换物，也可以换命、换前程。粮仓里有几十袋麦子，遇见什么事都不会慌张；面缸若是见了底，做人的底气也就泄尽了。

村里人对麦子的情感是复杂的，爱得深沉，恨得也汹涌。

20世纪60年代初，祖父的大哥臀部长了一颗碗大的瘤子，没钱治病。他的妻子红莲四处借粮食，想换几个钱找大夫看看。那样的荒年，人人都食不果腹，哪有什么余粮？李家有位老汉，听说以前做过山贼，手里颇余裕。李老汉早年丧妻，对上门借粮的红莲生了邪念，一斗麦子，便叫她变了心。后来祖父的大哥含恨而死，红莲改嫁给李老汉，对我父亲以及后来出生的我,都很刻薄。

多年以后的盛夏,红莲将拾来的麦穗狠狠捶打,最后得了一斗麦子。卖西瓜的人走街串巷,不停吆喝。红莲用那一斗麦子换了好几个大西瓜,忘情地吞吃,害得自己拉肚子,最后竟死在了那个酷热的夏天。老人们说起多年前的旧事,说当时红莲上我祖父家借粮食,吃了个闭门羹。亲弟弟都不管,做妻子的只能用自己换了那一斗麦子。她也可怜哪,做了一辈子后娘,却没有人承认她的功劳,最后又被自己拾的一斗麦子要了性命。

我再也恨不起她来了。只是,我对麦子的感情,也在岁月流转中变得愈发复杂。

以前水泥比较少,院子还都是泥土铺就的,想要把麦子晒好,只能摊在马路上。但是占道晒粮又会干扰交通,很难找到两全的办法,只好把麦子尽量往路边靠,缩成瘦瘦长长的一条"蚯蚓"。一看有人来撵,便赶快堆起笑,递上烟,假装往麻袋里撂麦子,嘴上不停地说:"晒好了,这就走,这就走。"管事的人自家也有麦子要晒,通常只是象征性地交代几句,也就走了。

有年夏天,父亲去山里帮人播玉米,母亲带着我和弟弟在马路边晒麦子。我家的麦地还有很多麦穗没有捡,母亲觉得太可惜,再说麦地离马路那么近,离开一会儿,也不怕鸟啄人偷车碾。于是我们母子三人进到麦地,面朝马路的方向,后退着拾捡麦穗,麻袋越来越沉。我们正沉浸在喜悦中时,马路上突然停下一辆面包车,下来几个人,不由分说地就往车里撂麦子。母亲大喊着往路上跑,我和弟弟也紧随其后。空气沸腾,我们的喉咙都喊得冒烟了,那些人仍不停手。母亲那时候二十多岁,也没经历过多少事,气得哭了起来。她一哭,我们也开始跟着哭。我的鞋子跑丢了,开始频繁地领教麦茬的威力——麦秆被收割机的刀刃切断,原来一直怀恨在心，把自己也锻打成了利刃，狠狠地戳进我的脚掌心。

我们快跑到跟前时，那辆车才一溜烟地逃走，带走了一半的麦子。找人四处打听，都说不知道那些人的来历。那时候自然没有电子眼，即便报了警也不会查出个结果的。

我的脚底板全烂了，疼得直咧嘴，过了几周才恢复正常行走。而家里的光景也变得不大好过，一直不舍得买肉，父母还时不时地拌几句嘴："捡了芝麻丢个西瓜，没事捡什么麦穗？"类似的争吵几个月才平息下去。

年幼的我不知道该恨谁，只能把恨意投向无辜的麦子。在穷苦的日子里，我们曾与麦子相依为命，可它们却用不告而别的方式，辜负了我们一家人的重托……要用上好些年，我才会跟它握手言和。

2010年高考结束，麦子也正好从地里被拉了回来。那时候我家已经盖了新房，可以在房顶晒麦子了，我和父亲一袋一袋地往房顶扛。那么重的麦子啊，压得我两腿直打战，爬了半截楼梯就得停下来喘气。那时候我们没有吊机，也没有滑轮，只知道凭蛮力硬干。

我们花了一上午的时间才扛完，衣裳早就湿透了。把麦子摊开之后，父亲气喘吁吁地说："上学上到这一步，不可能后退了啊……过几天把粮食卖掉，送你去上大学。"这时我才知道，我刚才扛的并不是麦子，而是自己的一整个人生。我把根系从泥土里拔了出来，像扛树苗一样扛在肩上，向着上坡路爬去，怪不得感觉如此沉重。

我很用心地看守起麦子，在房顶的阴凉处铺了一张席子，一边想象大学的生活，一边驱赶偷食的麻雀。

半夜下起了大暴雨，我被雷声惊醒，丢魂似的冲向外面，心想麦子可不敢淋湿啊，一发芽发霉可就卖不出去了。等我到了房顶，才发现父母已经用塑料布把麦子盖得严严实实了。闪电的光芒划亮夜空，我看见雨水正肆无忌惮地抽打着父母的脸颊。

天气阴晴不定，过了好多天才把麦子晒干。去除草屑和尘土以后，我们将麦子装袋，扛到车上，一袋一袋摞起来。父亲启动车子时，我爬过一袋又一袋麦子，像爬楼梯那样，登上了粮食的顶峰。

我们去往收粮站，一进门就是一台地秤，我想下车，老板说不用了。进了粮库，我们把麻袋卸到地上，一袋一袋倒干净。看着我们的麦子融化进麦子的海洋，我竟有了几分不舍。

当坐在麦子顶端的时候，我确实地感觉到自己就是一袋麦子。那么多的麦子，一粒一粒供养我性命，一袋一袋将我托举，让我摸到了大学的门槛。

四

我的目光从无人机的位置跌下来，回归到一棵麦子的高度。我窥见麦浪的秘密，那是无数棵麦子借着热风，在不停地锻打着自己的身体。它们要把自己锻打成铜的箭镞，对着天空支棱起锋芒，最后飞向光芒万丈的太阳。而大地对此不以为意，它捏住麦子的脚踝，轻轻松松就劝阻了这场蓄谋的逃离。有时候，我觉得这是大地写给我们的谶言。

那些年的麦季，城市里的人总会成批地前往农村拾捡麦穗。他们说着普通话，喝电视上才能见到的矿泉水。我和弟弟一面好奇地打量他们，一面对其严防死守——麦穗是金贵的，只有自家遛过两遍以后，才能对外人开放。等他们走后，我们又迫不及待地去拾他们扔下的垃圾。荔枝壳上粘连的一丝果肉、薯片袋中剩下的些许碎渣、塑料瓶里残留的几滴饮料……都会给味蕾带来新奇的体验。那时候，城市依然是遥不可及的梦境，是所有美好事物的总和。

"好好学习，将来去市里上班。"这句话是当时的大人们最爱说的励志名言。我开始向往远方的城市，每天趴在门前的石礅子上写作业，夏天被蚊子咬出一身包，冬天又被冻得手发红。村里人下工后，看见我那么用功，会夸张地喊上一声："呦，大学生！"听到这句话，劳累一天的父母笑得像两朵盛开的花。

多年以后，在大学入学的那天下午，我见识到了超市的冰块上放着的鲜红的荔枝，它有个好听的名字叫"妃子笑"；我知道了几块钱就可以买一袋酥脆可口的薯片，而饮料的种类更是多得数不过来……寒来暑往几春秋，我开始频繁地接触城市新奇的事物，却很难再吃到家里的麦子。

而村庄也在迅速发生着变化。农田可以自由流转了，很多村民把田地租给外来的生意人。外来者头脑灵活，不种麦子，改种药材、海棠、樱桃等经济作物，还追赶起直播带货的风潮；也有人建起药材加工厂、特色养殖园、网红民宿等，到处都是热火朝天的景象。

村民们将双脚从田地里拔了出来，抖一抖身上的尘土草屑，扛起行囊去往远方的大城市。堂哥在村里养猪失败后，去上海的电子厂做流水线工人，每天下班后关节僵硬，躺在床上动弹不得，第二天却依然能够运指如飞。他在微信群里调侃说，劳动可以活血化瘀，简直包治百病。在他身上，我看到了麦子在烈日下努力拔节抽穗的样子。朋友Z辞掉小镇的临时工作，到城市做售楼员，楼市受到冲击之后，又转去送外卖，有时候十几个外卖员同抢一笔单子，收入却并不可观。他说，市中心有夸父追日的铜雕塑，每次路过那里，他都会想起同行王计兵的诗句——用双脚锤击大地，在这个人间不断地淬火。在Z的讲述里，我找回了光脚在麦茬上奔跑的痛感，一定有个十万火急的目标需要人们去追逐，以前是果腹的麦子，后来才是凡·高的星空，是夸父的太阳。

我家的农田是去年秋天租出去的，此后，母亲在电话里再也没有谈起过麦子的长势。我意识到，我们一家人，也正式与农业生产告别了。再也没有母亲一般的麦子，一粒一粒地供养我性命；再也没有父亲一般的麦子，一袋一袋地将我用力托举。我，变成了城市里一棵孤独的麦子，扎根太浅，很容易就被生活的重量压弯脊背。

这些年来，我做过机械设计员，当过写作课教师，后来失业大半年，才考上内刊编辑的岗位。与此同时，我还在不停地相亲。大多是只见一面，女生便不再有音信，媒人也多以"缘分未到"来安慰我。直到有一次，一位女生在见面前提出条件：拿上房本再来赴约。媒人是我的亲戚，我赌气说不见了，他直接联络了我父亲："舅啊，现在别说大学生了，就是初中勉强毕业的姑娘，也都要求男方去城市买房了。现在时兴这样办，没法子啊。城市的学校到底比村里的好，都是为了子孙后代的起点不输给别人。这就是抖音上说的那啥……对，内卷！"父亲习惯性地往粮仓的方向看了看，这时候他发现，我们不再有麦子可卖了，我们已经失去了麦子做的靠山。他叹了一口气，于是夜色降临，院子陷入了一片沉寂。

大地无言，却喜欢用重力下蛊，让试图逃离土地的人，只是徒劳地扇动翅膀。

但是我想说，人是麦子，是麦子，就会生出锋芒，是麦子，就该拥有对着太阳揭竿而起的力量。一棵麦子穷其一生，也不过是把自己的籽实，从地面抬高了一尺。但正是有了这一尺接一尺的脚踏实地的努力，方才接续与堆积起了高耸入云的希望。

选自《散文》2024 年第 7 期

刘汉俊

一起看南海

刘汉俊

中国作家协会会员,中央国家机关干部,出版个人专著多部,多篇作品被选入中学课本和考题。

不到南海,不知道最美有多美;不到南海,不知道自然有多神奇。

美丽的西沙,蓝色的海水。无数的岛屿礁滩,神秘的海洋生物。点点渔舟唱晚,排排海浪写谱,冲天的海鸟像飞扬的指挥棒,点红了沸腾的火烧云,浪在礁上敲金鼓,海在扬波作和声。珊瑚在海的一角唱颂歌,红花照碧海,红云来遮盖,红焰出水来,红树春常在,美得忘了歌词。遥远的曾母暗沙在等待,等待深不可测的海底沉船,沉船上的千年瓷光,用那坚存的碎心残掌,拍出雷鸣般的欢声……这些让我憧憬得有些残黄了的画卷,终于有了泛青的机会。酷暑盛夏,我一头扎进了蓝色的白色的红色的海洋。

一

船从厦门鼓浪屿出发,沿中国南海九段线考察,走走停停,续航漂航,最远抵达祖国的最南端曾母暗沙。18天后回到三亚凤凰岛,一个桅杆如密林的港湾。

是的,祖国的南海是多彩的海洋。航行在东沙群岛、中沙群岛、南沙群岛、西沙群岛,如在画里走,我是画中人。每一方水域都有鲜亮的风光,每一处岛礁都有深沉的故事,碧波风情万种。东沙群岛离陆地最近,自古有"石星石塘"之称,是沿海先民最早抵达的南海岛礁,晋代人在这里"海中捕鱼,得珊瑚";中沙群岛东南方向约200海里处,黄岩岛以奇特的造型,凸现在墨蓝的底色上,从雷达扫描的屏显看,恍若宇宙深处的某个星球;南沙群岛230多个岛屿、沙洲、暗沙、暗礁、暗滩,连线成片,如珠含玉露,叙述着南海的故事,故事里的章回,章回里成串的分解;共和国最年轻的地级市三沙市,把首府设在美丽的西沙群岛,群岛中最美丽的永兴岛,它以最美的姿势,守护这一片最美的领土,一个描在蓝色画布上的城市。巡航一圈下来,直觉得南海诸岛的美丽,堪比马尔代夫群岛。

南海的美,散落在星罗棋布的岛礁沙洲之中;南海的奇,隐现在云舒云卷、波起波伏之间。

南海最美的是海水。伫立舷旁,低头看海,真切而生动。南海的水清澈纯净,透明度远远高于地球上其他海的水,目视能达三四十米深。宝石蓝、烟波蓝、孔雀蓝、天蓝、浅蓝、深蓝、墨蓝,让你惊叹蓝色原来有这么丰富、海水有这么纯粹,让你知道什么叫晶莹剔透,什么叫纤尘不染,什么叫空明澄碧,直想把心掏出来浣洗。无风的时候,微澜不兴,平畴千里,宁静而妥帖,像一只柔美的手抚慰你皱巴巴的心,把你安顿在柔顺平滑的巨幅丝绸缎面上,睡一场好觉。

整个航程中,我经历了三次台风的袭击。威力一旦发作,顿时风起云涌波高浪急,海天之间只写满一个字:浪。海水疯狂地扑向船头,激起的白帘直挂船桅,一遍遍地冲刷船窗,一次次刷新你对"惊涛骇浪""排山倒海""一叶扁舟""汪洋中的一条船"这些词句的记忆。极目海天,没有一处平静与安宁。人站立不稳,晕眩感随即而来,心房有怪兽在奔突,汗从皮肤的各个毛孔向外浸、渗、涌。晕船是大海对人体平衡系统进行的破坏性试验,平衡性越好的人反应越强烈。所有的晕车药、晕车贴统统不管用。

船长伏在海图上向我讲解航线、方位,我心里突然涌出一种异样,急急地冲出驾驶室奔进房间,提桶就吐,早餐、午餐吐了个干净。只好睁眼躺在狭窄的床上,想找到某种平衡,但一切都是徒劳。感觉自己像一只趴在漂木上的蚂蚁，一会儿被送上波峰，一会儿被抛下谷底，随时有被甩进深渊的危险。这是一个无法躺平的空间。在越来越没有规律的摇晃中，越来越找不到舒适的睡姿，斜直立、斜倒立、左侧翻、右滚翻，像在做总也落不到底的高台跳水。抬上来，抖三抖，沉下去，停三秒，只能靠数着节奏、感受韵律来压制呕吐感。但这种呕吐感，大概是人体机能面对剧烈晃动时，最无法控制、无法掩饰的本能反应。刚喝下半杯水，瞬间又喷薄而出。被迫低头弯腰直脖，在虔诚与忏悔、屈服与无奈中，把一腔污秽吐得干干净净。忍无可忍，欲吐又止，吐而不尽，吐无可吐。一次搜肠刮肚的倾吐换来片刻舒坦，瞬间又酝酿起下一次倒海翻江的冲动；一阵剧烈的头疼，只能挣得略微的短暂的宁静。疼痛是幸福，因为会有片刻的解痛；舒缓是恐惧，因为不知道下一秒有多痛。在等待每一次的呕吐中，我听到心空的秒针，在咔嗒咔嗒地，做着无力而钝滞的挪动。整个船舱，除了机器的声音，听不到人的动静。我知道，不少人都因晕船而像我一样，在挣扎。船长推门进来，关切地问候我，并嘱咐我固定好房间里所有的可移动物品，说船马上要在巨浪中做大角度的掉头，怕东西砸伤人。船果然颠簸得更厉害了，躺在船上似乎能直立起来。

　　一连20多次的呕吐，肚子空了，满嘴是胆汁的苦味，让你知道什么是生活的味道，满脑子却涌出奇奇怪怪的、拂之不去的、体验痛苦的灵感，那感觉可遇却难得。夜不成寐、日不能寐，度日如年、度夜如年、度秒如年，让我对南海有了刻骨铭心的认识。大海不因人的可怜而消停，继续以规则或不规则的摇晃，剧烈或不太剧烈的抖动，疯狂地固执地，摧毁和解构着人体固有的信息序列，再以自然的密码予以重构，让你在无可奈何中选择适应。大海以这种挑战人体生理极限的残酷方式，让你见识什么叫自然的考验、风浪的洗礼，什么叫无可抗拒、无可逃遁、无计可施；让你深刻地体会到南海的壮美、南海的力量。

雷达照样在转，船舵依旧端正，机舱内的轰鸣声仍然像欢歌。船长政委们，大副二副三副们，轮机长水手长管事机匠们，在坚守。尽管他们几乎都晕船，且反应强烈。躺着就是工作，站着就是冲锋，年复一年，他们以血肉之躯，筑成保卫中国海疆的一道钢铁长城。

那是整个南海，最美的风景，最美的姿势。

二

风平浪静的时候，大海便显示出她的内在美——平。海平线是一切航船的方向，海平面是一切高度的起点。平展是海的外形轮廓，平静是海的本来面目，平凡是海的基本属性，平坦是海的永恒追求。对平的无限趋近，构成每一滴水，乃至整个海，一生的任务。

水底是鱼的天堂，海水是鱼的天空。鱼是海中的鸟，鸟是带翅的鱼。南海有丰富的海洋生物种类与群落，仅曾母暗沙就有浮游植物150多种，浮游动物130多种，鱼类50多种。海参、鲍鱼、仙贝、鹦嘴鱼、梅鲷、刺尾鱼、红鱼、石斑、巴沙鱼、金枪鱼、鱿鱼、飞鱼、遮目鱼，游荡嬉戏其间，构成一个热闹绚丽的水下世界。船在无风的海面静静前行，偶尔惊起十字形飞鱼三两只，或一片一群，沿海面飞翔，如燕蹁跹，像飞机掠过崇山峻岭，几米、十几米、几十米，有的飞过近200米。有海鸟在海空盘旋、追逐，冷不防一个猛子扎进浪里，像捉迷藏让你半天都找不出来。海鸟与飞鱼以南海为舞台，在天地之间试图做交换场地的嬉戏，看得你如醉如痴，艳羡三分，恨无双翅天地间。

凝视深蓝色的海水，忽然发现有亮点在水下疾行，约5米深处，一点,两点,无数点。上下窜动,徐疾不定,一点儿也不怕人。这头顶蓝灯的是什么?水手长告诉我,是水母。海是自由的世界,一切物种都可以找到自己的生存空间,自己的作息时间,自由生长的方式,不受侵扰。

突然间,有水手飞奔过来,喊我去看鱼。我拿起相机,冲到驾驶室右舷瞭望台,顺着二副的手指望去,前面一片200米见方的水域,像开了锅一样,无数的鱼儿在跳跃,俨然一个庞大的鱼群在集会。不时有三两处、七八处水波翻腾,有鱼跃出水面,想举手发言。水手感叹,这一网打下去,该有多少鱼啊!

但是,还有比这更壮观的场面。那天,右舷前方突然冒出一片数不清的海豚,黑色的脊背在午后的阳光下闪闪发亮。船长说,数量应当在几百条左右。偌大的阵容,不时有三五条海豚跃出水面,翻身转体,表演高难动作,煞是壮观。令人称奇的是,海豚在集体翻滚时,不管距离多远、队伍多大,动作几乎完全一致,仿佛训练有素的芭蕾舞演员。船长说,有海豚的地方没鲨鱼,海豚是鲨鱼的天敌,是人类的朋友,如果有人落水,海豚会把人顶起来送上来。怪不得有水手告诉我,刚才有一只鲨鱼尾随我船好一阵子,现在不见了。

海上什么奇观都有可能发生。我正在舷边发呆,突然听到背后有声响,像是高音喇叭发出的电流声。回头一看,只见右舷后约几十米处,腾起一股1米多高的气浪,一段硕大黝黑的"鱼"脊正露出水面。我赶紧喊大副,他用望远镜看了看肯定地说:"是鲸鱼,在喘气!"他并不在乎鲸是不是鱼,是啊,南海的鱼,喘气都那么壮观!大鲸鱼游速并不快,远远地伴在我们右后,每隔几分钟从背上吐出一股气浪。想必,也是人类的朋友。

南海海底茂密的珊瑚丛林,不光是鱼们的天地,也是历史的年轮。

珊瑚成林，便有了暗沙；珊瑚虫及其他生物的遗骸聚集于此，堆积于上，渐渐生长；一旦露出水面，便成了礁；栖息礁上的海鸟们带来物种、粪便，就会有植物，于是形成了岛。从暗沙长成岛礁，需要漫长的等待。我凝视船舷下潜伏的曾母暗沙，要露出水面，得等三千年。令你在简单的乘法运算中，领悟到什么叫沧海桑田、光阴荏苒，什么叫海枯石烂、峥嵘难现！珊瑚是岛的根，连着海的心。

海面平展，水底嶙峋，震撼于千年万年的造海运动，形成了海底的高山、峡谷、平原、盆地。南海北部是一个锅形海盆，最深处可达5000多米，盆中隆起的山脊、高原，呈东北至西南走向，如蛟龙潜行气势磅礴。南海海底的沟、槽、堑、脊如陆地一样丰富，挤压断裂的皱褶形成岁月的年轮，让人惊叹于海底是陆面的镜像，陆地是干涸的海底。一架飞机或者一艘轮船坠入海底，像一粒石子掉进深山，这叫石沉大海。

沉降有序，潜流无常，震撼于千年万年的台风和海水运动，在劲吹与旋转中，塑成千姿百态的南海岛礁。途经一座座有形可见的岛屿礁盘，一处处无痕可觅的暗滩暗沙，风光无限，遐想无边。船过仙娥礁，水面上见不着一点礁石，却远远望见礁盘激起一片片绵延的雪浪花。从雷达屏幕上看，一丝白色的细线，动态地勾勒着一张仙子的脸，永不搁笔。清秀、柔美的下颌，在深蓝的海色中作优雅的颔首。

感谢上苍，赐我中华如此瑰宝。

南海是祖国最南端的聚宝盆。东北口经台湾海峡、巴士海峡、巴林塘海峡通太平洋，西南口经新加坡海峡、马六甲海峡连印度洋、大西洋，南海是海上丝绸之路主要航线的集中区。明显的海上交通优势、丰富的海洋生物和油气资源，引来觊觎蚕食和蛮横干预，原本平静的南海而今如热锅沸油。船过弹丸礁，这一方被誉为"鸟之天堂"、潜水胜地，形如弹丸的美丽岛礁，如今已落入他人囊中。船过景宏岛、费信岛、马欢岛，这几处以明朝郑和下西洋时随员名字命名，长满茂密热带植物的美丽小岛，业已被人侵占。

风起天地，浪翻古今，南海诸岛形似足印，记载了中国先民的勤劳与勇敢，岛上的一陶一罐一币、一井一碑一石，无不留下南音粤语。我们不能忘记，《史记》《汉书》中对南海的记述；不能忘记，晋代先人对南海岛礁的命名；不能忘记，宋元时期对"万里石塘"的美丽记述；不能忘记，大明王朝郑和七下西洋途经南海，足迹遍布南海诸岛，如今诸国岛民还在立碑建庙纪念郑和，香火鼎盛。历史有据可考、有信可采。

我们不能失去记忆。

美丽而富饶的南海，是中华的宝儿，我们不能丢失。

三

大自然的禀赋，成就南海之美。最壮观的景象，莫过于日出日落。

落日无影，红彤彤的云，涂染了天的颜色，羞掩了海的心思。天把种子藏进海的肚子，海就开始一夜的孕育。长天大海都在等待，等待明晨，那喷薄而出的分娩。

天边红晕微泛，亮色初现，海水深黑如黛，像调好的一盆墨汁。天色几秒钟一变，突然冒出一线日牙，像一钩红线头扔在海之角。红线头慢慢绕成了红线团，渐渐滚动出来，势不可当，一秒一景。彤云舒展，像扯来一块为新生儿抹亮身子的布，清亮、清新，充满朝气。有一线线、一团团红云来游，但很快被红日超越。旭日冉冉上升，顾不得看孕育了她一夜的海，顾不得红云姐妹的牵绊和依偎，顾不得还有远处的阴云仍未透亮，只管升腾，升腾……一瞬间，像一条火红的鲤鱼跃出水面，霎那间竟离海面一丈高了。没有云块压得住，没有霓裳红衣挽得住，被海水一洗，云衫一抹，竟鲜亮得有些耀眼了。

一同看海的水手说，太阳完全出来了。果然，展眼正前方，被太阳照亮的天边云已是一层层、一片片的白色，如沐浴在草原晨光中的羊群。

环顾四周，今天的海无浪无涌，只有碎波万顷，柔水无边。每一缕轻扬的微波细浪，都被朝阳和裹着她的朝霞锦被勾勒出一条条闪亮的边，恍如镶金嵌玉。如果说，昨晚隆重道别、温婉相约的落日，是一位柔姿万种的少妇，那么此刻的朝阳，像一位清纯无邪的少女，无所忌惮地奔放而来，投向比海更辽阔的天。她把迸放的金边银线慷慨地撒向人间，毫不吝啬，落落大方。她只踩着碎步，履着柔波上升、上升、上升。此刻，我的心也被镀了一层金边。

与日出相比，日落的景致似乎更壮观、更震撼。

落日渐进海平面，西天积聚起大片的红云。无云处，天依然那么蓝、那么纯、那么高远。海色变得越来越深，向黑色渐变，为夜打好了底色。日头不那么刺眼了，收敛些许的余晖，点染了本是灰白的云。云也就有了些微醺，红遍了西海的天。不知何时，本无牵挂的夕阳忽地坠入了红云、紫云、灰云、黛云联袂铺成的厚厚的海绵垫，把海水都溅红了。展眼望去，海是彩色的水，在调色。

被云和海托住的残阳，反倒显得干干净净、利利落落的了。像一团火种，只顾下坠，云被点燃了，海水被煮沸。再往上看，天倒是被刷蓝了些许，远处的云被漂白了几丝。趁你目光打野的工夫，半个身子已躲进海里的落日，扒开几缕云栅，给你一个闪亮的眨眼，像昨晚、前晚一样,道一声"see you"。等你再眨眼,努努嘴想说声"晚安",却发现她已完全匿迹了。只有长片长片的红云,层层缕缕,从海平面铺到你的头顶。再眨眼,天全暗了。

那样的满天红彩,那样的铺锦盖缎,像宗教礼仪一般隆重而神秘,令我心生敬畏。日落日出,天地轮回,自然之道,万物之常,人类无法抗拒、无法改变、无法超越,只能目瞪口呆。

经天行地一整天,只为了那壮丽的一刹那。黑海沉底一整宿,全为了辉映长天的绽放。轰轰烈烈地来,轰轰烈烈地去,这是太阳的性格。

四

南海观云,亦是好景致。

南海是中国海区能见度最好的海,云则是最好的云,而且是低层云,就悬浮在你的头顶。

如果说日出日落,带给你的是激动、兴奋、期待,甚至是惆怅、眷恋,那么看海中云、天上云,则有一种轻松舒畅与长空浩荡之感。你会觉得天很近,触手可及,有一种灵魂振翅高飏的欲望。在这场时序轮回中,云彩是固定的司仪,爱岗敬业的模范。她们总是早早来到现场,准备着隆重而庄严所需要的一切祭具、祭品、祭物,营造着一切神圣、神秘、神奇的氛围,连朝阳或者夕阳进场或者出场的红地毯,都铺好了。还有膜拜者、观众都邀齐了——那是她们自己,大大小小,成团成卷,裹着霓裳云衫,姹紫嫣红的,浓墨重彩的,白里透红的,也有轻妆素颜、一色清纯的。等你把注意力从鲜红的太阳上移开,才发现漫天云霞竟是刚刚登场的主角。这时不由得你不感叹,人生角色不长有,人生风景时时变，无常是常，这是自然的铁律。

海上看落日，需要平视。一尊经天行地普照苍生的造物主，愿意放下身段让你平等相视，是一种伟大。看云，却是必须仰视的。当你目送完壮丽的落日后，才发现，红霞还在，云阵依旧，她们一直铺到你的头顶、你的后脑勺。等你猛然转身，会发觉自己早已处在云的包围中，心如飞机，在云中翔。云是那么近，那么贴切，或舒或卷，就在你的额前，你随手扯下一把，既可以擦一把满脸的风尘，拭干一眼角的相思泪，也可以揉巴揉巴塞进你的心袄。海上早晚有些寒意，凉生思，暖生情，你得煮一锅海水，用云彩做味道，喝下去，温暖你餐风饮露、疲惫苍凉的心窝。

你这么想着，可云不这么想。

她依然静观、默视着你。浮云生根，长天无语，远远近近，大大小小，高高低低，稀稀密密，薄薄厚厚，她们既不簇拥你，也不离弃你，任你情生万万种，心有千千结，云们依然布阵如初，守望如初。以为可以亲抚，却发现她正眺望远方，一朵朵独立的云柱，一尾一尾地悬挂在西天，像水里游弋的水母。以为淡然若游丝，却发现那正是你最妥帖、真切、生动的一缕。她就这么淡定从容，处变不惊，千年万年如此。以为云定气静，却发现密云阵脚已变，翻覆腾挪，吞吐呼应，时过景移，而这一切竟然发生在分秒之间、眼皮之下。

其实并非如此，是船在位移，心在位移。

吟赏不尽的烟霞，流连不够的云景，彤云满天霞光万道，乌龙翻滚风起云涌，万马奔腾群羊牧天，闲云野游孤云静坐，它们的无边无际变幻无常，让你蘸尽南海的水也描摹不尽。

但是徐悲鸿可以。他把蓝天当纸，海水当墨，无须用笔，只抓起几团云彩随意挥洒，天空中就出现了他的《八骏图》，神来之笔奔放但不狂狷、精微而不琐屑。再向天边猛一张臂，满天立即涌起奔马万千如阵，咆哮嘶鸣如雷，怒卷的狂飙把个完整的晴天碧海踏了个粉碎，旌旗猎猎，惊尘翻卷，入诗成画。

黄宾虹可以。那样的构图，山峦叠翠，林木扶疏，水流潺缓，又有仙风道骨深居陋室入定；那样的着色，既有泼墨重彩，黑密浓厚，又有焦黑渴笔，纤毫若现，每一笔都是自然与贴切；那样的笔意，既取势雄浑而高远，又笔趣意象万万千，勾皴染点之间，虚实轻重繁简浓淡有致，向远处横亘，一直绵延到天际。

吴冠中可以。他把张家界从仙境搬到了天界。站在舷旁看云，如倚立天阶看山，仿佛置身喀斯特地貌、石英砂岩地貌之间，岩层分明，沧桑斑驳，云山叠嶂，天外有天。又如火山突然间爆发，岩浆流了半个海。忽有大片云床铺开，倏地扫荡出一扇冲击平原，坦白无奇，纯净无奇，有村庄坐落其间，田园风光盎然。远处有梅里、玉龙、珠峰并列，耸立如军阵，那冰砌玉雕雪堆满地一片圣洁与庄严。转眼间，丹霞中耸起另一座冰峰，有金銮殿屹然其中，金碧辉煌，高洁神圣，整个云景像海市蜃楼，缥缈在海平面之上。

圣桑也可以。他把一曲《动物狂欢节》回放在南海上空，搅得风云翻滚乱云飞渡。谁家的翻毛狗儿白的黑的没看住，全都蹦上了天。虎狼出洞，张牙舞爪，声势夸张，一脚踩翻一海云水，泼金流银，一泻千里。金鱼披头散发边幅不修，水母漂游随意张合有致。骆驼昂起干瘦的颈，竭力辨寻干漠里远方的月牙泉。神女轻摇细细的鞭，长裙飘舞抖落缠绵的牧羊曲。龙腾虎跃，狮怒兔脱，搅起周天雪；章鱼潜行，蜻蜓点水，不露半点痕。憨象迁徙，笨龟缓行，孤雁独鸣，各有各的意境。北极熊粗腰憨坐，一脸无辜，傻考拉两耳痴张，不知所云，还有直立的袋鼠挺着沉沉的大肚子，不知跳向何方。唐老鸭拉长扁扁的嘴巴，米老鼠拽大阔大的耳朵。群鸡相斗，疯癫撒泼一地飞毛；对虾互戏，轻描淡写无须深墨。天鹅凫水，倒影里清洗满湖的羽毛；野鹤无聊，拆了自己的一双翅膀在晒。其实，狂欢节上的动物太多太多，就是把整个动物园搬来，把非洲大草原的动物们都捉来，还比不上南海一只角的热闹。今天的圣桑，变幻神奇，拉出一支诙谐的旋律，洒满了南海的天，还邀请来徐悲鸿的马，齐白石的虾，李苦禅的鹰，黄永玉的火烈鸟。整个南海，就是他们的集体出演。

最后，他们把自己的作品，一股脑儿交给铁匠史密斯，和他那永远通红的铁匠铺子。史密斯的铁铺是红色的集合，因为夕阳在每个黄昏把自己交给铁匠。老铁匠也不懂啥叫经典佳作，只夹了火球，点了火炉，把锤子蘸了海水，一钉一锤，叮叮哐哐，打造了一大堆红彤彤或长或短或方或圆的啥，半浸在海水里，直到炉火黯红，余烬消退，细看却也是一幅传世之作呢。所有的浓云淡云，一律凝成墨汁般的海水，等待明天白云的漂洗。

南海的云，有最丰富的表情，却只是南海故事集封面上最生动的题词。翻开它，只能算掀开了美丽中国的一角。

再往后翻，却发现了一首长短句——

你那喧嚣中的一身娉婷，你那众芳里的一声绽放。你在海边晨曦里的一袭牵挂，你那最为生动的一撇，细细的芽儿，和那一抹赧色的遮挡。常常的相思拧成，拧成一支长长的纤。驮起过一江重重的帆，一湖密密的罾，一河长长的排。

苦苦的相守，像不依不饶的风。酿成甜甜的酒，浇开你那一脸的灿烂，灿烂的笑，灿烂的哭，灿烂的春和秋。像一只航船，无论怎样的刚强，只能在你的柔波里挣扎。无论怎样的强劲，只能在你的海声里解构。

仰望你朝阳般的眸子，我亢奋地，胸波如海；守着你的满天星子，我疲惫地，随波逐流。你是一面海啊，爱是一面海，你的辽阔，你的深邃，你的巨澜，你的细浪。我愿做一介渔夫，摇一双烂桨，拍遍你的肌肤，或化作一尾游鱼，一直游在你的波心。

这不是诗，是我的心，掉进了海里。

走，一起去看南海，那个美得让你想落泪的故事。

选自《长江日报》2024 年 7 月 11 日

打虎将李忠有些困惑

—— 《惊鸿记》之四

郜元宝

复旦大学中文系教授，长江学者，中国鲁迅学会、中国现代文学会、中国当代文学学会副会长，先后获冯牧文学奖、唐弢文学奖、王瑶学术奖、鲁迅文学奖。著有《拯救大地》《小说说小》《汉语别史》《鲁迅六讲》等。

1

关于请客吃饭,越来越多的人正在凝聚共识:无论从经济或健康的角度考虑,都应该厉行节约,反对铺张。荤素适当搭配即可,不必追求山珍海味,琳琅满目。过去太穷,生怕吃不饱,又怕被别人看出小气,无论穷人富人都尽量多点菜点好菜,结果造成严重浪费。今后那种令主人心痛、客人尴尬的场面,应该会越来越少了吧?

但长期养成的富人爱夸富斗奢、穷人喜欢打肿脸充胖子的风气是否还会卷土重来?这个谁也说不准。我只能默默祝祷:但愿它一去不复返,永远别再给大家造成经济、心理乃至生理上巨大的负担和危害了。

之所以突然发起这种议论,是因为最近两三年,我一直在某个由熟人组成的微信小群里提倡聚餐AA制,几乎到了强聒不舍焦唇敝舌的地步。AA制不说有百利而无一害,至少可以把大家从人情大国各种难以启齿的情感债务中解放出来。聚餐时承担各自所吃的那一份,心理上了无挂碍,纯粹奔着情谊而来,这又何乐而不为呢?

沪语称AA制为"劈硬柴",听起来确实有点不讲交情的味道,但我的AA制乃是改良版的,并非无条件"劈硬柴"。平日主打AA,若有人临时提出某个美好的理由,非要请客,那自然也可例外。

但如果理由不充分,比如某人钱多,就该他请客,那就等于"吃大户",万万不可!"大有大的难处",钱多并非必须请客的理由,这个道理用不了多说。

总之以AA为主,以有条件的偶尔请客为辅。这种双轨制的AA,设想不可谓不周全,然而饶是如此,应者依旧寥寥,甚至还引起二三群友的不快。在他们眼里,我大概就是被大气磅礴的鲁提辖骂作"也是个不爽利的人"的那位空有其名的"打虎将李忠"吧。

这不禁让我一再感慨习惯力量的强大。诚如鲁迅先生所言,"改革"太难了,"即使搬动一张桌子,改装一个火炉,几乎也要血;而且即使有了血,也未必一定能搬动,能改装。"我们(不包括自信振臂一呼应者云集的英雄)固然无力改变世界,但也未必就能轻松地改变自己。世界之所以很难改变,或许就因为我们无力改变自己吧?也是鲁迅先生说的,有时候"革命"并不难,"咸与维新"式的"革命"更容易,但一旦要改变自己身上某些坏的根性,那就真是难上加难了。

为何熟人聚餐,非得由一人买单?答曰这样显得大家感情好,一团和气,请和被请的双方都有面子。那么其中就不存在吃亏与占便宜的计较了吗?答曰不会,这次你请,下次我请,再下次他请。良性循环,以至无穷。

我总不敢轻信这种答案的圆满。谁能保准每次聚餐的花费都铢两悉称,正正好好?众所周知,聚餐的人数、场所都会有变化,物价升降更是常有之事,而且只要一两个人记性不好,上述看似设想周全的轮流请客的秩序就会发生混乱,其乐融融的默契顷刻便可瓦解。

我当然不敢公开这些小九九,只在心里嘀咕。国人崇尚含蓄,一旦说出,就大煞风景。这也算是一种"空灵"吧。

实际上正因为反对AA制而坚持个人买单,该微信小群经常就是聚餐不起来。偶一为之,临到买单时大家都练气功(沪语所谓"屏牢"),谁也不提上次哪位做东,花费几何,这次该轮到哪位。最后只好由气功差点儿的去买单。告别时纵然一叠连声地说"谢谢!""不客气!""谢谢赏光""下次我来",也掩盖不住请与被请的双方暗暗的尴尬。

2

前不久几位中学时代的老同学重逢沪上,聚会地点就设在寒宅附近。虽说老同学,其实多年难得一见。几句寒暄过后,氛围顿时就比那个毕竟可以随便说话的熟人微信群"客气"多了。我哪敢再提倡什么AA,吃到一半就悄悄把单给买了。

不料从外地赶来的老班长知道以后横竖不依,坚持应该他请,必须他请。他从服务员那里打听到价钱,硬要将饭钱如数塞给我。我当然不肯就范。双方于是就又客气起来。

先是斯斯文文相争相让("争"和"让"两个汉字在此完美地实现了对立统一),很快就发展到动作幅度相当可观的推搡与拉扯。其他几位老同学面带微笑,袖手旁观。他们谁也不敢出手解劝,否则就会破坏由几十年同学情谊发酵而成的这一感人画面。

老班长终于失去耐心,气力猛增,右手一把封住我的衣领,趁我下意识用双手护住脖颈,他的左手便精准地将一叠钞票塞进我的上衣口袋,然后迅速撤离,跳上负责接送的他女儿的轿车,在车窗玻璃后面向大家拱手,带着胜利者的荣耀扬长而去了。

第二天老班长女儿打来电话,说老爸不好意思问叔叔,昨晚有没有抓伤叔叔的脖子?我不懂她什么意思,本能地立马又客气起来,说在我家门口吃饭,还要你爸破费,太过意不去了,又欠了你爸一份人情!她显然不想接这话茬,只在电话那头笑呵呵地说,这会儿她正陪老爸看医生呢。原来老班长昨晚回到女儿家后才发现,他封我衣领的那只右手臂肌肉拉伤了。

尽管跟老同学发生了这场剧烈而多情的扭打,我对实现AA制的前景并不灰心。年轻一代早就不作兴请来请去，他们差不多已经习惯了AA。就让一帮老家伙们哆哆嗦嗦继续坚守"吃大户"的习惯吧。一代人过去，这根鸡肋迟早就会弃若敝屣。

3

抛开怎样会钞——AA制或请客制——的问题不说，关于请客吃饭的另一个重要问题，基本上就限于物理学或数学的范围了：吃饭（多人聚餐）应该如何边吃边聊？超过三人（含三人）聚餐时如何才能建立一种默契，遵循一种必要的礼仪？

比如，怎样才能说话声音不大而又能让满桌都能听清楚（客人耳聋自然另当别论）？怎样才能井然有序，谁也别抢着说？因为一旦有两个以上的客人同时放开喉咙，双方（或多方）的声音就会在空气中碰撞，形成所谓"声浪"。这样的话，无论就餐场地隔音或消音的效果有多好，也无济于事。

我经常觉得在整个用餐过程中，好不容易聚在一起的老友们都如同坐在喧闹的市场，或车水马龙的大街。不管你怎样扯着嗓子大声呼喊，也没法达到起码的交流效果。表面上众声喧哗，热闹非常，实际上吃完一顿饭，真的不知道大家都说了啥。回家之后耳朵里还嗡嗡直响，仿佛刚从高铁或飞机上下来似的。

这正是我们现在聚餐的常态。

抛开别的顾虑，我之所以越来越害怕饭局，最大的问题就是太吵太闹。都已人过中年，聚餐不再是为了打牙祭，改善伙食，而是抱团取暖。肉身到场，倾心而谈，驱除各自的孤独和寂寞。倘若吵吵嚷嚷，听不清彼此说什么，那么离开饭桌各自走散，心中的孤独寂寞岂不更加严重了吗？回想从最初提出聚餐事由，到呼朋引类，敲定人数，再到大家检查日历，凑齐时间，最后订好适当的地方，如此齐心协力紧锣密鼓走完一整套程序，难道就是为了奔赴这种屡试不爽的结局？

每念及此，再接到聚餐邀请，头脑中首先出现的就是那句网络流行语："前方高能，慎莫进入！"

这大概又是"打虎将李忠"的劣根性在作祟吧？

4

不知从何时开始，各地突然不约而同流行起一种吃法，就是开局不久，主宾便纷纷离座，起初小规模、很快就大范围地相互敬酒。

花样极多，难以备述，总之似乎是要确保每一位出席者都能彼此敬到。那些海量朋友不必说了，即使不喝酒的客人也有主动去敬别人的必要，和被动接受别人敬酒的殊荣，哪怕只是碰一碰杯。

其实这种离座敬酒的风气，比坐而论道的喧闹更可怕。但它既然迅速流行开来，而且短时间内还看不出一点衰歇的势头，应该也有其道理吧？但我总觉得这种吃法很不好。

为何就不能安安静静坐着吃饭呢？大家都站起来，离开座位，一手执杯，一手"拎壶冲"，三五成群，勾肩搭背，大桌子（沪语叫"圆台面"）反而空无一人，只有服务生偶尔过来换盘添菜，难道不这样，别人就不知道我们正在吃酒吗？

交际明星，长袖善舞，沧海横流，方显出英雄本色，那固然得其所哉。但如果有人生性不善交际，不知道起立之后该怎样敬酒？孰先孰后？喝多喝少？怎样说话才算得体？这样被迫一脑门官司地端着酒杯转圈，岂不苦哉？

　　有人说可能是受到自助餐的影响。有些西式自助餐，食物饮料放在靠墙或房间中心的桌子上，客人们一手拿盛食物的盘子，一手拿酒杯或别的什么饮料，边走边吃边谈。但这种西式自助餐多半已被改良成中式，大家取了食物饮料，依旧习惯性地围在一张张桌子上。若是集体活动，找不到空位或熟人，还很凄惶呢。

　　西餐既然可以中吃，为何明明是围着桌子吃中餐，却偏偏要弄成满室游走的西式自助餐的吃法呢？

5

　　疫情前一年，某个如今已不再举办的"论坛"负责人委托我，邀请硕果仅存的一位文坛长者去他们公司"讲一次"。长者深居简出，但那次竟欣然应邀，而且兴味颇浓，一下午讲座，毫无倦意。我作为陪客，自然也很高兴。

　　岂料晚上吃饭时还是出了状况。

　　为尊重长者早睡早起的作息，那天开席时间订得比较早，结果我陪长者在包房足足等了半个多钟头，公务繁忙的各位领导才陆续到齐。

　　这可以理解。大家都忙嘛。何况大小领导们也都很懂礼貌，先是推举代表做开席致辞，感谢长者精彩讲座。为长者老当益壮雄风不减感到高兴。祝长者青春万岁，永远不老！再有一两位领导起立，简单重复了致辞者的大意，就算寒暄过了。

　　接下来的话题自然回到酒桌之上。主要领导向长者以及陪同的其他客人介绍当晚主要菜品。长者何许人也，笑盈盈颔首称善，率先下箸，还抖了几句拿手的京式幽默，气氛顿时活跃起来。于是就进入大家轻松用餐、随意交流的环节。

一般说来，席间若有长者在场，交谈总该以长者关心的话题为中心，也该由长者统揽全局。陪客只需在长者说话的间隙适当插入，拾遗补阙，避免冷场，也便足矣。

不管是否善饮，长者们都习惯于以轻松有序的交谈为主。酒放在各人面前，想起来抿一口，即为饮酒。除非有什么特别之事，否则谁若是突然站起来举杯劝酒，那就太鲁莽了。过去不仅文化界如此，古风犹存的我们乡下宴席也不例外。别以为乡下人"吃酒"，必定秩序大乱，那是看多了虚构小说或古装戏才会发生的想象。

说回那天晚饭，开局确实就走在我所预想的轨道上。然而不到十分钟，就有领导习惯性地举杯站立，绕着桌子走到长者面前。长者被迫起立，双方再度寒暄，把重复好几遍的几个意思又重复了一遍，然后长者才被客客气气按肩落座。

我以为该领导敬过之后，就要回到自己的座位，不料他又向陪坐在长者左右的几位客人逐个敬酒。这些客人不得不频频起立，落座，再起立，再落座。原本作为酒席中心的长者因此成了被夹在中间的洼地。他只好低头吃菜。

好不容易等到这位领导回归本座，另一位领导又站了起来。长者真不是吃素的，马上拱手劝阻，说谢谢谢谢，我啊一向不胜酒力，快别敬了。大家随意！大家随意！

我想这下就好了，但实际情况恰恰相反。或许是错会了"大家随意"的真实所指，又或许习惯势力太强大，反正老先生话音刚落，整个餐桌就沸腾起来。主要领导带头，一众来宾仿效，都一手执杯，一手"拎壶冲"，远离餐桌，三三两两，随随意意，散布在包房各处。或互咬耳朵，窃窃私语。或情绪饱满，朗声大笑。最后餐桌上只剩下我和老先生两人。长者现在已经不是刚才的洼地，而妥妥地成了被爱情遗忘的角落了。

还是老者知趣，他平静地放下筷子，对我说：那个谁啊，差不多了吧？我晚上不宜多吃，该回宾馆休息了。我当然必须心领神会，就叫住一位主要领导，让他跟大家打声招呼，全体恭送长者提前离席。

这次陪酒最大的收获，就是向老先生学了一招：任何宴席，只要局面失控，你就可以找借口告退，没人在乎你在不在场。但我毕竟不是长者，虽然偶尔也能鼓足勇气决然舍去，更多的时候还是努力将酒量激活到最高度，随意胡乱转圈，头晕眼花地奉陪到底。

某位医学专家说，这种频频起立挨个敬酒的宴会新风不仅可以控制进食总量，预防"三高"，还可以帮助肠胃蠕动，增进消化。善哉善哉。饮酒吃菜，居然还能达到适当运动的目的。但万物有时，何必非要在餐桌旁边运动呢？我总觉得，既然人模人样地上了饭桌，即使不能像贾府那样鸦雀无声，至少也应该安静一些，再安静一些吧？

不知道这是不是"打虎将李忠"太过守旧的想法？

选自《雨花》2024 年第 8 期

刘大先

我曾经来过
——"新北川记"之八

刘大先

中国社会科学院研究员、教授，中国作家协会全委会委员。著有《贞下起元》《从后文学到新人文》等。曾获鲁迅文学奖、丁玲文学奖等奖项。

如果你到过北川羌山,你就会明白送君千里终有一别。
如果你曾夜宿白草寨子,你会见到杜鹃花瓣清晨的露滴。
黄昏走过安昌河,让我送你一颗少年之心。

——题记

2005年,初夏,我刚工作不久,受委托去湘潭办一件事情。忙完手头事情后,绕道到相距不远的长沙见朋友。湘潭的事情进展并不顺利,心情烦躁,见到朋友时天色已经暗黑,夜晚降临,两个人在彼时尚存的"堕落街"吃饭,因为某些问题观点不一,悒郁不乐散去。我找了一个偏僻幽静的老单位招待所,冲了个澡,在空荡荡的房间里,坐在床单上。招待所里可能只有我一个客人,非常寂静。想着此行的无意义,我坐在简陋的椅子上,默默对着墙抽烟,被疲劳击倒。第二天醒来,推开窗户,看到对面石头垒砌的墙上爬着一株牵牛花。翠绿的藤蔓蜿蜒在有着黑色水痕的石壁上,开了一朵紫蓝的花。

2008年,暮春,从宜昌到万州正在修一条可能每千米造价一亿多的铁路,我跟随一个团队去沿线调查,山路崎岖,颠簸不已,每天除了看高峡间的路桥工地,就是乘着小轮车下到地下看巨型盾构机挖山,非常疲倦。有一天傍晚,可能在马鹿菁或者齐岳山,暮色苍茫,眼看着山谷间渐渐暗下来,腹中饥饿,身体困乏,在碎石路上转弯时看到对面光秃秃的石头高坡上坐着一个孤零零的老汉,像一座石雕那样一动不动。远远地看不清他的表情,我走了很远回头看他还在那儿,风化了一般。他好像在观看整个寰宇一样,凝视着暗青色的苍穹,心里不知道在想什么。

2010年,孟夏,与朋友从纽约开车去布法罗,走错路,往西弗吉尼亚绕了一下,下半夜经过宾州,月在青天,远山暗影起伏,道路延伸向前,无穷无尽。经过一片丛林,老远望见一头硕大的麋鹿,犄角高耸,如同森林之神。我们放缓车速，停在那里，等着它施施然走过。彼时四野俱寂，苍天净朗如白日，心地皎洁同明月，唯有无限惆怅荡漾。

……

这些生命中偶尔经历的瞬间，有时候会不自觉地浮现出来。后来回想，多是青春韶华时节，然而大部分的轰轰烈烈都已经远去。我已经记不起经历过的许多事情，只有这些孤独而纯粹的片段，在记忆之海中泛起稍纵即逝的浪花。那些属于自我的时刻，从平均而无个性的时间流逝中跃升出来，不再从属于任何一种别的社会关系网络。

那样的时刻其实是极为稀少而弥足珍贵的，在既短暂又漫长的一生中，不可能将经行的每一个瞬间都记住，也没有必要。除了无忧无虑的童年，绝大多数的时间都是自我缺席的空洞时间。空洞并不是说空虚无事、穷极无聊，而是因为绝大多数绵延的生命时间都会被切割成碎块，规划进某个社会生涯阶段当中，在学校要遵守课程的日程，工作以后则要按照公司或者单位的制度时间，当有了家庭之后，会搅和到更为错综复杂的日常琐事之中，从而不得不将自身切割为无数面相和身份以应对不同的人际与事务。不同的面孔与性格，不得不在某种经过反复验证的频率中用类似的声调说话，表达一些看上去确定不移的观念，那个个性化的自我不得不一步一步退隐。

人到中年，或多或少都会有这样一些感触，只不过许多人会回避这个可怕的事实，选择更为喧哗的方式去遮掩它，比如去聚会游乐、宴饮唱歌，或者从事更为繁忙的工作。那可能也是一种自我，行为本身就构成了本质，只不过我总是充满疑心，一切的繁华、扰攘、喧嚣都尘埃落定，所有的舞榭歌台、春风得意都暂时消歇，会不会有某一个孤独的时刻，也会有些怅然若失？在现实世界之外，有没有一个想象性的世界，来填补单向度的不足，为生活的光谱增添不同的色彩？那是我们内心深处住着的未曾苍老的少年。

少年的心胸没有封闭，对世界带有好奇，希望能丰富自己的人生。不同的体验与感受才会构成更为丰富的人生，在对照、落差、反衬之中，人们才会对自己的惯性日常进行一定程度的反刍与反思。我选择到北川生活一年，多少有些这样的想法，江南与华北、东海与西域、东半球与西半球，我都有过经历，却没有较长时间在西南山区生活，也许从一种日渐程式化的状态中抽离出来一段时间，会给身心带来不一样的砥砺。去往北川挂职副县长，并没有任何浪漫的想象，因为我很清楚不会有，迎接我的将是比我在北京更为严苛的纪律和更为忙碌的工作。不过，它是我重返少年之心的奋力，跳脱出此地此时的现实和心态，走出学术生涯和阅读所有可能导致的危险：封闭、保守、窄化。

在北京动身前都想好了，要去规律地生活，调适一下紊乱的作息，我甚至还在行李箱中准备了一双运动鞋，准备每天早上起来沿着安昌河畔的塑胶跑道晨练——之前有朋友告诉我，北川的空气纯净，草木茂盛，河畔是极佳的晨跑地方。

带着对未知事物的憧憬和兴奋，大清早赶往大兴机场的路上就烙上了魔幻的色彩。机场北线上，两边晨雾弥漫，眼中只有一条看上去无始无终的灰白色道路，感觉自己像一个在轨道中做着永无停歇运动的电子，而宇宙茫无涯际。经过一段冗长到几乎要疲乏的行驶之后，来到一个空荡荡的标示有"北京"字样的收费站，它如同一个南天门，但是过去之后并没有发现天宫，还是一条灰白色的道路，那时候产生了一种很微妙的心理，就好像悟空忽然发现自己进去的是小雷音寺。

这种感觉兆示了我在北川此后的日子——我一次也没有按照预先规

划的去晨跑，同样总是熬夜到凌晨两三点，然后在第二天一早顶着黑眼圈爬过后山去上班。我似乎没有太多的变化，但是内心知道还是潜移默化了。我完全远离了学术界，并且也没有因此感到焦虑，因为一个全新的世界打开了，一种不由自主进入的、忙忙碌碌的、热火朝天的、永不停歇的生活。它是世俗化的，有时候带有庸俗的气味，却又无比真实、坚硬而令人踏实。

这样的生活中，同样是没有孤独自我的，却不会感到怅然若失，因为它将孤独的个体硬生生从心灵世界和间接经验中拔出来，逼迫着你睁开眼睛、移动身体，同时接受纷至沓来的新鲜经验，不知不觉中你已经被改变。

最大的感受是加深了对科层制和剧场生态的理解。科层制中有着隐而不现但根深蒂固的等级观念，我接待过很多上级部门来视察、检查和督导工作的大大小小的领导。那些人里鱼龙混杂，大部分维持了基本的社交礼仪，也有少数人官小威大，横眉倨傲，用鼻孔说话。换作以前，我肯定就不再搭理，免得给自己造成精神内耗，不过在北川的角色决定了我必须承担好自己的责任，所以一路小心翼翼地陪着，不断点头诺诺。公共文化要求人们有合乎常规的仪表与情感表达方式，这是一种"规矩"。我逐渐意识到，那是他们的印象管理，在表演威仪或者礼貌，实际上是对旁人的反应充满期待，只要客观地看待，这就是一种剧场化的社会行为实践。

个体与系统之间，个人的能力倒在其次，只要一个组织制度完善，哪怕组成系统的具体环节并不十全十美，也能够正常有效地运转，未必需要能力超群出众的能人。这就是为什么特别要"讲规矩"的根本原因。即便换个角度来说，这对于一个原本长期只有学院经历的人而言是难得的经历，工作与生活呈现出复杂交织的面貌，对人的德性的认知也不再以一种纯粹的黑白分明的方式骤下判断。

用社会学家欧文·戈夫曼的模拟戏剧的说法，就是人们在社会情境中都是在表演特定的角色。"有时，个体会按照一种完全筹划好的方式来行动，以一种既定的方式表现自己，其目的纯粹是为了给他人造成某种印象，使他们做出他预期获得的特定回应。有时，个体会在行动中不停地谋划盘算着，却没有相应地意识到这一点。有时，他会有目的、有意识地以某种方式表达自己，但这主要是因为他所属的群体或社会地位的传统习惯要求这种表达，而不是因为这种表达可能会唤起那些得到印象的人的特定回应（而非含糊的接收或赞同）的缘故。有时，个体角色的传统惯例会使他给别人带来某种巧妙设计的印象，然而，他也许既非有意也非无意想要造成这种印象。再看他人的情况，他们也许获得了个体努力表达某事的恰当印象，或者也许误解了情境，得出了既不为个体的意图所能解释，又无事实根据的结论。"只是，"表演"这个词在日常生活中似乎被污名化了，带有了情感色彩和价值判断，如果我们将它的底层逻辑揭示出来，事情就一目了然：假设一个人出于社会情境的需要，一直在表演君子的样子，如果他持续不断、坚持不懈，演了一辈子君子，那他就不是"伪君子"，而已经成了君子本身。

最初触及社会表演和人性复杂性是接触到开茂水库之事。水利水电的工作原本不在我的工作范围，但我来了不久，分管副县长的妻子生二胎，他回去休产假，我就替他去成都学习水电站和大坝管理。水利问题原本我就挺感兴趣，不仅源自青少年时代的家乡屡次被洪水淹没的记忆，同时也是对这个被称为大禹发祥之地的深层次了解的愿望。几千年前，大禹就开始治水，几千年后，洪水依然是需要面对的问题。

学习回来，正赶上县委书记下乡办公，我跟着去的第一站就是擂鼓镇麻柳湾村的绵阳佳成建设有限公司。这个公司现在是绵阳水务（集团）有限公司"引通济安"工程的勘察、设计、施工总承包（EPC）。所谓"引通济安"就是调通口河流域水资源为安昌河流域补充生活生产及生态供水，水源来自唐家山堰塞湖，贯通后主要为苏包河补水，再到开茂水库蓄水以备农业灌溉，同时开茂水厂及配套管网工程则进一步可以制水生产。这涉及两个水库：唐家山水库和开茂水库。

唐家山水库在"5·12"地震后，声名鹊起，主要是当时媒体不断报道它可能存在的溃堤风险，后来当然化险为夷。但是如今的情况依然复杂，那个堰塞湖的堰塞体和大坝右岸高边坡，都存在着稳定性的风险，湔江河泥沙沉积，龙门山前中后断裂带（北川—映秀中央断裂带）临近，还有征地移民安置和灾后重建安置交织在一起。所以，大坝选址、排砂、地质灾害评价、边坡治理都是挑战。靠近县城的开茂水库灌区工程最大的问题则是投资分摊。总投资大约需3.5亿，北川、江油、安州、涪城几个县市区怎么分摊，这个资金现在不好弄。

县政府开会的时候，在讨论《北川羌族自治县矿产资源管理条例》（修订草案）的时候，也谈到当初修开茂水库花了8亿，还欠了3个亿贷款，但是因为是饮用水源地，周边的土地也不能开发，不像有的县修了个水库，周边土地卖了，赚了几十亿。唐家山水库也是同样情况，如果当初只做取水口，那么周边土地就可以出售。土地财政虽然说走到了尾声，县里财政困难，还是希望有进一步的开发空间，条例中有一条说到水库周边"可视范围"不能开采，大家讨论后建议去掉，因为可视范围的限定过于含糊，不太好把握。

在这些事情进展过程中,有一次,市委目标绩效管理办公室的主任带了两个科级干部到开茂水库,进行2022年度重点水利项目推进情况专项督查。我负责去接待,一早赶到水库,开茂水库管委会的负责人跟我介绍了情况。等了半天那伙人也没到,心中焦躁,一个人爬到山顶观看水势。阴沉的天空下,群山巍峨,烟波浩渺,横亘在山间的高大水坝凸显出人们规划自然并付诸实施的气魄。

等人都到齐,已经十点半了,除了绩效办的领导,还有江油和安州的相关部门干部。大家一起去安江干渠(北川段)蒲家院子隧道施工现场看了一下,听取汇报。然后回到管委会办公室开会,我本来对绩效办随行的两个气焰高涨的家伙殊无好感,不过他们的发言言之有物,显示出专业性,倒让我刮目相看。可能负责实务的工作人员多是如此,没有花架子和形式主义的虚伪,有时候不免有庸俗世故的一面,有性格上的缺陷,也是人之常情。

我出来从开茂山的制高点,看到整个水库在眼前展开。大坝将山间的渠涧拦住,在低洼处形成了连接性的一块一块库体,水则见缝插针一样罗布在丘坡沟壑之间。那种情形跟六安的佛子岭、南充的升钟湖山间水库相似,山峰在水库中点缀绵延,水面平静幽深,高处俯瞰,自然与人工有机结合,精致而雄奇。那水清澈而不见底,里面有鱼,藏在看不见的地方,让我想起"和光同尘"四个字。水至清看上去无鱼,只是因为泥沙沉积在渊深之处,微生物浮游在不同的水层,构成了完整的生态系统,鱼儿游弋其中,缺乏哪一个环节都会造成生态的失衡。

认识到这一点,不啻为认知的突破,虽然道理很早就明白,如果不亲身体验,还是不会深刻,而只有体验过后方可以说"见山还是山,见水还是水",那个时候的自我也才得以真正意义上认清自己。现实的世界同想象性世界之间并不是各行其是,各自消磨对方,而是彼此混融在一起。这点感悟使我避免了认知偏于某一个维度的固执与偏狭。

我无法说北川治愈了我的精神内耗,那未免过于轻巧了。但是,一直以来,我确实有一种焦虑,虚无主义的焦虑,那些记忆深刻的瞬间仔细一想想,全是焦躁、疲倦和倍感孤独无助的时刻。那是对自己和自己生活的不满,一颗依然勃动着的少年之心蠢蠢欲动,试图从牢笼中破壁而出。

隐形的牢笼在一般的理解和感受中,往往来自现代以来刻板、枯燥、程式化的日常生活与生命政治。日常生活充满世俗的欢欣与愁苦,但由于它日复一日的陈规和组织化的观念,往往会带来封闭和束缚的制度牢笼。在工业化、科层化、消费主义和科技渗入到生活的方方面面之后,它们还会形成另外一层虚拟的牢笼,裹挟着人们,让人感到焦虑、厌倦和孤独,身体和心灵都会感到压抑。

北川的生活可以说是对双重牢笼的一次转移,尽管依然会面临新的类似的困境,但终究是一次疗愈的契机。我时常在下乡的途中,看到山上胡豆、豌豆花、芍药盛放,路边的鸢尾花开着非常漂亮的花,蚕豆结果,茶农在茶垄之间采茶。

有时候,会有一些妙趣横生的插曲。记得有一次我同邓书记一起去通泉镇,经过半山腰一个拐弯处叫"三径里",那上面开了一家民宿。邓书记说上去看看,我们下车沿着斜坡往上走,就听到头顶有狗叫,抬头看到有个狗头从二楼阳台的栏杆中伸出来,冲我们气势汹汹地吼。这个时候从小路上又蹿出来两条狗,一条貌似哈巴狗,我以为它要咬我,猛地半蹲下来吓它,它居然无动于衷,也不叫。我想这可能是一只智障狗,邓书记说这是宠物狗，用对付土狗的方法没用，另外一只狗才要提防。我这才注意到还有只体型和形貌都酷似鬣狗的家伙，在前面阴险地窥测着我们。它身上分布着灰黑色斑点，尾巴朝下夹在两腿之间，眼中有着伺机而动的冷静。邓书记的联络员小姜人高马大，却被吓得不轻。我们几个人都小心翼翼往前走，楼边平房中出来的老太太也没说帮我们赶一下。忽然，我又发现前方还有一只土狗呜呜呜地跃跃欲试。但是，我已经看透了那只土狗的外强中干，唯一担心的是"海乙那"突然暴起给我们谁一口。小姜东张西望找棍子，邓书记这个时候已经爬到楼梯上，看到楼梯间堆了一摞劈柴，就抽了一根说："小姜，拿着这个！"那劈柴相当粗，其实不称手，但是总比没有强。我也跑到柴垛前准备找一根，结果发现上面有个钩状长柄砍刀，嘿，好家伙，我握在手里感觉不赖。但是又一想，这个狗要是真进攻我，我一刀砍掉它的狗头也不合适，就扔了刀，往楼上爬。

民宿主人是老太太儿子，人不在。老太太让一个村妇拿钥匙给我们开门看看房间设施，结果那人笨手笨脚，半天一个也打不开。我正为她的颠顶摇头，忽见她欣然一笑，推开了旁边的另一扇门说，这个可以。我一马当先走进去，就见一个肿眼皮泡的中年妇女从被窝里一下子坐起来："干啥子！"把我吓一跳，原来是一个住客——那个村妇实在是不懂规矩，贸然让不知情的我们去看这个有人的房间。这个时候，原先在头顶的那条狗蹿了出来，原来就是这屋的，我吓得夺路而逃。下来后，老太太解释说，这些狗都是山上的野狗，也不知道谁家的，她看着"作孽哟"，就喂它们食，但它们也不听她的叫唤。

我们从"三径里"出来，驱车接着往前走，经过山路拐角，又看到一条摆着羊驼造型的狗，它的脖子挺长，毛色也像极了羊驼。它瞄着我们车的轻蔑眼神似乎在说：这些愚蠢的人类在这里跑啥子。我们哈哈大笑，那是难得的童趣时刻。

乡土的亲密感会让人生发出原初的喜悦，县城虽然完全现代化了，但其实也属于乡土的延伸。之所以这么说，是因为它奇异般地在路边保留了广播。大城市里已经基本上见不到广播了，市声如潮，那些由汽车、施工机械、人们的话语、商店里的音乐交叠在一起的噪声，复合在一起。不同的声源，混合在一起，是隐约、混沌、笼罩性的存在，形成了无法逃离的声场，在那种隆隆的场域中，不可能清晰地听到广播的声音。即便有，那也是听而不闻。

广播就像踩在积雪上发出的咯吱咯吱声，在我的印象中，属于麦田旁边竖立着的电线杆，属于没有驳杂声音的小镇，属于雪后、烧过的煤渣铺在烂泥之上，还腾腾地冒着热气。在我的印象中，它是集体生活的一个组成部分，当村镇的喇叭响起广播时，人们在同一时刻共享了它传出来的讯息，从而将人们结成了一个共时性的共同体。

这种声音的共同体正在瓦解，广播如今更多同汽车联系在一起，它被驾驶员所选择，与它同样衰落的是有着固定播放和观看形式的电视——电影则更是成为仪式化、分众化的文化了。如今兴起的以自主选择、即时反馈为表征的短视频与手机终端，带来的不仅是身体和趣味的分离，更是心理上的分离。

在北川听到的广播，恢复了我的部分听觉。就像我总是在清晨的时候听到鸟鸣，黄昏的时候是路边广播的声音。它在城市即将回归到安宁的时刻，是弥散的、无处不在的、平等地传入到每个路人的耳朵之中，重新赋予人们共享的感觉。许多时候，我是仅闻其声，并没有看到有喇叭，广播的音箱藏匿在路灯间的某个阴影里，就像鸟儿栖居在柏树或桂花的枝叶间。仅闻其声，对久已惯于听而不闻的城市经验来说，不仅是听觉再次被唤醒，更是整个感官的被激活。

从认知到感官，北川所呈现给我的新鲜的风景、物产、人民和文化，如同镜子照见我自己，我在他们中间重新发现了自己。自我与他人之间相互映照，镜影交叠，繁复无穷，因而涌现出一个新的自我。这也算是一种成长。

伊斯兰神话传说中环绕世界的卡夫山，既神秘诡异，又险恶威严，整个山体被巨蛇环绕。据说山顶上住着美丽的神鸟simorgh（译为凤凰或者青鸟），是百鸟之王。波斯著名苏非诗人、思想家阿塔尔（Afftr，1145—1221）的长篇叙事诗《百鸟朝凤》讲述的就是群鸟前往卡夫山，去朝拜百鸟之王"凤凰"。鸟儿们的卡夫山之旅遭遇了无数的艰险，在这个过程中，很多鸟儿经不起考验被淘汰，最后只有三十只鸟儿克服重重艰难险阻，最终抵达目的地。但是，这三十只鸟儿并没有找到"凤凰"，这时它们忽然觉悟：我们自己这"三十只鸟"即是"凤凰"。阿塔尔用了一个语言学修辞形成了一个巧妙的隐喻：波斯文中"三十只鸟"（simorgh）与"凤凰"（simorgh）拼写完全相同，也就暗喻了群鸟寻找了自我。苏非神秘主义中，前往卡夫山之旅就是一个重要的修行隐喻。我们去往异地、遇到不同的人、遭逢差异性的文化和思维，在冲击、震惊、理解、交融中，树立起了一个新的自我。这仿佛一个"壮游"般的通过仪式，他乡、外物、异文化，都是通过仪式中的触媒和催化剂。

前几年，《人民日报》副刊曾经开辟过一个栏目，叫"我与一座城"，我曾经应邀写过一篇《青春作伴》，讲的是自己青年时代在芜湖度过的日子。一个人与一座城，究竟有何等样的机缘和关联，也不是一篇两篇文章所能表述得清楚的，只能表达出一种情绪。如今到了所谓的哀乐中年，忧患纵深，百感交集，喜乐参半，更是无法用语言形诸于万一。我之所以要记下北川的所传所见所闻所触所感所思所想，就是要为这段人生经历留下一个记忆，用于抵抗遗忘的侵袭，让它成为我和北川之间的证词。也没有什么诉求，也没有任何愿望，只是写给北川：我还有一颗少年之心，我曾经来过。

北川的十二个月，相比于它千万年的沧桑蜕变，我这样的过客不过是须臾瞬间的沧海一粟。因而，我写下北川志记，也是向万古长天的一个表白：

江山依旧，光华灿烂，我曾经来过。

选自《长江文艺》2024年第8期

李铭

我的卖菜生涯

李铭

原名李民。一级作家，辽宁省文化艺术研究院剧作家。中国作家协会会员，辽宁省作家协会影视委员会主任。散文作品见诸《散文百家》《鸭绿江》等报刊，其中有作品被收入多种年度选本。出版散文集《每天幸福一点点》等多部。

1

卖菜的设备很简单，一辆"倒骑驴"是我拉面时候借大姨姐家的，装菜的筐筐篓篓乡下老家有，拿上来两只就是。然后还需要一杆秤。

那时候的秤都是杆秤，市场有卖的，十块钱一杆。称量的最高重量是20斤，分为前系和后系，前系重量是4斤，翻过来的后系是从4斤起头。买秤的时候有一个插曲，以前一直听说过不法商贩缺斤少两，那叫"剜秤"，手脚是做在秤上的。我去买杆秤，有小商贩怂恿我多花点儿钱买杆做手脚的秤，俗称"拉杆秤"。这杆秤表面上看不出来什么端倪，不拉杆的时候跟正常的秤是一样的。只有想作假的时候，秤杆的前端是套管隐藏的，类似弹簧刀，一按一拉，秤杆就长出了一块。利用这种原理，称量的物品斤两就增多了。

我当然没有买这样的"拉杆秤"，觉得那样做缺德，赚来的钱也花不好。

我和妻子是糊里糊涂成为菜贩子的。本来打算是等妻子生完小孩儿，我们再重新去开拉面铺，谁想到一下子就开启了长达四年的卖菜生涯。

1993年的城市菜市场还没有很好规划，一条街横七竖八地聚集着做小买卖的小贩子。卖菜一般有两种类型，一是有固定摊位摆摊儿的，一是推着"倒骑驴"到处游走打单车的。这两种类型各有各的好处。摆摊儿不用跑路，自然是清闲一些。打单车游走必须当天批发来的蔬菜当天卖掉，赚多赚少都要在晚上甩货。固定摊位早都被人占领，我的卖菜类型介乎二者之间，能甩货自然好，不能甩货就第二天一并处理。初来乍到，我和妻子的菜车选择在孟克信用社外面公共厕所边上。那地方味道不好，小商贩不挤，我是没有办法，一条街，车停在哪儿，都说有人先占了地方，只有公共厕所附近没人说那是他家的。这条街叫老北街，距离郊区近，有时候菜农也来直销自己家里的蔬菜，一到蔬菜旺季，对我们这些小菜贩的冲击很大。

蔬菜都是到朝阳中心市场的蔬菜大院批发的。第一次到这里批发蔬菜有点儿无所适从。大院里挤满了各种拉菜的卡车，他们从外地倒卖蔬菜，承受着价格起伏的风险，其实比我们的生活强不了多少。菜从外地拉回来，也看运气。运气好，大院里的车不多，他们就赚一笔。赶上旺季，车扎堆，竞争力增强，我们这些小蔬菜贩子很会见风使舵，拎着杆秤，推着"倒骑驴"跟他们耗价钱。菜不及时卖出去不行，一夜之间行情会起伏很大，还有一些蔬菜根本放不住，比如豆角，处理不好，天气热，一卡车豆角就会从中间开始溃烂。这里有句行话叫"烧包"，一旦出现烧包，那就麻烦了。豆角都是编织袋子装的，十几吨堆积在车上，里面温度高，豆角本身的湿气也重，热量迅速发酵，豆角就"着火"一样快速腐烂。我见过菜贩子哭着把一车"烧包"的豆角全部倾倒掉，那一幕，该是他们人生的至暗时刻吧。

而我的际遇也好不到哪儿去，批发回来蔬菜，一秤来百秤走，赚的是中间的差价。不能缺斤少两，也不能每一秤都翘翘地。还有，批发来的蔬菜本身就不是一样的质量。比如一袋土豆，中间是夹杂很多小土豆的，一袋土豆往外卖的时候，是要分为几个价钱等次的。夏天身后的厕所和垃圾堆臭味儿难闻，冬天味道小了，身后冻起一座冰山。我就在这样的环境里开始卖菜的。第一天出摊儿战绩还不赖，批发来的蔬菜全部卖掉，赚了三十多块钱。

2

我租房的地方是棚户区，房主家的大门口窄，每天收摊儿回家，我需要把"倒骑驴"上的筐篓全部清空，然后把"倒骑驴"后尾巴拆下来，拿到院内去。剩下的车身子贴着墙根竖立起来，不然在胡同里摆放是碍事的。这还不算完，还要拿一条铁链子拴到一只车轱辘上，铁链子另一头锁在租房的窗户铁栅栏上。租房的屋子很窄，没有任何家具。院子里没有厕所，这里的居民都要到我卖菜那条街上的公共厕所里方便。晚上要是解小手，家家门口有一个破水桶，就在水桶里解决，然后早上拎着去外面的公共厕所倒掉。

剩下的蔬菜要搬到屋子里，这样房间里也弥漫着各种蔬菜的味道。靠卖菜其实只能勉强维持生活，每天赚个几十块钱，就已经很不错了。尤其是到了冬天，在露天市场卖菜特别遭罪。人再冷都不怕，就怕蔬菜冻坏。妻子老早就把筐筐篓篓"武装"起来：用棉门帘子把筐包起来。很多蔬菜是娇嫩的，尤其是东北的冬天，拿出来几分钟蔬菜就"冻挺"了。那些菠菜和韭菜等叶类蔬菜，一见冷风瞬间就被"扫"了。一旦出现这种情况，蔬菜就没人买了。

那时候买不起羽绒服，棉袄棉裤都是棉花做的，穿着笨重。外面一件草绿色的军大衣，油渍麻花的。人在外面站一天，基本冻透了，如果到了晚上蔬菜还没有卖出去，就得推着车子沿着这条街降价吆喝。

第一年的蔬菜卖得不是很顺利。那一年，儿子也要出生了。妻子怀孕以后，最紧张的是岳母大人。她老人家生了五朵金花，一辈子没有儿子，所以才把我招赘进门的。岳母最不喜欢的是看人家儿子娶媳妇，最怕的是妻子再生女儿。

我脾气倔，我们家没有重男轻女的思想，男孩儿女孩儿都一样喜欢。我们没有身处岳母的处境当中，当然不能理解她奇葩的想法，不能理解在偏远的乡村，一个女人因为不生男孩儿而承受的巨大痛苦和一生的压抑。在整个怀孕期间，岳母和岳父没有开口叫我们回乡下去生产。在我们农村，又不时兴去医院生孩子，家里都拮据，一般都是在家里找接生婆。家里回不去，医院去不起，生产的时间临近，我们只能边卖菜边想办法。

我和妻子不懂就问邻居，好在有很多热心肠的老太太。她们事无巨细地给我们讲生孩子要注意的事项，妻子的肚子越来越大，我对孕妇生孩子的知识储备也越来越丰富。可是，我的知识只是纸上谈兵，没有实战经验。我们夫妻是第一次生孩子，初"生"乍到，心里没底。我虚心好学，老太太热心指点，连产妇生产时候铺在身下的塑料布我都买好了预备下。只要妻子一有风吹草动，我就会第一时间施展身手把塑料布抖搂开。

有人告诉我们，在剪子胡同那儿有个私人诊所，开诊所的是某医院著名的妇产科大夫。她现在已经退休，北大街一带找她接生的不少。据不权威统计，现在北大街胡同里扎巴着脚步蹒跚行走的孩子，有一半都是她接生的。老医生很是热情，叫我们每月去一次她那里检查，并且答应我们，等妻子生产那天她来担任接生重任。

算着临产期，我去批发蔬菜的量逐渐减少。妻子终于开始肚子疼了，早已经蓄势待发的我，第一时间把火炕烧得滚烫。都说生孩子屋子里不能太冷，我是把后勤保障工作认真抓了起来。然后我在大锅里开始煮鸡蛋，妻子疼得在炕上站着来回遛弯。据说生孩子会消耗体力，妻子未雨绸缪，老早准备好了大量鸡蛋作为营养补充。

我把"倒骑驴"蹬得飞快，去诊所接那老医生。老医生真的很敬业，大半夜二话没说,穿衣开门拎着医药箱子上了我骑来的专车。医生果然是经验丰富,她到我租住的房子以后,简单做了检查,然后说:"早着呢,最早也得明天晚上。我先回去了,有事再找我。"

肚子一阵一阵地刺啦啦地疼,老医生背着药箱回去了。留下我们两口子面面相觑,鸡蛋已经吃了好几个,打饱嗝儿都一股鸡粪味了。可是我们的战斗还没有开始呢,等吧,度日如年地等待。

剩下的蔬菜不能卖了,我们严阵以待孩子的到来。这辈子我算是深刻地理解了女人的不易,尤其是生孩子的不易。妻子折腾了一夜,几乎没咋合眼。我们的防御计划很快就被有规律的阵痛弄得土崩瓦解。光吃鸡蛋和烧炕是解决不了大问题的。

那是我们第一次感到孤立无援。

快到中午的时候,岳母和岳父进城来了。他们看到我们的状况,岳母说:"要不,你们回家生吧。"

我和妻子在心里破涕为笑,那是一句叫我们温暖的话语。说走就走,把剩下的蔬菜装上"倒骑驴",然后在菜筐里铺上一条棉被,请产妇上车。到现在我们夫妻都费解的一件事是:那么远的路途,为什么不打车回家?选择了人工驾驶"倒骑驴",拉着就要生产的孕妇,我们的胆子该有多大!

我紧握车把,双脚用力开蹬,把沉重的生活蹬得长出了翅膀,一路欢声笑语,向着马耳朵沟那个小山村赶去。

从朝阳北大街到孙家湾马耳朵沟村距离三十多里,路上,我突然想去厕所。我把"倒骑驴"停在路边,想到公路下面的桥洞解手,刚走到一半就听妻子在身后喊我:"哎哎哎,车跑啦!"

我回头一看,停车的地方是一个小慢上坡,"倒骑驴"没停稳,自己慢慢悠悠地往坡下滑去。妻子身子笨重，根本下不来，在车上惊慌失措地喊我。我吓得不轻，赶紧去追赶。好在车子没滑出去多远，就一头扎在了路边的沙棘丛中。菜筐里的菜盖住了孕妇，好在人在车上安然无恙。

妻子笑，我吓得心怦怦跳，竟然把解手的事情忘到了脑后。

3

儿子出生，为我们这个贫寒小家带来了很多欢乐。可是，我人生的暗黑时刻才刚刚开始。

岳父家招赘的本意是希望我能撑起这个家庭的门户，当我沦为街头的菜贩子，成为一个村庄的笑话时，他们是无比失望的。而我的创业极其艰难，本想学了抻面的手艺，开自己的面馆，可是没有人能够帮我一把。借不到钱，也没人替我分担一下劳累。卖菜是无奈中的选择，似乎也是我命里的"一劫"。

那些年回村，我一直灰头灰脸，后来索性摆烂。一个村庄办红白喜事，每家都要有人去帮忙。在所有的活计中，洗碗没人愿意干，能干这种活儿的人地位也是最卑微的。我就挽起袖子，蹲在大盆前"唰唰"地洗碗。村里的三大爷大声说："你们看咱们的姑爷子一点儿不端架子，洗出的碗能唱歌。"

这句词是当年电视广告里说的，我不知道用在我身上是表扬还是嘲讽。我心里想，我哪里还有什么架子可端。生活已经把我挤压到了最低点，还有比这更卑微的事情吗？如果有，统统来吧。

那一年春节，我和妻子身心疲累。妻子说："过完小年就不卖菜了，带着儿子回家过年去。等过完年，咱们好好干。"

不管经济有多拮据，我们还是特意给家里人买了礼品。岳父爱喝酒，就买几瓶好酒带着。把剩下的蔬菜卖掉，我们一家三口回家去过年。我们本想在亲人那里得到慰藉，可是，我们想多了。在贫穷面前，亲情有时候是靠不住的。没有物质的富裕，跟谁去谈感情都是不合时宜的。

那个春节，我和妻子如履薄冰。每天天一亮就赶紧起来，不然就会听到针对我的摔摔打打。扫院子，把水缸的水打满，闲着得上山去捡柴火。我的书籍根本不敢明目张胆地摆放在屋子里。一个卖菜的菜贩子，哪里有资格看书。那些年，我和妻子最大的心愿是有一张写字台、一盏台灯，夜晚来临，我能够坐在灯下阅读。

那年正月，岳母终于爆发。在吃早饭的时候，大哭一场，历数了我和妻子在家里种种表现不对。哭过闹过，饭也吃不好了，我和妻子抱着儿子返回城市去继续卖菜，继续过我们的小日子。屋子闲置了十几天，特别冷。妻子用衣服把儿子紧紧地裹在怀抱里，我在外屋开始烧炕。炕偏偏不好烧，冒起了生烟子。隔壁的邻居老太太听到了我们屋里的动静，赶紧过来喊妻子，要她抱着儿子去他们屋里暖和。

烧炕的柴火都是一些批发蔬菜的筐篓，我拿斧子剁开，一点儿一点儿往灶膛里添。心情差到极点，可是为了妻儿不冷，我哪里有时间走神。我需要像一个男人那样继续忙碌下去。

不久后的一天傍晚，我推着车在路边卖菜。不想一个醉汉骑着自行车，一下子剐到了我的"倒骑驴"。他二话不说，骂骂咧咧地冲过来，朝着我的脸就是一记重拳。那记重拳实实在在地打在了我的脸上，我当时就被打蒙了。他继续骂骂咧咧，来抢夺我的秤杆。我眼冒金星，缓了十几秒才明白发生了什么事情。眼睛视线模糊，只看见他怒骂的嘴脸，那些话不堪入耳。

就在那短短的一瞬间,我脑子里的愤怒一下子到达了顶点,挨了揍倒没有那么难受,主要是他不依不饶地谩骂。我心里想,我一事无成,跌入社会的最底层,叫我的爸妈跟着挨骂受辱,我誓死也要捍卫这份尊严。

"干死他!"一个声音在我耳边响起来。我一下子把杆秤夺过来,手里攥住了秤砣。当时的想法就是一定狠狠地砸在这个醉汉的脑袋上,砸碎他的脑袋,打他满地脑浆!

几个路过的人拉住了醉汉,我旁边卖菜的大姐拽住我的胳膊。我清楚地听到她跟我说:"小李子,你要是跟他拼命你不是傻子吗?"我像一根木头一样被她拉到边上,醉汉踉踉跄跄地走远了。围着的人散了,卖菜的大姐继续卖她的菜。冷风吹过,只剩下我一个人的愤怒。脸上火辣辣地疼,这个世界没有谁注意到我被打了一拳的细节。

收摊儿回家,妻子已经做好热腾腾的饭菜,儿子在炕上玩耍。妻子觉察到我的不对,我没说挨打的事情。可是,坐在灯下吃饭的时候,妻子看到了我脸上的伤。她问我:"你脸咋了?"我说:"树枝剐的,没事。"

一句"没事"说完,不知道为什么,我的眼泪哗哗地流淌下来。伤口很深,眼泪流下来,钻心地杀着疼。那一刻,我明白了,这个世界上最大的悲伤莫过于眼泪浸过伤口。因为,它不仅让肉体疼,还让一颗男人的心也在汩汩流血。

看着灯下垂泪的妻子,还有咿呀学语的儿子,我在想,如果我当时冲动了,那此刻的温暖我还能看到吗?那一拳打醒了在生活的旋涡里困顿的我。我哭了,就尽情地哭一场,妻子不知道如何安慰我,只能陪着我哭。

满心的委屈,却不知道是谁带给我的。

4

我的妻子小学毕业,她不知道我热爱和痴迷的文学和艺术是怎么回事。她只是相信,自己的丈夫干的是一件正事。

儿子在慢慢长大,我们卖菜的经验越来越丰富。熟悉了这条老北街,我们在路边租了一间房子,这样就不用每天那么辛苦了。有时候中午过了饭时,买菜的人不多了,妻子抱着儿子看着菜摊儿,我骑着自行车一路狂奔去朝阳日报社的门外。那里的墙上有个玻璃橱窗,每天更换三种报纸:《人民日报》《辽宁日报》《朝阳日报》,我清楚地记得这三种报纸哪一天有副刊。看副刊上那些文学作品,我像一个口渴的人遇到水源。

我的二姑在辽宁省水保所负责老年工作,她的活动室里也有很多报纸刊物。我就选在月末的时间,骑着自行车从北到南,贯穿我们朝阳城市,到二姑的活动室,如饥似渴地阅读记录。

那些年,我们一直在租房住,陋室虽小,却很温馨。我们可以把喜欢的书籍摆在桌子上,可以自由地享受着我们贫穷的浪漫。

那年冬天,我在蔬菜批发市场看到一个外地卖蘑菇的车。本来是想批发一筐蘑菇回来卖的。就在我打开蘑菇筐看蘑菇的时候,我发现蘑菇筐里垫着崭新的报纸。我当时眼睛一亮,那些报纸是《兴城市报》。我搬着蘑菇筐,思绪万千。几年前,我在辽宁省兴城市打工,当时在《兴城市报》的副刊上发表过文学作品。

于是,我把剩下的四筐蘑菇全部买下了。推着四筐蘑菇,看着蘑菇筐里的报纸,我的心情特别激动。妻子不知道原因,我把蘑菇卖掉,小心翼翼地把报纸展开,开始阅读副刊里的文章。叫我激动的是,我看到了熟悉的副刊编辑老师的名字,她叫张春彦。

几年前，我在兴城打工，去过报社送稿。有时候去得时间早，报纸副刊编辑还没有上班。我发现一个办公室开门了，那里有一个阿姨张春彦。她非常热情地叫我在办公室等。有时候看我着急，就把我的稿件转给编辑老师。没有想到几年以后，她做了副刊编辑。

这次与四筐蘑菇结缘，重新唤醒了我的创作之梦。中午卖过一段时间菜，会有一段闲暇时间。于是，我就在北风呼啸的街头，坐在马路边上我的菜摊儿前，头上顶着棉衣开始拿起笔来写文章。散文、小说、诗歌，只要是能够表达我内心的文字都写。晚上，我把写好的小小说读给妻子听，她觉得挺好，我就认真地抄写在稿纸上，然后第二天从邮局寄走。

没过多久，我收到了《兴城市报》的来信，编辑张春彦老师收到了我的投稿，发表了我写的小小说《燕子飞》，她鼓励我继续写作，这重燃了我对写作的热爱之火。在信封里，还有发表我小说的报纸样刊。看着自己在菜筐前写出的小说变成了油墨芳香的文字，我的泪在眼眶里打转。

我们朝阳那时候还有一份发行量很大的报纸《朝阳广播电视报》，每周一期。我买来报纸阅读，按照地址把自己写的文章投寄给副刊编辑张帆老师。那年春天，我推着一"倒骑驴"豆角在早市吆喝叫卖。看到卖报纸的路过，顺手买了一张，快速展开报纸去看副刊。我写的那篇《杏熟了》的散文赫然发表在头题位置上。我当时脑子"嗡"地一下，简直欣喜若狂。我挥舞着报纸大声朝着买我豆角的人说："你们看啊，发表了，我写的散文发表啦！"

那一年，我还与我们朝阳的一位作家擦肩而过。他的名字叫谢子安，是一位写田园散文的大作家。他当时在朝阳人民广播电台工作，负责编辑"文学一刻钟"栏目。我在卖菜的时候写了一篇小小说《女人不做月亮》投稿给他。他决定播出，在播出之前他骑着自行车一路寻访我。谢老师先去了乡政府，然后去我们村委会，再去我的乡下老家马耳朵沟。他身材魁梧，穿着风衣，戴着礼帽，走进我家的时候，岳母吓得不知所措。

谢老师询问我的情况，岳母以为我这个不省心的姑爷在外面惹了什么祸事，支支吾吾，答非所问。谢老师一无所获，从我家离开。我得到消息以后，赶紧去广播电台找他。可是他不坐班，广播电台也不能随便进入。遗憾地错过了与一位大作家面对面学习的机会，我只能用写信的方式继续向他请教。

后来，我在朝阳人民广播电台"文学一刻钟"节目里陆续播出了很多散文和小说。有一年谢子安老师还给我做了一期专题节目，三篇小小说，还有我写的一封信。

播出那天，我去隔壁的超市借来他家的收录机，那边电台节目一开始，我就塞进了一盒磁带，把整个节目录制了下来。从那天开始，老北街很多做买卖的人都知道我是"才子"了，卖鸡蛋的大老郑每天早上喊："小李子，出摊儿了，别在家里胡编乱造啦！"

5

卖菜其实赚不到太多钱，但养家糊口够用。妻子支持我写作，尽力给我创造学习和创作的时间。那些年，她几乎是我的第一读者，我写完文章就读给她听。她用特殊的评语来给我评价。

"听着挺顺溜的。"这就是好的意思。

"咋听着不得劲呢？"就是需要改。

啥话也没说，呼噜声起来了，那就说明我写的文章彻底失败，只有催眠的功效。

……

因为在《兴城市报》和朝阳当地的报刊陆续发表作品，我逐渐有了小名气。我们朝阳的电台每天午间播出我写的散文，我写的《我不是一只小小鸟》，记录的就是我和妻子卖菜的故事，这篇散文被主持人雨晴老师连续播出几年。很快我接到一个通知，有一个写作协会要吸收我为会员，还要召开一次成立大会。我当时很兴奋，叫妻子看菜摊儿，准时赴会。会议开得很隆重，一个年轻人据说是写作协会的会长，他隆重地在会议上表扬了我，还当场宣布给我颁发会员证件。然后他还说免除我的证件费用40元。那时候，没有网络，他一直声称他作品很多，我是查不到看不到的。还有，他把我们当地文联和作协的一些老作家、老干部都写在顾问名单里来助阵，以我当时的见识，丝毫不会怀疑他的真伪。

我真是受宠若惊，感觉自己终于找到了组织。可是开完这次会议以后，写作协会吸收了大批会员入会，收了不少钱，然后没动静了。

我那时候结识了好多文学青年，没有人组织我就自己来。我的好哥们儿二胖写过散文《夜宿大黑山》，也曾经在电台播出过。他会写能画，我俩开始筹谋成立"太阳雨"文学社，我任社长。我们的文学社有师专的文学系学生，有各行各业喜欢文学和写作的年轻人。那时候我卖菜，经济条件是最好的，所以我掏腰包购买两个精致的本子自己办"杂志"。凡是来我家的文学青年，妻子都热情招待。吃饭喝酒在我家，大家畅所欲言，交流创作心得。

我组稿评稿改稿定稿，二胖点灯熬油写写画画，我们的"太阳雨"文学社社刊出版了两期，后仅存一期。这一切都是我在卖菜的间隙完成的，文友们来，就跟我坐在菜摊儿前交流。

突然有一天，那个写作协会的年轻会长叫人"传唤"了我。这次他终于有了办公的地点，在一所学校的办公室里，他高调坐在靠椅上，派头挺足。他当场对我一顿恐吓，说我组织社会闲散人员，成立非法组织，试图破坏写作协会的伟大事业，这事他已经掌握，给我严重警告。这个时候我才发现，我们一起加入写作协会的很多人都在他的身边，他承诺这些人暂时工作没有工资，表现好的将来正式录用。在利益面前，他们都倒戈了，我得不到一点儿援助。我说我找过你们，找不到，协会成立一年多，除了收钱，你们没有做过一件跟写作有关系的事情。我卖菜间隙跟志同道合的人一起写作，何错之有？

他有点惊讶地看着我，我是他唯一一个没有收钱的人，没有想到竟然指责他不作为。他恼火了，说马上开除我，然后把我的"罪行"上报公安部门备案，警告我，会有人员找我谈话的。我把会员证掏出来，当着他的面摔在桌子上。我说："你们不作为，老子不干啦！"

那天我退出写作协会的时候，昔日很多写作的年轻人都在，他们惊讶地看着身上还带着菜叶的我。我下楼扬长而去，他们面面相觑，只有一个女孩子勇敢地送我下楼。我走出好远，她还在门口张望，朝我挥手："李大哥，你别生气了。"遗憾的是，我没有记下她的姓名，也没有留下她的联系方式。她顶着压力下楼的一瞬间，叫我没有对人性彻底失望。

我丢掉了写作协会的会员证一点儿都不后悔，我就是觉得他们不干正事，只知道要钱。但那时候心里确实害怕了，回到菜摊儿一整天，我都提心吊胆，生怕真有警察找上门来。把我抓走倒不怕，妻子和孩子怎么办啊？我仔细想，我做过什么坏事吗？没有啊，我跟一些写作协会的会员约过稿，探讨过文学，他们应该是举报了我。唉，这件事要是传到老家去，在岳母和家人面前自然又是一场风波。写作协会是骗子组织，那个会长涉嫌诈骗被抓，这都是后来的事情。

警察叔叔很忙，一直没来抓我，我们的文学社却受到了阻力。一些活跃的人员听从写作协会的会长安排，跟我彻底断绝了来往。

6

岳母老早就捎信来说要来城里，我和妻子都挺高兴。我们特意买了羊肉，包了一顿羊肉馅儿饺子招待岳母。中午卖菜的时候人多，我在菜摊儿前忙活。他们在家里吃完饭，妻子腾出时间来替我，叫我回去吃饺子。

我带着冷风回家，端起饭碗，夹起一个饺子，刚要吃的时候，岳母说话了："我要是知道你天天卖菜，我都不能把闺女嫁给你！"我一下子愣在了那里，羊肉馅儿饺子吃着一点都不香了。

我不知道我卖菜的身份到底招惹了谁，我对世界如此热爱，可是，世界爱过我吗？如果没有相濡以沫的妻子对我的支持，我不知道能不能继续撑下去。

夏天来了，大量的菜农推着自己家新鲜的蔬菜涌进老北街。我们批发来的蔬菜没有了价格的优势，更没有菜农的蔬菜新鲜。为了能够把蔬菜的批发价格压下来，我只能另想办法。

我老家的集市西营子距离朝阳城六十多里地，那里的蔬菜批发价格便宜。集市的时间是逢每个月的"一四七"，我决定尝试一下。早上三四点钟就起来了，骑着"倒骑驴"往西营子赶。下了老爷岭就是我家，我把"倒骑驴"停在路边，进家门看一眼爸妈。我的爸妈刚睡醒起来，看见满头汗水的我，心疼得不行。

来不及吃早饭，我必须尽快赶到集市上从菜农手里把蔬菜收购上来。一辆"倒骑驴"大约能收购四百来斤蔬菜，然后返程。到了上坡的时候，得下来推着走。那时候我体力好,毅力也强,在中午十二点多返回了城市。说实话,有时候累得真撑不住了,可是想到孩子和亲人,我的勇气倍增。吃一口饭,下午就上顾客了。从乡村集市收购上来的蔬菜新鲜,价格也便宜,这样一车蔬菜我能够赚百八十块钱。

来回一百二十多里路,确实很辛苦。为了生活,我一切的苦都能吃。大约回去几次,有一天我推着满满一车的角瓜回城,我妈在家门口等着我。她跟我说:"老五,你要是感觉日子能够过下去,就不要回来卖菜。"

我不明白妈妈为什么这样说。我妈告诉我,家族一位长辈,看见我来回批发蔬菜,冷嘲热讽,深深刺激到了妈妈。在妈妈的眼里,我是优秀的,他挖苦的话就像一把利刃扎妈妈的心。

我的脸发烧,答应了妈妈。从此,每天卖菜就是赚钱再少,也不回老家大集批发蔬菜了。

卖菜几年来,我每天早上几乎都是起早去批发蔬菜。在写作协会会长威胁我的第二天,可能是心事重重,我竟然睡癔症了。感觉睡了很久,赶紧起来弄好筐篓就往蔬菜批发市场赶。到了那里以后,我竟然发现批发市场的大门还没开。我没有手表,也没有手机,根本不知道时间。我不想再折腾回去,就把"倒骑驴"停在门口等,可是一直不亮天。我就索性躺在了"倒骑驴"的筐里,盖着棉被,抬头仰望天空。哇,那一刻,我被满天的星星震撼到了。密密麻麻,星光闪耀,这是多么壮观的天空。我该有多久忘记了观看星空?文学不就是那无际的天空吗?而我是星空下一个数星星的孩子。身份卑微,但我是认真的。菜贩子是上天赐给我一次体验冷暖的身份,我该在这纷繁的尘世中坚守自己的梦想。

对,写作,不管身份高低贵贱,写作的我都是自由的,幸福的,美好的。

1997 年，萧瑟的秋天。卖菜的我们的确累了，决定换一种生活方式，结束这段浸润了酸甜苦辣的卖菜生涯。那一年秋天，我终于见到了大作家谢子安老师，那也是我们唯一的一次见面。我期待的兴奋和热烈的场面都没有出现。那时候，我虽然决定不再卖菜，但下一步去做什么还不知道，人生目标茫茫，关于文学和艺术，我都不知道从何谈起。我坐在凳子上，谢老师坐在炕上。说起写作的话题，谢子安老师只说了一句："各有各的道。"

"太阳雨"文学社也走到了尽头。

朝阳师专的两个女孩儿毕业了，一个回西营子初中，一个回到建平石灰窑子，她们都当上了老师。二胖娶了媳妇，继承了他父亲的中医医术，变成了医生。还有一个女孩儿结婚三天以后煤气中毒离开人世……"太阳雨"文学社，就如一场太阳雨一样短暂，那本社刊，留给了二胖由他保管。27 年以后，我在二胖家还看到过这本"杂志"，那一瞬间，我们都泪流满面。

我们马耳朵沟村马君志家有一台四轮拖拉机，他傍晚的时候开车进城，帮我搬家。东西装得满满一车，我们一家三口坐在高高的车上，在茫茫的夜色中朝着乡村的家驶去。

朝阳老北街后来改造了，除了那座巍峨的北塔没有挪动，其他都已经沧海桑田。每次回去，我都是以北塔为标志物，再去回想和扩展它周边的记忆。人们用文明的进程把地形地貌改变，那些激荡在灵魂深处的情愫却一刻都未曾消失。那些人和事，那些苦和甜，在生命的历程里熠熠生辉，像嵌入血肉一样，揪着扯着我们的疼痛和温暖。

选自《鸭绿江文学》2024 年第 8 期

陈世旭

藏地记忆

陈世旭

当代作家。已出版长篇小说、中短篇小说集、散文随笔集近三十部。曾获1979年、1984年全国优秀短篇小说奖，1987—1988年全国优秀小说奖，首届鲁迅文学奖，第六届林斤澜短篇小说"杰出作家奖"。曾任江西省文联主席、作家协会主席，中国作协主席团委员。

天路

我从东南平原,攀登世界屋脊。水晶般的雪域,是我久已向往的圣地。

那时候还没有铁路,但已经有无数人走过了荒原。

于是有了青藏路。

青藏路是天路。在青藏,你才真正可以见到天似穹庐,你才真正可以看到弧形的地平线。青藏路把地球劈成两个半圆。而路和弧线上的那个交点似乎永远不能达到。什么叫作遥远?这就是遥远;什么叫作漫长?这就是漫长。一条青色的,在高原的阳光照耀下闪闪发光的路,划破无边无际的球面的瀚海、戈壁和沙漠,一直指向天边,似乎永无尽头。人们从一个又一个白天,穿过一个又一个黑夜,你能见到的人类痕迹,只有这路。这路永无休止地伸展在人们的视野里。除了这路,便是寸草不生,寂然无声的茫茫荒原。这荒原除了风蚀和地壳运动之外,没有任何变化地存在了亿万斯年。刺眼的广袤雪域;迷蒙的曲折峡谷;烈焰熊熊升腾的阳光;伸手不见五指的黑夜。青藏路在高原遥远漫长永无尽头起伏延伸。

这路白天滚烫而黑夜冰冷,把你从温度的一个极端驱赶到另一个极端。你在一天里可以历经一年四季:早晨你还在绿洲的水边见到春天才开的野花;中午你会劈头盖脑地遭遇夏季的冰雹;傍晚无遮无拦的秋风卷起昏天黑地的沙暴,刹那间就淹没了晚霞和夕阳;到了晚上,大雪和坚冰就在你不知不觉的时候阴沉沉地封锁了整个世界。

在这条严酷的路上,你最起码的人性的愿望常常成为一种奢侈。哪怕你需要的只是一片刚刚能遮住你脑门的绿荫;一捧刚刚能湿润你嘴唇的清水；一点刚刚能温暖你手掌的火苗；一声母亲的颤抖焦灼的呼唤——是的，在这条路上，当你前面和后面都没有尽头的时候，当你觉得这世界只剩了你这孤旅的时候，你最清晰地想起的便是母亲在你儿时对你的呼唤。你最想做的一件事便是放声叫喊：妈妈！

在青藏路，你会觉得你的人生几倍于人。你历经的高峰体验太多太多，浓得化不开。那些平淡苍白的人生也许几辈子、十几辈子加在一起，都无法达到你对人生所经验的高度；同时你又会觉得你的人生太短促。强烈的紫外线无情地扎碎了你面部的毛细血管，在那里留下血红的烙印；戈壁风沙如同锋利的雕刀早早地在你脸上刻满粗糙的年轮；岁月过于殷勤，在别人还不曾向青春告别的时候，已经让你的头颅像寒光逼人的雪山一样蹲在迟暮晦暗的深深云层中沉思，而你却并非贤哲。

一千年前大唐公主的车仗，在唐蕃古道卷起漫天烟尘。无数人前呼后拥，旌旗蔽日，鼓乐的喧嚣响遏行云。几乎半个中国都驮上了马背和驼峰。然而濒临日月山，公主还是摔下了父皇赐予的宝鉴。长安已不堪回望；中原已不堪回望；故国已不堪回望。日月山外一片蛮荒。公主哭得声咽气绝。公主去国不可回，回去的只有泪水流成的河。那便是流到今日的倒淌河。

一千年后远行的僧侣以及骆驼、马匹组成的河流，前后绵延两百里。当地的歌谣说："会算不会算，百头骆驼二里半。"身后的千百里荒原，活下来的骆驼和马匹绵绵繁衍，遍布了都兰草原。

如此煊赫的声势，除了因为地位的高贵，不能不说同样也因为路途的险恶。不知什么时候暴发的山洪带来的泥石流，让山下的平川塞满了大得吓人的山石。长路迢迢无尽头，一川碎石大如斗。

曾经澎湃过的历史的长廊，留下的常常是无边的寂静。然而这并不意味着只是一片凄凉。昆仑山口的井水，凛冽甘甜，是最优质的矿泉水；通天河边的小酒馆，烟雾腾腾，川菜和川音，又麻又辣又烫。沱沱河岸上的老兵站，跳动着热烈的心灵，流淌着家乡的小调。

唐古拉山口，雄鹰飞不过的地方。

太阳站在雪山的后面，在森严的雪峰和神秘的蓝天之间，弥漫着一片金碧辉煌的光彩。路边漫长隆起的坡上，玛尼堆穆然肃立，从玛尼堆顶上向四面八方散开的七彩的经幡凝然不动。在玛尼堆下向上仰望，湛蓝的天顶纤尘不染，伸手可触。唐古拉山刺破云层，还在生长。

如果说青藏高原是世界屋脊，青藏路就是飘在世界屋脊上的哈达，舞动在高原的生命。

昆仑山把我送上极地的台阶，唐古拉带我翻越雄鹰飞不过的山口。车子停下喘息，我靠上路边的巨石，那上面标记着让人眩晕的海拔。比记忆更长久的纹脉，是风霜雕刻的杰作。

群山匍匐，广袤厚重的项背，背负蓝天。亿万斯年，太阳每天给每一个山顶开光。雪线阴郁或晴朗，冉冉上升。所有的山，都披着闪闪银妆。冰雪沉默，从来是山的高贵的冠冕。

唐古拉是骄傲的，能够与之做伴的，只有阳光、白雪和风。

每一片云，都可以触摸；每一只鹰，都是一首诗；每一阵风，都是一次洗礼；美丽的格桑花，辽远的格桑花，开在世界最高处的格桑花，每一朵，都是一声神圣的召唤。

跟着山长，跟着云生，喜欢在高处，看大地苍茫。喜欢看霞光，给世界穿上红色的衣裳；喜欢看月亮，白天隐没在雪地，晚上笼罩了沙砾；喜欢看格桑花，一路开到无人区；喜欢看可可西里，野狼和藏羚羊争先恐后地奔跑；喜欢看三江源吹的埙，是那么嘹亮；喜欢看珠峰的雪，如何流到大海。

翻过唐古拉山，你将不再怀疑，高原有高原的豪迈。当你无数回地面对只有高原才有的无比壮丽的日出和日落；当你一步迈过巴颜喀拉山上黄河的源头和沱沱河的长江源头；当你伏在马背上追风似的驰过漫山遍野的牛羊，登上草滩最高的山脊，伸出双手去拂弄洁白的云朵；当你静静地坐在帐房的炊烟下面，透过藏族少妇打酥油的叮咚声，聆听从最远的雪山传来的风声，你会清清楚楚地感觉到，你是站立在地球上一切生灵驻足最高的陆地，而这里曾经是深深的海底。你因此比任何人都更加深切地领悟到什么是沧桑变幻。人们在这里与死亡角逐，与天宇中的神灵对话，逐水草而居的人们的祖先同祖先的祖先一样，一层层同海洋贝壳一起堆积成化石的峭崖，在千万年世纪风的侵蚀下剥落又静如止水。

一切都似乎稍纵即逝，一切又都似乎亘古未变。于是你很容易便感觉到灵魂的超脱，很容易便感觉到一切归于虚无。

只是，我始终无法进入这境界。我始终无法摆脱世俗生活的诱惑，无法把握自己的灵魂，使之清净。

天河

喜马拉雅的山峰，像天际漫长的金色云霓，在天边闪闪发光。

厚重的吉普轮胎，在巨大的卵石上跳跃。耳畔充满峡谷湍急的流水欢乐的呼喊。

喜马拉雅山，石板岩层构成山体，风化成悠长的台阶。冰雪在石崖上镌刻，呈现出古代盔甲的花纹。

依凭着喜马拉雅山脉，我们惊喜地颤抖着，来看雅鲁藏布江，来看滚滚的河流，怎样穿过了最高的杰玛央宗冰川；来看一朵一朵洁白的云，怎样在奔腾的水里，寻找亘古的灵魂；来看亿万斯年的冰川的歌，怎样由近及远，从高亢走向深沉。

无须金银珍珠、玛瑙珊瑚，无须朱砂松石、孔雀石和藏红花，无须大黄和蓝靛，肃立峭壁的云杉、铁杉、松柏，爬满谷地的紫花、针茅、蒿子，把悬崖织成连绵不绝的唐卡，设色斑斓粗犷，璀璨夺目。

雅鲁藏布江，古藏文写作央恰布藏布，即"从最高山峰流下的水"，河床高度大都在海拔三千米以上。

世上最高的山是喜马拉雅；世上最高的河是雅鲁藏布。喜马拉雅山和雅鲁藏布江，是世上人仰望的情侣。

仿佛来自天上的河流，从喜马拉雅山北麓的杰玛央宗冰川出发，翻过海拔六千米的萨嘎冰峰的臂膀，头戴高天的星斗流云，身披大地的万紫千红，怀抱世上最纯洁的雪山的梦想，带着神秘的启示，由西向东，横贯藏南，奔流在世界的屋脊。走过岁岁年年，走过日日夜夜。既然选择了远方，便不再回首，也决不停留。

北源冈底斯，为马容藏布；中源切马容冬，为主要河源；南源喜马拉雅，为库比藏布。三流汇合为马泉河，或为达布拉藏布——马河；或为马藏藏布——母河；或为达卓喀布——"从好马的嘴里流出来的水"；或为雅隆藏布——"从曲水流经河谷平原的河流"。

"雅鲁"是藏族酋长的始祖；"藏布"即"赞普"，是藏史著名的酋长，他们的名字成为神圣河流的命名。

南面是喜马拉雅山，北面是冈底斯山和念青唐古拉。南北之间为藏南谷地，藏语"罗卡"，意为"南方"，流淌着乳汁的雅鲁藏布江，滋养着这方谷地成为锦绣江南。

上游源头海拔将近六千米，杰玛央宗曲和库比藏布两河组成的河源区，杰玛央宗冰川、夏布嘎冰川、昂若冰川、阿色甲果冰川，构成了巨大的固体水库。中国三大水温最低的地区之一，冬半年封冻，会有冰岸、流冰花。高寒让现代冰川发育成为河流的重要补给水源。

一千公里的中游，河谷宽窄相间，窈窕多姿，诡谲莫测。一个又一个峡谷，把人带进一重又一重幽暗缝隙；一段又一段宽谷，又把人带到豁然开朗宽达数公里的浩渺水面。这里汇集了雅鲁藏布江的主要支流，水量充沛，江宽水深，皮船和木船可以从西边的拉孜，通到东边的泽当，四百公里的河道，是世界上最高的通航河段。

下游峡谷密布。五百公里河长，集水面积五千平方公里。江水从帕隆藏布汇入，在南迦巴瓦峰下骤然由东流折向南流，进入连续的高山峡谷，造就了林芝大拐弯——世界罕见的马蹄形大河。

这里有青藏高原最大的冰川群，海洋性冰川独具特色；这里是世界上山地垂直自然带最齐全的地区之一，拥有从热带到寒带的九个垂直自然带；这里是世界水能富集之最，五十公里直线距离内，形成了两千米的落差，技术可开发资源规模相当于三个三峡电站；这里是全球三十四个生物多样性热点地区之一，孕育了从热带到寒带几乎所有陆生植被类型，活跃着大量珍稀动物。

海拔七千多米的加拉白垒峰和南迦巴瓦峰，拱立在大拐弯顶部两侧。从峰顶到江面，垂直高差七千多米，是世上切割最深的峡谷。这里江面狭窄，河床滩礁棋布，江水流急浪高，雷霆万钧。

这便是雅鲁藏布大峡谷，比著名的科罗拉多大峡谷还长将近六十公里。是世界上长度最长、深度最深的峡谷。不管是长度、宽度、深度、水量，还是景观的雄奇、险峻，都堪称最为壮丽的世界第一大峡谷。

两千里雅鲁藏布江,中国最长的高原河,西藏高原的母亲河,串起一座座翡翠般的湖泊,挽起帕隆藏布、拉萨河、多雄藏布、年楚河、尼洋河,流过日喀则,流过拉萨,流过山南、林芝四地市二十三县。像传说中的神树,从深深的峡谷耸入云端,茂密的金子般的枝条,缀满了珠宝般的果实。

雅鲁藏布江干流和支流的两岸是藏民的摇篮。日照充足,水肥地美,阡陌相连,人烟稠集,是西藏最富庶的"粮仓"。

雅鲁藏布江河谷两侧草类繁盛,野生动物丰富。马泉河谷地栖息着名贵的鸟类,河水中跃动着高原特有的鱼种。珍贵的野牦牛、藏羚羊、藏野驴、藏豹、高原狐、雪豹、岩羊、鼠兔和旱獭自由自在地生存。

帕隆藏布河谷的卡钦冰川长数十公里,面积一百七十多平方公里,下达海拔两千五百米,冰舌末端伸入森林,蔚为壮观;米堆冰川,是西藏最重要的海洋性冰川、世界上海拔最低的冰川。冰川下的针阔叶混交林地,皑皑白雪终年不化,郁郁森林四季常青,头裹银帕,下着翠裙。

雅鲁藏布江是一条富有水利的河流。干流水能蕴藏量接近中国水能总藏量的六分之一,居全国第二。单位面积和单位河长的水能蕴藏量是中国各大河流之首。

雅鲁藏布江是一条没有污染的河,即使夏季汛期,河水依然冰清玉洁。

印度洋暖湿气流沿雅鲁藏布江穿行,让这里成为自然资源的天然展馆:成为鹿、熊、罴、豹、羚羊、金丝猴、小熊猫、黑颈鹤的天堂;成为核桃、苹果、葡萄、水蜜桃的乐园;成为天麻、虫草、贝母、知母、党参、茯苓、大黄的宝库;小麦、青稞、油菜、松茸、羊肚菌、优质牧草、海拔最高的茶园,典型的山地温带针叶林,藜科、蔷薇科、豆科、龙胆科、菊科、乔本科、莎草科植物是主要的植被。

娘欧码头，在尼洋河与雅鲁藏布江的汇合处，是雅鲁藏布江上最大的码头，也是西藏境内最大的码头。

雅鲁藏布大峡谷的入口，是墨脱小码头。

墨脱的门巴族、珞巴族、察隅的僜人，在这里享受着易贡湖、然乌湖迷人的山光水色，也创造着自己美好的生活。

他们用坚忍不拔的力量，遏制了河滩风沙的流动、河谷沿岸的水土流失。

雅鲁藏布江干流和支流建成了一个又一个水电站。文明的光芒照彻了原始的角落。

世界海拔最高、跨度最大的铁路钢管混凝土拱桥，"一跨过江"，张扬着现代工业强悍的力量；筒状的藤网桥，粗大平行的铁索，以及以下平行千余根藤索，横跨江面，两端缠绕两岸的岩石和松树，显现出古老边民朴拙的智慧。

风中飘动的彩幡，随绵延的山势此起彼伏；藏民的沉默和微笑，像是路边的树木，或屹立或摇曳。藏房的烟囱袅袅炊烟升起，羊角花烂漫开放，夕阳下牦牛群清脆的铃铛敲出世外的天音。

临别的前夜，亮起了灯光秀。山坡、草甸、翠谷、激流，轰然旋转；藏歌、藏舞、青稞酒、酥油茶，随雅鲁藏布江的浪涛起伏，如火如荼。

群山退到了暗处，光柱在天空摇曳。远古的流风与现实的激光交织成迷幻的梦境。峡谷中的雅鲁藏布江，奔腾不息的热情，是大地最深沉的表情。让世界屋脊的群峰下，这条雄浑而激荡的河流，成为魂牵梦绕的地方。

天居

这里的城市,是海拔最高的城市;这里的乡村,是海拔最高的乡村;这里的居民生活在海拔最高的地方。

布达拉宫的身躯高耸云天,大昭寺的阶梯酥油流淌,哲蚌寺的壁画血脉偾张,扎什伦布寺的日光柔和慵懒……我到过许多辉煌的寺庙,最钟情的还是朴拙的藏房。

一座座白藏房,像是天上的房屋,散落在雪域高原;像是打坐的波拉,守望着一方温馨的家园。

白藏房整体为梯形,用红色的黏土夯筑而成。外墙向上收缩,依山而建,内坡垂直。墙体下厚上薄,外形下大上小,方形或曲尺形的平面,简洁古朴,端庄雄健。

世界上再也无法找到第二处这样的白色村寨:

像是从土地上生长起来,带着大地母亲的气息。躺在母亲怀抱中的白藏房是安谧的,这安谧来自大地母亲的呵护。

贴近白色的泥墙上静静聆听,轻轻的私语刚柔有度。一双双强劲有力的手,把泥土高高地垒砌,打磨成平整的切面和直角,一座端庄、古朴、大方的白藏房就这样诞生。砌墙的泥土是柔软的,可以随手捏成任何形状,但泥土一旦被风干,就会变得坚不可摧,任凭风霜雨雪,不变容颜。

这里的人们喜欢用白、红两色来装饰自己的房屋,融入对自然的热爱和对美好的追求。让人想起雪白的氆氇和深红的长袖,在不断地舞动与飘拂中演绎着自己的历史。

每年藏历10月,藏家人都要用白泥浆浇洒一次藏房:用水搅拌当地特有的白土，将泥浆盛于茶壶，从墙头缓缓浇下。汩汩流下的白泥水，像一盆盆雪白的牛奶，滋润着土红色的墙面，流入大地的血脉。一滴滴乳汁，沿着屋脊流下，每一滴都像珍珠，每一滴都有万语千言。墙体不止变得美观大方，更不担心雨水冲刷。

雪白的泥水连接着藏房和大地母亲的血肉。每浇洒一次，就相当于点上一千盏不灭的酥油灯。

高原的日光格外强烈，日光中的藏房一片银色，晶莹耀眼。素雅的白藏房不仅是心灵和身体的安憩之处，更是一个古老文明的宝库。白藏房是上天的宠儿，带着上天赋予的灵气。当云朵浮过白藏房的头顶，阳光就映照出青稞地中大大小小的藏房，如诗似歌。

白藏房是藏人创造的神来之笔，是融于大自然的精美符号，永恒地表现着这片土地的神奇。一路陪伴我的那些被岁月打磨出来的精美符号，镌刻在我心底深处，足够我用一生来回忆。一种挥之不去的纯洁，让我永远百读不厌。

山腰上的女人们，是大自然的主人，缓慢却自由地轻飘飘来去。背着孩子，或者水罐，背着比精致的挎包更多的爱，把手里煮熟的玉米，一粒粒喂进孩子雏鸟般的小嘴。日复一日。戈壁随时都可以躺下，不需要天鹅绒坐垫；清风明月不请自来，没有街市上的嘈杂。野地飘来丝丝凉气，天上落下星星。家就在山坡下面，房前有嫩绿的蔬菜。院门口有粉红的小花，院墙上站着远望的鹰。阳光织成篱墙，把荒凉禁锢在远方。星星点点的红色果实，挂在白色泥墙的缝隙。

一只羊跃出栅栏，漫无目的地，像远方流动的云。远方的云已不见当初吃草时的颜色。蕨麻和狼毒花开放时，羊群和流云比试洁白。

大风吹着简单的房子，门户洞开。健壮的男人们一早就出去了，在贫瘠的大地上种下春天，种下所有美的花朵。晚上回来。饮一碗青稞酒，嚼一嘴牦牛肉。生于高原，一切都痛痛快快。

奶奶在暖洋洋的毡子上纺线，头发像羊羔一样白了。

刚到家的母亲，敞开半边藏袍，抓在手里的粗大木棒，发出"咚咚"的响声。家的生机，像木桶里的酥油茶一样喷香。

白发的洛桑拉，缓缓述说着过往。不知疲倦，仿佛要在一夜之间，把一生出彩的故事说完：

与狼群对峙的遭际，抱着情人骑马的时光，那些高原上代代相传的格萨尔王以及无数有名有姓的故事，那些外地谋生的苦难或者辉煌，那些饥寒岁月里的温情，那些叩长头的执着与向往……怎么也走不出固执的记忆。

阳光射下来，投出一个七彩光环。那是大气折射的图景。青稞熟了。沉甸甸地挂在枝头，映着蓝天，在风中颤动，就像爱情和孩子。青绿色宽大的叶子，庇护着一串串金色念珠，滴进岁月。苦味的青稞酒浸泡朴素的人生，酝酿一马平川金色的梦。

日光渐渐倾斜，晚风吹散点点的思绪。

扎西已经成人，奔跑着冲过牧场的护栏，去路边等待一个梦想，或是等待着凝望东山初升的月亮。

月亮来到东山顶上，东山不声不响；格桑卓玛的面容早就浮在心上，心像羚羊一样狂奔。

杜鹃从远方飞来，带来了萌动的气息。鸟与石会一见倾心，野鹅会同芦苇相恋。洁白的仙鹤，请把双翅借我。背后的恶龙有什么可怕，前边的甜果一定要摘到。雅龙林木广，琼结人漂亮。吐蕃故都的女人，是肌肤皆香的尤物。发髻上的松石不会说话，笑露的皓齿把魂魄勾走。一箭射中靶子，箭头钻入靶心；一见心上女人，心就跟了她去。

去年种下的秧苗，今岁已成禾束。相思的消瘦，一百个名医都救不了；绝顶的聪明，也和呆子一样。手写的黑字，水一冲就没了；心里的图画，怎么也擦不掉。

和心上人见面，在山谷的密林深处。口渴的时候，池水不要喝干；热恋的时候，情话不要说完。香柏树梢的小鸟，说一句好听话就行了。信义的印记，嵌在各人心上。怀抱中的精灵，是天真烂漫的美人。缱绻的时光没有尽头，除非死别，活着永不分离！

帽子戴到头上，辫儿甩在背后。桑耶的白色雄鸡，忘记了啼叫。

黄昏出去，回来已是黎明。老黄狗和鹦鹉是同谋，雪地暴露了秘密。和十五的月色一样明了，足迹是无悔的誓约。

碧草在八月芬芳的季节，散发出薰衣草的香气，老阿妈也会想起自己的青春。

夜悄然来到，笼罩了白藏房。月亮在山头注视着祥和的宁静。白藏房在月光下闪耀着独特的智慧。这样的夜晚没有失落，白藏房里的酥油灯忽明忽暗，弥漫在月色中，光晕里渗出浪漫。

我久久地站在陈年的白藏房下，老迈的白藏房，墙面有一道不深不浅的裂缝，如同老人额上岁月的褶皱。褶皱里埋藏着故事，故事里流出时光。

多么希望拥有一座面朝河流的房子，以及一小块属于自己的田园，远离灯红酒绿，在离灵魂更近的地方，等待一个个寓言和神话。

哈达一样飘动的公路上，偶尔有汽车扬尘而去，沉默的是一片卵石，那是浑圆的记忆，寂寞的日子里看白云飘荡蓝天。遥远的传说，依稀在前方摇晃。

路那边的山坡上，沉默冷峭的牦牛，保持着足够的谦逊。摆动牛尾，不紧不慢地咀嚼，小牛犊不时地哞哞叫。

牛群中间，放牧的孩子抓住牛角，捋捋牛毛，俯身嗅着青草味儿，跟露水说话。

洁白的藏房，在青稞的波涛中间，像我南方故乡水上的船舱。没有任何设计图纸的石木结构，是世界建筑史上的奇迹。外观宏伟，内饰精致，是超越地域和时间的杰作。

附近庙宇的钟声让人心如止水。心念，不增不减，不卑不亢。

珍珠般的白藏房与唯美的田园相得益彰，共同勾画出一个可以安放灵魂的地方。

河上的晚霞，一片橙红色的意象。一只小鸟飞过，一点生命的感召。红柳千条，摇曳着坚韧。白藏房，神秘的背景隐藏着宇宙的博大，和灵魂的静谧。一草，一木，一滴水，一线光，都是美的化身，质朴的梳妆，含情脉脉，闪烁银亮的光芒，停顿在蓝天上。墙头一蓬自在的细茎，在蓝天上绘出令人惊奇的抽象。石纹是天地的思路，坚硬地衬托着美丽，直到地老天荒。

西藏高原这个小村庄，在我心里熠熠生辉。

如果要居住，白藏房太高太远；如果要观赏，白藏房太素太淡；如果要汲取甘露，看一眼就够了。仿佛是昨夜梦中祖先居住的房屋，飘散着花香和炊烟。

高原是众生共同的牧场！

我放牧自己。

2024.07.19 岭南

选自《光明日报》2024 年 8 月 2 日

周家望

走读成都

周家望

北京人,祖籍河北沧州献县。年过五旬,喜欢散文;也写诗词,半个文人。出版有《老北京的吃喝》《园林:万象繁馨》等专著。现任《北京晚报》五色土编辑部主任。曾获得"首届北京中青年德艺双馨奖""首都精神文明建设奖章"等荣誉。

不想去成都。

因为去了就不想回来。上次是这样,这次还是这样。

巴适、耍都、慢生活……这样的词儿,就像一个个痒痒虫儿似的,从脚底板往上钻,奇痒难耐。

更何况,还有草堂朝圣的诗心、淡泊宁静的向往、锦江春色的眷恋、窗含西岭的醉意。

于是横下一条心:偏向成都行!

从飞机的舷窗看,群山环抱的四川盆地,如同稳稳的摇篮。熊猫一样的成都,四仰八叉地躺在摇篮里,神仙上帝也甭想拽起来。成都不是现在才这样气度从容,从古蜀国时就是如此。"蚕丛及鱼凫,开国何茫然",因地势而成就人文,自成一体的蜀文化,已积蓄数千年。万事不着急,真趣且徐徐,寄居天地川岳之间,什么烦恼琐事能胜得过这珍贵而曼妙的人生呢?看透了这一点,谁都能做成都人。于是,我在去过成都数次之后,便吟过一首《望海潮·成都》:

无双天府,锦官城阙,西南福地人间。琼玉石溪,楼台竹雨,春风沉醉千年。诗国共川烟。世上逍遥客,无任流连。酒醉桃花,琴挑明月,是前缘。

此中风物陶然。品锦江一水,蜀郡三山。今古等观,扬雄老杜,人生窄窄宽宽。晴雪映层峦。浮云宜换取,半亩田园。收拾光阴些许,林下种幽兰。

当年李白在《蜀道难》中,把入川写得比上青天、比攀登珠穆朗玛峰还费劲,虽然极尽浪漫夸张之能事,却也将蜀地与世隔绝的别有洞天描摹出来。所幸者,今日入川不须天梯石栈,不用登绝地、涉险关,只要买张高铁票或飞机票，一顿饭的工夫，就能唱出京戏《取成都》了。

出了机场您就会发现，成都每天都在给自己敷面膜——空中那层薄云的保湿效果极好，水水的，润润的。走在街上，不闷不热，时有江风从花岸上吹过来，清香拂面，浓一会儿，淡一阵儿，好像赴会的仙女们，三三两两，从你身边经过一样。为什么说是"仙女"呢？因为只闻其香，不见其人，非我等肉眼凡胎所能识者。

一

我这个人，就喜欢胡思乱想。我忽然觉得，做客成都，最"巴适"莫过于住在合江亭附近。合江亭，好像是一把折扇的扇子轴儿，府河与南河，如同这把折扇外边的两根大骨。唰啦啦一打开这幅"锦官城"扇面，成都市内东、北、西三个方向的美景，似乎都是以此为圆心铺展开来的：府河、兰桂坊、安顺廊桥、太古里、大慈寺、人民公园、宽窄巷子、武侯祠、锦里、青羊宫、四川博物院、百花潭、杜甫草堂……您瞧瞧，锦城佳处几乎被"网罗殆尽"了吧？

不妨干脆就设计这么一柄扇子，把游客们想看、必看的景点，在扇面上一一标注出来，再添上相应的写意山水画，岂不是一件既实用又美观的旅游文创产品？如果这个创意成功，还可以在此基础上，邀请市民游客一起评选出"锦城十六景"，全面展现古都丰厚的历史文化底蕴，然后制成丝巾、手写本、蜀锦、小屏风什么的，或许会受到海内外广大游客的青睐与欢迎。一把小折扇，说不定能扇出大风头儿。岂不妙哉！

我定居的城市北京，遥距成都近四千里。跨越千山万水来到锦城，却觉得熟似故里。诸葛亮的祠堂、刘玄德的陵墓就在车水马龙的闹市区，杜甫老先生的草堂也近在咫尺，尽管后世不断帮他扩建增容，弄得"孤苦无依"的老杜好像是个大庄园主。

走在人流如织的大街上，总觉得熟人众多：刚刚和我擦肩而过的，或许就是文采飞扬的司马相如，看他那春风得意的模样，肯定是因《子虚赋》名满蜀中，又赢得了美人的芳心。低着头脚步匆匆的那个年轻人，也许就是杨慎，他背着行囊正要进京赶考，此时他还不知道自己即将成为高中状元郎。旁边酒楼上纵情大笑的是不是李白？那狂狷的魔性笑声除了他还能有谁？堤岸上走过来的那几位，中间的中年男子莫非是李冰太守，他正为修筑都江堰的事殚精竭虑。坐在城南杨柳堤上侃侃而谈的帅哥，是苏东坡先生吧？他讲学的口音，这儿的人一准儿最熟悉……

二

成都几千年的历史，古迹和故事一样多。比如成都北糠市街有座瘦瘦高高的"字库塔"，紧邻着繁华喧嚣的太古里，仿佛一位戴峨冠、穿竹布长衫的老者，两百多年来一声不吭地注视着眼前的芸芸众生。"字库塔"建于清中期，灰砖仿砖木结构雕砌而成，主要功能是用来焚烧废弃的字纸。老年间，人们敬惜字纸，凡有墨迹的纸张，如果舍弃不要，便要集中到"字库塔"内焚化，以示敬意。据说在南方地区的州城府县，乃至乡镇村庄，以前都有这样的"字库塔"，只不过有的地方叫"敬字亭"，有的地方叫"惜字塔"。过去常有背篓老人，每天沿街捡拾字纸，然后送到"字库塔"焚化，为子孙日后金榜题名积福积报。

北方有没有呢？民间很少见，官家却不少。比如北京孔庙二进院落的西南角，就有一座绿琉璃瓦歇山顶的"小庙"，学名叫"焚帛炉"。修得精致小巧,就是"小庙"的门口熏得有点儿发黑,记得我上小学的时候跑进孔庙玩儿,还把小脑袋伸进炉内一探究竟,只见里面乌漆墨黑的,都是烧燎的痕迹。长大了才知道,那是历代祭孔大典之后,用来焚烧祝颂的祭文的专用地方。除了孔庙,天坛、紫禁城、历代帝王庙里都有。天坛里大的那个叫"燔柴炉",9个小的叫"燎炉",其功用大约相同。历代帝王庙里有两座,一座绿琉璃瓦的,一座灰琉璃瓦的。绿琉璃瓦的焚化皇帝亲笔写的祭文,灰琉璃瓦的焚化遣官(代祭官)的祭文。

和南方敬惜字纸的"字库塔"相比,旧京的"燎炉"似乎更是一种朝廷仪式和身份的象征,与社会生活关系不大。在北京的市井街头、里巷坊间,我还真没见过一座类似成都"字库塔"的遗存。现如今,人人识文断字,纸张也不再是稀罕之物,敬惜字纸的观念好像离我们渐行渐远。以前老先生们裁下多余的纸边纸角留下备用的好习惯,也比较罕见了。在成都,在糠市,在"字库塔"前,我深切体会到,我们血脉中对文化的敬畏需要永恒延续。

三

由纸我又想到了造纸的原材料——竹。在北京展览馆一年一度的"全国文房四宝艺术博览会"上,四川夹江县的竹纸,是可以与安徽泾县的宣纸"分庭抗礼"的。我曾买过夹江的六尺竹纸,质地绵厚而白细,写起字来,吃墨较多,若作榜书,效果颇佳。四川竹纸以淡竹的嫩竹子为原料,此乃就地取材的范式。川中多竹,成都尤甚。不但毛竹、慈竹、麻竹、斑竹广布,而且北方少见的方竹、紫竹、刚竹、棕竹、琴丝竹等,也挺拔于成都的溪桥巷陌,随处可见。根据公开报道的数据,眼下成都的竹林已达

103万亩，空中俯瞰，蔚为壮观，堪称是大熊猫的"第一粮仓"。或许对成都人来说，对当地的竹子耳熟能详，也可算作"成竹在胸"的一种别解。

行走成都，竹文化如影随形。江岸上的竹丛深深浅浅，寻常小巷的门旁街口，总有数竿修篁滴翠。人过竹下，清淡的竹香相迎，若遇蒙蒙细雨，便是唐宋诗境了。说到这儿，自然而然想起唐人刘禹锡开创的"竹枝词"，最著名的那首是"杨柳青青江水平，闻郎江上唱歌声。东边日出西边雨，道是无晴却有晴"。"竹枝"是古时巴渝人流行的一种民间腔调，分上下句，抑扬顿挫，连绵不绝。刘禹锡入川后，在此山歌的基础上，开创了"竹枝词"这一雅俗共赏的文学体裁，沿用至今。至于为什么叫"竹枝"，并无定论，或因当初有竹笛伴奏亦未可知。当然，古时竹子的妙用远不止于制作笙管笛箫，或者填词作赋。汉代蜀人已经懂得如何利用当地的天然气资源，谓之"火井"。到蜀汉时期，天然气的浅表资源已经不便采集使用，怎么办呢？诸葛亮命人将斑竹筒中间打通，然后探入土层，引天然气上来，把竹管当成天然气的输气导管，上置锅灶，煮制井盐。其火与盐，真可谓取之不尽用之不竭。此举不亦奇哉！其中既有孔明之法，自然也有川竹之功。

成都附近的竹海，大大小小有好几个，和江浙地区的竹海比起来，它们似乎更显得恣肆不羁。或许只有身临其境，才能感受到那些清瘦挺拔的身姿：他们肩并肩、根连根，站成疏阔狂野的阵势，不惧风雨，自由生长，凛然伫立，雄强刚毅，昂然天地之间，塞正气于虚怀，秉节义于中通。像不像子路、荆轲、颜真卿、文天祥、谭嗣同诸君子？在我看来，简直神似！记得贵州安顺的明代文庙里，大殿的廊柱石质而方形，方柱四角皆雕成竹节状，取方正有节之意。以竹为君子之道，不正是中华文脉的图腾之一吗？以竹为美，有大襟怀。

选自《中国纪检监察报》2024年8月16日

朱鸿

樊川犹美

朱鸿

西安市长安区人,作家,陕西师范大学文学院教授。37部散文集行世,具代表性的有思想求索类散文集《夹缝中的历史》、文化表现类散文集《长安是中国的心》、心灵倾诉类散文集《吾情若蓝》和《朱鸿长安文化书系》。有大型学术著作《中国散文通史》。

迥野翘霜鹤，澄潭舞锦鸡。

这是唐代诗人杜牧所看到的潏河。他生活于公元803年至公元852年之间，一生之中的某些时候是在潏河之滨度过的。所谓的潏河之滨，就是樊川。

樊川是一片狭长低凹地带，伟岸的少陵原与起伏的神禾原，在它的两边崛然隆起，樊川的天空仿佛是一个淡蓝的盖子，显得十分高远。从它的东端引镇到西端下塔坡，尽是平畴沃土。严峻的秦岭，日夜从缭绕着云雾的山顶俯瞰着它，而少陵原和神禾原则像两匹黄色的骏马，始终追随它奔跑。

潏河之源在秦岭北麓的大义谷，它从这里涌出，然后汇合白道谷和太乙谷的溪流，水量大增。它潺潺地流过樊川，将这里滋润得青翠欲滴。站在少陵原或神禾原上，可以看到潏河的流水，阳光之下，像一条逶迤的断断续续的白练，樊川深厚的碧绿为它欢呼。

杜牧所见的潏河的样子，其气之朗然，其禽之怡然，其水之清，其流之响，我仍可以感觉。

樊川自古很美，所以它成了汉大将樊哙的封地。这个屠夫出身的人，随刘邦共同起兵，并跟着刘邦南征北战，英勇杀敌，斩首近二百人。鸿门宴上，樊哙为保刘邦性命，擅自闯进项羽的帐篷，此时此刻，项庄舞剑，意在沛公，他不但镇定地拦挡了寒光，而且巧妙地送走了刘邦。刘邦知道他的功劳，登基之后，将少陵原和神禾原之间的土地赐予樊哙。

不过，樊川真正成为一片胜地是在唐代，尤其那些达官富豪与高士骚客，经常在韦曲和杜曲游玩，成为樊川的欣赏者和建造者。韦氏家族以韦曲为中心而聚居，韦皇后的娘家和宰相韦安石的别墅皆在这里。杜氏家族以杜曲为中心而聚居，杜佑致仕之后，在这里度过了晚年。杜甫流寓长安期间,一个阶段就将家安在樊川。在这些闻人的悉心经营之下,樊川成了一个令天下艳羡的地方,所谓城南韦杜,去天五尺,便是指这种形势。

唐代是中国社会发展过程的一个高峰,这个社会所产生的贵族,无疑是其文明的重要标志,起码是重要的标志之一。如果从这样的角度考察问题,那么唐代的樊川,当然充满了唐代的精神与风尚。千年之后,我仍然可以从当时骚客的诗歌之中,领略那种华丽而显赫的生活。它的气息,显然残留其中。

> 韦曲花无赖,家家恼杀人。
> 绿尊虽尽日,白发好禁春。
> 石角钩衣破,藤枝刺眼新。
> 何时占丛竹,头戴小乌巾。

这是杜甫奉陪郑驸马的诗歌之一。郑驸马是唐玄宗的女婿,其宅第在樊川南岸的神禾原。

> 数亩园林好,人知贤相家。
> 结茅书阁俭,带水槿篱斜。
> 古树生春藓,新荷卷落花。
> 圣恩加玉铉,安得卧青霞。

这是钱起对杜佑别墅的印象。钱起为浙江湖州人,公元752年进士,时有隐逸之意流露。杜佑在樊川的别墅属于城南之最,其陇云秦树,风高霜早,周台汉园,斜阳衰草。杜佑的坟墓在樊川北岸的少陵原。

> 谁无泉石趣，朝下少同过。
> 贪胜觉程近，爱闲经宿多。
> 片沙留白鸟，高木引青萝。
> 醉把渔竿去，殷勤藉岸莎。

这是郑谷在樊川的感受，他听闻几个朋友要游樊川，兴起，遂将自己的情思告诉了朋友。郑谷是江西宜春人，公元887年进士，其以咏叹鹧鸪而为长安文人所知。

> 邀侣以官解，泛然成独游。
> 川光初媚日，山色正矜秋。
> 野竹疏还密，岩泉咽复流。
> 杜村连滈水，晚步见垂钩。

这是杜牧在特定心情之中的樊川：他邀请舍人沈询游其故园，遗憾没有等到。杜牧是杜佑之孙，25岁那年进士及第，以济世之才而自负，曾经多方为官，公元852年逝世。

实际上樊川不仅仅是风景秀丽的郊野，如果它单单是一个河水流淌而山原并立的地方，那么它就不会产生如此巨大并持久的魅力。这里建造了很多的山庄别墅，为达官富豪所有，其中著名的是何将军山林、郑驸马池台、牛僧孺郊居和杜牧别业。骚客也是希望从政的，他们喜欢樊川，难以排除希望亲近达官富豪的心理。樊川就有一些骚客的庄园，岑参、韩愈、元稹、郎士元、权德舆和韦庄，都曾经在这里居住。在中国，知识阶层一直存在着这样双重的性格，既热衷仕途，又喜欢逍遥，仕途使他们显赫，逍遥使他们自在。这是一种矛盾的心理，樊川为这种痛苦的消化提供了条件，这就是：他们既可以投入官场，又可以寄情山水，尤其是官场的失意能够在山水之中解脱。我认为，在樊川，集中地体现了唐代知识阶层的一种观念。现在，那些漂亮的山庄别墅已经没有了，但那种既想入世又想出世的心理，却一代一代地积淀着遗传着。

去年今日此门中，人面桃花相映红。
人面不知何处去，桃花依旧笑春风。

这是崔护的诗，题在樊川的一个农家的门扉上。他是河北定县人，公元796年进士，不过大约在此之前，他落第独游樊川。时在清明，他散步于鸟语花香之中，不知不觉来到一户农家。此处草木葱翠，寂静无声，遂敲门求饮。一位女子开扉递水，之后，独倚桃花之下，注目崔护，倾慕之情忽然流露。崔护询问，她不语，遂默然而去，这时候她很是惆怅。到了次年春日，崔护思念之情涌动，便再到樊川，寻找这个女子。然而，门墙如故，桃花盛开，人已经无影。

在唐代产生了众多的诗人，崔护，以他唯一的一首诗而名垂千古。人们无不赞赏他形神皆备的人面桃花，可我感兴趣的却是崔护在落第之际到樊川独游的目的。感伤与落寞的心是需要同情和鼓励的，然而他所需要的，五陵少年不会给他，长安王孙不会给他，如果幸运，那么他会遇到为官的骚客，也许他们可以给他以帮助，这种帮助即使是一些简单的安慰，都可能让他温暖，于是，他就到了这骚客好聚的樊川。我想，这样的猜测是有一定道理的吧。

当然，樊川在历史上所显示的分量，还有一个重要的原因是：这里有八大佛寺。佛教传入中国是在汉代，不过它作为具有中国特色的佛教的完成，显然是在唐代。这个阶段，上流社会和下层人民都以信奉佛教为大事，他们从佛教之中，接受了因果报应和平等要求的观念，从而使佛教成了这个时代的主要信仰。唐人希望佛居住在青翠的樊川，这样，樊川就有了八大佛寺，其中屹立于少陵原南岸的兴教寺和坐落在神禾原北坡的香积寺最为著名，尽管历经沧桑，但我在樊川却仍可透过丛丛树木，看到兴教寺的红墙，并穿过蒙蒙烟岚，发现香积寺的砖墙。红日蓝天之下，佛地一片静虚。这样，樊川就不但表现为这里有世俗的快乐，而且有天国的气氛。

在这里，我久久沉浸于樊川的昔日，难以自拔。我从零落的诗歌之中，看到了樊川的华丽、尊贵、秀雅和宁静。这是一个民族精神处于高峰阶段的产物，想象一下那个时代，想象一下那个时代的情调，我感到自豪。

可惜，在历史的进程之中，一次接一次地出现兵乱、起义等战火，它们将赫赫唐都多次洗劫，多次毁坏，樊川当然也不能避免被践踏了。事实是，现在要在这里寻找一块别墅庄园的砖瓦都很困难，甚至当年那些贵族的后裔都下落不明。

然而，樊川犹美，这是我的感觉。在春天的樊川，我情不自禁。它属于我的故乡，我有幸自己的家就在少陵原。小时候，我曾经向这里眺望，在这里走动，但樊川的美却只有在这个春天我才能如此明确地认识和领会。

黄昏，夕阳柔和的光辉照耀着樊川，由于没有山也没有原的阻挡，那些金黄的颜色长驱直入，铺满大地，并久久在这里徘徊。光洁的古道悠然地从这里通过。人已经稀少了，高耸的一棵连一棵的白杨，排列于古道两旁，微风吹拂着明亮的树叶，银灰的树皮反射着夕阳的光辉，那里偶尔会出现昆虫啄出的黑色的窟窿。走在这样的古道上，心情是难以平静的,你会想到从田野突然窜出的土匪,也会想到曾经有唐朝的文官武将在这里通行,他们或坐轿子,或骑骏马,随从和美女跟随其后。

韦曲附近,到处都是菜园,农民将塑料薄膜搭成拱形的棚子,温暖的薄膜之中,鲜嫩的蔬菜正在成长。棚子一个一个联合起来,使大片的田野都处于塑料薄膜的覆盖之下,于是薄膜的白色就在夕阳的映照之下一片明亮,这使远方稠密的树林显得幽暗、阴沉、凝重。农民正在菜园浇水,施肥,锄草,一个壮实的姑娘,面色红润,汗水微渗,扶着锄头向古道上的行人张望。红色的倒扣的瓦罐下面的,是韦曲的名菜韭黄,其叶黄似金,茎白如银,整齐卫生,爆炒脆而不顽,做汤浮而有腴。

小麦正在拔节,乌黑的秸秆密密麻麻,在夕阳之中凝然不动,坚不可摧。一种夏天的庄稼成熟的气息,正从远方而来,从孕育着的穗子而来。桃花已经谢了,树下的落英,仿佛红霞铺在地面,豌豆大小的果实开始生长,也有一瓣两瓣干枯的桃花仍夹杂于它的绿冠之中。菜花长得发狂发疯,很多都开了权枝,过一些日子,它就要成熟,那时候,农民会用锋利的镰刀收割它,碾打它,然后将红沙似的菜籽装进机器搅拌,从中榨取它的汁液作为食用油。

比较平缓的神禾原北坡,为淡淡的雾气所掩映,绿光在那里闪烁。少陵原南岸绵长的悬崖一带,开满了紫色的桐花,无穷无尽的桐树,将硕大的树冠支撑在蓝色的瓦房上空。从韦曲到杜曲,这些桐树组成的景色没完没了,你随时可以看到朴素的桐花,夕阳之中,它的芳香一阵一阵地在樊川流动。其他杂草和杂树,都尽力占据南岸的一方水土。这里阳光充足,空气清新,有风有雨。一个牧羊的农民,驱赶着棉团似的白羊在弯曲的小路上走动,可见鞭子挥,不闻鞭子响。在挖掘得非常平整的崖畔,常常会现出成排的窑洞,它们曾经为军队所居住,但我看到的却是废弃的黑洞，它们将自己寂灭的眼睛对着夕阳普照的樊川，显得神秘莫测，阴森可怕。黑洞远离村子，处于荒野的平坡，没有人知道其中窝藏过什么，也没有人知道其中即将发生什么。走在白杨萧萧的古道，眺望着在夕阳之中那么宁静那么沉默的黑洞，我不由自主地胡思乱想，我总感觉一些特殊的人会在那里做些什么事情。

绵延十五公里的少陵原南岸，并不是一样的平整，它不但上下起伏着，将天空挤压成一条游动的曲线，而且某些地方会忽然向前突出，像一头老牛伸长了脖子要吃樊川的禾苗，某些地方会突然向后缩回，像一只巨龟收藏了自己的脑袋。不过，沿着向阳的南岸一带，村子是众多的，它们一个连着一个，各种各样的杂树，欣欣地从房屋前后街巷左右窜出。在幽静的绿叶之中，显得十分嚣张的一种当然是桐树，它全然是紫色的大朵的桐花。村子是安静的，大人都劳作去了，唯有小孩、狗、鸡在村子玩耍。这里建了几个学校，夕阳之中，成群成群的学生坐在半坡上读书，有的站在树下吟诵，他们面对空蒙而翠绿的樊川沉醉着。

我曾经在坐落于少陵原南侧的长安一中学习了半年。那时候，我正为考取大学积极准备，在同学之中，我是最贫穷最忧郁的一个，我视大学为我命运的转折。我穿着补丁衣服，啃着干硬的馒头，寻找我所需要的教师以向其请教。我18岁，常常独自在樊川散步，在少陵原走上走下，我强烈地感觉一种纯正而顽强的气息在我身心涌动。那时候，我专注地复习我的功课，没有心情欣赏樊川的美。尽管如此，它的美仍然渗透于我的灵魂，陶冶着我的精神，甚至，它的美为我做着向上的启示。遗憾的是，对这样积淀着中国文化的自然环境，我久违了。复杂而喧闹的生活诱惑着我东进西攻。某些时候我感觉茫然，我怀疑我的追求。我不知道我攫取的是垃圾还是金子。我难以意识我在向什么方向发展。

夜晚，我感觉少陵原和神禾原为樊川制造了一种闭塞之感，这里显得十分黑暗，但狭长的苍穹却因为樊川而格外透明，无数稠密的星星像玉兰一样开满天空，我在城里永远难以看到这样清朗而爽快的天空。一些星星是朦胧的，它在遥远的银河之外；一些星星是灿烂的，闪烁着雪山或河冰似的光芒。南边的天空，逐渐地倾斜下去，飞越神禾原，投入终南山。北边的天空显然为少陵原生硬而陡峭的悬崖所切断，那种起伏的印痕清晰可见。在这里，我惊奇地发现天空不是沉寂的，它简直是一个由星星组成的热闹的世界。树木已经被夜晚的雾气融化，唯有高高在上的白杨的树冠悬挂天空，不过它们的树干也消失了，树枝也消失了。零落的灯光从村子闪出，我走过麦田之间的小路，感到林子的众多的灯光被蓊郁的树木遮挡了。平坦的古道已经没有什么行人了，唯有汽车偶尔疾驰而过，汽车的灯光迅速地从麦田扫过，铁青的凝成一片的麦苗遂有了嫩黄的色泽。灯光轻快地滑翔着，仿佛麦田起了波浪。汽车消失在遥远的地方之后，这里归于宁静。寒凉的风，含有一种春夏之交的混合气息，这种气息让我兴奋、振作，感到生活的魅力。在夜晚的樊川，这种感觉竟是那样的强烈，我几乎要呼喊而出。我面对着无边无际的麦田，面对着终南山、少陵原和神禾原，面对着星空，我就那么呼喊了。然而，我的声音消失在旷野之中，一点儿回响都没有。倒是农人在他们房子咳嗽的声音，母亲迷迷糊糊拍打孩子的声音，我听得清清楚楚。狗会忽然在一个遥远的地方叫唤起来，于是，四周的狗就都在狂吠。

早晨，空气是清冽的，仍带着寒凉之意。我骑着车子，手在风中感到冰冷。淡淡的白雾淹没了整个樊川，麦田、树木、流水，甚至行驶的三套马车，都仿佛在乳汁之中洗濯了一样。小麦的叶子微微有些蜷曲，而白杨的叶子则敷着薄薄的水汽，它们都将在阳光照耀之后舒展或蒸发。

桐花膨胀在湿润的空中，似乎更娇嫩，更丰腴，它的气味在早晨仿佛浓缩和凝结了，那般使人感到刺激。太阳红了，樊川一片熹微，各种各样的鸟儿从树林飞了出来，它们鸣叫着，在槐树、椿树和白杨之间跳跃。新的一天在樊川开始了，我看到，成群结队的孩子在走向学校，农人走向田野，有的农人通过古道到城里去经营其他生意。妇女已经在溪流之中洗衣，那些溪流是从少陵原和神禾原的根部冒出的，沿着樊川一带，随时随地都有水从高原的根部冒出，那水是细小的、绵长的，经过深厚的黄土的过滤是洁净的。几乎在原下的所有村子，都有这样的溪流，溪流的两旁，耸立着粗壮的老树。

中午，我沿着潏河顺流而行，明亮的阳光照耀着樊川这片低凹地带，广袤的田野，散发出一种土壤与麦苗混合的气息，这气息是浓郁的，只有富饶的地方才有这样的气息。潏河穿流在这样的气息之下，它宽大的河床满是石子，这些石子可以作为建筑材料，农民挖掘石子所留下的坑洼到处可见，狼藉斑斑。茂盛的白杨，扎根在潏河两岸，常常有白杨倾斜于水面，它明亮的叶子，仿佛打了油一样光滑，微风翻动着它们。阳光穿过白杨的枝叶，让水变得闪闪烁烁。河水平缓地流淌着，它时而展开成为薄薄的一片，时而收紧成为细细的一束。圆的石头扁的石头，时而露出水面，时而深入水底。沿潏河而行，我在微微的闷热之中，感到一股清爽，这当然是水的气息。可惜，水在杜曲一带给污染了，我难以相信水成了这样的颜色和形状：河床之中，仿佛铺了一张肮脏的牛皮，一股潜在的力推着它迟缓地走动。聚集在一起的泡沫随之漂浮，所有的石头和草蔓都沉潜于这张牛皮之下。这一带潏河，西安美术学院的学生称之为啤酒河，而村子里的农民则称之为酱油河，足见其污染的程度。我在一片野草丰厚的田间躺了下来，我不由自主地躺在那里。天空并不是蔚蓝，仿佛更多更深的是灰白，云没有形成那种游动的团状或块状，云是薄薄地连接在一起的。四周是寂静的麦田，不过，在寂静之中仍有自然的声息。我可以感觉昆虫的活动，蝴蝶或蜜蜂会从我身上飞过。

迥野翘霜鹤，澄潭舞锦鸡。

我默默地吟诵着杜牧的绝句，一种巨大的变迁之感敲击着我的心。不但人类在变化，而且其赖以生存的环境也在变化，悲哀的是，这种环境并没有向好的方向发展。我躺在那里，倾听着潏河流动的声音，竟产生了这样的忧患：人类贪婪地攫取自然，这种不顾后果的行为，可能就是自掘坟墓。我想如果杜牧先生现在看到潏河，一定是没有诗兴了。

然而，当我从田间站起来的时候，我仍可感到无穷无尽的苍翠向我靠拢，向我汇集，而且所有的树木、绿草、田野、小桥和流水，都沉浸在明媚的阳光之中，于是我就这样告诉自己：

"我们的祖先毕竟是智慧的，看看这里宁静的天空，看看山的白岩和原的黄土，看看风怎样吹动树木的叶子，看看鸟怎样展开光滑的翅膀，看看混在杂草之中的野花，看看照在石头上的阳光，看看古木掩映的佛寺，看看麦田相夹的小路，你就会知道他们多么亲近自然，多么注重享受，你就会发现他们灵魂之中消极与隐逸的意识多么深刻，如果你沿着这种思路继续行走，那么你大概就知道了自己所属的这个民族的性格，问题是，不论你是自豪还是悲哀，你都是属于它的。你别无选择！"

附　记

这是 1992 年的樊川，今天已经大变，尤其吵闹多了。樊川长大约 15 公里，宽大约 3 至 4 公里。樊川也就是后宽川。

选自《美文》2024 年第 9 期

刘星元

云少年

刘星元

1987年生,山东临沂人,中国作协会员、山东省作协签约作家,作品散见《人民文学》《中国作家》《十月》《花城》《天涯》等刊,出版散文集《小城的年轮》《大地契约》《尘与光》,获山东文学奖、滇池文学奖。

一

养蜂人的故乡长在腿上，他走到哪里，故乡就跟着他抵达哪里。只要能够到达的地方，养蜂人就不允许任何一朵花虚度春天，他们用货车载着自己的蜂箱和家当，绕过一座座山，越过一条条河，避开人口密集的城镇，如背负罪孽又似怀揣信仰的人，一意孤行，直至将自己放逐到繁花盛开的静谧之境。

鄙乡三面环山，将四条河流、五座村庄、万亩土地搂在里面，形成了一处小小的盆地，只留下一个狭窄的缺口。山矮矮的，却足以阻截许多外来人的脚步，那些人走到山前，稍一掂量，就摇摇头回去了，他们不知道，也不想知道山后面是怎样的一处所在。养蜂人却不同，他们一路循着花香而来，甫一靠近缺口向着里面窥探，就下定了在此驻扎的心思——五颜六色的花铺满了整个盆地，却不见一只蜂虫忙碌其间，春风一吹，花香就沿着矮山的脊背翻涌，聚集，最后扑向了盆地的缺口，扑向了站在盆地缺口处的养蜂人，似乎这声势浩大的春天只为迎接他的到来。

盆地那么小，小到只能容纳一户养蜂人，谁先到达，谁就拥有了整个盆地的花蜜，盆地也就成为他驻足数月的故乡。每年草木返青时，就会有一批又一批的养蜂人到来，他们或孤身一人，或搭档结伴，有的甚至携家带口，如旧日驱赶着牛羊追逐水草的游牧民族。可他们一旦发现其他养蜂人的踪迹，就会迅速转投别处，绝不拖泥带水。甚至，有些养蜂人连盆地都还未进，只要看到在花田里横冲直撞的蜜蜂，就会转身而去。

养蜂人会尽可能地选择在毗邻水源的地方落足，他把几十甚至上百个蜂箱从货车上搬下来排列好，才去为自己搭建帐篷。蜂箱被一行行、一列列地排开,如地里的玉米苗般向阳而生。我能听见诸多生灵发出的嗡嗡声,但我不敢靠得太近,生怕它们感知到陌生人的存在,携着尾尖的利剑向我冲锋。我害怕且喜欢这些小小的生灵——整个盆地都在用花儿孕育甜蜜,而我却无法舔舐;它们一来,我就拥有了无数个灵巧的舌头,这些探向花蕊的舌头无视春生夏长秋收冬藏的规矩,让收获在春天提前抵达。感谢这些生灵,是它们用最为朴素而生动的劳作告诉我,盆地是甜的,春天是甜的,我的少年时代也是甜的。

养蜂人刚安顿下来,就会提着篮子挨家挨户地敲门。篮子里放着数十个小小的玻璃瓶,瓶内装着在上一个驻地收获的蜂蜜。吃人嘴软,村里人接受了他的蜜,他才能安心在此采更多更甜的蜜。

按照惯例,养蜂人会在盆地待上四五个月,四五个月后,花期渐失,再待下去,蜜蜂们只能坐吃山空。这时候,养蜂人就会从县城货运站租来一台货车,拆掉帐篷,收拾行李,将蜂箱搬入车厢,如来时那般驶出盆地,驶向繁花盛开的远方,继续寻找着值得落足的新故乡。养蜂人走了,如一朵云飘过盆地就无影无踪了,很快人们就会忘掉。只有某处毗邻水源的土坡间散落的碎骨、摔碎的瓦罐以及缠住草木的塑料袋,还在妄图提醒常住盆地的人,他们的确曾在此停留。

或许只有我最在乎养蜂人的去留。蜜真甜啊,家中无人时,我就打开瓶盖,将筷子探下去再提上来,闭眼贪婪地舔舐筷身。许久之后有客到来,母亲想要为客人冲一碗蜂蜜水,却发现蜂蜜已所剩无几。挨打是不可避免的,但用一次皮肉之苦换取无数次的舌尖之甜,我觉得赚了。

美好就是这样,经历过,便会一直期待。我盼啊盼,盼走了夏天,盼走了秋天,盼走了冬天。在梦里,春天终于重新降临,养蜂人的货车从盆地的缺口驶入,车厢里摞满了蜂箱——他携带着我朝思暮想的甜蜜而来。

二

8岁那年的春天,除了养蜂人按照惯例赠予的蜂蜜,我还额外获得一瓶。那一瓶蜜是养蜂人的儿子专门送给我的,它独属于我,无须与任何人共享。我贪恋它的甜,又忧虑它的少,每次只在舌尖点上一小滴,这样就可以更为长久地拥有它。我随身带着那瓶蜜,生怕被其他人发现并夺取,然而在爬树摘槐花时,瓶子从口袋里滑出来,摔在了地上。瓶碎蜜淌,我趴在树杈上默默流泪,趴在另一个树杈上的丁云则不断安慰我,但那些安慰之辞没有一句能抚慰我的悲伤。直到丁云说:"不就是一瓶蜜嘛,我再送你一瓶。"我这才渐渐止住眼泪,因为我知道,作为养蜂人的儿子,他的确有能力兑现自己的承诺。

那年丁云10岁,他父亲给我家送蜂蜜时,他就跟在后面,而那时,我正在被父亲罚站。世间从来不乏以大欺小的事,只因为折断了邻居家植下不久的香椿树,父亲就要罚我面壁思过。我笔直地站着,以近乎贴着影壁墙的姿势。我的影子沿着墙壁铺开,它比我原本的身躯要矮一些,让我疑心有一截躯体还蜷窝于石砖与石砖之间的缝隙里,一时之间难以爬出来。我脚尖前有只蚂蚁在挣扎,它被沼泽困住了,始终难以脱身——那沼泽就是我的泪,不久前,我被父亲揪过来,他狠狠地踢了我几脚,眼泪就被我生产了出来。

春天里所有的事物都很快乐,除了被责罚的我——这么想着的时候,那几只不长眼的蚂蚁出现了,它们在我面前肆无忌惮地奔跑着,一点儿也不体谅我的心情。不赞美就是反对,不体谅即是嘲弄——我气量狭小,仇恨一切不能共情者,决心要以自己的方式发泄委屈和愤恨。如天空祭出的巨锤,我一脚踏在了蚂蚁们的身上,再抬起脚,就看见两具蚁尸，其他的幸存者受了惊，四散而逃。灾难总是接踵而至，有一只蚂蚁在慌乱中撞进了我用眼泪打造的沼泽，和着泪水的泥土那么黏稠，困住了它小小的躯体，它努力向前奔爬，可怎么也拖不动粘连于身的泥。它本可以绕过沼泽的，只因太过慌张，就这样慌不择路地陷入了泪水浇铸的陷阱。

父亲总想自塑一副温润开明的形象，但他的儿子却时常闯祸，不给他这样的机会。教训儿女是他的责任，但是他却是个要脸的人，每次都是在反锁着的院子里对我进行惩戒，骂我时压低声音，生怕被其他人看到听到。这就是那一天的场景了，对经常闯祸的我而言，若是养蜂人没有敲响院门，那日与往日就没有什么不同。那天是父亲最先听到的敲门声——他立刻警觉起来，将面壁思过的我扯到一边，狠狠地剜了我一眼，然后才去开门。

门口站着两个人：一个大人，一个孩子。看起来，大人与我父亲岁数大致相当，孩子则与我差不多年龄，我因此猜想，他们应该也是一对父子。那个大人在与我父亲交谈，他用的并非我们这儿的口音，我听不大懂，就去看他身后的孩子。那孩子居然也正在往我这边看，两个孩子的目光撞到一起，我看到他向我笑了笑，但是我却不想用同样的微笑回应他——我脸上还挂着风干的泪痕，它们流淌时一定曾裹挟着我脸上厚厚的泥土，画下了糟糕至极的图案，我有理由相信，那个孩子的笑容里藏着尚未暴露的嘲讽。

意想不到的是，第二天一大早那孩子就来找我玩了。我不愿搭理他——他虽未目睹我面壁思过，但完全可以从我脸上的泪痕猜测出我曾受过皮肉之苦，我不想与一个了解我窘迫秘密的人成为玩伴。我在前面走，他在后面跟；我在前面跑，他在后面追；我虚晃一枪从他腋下钻过去，向着村外奔去，他也马上转头跟着我奔向了村外——他就像一条讨厌的尾巴，怎么甩都甩不掉。我累了，迎面躺在村外的斜坡上，大口喘气。那孩子也学着我，躺在旁边。喘息了一阵之后，他从口袋里拿出一个玻璃瓶，打开瓶盖，抿了一口。随后他从另一侧的口袋又拿出一个玻璃瓶，递给了我。我知道瓶子里面装着什么，告诉自己不能接，手却不老实，不由自主地握住了瓶子。

丁云就这样用一小瓶蜂蜜俘虏了我。

三

丁云就像一只不知疲倦且满心好奇的小鹿，对我们这儿的什么都感到新鲜。

我折了一枝柳树嫩条儿，拧动树皮，使之与木芯脱离，做成一只柳哨，放在嘴里吹出欢快的声响。他依葫芦画瓢也做出一只，对着我吹，却喷出了一口唾沫。我们俩嘴里叼着柳哨，模仿唢呐艺人的样子，时而摆动着身体向着天和地吹奏，时而昂首挺胸将尖厉的声音击向远方，所过之处，隐藏于树杈、沟渠、草垛里的麻雀纷纷受惊，几番起落，隐藏到更远的地方。我与丁云于持续的吹奏中相互对望，对驱赶麻雀的效果颇为满意，吹起柳哨便也愈发卖力。

有时也会带着丁云去河里捉虾。河水浅而清，俯身观望，时常可见近乎透明的小虾悬于河石间的静水中，虽用腹足有一搭没一搭地划着水，但整个躯体看起来是静止的。小虾们貌似笨拙，实则机警，一旦察觉到危险，就会迅速弹射遁走。丁云不得要领，只要看到小虾就向前扑，虾没抓到，自己却一不小心踩在鹅卵石上，"扑通"一声摔进了河里，我笑,他也跟着笑,全不在乎自己浑身早已湿透。我们点燃捡来的干枯树枝,将串在竹签上的小虾架在火上烧烤,不时撒下从家里偷出的盐粒,小虾们散发着微微的腥味,可是真香啊,香到一次次驱使我们冒犯河水的领地。

那时候盆地僻塞,唯一出入盆地的道路也狭窄,很少看到新颖的景象,一旦出现一台行驶的汽车,无论在玩什么游戏,我与丁云都会迅速向着道路奔去,在汽车的必经之处站好,当它驶过我们的那一刻开始,就使劲嗅吸它排出的好闻的汽油味儿。甚至,我们还会追着汽车跑上一会儿,希望口鼻中的汽油味儿能更持久一些。汽车卷着灰尘,很快就爬出了盆地,不能再追了,我们俩就这样并排站在道路中间,怔怔地目送它离去,心里浮动着若有若无的落寞。

我8岁了,许多游戏早已玩腻,但丁云的加入却让我感受到重复操作这些游戏的快乐——我隐隐发觉,他虽然比我大一岁多,但似乎很崇拜我,这种感受满足了我的虚荣心,诱惑着我更为卖力地带着他玩耍。我带着他尿滋蚁巢、火烧蜂窝、鞭抽鸭鹅,用竹签插入蜻蜓腹中,让它拖着沉重的苦痛向远处飞去。在我和丁云看来,这些游戏是悦己的、好玩的、有意思的。许多年后,我儿子开始从游戏里习练生活的经验,我在对他的观察中体悟到,纯真并非没有杂质,美德不是单一制品,看似美好的事物内部,或许就隐藏着小剂量的残忍。以儿子为镜,我照见了二十多年前的自己,才发觉"残忍"早就在我身上萌芽了。

可是当时,我的确从小生灵们的苦痛中体会到了难以名状的欢悦,作为同谋,我确信丁云也是快乐的。但与我不同的是,丁云却对蜜蜂十分爱惜,甚至爱惜到不惜与我翻脸的地步。某次我特意用网兜罩住一只蜜蜂,想让它也体会一下蜻蜓遭受的痛苦,丁云却一把扯开网兜,放走了蜜蜂。因为这事儿，他竟整整一个下午都不搭理我。还有一日，我和丁云正在池塘边比赛钓鱼，风雨突起，我们被迫中止了游戏，各自回家。第二天风和日丽，我们一起去果园里玩儿，昨天还悬于枝头的花朵已散落于地面，在落花之间，我们发现了几只蜜蜂的尸体。丁云蹲下身子，将它们一个个地捡起来，用手挖了个坑，埋了进去。当发现有一只蜜蜂还活着，只是不能振翅而飞时，他用双手拢着那只小可怜，似遗忘了我一般，径直向着自家的帐篷走去。

我想起了自己养的鸡雏。春天里，总有陌生人骑着自行车来到盆地，后座上固定着一个巨大的笼筐，里面装着数百只小鸡雏。鸡雏可以赊，卖鸡雏的人将每一桩生意都记在本子上，到了第二年再来卖鸡雏的时候才收账。数百只鸡雏挨挨挤挤地塞在笼筐里，各种颜色都有；它们的叫声尖尖弱弱的，绒毛软软暖暖的，让人心生怜爱。我多喜欢那些毛茸茸的小东西啊，每次都央求母亲多赊一些。为了配得上对它们的喜欢，我每天都会去野外挖苦菜，用菜刀切得细碎，与清水、小米和在一起，希望博得鸡雏们的青睐。饶是如此，时不时就会有几只鸡雏死去，等到熬过它们最娇弱的时日，幸存的已不过十之三四。那时候，每死掉一只鸡雏，我就会难过许久。

那天我远远地跟在丁云身后，直到看见他到达自家的帐篷，才止住脚步。想起那些死去的鸡雏，想到被丁云拢在手心的蜜蜂，我突然觉得，他与我就应该是一对好朋友，而且是最好最好的朋友。

四

丁云与他父亲一样，说一口我之前从未接触过的话，刚开始听不懂，后来慢慢适应,居然能猜出八九分了。语言的重要性凸显出来后,我才发觉,丁云其实是个健谈且多闻的少年。

丁云说,有一种植物开出的花是金黄色的,它们就如一张用带着香味的洗衣粉洗过的毯子,铺在一望无际的大地上,比天空还要辽阔;丁云说,有一条很宽很宽的大河,比一百条我们面前的小河加在一起还要宽,他坐在货车里,从河这岸到达河那岸,用了很久很久的时间,久到能睡一个长长的觉;丁云说,在南方的一片树林里,趴着一只巨大的石头乌龟,龟背上驮着一个高高的石碑,上面刻着许多好看的花纹和坑坑洼洼的字。还有长得像猪一样的鱼、比手臂还要粗的蛇、顶着弯曲的大鼻子的虫子……

我记不清丁云具体是怎样描述这些事物的了,因此在转述时动用了成人化的语言。我并非要客观复述往昔,而是想借此叙说,那么多稀奇古怪的事物,每一种都是8岁的我见所未见、闻所未闻的,于是我确信它们都是丁云编出来的。可是许多年后,我见到了油菜花、见到了长江、见到了驮碑的赑屃、见到了越来越多丁云描述过的事物,它们在生活里逐个应验了。如今想来,从某种意义上说,丁云是我的启蒙老师,让我提前知晓了外边有很多超出我经验范围的东西,只是我如坐井之蛙,偶尔看到有几朵云卧在高处,便以为那就是全部的天空了。

事实上,那时的我既希望丁云多说一些稀奇古怪的事物,又总会在他讲述完之后露出一副不屑的表情。当时的我明知道丁云"谎话连篇",但又不得不在心里承认,他说的那些东西的确很有意思。至于非要露出不屑之色,是因为我一直在与他暗暗较劲儿——成人世界的规则,皆是对童年秩序的升级完善,当时的我已经模糊地意识到,谁懂的越多,谁就可以在交往中对许多决定占据更多的主动权。自卑作祟,我不愿承认丁云见多识广的优点。

丁云给我讲述了那么多新奇的事物，却从未聊起过自己的家庭。有一次，母亲给我做了一件新衣服，我穿着新衣服在他面前显摆，一口一句我娘怎么怎么好，刚开始他还附和两句，某一刻之后，他突然起身，向着帐篷走去，任我如何喊他，他却再也不搭理我了。直到第二天下午，他才来找我玩，并且悄悄告诉了我他的秘密。

他说他从小就没有母亲——奶奶告诉他，在他两岁多一点儿的时候，母亲和父亲一起去外地养蜂，某一日他父亲一觉醒来，母亲就不见了，怎么找都找不到，他父亲报了警，但始终没有一点儿消息。那年他父亲孤零零一个人回到老家，消沉了两年后，才重整旗鼓，再次踏上了追逐春天和花讯的旅途。丁云6岁时的秋天，奶奶因病去世，他父亲从外地赶回来奔丧，之后就将他带了出来，父子俩从此四处漂泊，到了哪里，就把哪里当作自己的家。他才10岁，就已跟着父亲去过了很多地方，他们沿着春天流浪的足迹一路向北，又循着气温的变化一直向南，齐家沟、王家庄、官营、马坊……他们的驻足地，我一个都没听说过，直到他提到有个地方叫作"孟家庄"时，我顿时兴奋起来，说我去过，离这儿五六里，我姑姑家就在那里。丁云却说不是我说的这个孟家庄，而是很远很远的地方，那里靠近大海，到了晚上，海水拍打着海岸，像是一头大怪物在那儿哭，吓得他紧紧裹着被子。丁云还谈到他的父亲——他在这世上唯一的亲人——因为从小与奶奶一起生活，他对一直漂泊在外的父亲是陌生的，陌生到"爸爸"只是一个名词，当他6岁被父亲带走时，他甚至以为钳住他手腕的人就是奶奶常说的人贩子，他大哭，却无法挣脱。

"你不爱你爸爸？"

"我不知道。"丁云抠着手，低着头沉默了一会儿说："他很好。"

晚上给母亲说起这件事儿，母亲听完，说小孩子懂什么，就转身忙别的去了。自那之后，母亲时常留丁云在我家里吃饭，对丁云说话似乎也比以前更温柔了。

此时回想起来，我才体会到，丁云可能比我更自卑。他之所以乐于讲述那些稀奇古怪的事物，更多的是自尊心在作祟，他用自己的见闻弥补着自己缺失的东西，掩饰着自己的疤痕，可他又怕我嘲笑他、无视他、丢弃他，于是不惜自曝秘辛，讨好般维持着友谊。然而创伤深邃，即便是在陌生的异地，疼痛感依然会在孤寂时现身，如尖利的锥子，直插他羸弱的漂泊之身。

五

与丁云相识不久后的一天，母亲交给我一个自己缝制的书包，送我去上学。

学校就在村头，距离我家不过二三百米。虽被称为学校，其实只不过是个教学点，拢共三间瓦房，只有一位老师，只设小学一年级的课程。早就过了入学时间，我属于插班，到了下个学期才能正式入学。或许是因为与母亲沾亲带故，尽管我不属于正式的学生，老师却一视同仁，有时候甚至单独给我补课。我原以为上学是一件很有意思的事儿，但在手心遭受了柳条的特殊照顾后，才发现自己是那么讨厌老师，讨厌学校。

那段时间，我甚至还讨厌起了丁云——他时常骑在学校的矮墙上给我打招呼，我不想理他，因为我正在按照老师的要求书写拼音字母，一旦回应了他，势必又会遭受柳条的特殊照顾。丁云见我不理他，便愈发嚣张,向着教室一直喊我的名字,老师不得不时不时地走出教室训斥他。老师几步跨出房门,目光暂时离开我,我就会迅速将脑袋扭向丁云所在的方向,就看到丁云在老师的斥责声中快速跳下矮墙,不见了踪迹。然而等到老师刚走进教室,丁云的喊叫声就会再一次响起来。

丁云惹恼了老师,但他抓不到丁云,就将恼怒发泄到我身上——谁让丁云喊的是我的名字呢!老师频繁让我站起来读拼音字母,让我默写生字,让我擦黑板,稍不如意,就会罚我的站。丁云只要看到我被惩罚,就会哈哈大笑。我盘算着,放学后一定要找丁云兴师问罪。他年龄虽比我大,个头却并不比我高,我自信能够打得过他,可每次气势汹汹去找他,他都笑脸相迎。我自然不会因为一张笑脸就宽恕他,可他有绝招——从口袋里掏出一瓶蜜,打开瓶盖,将一滴黏稠的液体滴在我手心。我舔舐着,不好再与他计较什么。

有几次,我发现丁云偷偷翻看我的课本,但他并不认识字,只是欣赏里面的插图。他看得那样仔细,甚至还把卷了的页码一一抚平。某个周末,他很早就来找我,用力把我从床上拉起来,兴奋地对我说:"我爸说了,到了秋天就送我回老家上学。"我迷迷糊糊地答应着,一侧身又躺到了床上。他显然对我的态度很不满,再次将我拉起来,大声重复着刚才的话。等我上了小学二年级,才逐渐体会到丁云当时的心情——自始至终他都向往着学校,之前的诸多叛逆行为,其实是亲近学校的一种方式,类似于我多次将苍耳子撒在某位女生的身上——我喜欢她,却不知该用怎样的方式表达,最后选择了最为极端的一种:伤害。

丁云说父亲许诺他上学的前提是挣了钱,怎么样才算挣钱呢?或许就是多收获一点儿蜂蜜吧。可是那年,盆地的气候对养蜂人并不友好——一直多风,大风披着夜色奔驰,自盆地的缺口处长驱直入,许多花儿被吹落枝头，贴着地面滚爬。花朵一少，蜜蜂就闲了下来；蜜蜂一闲，养蜂人就慌了。村里的邱爷爷亦养蜂，许多年前有养蜂人在此驻扎，走时有一些还在野外奔波的窝蜂没来得及跟上，就聚到了果园里的树杈间，路过的邱爷爷用一锨土扑下来，再用抹着红糖水的笊篱将它们引了进去。他将蜜蜂们放进固定于墙头的陶罐，用草屑和泥封住罐口，底部钻了一个小孔，供蜜蜂出入，却可以阻止躯体稍大的蜂王逃亡。自从养了蜜蜂后，他就开始敌视外来的养蜂人，在他看来，盆地的花蜜是有数的，别人的蜜蜂多采了，他的蜜蜂就会采得少。气候不谐的时候，这样的心思尤甚。

那年的大风不仅吹落了许多花朵，还把邱爷爷的陶罐吹落了墙头，罐破蜜残，蜜蜂跑得一干二净。看到丁云家的蜂箱完好，邱爷爷酸了心，散布消息，非说自家的蜜蜂一定是跑到那里面去了。丁云的父亲听说了，知道自己是外地人，谁也得罪不起，索性又送给邱爷爷一窝蜂。自那之后的数年间，邱爷爷再未说过养蜂人的不是，他甚至还主动接触养蜂人，向他们请教养蜂知识。

世间的事真是蹊跷啊——数年之后，邱爷爷的女儿跟着一个来盆地养蜂的人跑了，一气之下，他摔坏了自己视若珍宝的陶罐，无家可归的蜜蜂们聚拢于不远处的树杈上，他就用鞭子驱赶，那群蜜蜂起落数次，终于不堪其扰，自此飞得无影无踪。从那之后，邱爷爷再也没养过蜂。那一年，邱爷爷几乎把所有来过盆地的养蜂人骂了个遍，其中自然少不了丁云和他父亲。他说丁云的父亲没能耐，三脚踹不出一个屁来，居然让自己的婆娘跑了；说丁云长得贼眉鼠眼，小小年纪就没人管教，长大了也不是好东西。我替丁云感到难受，想为他出一口气，于是趁着无人发觉，向着邱爷爷的院子里扔了几块石头，就迅速逃跑了。我体会到了快要溢出身体的复仇的快感,继而又体悟到爬满全身的落寞,但无论是快感还是落寞,都无人与我分享:干这事的时候,我已升入小学三年级,丁云也已经离开盆地三年了。

丁云、丁云,人如其名——他似一朵云,在这儿短暂地歇了歇脚,就轻轻地飘向了远方,飘向了更为广阔的天空,飘向了那些诞生稀奇古怪事物的地方。

六

没有哪里的云可以这样肆无忌惮地蓝——
瓦蓝瓦蓝的,一直蓝到我被风托起的心里
这是多大的罪过啊——
一群云、一群睡熟了的云、一群北邱庄的云
它们怎么可以这么蓝

它们在我头顶停下,让我不由自主
搜刮出一大堆赞美的词
拣来拣去,却始终觉得仍与它们相形见绌
语屈词穷的我只好用一朵云去赞美另一朵云——
看,左边那朵云多么美
美得就像右边那朵云

世间真的存在蓝色的云吗?我不知道。在写下这首诗之前,我想起了丁云许多年前的一段讲述:傍晚,货车载着他们父子一路向北,刚翻过一道山梁,丁云突然就发现了那朵云。是蓝色的云,比牵牛花还要蓝,一动不动地挂在远方，就像一枚蓝宝石被牢牢地镶嵌在天空中。丁云讲述那朵云的时候，我正躺在草垛上，双手举着小而薄的糖纸仰望天空。那时候，我拥有十多张五颜六色的透明糖纸，隔着糖纸看天，糖纸是什么颜色的，天空就是什么颜色的。在认识丁云之前的许多个黄昏，我就这样一个人小心翼翼地展览着自己的天空以及卧在空中的云朵，觉得再没有比它们好看的东西了。可丁云讲述的那朵蓝色的云，却打破了我对本地天空持久的热爱，以至于许多年后写故乡的云，我居然会将丁云讲述的那朵云据为己有，把它安装在北邱庄的高处，镶嵌于盆地的天空。

我后来去过很多地方，丁云当年讲述的那些事物逐渐被我在路途中验证，但我却从未见到一朵蓝色的云。我将那朵云写成一首诗，投给了一家杂志，不久后，一位在杂志社任职的诗人给我打来电话，用浓郁的西南方言问我：世上真的有那么蓝的云朵吗？

"有。"我回答得斩钉截铁。

又过了几年，诗人辞去了编辑职务，骑着摩托车游历去了。朋友圈里，我看到他骑着摩托进青藏、出秦岭、行三湘、穿黔鄂、入乌蒙……在一段视频里，他侧坐于江边，介绍自己新出版的诗集，摩托车斜立在他旁边，他的身后江水奔流、无休无止。我在心里祝福了他。多好啊——这位出色的诗人，他翻过了那么多座高山，跨过了那么多条河流，看过了那么多朵云彩，之后把它们写进诗里，将那些干净的诗句读给更多的山听，更多的水听，更多的云听。甚至，他还会读给高原听，读给大漠听，读给月亮和星子听，读给同样跋涉在路途的行人听。

想着想着，诗人的足迹就与丁云的足迹重合了——丁云或许就是这样随着他父亲一路跋涉，并于跋涉的路途中短暂地停顿了一下，与我相识。一路走来，他与诗人的唯一区别或许只是不会写诗，但他眼中从来就不缺乏干净的、天然的、散落于世间的诗。

感谢丁云,他用一次讲述成全了我这首不成功的模仿之作,并在许多年后被与他有着相似轨迹的诗人读到。

七

麦收结束后,住在盆地里的人暂得清闲,走亲戚的就多了起来。

我姨来我家坐了坐,临走时牵着我的手,带我去她家小住几日。数日后姨夫送我回到盆地,刚进家门给母亲打了个招呼,我就急匆匆往外面跑。我手里握着一张水浒英雄卡,是从我姨给我买的干脆面里吃出来的,那时候盆地里的很多孩子都喜欢收集这种卡片,但有几个人物的卡片非常稀缺,很少有人集到,我这次吃出来的"大刀关胜"就是其一,必须向丁云炫耀一番。我得意地向着村外跑去,想象着丁云羡慕的表情,便愈发兴奋。然而等我跑到村头,步子却慢了下来。我被困惑缠住了脚步——在丁云父亲养蜂的那片坡地上,没有帐篷,也没有蜂箱。站在那片坡地前,除了被压倒的草丛、断成两截的皮腰带、散落的动物碎骨和玻璃碎片,我什么都没有看见。

后来得知,我去我姨家住的第三天一大早,丁云就跟着他父亲离开了。他离开的前一天下午,曾抱着一瓶蜂蜜来我家找我,但没找到,只把蜂蜜留了下来。那瓶蜜得有两三斤,比他们初来时赠送各家的要多得多,我拧开瓶盖,用瓷匙挖出一勺放进嘴里,蜜那么甜,可我的鼻子却是酸的。母亲安慰我说,我们这儿花多蜜甜,到了明年,丁云说不定还会回来。第二年,果然又有养蜂人来到盆地,但却是一个陌生人;第三年、第四年,依然如此。我远远地看到他们在丁云父亲搭帐篷的附近将自己的帐篷搭了起来，心情一点儿都不匹配热闹的春天——与我并行的时光暗示我，丁云或许再不会回来了。

2019年的春天，与朋友们去湖南岳阳游玩，蓝天白云下，我看到了层层叠叠的山，一条小溪自其中的某座山中奔来，绕过我，流向那座被吟咏了数千年的梦幻之湖。三个无忧无虑的少年正在溪水里嬉戏，其中一个用手撩起溪水洒向同伴，另两个少年边笑边躲避。是夜宿平江，我居然梦见了少年丁云。我们在麦地与麦地之间的阡陌上奔跑追逐，麦地那么广阔，似乎永无尽头。跑着跑着，他停了下来，回过身向我挥手。丁云、丁云……我喊他的名字，他不答，只是挥手，一直挥手。挥着挥着，他的躯体逐渐扩散，逐渐稀薄，逐渐消失，逐渐与天空融合。丁云不见了，天空却一直那么蓝。醒来无力地躺在床上，心里既失落又欣慰——我默认这是丁云在向我告别，然而这告别竟迟到了二十多年。

易散浮云难再聚，许多人就是这样，短暂相遇，之后便再无交集。就像很多年前的某个午后，我与丁云并排躺在高高隆起的草垛上，目睹那些云从远处飘到我们头顶，又从我们头顶飘了过去。它们最终会飘向哪里？我不得而知。

选自《人民文学》2024年第9期

阿来

抚摸蔚蓝面庞

阿来

男，藏族，1959年7月生于四川省马尔康市，中国当代著名作家，中国作家协会副主席、第十四届全国政协委员、民族和宗教委员会委员，四川省作家协会主席。代表作品包括长篇小说《尘埃落定》《空山》，以及《格萨尔王》《瞻对》《蘑菇圈》等。

这是当年一首诗的题目。与写诺日朗瀑布的那首《看见金光》作于同年同月，可能不是同一天。也许是同一天，可能不是同一个时段。确定是五月，高海拔地带的春天。从马尔康出发，翻越鹧鸪山和弓杠岭，过理县、汶川、茂县、松潘，好几天时间才到达九寨沟，住在树正寨老百姓家里。白天四处漫游，行经一个个蓝色海子。晚上，用字与词，搭建叫作诗的建筑，为情感寻找方向。房间里没有桌子，同屋的人睡了，我就把被褥卷起来，在床板上写下那些文字。

因为迷惘，开始漫游大地。迷惘很小，一个青年的前路。迷惘很大，如何使渺小的个人与宏大的存在建立确实的连接。

> 一周以前，我还在马尔康镇的家中，
> 和一个教师讨论人类与民族，
> 和怀孕的妻子讨论生命与爱恋，
> 而现在是独自一人，
> 一个孕雨的山涧黄昏和我说话。

一路走来，从大渡河水系的梭磨河畔，到岷江上游，再到嘉陵江水系的九寨沟。关于写作，我不信干谒与援引，相信山水与人民的启悟与开示，所以我像古代诗人一样壮游山河。那时的九寨沟，旅游开发之初，正要蜚声世界。游客很激动，为得遇山中深藏的美景。寨子里的乡亲们很激动，原来祖祖辈辈守着的一众蓝湖，如此魅惑，只要打开山门和心门，整个世界就扑面而来。我就在宁静山水与激越的人群中沉默走动，遇见了那么多蔚蓝海子。

长海。风拂动颜色沉郁的杉树林，老人柏前，我听见蓝湖说，要清洁深蓄。

月光下的镜海。倒映于湖心的月亮闪烁水晶光焰。那是谁在无风的虚空中说：要有光！从外面和里面同时照亮！

树正寨。在开小旅馆的人家用过早餐，主人说，太阳要出来了，客人该去看火花海。于是，我和要去海边摆摊的年轻人一起，背起供游客照相的鲜艳藏装，去往湖边。他们在树正群海的磨坊边停下，我继续向前。经过一个一个的海，经过挺拔的山杨树，经过几丛连香树。几树杜鹃正在盛开，花瓣上露水浓重。画眉和噪鹛在比试歌喉。

湖水幽蓝冷碧，水底横卧的巨树通身被钙华包裹。它们被如此封存多久了？几千年，还是上万年了？水将它们与空气隔绝，不再朽腐，终将，或者正在从易腐的木头成为化石。

没有风，湖面却波光粼粼。那是水从上一面湖中溢出，跌下长堤时所激发的。

树正群海，从高往低，面面蓝湖，梯次分布。每一面蓝，都水体饱满，微微鼓荡，把非水的物质，看得见的，比如从众多树木上落下的枯枝败叶，看不见的，溶解于水中的矿物质，比如碳酸钙，在水往低处流的方向，积累成堰，凝结成了道道曲折长堤。堤上杂花生树，好几种树根须纠缠，枝叶相接，把堤增高，成为树篱。湖水缓缓流动，在中央平静下来，用水晶一样澄澈的晶莹显示深、显示静。然后，满溢，从堤上翻身而下，以飞瀑的姿态跌入下一个深潭，下一个海子。如此相接相续，如此跃动或静止，制造出巨大的奇观。

群海上方，火花海。我用沁凉的湖水洗眼。这是我的个人仪式。祈求造物之神让我看见更多的美，更美的美。我等待太阳出来。

太阳出来了！

太阳从山脊背后升起来,转瞬间,就放射出千万道金光。火花海的蓝水与倾泻而来的阳光交汇,每一道波纹都在折射、在辉映,冷碧的湖上腾起一片动荡的光焰。不停明灭的簇簇光焰不是红色,而是金色。金光闪烁,和水交响,世界宽广!这是历经了沧海桑田的,看见过大陆沉入海洋,看见过海洋中再崛起雄伟山脉的自然之神在教导我,要有光!不但要有光,还必须辉煌,必须荡漾!要有光!不但要有光,还必须温暖明亮!

太阳升高,光芒不再与湖水折射,火花海又恢复了平静。

阳光唤醒了新的一天,便不再那么强烈,而是温和地普照,使整个峡谷升温,激发出草与树蓬勃的气息,激发出解冻不久的沃土的气息。这是春天!

不止一次,我用一整天时间去看树正群海,经过每一个海子、每一道飞瀑。那时景区还没有禁烟。我常坐在一块石头上、一段枯木上,吸一支烟。吸入香气,呼出的蓝雾弥漫,化为诗行:

    日益就丰盈了,并且日益
    就显出忧伤和蔚蓝
    已是暮春,岸上的泥土潮湿而松软
    树木吮吸,生命上升
    上升到万众植物的顶端

    在奇花异木的国度,爱人!
    笼罩万物是另一种寂静的汪洋
    是什么?你听

启喻一样荡气回肠，凌虚飞翔

九个寨子构成的国度

顷刻之间，布满磨坊与经幡

顷刻之间，蔚蓝的海子就星罗棋布

花香袭满心房

众水浪游四方

路以路的姿态静谧

水以水的质感嘹亮

    那时，沟中几个村寨半农半牧的老百姓，生计的重心开始转向旅游业。夜晚，寨子里，某一家院中，会燃起篝火，招徕游客歌舞、烤羊。白天，在某个海子或某一道瀑布前，设一个摊点，替游人照相——在相机并不普及的胶片时代。摊上挂着颜色鲜艳的藏装，把来自世界各地的人打扮成山中的汉子与姑娘，打扮成九寨沟的达戈与色嫫。那时，还没有退耕还林，坡下林边，还有一块块庄稼地，种植着本地作物：蔓菁、土豆、小麦与玉米。草地上还有牛吃草，还有年轻人牵着马，劝游人骑乘。

    这一回和一些写作同行前来，已不知道，这是三十多年中的第多少回了。但知道，这是 2017 年地震后，第二次到来。

    上午，从诺日朗瀑布开始，去了镜海、熊猫海、五花海。最后去珍珠滩瀑布。从瀑布顶上的栈道过去，钙华滩上，水花飞溅喧腾，飞珠溅玉。水流间立着丛丛灌木。珍珠梅落尽了叶子，一穗穗褐色的种子还留在枝头。簇生的小檗，叶子经了霜，一派紫红。从瀑布跌落的山坡边下去，可以从悬垂水帘的上方望见雪山。凝固的冰雪和飞泻的水都在阳光下银光闪闪。到了瀑布下方，雪山消失不见了，水的声音与气息充满了整个世界。供游人易装照相的摊点还在。我注意到那些藏装不再那么本朴，其设计中掺入了不少时尚元素。我更注意到，摊点前一字摆开的座椅。座椅前敞开着若干专业级的化妆箱。椅子上坐着的，椅子前站着的，都是化妆姑娘。

我们在诺日朗的游客集散中心吃午餐。

这个地方，几经变迁。最初，是刚撤销的林场用砖房和木板房改建的旅店与餐馆。后来建起了宾馆酒店。再后来，为保护景区，这些设施都迁往沟外镇上，这里就只供游人集散、休息和午餐了。游人川流不息，餐厅颇具规模，整洁宽敞，流水作业，像大学食堂。当地食材，牦牛肉，土豆。午餐后，团队去更高处的长海，路远，要乘车。我选择步行，下行，去树正群海。

沿栈道行几百米，再次站在诺日朗瀑布前。这回，先从水雾弥散不到的高处观望，然后下去，到最低处，看那些粉碎的水重新汇聚奔流，并与这些水一起在林间一路往下。林间铺满落叶与苔藓，水也只是在偶遇跌宕时才发出声响。

出了树林，谷地敞开。水流入了一片芦苇荡。芦苇荡充满细密声响。不是风响，不是水响，是阳光下枯黄的芦苇在脱去水分。水穿过这些芦苇汇聚向海子，一个大海子，犀牛海。栈道沿着山根，随湖岸蜿蜒。阔叶树都脱尽叶片，树林很疏朗。林下树影斑驳。两种草本植物上白絮蓬松。在枝顶成团的，是俗称野棉花的大火草。如花朵从低到高围绕长茎，随时准备带着细小种子迎风起飞的，是蟹甲草。更多的是树，站立在四周。常绿的针叶树，杉、松和柏，绿色沉郁，身姿笔直挺拔。丛生的阔叶树，大都斜着身子，倾向湖水。我靠树下的叶片来辨认它们。栎树，叶子有波纹状的齿边，还有未被松鼠搬完的以壳斗为座的饱满果实。连香树，叶子椭圆，像心脏的形状。桦树叶最黄，拿一片对着太阳，清晰的叶脉让人感觉到自己皮肤下体液在流淌。

走过一些树，迎面而来的是更多的树。

从树林中看海子，湖水的蔚蓝被纵横的树木分割，荡漾的整体变成了不同形状的局部。微风在树梢上出声行走，下面，却是一个寂静的世界。林中有各种鸟，各种大小走兽，此时，它们都敛息静止。还有鱼类，在湖中。在远古时代，传说这里还有猛虎与犀牛。有一个老者，在生命即将走到尽头时，却舍不得这美丽山水。于是，他就骑着犀牛遁入了这片蔚蓝。传说成了这个海子得名的由来。这是一个大海，一边的湖岸就有两公里多长。我和陪同的朋友缓步而行。看树，看湖，看天。

抚摸蔚蓝面庞。

年轻时，是抚摸自己内心的迷茫。现在，我历经世事，更与我书中塑造的人物一起历尽沧桑。所以，我现在只抚摸蔚蓝的宁静。阳光普照，湖水澄明。

水越过钙华覆盖的长堤，越过长堤上高树低树的密集篱栅，跌落成瀑，倾入又一个海子，喧哗与静止交替，飞泻与深蓄交替。

老虎海。

又一个海子，火花海。点燃过我心中诗意的火花海。

2017年8月8日晚，九寨沟地震的消息突然传来。

第二天，一位参与救灾的朋友发来一张照片。火花海的长堤崩裂一段，湖水溃决，湖底暴露，那些滋润的乳黄钙华变得一片惨白。那是痛彻心扉的一刻。虽然知道九寨沟形成时，大地运动更加剧烈。原先没有山，岩石涌起，造出了山；原先没有湖，水流切割，岩石分解，造成了湖。大地滋养了树木，岩石泌出了钙华，美丽了这些山、这些湖。地震，不过是大地的内部，深暗的某一处，岩石的骨架错动一下，便造成多少平方公里范围内大地的剧烈震动。于是，看起来像是天地初生时就在那里的长堤崩溃，蓝水泻尽，一个海子就消失了。

我庆幸，九寨沟的成群碧海，只有一个消失。我痛心，即便众多蓝湖只消失了一个，那也是美丽山水身上一块令人难过的伤痕。那裸露湖底的苍白，因失水而暗淡干裂的钙华，夺人心魄。我想，可能不忍心再到九寨了。

但是，震后第四年春天，我来了。发现的不是损毁，而是重建后的基础设施，提档升级，比震前更加完善。瀑布依然，蓝色海子依然。

初春时节，光核桃正开着白中透绯的繁花。火花海上，两只䴙䴘用波浪般起伏的姿态贴水飞行。它们落在长堤的出水口，以相同的节奏晃动长尾。要去看崩决的长堤修复处。我有些裹足不前，怕在天造地设的湖上，看见人工痕迹过于明显。两只精灵般的䴙䴘还停在那里，一上一下晃动尾羽，在浅水中啄食。䴙䴘只吃水中的活物，如果是钢筋水泥，两只鸟就不会停在那里。这让我有信心走近前去。和从前一样，和所有的海子一样，蓝水从一株银柳和一丛绣线菊的根旁溢出，漫过石灰岩块，在下跌时破碎，发出声音，变成水晶珠帘，飞坠而下。管理局的朋友介绍说，这段溃堤的修复技术还获得了省一级的科技奖项。修复时不用通常的工程手段，而是向自然学习：就用碳酸钙凝结成的石灰岩堆积，黏结这些岩石用了一点人工材料，学古人用糯米浆和麻，缝隙用棉质的植物飞絮充填。再连土移来根系发达的灌丛：银柳、小檗和各种水草，覆盖在堤上。堤就如此修复了。再蓄上水，火花海就复活了。刚修复的时候，堤坝渗水，不过，这件事交给水自己来完成。九寨的水，从石灰岩中涌出地表时，富含一种矿物质叫碳酸氢钙，出露地表后，氢气挥发，剩下碳酸钙，结晶，沉淀，形成钙华，凝结在一切物体的表面，也在那些渗水的缝隙里凝结。

火花海复活了！

在每个昼夜，和所有海子姐妹一样沉思默想，而在早晨太阳初升的时刻，用漾动的波纹折射阳光，变幻出一池跃动的金色光焰。

今天，地震后的第六年，我再次来到火花海。长堤上，那些穿过树篱的水道，凝结了更多钙华，使下泻的湖水更显晶莹光滑。水流淌，水上落叶飞旋。黄叶是桦树的，红叶是黄栌的。小片是柳树的，大片是山杨的。

长堤上，不止一处，还有一种丛生的针叶树，树形没有云杉高大，对称排列成羽状的针叶却更开张整齐。这是红豆杉，历经了第四纪两百万年冰期得以延续种群的孑遗植物。这种植物曾因富含抗癌物质紫杉醇而被砍伐采集，因此更加濒危。在火花海的长堤上，它们健旺生长，同其他树木一起，用蔓延的根须使堤岸更加稳固。

这天的最后一站，树正寨子。当年靠家庭旅馆脱贫致富的村民为保护九寨沟，再次转型：替游人化妆，易服，摄下人们扮演的形象；制贩非遗产品；售卖当地土产；还有奶茶与咖啡。走进一户人家，二楼望湖的平台上安置了茶座。我们坐下，热茶之外，还有主人家自制的苹果干与奶酪。以前，树正寨中这些人家，接待客人前，可能刚从庄稼地里归来，刚从放牛的山上归来。现在沟里除了一些小小的菜园，大片的庄稼地已经归还给了森林。现在的主人时尚年轻，所有的生计都围绕着服务游客。

夕阳西下，树正群海梯级而下的那群海子上，辉映着这一天最后的灿烂阳光。我久久凝望，抚摸那一面面蔚蓝面庞。从高处望去，那些蓝更深，唤起记忆，写在三十多年前春天的诗句又回来了：

> 就这样日益幽深
> 是蓝宝石的深渊，绿色宝石的深渊
> 爱人，停下你的枣红马
> 看新生的云朵擦拭蓝天
> 水声敲击心扉时，你听
> 即将突破地表是更纯净的泉眼
>
> 在潮湿松软的曲折湖岸
> 野樱桃深谙美学
> 向忧伤的蔚蓝抛洒白色花瓣
> 爱人，你的形象
> 时间的形象，空间的形象逐渐呈现
> 水的腰肢，水的胸
> 水的颈项，水的腹
> 都是忧伤蔚蓝海子的形象

已是初冬，海子们依然一派蔚蓝。迷惘青年当年读到蓝的忧伤。三十多年过去，我从那蓝中读到深蓄的平静。湖的蓝是深，天空的蓝是广。

续茶的主人家说，已经下过一场雪了。只是太阳还暖和，雪没有坐住。我说，再过些时候，雪下来就该坐得住了。年轻的主人家说，那时，瀑布就变成冰了，有些湖也要叫冰封住了。那样的深冬我只来过一回，看见过飞泻的水帘变成凝固的蓝冰，瀑布的水在冰帘后面歌唱。海子的水，在冰下显得更加蔚蓝。

我肯定还要再来，我想要在这里逢见一场大雪。看雪落在湖上，蓬松的无垠的白雪中央，是一个个蓝色海子，这个世界最纯粹最纯净的蓝，名字叫作九寨蓝。

选自《四川文学》2024年第9期

刘应平

山后

刘应平

男,1997年生于云南广南,小学语文专任教师,青海师范大学文学院在读硕士研究生。作品见于《中国青年作家报》等刊物。

学生又坐在教学楼前的台阶上，稚嫩的掌心轻托着下巴，目光定在西边高高的山头，确切地说，是山后的天空。

在这片西南边陲的乡镇交界之地，有着许多高拔的青峰，彼此依偎，相互拥抱，将9个村落、近3000人逼进一片小小的山坳。学校就建在其中一个村落的村口，坐落在山谷一片平坦的土地上。西南方向，巍然青山像被大自然不经意间搬到大门口，和学校一起紧紧夹着一条泥土路；另一侧的东北方向，山与学校只隔着一条涓涓小河和两三块稻田。总之，山靠得很近。

这方小天地，本已视野有限，教学楼和宿舍楼却又刚好各自横在东南和西北两面，与青山合力把学校围得严严实实。每当有人试图眺望，目光还没有定焦就被青山的庞大身躯阻断，难以见到其他的景物。然而，逼仄的空间里，学生眼中的世界却每天都不同：屋檐下的燕巢诉说着季节的更迭，窗间的蛛网编织着时间的秘密，台阶缝隙中的蚁群忙碌而有序，围墙根下的野花野草顽强生长，更有那四季变换的树木，从二月的柳丝轻拂，到六月的蝉鸣阵阵，从深秋的银杏金黄，到常青的榕柏挺立……每一处细微都成为他们眼中独一无二的风景。

一天，我突发奇想问学生知晓燕子多少秘密，他们的目光立马变得明亮生动，仿佛一只只灵巧的燕子正飞入他们的想象。那一刻，小小的身体里仿佛蕴含着秋日晴空的高远、白云的飘逸与小河的清澈，让人不由自主地被吸引。

燕子何时筑起房子？筑巢时是否真的雌燕勤快利索而雄燕懒惰拖沓？我出乎意料地钻营于此间，暂时忘却手头的工作，如同课堂上的学生心思飘忽到窗外。我已经许多年没有认真观察过燕子了，更别提关注燕子的巢，现在回想有关燕子的记忆，只看见一道轻盈的身影，一对剪刀似的尾巴。它掠过天空，就像岁月掠过生命留下的一抹淡痕。思绪虽万千，我竟捕捉不到一丝启发。也许，我从未仔细辨认过燕子的雄雌，更未曾思考过背后的深意，也就不知从何处回答。

很多时候，成人本就不在意此和彼的区别：考试时不在乎何种题型出错，总分满意即可；高考时不在乎专业，只求被心仪的学校录取；找工作时不在乎岗位，只要工资符合预期；甚至到了结婚的年纪，有的人也不在乎爱与不爱，只要能过日子。所有的精打细算一股脑地投掷在最后一步的成与不成，过程中的曲折可以被选择性忽略，换句话说，又何必较真。

相比之下，我更敬佩孩童，他们生有世俗如我辈无法拥有的童真和想象。童真，是世界上最明亮的双眸，直达一切事物纯真的本质。想象，不受时间和空间的束缚，且平等地包容世间一切事物。当寻常的景物进入孩童世界，会被自然放大，自然分解。他们能将平凡的高山拆解为岩石、泥土、树木与野草的交响曲，让每一个细节都鲜活起来。甚至，树木继续变成根、干、枝、叶，树干又变成一片片粗糙的树皮，一条条奇异的纹理，就像一道道线索直抵自然的核心和奥秘。

天空也藏着世界的无尽的奥秘。

秋冬的太阳，不到下午4点便躲到西南方向的高山背后，给人以时间流逝加速的错觉。如果你一旦驱车离校，绕过山崖到另一个地方，又发现阳光早早在转角路口等着，铺上金黄色的柔毯——在另一个地方，它甚至还悬在山头。这一幕尤使人百味杂陈，像有一道无形的声音告诫着你，离开山里才能拥有漫长的时光，才拥有广阔天地，使我平日里变得不爱看向西边。

学生与我不同，乐于寻找太阳的藏身之处。尤其在读过萧红的《火烧云》后，他们每天都在期盼着一场惊艳的晚霞。他们记得火烧云一上来，一切就被染成金黄色，甚至于老爷爷家猪圈里的猪都变成了金黄色。课上，学生笑说老爷爷可以变得很有钱了。他们的声音那样纯净天真，使

"钱"回归于美好的愿景，不沾一丝柴米油盐的人间烟火，显贵而不庸俗。

一吃过晚饭，几个学生就坐在台阶上，静静等待黄昏到来。辽阔的天空，带领他们走进另一片世界。晚霞未显时，他们的想象已经出现形状各异的云彩，肆意驰骋。晚霞真正到来时，他们一边惊叹连连，一边预测云彩即将幻化成何状，并且又因何如此。七嘴八舌间，飘忽不定、变化莫测的晚霞，一点点织成一幅幅形象生动的画面，一个个精彩绝伦的梦幻故事，任凭烂漫的想象尽情遨游。

岁月无声，偷偷进驻人的身体，它如同一把名为遗忘的锁，尘封人生每次抉择中舍弃的旧念。日复一日，人渐渐遗忘许多美好。或许在某一天，人才会幡然醒悟，然后极力找寻开锁的钥匙。

钥匙在哪呢？

近来，秋雨一场又一场，空气卸下烦闷的外衣，渐渐清凉起来，树叶经秋雨洗涤开始显露出金黄色泽。我不由想到，秋风将在不久的日子从枝头上无情地剥离枯叶，那时树叶在一个春与秋的轮回里又重新落回生命的土壤，脱离凡世地高高在上，从理智而冷酷的抉择漩涡中抽身而出，重归一片枝叶的使命反哺大地，不做任何枝条的装饰。

想到这里，我仿佛被一股无形的力量所触动，开始想起鸟儿婉啼的早晨，清脆的歌声随阳光漏进窗户，轻轻撬动沉睡的心灵；霞光万丈的傍晚，金灿灿的南天门仿佛在云后显现，气宇昂扬的神话人物从脑海跃出，续写那场惊天动地的大战……

山为山，山不为山，人们皆以为大山阻碍雄鹰高飞，不承想它仅是对失心者的考验。

世事繁重，凡躯已经沾染尘埃，又怎能放弃自由飞翔的心灵明台。

选自《中国青年作家报》2024 年 10 月 29 日

杨晓升

一位令人怀念的读者

杨晓升

资深编审,现任中国作协报告文学委员会副主任。作品曾获全国多种文学奖。近年主要从事中短篇小说创作,已出版中短篇小说集《身不由己》《日出日落》《寻找叶丽雅》《龙头香》《海棠花开》,散文随笔集《人生的级别》。

人的一生会遇见各种各样的人，三教九流，或富或贫，或贵或贱，或开朗或内敛，或豪爽或吝啬，或行善或作恶，或笑脸相迎或心怀叵测，或温暖如春或冷若冰霜……物以类聚，人以群分，近朱者赤，近墨者黑。同样是一面之交，有人会相见恨晚，彼此推心置腹，从此成了朋友；而有的人即使曾经有过交集，甚至在同一个单位工作多年，也不过是漫长人生旅途中的过客，之后便形同陌路，彼此消失于茫茫人海之中。投缘与否，因人而异，全看缘分。

我与这世间的绝大多数人一样，凡夫俗子一个，不过同样也有一些与自己志同道合、志趣相投的朋友。除此之外，也还有一些尚称不上是朋友的朋友，也就是人们通常泛指的那种广义上的朋友。要说是朋友，可我与他们向来若即若离，甚至也未曾谋面；要说不是朋友，他们与我之间也联系多年，但大都是君子之交，平淡如水。现代社会，发达的通讯成为我们之间联络的便捷纽带，而以文会友的文化传统，又让我们有了一种与生俱来的天然默契，在我数十年的编辑和文学生涯中，此类朋友数不胜数。

花开处处，独表一枝。我要说的这位朋友，姓侯，名新民。论年龄，侯新民长我近二十岁，我当然该称他为老师。我与他原本素不相识。其时，我在《北京文学》任职，他是这本杂志的忠实读者。某天，我收到一封信函，白色信封，信封正面的左下角有竖排印刷的"红旗渠"手写书法及彩色的红旗渠缩略图，信封正下方是剪贴的纸条地址："河南省林州市富苑港湾×号楼×单元××号。"职业原因，于我而言，陌生读者来信来稿已成常态，收件人都写着我的名字，我自然会抽时间拆看。如果是来稿，我一般都是交给编务登记处理、分发给编辑；如果是来信，我会认真阅读，视情况亲自回复，而这封来自红旗渠故乡河南省林州市的信函则比较特别。

　　小时候，我跟随当乡村教师的父母生活在粤东农村，文化贫瘠的年代，每月或每两个月下乡放映的露天电影，成为我儿时最丰盛快乐的文化盛宴。虽然那时候放映的电影都是黑白胶片，可无论是《英雄儿女》，还是《南征北战》，我都百看不厌。记忆中，那部反映河南林县（现为林州市）人民奋发图强、凿山引水的电影《红旗渠》，我也看了不下三四遍，影片所呈现出来的困难时期林县人民战天斗地、顽强不屈、渴望摆脱贫困、改变家乡面貌的奋斗精神，深深打动了我，也一直激励着我。

　　如今，这封来自红旗渠故乡的来函，自然引起了我的好奇与注意。我拆开信封，发现里面除了一封署名"侯新民"的简短来信，其余是几张《北京文学·精彩阅读》和《北京文学·中篇小说月报》最新一期的内容文字和标点符号复校表，每张复校表由上到下，左一行，右一行，都是手写体。左行列出的是杂志原文的文字或标点，右行是他认为有错需要纠正或商榷的文字与标点符号。再一细看，发现他的复校表中，有改得对的，也有改得不对的，更多的是既可这么用、也可那么用的标点或通用字。比如"集"与"辑"，"到"与"至"，"成材"与"成才"，"其时"与"彼时"。再比如，同义词中可以彼此替换的词语，例如"漂亮"与"美丽"，"非常"与"十分"，"忽然"与"突然"等等，不一而足。而标点符号的使用方式多样，文学作品中尤甚，不同的作家有不同的语言风格和使用习惯，比方有的作家习惯用短句，时常用句号替代逗号，以增强语言的节奏感，让语言趋于简洁。还有个别模仿西方现代派创作风格的作家，喜欢用长句子，几十个字甚至上百个字的句子都不用标点符号断句，让普通的读者读来很不习惯。而这位侯新民先生，大概就属于这一类读者。需要说明的是：国家新闻出版署早有明文规定，无论是图书,还是报刊,只要是公开发行的正式出版物,应保证质量合格,包括文字差错率不得超过万分之一(图书)、万分之二(刊物)、万分之三(报纸)。如果出版的杂志真有那么多错可供纠正,那我们的杂志早该被列入不合格行列了。不过无论如何,像这样认真细致的读者,我从事编辑工作这么多年,还是第一次遇到,因而不由得心生感动。

回过头再看他的那封简短来信,开头便称我"杨主编",自然是写给我的,他自称是《北京文学》的忠实读者,之前从事文字工作,虽已退休,但依然对文字和文学怀有浓厚兴趣,阅读文学作品的同时,习惯于顺手将发现的错别字和标点记录下来,"供你们参考"。落款署名是侯新民,信末还留了他的手机号码。照着对方提供的号码,我当即打了过去,向他表示感谢,并告知已嘱托相关编校人员,逐一对照复校表中列出的文字及标点,有则改之,无则加勉。我特别感谢他的认真,这也是读者对刊物编校质量的难得监督。作为回报,我告诉侯新民老师,不要再自己掏钱订阅杂志了,发行部会给他每期寄赠那两本新出版的杂志。

不知是我的话鼓励了他,还是他已习惯成自然,第二个月、第三个月乃至之后,类似的复校表连续不断,每月一次,每次都如期而至,落在我的案头。信封还是原来那种,而我每次收到后,都及时将复校表交给总编室相关编校人员,叮嘱他们认真对照检查,不辜负这位热心读者。

月复一月,年复一年,如此认真的义务复校,且不说每月需要支付邮资,单是阅读杂志,并且逐一挑列出认为有错或存疑的文字、标点,就得耗费大量的时间和精力,如此认真执着的读者确实不多见,尤其是在当下喧嚣浮躁的社会,实在难得,我甚至不由得怀疑这位侯新民老师,是否真实生活在我们这个年代。看着案头每月寄来的复校表,一笔一画,真真切切,觉得有必要对这位读者表示感谢,否则于心难安啊。于是,我在数年之后的一期杂志稿费发放单上，给他开出了两千元稿费略表心意，回报他数年来为我社杂志上的文字义务复校所付出的辛勤劳动。

收到稿费之后，侯新民老师特意致信表示感谢，并说这完全是出于他个人的喜好，不需要杂志社的任何回报，以后不要再寄什么劳务费了。而我想到的是，他已付出了多年辛苦，每月审读超过45万字的两本期刊，总复校量已达上百期杂志，超过数千万的文字量，他为此付出的心血、精力与劳动，令人感佩。一个人对某种事物有所喜好，是可以不计较得失的，但对于侯新民老师来说，这可能已是一种境界、一种修行、一种精神的愉悦与超越，无关金钱与世俗。

之后的许多年，侯新民老师一如既往，每月按期寄来我社最新一期两本杂志的文字复校表。这期间，我们没有过通信联系，也未再通过电话，新出版的杂志和他每月寄出的复校表，成为我们之间联系的纽带，无形中建立起一种天然的默契。这种情况，一直延续到2021年11月，我退休之前。除了单位工作上的必要交接，冥冥之中，我觉得似乎还有件什么事情，需要有个交代。于是，遂又违背侯新民老师的意愿，给他开出了两千元劳务费，以示我退休前对他的再次感谢。不过，我并未将退休的事告诉他，当然也没让发行部停止按月寄赠杂志。

退休之后，我虽离开了原单位，但已交代过杂志社编务，除了为我保留列出的几家重点文学期刊，我会不定期去取，其他杂志及来信、来稿，均可以拆阅，与工作相关的事一律交编辑部统一处理。

时间过得飞快，转眼间，我已退休两年。某日，我去参加文学会议，顺路到杂志社取邮件，其中有一封是我熟悉的那种白色信封，但不同的是，信封上手书的收信地址和我的名字，笔迹有些陌生，并非我之前所熟悉的侯新民老师的笔体，红旗渠缩略图案上，还贴着长条形的黑色条码，一看便知这是挂号信，在我姓名的右边，还特意附了我之前使用过的手机号（这号码已停用），可见寄信人是多么郑重其事，希望信件能准确寄到我手里。我拆封阅读，信的字迹与信封上的一样，很陌生，再看落款，署名李兰英。我好生诧异，遂迫不及待地阅读起来：

杨主编：你好！

我是侯新民的老伴儿李兰英，感谢你这20年来对老侯的支持与信任！2023年1—12月的《北京文学》都收到了。老侯去年年初"阳"后，身体一直欠佳，不能对两份月刊拜读复校。

上半年断断续续住院，5月27日以后基本是在医院度过的。每期月刊来后我都告诉他，他都点头微笑："等我回到家给杨写信说明情况。"这一等，就是12月2日走完他的一生，81岁。

我给你打过电话，没有打通。本应该早点给你写信，但我没有走出失去他的阴影。

今天又收到寄来的《北京文学》，迫使我不能再拖下去了，深表歉意，再次谢谢你！以后别再寄《北京文学》了。

礼！

李兰英

2024年1月12日

看过信，我好半天回不过神来，目光久久地定格在信件上，一种斯人远逝、一去不复返的震惊与悲哀感，瞬间从胸间涌起，很快弥漫全身。侯新民老师，多么善良的一个人啊，他二十年如一日，坚持义务为我们复校杂志文字和标点，这需要多么认真的态度、执着的精神、顽强的毅力和高尚的情操啊！在这人世间，他身上所体现出来的金子般的真善美，在这物欲横流的滚滚红尘之中，是多么难能可贵、熠熠生辉！

我当即拿起手机，从通讯录中调出保存的侯新民老师的手机号码，拨了过去，手机中传出清晰的语音提示："您好，您拨打的号码是空号……"我一时愣住，瞬间手足无措，进而意识到：斯人已逝，手机当然也会停机。如今人人都有手机，即便是逝者的亲属，也绝无可能再使用逝者的手机号码。这么想着，我又翻找信封和信函，试图找到写信者留下的电话号码，可这一切都是徒劳，除了信封正下方贴着的纸条显示着对方的通讯地址，再也找不到其他联系方式。本打算立即给李兰英老人复信，然后快递寄出，可由于没有对方电话号码，快递也无法寄出。寄平信或挂号信吗？如今北京大街小巷上的邮箱似已绝迹，而随着手机、微信和快递业的普及，很少有人会为寄一封信而跑一趟邮局。何况我刚刚调换了房子，住在北京西三环路边上的一个新居民区，对周边环境还不熟悉，这似乎成了一桩难事。于是，此事便被搁置下来，心里却念念不忘，惦记着尽快给李兰英老人复信。

3月8日，国际劳动妇女节。这一天，我忙中偷闲，终于静下心来，在这个特殊的日子里，给侯新民老师的夫人李兰英老人复信：

尊敬的李兰英大姐：

您好！我因退休两年了，一般情况不会再去原单位，以至于您今年1月12日的信近日才收悉，迟复为歉！

惊悉侯新民老师已不幸仙逝，令我震惊与悲痛！一直以来，侯老师义务为每期的《北京文学》两刊复校文字，一丝不苟，无私奉献，一直让我们感动、感怀和感激。

  侯老师是一位品行高尚、具有较高汉语言文字修养的长者，他的仙逝不仅是你们一家，也是《北京文学》的一大损失，我们为此深感悲痛并深切怀念，愿侯新民老师千古！也希望您节哀顺变，健康平安，万事顺遂！

  收到您的来信，本想给您打电话，却发现您来信时未留电话号码，而侯老师原先的手机也已停机，只好写信，而我家附近又无邮局，所以这封信寄到您手里时肯定也很迟了，实在抱歉。我原来的手机也已经停机，现将我现在的手机号码告诉您，收到这封信务请您回电话告知。

  顺祝春天安好！

原《北京文学》社长　杨晓升
2024 年 3 月 8 日

  写完回信，我依然为这封信该怎么寄出而发愁，向小区物业人员及保安打听附近邮局情况，均一无所获。情急之下，我忽然想到何不借用手机导航？我调出导航软件，搜索附近邮局，一排邮局选项瞬间蹦出界面，争先恐后地向我报到——得来全不费工夫呀！我不禁窃喜，网络时代原来如此便利。我打开邮局列表查看，发现距离我家小区最近的邮局，也有近两公里路程。即便如此，我也决心去跑一趟了。那天上午，兼顾健身锻炼的目的，我走出小区，步行近两公里，到邮局去给李兰英大姐寄了一封挂号信。

  2024 年 3 月 11 日下午，一个来自河南林州市的手机号码骤然出现在我的手机屏幕上，我立即意识到一定是侯新民老师的夫人李兰英大姐打来的，遂接听了电话——果然是她！李兰英大姐的声音有点混浊、沙哑,但话语清楚、流畅,底气也比较足。她告知收到我的复信了,我们高兴地聊起来。我首先表达了对侯新民老师的感谢,感谢他二十年来无私奉献、义务复校我们杂志的文字,并对侯老师的不幸仙逝表示惋惜与哀悼。同时,再次劝慰她节哀顺变。

电话中,我了解到老人目前的一些情况。李兰英大姐今年已经八十岁了,身体和精神状态尚好。侯新民老师去世之后,她一直独居。退休前,她是林州市盐业公司(现已倒闭)职工,每月退休金三四千元,两个儿子都是林州市自来水公司的工人,平时忙着上班,偶尔会去看她,平时多是打电话问候。我还了解到,侯新民老师退休前,曾任林州市政协文史研究室主任,正处级,与文字打了一辈子交道。他去世后,给李兰英老人留下一些积蓄,她将这些钱用于养老及雇请保姆。显然,这是一个普通家庭,普通得像眼下千千万万个家庭一样,他们脚踏实地地工作、生活,安居乐业;他们不富有,却也衣食无忧。侯新民老师一生从事文字工作,以文字为生,也以文字为荣、为乐,不图任何回报,只因为热爱。可惜随着生命的终结,他像古往今来数不胜数的隐贤逸士一样,悄无声息,永远消失在眼前这喧嚣的滚滚红尘之中。

纵然如此,纵然我与他未能有一面之缘,但我对侯新民老师却无法忘记,也不应该忘记,他曾经出现在我生命的旅程和《北京文学》的编辑生涯之中。他所做的一切,也许在外人看来微不足道,但在我的心目中,却已经足够执着、高尚,甚至伟大。诚如古今中外一些名人所说:"能做事的做事,能发声的发声,有一分热,发一分光"(鲁迅),"生命在闪耀中现出绚烂,在平凡中现出真实"(伯克),"只有平凡的人生才是真正的人生。实际上只有远离矫饰或特异的地方,才真实"(费狄拉),而印度更是有一句至理名言:"伟大的灵魂,常寓于平凡的躯体。"

从这个意义上说,侯新民老师所做的这一切,已经像一道在天穹中划过的生命之光,永远闪烁在我的记忆深处……

选自《新华文摘》2024 年第 22 期,《天津日报》2024 年 08 月 29 日首发

唐荣池

上街

周荣池

江苏高邮人。著有长篇小说《单厍》《李光荣下乡记》，散文集《父恩》《一个人的平原》《村庄的真相》《村庄对我守口如瓶》等十多部，曾获茅盾新人奖、百花文学奖散文奖、紫金山文学奖、丰子恺散文奖、三毛散文奖、《长江文艺》双年奖。

1

我最早对城市有点似是而非的感受，是到了那时认为遥远的古镇临泽之后。考试分数将我随机分配到这个陌生的地方。那里已经是我所在城市北部的边界，但想不到像城市一样繁华。当然这完全也是因为在离开南角墩之前，我并没有完整了解过城市的真正面貌——繁华一词我先是从书本里知道的。

这里人说进城叫作"上街"。街不只是街道，或者说人们认为城市就在自己古老的街道上。传说古镇早在魏晋的时候就已经聚集了人口，这个名字就一直表述着它的风雅，直到所有的色彩都斑驳得只剩下黑白灰的寂寞色泽——但人们一直觉得这里是城市。我是在这里生活了一年多以后，才明白"上街"在人们心里的意义，那是近乎神圣的一个词语。

那天我饿得实在毫无主张，就去了后街干娘家。她见到我胆怯的样子，问："什么时候上街来的？"这句话并没有实在的意义，就像是一句问候，也表达着人们身在街上的安全感。干娘是我同学的母亲。他们夫妻俩在街上都算是有点脸面的，人们遇见事都愿意来问问主意，某种程度上他们是街道上的意见领袖。人们其实都有各自的意见，但又似乎会在心里选定一个意见代表。这是从古就有的事情。如果比照于临泽的魏晋起源，像竹林七贤这样的人也属于某种意义上的意见领袖。他们好像远离了城池，但聚集在竹林正是一种意见。他们既然能在草木荒野中被提起和记得，他们的意见就一定是比当权者的更受到重视。这是一种欲擒故纵的策略。以后这种策略成为一种基因，在生活里一直被有效地使用着。山野里或者城市里都会有如此策略。

临泽的街道纷繁复杂，是因为古老和狭小。这也是一种生活的策略。在被四水包围的小小王国外,实有大片被忽略的土地荒烟蔓草。但只有在那些被人们确权了无数次的范围内,才是他们的街和王国。人们觉得自己的行程足够深思,由此就不会越雷池半步。这里的男人这样生活:早上起来喝酒,吃自封天下第一的包子。他们不像扬州城人说什么"早上皮包水",虽然外地人说这里是"广陵小扬州",但他们似乎还不满意外人的夸赞,所以不想把本然的自在多拿来讨论。贫困和匮乏的人才喜欢炫耀。他们早上喝酒,并不是把一天喝糊涂了,而是越来越显示出自己的清醒。吃完早饭他们会去斤斤计较地与村里上街的人琢磨那些新鲜蔬菜的价格。他们碗里的新鲜食材都不是自己种的——街上的人都只有养花草的手。他们弄完花草之后开始做饭。这里的男人饭做得好,每一个厨房里都有一把"好铲子"。午饭结束之后,他们就往长年开放的浴室里去。那里有等他们来午睡的洗澡篮子。他们在热水里像焯肉一样烫热消瘦的身体,然后回到自己固定的位置上午睡到下晚人声嘈杂时起来——此刻一些乡下人会来洗澡。村人是为了洗去身上的肮脏和疲惫,这是与街上人不同的目的。

街上的男人大多很消瘦。他们大概在身形上也要保持某种傲慢的气度。他们并不急着离开,而是命人下碗面或者炸两条春卷,用自己的茶杯悠然地喝茶。他们走的时候并不收杯子,那些都是跑堂的事情。有些人踱去打牌,有些人约了去吟诗作画,有些只去街上走走,直到夕阳西下的时候才回去吃中午剩下的饭菜。如果天冷得逼人,他们还会再回浴室,这都是毫无奇怪可言的事情。他们日复一日地过着这样的日子。这样的生活并非落魄,实在有深藏不露的本事。比如前河的陆先生,每年去山东三两趟倒腾蛐蛐,就够好些年的营生。他还会炸一种很好吃的春卷,是山芋粉的馅心,一直卖到上海去,后来手艺传给他儿子。西去不远的殷家大屋里的一位先生也会玩蛐蛐,还带着孩子们一起玩,被以为荒芜了学业。后来后人竟然都成了人中龙凤。北街上还有恒顺老酱醋厂和京江会馆的旧地,现今听起来依旧如雷贯耳。

所以这里的人们说街上,实在比城里傲慢而有道理。

干娘说的街上也有自己的朋友圈。什么事情他们传个话就迎刃而解,这就是老街的气度。而这里的街又不只是对周遭的乡下人,临县宝应和兴化的人,也把此当作城市。很长一段时间里,那些县里人说上街便是来这镇上,售卖土产手艺或者购买些生活所需回去。他们很多人没有去过自己的县城,却相信这里才是像样的街市。这里人书还读得好,出过许多大先生。或者说他们过去有些轻商的意思,家家户户都让子孙读书,好像不必吃地里的谷子就能度日。他们是见过些大世面的,比如前河的韦先生早在清代魏碑兴起的时候就写张猛龙,所临帖在大上海的美展上做过三个月的展览。他的子孙们也读书写诗,日子过得风雅清心,没有半点落魄的意思。这里人写字有一种魏晋的风度,这是其他地方所没有的,所以才能庄重地称为街上。

过去兴化的人来上街,大概是记得这里的繁华,就连地势都要觉得比自家高一点。日后老人殁了,子孙们遵命不远几十里将黑漆的大棺材用船运来。埋在这里就似乎进了天国。斯人之墓后来在田亩间毁了,一枚鸡血石的印章上刻着"郑燠"二字。他在山东某地做过知县。从他的家乡出去宦游千里,一定也是见过些世面的,但仍然以为这里才是街上。

我不知道这里人远居乡野,如何自得那般风雅与自在,也许不必想出太多的举证。从秦王子婴脚下流过的河水,如今依然没有断流,或许能说明一些似是而非的道理。

2

某年夏初时，我在京读书进修，顺便接父亲来住三两日。他也是见过几个大城市的，心底里也有生长了七十五年的自信。其实有了某种信念，南角墩也能成为大城市。它就曾经是我的城池。后来我离它越来越远，就觉得它越来越小。这当然是一种数典忘祖的恶行。父亲的年龄，像是与我形成背道而驰的一极。当他讲的故事不再新鲜，我就明白苍老离他更加贴近。

我以前大概说过很多次，他除了写自己的名字之外不认识其他字。也就是说我原先断定他对城市毫无了解。他说自己当过兵的历史也有些语焉不详，退伍证上的年轻面庞已经无比陌生。他不再讲这些光荣的岁月，一定是觉得和我们今天的花花世界相比，那些显得笨拙而无趣。他从南角墩向南不远的高铁站上车，在距离北京四个小时的路程里我一直胆战心惊。我害怕——他那响着广场舞般聒噪的铃声如果缺电失声，不知道一千里的路途上他如何能用南角墩的土话找到正确的路。在车站潮涌般的人流中，找到一个熟悉的脸庞无比艰难。世界并不会因为是你的父亲就对你网开一面。无数的表情都有各自的特权，又都终于被埋没成本然的普通人。车厢是一个很公正的地方，并不因为谁衣冠楚楚而伟大，说土话自行其是的人，也未必一定猥琐罪恶。来去都是自己的选择，商务舱里有自己的曲径通幽，普通座上有平凡常人的快活——其实，屁股所决定的尊严无非是自得其乐的，车厢并不会买什么账。出站的时候我和他通了两次电话。他似乎有些不在意我的叮嘱。我不知道怎么来描述自己的位置，复杂的数字或者英文标识，对我这样的文科生有时也很为难。我没有能在人群中找到他。人潮将人们像树叶一样推向前去。我打电话问他周边有没有什么特别的标识——其实我当时觉得"标识"这个词对一个七十五岁的农民来说也是句玩笑话。他在电话里回答说:"我在一个面店前面,叫作'熙和一品'。"我像是得到了接头的暗号,在偌大的站查找到了"嘉和一品"的字样,却仍然未见他的身影。突然一声方言从背后传来,他好像是在叫一个邻居般喊我的学名,在这陌生的城市里却又显得无比的亲切。彼时,他的目光像阳光一样温暖。

在等车的时候,他无时不在端量着这个新奇的世界:那些穿着时髦的年轻人,那些抽着电子烟的女士,那些活泼好动的孩子,也有穿得比他更朴素的进城者……我其时在想:父母用一生的精力把我们养大,竟然就是让我们离开村庄,对这光怪陆离的城市司空见惯。他的电话再次响起,那种高昂的电子乐音令周遭的人们都很诧异。尽管我们都来自不同的村庄,可在城市这种声音确实显得无比突兀。他大声地用方言辱骂了在电话那头推销商品的人,那些也许只是他所不知道的录音,可他的愤怒还是被激发出来。他暴躁地合上了自己的老人机,人群里我能体味到无尽的尴尬。我知道他的内心也是彷徨不安的——毕竟这里不是他一辈子扯着嗓子叫骂的南角墩。

在从车站进城的路上,仍然有他不可思议的距离和景致。他恐怕是用尽了一辈子的耐心,都没有理解为什么进城要那么多的时间,那些奔驰的车辆分明那么神气。半天的折腾和等待已经令我很疲惫,他虽然焦急但仍一直张望着被车速抛弃而去的景色。甚至连车上导航的语音提醒,他都会有些兴趣去回答一下。这些对于出租车司机,以及我们这些自以为熟悉城市的人而言,已然是机械而麻木。他还不停地读路边招牌上的字。我第一次知道他竟然认识这么多字。也许他觉得这样就证明和城市更加熟络,就像是到了一个陌生的地方能够叫出很多人的名字,能够心理上得到一些安慰和自信。我突然想起来问他当兵去过的城市。他说那时候没有这样繁华,从南京出发的火车一直往北开,路上好像也都是些平常的房子。先是到了天津的大港区,后来又调防到山西太原及至后来复员回乡。他只能说出一些模糊的名字,四十五年前的事情已经难以再理清。但这些仍然让我有些惊讶。我以为他在南角墩的这一辈子并没有什么见识,却记着一些今天想来也很遥远的地方。

夜幕降临之后,城市的灯红酒绿如期上演。就像是演了无数遍的剧目,人们已经浸淫其中不用欣赏,自己也不再是观众而已然成为演员。父亲以饥饿为理由不愿意再走路,我们就在一家东北菜馆吃晚餐。我知道他喜欢吃肥白的猪肉。可是他又很嫌弃地说,城里的肉也是这么肥的。我知道他不是在嫌弃东北的杀猪菜,是对城市里的一切毫无自信。

三杯两盏下肚,他的声音又大起来,与我讲各种菜的味道如何。他的牙齿已经老朽,但依旧倔强地咀嚼着这些陌生的味道,这是在南角墩没有见识过的菜品。他甚至说一种窝窝头是他没有见过的,别的地方一定没有,一定要打包带回去让他们见识见识——他们,就是那些总对他说的话不以为然的村里人。他觉得自己以后会比他们高明。

在酒店里洗浴之后,他站在墙上的一面镜子前突然问道,你是谁啊,你怎么在这里的?

3

当初是父亲带着我进城的。他骑着"二八大杠",后面驮着两篓子鸭蛋。坐在前面的杠上要一直屈着身子,这样就不会挡他的视线。那时候这种场景是一道风景——朝南靠右向前总是最繁忙的。人们都乐意去城里讨生活。那些鸭蛋在村里卖不出好价格,那上面沾着的鸭屎,在城里人眼里都是珍贵的。我们的摊子摆在"街上姨娘"家门口。傅珠路接着人民路和十六联,有无比繁华的日子。姨娘是母亲的堂姐。她嫁到城里过上了富足的日子,就被加上"街上"这个定语。街上人就是口音怪异的城里人,对比着目光游移的乡下人。我那时候对傅珠路充满了好奇,好像连街上骂人的话都是高级的。姨父矮矮胖胖的,站在门口和各式人等打招呼。他家开了一个理发店,是儿女们操持的。他从腰圩的菜农那进点菜回来卖。那个地方在母亲的村庄附近。那里的农民每天趁早将菜匀到各个摊主手上。父亲带着我来,姨娘就忙着张罗邻居们来买鸭蛋。南角墩的鸭蛋很受欢迎。他们拿起鸭蛋对着日头晃一晃,似乎能看见里面红彤彤的蛋黄。三荡河里的水草丰美,给父亲带来了一些好日子。鸭蛋很快就被分光了,剩下几只破壳的留给姨娘做葱花蛋下酒。

  姨父总是乐呵呵的。他领着我去往南不远的面店吃早茶——只一碗阳春面。他会用油条蘸着面汤吃。我吃不惯这种古怪的味道。这家面店的葱油卤汁很香,像姨父的笑容一样温暖。三十年后我重访这家面店,店主已经老迈,不再认识当年那个胆怯的孩子。这家叫作周矮子的面店开了四十多年,比我的年龄还要长。我当初坐在门口吃早茶的时候,它也还是个孩子。它的主家夫妇二人也是那时候进城谋生的,几十年修了一身的好手艺。面店开了几十年,只有他家坚持手擀面条。味道似乎一直没有变化,尤其那葱花依然浓香。傅珠路如今已然落寞,面色就像坐在门前与光阴周旋的姨娘。我不时会去看看她,听她讲讲过去的事情,可是时间长了那段光阴竟然也越来越模糊。我要去周矮子家吃一碗面,姨娘皱起眉头来说:"她家的面,脏得很。"我心里有些五味杂陈,脏不脏其实几十年已经过来了,过去穷苦的时候怎么就没有想到这一点呢?

也许在姨娘的眼睛里,我不仅仅是长大了,还成了一名城里人,知道"爱好"了。好就是好的,爱好就是爱更好的生活。这对于一个乡下孩子来说几乎是不可能的。那时候我没有像样的衣服穿,父亲每次进城都会带几件旧衣服回去,那对我们来说还是新衣服。那时候我们无法像姨娘说的那样"爱好",及至许多年后的今日依旧如此,我似乎没有把自己当成一个真正的"街上人"。

我其实对城里人有某种介怀和怨愤。当我已经可以认字认路的时候,就开始有了离开南角墩的野心。不过那时候这种想法几乎像一个笑话。对于许多村庄的孩子来说,我们不仅仅是面对艰深的课本,更是那条横亘在心里的标语:不要忘了你是农村户口。很长时间里,这句话对于乡下人来说是励志也更多是心伤。彼时人们都在种植粮食的时候,却想着解决自己与粮油的关系,从而拔了农根。就好像草木长在南角墩的泥土里意味着某种耻辱。为了这点可笑的梦想,很多人花钱将户口转到城里去,成为被人羡慕的"定量户"。说到底,他们进城也并非不再需要劳动,而是不用在那黝黑的水稻土里劳作——城里人的劳动和乡下人的劳动是不同的,似乎有着尊严与否的区别。

于是我们就更加相信"惟有读书高"的道理,拼命地读书,并且要摸索着去城里买书——街上的书不仅多,似乎也比乡下的书看起来高明许多。所以,上街买书也一度成为很流行的事情。我很羡慕听到同学说起城里新华书店的见闻,那里几乎就像是武侠小说里的藏经阁。终于有一天我说服了父亲,把沾着鱼腥味的钞票讨过来自己进城买书。那一年夏天水大鱼也多,父亲多了些意外的收入,让我有了一次独自进城的机会。

我很早就去村口等中巴车,那里面挤着很多上街的梦想。进到城里我并没有直接去书店，因为听说人民商场里有更好玩的地方，我想先去"望望呆"过把瘾。才进门就见三两个穿着斯文的年轻人向我走来。其中一个站住了，另外两个凑上来问："若是我们爷让你请吃个早茶如何？"就这样，我的第一次独立上街之旅就戛然而止。那些"斯文"的人还算"仗义"，给我留了坐车回乡的钱。后来，我只要说想进城去，父亲就会黑着脸说："上街做什么，那里尽是痞子。"他说的也不尽然，后来也不再有这些情况。但这让我对城里人有一种恶劣的印象，以后再也没有改变过。以后我也还有几次被街上人欺负的经历，让心里的罅隙更加深刻明确。

父亲老了进了城，也像当年那个胆怯的孩子。他声音大一点并不是勇敢，是和我当年一样不能明白眼前的形势——而我，可能也成了他不怎么信任的街上人。

选自《散文百家》2024 年第 10 期

陈应松

塞罕坝大雷雨

陈应松

武汉大学中文系毕业。出版有长篇小说《看见》《天露湾》《森林沉默》《到天边收割》《失语的村庄》等多部,小说集、散文集、诗歌集等一百五十余部。曾获鲁迅文学奖、中国小说学会大奖、中国好书奖等。曾任湖北省作协副主席、文学院院长。

闪电劈开森林，蓝色的炽焰让白昼瞬间崩坍如黑夜。接着雷声呼啸而至，暴雨碎裂的锐响像群鹿惊跳。森林，冰凉、阴郁、深渊般的森林，在雨水的凶猛泼泻中颤抖。每一棵树，都互相激励和搀扶，任由雷电在挺立的树干上扒皮割噬。

河水在倾覆泛滥，天地倒旋，沉着的树脂香味却像潜火，冲出黑暗和雨箭的缝隙。闪电狰狞的妖影，霹雳无端的轰炸，让森林恐悚且激越，狂欢来临。大地在歌唱，并痛饮这如瀑的甘霖。

绿色的铁甲，浩荡的林涛。冲溅在茂密枝叶上的霸凌之水，雷电咆哮，携着蒙古高原的大雨，在塞罕坝上演着惊心动魄的一幕。而森林导演并制作了一切——激烈的冲动，无法按捺的毁灭之爱。

无论如何猛击，落在大地上的雨水，最后终将凝结成一声晶莹的虫吟，一颗静谧的水珠，挂在千娇百媚的枝叶上。这辽阔的水珠，是塞罕坝三代种树人的血汗。

他们战胜了荒漠和干旱，像是劳动者的炫耀，让雨水在天空澎湃。每一声林下的虫吟鸟叫，都裂变为电闪雷鸣。

北方的塞罕坝，是北方的风格。淋漓森绿的世界，因为雨水，步入史前般的黑暗，雷电鞭笞着沙漠瀚海的叛逆者，坚强的林海迫近和清理着风沙弥漫的废墟，用雨水填满饥渴的巨喉，滋润万物。大地印着树木和杂草的花纹，即使被暴力摧残，树木汹涌的清香依然浪漫地弥散在天际。

这片神秘湿润的林海之上，一会儿，将有神灵般的云烟飘浮在人类古老的乡愁里。种树人的血液，从一条条枝叶的茎脉中，流入地下，也托举到天上。雷电以隆重的仪式将森林之水抬上云端，然后，再次浇灌森林。这生命的轮回，让世代青葱。

暴雨无休无止，已经下了五六十毫米，为这场惊心动魄的雷暴之劫，大自然遽然掷下的伟力，谁又能知道，它源于森林的恩赐，源于森林的恩泽。大地的水，也是大地绿色的画笔。天空的雷电，因为与森林的际遇，才能产生滂沱的激情。这里，已经形成了塞罕坝的小气候，纵然天翻地覆，排山倒海，这威力也是塞罕坝一百万亩森林的加持。地底的水，天上的雨。

　　每平方公里的森林可贮存五至十吨水，天上落下的雨水，森林的树冠能截留三分之一，余下的雨水进入林地，除去林地表面蒸发外，百分之八十的雨水被森林的根部和腐殖质吸收，然后这些水分蒸发到天空，再迅速地成为雨水……云中的水至少有百分之五十是"树水"，这个生态循环在广阔的森林中可以重复多次。因而森林中的每一棵树都是一座喷泉，由根部从地下吸取水分，再通过叶片上的气孔喷射到大气中。数以亿万计的树木形成了空中的巨大水流，是这些水流形成了云层，再潇潇落下……

　　森林是增雨机，它用地底舒展延伸的庞大根系，搜集水分，森林的蒸腾使空气湿度增加，为降水提供了发射率。因其蒸腾上升，森林通过高大的树冠，搅动大气的湍流，将气流抬升，降低了雨水的凝结高度，增加了水汽的饱和度，降雨成为森林的必然。还有积雪，还有霜露雾凇，还有霰雹、雨凇，被称为垂直降水。假如地球的水分循环停止，我们将再也看不到电闪雷鸣、雨雪霜雹，再也没有晴雨阴云的气候变化，再也看不到江河湖沼，也再见不到森林和草原、动物与人类，也就没有了塞罕坝这样驰魂夺魄、撼天动地，令人惊喜若狂的大雷雨。

　　在地球的荒漠化极其严重的今天，塞罕坝人创造了人工绿化地球的奇迹，一百多万亩森林，简直太大太大，它们像坚强的卫士，扼守着内蒙古浑善达克沙地的南缘，替京津冀挡住了风沙，保护了水源。

　　这场突如其来的暴雨终于停了，我们进入雨后的塞罕坝森林中。往前走，两边的树木更加葱翳，仿佛置身翡翠编织的宫殿，连每个人的衣裳也泛着绿莹莹的光。浓暮中的感觉，苍松翠杉，在寂静中恢复生机的林子里，虫子的鸣声格外响亮，它们在清理嗓子，亮翅抖羽，用悦耳的声音替森林画着波浪般的曲线。一排排落叶松站得更加笔直，一眼望不到边，像一场大战的排兵布阵，这就是人工造林所产生的美感和韵律感。林下的植被，灌丛、野花、野草都已经卸下了沉重的雨水，抖擞精神，再次发出浓绿的光芒，更加洁净挺拔。它们的植被，除了大树，已经是自然生态群落，所有曾经在这片土地上生活过的动植物，都将归来，在森林里重建它们的传说、秩序和荣光。这片梦幻般迷人的森林，这片训练有素的森林，是人类战胜自然的绿色传奇。

　　我们沿着螺旋楼梯登上瞭望塔顶，四围是无边无际的樟子松林、落叶松林、云杉林、白桦林。清冽的凉意从潮湿的森林里漫来，森林在涌动或凝思，天空晴朗，絮云密集，所有的树木都在向上爬升，好像大雨丰满了翅羽。烟岚出现了，这是江南丝竹中的词牌，正在北方遥远的林海里徘徊、浮动和弹拨。

　　不远处，粼粼波光闪烁的吐力根河——也是滦河的源头，同时是内蒙古与河北的界河，在蜿蜒流淌。河的北岸是内蒙克什克腾旗乌兰布统，乌兰布统即蒙古语红色的坛形山，也曾是清朝皇家猎苑木兰围场的一部分。显然，因为没有塞罕坝六十年前兴起的人工造林，所以，那边树木稀疏，毕竟，塞罕坝的所有树龄少说也有四十年了。

　　现在的塞罕坝森林，特别是白桦林，已经开始自然的混交，有大量的灌木，天然萌生，没有人为的干预。主要是阔叶和针叶的混交，慢慢成了自然生态林。因为混交，病虫害也少了，单一的树种极易生病。通过针阔混交，增强了生态系统的稳定性，樟子松林、落叶松林，一旦发生病害，没有什么生物防治好办法。这里的虫害主要是松毛虫，有一年，松毛虫大举来袭，塞罕坝林场四十多万亩林地受灾，一棵树有上万只虫子，整个受害森林里，是一片虫吃树叶的嘎吱嘎吱声，十分恐怖。四十多天的人虫大战，是那个时候的记忆。现在，通过混交，森林的生命抵抗力增强，这种大面积发生病虫害的事情，已经不复存在，森林生机勃勃。

我们在瞭望塔下，掐着酸模的嫩茎，剥皮生吃，这也曾经是我们儿时的零食，在这片森林里遍地都是。林下草丛中，有大量黄艳艳的萱草、到处缠绕的野豌豆，有大片紫色的宿根亚麻，有紫色的花苞，有高挑的长尾婆婆纳，有淡紫的缬草花，有躲在草丛中的蕨麻，有美丽的球形蓝刺头花，有俏雅的翠雀花，有飘逸的银莲花、橙色的金莲花、蓝色的风信子。几朵白蘑从雨后的腐草间钻了出来，在塞罕坝，除了白蘑，还有肉蘑（学名血红铆钉菇）、鸡爪蘑、松蘑、云盘蘑、榛蘑。在塞罕坝的两天，我们吃到了白蘑，吃到了肉蘑炖小鸡，还吃到了林场工人为我们采摘的许多野菜，有凉拌升麻、清炒蕨尖、清炒黄花菜、凉拌红梗菜——这种菜入口甜酸兼备，滑嫩绵软，当地人称为待黄，是待皇的谐音，听说是当年乾隆在此打猎后吃过的；凉拌的升麻茎叶脆嫩爽口，一盘被我消灭了一半。还有许多没记住名字的野菜山珍，这些塞罕坝森林的美味植物，它们美妙妖冶的口感，被我们悉数收入胃囊。

在塞罕坝马蹄坑最早的人工森林里，这里的绿色格外艳丽，所有林下的灌木和野草仿佛是被葱汁泼过一般，落叶松仿佛绿成了夏日的阔叶树，森林肥厚、健硕、高大，精神焕发，正当壮年，志气盎然，人走进去，整个身心全浸泡在绿汁中，像一杯明前的芽茶。我走过太多的森林，如此葱茏鲜绿的森林并不多见。

夜晚，我在手机上写了几句当年皇家猎苑木兰围场的话："朔漠北望，京城南眺，塞罕坝上，美丽高岭。弯弓射月，历史烟尘梦里；荒原逐鹿，英雄立马风中。号角鼙鼓撼野，惊破百兽之胆；万乘千骑卷地，直捣虎狼之巢。森林浩浩没天际，碧山涛涛掩黄日……"忽然，晴朗的夜空，又是风云兀变，又一场大雷雨降临在塞罕坝森林。悍厉的雷声紧叩着森林，金色的闪电在天空奔突，接着暴雨如注。窗外不远的森林在闪电中雪亮跃动，密密匝匝的树木，在汹涌的雨瀑里峭然昂立，伸着它们绿色的芒戟，这黑暗中偶露峥嵘的群树，饱满、严谨，承受着黑雨和雷电恣意的暴凌，也接受着狂野的灌溉。夜晚因雷雨而深邃神秘，我体验这遥远厚实的温暖，以及在淌着树脂清香的空气中，漫卷上来的深沉睡眠。

森林是我们人类最早的故乡，七百万年前，人类从森林中走出来，成了沙赫人。没有走出来的灵长类动物，继续在森林中生活，成了至今没有进化的大猩猩和黑猩猩。走出来的沙赫人，他们有了各种各样的机遇，他们沿着空旷的平原行走，成了会使用火的现代智人，他们的脑容量从走出来时的几百毫升达到了一千多毫升。他们变得无比的聪明，认识到了这个地球上许许多多肉眼看不见的东西，质子、中子、电子、光子，认识到了细菌、病毒、真菌、芽孢，并能把地球上的人送上月球。在茫茫的宇宙中，他们掌握了飞翔的技巧，他们比鹰飞得更高，比鱼潜得更深，他们钻入地底一万多米，抽出地球的血液——石油，他们砍伐森林，制造荒原。人类在飞速的进化中慢慢毁灭自己，也毁灭他们赖以生存的地球。当人类要到其他星球寻找新的家乡，但是人类不应该忘记，地球的森林才是他们最初的家乡，是他们远古的故土，遗憾的是，森林正在急剧地减少。

早晨，清蓝的黎明被两声杜鹃的叫声牵来，馨烈的树脂香气在雨住之后淌漫，森林的汁液愈来愈清澈纯净，一弯残月最后寂灭在湖水的微波里。山雀混音，五色羽翼惊起，鸟鸣如又一场急雨，缠绕在邈远的森林之上。耀眼的白昼被洗濯得透明无瑕，露水滴落的澄澈之香，在新鲜萌发的草叶上，在土壤湿润的梦里渗衅。

我徜徉在清晨的森林中，所有的云杉、樟子松、落叶松、白桦，还有矮小的灌丛、地上的青草，都挂满了露珠。在初升的阳光下，静静地闪烁着。喜鹊在群聚聒噪，云雀在比赛歌唱，乌鸫在高枝炫嗓，他们用的是鸟儿们通用的语言，没有南方北方的口音，没有难懂的方言，他们用统一的黄金嗓子，歌唱着森林和太阳。在这片雨水充沛的北方森林里，它们的嗓子里含着湿漉漉的水雾，仿佛是江南软语。这仙境草木，是人类所植。这片林海，是血汗之海。一路上，紫色的缬草花、高山紫菀、光叶忍冬、叉分蓼、歪头菜、黄色的蕨麻、小花糖芥、蒲公英、萱草花、欧乌头、白花草木樨、硬毛南芥、梁子菜、土大黄、两栖蓼菜、沙棘和丝毛飞廉在我的身旁。这就是森林，有丰富的植被，有各种各样的花朵，五颜六色，姹紫嫣红。

大光顶子山，月亮湾的望海楼，这里海拔近两千米，天空朝霞缱绻，森林在云端滑翔。花朵铺展在坡地，坝上的地形高低起伏，我们似乎在经历着一个沧海桑田的纪年。北方的绿色，深沉、大气、慷慨悲歌，这是燕赵的大地，亿万株树木豪杰在这片坝上无声呐喊，他们的声音摩擦着历史的火花。起伏连绵、丰满茁壮的塞罕坝森林,在这清凉的夏季显得如此柔软优美。当地领导指给我看,东南西北每一个方向,这片人工林海似乎没有尽头,天边是森林,天边之外还是塞罕坝林场的森林,还是人工栽种的森林。坡度在六七十度的山上,依然种满了树,没有一寸地方有裸露之处,没有沙漠的黄色,也没有草场的低矮。当年,林场工人们将树苗用骡子驮上山,人都难爬上去,有驮树苗的骡子从山坡上滚下摔死了。我问浇水怎么办?他说他们采取大雪整地,然后用十字镐把石头弄出来,用骡子再往山上拖山下的土,把挖的树坑填满,栽下树苗后,为了保水,就用地膜,防止蒸发,保证它成活,这种方法成活率很高。

林场领导指着东边山谷的远处有个断层,可以看到栽树后,最上头是一层薄薄的土层,就是森林落叶形成的腐殖质,而下面全是沙子和石头。就靠了这层经年累月才养育出的腐殖质,改善了塞罕坝的土壤和气候。

塞罕坝林场,由一棵松到一百一十多万亩人工林海,他们无愧于联合国颁发的最高荣誉"地球卫士奖",也无愧于联合国防治荒漠化领域最高荣誉"土地生命奖"。绿化千疮百孔、风沙漫漫的地球,重新给废墟般的土地以蓬勃的生命,使我们人类远古的故乡重获新生,从被遗弃的状态进入活色生香的年代,为这一刻,塞罕坝三代人的劳动,造就了这片无法用言辞描绘的伟大林海。

刺破荒漠和死寂的生命眠床,辽阔浩荡的磅礴绿潮,正在我们的眼前像烟水蜃景久久波动。

选自《人民文学》2024年第11期

无问去处
―― 野生动物医院笔记

王雪茜

女，中国作家协会会员，一级作家，辽宁省散文委员会主任。在《北京文学》《中国作家》等文学刊物发表大量文化随笔及散文，多次入选散文选刊和选本。曾获第十一届辽宁文学奖。出版有散文集《折叠世界》《时间的折痕》《流浪的鸟巢》。

1

在大洋河湿地，我第一次见到一只狍子的尸骨，它躺在覆着一层浅雪的海边，肮脏而散乱的体毛，散落在尸骨四周，如同灰白色的破旧云朵。狍子全身的肉都不见了，一条暗红色的脊椎骨僵硬笔直，蛇一样匍匐在雪地上，微微翘起的尾骨，如探路的蛇头。不过，狍子的头部，在被凛冽的北风蚕食，并被冰雨清洁过后，完整无损地躺在那里。我想起英国作家亚当·尼克尔森，他在《海鸟的哭泣》一书中描绘海鸦尸骨时说："如同一幅对生活抉择之后的示意图，每个细节都如同一把枪一样意味深长。"

正是如此。狍子头骨的前部是两个巨大的眼窝，几乎占据了头骨的大部分，剔除了血肉的骨骼，只剩下凌厉的线条，它最后的坚硬姿态，令见证者怅然若失。这种无法弥补的失落感，替代了短暂的刺激感。狍子的两只眼睛曾深嵌在拱形的骨骼内，受到保护。它活着时，两只眼睛呆萌朴拙，是其颜值的加分项。现在，它们成了熄灭的窗口。一部古代西班牙戏剧中有一句著名的话，适合放置在此类场景中："死者睁眼看清活着的人。"

在野生动物医院，我见到了另一只狍子。

它耷拉着后腿，双眼紧闭。腹部异常饱满，竖裸着一条撕裂伤，肉红色，尺余长。肉眼可判，这是一只孕狍。

麻醉，清创，探查伤口的深度，缝合。未料，突然间，狍子停止了呼吸。立即注射肾上腺素，无济于事。当务之急，剖腹产。四只幼崽，均已成形，每只两公斤左右，然而，只有一只尚有微弱呼吸，马上把它放入保温箱，吸氧抢救。两小时后，抢救失败。

被发现时，这只孕狍后腿跟腱已断，试图穿过水泥厂的铁丝网时，又刮破了腹部。大夫说，它受了太大刺激，属于应激死亡。

我一直觉得，生活在我们鸭绿江口湿地的狍子，比生活在山林中的狍子更加害羞。湿地又大又开阔，可周边全是人类，兽类的古老生活与人类文明，从未像如今这样密不可分。林立的高楼、喧嚣的汽车、陌生的障碍物，以及异样的气味，都在削弱兽类基因中的适应能力。我小时候，住在大山里，狍子很多，山林中的狍子大摇大摆，在农田边缘的开阔地吃草，或在豆地里啃大豆，见到人毫不慌张。可在湿地中，兽类很少在白天出现，它们胆怯而略显愚笨。

怀了孕的狍子尤其敏感多疑，一受惊，就会东奔西突。本就反应慢半拍，加之一孕傻三年，又身体笨重，更容易被野狗追赶和攻击。过去数年里，狍子数量庞大，变成了狩猎的首选。为了延续基因，免遭灭绝，狍子练就了一项独门绝技，它的受精卵可以在子宫内"休眠"。换言之，它可以控制受精卵着床发育的时间，避开严酷的冬季，让幼崽在六月出生，彼时气候温暖，环境适宜，幼崽存活率高。并且，一般的鹿科动物三四岁才成熟，一胎只产一崽，而狍子一两岁就成熟，又有极强的繁殖能力，通常一胎两崽。从某种角度说，狍子大智若愚，作为东北神兽之首，名副其实。

在大东港湿地，我看到狍子像一只大鸟一样跳跃。遇到雪天，它脑子会发蒙。东北的大雪，一下就是一天，雪片簌簌落着，狍子站在雪地里，淋着雪，呆憨地眨着眼睛，一动不动。雪片落在它的身上，落在它的脸上，好像给它戴上了白色的面罩，它黑色的大眼睛和大嘴巴越发突出了。我很纳闷，为什么它不能像狗一样，抖一抖身上的雪呢？被雪覆盖的狍子，不动时，像一个沉默的潜伏者。可是，在湿地，没有比狍子的眼神更清澈的兽了，它太单纯了，不仅注定做不成潜伏者，反而是最容易暴露的兽。

长久以来，无论东北，还是华北，狍子都是被猎杀最多的兽类之一。狍子的肉质鲜美无比，是被端上餐桌最多的兽肉；狍茸在中医里可代替鹿茸入药；它的毛防寒功能强，被做成了皮草。鄂伦春人的许多服饰、生活用品都是用狍子皮毛制作的，他们在重大庆典和节日时头戴的"密塔哈"，是用整只狍子的头颅，去掉骨肉后，保留狍头上的毛、角、耳朵、鼻子和口，精心鞣制而成，与狍子的头一模一样，故称其为"狍头皮帽"。

冬季的哈尔滨，鄂伦春人牵着神兽，穿着皮袍，戴着"密塔哈"，走上中央大街。这原始化、古老化、陌生化的巡街，吸引了无数游客。狍子两只毛茸茸的角竖在鄂伦春人的头顶，两只眼睛无辜地望向前方，而戴上它的鄂伦春人，骨血里的英气被激活，头抬得高高的，腰挺得直直的。

作为狩猎民族，鄂伦春人牢记祖训：畋不掩群，不竭泽而渔，不焚林而猎。

可究竟是何时何地何人破坏了规矩？草木未落，斧斤已入山林；獭未祭鱼，数罟已入洿池；鹰隼未挚，罗网已张于溪谷。覆巢，击卵，杀胎，人与万物长久以来维持的微妙平衡被打破，不断有鸟兽悄然灭绝。如今，连狍子也成了濒危动物。"密塔哈"成了非物质文化遗产。

这个冬天，异常寒冷。大雪之后，路面如镜子一般。我坐在远郊车上，望着窗外，视线中一片苍茫。右侧大片的水稻田，在某种程度上，部分弥补了自然湿地的损失，靠近路边的水沟，稀疏着一簇簇芦苇，苇絮饱吸了汽车尾气，又黑又腻，苦着一张脸，在风中瑟缩，摇摆。猝然间，一只鸟儿从苇丛里冲出来，之前我并没有发现它，现在，它好像一支冷箭，被弓仓促地推了出来，跌跌撞撞地向马路对面飞去，那里是另一片稻田。从它的身形判断——比麻雀大得多，比喜鹊又小得多，当是鸥鸟。远郊车正好迎上了这只鸟，我眼见它从挡风玻璃上滑了下去，一丝声息都没有。

"怎么样了？"我问司机。"死了吧。"司机语气平淡。"它飞得太低了。"有人补了一句。

野生动物医院里，被车撞伤的野生动物，除了狍子、野鸡，还有凶猛的豹猫，长得很像狍子的獐，甚至狡猾的黄鼬也不能幸免。

我的判断是，湿地的鸟兽不知道躲车。我们去大东港湿地捡泥螺，摘碱蓬，翻石板蟹，有时回到家才发现，车前杠上竟挂着一只断了气的野鸡。

对汽车这种文明的产物，鸟兽们还没有应对的经验。狍子四肢健壮，善于奔跑和跳跃，时速约在五十公里，一次跳跃可达十五米，却也常是车轮下的牺牲品。对陌生的庞然大物，狍子的好奇大于恐惧。所谓无知者无畏。鸭绿江湿地中，迄今没发现熊、狼和老虎，正常状态下，野狍的生境中除了人类，几乎没有天敌。在湿地狍子的兽生经验中，它简直是鹿科动物中的"鹿生赢家"。尽管陌生事物越来越多，但它并不担忧。所有的新鲜事物都令它着迷。可它又是个矛盾混合体，既爱看热闹，又迟疑胆小，总是会因莽撞而频生祸端。

尤其夜晚来临，湿地周围亮起万家灯火，人类与兽类仿佛息息相通。夜里溜达出来的狍子，遇见车灯，会把车灯当成玩具，跳跃着追逐。只有当人类试图靠近它时，它才会仓皇逃跑，而它还生怕对方追错了目标，会把屁股的毛炸开成一朵白花，无意中由潜伏者变成了引诱者。

湿地中的狍子，有时会溜到城市周边。糟蹋庄稼，破坏田地，或窜到马路边卖呆。在城郊的树林里，针对狍子的兽夹，多而杂。从前，我舅舅会用一根铁丝扭成圆圈，系上绳子做成简易的兽套，来捕捉狍子和獐，不过成功率很低。现在的兽夹技术性强，威力极大。兽夹通常埋在枯叶下面，套索圈在兽夹上方。狍子踩到兽夹，就会触发套索启动，踩到机关的腿就会被紧紧夹住，越挣扎夹得越紧。

　　我曾跟随野保站的志愿者，到山林中清理过兽夹。志愿者一般会请当地人做向导，发现兽夹，他们会先捡来一根粗木棍，用力戳一下兽夹，兽夹就会"嘭"一声弹起来，着实吓人一大跳。一个下午，常能清理一二十个兽夹，有些兽夹锈迹斑斑，有些则沾着血迹或零星皮毛。

　　从三十千克变成几百克的枯骨，死去的狍子，证实了湿地中兽类生存的特性，意外、追杀、恐怖、突袭、残暴、杀戮，可有些时候，谁也无法知道凶手是谁，在湿地野生兽类生存法则中，没有血债血偿一说，所有的痛苦和恩怨在死亡来临时，都烟消云散。而你看着这样的狍子，"看到的是活生生的恐惧"。这种恐惧固然缺乏方向，但深渊也就此埋下了伏笔，设置陷阱的人，也许终将成为自己的猎物。我们沉默着，而风声将沉默撕碎，听任死者在地下将生者非议。

2

　　开车路过一个村庄时，猛然发现松林上方聚集着数百只白鹭。远远望去，像星星点点的云朵落在树尖。一阵来自黄海岸边的暖风穿过湿漉漉的海滩，来到这里，白鹭们活跃起来。当然，无须借助风，它们便可自由地飞上飞下，翅膀是天赐神器。在夏日的晴空下，这些仙子般的大鸟显得慵懒而快活。

紧贴松林，只有一户人家，门外有块石头，高而平，借助它，我试图拍一些清晰的图片。户主正在黄瓜架下摘黄瓜，跟他搭话，他并不热情。

我注视着这些白色的精灵，聆听着它们此起彼伏的鸣叫。白鹭的鸣叫低沉聒噪，音节短促，单个听起来类似乌鸦，粗哑单调。众声合唱时，如同冰排在暖阳下次第开裂。如果我是个真正的鸟类学家，一定会觉得它们潮水般弥漫的叫声奇妙无比，含义无穷。

"我最受不了的是它们的叫声，是噪声，噪声。"摘黄瓜的村民抬起头，望着我说，"一大早起来，满耳朵都是呱呱的声音，啊，太讨厌了。你看，我种的果树都快成'光杆司令'了。"白鹭的鸟屎具有腐蚀性，落在树上，树大多会叶落枝枯。

村庄离海边不远，白鹭觅食很方便。理所当然，它们已成为这里的常住民。白鹭们虽然看起来怡然自得，但仍旧有所顾忌。它们偏于一隅，只在松林上方活动，不会飞到相距咫尺的人行道上，也不会盘旋在令人尊敬的小镇居民头上，啄掉他们的帽子，更不会在他们耳边喋喋不休，或者在他们的汽车玻璃上拉屎。相比合法村民来说，它们显得孤僻、冷静、严肃，与人类保持着泾渭分明的距离。

尽管如此，在野生动物医院的救护手册上，关于白鹭的记载并不少。

大多是翅膀和腿部的外伤。我疑心是弹弓所致。在我认识的人里，就不乏弹弓爱好者。每到周末，他们就拿着武器，到零散的湿地寻找鸟儿，偷偷摸摸一试身手。

如果你浏览短视频，会看到比比皆是的弹弓高手。在越南和巴基斯坦，斑鸠和白鹭泛滥，弹弓打鸟属于合法狩猎。一位弓龄三年的弹弓手，技法娴熟，百发百中，三两分钟内，一只白鹭就会命丧在他的弹弓之下。那些在田野里觅食的白鹭，在水渠边散步的白鹭，在树枝间飞跃的白鹭，跟我每天上下班途中在水稻田里看到的白鹭，几乎一模一样。

弹珠击中一只白鹭的翅膀，它还没有回过神来，甚至连一声惊叫都来不及，就从空中猛地落下，在地上扑棱着，它黑色的长嘴大张着，挣扎着喊出声来，"呱，呱，呱"，每发出一个音节，喉咙都在不停地颤动，仿佛耗尽了全力，它整个身体向路边倾斜，脑袋慢慢耷拉下来。弹弓手跑上前去，用手扒拉了一下它的翅膀，这只垂死的白鹭，抬起脑袋，试图做最后的努力，一串低低的"咕，咕，咕"声后，它彻底松懈下来，如同危机解除那样，即便明知是死亡的危机。它的嘴巴被一只手捏着，翅膀被另一只手提着，像一块破烂的抹布。它闭上眼睛，所有求生的欲望都耗尽了，只好听天由命。弹弓手压抑着内心的解放感和胜利感，像一个真正老练的猎人那样，迈着轻快的脚步，向路边的摩托车走去。

在我们湿地，翅膀受伤者中，最多的是苍鹭、白鹭、野鸡之类这种体形相对较大的鸟类，此外，凶猛如鹞和鸮，也有翅膀受损的病例。据我所知，我们这里的弹弓爱好者，并不吃海鸟肉，他们仅仅是打鸟取乐，打发无聊的时光。

高楼上明亮的玻璃、鳞次栉比的人造建筑、夜间绚烂的城市人造光、空中纵横的高压线，对鸟类来说，是另外的致命威胁。一只以正常速度飞行的苍鹭，撞到玻璃上的生还率差不多是零。平均每栋建筑物每年会导致一到十只鸟类死亡。一个夏日午后，一只海鸟撞在我22层办公室的窗上，砰的一声落在窗外的平台上，像一个不真实的梦。

对于鸭绿江口湿地的迁徙鸟类来说，过度的人造光在夜间会打乱鸟类的昼夜节律。尤其是鸻鹬类迁徙大军，昼夜不停地在太平洋上空飞行，很容易被明亮的建筑物吸引，导致撞击身亡。即便没有撞上建筑物，灯光也会使夜间仍在迁徙的鸻鹬迷失方向，从而消耗大量能量。精疲力竭的鸟儿们，更容易受到来自城市的威胁。

哲学家叔本华说，死亡的困扰，是每种哲学的源头。我常常想，自然界中众灵的死亡，真的是一件偶然和荒谬的事情吗？动物有死亡的困扰吗？死去的鸟儿，在无限接近死亡的时刻，灵魂是否如人类一样，会颤抖，会战栗？它是否自动开启了另一种存在的方式？

退潮时，我喜欢在海滩寻找兽类的足迹。不可避免，总是会发现鸟类残缺不全的尸骨。有时，是一只鹬类的头骨，其他部分都不见了；有时，是一只野鸭的残肢；偶尔，也会见到苍鹭或豆雁完整的尸体。你很难判断它们的死因，没有一把智力的刀子，可以切开所有事物的秘密。困在时间里的鸟类残骸，被呼啸的风不倦地剥削，又被潮水反复地冲刷，稀释了海鸟世界的神秘和残酷。

获取食物、繁殖、哺育幼雏、资源竞争，还有气候变化、海洋变暖、油污污染、栖息地的缩小，都对海鸟造成威胁。它们该如何抵抗越来越多的负面因素？"生物的形状，就是用生命的力量反抗死亡的限制"，一位评论家这样说。这句耐人寻味的格言式句子，似乎在暗示，在充满否定的世界里，海鸟天赋希望，是负面的对立面。

是的。海鸟是神话中的灵魂，传说里的扶光。

海鸟以独特的方式感知周遭的环境，以自己的纬度定义整个世界，以自己的形态生存。世界的多样性告诉我们，人类尚有很多不具备或不需要的认知适应能力，与海鸟相比，人类在智力上似乎不该有优越感，更没有垄断权。我们无法像游隼一样悬停在空中，更不可能像鸻鹬那样，不吃不喝，连续不断飞行两三万公里，横跨太平洋，找到回家的路。我们也不会像白鹳一样在二十五公里以外就能嗅到割草的味道，从而找到食物。很多海鸟的嗅觉敏锐得不可思议，研究发现，磷虾在取食浮游藻类的时候会释放一种气体，名为二甲硫醚，很多海鸟可以凭借这稀薄的气体捕食到磷虾。很不幸的是，在海面漂浮的塑料也会释放二甲硫醚，而所有的鹱形目，都吃过塑料，这是不容回避的事实。每年，有超过十万只海洋生物和一百万只海鸟因塑料死亡，至少有694个物种因塑料污染而濒临灭绝。据可靠预计，到2050年，所有种类的海鸟中，99.8%的鸟胃里都会有塑料。

海鸟的胃里，当然不止塑料。我看过一位摄影师在太平洋中途岛拍下的一组照片，那是一些在海滩上死去腐烂的信天翁，解剖后的场景触目惊心，它们的胃里三分之一是塑料，三分之二是无法消化的打火机、气球、瓶盖、泡沫、废电池、乒乓球、尼龙线、玩具零件……误食塑料，海鸟会脱水、饥饿、胃穿孔而死。我们随手丢弃的塑料垃圾，都将成为杀害海鸟的凶器。

能让海鸟群落遭受巨大危机的，永远是人类。

据估计，每年有1.5亿多吨塑料废物进入海洋，吞食了这些塑料的动物，体内蓄积了大量毒素，其中一些，比如鱼类，最终回到人类的餐桌上，进入人类的胃里。莫比乌斯环的齿轮开始转动，不舍昼夜。

在沿江路的一处野塘中，一只凤头䴙䴘误闯入渔网中，那是用来拦鱼的旧网，不知是有人新插进去的，还是以前插进去丢弃在那里的。凤头䴙䴘是一种长相漂亮的水鸟，被称为"涡轮增鸭"，不仅会水上漂，还会潜水。困于渔网中的凤头䴙䴘，水上功夫再了得，也失去了用武之地。它的两条腿被渔网紧紧缠住了，越挣扎越缠得厉害。幸运的是，有渔民发现了它，剪断了困扰它的渔网，这只凤头䴙䴘才捡回了一条命。

有的海鸟则没有这么好运。一只被废弃渔网缠住的游隼,就因此送了命。被巡护员发现时,鸟身早已僵硬,像一团暗褐色的老石头。它夕阳般冷峻的犀利目光,被死亡的利剑穿透,曾经快如闪电的翅膀,黯淡无光,萎缩在干枯的皮肉上。痛苦没有债主,过于轻浮的死亡,无人在意。挂在旧渔网上的这只大鸟,这只曾经的空中霸王,高贵的身份被一张破旧的渔网彻底格式化。

3

第一次听紫环乐队唱《天鹅之死》时,我一下被震住了!主歌部分不急不躁,干净的嗓音,陈述一个简单的故事:一个遥远的地方,一个贫瘠的村庄,村民像天鹅一样善良。一只白色的大鸟飞到这个地方,它筋疲力尽,且受了伤。人们竭尽了所能,用尽了力量,老人和孩子们都有一个希望,想使这只大鸟能够重新飞向太阳。最终,他们如愿以偿,大鸟重新在天空翱翔——蓝色的天空,白色的羽毛,血红的夕阳,最后的希望。副歌部分,情绪推进到高潮,由平静的陈述变成金属般的嘶吼:有一天,人们发现了贫瘠,想脱去这身衣裳,于是他们看见了大鸟,并且向它端起了枪。

贫瘠不自知时的善良,贫瘠自知后的猎杀,唱出人心的多变与邪恶。可我,从这首歌里听出了人类的悲哀。白色海鸟的命运难道不正是人类自身的命运吗?我想到最初看芭蕾舞《天鹅之死》时的那种震撼,如同这首歌里猝然插入的那声枪响一样。视觉为听觉做了补充,当大提琴奏出忧伤的旋律,我看到身负重伤的濒死天鹅,渴望重新振翅翱翔,它孤身只影,艰难地尝试飞离湖面,一次又一次,终至力竭倒地,一阵死亡前的战栗似闪电穿透了它，在颤抖中，它竭尽全力抬起一只翅膀，指向遥远的天际。当天鹅倒下时，紧绷的肉身一下子松懈了，而我的心却同时揪了起来，如坠冰窟。

在这只濒死的天鹅身上，我看见了所有的人间真相：偶然、意外、渴望、顽强、坚忍、接受。渴望生，敬畏死。

人与万物，同为自然之灵，人类总是相信，人与万物定有共通之处。在文学上，早已实现了人与万物的移情和转换。荷马史诗中厄瑞克透斯的两姐妹复仇成功后，变成了燕子和夜莺。俄国作家蒲宁写过一篇小说，名叫《韦尔卡》，勤劳勇敢的渔家少女韦尔卡，执着地追求爱情，为搭救心爱的人，最终变身海鸥。

在海鸟身上，我们或许会洞悉自身的秘密。作家们会想象，也许，某一天早上醒来，你发现自己变成了一只天鹅。

然而，这很可能只是人类的一厢情愿。《庄子·至乐》里曰："昔者海鸟止于鲁郊，鲁侯御而觞之于庙，奏九韶以为乐，具太牢以为膳。鸟乃眩视忧悲，不敢食一脔，不敢饮一杯，三日而死。"更可能的情形大约是，万物的悲喜并不相通。兽栖深林以为乐，鱼浮江湖以为美。

天鹅是翱翔于天空和风中的神灵，如果你肯花上几个钟头盯着它们看，那种跨越界限的自由感，给人以深沉的宁静，翅膀优雅地掠过水面，犹如仙女挥洒笔墨，在天地间写下自己的名字。

高贵如天鹅，迁徙之路上面对的天灾人祸并不比其他候鸟少。几年前，在美国爱达荷州，一夜暴雨后，停车场地上堆积了五十多只天鹅的尸体。目击者称，这些天鹅是冒雨迁徙途中突然坠落的。专家解剖后发现，这些天鹅的肺部都发生了爆炸，推测真实死因是遭到了雷击。

2023年2月末，鸭绿江口湿地大洋河流域，大天鹅和野鸭群数量突然暴涨，仅夜宿在凤城市蓝旗镇梅家堡子的天鹅就多达两千多只，而五六年前，迁徙来这里的天鹅只有五六只。承包了此河段的渔民，每年都买来大量的玉米喂养天鹅，导致天鹅数量一年高过一年。

三只被救助的天鹅康复后，被野保站的专家佩戴了跟踪器，他们发现，途经此地的大天鹅主要是从朝鲜半岛迁徙到俄罗斯的贝加尔湖和蒙古高原。天鹅们把大洋河当作一个迁徙停歇站，在此休息，觅食，补充能量。

在河面游弋的不止天鹅，还有上万只花脸鸭以及数以千计的针尾鸭。

3月5日，几名护鸟员发现，有两只大天鹅在天空飞着飞着，突然像失事的飞机一般，从空中一头栽下来。待追上查看时，天鹅已死去。大天鹅的食道比较短，只有药物中毒，才会在如此短的时间内死亡。3月8日，一名护鸟员一下子发现了七只大天鹅的尸体。随后，数只大雁的尸体也被发现。在一个大垃圾箱里，森林警察又发现了一只装有二十四只花脸鸭的编织袋，应该是毒鸟的嫌疑人仓促之间丢下的。解剖显示，这些天鹅、大雁和花脸鸭，都是吃了人为抛撒的毒玉米中毒而死。

距大洋河一公里左右，一只中毒的秃鹫匍匐在稻田里，它裸露的长颈蜷缩起来，阔大的翅膀耷拉着，坚硬无比的嘴半开半合，嘴周围和爪子布满渗出的血，凶猛的目光中透出无尽的惶惑与绝望。号称百毒不侵的秃鹫也没能进化出分解有害农药和兽药的能力。

洗胃，催吐，解毒，打针，抢救了三个小时，它翅膀上的羽毛仍旧成片脱落。中毒引起的急性肾衰竭，最终导致了它的死亡。

此刻，我看着这些死去的天鹅。它们排成一列，悄无声息地躺在地面上，曾引以为傲的翅膀，再也享受不到在风中翱翔的确定性与控制感，阳光像聋哑人的语言，在它们干瘪的羽毛上，投下浓重的阴影。

打开搜索引擎，毒杀海鸟的新闻比比皆是。2016年内蒙古洪图淖尔湖就曾发生过数百只天鹅被毒杀的事件。洪图淖尔在蒙古语里的语义恰是"有天鹅的湖"，没有比这样的毒杀更具讽刺性的了。

《海鸟的哭泣》一书中有个统计数字说，过去六十年里，全球海鸟数量已经下跌超过三分之二。所有的海鸟种类中，有三分之一正面临灭绝的威胁。

"十几年前，我还见过被毒杀的丹顶鹤，尸体多得要用麻袋装。"巡护员看着地上的天鹅尸体，喃喃自语。被冠以"湿地之神"美誉的丹顶鹤，在鸭绿江口湿地极难见到，数量稀少。20世纪90年代，朱哲琴演唱的《丹顶鹤的故事》可谓家喻户晓，凄美的旋律，激起人们对丹顶鹤强烈的保护欲。

在古代神话和民间传说中，鹤是神仙的乘骑，故有"仙鹤"之称。早在《诗经》中就有"鹤鸣于九皋，声闻于野"的描述。在传统文化中，仙鹤常以高雅、长寿的寓意出现，是文学作品和绘画中的常见主题。疏影横斜中见鹤洗心，暗香浮动中有鹤闻香，植梅畜鹤是雅士之举，"梅妻鹤子"是隐居之乐，更是清高之喻。

前阵看新闻，一只佩戴了追踪器的丹顶鹤，在迁徙途中突然消失了信号，经过专家和民警对失踪丹顶鹤完整活动数据的读取、比对和分析，锁定了丹顶鹤最后的消失地，并抓获了猎杀丹顶鹤的犯罪嫌疑人。然而，找到的只是丹顶鹤被食用后丢弃的残渣。

鸟类对周遭世界做出的唯一理性的反应，是敬畏。而人类对周遭世界应有的唯一的理性反应，不也应该是，且只能是敬畏吗？

4

夜鹭，翅膀外伤，腿痉挛。死亡，深埋。

喜鹊幼鸟（六只），摔伤。死亡，深埋。

大杓鹬，翅膀外伤，绝食。死亡，深埋。

白枕鹤，右翅骨折，衰弱。死亡，深埋。

尖尾滨鹬，翅膀骨折，衰弱。死亡，深埋。

红隼，撞伤，衰弱。死亡，深埋。

松鼠，中毒，痉挛。死亡，深埋。

鹰鸮，头外伤。死亡，深埋。

长耳鸮，衰弱。死亡，深埋。

红角鸮，外伤，衰弱。死亡，深埋。

豆雁，中毒。死亡，深埋。

貉，难产。死亡，深埋。

丘鹬，外伤，衰弱。死亡，深埋。

……

我翻看着野生动物医院某年的接诊记录表，密密麻麻，不计其数。我感到一阵眩晕，动物们远比我们想象中要脆弱得多，但也许人类更脆弱。

湿地、丛林、海洋，对生灵们来说，都是无名的战场，它们，忙着生，也忙着死。在我眼里，野生动物医院与海明威笔下的战地医院，何其相似。战地的钟声一直在敲响，人类在纸上写着：永别了，武器。而更多看不见的战场，像一堵墙，横在个体生命之间。海明威说，别人的不幸就是你的不幸，不要问丧钟为谁而鸣，它就为你而鸣。是的，痛苦、恐惧、死亡，都是平等的。

　　我最后一次看见狍子，是多少年后，在某地展览馆。那是一只完整的成年雄狍，它站在模拟苇塘生境里，宽而圆的大耳朵毛茸茸的，颈部曲线柔和，一条浅灰色的鼻吻立体了它脸部的轮廓。午后的光线投射在它暗棕色的体毛上，使得它浑身都亮了起来，和一只真狍子一模一样。我注视着它黑而大的眼睛，那两只眼睛也正平静地注视着我，历史和时间仿佛在此形成了不可思议的重叠。

选自《北京文学·精彩阅读》2024 年第 11 期

王月鹏

从大海到人海

王月鹏

山东海阳人,文学创作一级。主要作品《怀着怕和爱》《海上书》《拆迁笔记》《烟台传》《黄渤海记》等十余部,曾获百花文学奖、泰山文艺奖等奖项。

"给它锚了"

他永远记得第一次看到轮船出现在八角湾的那个傍晚。夕阳把海湾染成了红色。他从村子的大街上斜斜地走过，很快整个村子就动了起来。村人纷纷涌向海边。他们看到，那艘船向着八角湾越来越近了，船上没有白帆，也听不见号子，船面上显得有些空荡，几乎见不到人的影子，只见到船在海面上滑行，身后拖着烟囱里冒出的浓烟。那烟，在海面的上方渐渐变成了云彩的样子，让人觉得整艘船都是轻盈的，不费任何的力，就那样在海面上滑行。

这艘轮船是冒烟的，他们自然想到了火，称这船叫"火轮船"。在当时的渔民看来，这船竟然不用摇橹，不用划桨，就在海面上那么轻盈地穿行，简直不可思议。他们用这种心态来看待和评说现实中的人与事，对那些推诿扯皮、不想出力，也没有什么责任心的人，就说他是"推了火轮船儿"。他年轻时出海，用的都是木制帆船，靠人力摇橹。因为"帆"与"翻"谐音，为渔民所忌，帆船就被改称为"风船"。开风船，太苦太累了。人在海里，双臂摇橹，像海浪一样，永远不能疲倦停歇。这是一个人对整个大海的抗争，他用双臂，在海浪中拨开一条回家的路。船在码头起锚或落锚，是最出力的时刻，需要大伙齐心协力，各种劳作都有各自的劳动号子伴随。比如起锚号、落锚号，还有撑篷号、摇橹号，等等，岸上的人听了这号子，就知道船在水里有多费力。那苦那累，都没法说。他试着说，最终也没有清晰地说出。那种苦和累，是全身心的，它们几乎是全方位地侵入一个人的肉身和精神，让你不知道该从哪个具体的地方说起。无法描绘，也无法说出，它们存在于你的身上，而你却无法说出它们。

渔民的劳动工具是渔船，这不同于农民所使用的农具。劳动工具本该具有的可操作性和适用性，在大海里都变成了不确定性。或者说，劳动工具本是服务于人的，在海里却失控于人，将人置于巨大的不确定性之中。这种时候，是锚，给出了某种确定性。把一艘船放到海上，把一个人放到船上，这时更容易理解大海，也更容易理解锚。如果再加上风，加上雨，这种理解会更深切。有经验的老船长说，风浪来时，最好的应对法子，是把船锚住，这样才不至于随波逐流。

　　最初用的是石锚，一块长石，中间刻有渠槽，系上缆绳，就是一只锚了。如今用的是铁锚，三个锚齿，一根长柄，还有锚链和缆绳。停船时，渔民把锚抛入水中，起到固定船只的作用。下锚前，抛锚人会高声喊道"给它锚了！"这样喊，是为了避免伤害船周围可能出现的潜水者。不能喊"抛锚"，也不能喊"下锚"，这样不吉利。行船时，将锚拉上船，名曰"起锚"，也有说是"拔锚"，很形象，把锚从水中拔出来。在使用机动船之前，拔锚靠的是人力，需要船上的人喊着起锚号子，一齐用力。

　　"船到了，锚也到了。"这是渔民的口头语，说的是事物的整体性和关联性，有水到渠成的意思。简单的一个"到了"，省略了途中的太多风浪。风浪是这句话的语境，是潜在的背景。这些在大海里经历过风浪的人，他们懂得如何言说风浪。同样的这句话，倘若换作特殊的语境和语气，传递出的则是一种消极情绪，锚成为船的附属品，是被动之物，有随大流的意思。

　　渔民对生活的理解，是以风浪为背景的。海是他们讨生活的"田地"。人在海上，就把自己全部交给了命运，他们知道，一个人，甚至再多的人，也是没有力量跟大海抗衡的。他们知道大海的力量。他们亲眼看到海浪一夜之间把岸边的石头全都拍碎，也曾亲历过海上的大风大浪，体验过那种侵入骨髓的绝望。"船在坞里，人在铺里。"这是渔民所以为的最安逸的生活。这样的话，朴素到了极致，不带什么感情色彩，却包含了太多的风浪。旧时民间造船和修船，在海滩选一处高地，叫作船坞。新船造成了，大伙推船下海，即是下坞。倘若有大风浪，船在港里也有被风浪拍坏的可能，渔民通常要把船拉上岸来，才可放心。所以听旧时的拉船号子，能听出一种暴风雨降临前的紧迫感。渔民最惦念的，永远是船。不管是出海时，还是归港后，船是他们生活的必需，也是无法释怀的惦念。铺，也叫船铺、渔铺、网铺，是渔民出海之前和靠岸以后落脚的地方。我曾在海边见过渔铺，是很简陋的一个小屋，地上铺了草，有渔民躺在上面睡觉，脸上漾着幸福的笑意。风浪在不远处咆哮着，他觉得那风那浪已经与己无关了。这小屋，与不远处的大海有着千丝万缕的关联，不知道曾有多少出海人在这里安然入梦。我曾在这小屋里待过一整天，阴暗、潮湿，觉得整个世界都被这个小屋拒绝了。想起乡村里被废弃的磨坊，我曾独自在那里度过了若干无助的日子。磨坊里有个蜘蛛网，在窗口的位置。窗早已破损了。蜘蛛在窗口结网。风吹来，网在风中晃动。我把这个细节写进少年时代的文章中。三十多年过去了。在写作此文的过程中，突然想起这个情景，一个人坐在那里，长久地无言。这样一张生命之网，从来没有停止过在岁月中的飘摇。那个人，如今坚定多了，他知道自己想要什么，一直没有放弃梦想。他的梦想是单一的，只有局部的斑斓。这已足够，他并不需要其他。那间磨坊早已不在了。那间渔铺也不在了。作为客观存在物，它们消失了。作为一种情感依托，它们一直留存在他的心里。

　　船在坞里，人在铺里。人是安定的，与人的生存紧密相关的劳动工具也是安定的，这样的一种确定性，正是他们最为看重的。与此对应的，是他们在日常生活中的巨大的不确定性。

在渔村，每天天刚蒙蒙亮，渔民就聚集到了码头，他们看看自家的船，然后就站在那里，与同行们聊天。这是一天的开始。经过了一个夜晚，他们醒来时最惦念的，是船。看到船在坞里，心也就释然了。他们很随意地站立着，面朝大海，开口说话，或者沉默不语。谁说，以及说什么都不重要，重要的是，每个渔民的在场。他们站在那里，遥遥地看着自家的船，一颗心才算安定下来。

太阳渐渐浮出海面。他们向村庄走去，新一天的生活就这样开始了。

蓝色荒凉

海瘦了。一个瘦弱的老渔民说海瘦了，渤海湾以前是很富有的，鱼虾丰盛。那时冬天很冷，海结冰了，鱼冻在冰里，他把冰块打碎，把鱼捞了出来，主要是黑鱼和黄鱼，鱼肉很厚。还有一种叫作"离水烂"的鱼，很快就会捡满篓子，他们把这种鱼拿回家，用来喂猪。到了捕虾季节，大家抓阄，确定船只在海里的位置，互不越界。现在不同了，海瘦了，鱼也瘦了。网扣越来越小，有的人还嫌不够，在网里套上纱网，再小的鱼也不肯放过。有一年在禁渔期，外地人在初旺附近的海域下了定制工具，这是一种"断子绝孙"式的捕鱼方式，初旺、芦洋几个村的渔民自发组织起来，驾着自家的船，足有上百艘，浩浩荡荡地把外地人驱逐了出去。他说这片海是大家共有的，也是子孙后代的，不能纵容他们这么糟蹋。下什么网，网扣的大小，都可以看出人对大海的态度。从对待大海的态度，可以看出人对自我和他人的态度，对今天和明天的态度。是涸泽而渔？还是细水长流？他们总觉得一个人的所作所为，对大海并不会造成伤害。

《论语·述而》有言："子钓而不纲，弋不射宿。"大意是说，孔子一生只钓鱼，不用网捕鱼；打猎也不用带有绳子的箭去射已经归巢的鸟。古人懂得敬畏和节制，不管大自然如何富有，人只收获可以收获的那一部分，对自己是有要求的。

在海里，动物也是讲究"水土"的，在什么地方产卵生长，都是有规律可循的。比如有一种大青虾，每年都会在渤海湾里产卵，它们钻在海底的沙里，一边产卵一边吃沙。大鱼吃小鱼，小鱼吃虾，虾吃沙，这是海里的规矩。产卵期的虾被捕走了。产卵期的鲅鱼也被捕走了……

蓝色荒凉。蓝色荒凉。

那些难以言喻的，唯有寄寓于"蓝色荒凉"这个词语。这是一个词吗？在词语的尽头，我看到一个人心中的所有景象，它们是语言无法传递的。凝视这片蓝色，凝视得久了，会从目力无法触及的地方，生出一丝荒凉。这蓝色荒凉，这人世间被掩饰的巨大情绪，正在一点点地聚拢，升腾，被误读成了所谓希望。这从绝望罅隙里流露出来的东西，虚渺，又扎实，它们在比地面更低的某个地方，一点一点被释放出来，成为一种缭绕，成为一种遮蔽，也成为一种被远观被赞叹的诗意。讲述一个故事是容易的。讲述一种情绪，却是不易的。是讲述，不是表达。表达在很多时候是靠不住的。一个平静讲述的人，他一定从时光中悟到了一些什么。

在所谓希望中看到了令人绝望的东西，不能说出口，不能告诉更多的人。他只能保持沉默，只能送上所谓的祝福。

这巨大的蓝，空旷的、无边的蓝，还有这从蓝色深处涌起的荒凉，对人是一种洗礼。有过这样的精神遭遇，你不再奢望也不再畏惧。你回到你自己。你坚守你自己。在变与不变之中，你没有放弃对自我的把握。

蓝色中的荒凉，这是最让人绝望的。看不到这荒凉，是一种悲哀；看到了这荒凉，是一种悲壮。没有任何语言可以讲述这荒凉。很多人，一生只看到作为局部的蓝。那些看到了巨大蓝色的人，眼神大多是忧郁的。

凝视也是一种力量。

一个人懂得了凝视自己，他才会真正做到凝视他人和外界的事物。

大海之上，被种下了一些事物，带着各种色彩。我只信赖和喜欢那个蓝色的海。

勘探者在沙漠里发现一艘古船，这种空间跨度充满了奇幻色彩。黄沙漫漫，这艘船是如何从大海到了沙漠之中，这中间到底发生了什么？那神奇的伟力来自哪里？那个现场的见证者又在哪里？这都是很有意思的话题。在目力无法企及的地方，想象力变得更加狂野。一艘船，带着大海的气息，成为沙漠中的另一种存在。这艘船，到底亲历了什么，见证了什么。船不会说。它以自身在沙漠中的存在，试图告诉我们一些什么。在大海与沙漠之间，还有一些什么，是被我们所忽略了的。

沧海桑田。蓝色荒凉。一艘古船，生长成为沙漠里的绿洲。这是寓言，也是最真的现实。我们看到了这片葱郁的绿意。那些沧海桑田的变迁，还有跨越空间的奇幻变化，都在我们的目力范围之外，再狂野的想象，也无法填充大海与沙漠之间的距离。

在天地之间，我们是什么？

我们也是蓝色的一部分，带着生命中不可剥离的悲凉底色。我们是试图改变大海的人。海在那里，一直等待我们过去。

蓝色荒凉，我看到蓝色也看到了荒凉。我同时看到了它们。当蓝色与荒凉同时出现在一个人眼中的时候，他的心里一定发生了一些什么。他不说出口，保持了最初的也是最后的沉默。在蓝色与荒凉之间，有一个人的理性和自觉。他一直保持了小地方人的谨慎，在认真地对待自己所看到的和经历的，觉得那都是他生命中不可分割的一部分。他理解它们。

他把大海梳理成无数的河流，以为自己看到了海的源头，看到了海的成因。他站在时间的另一端，记录自己的所见与所思。

这巨大的蓝。这巨大的谜。河流是最为具体的解释。

这巨大的徘徊，被这个人的脚步丈量成了若干的段落，除了时间，没有谁能读得懂。他一直在努力地读，这是他的人生变得理性和自觉的开始。

当你面对蓝色不再激动，当你面对蓝色不再有倾诉的欲望，当你面对蓝色有了更多的忧思，当你面对蓝色忘记了自己的存在，一丝悲凉开始从海天交际的地方浮现，一直蔓延到你的心里。它们滋长成了更多的蓝色与更多的悲凉。它们与你相关。在漫长的时光中，两个看似不相关的人与物，终有一天会被某个人发现。他看到了这种隐秘的被忽略了的关联，就像你在此刻所看到与所想到的一样。逝者如斯夫。在时光的长河中，我们是同样的人。

蓝色荒凉。

垂钓的人始终垂着头，看身前那一小片的海。他不眺望远方，也不回望身后，他以臂为竿，以五指为吊钩，始终在目不斜视地垂钓。他钓起了整个世界。

蓝色荒凉。

我写下，然后删除；然后再写下，再删除。我在这个反复的过程中，试图寻找意义，寻找让我心安的理由。每一次失败，都只会激起我更强烈的愿望和更大的雄心。我在这个过程中寻找自我也不断地摒弃自我，似乎唯有这样，我才会真正地把握和了解自我。这个世界太迷乱了。我深陷其中，并没有太多的自主和自觉。我珍视我所能看到的和思考的，哪怕只保留一点点的自我，也是重要的。这意味着，我并没有被这个世界彻底改变，我一直在坚持自我，虽然微弱，或者对于更为阔大的存在而言并无意义，但这对于个体生命，是至为重要的。

海阔凭鱼跃，它们遵循自己的路，与同类之间保持距离。就像天上的星星，隔着看似很近其实很远的距离。看到网中的鱼，离开了水，拥堵在一起，没有了自由和尊严。

大海的静与动，沉默与喧嚣，都是自己的。大海在自己的体内掀起风暴，就像一个人在自己的内心掀起波澜，在书桌的纸页上指挥文字的千军万马。如果有一种声音可以代表地球之声，那应该是大海不息的涛声。没有任何声音比海的涛声更久远。

渔家浓烈

在胶东乡下，几乎家家户户的院子里都有一个酱缸，里面盛了煮熟的麦与豆，经过磨粉和发酵，制作成了面酱。大葱蘸酱，这是乡间最常见的菜了。海边人也做酱，他们用虾做成虾酱，用小海蟹做成蟹酱，用小鱼发酵做成鱼酱。酱便于储存，好下饭。根据《论语》记载，孔子当年也吃酱，他说"不得其酱，不食。"

跟渔民打交道，会觉得他们大咧咧的，什么也不在乎。他们的生活，似乎比别处更粗糙也更浓烈。他们吃饭口味重，常说"没盐短酱"的，意思是乏味，不够味。夏天出海流汗多，需要多吃盐。说话嗓门大，因为在海中说话，要穿过风和浪的声响。脾气急，常年在海里，遇了情况，不能懈怠。他们做事不拘小节，大口喝酒，大口吃肉。在初旺渔村，村人结婚喝喜酒，都是不收红包的，他们觉得出海有太多的不确定性，如果收了礼，欠下这份人情，终究是块心思，于是村人就达成了办喜事、互不随礼的约定。若是有人突破了这规矩，喜主会找时间把礼金退还回去。在他们的传统中，并不过多考虑那些长远的日子，他们更看重的是当下，更愿意用心用力把握好当下。

浓烈不是粗放，他们当然也有比别人更为细心之处，比如对味道的要求。用鲅鱼包饺子，是胶东沿海的一个特色，这种水饺的特点就是个头大，状若包子。做法也很讲究，将鲅鱼去骨去皮之后，鱼肉加点菜，加点水，加点调料，然后用筷子将鱼肉顺着同一个方向搅拌，直到搅成糊状。在有经验的渔妇看来，搅馅的时候，顺时针或者逆时针都可以，只是必须一个方向，否则纹理就乱了，会影响味道。她们特意强调了搅拌鲅鱼馅需要朝着一个方向搅，否则味道的纹理就乱了。这是多么细心的艺术啊。

冬至吃饺子的习俗，传说与纪念东汉名医张仲景发明治疗耳朵冻伤的食品有关。在过去的年代，冬天是常冻伤耳朵的。那时四季分明，冬天比现在寒冷，对于乡下人来说，过冬是一件严肃的事。当然，这里面也有宽松与欢乐，忙碌了一年，到了冬天终于可以歇下来，不必再牵挂地里的庄稼。年节吃饺子，取其团圆吉祥的寓意。大多是蔬菜或肉馅，用鲅鱼做馅包水饺，这在村人眼中是一件奢侈的事。乡下人很少吃鱼，把鱼做成水饺太贵了，对一般家庭来说简直是不可想象的。我的邻居有个在镇上做厂长的亲戚，逢年过节家里的鱼吃不了，就做成鲅鱼水饺，再有剩余的，就在院子里晒成鱼干。我每次走进他家的院子，内心都会泛起波澜，要知道，我家只有在过年才能吃上鱼的。后来我定居海边，可以常吃鲅鱼水饺了。这种水饺，皮薄馅多，有不可替代的味道。这种特色并非出于美食想象。在当地渔民眼里，皮薄，是因为以前粮食比鱼更贵，要节省粮食。馅多，饺子个头大，状若包子，是因为渔民出海，吃一个顶一个，与工作性质以及渔民性格有关，在海上风里来浪里去，他们不太习惯小巧之物。美食家的阐释，与现实的状况，在这里并非一致的。

豪饮，是渔民的共性特点。不喝酒，似乎就算不得真正的渔民，这种豪饮的习俗与渔民的劳作特点有关。在他们看来，"宁到南山当驴，不到北海打鱼"。到了海上，风里来，浪里去，命就交给老天爷了。他们喝酒，既能解乏，又可压惊。他们善喝，能喝，但是只要上了船，就不喝酒了，大海无情，不可带着酒意出海。在海上，一旦发现遇难船只，即使素不相识，也会拼死相助。用渔民的话说，那不是救人，是救自己。见死不救是渔家的大忌。

再说那酱，与咸菜有着同等功用，是利于下饭的。汪曾祺先生曾在《咸菜与文化》中写道："如果有人写一本《咸菜谱》，将是一本非常有意思的书。"他把咸菜与文化相提并论，有很多新见。在我的记忆中，咸菜更与贫苦的生存相关，最简单的饭菜，喂养和支撑了最繁重的体力劳动。那些以吃咸菜下饭的劳动者，他们不会想到，他们不得不吃的咸菜，在别人那里也是一种所谓的文化。如今吃咸菜，成为一种口味的点缀。过去不是这样的。过去没有更多的菜，咸菜是主打。每到冬季，家里会用泥封好咸菜缸，里面腌的主要是白萝卜、胡萝卜、芥菜疙瘩、白菜帮子。咸菜下饭。家家户户院子角落里都会摆放着一个咸菜缸。农忙的时候，带着干粮和咸菜上山干活,能吃饱饭。到了冬天,没有农活了,咸菜量也要控制,为的是控制饭量。那时候,粮食是要算计着吃的。我家的面粉,只留给我上学带午饭吃,而且不是纯白面馒头,需要掺和一些玉米面。即使这样,也是不够吃的。在那个贫寒的年代,能填饱肚子,已是很不易的了。村里有户人家,吃大饼卷大葱,每咬一口,都要把葱往后拖动一下,待饼吃完,大葱还完好无缺。还有一户人家,做菜使用花生油,是用筷子在油瓶里蘸一下,再把筷子放进锅里涮一下。这般操作,一瓶油可以吃半年。这户人家成为村里会过日子的典范。

即使在最贫苦的日子里,渔民也没有停止对于美味的追求。他们就地取材,用海肠做调料,给每一餐饭增加一点不同的味道。在福山,有个厨师炒菜时会从布兜里摸出一把粉末,撒入菜中,菜味更加鲜美。后来才知那些神秘的粉末,是用海肠子磨成的佐料。这个故事,在胶东可谓家喻户晓,被以各种口吻讲述,形象且生动。一道菜,关键在于调料。而这种调料,大多是就地取材。他们从来没有放弃对"调料"的寻找和发明,懂得如何给既有的生活注入一种新味道,追求一种新状态,让日子变得更有滋味。

走在渔村的街上,看行人来来往往,从他们的面部表情,甚至从他们的背影,即可判断是本村人还是外来人。在渔村待得久了,不管是神态,还是说话和走路的方式,都会发生一些变化,变得更为浓烈。是的,是浓烈。我所能想到的,就是浓烈这个词语。他们浓烈,他们粗糙,他们也有平淡和细腻的一面。比如,对于事物的命名,他们从"帆船"想到"翻船",所以就改称帆船为"风船"、船帆为"船篷"。这些貌似粗糙的人,对谐音之类的细节如此看重与讲究,只因心中有所忌讳。他们把自己无力把握的事情,交给看不见的更大的力量来处理。他们相信,有一种超越人的力量，存在于他们头顶的天空，也存在于他们跳动的心上。

那年夏天我是在渔村度过的，把自己放置到一个完全陌生的环境中，有粗粝的海风，有大嗓门的说话，有各种奇异的传说，面前这个陌生世界缓缓打开的过程，其实也是一个打开自我的过程。我在自己的内心深处，看到那个倔强的老船长，看到那些鸥鸟，看到那些远行的和归来的船。我经由它们，一次次地与自我确认，又一次次地与自我告别。当我离开渔村，重新走向自己的生活和工作空间，恍若一梦。那些清晰的，那些模糊的，那些被确认的，还有那些被遮蔽被掩饰的，我都理解了。我放下了自我。那些渔民的故事打动了我，也改变了我，我从他们身上看到了以前不曾被发现和确认的我自己。

南湾

海湾是湾，村里的湾也是湾。村里的湾，其实是村前村后的水塘，通常被称为南湾或北湾。在村庄的前后有个湾，一方面利于雨季调节河水的暴涨，另一方面又可以储水，方便洗衣。时日久了，便有鱼鳖生长在湾里。鳖，又被称为"老人家"，百姓对鳖有敬畏之心。敬畏归敬畏，吃鳖的人还是不在少数。

那些夜晚的孤独是无以言说的。他待在自己的小屋里，就像那杆生锈的钢叉。说是钢叉，其实只有叉尖的那一点是钢，其余的地方都是铁制。它就被搁在厢房里。叉柄锈迹斑斑，看得出是很少派上用场。叉头两股，比麦叉更显瘦长，叉尖有两个倒刺。在这村里，他每天都下地干活，舍得出力，似乎唯有流汗和疲累，才会让他稍感心安。他从来没有跟别人谈过他的梦想。村里所有人都知道他是一个有梦想的人，梦想在他们看来是个说不清的怪物。他无数次想象过，搁在厢房里的那柄钢叉，带着呼啸的寒意，飞向目标。那个目标具体是什么呢？他也说不清。似乎是一只动物，似乎是一个地方，似乎什么也不是……面对这总也熬不到头的日子，他的目光在生锈，他的心在生锈，他的梦想也在生锈。他所面对的一切，都不是他的梦想中的模样。他没有逃避的能力，也没有解决的方案。他别无选择。

友人来访，似乎是唯一的纾解。他珍惜每一次友人的到访。友人是那种不拘小节的人，貌似粗枝大叶，随手带了一只鸡。他说，这次炖鸡，我们痛痛快快地喝几盅。

他站起身，去厢房取出钢叉，并不多言，也不擦拭叉柄上的灰尘。他对着叉柄，吹了一口长长的气，附在上面的灰尘飞扬起来，在夕阳的余光下隐约可辨。继而扛着钢叉，向河边走去。他沿着河边，一边慢悠悠地走着，一边打量着水流下的沙纹，走路的节奏，由打量水流的眼神来决定。他终于站住，就像一艘船被锚住了一般。他说，这个跟盘子一般大，配得上你那只鸡了。话音未落，钢叉已稳稳地扎向水中，随即又从水中拔出来。果然，他叉到了一只鳖，跟盘子一般大。

他扛着钢叉，让那鳖咬住自己的衣角，弯身沿着河边走。他知道鳖咬了人是不松口的，就故意把衣角让那鳖咬住，然后提着衣服回到村里。小伙伴们浩浩荡荡地跟随了看热闹，有的大人也跟在后面，说他真是太有章法了，要看看他究竟如何处置这只鳖。这是傍晚时分的村庄，一些房顶的烟囱开始冒烟了。他想到了与友人即将开始的对饮与长谈，想到了那些不曾说出口的话，它们一直埋藏在心底，成为属于自己一个人的秘密。

他从河中叉鳖，犹如传说中的瓮中捉鳖，动作很是利索。那只鳖最终是被他杀了。杀鳖不像杀猪杀羊，很少见到血。这是常识。"南湾一个鳖，杀了两碗血。你看见了吗？俺听见人家说。"这是他曾唱过的儿歌，那时他并不懂得什么是流言蜚语，对真与假、快与慢也没有切实的认知。

村庄里的一切都是缓慢的。时间是缓慢的。鸡在垃圾里啄虫子是缓慢的。鸭子排着队摇摇晃晃地回家是缓慢的。牛甩着尾巴反刍是缓慢的。猪粪的发酵是缓慢的。房瓦上的青苔是缓慢的。村边那条小河的流水是缓慢的。知了的鸣叫是缓慢的。还有，他的白天和黑夜是缓慢的。所有快速失去的，也是缓慢的。一切都是缓慢的。他在这种缓慢中，压抑了无以言说的热情和激情。他对人与事的理解，就是越来越不理解了。甚至，他越来越看不清自己了。该去往何处？他缓慢地走在村庄里，所有的想象都是空想。他从来没有放弃空想。在乡下的那段日子，他活在空想里，是空想拯救了他。

村里的人。村里的事。村里的这样一个自己。这是他每天不得不面对的。他面对他们的时候，就迷失了自己；他面对自己的时候，就忽略了他们的存在。他知道，必须走出来，走出自己，走出他们，走出村子，这是唯一的路。

他最终走向了大海。他在海边停下来，后来的人生就与海相伴了。

他曾亲眼看到有人杀龟。那只海龟足有200多斤，深海捕获，被杀掉了，生肉放在柳条筐里，卖不掉就煮熟了，剁成块，放进铁盆里。做熟了的肉，看外表很像牛肉，但不香，闻起来味道并不好。七分钱一斤，老百姓吃不起，无人买，最后只好扔掉了。也是这个人，后来他在海边救过一只受伤的大龟，他请来了兽医，那只龟最终还是死掉了，它的胃里堵满了塑料制品。它是因为环境污染而死的。他把那只龟供奉在了位于半山坡的一间屋子里，逢年过节给它烧香。他对海龟的敬畏，也是大多数渔民的态度。海龟，也被叫作"老鼋"，是吉祥物，渔民没有伤害老鼋的。在海上，若是网到了海龟，他们会立即放生，并且把食物和酒倒向大海，跪在甲板上祷告，祈求老鼋谅解。

我是在若干年后听他讲述这个故事的。不管是在海湾，还是村子的南湾或北湾，龟都是一种特殊的生命。庾信曾有诗云："坐帐无鹤，支床有龟。"鹤为仙境的符号，而龟却是宇宙的代码。从"无鹤"到"有龟"，一个人所拥有的小小空间，其实也是一个可以安身立命的自足宇宙。龟在这里有着巨大的隐喻和象征意义。

记得有次参加饭局，我喝过了鸡汤，才看到鸡汤中是有几片鳖肉的。主人说鳖汤大补。我觉得自己犯了一个不可原谅的错，好几天食不甘味，心里总有说不出的异样之感。

选自《散文》2024年第11期和第12期，有删节

南帆

张教授家的农业生活

南帆

1957年出生于福建省福州市。本名张帆。曾任福建社会科学院院长。出版散文集《星空与植物》《叩访感觉》等。曾获鲁迅文学奖等各种学术、文学奖项。

一

漫长的农业社会始于哪一年？这种遥远的问题大约不会有精确的答案。可以肯定的是，农业社会正在进入尾声。从刀耕火种、拽耙扶犁到五谷丰登、六畜兴旺，田野与泥土主宰的历史延续了数千年。张教授感到庆幸的是，赶在农业社会消失之前，他曾经以一个农民的身份分享到三年左右的时间。

张教授并非农家子弟。他出生于20世纪50年代，中学毕业下乡插队。当年这是一个青年进入社会的标准流程。戴一顶尖尖的斗笠，穿上溅满泥土的厚厚工衣，扛一柄锄头晃过村口，慢悠悠地踏着石板路到田里去，张教授的记忆为自己保存了这么一幅肖像。多少年过去了，那个时候每天重复千万遍的插秧或者割稻已经压缩成一个相同的动作，只有一些零碎的片段如同老电影还在回放。例如，天黑之后筋疲力尽地从田间收工，必须挑一百多斤的谷子行走十来里山路返回村庄，这是一天之内令人生畏的最后考验；春耕时节来到斗笠一般大小的梯田插秧，下田之后一下子在泥沼之中陷到大腿，如若不是听从农民的叮嘱一只手撑住装载秧苗的木盆，说不定有没顶之灾；耘草是一种徒手劳作，必须伸手插入水田在每一株秧苗的根部松土拔草，几天之后，手指的指甲磨秃了一半；水田里几只蚂蟥牢牢叮在小腿上吸血，用力一扯断成两截，剩下的那一截仍然吸住皮肤不放，只得借来一支烟卷将蚂蟥烫死，然后一把揪下来；夏季收工回家浑身泥汗，打一桶冰凉彻骨的井水当头浇下来，农民告诫不能这么洗澡，否则年纪大了关节要疼痛，当时只顾痛快管不得日后如何，现在果然时常关节不舒服。

这些事情是当一个农民的必修课，没有什么大惊小怪。张教授和他的知青伙伴时常操心的是,将来的日子里如何养活自己。一个强劳力每一日可以挣到十个工分。年成差的时候,一个工分值两分钱,十个工分收入两角;年成好的时候,一个工分曾经攀升到六分钱,强劳力每一日收入可达六角。当然,六分钱的工分多年一遇,几乎成为农民津津乐道的神话。通常的年份,一个工分值三分或者四分钱。即使按照当时的物价,这种收入仍然难以维持一家老小的生计。多数农民房前屋后整出几畦地,种一些蔬菜瓜果;或者帮忙抬石头垒墙,打一点零工贴补家用。下乡插队的知青怎么办?他们还没有决心就地落户,蔬菜瓜果的种植仿佛是成家立业之后的事情。扣除往返探亲的路费,口袋里时常空空如也。张教授记得,有一年生产队分配他管理一棵龙眼树。当时的龙眼还是一种稀罕的水果,价格居高不下。龙眼收成的季节,张教授扛上一架竹梯子采摘半天,按照规定上交一部分给生产队,剩余的龙眼大约还可以卖二三十元,当时不啻于一笔巨款。犹豫了一阵,张教授还是没有将龙眼变现,而是装入一个麻袋运回家让父母尝一尝。

突如其来的大学招生意外驱散了张教授的忧虑。沉睡了十来年的大学打个哈欠醒过来,入学考试重新启动。张教授幸运地穿过几张考卷设置的栅栏,进入一所大学的文学系就读。他的生活轨迹发生了彻底的改变。尽管如此,三年左右的乡村经历留下了不褪的精神烙印。张教授真正体验到乡村的辛苦劳作与贫瘠的生活,目睹那些脸孔黝黑的农民怎么生活在黄泥墙的农舍里。对于张教授的文学研究说来,知识分子、文学与乡村三者的关系始终是一个萦绕于心的问题。

翻阅唐诗宋词的时候,张教授觉得众多意象来自农业文明。青峰,古道,绿树,溪涧,石桥,炊烟,皓月当空,星汉灿烂,扁舟一叶,渔火数枚,这些意象造就了一个美学的农业社会。张教授同时发现,唐诗宋词几乎不出现农具，也没有描述土地是否肥沃，适宜种植哪一种作物。那些浅吟低唱的士大夫不下田。士大夫也时常提到天气，但是，他们不怎么关心旱灾或者洪涝对于庄稼的危害，而是享受清风明月，细雨斜阳。有时雨下得大起来了，屋檐下听雨也是一种情趣。

士大夫喜欢"晴耕雨读"的生活设计，一些青砖灰瓦的老屋子仍然悬挂"耕读传家"的匾额。"耕"与"读"曾构成了农业社会的重要循环。农业社会进入尾声的一个迹象是，这个循环已经中止。"耕"的收入无法对付"读"的费用，"读"的知识很少反哺"耕"。脱离乡村进入大学之后，张教授从未考虑哪一天重返乡村生活，当年插队的知青伙伴都陆续回城定居。许多农家子弟也不想再撑下去。数年之后，那些年轻的农民脱离了田野，拎起一个编织袋进城打工，找不到工作的时候就坐在人行道上凑成一圈打扑克。偌大的乡村空空荡荡，人烟稀少，鸡不鸣犬不吠，驾车路过如同穿行于一个巨兽遗下的空壳。张教授到近郊的几座村庄逛一逛，心中感慨丛生，写下长长短短的一批散文，结集出版的时候标题定为《村庄笔记》。张教授坦率承认，现在他也是一个村庄的旁观者，如同那些不下田的士大夫。《村庄笔记》也没有记载多少农具或者要在哪一片土地种植一些什么。田间的劳作曾经那么熟悉，现在遥远得如同一个传说。

意想不到的是，另一种农业生活始于他家的院落。

二

张教授的太太未曾下乡插队。她进入社会的时候，那一套标准流程已经取消。所以，她热衷于种植只能解释为对于土地的亲近。浇过水的泥土轻轻散发出湿润的气息，恳切等待种子的落入。这是天地之间最伟大的循环。张教授寓所旁边有一个小院落，她费力在院落的边缘整理出一小片窄窄的空地，阳台与窗台依次摆上花盆，业余农艺师的快乐妙不可言。

太太的种植品种不拘一格，既有芒果树、龙眼树、木瓜这些挺拔的树木，也有南瓜、葡萄之类藤蔓作物。三角梅或者柠檬有些刺，前呼后拥爬在竹篱上正好。水泥与玻璃幕墙构建的坚硬城市缺少植物扎根的泥土，她与张教授驾车四处搜罗。突然在立交桥的桥墩下发现一堆废弃的浮土，她从车上拿出铲子与塑料桶、麻袋扑了上去，犹如遇到了金矿。

太太时常对张教授的种田经验表示怀疑。在她看来，张教授的农学知识相当贫乏，无法答复种植之中遭遇的许多难题，例如某个品种的花卉是否性喜阴凉，另一棵果树为什么迟迟无法挂果。她宁可上网查询，张教授只配打下手，干一些浇水除草之类没有技术含量的粗活。她对张教授的粗活也不满意：水没有浇透，杂草锄不干净——她嘀嘀咕咕地抱怨：你若真是个农民，我嫁给你可是要饿死的。

张教授哑口无言，又觉得哪个地方不对。互联网时代设置了另一个神秘的虚拟空间，许多高人藏匿在四面八方，各种冷僻的问题都找得到答案。拿出手机对准路边植物的叶子拍一张照片，互联网立即可以告知植物的名称。张教授三年左右的乡村经验怎么可能与互联网较量？那一天张教授突然找到了问题的症结：他当年是到乡下种粮食的，太太不过在城里伺候植物搞园艺。这是完全不同的两件事情。精心将十株秧苗伺候得如同贵妇又怎么样？收获两碗谷子而已。田野那么广阔，不能把浇水或者锄草当成绣花似的针线活。泥土里的作业，八九不离十就行。投入那么多时间与精力，成本与收益肯定不匹配。对了，就是成本与收益问题。概念终于出现，擅长理论的张教授心里踏实了许多。

张教授开始理直气壮地用种粮食的眼光挑剔太太的种植。瞧瞧，种树还戴着手套，哪像劳动人民？太太有一套袖珍版的农具，锄头与铲子不到两尺长，只能蹲在那儿挖一些小坑，哪像张教授当年挥舞十字镐垦荒？互联网上订购的葡萄架一个零件又一个零件装配半天，仍然七歪八斜不成样子，张教授拿出铁丝和钳子把葡萄架固定在栅栏上，事情简单而粗暴地解决。这才像农业生产的风格。张教授讨厌来自互联网的农业，瞧不上各种陌生的新玩意，譬如太太配备的新版农具。木瓜或者龙眼成熟的季节，张教授搬出铝合金的人字形梯子，打算爬上去放手采摘；太太却取出一种不知名玩意：长长的铝合金手柄末端安装一把剪刀，颤颤巍巍地伸到高处，小心翼翼操纵剪刀夹住的枝叶，安放稳妥之后拉动控制绳索咔嚓一声剪断。太太觉得免除了登高的危险，张教授认为效率太低。使用这种剪刀需要非凡的耐心，一枝一枝地剪要耗费多少时间？成本与收益！

张教授与太太的最大分歧集中于肥料问题。刚刚种下一棵芒果树的时候，太太慷慨地订购了两麻袋的草木灰。第一年芒果树没有挂果，太太一下子往树根倾倒了半麻袋。张教授大惊失色。他不想对比草木灰与芒果的价格，以免显得吝啬小气——他只能委婉地表示：这么喂养会不会烧死果树？他记起了当年管理过的那一棵可怜的龙眼树，整整一年似乎只浇过一担粪水。太太对于张教授的忧虑嗤之以鼻，坚信自己即将成为一个肥料专家。她挖开空地埋入一个铝桶，堆进落叶和泥土试图沤肥。很长时间过去了，张教授已经不慎落入铝桶两次，太太的肥料始终没有成功。近日她从网上获悉另一种沤肥方式，立即开始大规模实践。

新的沤肥方式使用剩饭剩菜或者水果皮屑等等厨余垃圾作为原料，

制作工艺十分简单：容器之中堆积相当数量的厨余垃圾之后，撒入一层网络购买的EM堆肥菌，密封一周即可发酵，产生菌丝与肥料液体。太太庄严地向张教授报告，这种有机肥的营养价值极高，证据是窗台上那一株无花果树长出了许多小果实。张教授将信将疑，孤证不立——其他作物有动静吗？太太的独创是，收集许多大号的矿泉水空瓶作为容器，填满厨余垃圾与EM堆肥菌之后在瓶底打几个小孔，然后将这些肥料罐头搁在各种作物的根部。瓶子内部的发酵完成，肥料液体从底部的小孔渗透到土壤之中。小院落的空地陆续摆满了矿泉水空瓶，太太概括这种沤肥意义的理论水平远远超过张教授：这是改善地球的积极行动。

如此伟大的行动不得不招募助手。太太赋予张教授的职责是，增加厨余垃圾的产量。正常的一日三餐之外，必须尽量获得更多的厨余垃圾。喝茶的茶叶渣滓必须收集起来，否则即是可耻的浪费；可以多吃一根香蕉、一个橘子或者一片西瓜，重要的是留下香蕉皮、橘子皮与西瓜皮。使命如此光荣，张教授只能咬牙忍受多出来的工作量。女儿领到的任务是协助给空瓶打孔。她们到五金店购买小号电钻，机械操作远比手工省力。不知哪一个想到，电烙铁在空瓶上烫几个洞易如反掌，新的工具迅速登场。总之，从生物学、物理学、机械动力学到厨房、餐桌，一个家庭作坊开始修理地球——小院落边缘的那一小片空地。

三

张教授曾经询问女儿对于农业的兴趣，女儿说她只会在网络上种地，玩一玩偷菜之类的游戏。年轻一代普遍如此。女儿只愿意关注不时钻入栅栏访问的几只流浪猫，搜罗各种残羹剩饭喂养它们。她不断提醒餐桌上的张教授，吃鱼的时候嘴下留情，多想一想那些饥饿的猫咪吧。

一场蚊虫遭遇战突然改变了她的观念。

南方湿漉漉的雨季滋生了大量的蚊虫，女儿每一日都饱受蚊虫的袭击。从电蚊香、电蚊拍到薰艾草，各种武器均告失效。无可奈何之际，她突然想到一种名叫"捕蝇草"的植物。根据"百度"网站的描述，捕蝇草的叶片如同一个张开的夹子，可怜的蚊虫泊上之后即会陷入叶片黏液制造的小沼泽，叶片边缘的众多小毛刺无声地聚拢合围，不久之后这些蚊虫就会变成一具干枯的尸骸。女儿的战略部署是购买一盆捕蝇草搁在窗台上，期待这种神奇的植物成为阻拦蚊虫入侵的绿色防线。

张教授相信"百度"提供的捕蝇草知识。然而，空地上的蚊虫军团正在集体狂欢，无数飞舞的黑点在空中组成一个快速旋转的小圆球。除了几个特别蠢的家伙自投罗网，捕蝇草的植物速度怎么可能捕捉如此凶悍的小飞机？张教授告诉女儿一个有趣的例子：一个从未离开城市的少年竟然将电视屏幕之中的狗误认为马。狗与马不都是四条腿、一根尾巴、浑身长毛的动物吗？真实对象阙如，躯体尺寸的首要差异被忽视了。得了吧，"百度"的真理没有真实感。

女儿当然不服气。她从手机上调出更多的互联网资料反驳张教授：植物界存在"四大名捕"，捕蝇草仅是高手之一。她打算招募另外三大高手猪笼草、茅膏菜、狸藻一起上阵，共同镇压蚊虫的猖狂暴乱。与互联网文字、图片相互匹配的当然是网购。"下单"——如今女人们的调兵遣将都是由这两个字完成。

不久之后，张教授终于见到了捕蝇草的真容。一个比拳头稍大一些的塑料花盆之中，几芽半透明的叶片嫩生生地绽放。这个家伙能建功立业？张教授嗤之以鼻。女儿仍然动不动抱怨蚊虫，战场形势显然未曾改观。太太密报张教授，她曾经听到女儿对捕蝇草自言自语：你好歹吃一两只蚊子，让我在老爸面前有点面子行不？

那一天女儿出门，太太偶尔打死一只蚊子，顺手将蚊子的尸骸搁在捕蝇草叶片上，然后拍一张相片微信发给女儿。女儿立即要求将相片转给张教授。回家之后，她气势汹汹地要求张教授为捕蝇草恢复名誉，脸上的表情比她吞了那一只蚊子还要自豪：告诉你，必须相信科学！

一份虚假战报意外点燃了女儿的种植激情。她的"四大名捕"迅速到货，分别悬挂于各个窗框。女儿每一天观察叶片之间是否出现战利品，并且决定建立一份战绩档案：哪一株植物功勋卓著，她许诺向太太讨一些有机肥兑现奖赏。雨季很快过去，女儿对于蚊虫的怨恨迅速淡漠，种植的兴趣却保留下来。她在窗台上种了两盆薄荷，动不动就在餐桌上夸奖薄荷又长出多少叶子。不久之后她开始种植多肉植物，阳台栏杆与窗框悬挂上各种小花盆，一些肉滚滚的植物肥硕茁壮，虎头虎脑，如同大理石雕刻出来的。酷暑如期而至，女儿开始操心这些植物如何熬过漫长的夏季。她念叨着要网购一种名叫"度夏卫士"的护理液，不时喷一喷有助于提高多肉植物的免疫力。张教授很少看望小花盆里的植物，这些玩意与他熟悉的农业差距太大。张教授不时抬头遥望远方，那些一望无际的绿色秧苗与水洼中一伸一缩的蚂蟥还在那儿吗？

那天女儿提议种一盆蓝莓——因为想吃蓝莓。张教授问，一盆蓝莓能有多少果实？站在花盆旁边五分钟就吃完了。女儿的反驳是，互联网说一棵蓝莓可以结出三百多颗果实。过一天女儿又与太太讨论如何种西瓜——因为想吃西瓜了。张教授说，想吃什么可以买，唯一不能考虑的就是自己生产。女儿瞪大眼睛问：为什么？张教授正想高谈阔论，突然笑了起来，瞬间明白哪儿错过了。

太太与女儿正在院子里构造另一个美学的农业社会，她们从不考虑产量能否补偿付出的成本。张教授的农业社会是种粮食的，他与那些拎着编织袋进城打工的年轻农民拥有共同的土地。他们一起在那儿插秧、施肥、收割，并且由于相同的原因离开了。张教授没有料到，种粮食的农业社会这么快衰退，仅仅留下空旷的田野与静悄悄的村庄摊在阳光之下。小院落里面，太太与女儿的泥土、植物不再换算为价钱，而是表述某种古老羁恋的语言。另一种农业生活开始了，这是另一种故事。张教授想，他要感到欣慰才对。

选自《美文》2024年第12期